Grete Donner

SOMMERSONNENWENDE

Blitzlichter

Roman

Die Autorin ...

... wurde 1972 in Leipzig geboren, hat nach Schule und Ausbildung zehn Jahre in ihrer Lieblingsstadt Berlin gelebt und gearbeitet, aber vor einigen Jahren auf der Mecklenburgischen Seenplatte endgültig Wurzeln geschlagen. Dort lebt sie mit ihrem Mann, drei (inzwischen großen) Kindern und zwei Katzen, hegt einen dschungelartigen Garten und lässt sich am liebsten in einem alten Ruderboot über das Wasser treiben, wobei ihr die meisten Inspirationen allerdings beim Joggen in den noch ursprünglichen Weiten des Nordens eingeflüstert werden.

Deutsche Erstausgabe Februar 2020

Umschlaggestaltung: Christian Eickmanns <info@writtengraphics.com>

ISBN 978-3-9821471-0-9 Ebook
ISBN 978-3-9821471-1-6 Taschenbuch

Impressum
Grete Donner, Pegasusstraße 18
16321 Bernau
grete.donner@erdenlied.de

„Wenn du am Morgen aufstehst, dann sage Dank für das Morgenlicht, für dein Leben und die Kraft, die du besitzt.
Sage Dank für deine Nahrung und die Freude, am Leben zu sein.
Wenn du keinen Grund siehst, Danke zu sagen, dann liegt der Fehler bei dir."

Tecumseh
Häuptling der Shawnee
1768 – 1813

Alles, worauf die Liebe wartet, ist die Gelegenheit.

Miguel de Cervantes
1547 – 1616

Acht Jahre zuvor ...

JULI 2009

An: <honiahaka@yahoo.com>
Von: <leila.bruehl@web.de>

Du bist so weit weg von mir. Ich vermisse dich so sehr. Ich bin nur halb ich selbst, ehrlich. Ich fühle mich innen drin total leer. Ich halte das kaum aus.

Ich liebe dich. Ich liebe dich so sehr. Ich liebe dich bis ans andere Ende der Welt.

Leila

An: <leila.bruehl@web.de>
Von: <honiahaka@yahoo.com>

Baby, ich vermisse dich auch. Komme aber hier kaum zum Luftholen. Diese Stadt frisst einen auf. Lebe mit Conan, dem Barbaren (heißt eigentlich Donald oder noch besser: Big D – ehrlich, aber bei 130 Kilo auch korrekt), in einem Wohnklo mit super Ausblick und geilen Fenstern, aber nur 50 qm (inklusive Klo und Badewanne mit Whirlpool – bitte wer braucht so was??). Die Bude hat nur ein Fenster, aber das über die komplette Wand (das Klo hat keins) und Big D Dauerblähungen. Brauche dringend eine andere Bleibe. Ist aber utopisch.
War gestern zum ersten Mal im G-Center (ist ein Gitarrenladen) arbeiten. Cool!!!
L

AUGUST 2009

An: <honiahaka@yahoo.com>
Von: <leila.bruehl@web.de>

Schön, dass dir dein Job gefällt. Schade, dass du nicht fragst, wie es mir geht. Es geht mir nämlich schlecht. Ich wiege vermutlich nur noch zwanzig Kilo, weil ich vor lauter Sehnsucht nichts essen kann. Ich vermisse dich so sehr.
Wahrscheinlich trockne ich demnächst aus, weil mein Körper nicht mehr mit dem Nachproduzieren von Tränen hinterherkommt, ich aber trotzdem dauernd

heule.
Ich. Vermisse. Dich. Unendlich.
Was soll ich denn nur machen?

Kuss, Leila (traurig)

An: <leila.bruehl@web.de>
Von: <honiahaka@yahoo.com>

Baby, Kopf hoch. Sei froh, dass du nicht meine Probleme hast. Conan, der Barbar hat gestern irgendwas mit VIEL Zwiebeln gegessen, die Bude zugekifft und zur Krönung die halbe Nacht seine Zweitbesetzung (oder ist das die Nummer drei auf seiner Ladys-Liste?) ge***. Mit mir im gleichen Raum. Luftlinie: keine sieben Meter entfernt, aber zum Glück eine halbe Etage höher. Also - was soll ich sagen? Verstärker war nicht nötig.
Arbeit ist stressig, macht aber viel Spaß. Heute war Taylor Swift bei uns. Hab mich eine ganze Weile mit ihr unterhalten. Cool, oder? Echt, der Laden ist total angesagt. Muss jetzt aber noch zum Unterricht.
Love you.
L

PS.: Komm mich besuchen. Du fehlst mir auch.

September 2009

An: <honiahaka@yahoo.com>
Von: <leila.bruehl@web.de>

Gerne. Gerne. Gerne. Ich würde dich wirklich gern besuchen, aber es ist so teuer, nach New York zu fliegen. Ich versuche, in den Februarferien zu kommen, und wünsche mir Geld zum Geburtstag und zu Weihnachten. Drück die Daumen, dass es reicht.

Ich vermisse dich so sehr. Ich liebe dich.

Leila

An: <leila.bruehl@web.de>
Von: <honiahaka@yahoo.com>

Würde mich wahnsinnig freuen, wenn du kommst, Baby. Buch jetzt, dann sparst du eine Menge Geld, ehrlich. Bitte komm. Dann halte ich durch, selbst wenn CdB aus seinem Bett eine Hüpfburg für Teens macht. Sein Dad ist 'ne große Nummer. Kennt eine Menge Leute und hat mir schon ein paar Gigs verschafft. Habe unter anderem einen coolen Drummer kennengelernt und spiele jetzt abends immer mal in der Rockwood Music Hall. Du siehst – es geht voran. Heute war Taylor Swift wieder da. Wir haben ein paar Gitarren ausprobiert. Gestern stand der Bassist von Aerosmith hier im Laden. Kann vielleicht demnächst (vllt ab nächste Woche?) als Roadie mit auf eine Tour gehen. Bin jetzt nebenbei auch noch Pizzafahrer (Rad), sonst geht's finanziell nicht.

Vermisse dich. Komm her.

L

Oktober 2009

An: <honiahaka@yahoo.com>
Von: <leila.bruehl@web.de>

Hallo Lennard!

Nachdem du dich seit mehr als einer Woche nicht gemeldet hast, gehe ich davon aus, dass ich aus den Augen – aus dem Sinn bin. Klar, hänge ja hier auf einer langweiligen Insel am anderen Ende der Welt rum, während du zwischen den big city lights mit Taylor Swift Gitarren ausprobierst.

Bitte melde dich. Bitte. Bitte. Bitte.

Leila

An: <honiahaka@yahoo.com>
Von: <leila.bruehl@web.de>

Lennard!!! Warum meldest du dich nicht???? Was ist los???

BITTE SCHREIB MIR! Ich mache mir Sorgen.

Leila

An: <honiahaka@yahoo.com>
Von: <leila.bruehl@web.de>

Habe am Wochenende mit Kosta geschlafen. Sorry. Ist einfach passiert. Nicht schlimm, oder?

Leila

Einen Tag später:

An: <honiahaka@yahoo.com>
Von: <leila.bruehl@web.de>

~~Scheint dich nicht zu stören, dass ich mit Kosta geschlafen habe, oder?~~
~~Ich bin ziemlich sauer auf dich, weil~~
~~Lennard, du bist ein blöder Idiot und~~
~~Ich hasse dich, weil du dich nicht meldest und~~
~~Ich bin eifersüchtig auf Taylor Swift, weil sie sich mit dir unterhalten kann.~~

Lennard, das, was ich gestern geschrieben habe, stimmt nicht. Ich wollte nur deine Reaktion testen. Ich habe natürlich NICHT mit Kosta geschlafen.

Du hast das doch jetzt nicht geglaubt, oder??

BITTE melde dich.

Gruß und Kuss – Leila

Wenige Sekunden später:

Betreff: Mail delivery failed: returning message to sender
This message was created automatically by mail delivery software.

A message that you sent could not be delivered to one or more of its recipients. This is a permanent error. The following address(es) Failed:

<honiahaka@yahoo.com>

SMTP error from remote server after RCPT command:
550 Benutzer nicht bekannt/User unknown

NOVEMBER 2009

Ich atmete. Mein Herz schlug. Ich stand morgens auf. Ich frühstückte. Ich ging zur Schule. Ich kommunizierte mit anderen Menschen. He - kein Problem. Ich konnte auch ohne Lennard leben. Bitte schön. Ich bewies es jeden Tag aufs Neue. Ich bekam gute Noten. Ich bereitete mich auf das Abitur vor. Ich ging mit Freunden aus. Ich lachte. Ich hatte immer mal wieder so etwas wie Spaß. Ich verliebte mich sogar ein bisschen neu. Ein- oder zweimal.

Nur zu dem Baum am Schmachter See lief ich nie wieder. Nicht ein einziges Mal mehr. Ich stopfte alle meine Erinnerungen rigoros in ein kleines Gedächtniskästchen und irrte mit verbundenen Augen durch das verschlungene Labyrinth meines Hauptspeichers, bis ich die hinterste Ecke gefunden hatte. Dort suchte ich mir die allerminikleinste Nische, stopfte L+L hinein, hing ein großes Vorhängeschloss dran, riegelte ab und warf den Schlüssel über den Rand der Welt. (Vorher hast du aber noch viermal wieder aufgeschlossen, drei Luftküsse, zwei Tränen und ein Ich-liebe-dich-für-immer-und-ewig hinterhergeschoben. - Sei RUHIG!!)

Wie auch immer - danach fühlte ich mich besser. Nicht gut. Nicht schlecht. Einfach irgendwie ... taub. Aber auch das Gefühl verging nach einer Zeit. Nein. Es verging nicht. Ich ... gewöhnte mich dran. Es gehörte eben jetzt zu mir. Es wurde ... normal. Ich war einfach eine andere, als vor ihm und dem Sommer 2009. Ich hatte mich verändert. Und nicht nur das. Ich war vielleicht sogar nicht mehr ganz ich selbst. Etwas fehlte mir, das war es. Leela. Lennard hatte sie mitgenommen und sie war nie zu mir zurückgekehrt.

Im Laufe der Zeit gelang es mir dann aber, sogar das, sie, einen Teil von mir selbst, zu verdrängen.

Berlin, September 2017

Was ist der perfekte Auftakt für einen Freitagabend? Genau DAS: In einem Cabrio sitzend realisieren zu müssen, dass es anfängt, auf die ollen Lederpolster zu dröppeln, obwohl vor zehn Minuten noch die Sonne knallte, und du den verdammten Schalter für das automatische Verdeck nicht findest, weil das Leder vom Sitz sich an deinen halbnackten Schenkeln festgesaugt hat. UND wenn du gleichzeitig in Berlin-Wedding aus der Amrumer Straße kommst, nach Johannisthal fahren willst (also wahlweise noch fünfundzwanzig, zwanzig oder neunzehn Kilometer vor dir hast – wobei es egal ist, die Straßen sind alle gleichermaßen verstopft) und schon auf der Seestraße gleich hinter dem Abzweig Nordufer im Stau festhängst.
Exakt das tat ich nämlich gerade: im Stau stehen. Na hervorragend. Wäre ich bloß nicht mit dem ollen Auto gefahren. Aber ich hatte mich breitschlagen lassen, Antons Wagen mit nach Hause zu nehmen, weil der nicht wollte, dass sein geliebtes Cabrio (hätschel-tätschel) mutterseelenallein eine Nacht alleine auf dem Klinikparkplatz verbrachte. Wahrscheinlich machte es da immer vor lauter Angst eine Ölpfütze zwischen die Reifen, das Ärmste. Aber zum Glück gab es ja mich, die Cabrio-Nanny, und so saß ich jetzt in diesem mit einem Stern auf der Motorhaube versehenen Frisurmörder, der drohte, sich bei akutem Platzregen in ein Aquarium zu verwandeln, wenn ich das mit dem Verdeck nicht bald hinbekam.

Ja, es war eine Scheißidee gewesen, am Freitagnachmittag mit dem Auto zu fahren. Und sie kam nicht von mir, das möchte ich betonen. Es war Anton, der sich diese überteuerte Blechdose unbedingt zur Beförderung hatte leisten müssen, und trotzdem war ICH es jetzt, die sich durch den Blechschlangenverkehr der Rushhour im Norden Berlins quälen musste, weil er sich um sein Cabrio Sorgen machte. Heute war – wie gesagt – auch noch Freitag und Anton, seines Zeichens frisch gebackener Oberarzt in der Gastroenterologie (wo man hingeht, wenn einem buchstäblich die Galle hochkommt – in der Gastro kümmert man sich speziell um Leber, Galle, Magen, Darm und Co) am

Virchow-Klinikum zum Junggesellenabschied eines Kollegen eingeladen. Wer Anton war? Tja, Anton war ... mein Freund. Irgendwie. Oder eher - mein Verlobter? Ja. Okay. Er war mein Verlobter. Er hatte mich tatsächlich vor einem halben Jahr gefragt, ob ich ihn heiraten will. Und das, obwohl wir damals erst drei Monate so richtig zusammen gewesen waren. Tja, ich hatte JA gesagt, aber ob ich das wirklich so gemeint hatte, könnte ich heute immer noch nicht sagen. Eigentlich war mein ‚Ja' damals eher unverbindlich gemeint gewesen, eher so ein ‚Hahmmnjnmnajaaa', weil Anton mich ein bisschen überrumpelt hatte und ich ihn nicht vor seinen Kumpels, die teilweise auch seine Kollegen waren, zum Deppen machen wollte. Gut, der Antrag kam sehr spontan und wir waren auch nicht ganz nüchtern, aber Anton hatte die Frage auch am nächsten Morgen nicht zurückgenommen und so hing ich nun in der Sache drin, schob allerdings die Terminfestlegung zwecks Eheschließung vor mir her wie die Putzfrau auf der Station ihr Reinigungswägelchen.

Meine Eltern wussten ehrlich gesagt auch noch nichts von der Quasi-Verlobung ihrer einzigen Tochter. Und das nicht nur, weil sie Anton bisher nur relativ flüchtig kannten. Nein. Ich hatte ihnen den Mann, bei dem ich wohnte, überhaupt erst zweimal präsentiert. Hier. In Berlin. In Binz war Anton noch nie mit mir gewesen. Das hatte sich ... einfach nicht ergeben, glaube ich. (Räusper?) Auch Matze, mein Bruder, wusste nichts von den Heiratsplänen seiner Schwester. Nur Suse. Der hatte ich es unter dem Siegel der Verschwiegenheit erzählt. Mit irgendwem musste ich schließlich darüber reden. Meine Hoffnung war, dass sie mir ganz schnell und konkret klarmachte, warum ich Anton nicht heiraten konnte. Mir fiel nämlich nichts ein, was gegen ihn sprach. Suse hatte aber auch nichts dergleichen gesagt, sondern gekreischt und mich gefragt, wann die Party steigen würde. Junggesellinnenabschied mit jeder Menge Rummeldibumm in Verkleidung auf dem Ku'damm und so weiter. Und spätestens da wusste ich die Antwort: Am Sankt Nimmerleinstag. Nie. Punkt. Es war nämlich so, dass ich eigentlich gar nicht vorhatte zu heiraten. Nicht Anton. Nicht Beton, Ceton, Hinz oder Kunz. Niemanden. Gar niemanden und überhaupt nicht. Aber das behielt ich erstmal für mich. Feige, oder?

Ich lebte jetzt schon seit einigen Jahren wieder in Berlin. Nach dem Abitur hatte ich mich, sehr zum Entzücken meiner Großeltern und von Suse, ziemlich schnell zurück in die Hauptstadt verdrückt. Mom war traurig gewesen, Papa auch. Sie hatten es allerdings beide mit Fassung getragen. „Bist eb'n 'ne Boulette, was, Leilamaus?" O-Ton mein Vater. Mom hatte nur ganz nebenbei mal was von „Flucht" und „langsam mal drüber wegkommen" gemurmelt, aber ich war nicht näher darauf eingegangen. Ich tat einfach so, als ob ich nicht wüsste, was sie meinte. Wusste ich schließlich auch nicht. Ich hatte ja alles, worüber ich jemals wegkommen wollte, ganz tief im untersten Erinnerungslabyrinth verbuddelt. Ich erinnerte mich nicht mal mehr an das, woran ich mich nicht erinnern wollte. Mein Argument war, dass eine Ausbildung zur operationstechnischen Assistentin an der Charité schon ein bisschen ausgefeilter, breiter gefächert oder was auch immer sein sollte, als in Bergen auf Rügen. So.

Genau das hatte ich nämlich nach dem Abitur gemacht: eine Ausbildung zur OTA. Drei Jahre lang. Früher nannte man den Beruf mal ganz schlichtweg OP-Schwester, aber OTA macht doch deutlich mehr her, oder? (Oder?? Oder auch nicht. Am Ende kam es auf das Gleiche heraus.) Den praktischen Teil hatte ich auf dem Campus des Virchow-Klinikums absolviert. Nach meinem Abschluss bekam ich dann wegen der sinnvoll genutzten Wartesemester endlich einen Studienplatz für Humanmedizin an der Charité, bin also prinzipiell geblieben, wo ich war. Zum Chefarzt der Gastroenterologie, meinem lieben ProfDoc Breiter, hatte ich im Laufe meiner Ausbildung ein fast väterliches Verhältnis aufgebaut. Was wahrscheinlich nicht zuletzt daran lag, dass mein Vater weit weg war und der ProfDoc vor Urzeiten mit meinem Opa zusammen auf einer Schulbank gehockt hatte. Oder haben die sich auf dem Bolzplatz in einem Prenzlauer Hinterhof gegenseitig den Ball abgejagt? Keine Ahnung. Wie auch immer – Beziehungen nützen nur dem nichts, der sie nicht hat. Und in dem Fall hatte ich sie, denn ProfDoc Breiter gehörte durch die Opa-Schulfreundschaft quasi zur Familie. Ich konnte ihm während meiner Ausbildung in puncto Darmkompetenz zwar nicht das Wasser, aber dafür den Analspreizer, die

Rektumklemmen, das Proktoskop, die Fasszange und andere lustige Folterinstrumente der Chirurgen reichen. Und irgendwie adoptierte er mich im Verlauf (obwohl er selbst sechs Kinder hatte – aber da kam es auf eins mehr wohl nicht an) und beobachtete meinen Werdegang ab da mit väterlicher Strenge. Er bot mir sogar an, nach dem Start meines Studiums eine kleine Zuverdienststelle für mich freizuhalten (was quasi einer echten Annahme an Kindes statt gleichkam und vor dem Kuratorium durchging, weil der ProfDoc einfach eine Koryphäe im Bereich Darm mit Charme war) , wenn ich zukünftig half, seine schriftlichen Sachen zu erledigen. Ich saß also nun als Medizinstudentin regelmäßig hinter einem Schreibtisch in seinem Vorzimmer und tippte (den ProfDoc als Diktator mittels ausgebuffter Technik im Ohr) fröhlich Entlassbriefe, Konsile, OP- und Ambulanzberichte. Damit peppte ich meinen Lebensunterhalt etwas auf und lernte ganz nebenbei Anton näher kennen, der vor drei Jahren als Facharzt in die Abteilung gekommen war. Anton hatte sich ebenfalls auf Darmoperationen (Nein, ich habe KEINE Ahnung, warum!) spezialisiert und fungierte seit Kurzem - wie gesagt – als Oberarzt. Steile Karriere. Unser erstes Treffen hatte übrigens ganz romantisch begonnen. Flutlicht von der Decke, wir alle in sterilem Grün mit Mundschutz und OP-Hauben auf dem Kopf. Sexy. Ehrlich. Im OP sind alle gleich: so schön formlos, anonym und vor allem steril.

Das Erste, was Anton (nach „Hallo zusammen", der Besprechung und dem üblichen Team time out) zu mir sagte, war: „Schwester, könnten Sie mir bitte neue Fingerlinge geben?" (um die Tastuntersuchung am sprichwörtlichen Hintereingang vorzunehmen) und das Zweite „Dann wollen wir mal dahin gucken, wo die Sonne nie scheint, oder? Rektoskop bitte." Er zwinkerte mir zu. Der Witz war so alt wie die Mumie aus dem Ötztal. Ich grinste trotzdem höflich, aber das konnte er wegen des Mundschutzes höchstens an meinen Augen sehen, in welche er aber tief hineinschaute. Zwischen uns befand sich, ganz elysisch, die umfangreiche Kehrseite einer Patientin mit Analmarisken. Die Ärmste. Wer mehr wissen will – einfach googeln (und nebenbei nichts essen).

Später, als Studentin beim Arztbriefe tippen, sah mich Anton dann schließlich auch mal ohne das ganze grün-weiße Stoffgedöns. Dabei blieb sein Blick wieder an meinen Augen hängen. Obwohl das – ehrlich gesagt – gar nicht stimmt, wenn ich mich recht erinnere. Ich glaube, er war fasziniert von meinem Schluckakt. Zumindest, wenn ich ihm nicht unterstellen wollte, mir auf den Busen geglotzt zu haben. Aber wenn dem so war, dann verschlug ihm meine bescheidene Oberweite zumindest die Sprache und er verschwand ohne Worte. Ab diesem Moment kam er immer wieder (und öfter) ins Zimmer, wenn er wusste, dass ich im Akkord tippte, und brachte fadenscheinige Gründe an. Ich ahnte anfangs nicht, was mit ihm los war, und fand ihn irgendwie süß mit seinem lockigen Braunschopf und den Quietscheschuhen, die ich schon von Weitem über den Flur schlickern hörte. Irgendwann schnallte ich dann doch, was ihn durch die Gänge in mein Vorzimmer trieb, und wenn ich es nicht kapiert hätte, dann wäre es mir spätestens nach der letzten Weihnachtsfeier klar geworden. Da landete ich nämlich - gezielt von Anton abgefüllt und verführt – in seinem Bett (ich glaube, es war ein halsbrecherischer Whiskylikör, mit welchem er mich gefügig gemacht hatte). Ich blieb tatsächlich über das ganze Wochenende. Den Samstag musste ich aus medizinischen Gründen bleiben. Mir war nämlich so schlecht, dass ich kaum in der Lage gewesen wäre, irgendwo anders hinzugehen. Anton verarztete mich professionell und verführte mich nebenbei auf die ganz sanfte Tour. Am Abend (als ich wieder feste Nahrung zu mir nehmen konnte und Hunger hatte wie ein Straßenarbeiter nach der Doppelschicht) lud er mich zum Inder ein, um meinen Mineralienhaushalt aufzufüllen. Wir verbrachten dort (und später wieder bei ihm mit Wasser und Tee) viel Zeit mit Zweisamkeit und Anton wurde nur einmal zu einem Notfall beordert. Da hatte ich sein Bett für mich allein und als er morgens wiederkam, bleich und übernächtigt, aber mit funkelnden Augen, brachte er Brötchen mit. Und Croissants. Das fand ich total süß.

Ich blieb immer öfter mal über Nacht und ehe ich es mich versah, wohnte ich mehr oder weniger bei ihm, weil es so praktisch war und ich an sich auch nicht logisch erklären konnte, warum ich das nicht tun sollte. Es hatte sich einfach so ergeben. Er half mir, durch die letzten beiden der vier vorklinischen Semester

und die dazu gehörige Prüfung mit mehr als dreihundert Fragen zu kommen.
Ich schlief in dieser Phase fast immer bei (okay – der Bequemlichkeit halber und aus Lust, auch mit) ihm. Irgendwann blieben ein paar Wechselsachen da. Natürlich ebenfalls aus praktischen Gründen, versteht sich. Dann eine zweite Zahnbürste. Pantoffeln. Ein Päckchen Tampons. Mein Schlafshirt.
Irgendwann meinte Anton: „Bleib doch einfach ganz hier."
Ich sah ihn an und sagte erst mal nichts. Hm.
Wir verstanden uns. Er war lieb. Er war klug. Ich bewunderte seine Intelligenz und die eiserne Ruhe, die er im OP-Saal ausstrahlte. Er hatte sich den Ruf eines besonnenen und kompetenten Chirurgen erarbeitet. Er war erfolgreich. Er mochte mich sehr. Er sah nett und freundlich aus, hatte einen verschmitzten Blick und ein ganz kleines Naschbäuchlein, also zumindest manchmal, wenn wir über die Stränge geschlagen hatten. Das machte ihn herrlich unperfekt und verschaffte mir, die ebenfalls nicht perfekt war, ein gutes Gefühl. Anton hatte noch alle Haare und verdiente genug Geld, um eine Familie zu ernähren, wenn ich darauf Wert legen sollte (was ich noch nicht tat). Er konnte Hemden bügeln und Spaghetti kochen. Warum also nicht bleiben? Tja. Warum nicht? Keine Ahnung. Und weil ich darauf eben keine vernünftige Antwort hatte, gab ich auch keine. Ich blieb einfach so. Unverbindlich und ohne viele Worte.

Und jetzt war ich an dem bereits erwähnten Freitagnachmittag im September auf dem Weg zu seiner/unserer Wohnung. Und ich stand erwartungsgemäß im Stau. Ich quälte mich in Zeitlupe mit tausend anderen Berlinern und sonstigen Besuchern durch die Seestraße, fluchte, trommelte gegen das Lenkrad und starrte auf das Becken des Westhafens. Vielleicht sollte ich lieber an die Ostsee fahren. Oder gleich nach Dänemark. Konnte eventuell schneller gehen, als von hier über die Stadtautobahn nach Hause zu kommen. Klar, ich konnte auch den kürzeren Weg durch die Innenstadt nehmen. Wenn ich noch ein paar Minuten länger brauchen wollte.
„Mist!" Resigniert schaltete ich das Radio ein. Es lief gerade ein Song von Ed Sheeran. Das hob meine Laune spontan um zehn Punkte an. Ed war einfach super. Ich drehte auf, sang mit und hüppelte (untermalt vom schmatzenden

Geräusch meiner Schenkel auf dem Ledersitz) hin und her. Weil das Radio so laut war, bekam ich allerdings erst etwas verzögert mit, dass mein Handy klingelte. Es war – tadaaa – Tilli. Cool. Jetzt war es sogar gut, dass ich gerade im Stau stand. Wir hatten schon längere Zeit (Äh -hallo? Vier Monate oder so? – Ups!) - okay – viel zu lange nichts mehr voneinander gehört. Sie studierte - wie ich – Medizin (allerdings in Greifswald), war aber als Direkt-nach-dem-Abi-Starter natürlich schon viel weiter als ich. Das Gespräch würde jetzt sicher länger dauern und mir den Stau versüßen. Besser, wenn ich Tilli über Bluetooth an Antons Freisprechanlage leitete.
Ich ging schnell ran und brüllte: „Momentchen, Tilli ..."
Dann verband ich mein Handy über den Äther mit den Boxen und drehte (sorry, Ed) das Radio wieder ab.

„... WAAAAAHNSINN, oder? Was sagst du dazu? Da biste platt, oder? Sag mal!!"
Hä? „Sorry, Tilli, hab dich grade auf die Freisprechanlage gezogen. – Super, dass du dich mal meldest. – Was hast du gesagt?"
„Hast du mir nicht ZUGEHÖRT??? ? Oh Mann! Leilaleilaleila, es ist der WAAAAAHNSINN. Er hat angerufen."
Okay. Er hatte also angerufen. „Ja. Super. WER hat denn angerufen??" Ich konnte kaum zehn Sekunden verpasst haben, aber von ihrem Gesprächsbuch fehlten mir offensichtlich trotzdem die entscheidenden Kapitel.
„Bist du taub oder was? Der Sänger von den RedRoxX. Er hat angerufen. Bei Kosta. Na? Klingelt's bei dir?"
Ich verdrehte die Augen und grinste. Manche Dinge (und Menschen) änderten sich nie.
„Ja. Klar hat es geklingelt. Mein Handy nämlich. Ich hab abgenommen und jetzt bist du dran. Cool, oder? Tolle Sache, das mit der Technik. Aber ich freu mi..."
Tilli quiekte am anderen Ende. „LEEEIIILAAAAA! Verdammt! Es ist Lennard. Lennard Steinberg. DER Lennard. Unser Lennard. Er singt."
Lennard. Booooing. Steinberg. U. N. S. E. R. L. E. N. N. A. R. D. Boboiiing. Boboiiing. Bobobobooiiiiiiiing. Und aus. Mein Herz blieb stehen.

***

***

***

„Leila?"

Huuuup. Huup. Huuuuuuuuup.

Ich schnappte nach Luft. Meine Finger umklammerten ganz unsportlich das sportliche Lederlenkrad von Antons Wagen wie ein Zehnerpack Stahlkrampen.

„…."

„Leila? Hallo? Bist du noch dranne? Halloooo. Leila?? Alles klar?"

Ich starrte auf die Rücklichter des Wagens vor mir, der längst losgefahren war (deswegen Hupe hinter mir), und schluckte. Mein Herz trommelte dermaßen, dass mir die Ohren zitterten. Ich legte den Gang ein und rollte los. „… W-was hast du g-gesagt?"

„Ha! Da staunst du, Püppi, oder? Es war nämlich so, also Kosta hatte zu Lennard seit drei Jahren auch keinen Kontakt mehr, er studiert doch in Hamburg BWL. Und jetzt – Leila, stell dir das vor – Lennard war mal bei C-POP. Kennst du C-POP?? Wahrscheinlich nicht, weil du ja NIE Radio hörst, sondern nur Büchsenmusik. C-POP sind die, die gerade mal wieder alle Charts hochwackeln. So Country auf Pop gemacht, weißt du? Eigentlich ganz cool. Aber Lennard ist bei denen ausgestiegen. Ziemlich am Anfang. Deswegen haben die auch schon ewig einen anderen Sänger - aber ich glaube, Lennard war der Bessere. Ach Scheiße, was red' ich: Er war bestimmt besser. Na egal – jetzt hat er jedenfalls 'ne eigene Band. Er ist der Sänger von den RedRoxX. Whhiiiiiiaaaa!" Sie schrie wie ein sehr freakiger Fan. „ER IST DER SÄNGER VON DEN REDROXX. Ich glaub es nicht, bin total von der Rolle. Die sind in den Staaten schon recht bekannt, haben gerade ihr neues Album rausgebracht. Ist schon das Zweite. Hab's mir runtergeladen. Heißt ‚Now'. Zwei Lieder davon kannte ich schon. Hab mir gleich auch noch die erste Scheibe gekauft. Nennt sich ‚Past'."

Sie fing an zu singen, schief wie immer. Aber den Song, den sie quakte, den kannte ich tatsächlich auch. Er hieß „Overdub". Und es war nicht irgendein Song. Zuerst gehört hatte ich das Lied im Radio der Sekretärin vom ProfDoc. Ich war also chartmäßig nicht ganz so hinter dem Mond, wie Tilli glaubte. Der Titel war gut. Rockig. Knackig. Es ging um eine Dreiecksbeziehung. Der Song war außerdem - verdammt und zugenäht – der Klingelton auf meinem Handy. Und den sollte ... Lennard singen? Mein Lenn... NEIN. Stopp! Nicht MEIN. Auf gar keinen Fall MEIN Lennard. Das war lange her. Heute war es nur noch EIN Lennard. Einer von vielen auf der Welt. (Hä??? Das glaubst du ja wohl selber nicht, oder? – Äh ... nein. – Eben. Du hast den Song nämlich genau deswegen als Klingelton. Weil sich die Stimme anhörte wie die von Lennard. Und jetzt weißt du auch, warum, du Plinse.) Okay. DER Lennard. Warum, verdammt noch mal, hatte ich das beim Hören nicht bemerkt? Und warum spielte mein Innenleben gerade ... Lavalampe in der Geschwindigkeit von kochendem Wasser!?! Verdammt ... Lennard. Es war doch schon so lange her. Tausend Jahre, oder so. Wir waren fast noch ... Kinder gewesen. Damals. Vor Äonen. Wie auch immer – jedenfalls war es lange her.

„Kannst du dir das vorstellen? Lennard ist auf dem Weg, ein verdammter Star zu werden!! Unser Lenni-Schnuckiputzi-Lennard", schnaufte Tilli in mein Ohr. „Und er sieht noch immer heiß aus, das kannst du glauben. Frag mal Google."
Ich schluckte. Ich atmete. Ich kämpfte gegen ein Sausen in den Ohren und rang um meine verdammte Fassung. Ich klammerte mich an das Lenkrad, als wäre es ein Rettungsring. Nebulös registrierte ich, dass ich nun doch schon auf der Stadtautobahn war und einen Zahn zulegen musste, wenn ich nicht als haifischgraue Cabrio-Straßenbarriere durchgehen wollte. Durch das Sausen des Windes und das Dröhnen meines Herzens klang Tillis Stimme, als würde ich in einer anderen Galaxis mit einem Balken auf der Empfangsleiste des Telefons in einer öffentlichen Telefonzelle stehen.
„Hörst du mir noch zu? Er hat sich bei Kostas Eltern in der Gaststätte die Nummer geholt und dann bei Kosta angerufen. Ich werd' irre. Whiiiiiiiiääää.

Ehrlich. Lennard ist am Wochenende hier. Also nicht hier, in Greifswald. Sondern dort. In Hamburg. RedRoxX spielen zwei Konzerte im ... Hafenklingeln oder so, nächsten Freitag und Samstag. Also nicht heute, sondern kommende Woche. Er hat uns eingeladen. Auch dich. Ich fahre definitiv hin. Und du?"

‚Auch dich ... Auch dich ... Auch dich ...', donnerte eine Trommel in meiner Brust. Und außerdem: ‚Lennard, Lennard, Lennard'. Irgendwo in einem unbekannten Geheimversteck meiner Seele wurde die breite rote Schleife gelockert, die mehrfach um einen Packen liebevoll skizzierter und vor allem gut gehüteter Erinnerungen auf handgeschöpftem, tief unter die Haut gegangenem Büttenpapier mit Wasserzeichen geknüpft war. Langsam räkelten sich die einzelnen Blätter. Sie raschelten und lüpften die Ränder und tuschelten und gaben ihre Rückblicke frei. Das Labyrinth meiner liebsten Erinnerungen verformte sich und bildete eine durchgehende Röhre, durch welche die Pergamente gemächlich segelten. Sie brachten lange vergessene Küsse, Herzklopfen, raffinierte Zärtlichkeiten und jede Menge Rosen aus Sand zu mir. Sie überrollten mich unerwartet, unangekündigt aus dem Verborgenen mit der Gewalt eines gebrochenen Dammes. Sie umfluteten mich, bewegten mich und trugen mich einfach davon. In den Norden. An den Strand, über die Dünen, die Straßen hinunter und hin zu dem Haus, vor dem ich geflohen war. Dem Haus, was so viele bittersüße Erinnerungen hütete. Erinnerungen, die ich mied wie ein Schneemann die Sommersonne. Dort hatte ich Herzklopfen gehabt und Glück erlebt, das süchtig machte. Ich hatte es verdrängt, weil ich es wollte: Ja. Ich wollte vergessen. Ihn. Uns. Den Strand. Dass er ging, hatte so weh getan. Es war kaum zu ertragen gewesen. Ich hatte lange gebraucht, um die Erinnerungen so gut zu verpacken, dass sein Gesicht nicht mehr das Letzte war, was ich abends vor mir sah, und morgens das Erste, weil er in fast jedem Traum immer da war. Aber ich hatte es geschafft. Irgendwann.

Aber das war vorbei. Die Zeit heilte schließlich alle Wunden. Oder? – Vergiss es! Blablabla. So ein Quatsch. Die Zeit ist bloß ein großes Pflaster, was man sich aufs Herz kleben kann, wenn es blutet. Und dann blutet es nicht mehr, aber auch nur so lange, wie nicht jemand daherkommt (so wie Tilli) und das Pflaster einfach wieder abritscht, ohne nachzudenken. Und dann? Tja, dann stellte sich im schlimmsten Fall heraus, dass überhaupt nichts verheilt war. Die dünne Haut ist futsch und dann kommt das Blut mit dem Schmerz zurück. Jetzt sorgte jedenfalls alleine die Tatsache, dass Tilli Lenn..., also die Vergangenheit ganz nebenbei wieder in mein Leben holte, dafür, dass ich akute Kreislaufprobleme bekam. Poff. Einfach so. Das war nicht gut. Gar nicht gut. Nicht gut für mich. Ich war doch ... die Verlobte. Von irgendwem. Einem Dings ... Verdammt! Einem ... (Oberarzt namens Anton? – Ach ja. Danke. – Bitte. Gern geschehen. Du sitzt übrigens gerade in seinem Auto. – Hm? Ach so. Ja. Genau. Der. Anton.) Atmen. Atmen. Atmen nicht vergessen.

Tilli hatte munter weitergeplappert. „..., dass wir uns mal wiedersehen. Das letzte Mal war ich bei dir in Berlin - müssen wir übrigens auch mal wieder machen. – Also was ist, Leila? Bist du dabei? Wir sehen uns in Hamburg. Fakt, oder?"

Ich war völlig tüdelig und so platt, als hätte mich gerade eine Walze auf der A100 in die Zweidimensionalität breitgewatscht. Wie hatte ich das nur vergessen können? Ihn? Uns? Ich stand unter Strom. Lennard. ... Er. War. In. Hamburg. Nächsten Freitag. Nächsten Samstag. Er war hier. In meiner Nähe. Na ja, nicht wirklich in der Nähe, aber doch viel näher als ... jahrelang. Und ich konnte nicht hinfahren. Nein. Auf gar keinen Fall. Ich konnte nicht, selbst wenn ich wollte. Und dafür hatte ich einen verdammt wichtigen Grund.

***

Suse würde heiraten. Und zwar genau an diesem Samstag, dem 16. September. Der Termin stand seit vielen Monaten fest in ihrem und damit auch in meinem Kalender. Ich war, ehrlich gesagt, ziemlich erleichtert gewesen, als sie den Heiratsantrag von Julius Rothmann endlich angenommen hatte, weil ich fast schon soweit war zu glauben, dass sie es schaffen würde, das Glück ihres Lebens bedenkenlos unter die Räder zu nudeln. Und daran war nicht Julius schuld. Nein. Der arme Tropf trug sie buchstäblich auf Händen, und das schon, seitdem sie sich kennengelernt hatten.

Er war fast sechs Jahre älter als meine Freundin und sich immer sehr wohl bewusst gewesen, dass diese Tatsache zu Beginn ihrer Beziehung noch eine nicht unerhebliche Rolle spielte. Aber er LIEBTE Suse. Ehrlich. Jus liebte sie: konsequent und absolut und mit jeder Zelle. Da war ich mir genauso sicher wie er selbst. Er stand zu ihr, mit aller Konsequenz. Er ertrug ihre Launen. Er stellte sich wie ein Bollwerk vor sie und verzieh ihr jeden ihrer emotionalen Ausbrüche. Er ließ sie sein, wie sie war. An ihrem neunzehnten Geburtstag hatte er zum ersten Mal gefragt, ob sie ihn heiraten wollte, so sicher war er sich gewesen. Damals schon. Suse nicht. Sie hatte ihm salopp an den Kopf geknallt, dass er die Antwort darauf frühestens zu ihrem zwanzigsten bekommen würde. Er hatte es gelassen hingenommen und gewartet. Ein Jahr später war ihre Antwort ein „Vielleicht. Später mal. Irgendwann ..." gewesen. Julius, Fels in der Brandung, war cool geblieben und hatte die Frage aller Fragen mit schöner Regelmäßigkeit jedes Jahr an ihrem Geburtstag wieder gestellt. Zuverlässig. Suse war es, die zwischendurch immer wieder an ihm und ihr und überhaupt zweifelte. Julius zweifelte höchstens an sich selbst und an den Anforderungen, die er an sich stellte. Er gab überall hundertundzehn Prozent. Im Job. Beim Sport. Bei Suse. Sie dankte es ihm damit, dass sie mit schöner Regelmäßigkeit für Wochen aus seinem Leben verschwand. Ich litt dann immer mit Julius. Suse nicht. Sie verdrängte die Tatsache, dass sie sich total scheußlich benahm, tauchte irgendwann wieder bei ihm auf und Jus, der Gutmütige, verzieh ihr. Ich verstand das nur zum Teil, weil ich wusste, dass die beiden zusammengehörten. Jus wusste das offensichtlich auch. Suse nicht. Und ich hatte jedes Mal, wenn

Suse ihren „Rappel" bekam, Angst, dass sie es endgültig zu weit getrieben hatte.

2010: „Leila, mal im Ernst, das kann noch nicht alles gewesen sein." Sie hatte sich fünf Tage nicht bei Julius gemeldet.

2011: „Leila, versteh das doch, er ist ein krasser Spießer." Sie war für Julius (und für mich) neun Tage aus der Welt gewesen.

2012: „Leila, ich kann im Moment nicht mit ihm zusammen sein." Zwölf Tage, an denen Julius nicht wusste, wo sie steckte. Und ich auch nicht immer.

2013: „Iron-Man? Leila, bitte! Dass ich nicht lache. Teletubby." Fünfzehn Tage, an denen Julius immer wieder bei mir anrief, weil er keine Ahnung hatte, wo Suse schlief.

2014: „Leila. Bitte. Ich bin erst dreiundzwanzig." Ein Monat. Das war die Zeit, in der Suse allein und spontan verreiste und niemand (außer mir) wusste, wo sie war. Julius hatte gewartet.

2015: „Leila. Ich bin erst vierundzwanzig." Neunzehn Nächte, die Suse woanders verbrachte als in der Villa, in welcher Julius ein Namensschild von ihr am Briefkasten angebracht hatte. Da wusste nicht mal ich, wo sie steckte. Und bei diesem Mal, ich muss es zugeben, hatte ich sie für das, was sie dem armen Rothmann Junior zumutete, gehasst.
Und sie setzte im gleichen Jahr noch einen drauf, denn im Spätherbst verschwand sie wieder. Mein vorsichtiger Optimismus war verfrüht gewesen. Ich wusste, dass sie bereits seit fünf Wochen nicht mehr bei Julius wohnte, denn genauso lange fragte er immer mal wieder bei mir nach, ob ich was von ihr gehört hatte. Ich hatte keine Ahnung, weder, wo sie war, noch, wie sie konkret zu Jus und ihrer Beziehung stand oder wie lange sie dieses Spiel noch so weiterspielen wollte. Und als Julius auch aufhörte, nach ihr zu fragen, da ahnte ich, dass er bald nicht mehr mit von der Partie sein würde. Suse war dabei, ihn

zu verlieren. Sie wusste es nicht oder wollte es nicht wissen. Mir ging es bei dem Gedanken, ihn als Freund von meiner Liste radieren zu müssen, offensichtlich schlechter als ihr. Ich liebte Julius inzwischen wie meinen Bruder. Ich litt mit ihm und stand doch trotzdem immer zwischen Baum und Borke, wenn die beiden stritten. Jedes Mal. Bis zum Super-Gau. Ich erinnerte mich noch genau an diesen speziellen Abend, den Abend, an dem Julius Rothmann Suse dann TATSÄCHLICH die rote Karte gezeigt hatte.

Es war irgendwann im Oktober und wir in der Innenstadt unterwegs gewesen, Suse und ich. Sie schlief derzeit bei ihren Eltern (die höchstwahrscheinlich auch nicht glücklich darüber waren, weil sie Jus mochten), wetterte über den „Spießer, der ihr die Jugend versaute“, und datete einen Typen, der zentimeterbreite Tunnel im Ohr hatte und so tätowiert war, dass man kaum noch sagen konnte, was irgendwann mal seine natürliche Hautfarbe gewesen war. Ihre Jugend versaut? Ich konnte darauf nichts sagen. Julius hatte sie auf Händen getragen. Immer. Jederzeit. Überallhin.

„Kinder. Heiraten, Herrgott nochmal, ich bin doch noch gar nicht so weit.“ So begann der Abend, an dem ich mit Suse den Ku'damm hinunterzog.
„Vielleicht bist du ja nie so weit“, war meine resignierte Antwort gewesen.
Sie wollte das offensichtlich nicht kommentieren und wechselte das Thema.
Wir hatten in einem französischen Restaurant Zwiebelsuppe und Baguettes gegessen und waren dann ins Kino gegangen, um eine lustig-romantische Liebesschnulze zu sehen. Gelacht hatte nur Suse. Danach versuchte sie, mich davon zu überzeugen, mit ihr in einen einschlägigen Club am Ku'damm zu gehen. Ich hatte prinzipiell nichts gegen eine gewisse sexuelle Freizügigkeit, aber das Motto des Abends „Oben ohne - Eintritt frei“ törnte mich doch eher ab. Ich war mir ziemlich sicher, dass weder ein gewisser Robert (mit dem ich damals gerade zusammen war) noch Julius (mit dem Suse - zumindest offiziell - NOCH liiert war) damit einverstanden gewesen wären, dass unser Abend dort endete.

Suse verdrehte die Augen und überzeugte mich trotzdem. „Herrgott noch mal,

nun sei doch nicht so spießig, Lelli. Wir wollen doch nur tanzen. Und gucken. Und das ist ja wohl erlaubt. Dein Robert kriegt schon alles wieder, was an dir dran ist."
Und dann war urplötzlich SIE es, die um kurz nach Mitternacht noch vor der Eingangstür aus heiterem Himmel der Katzenjammer ereilte, als der Einlasser des Clubs uns bedeutete reinzukommen, nachdem er eine quasi barbusige Blondine durchgewunken hatte.
„He, ihr beeden - rinn mit euch."
Ich wollte losgehen, wurde aber von Suse abrupt zurückgehalten.
„Leila, was mache ich hier?", fragte sie mich mit großen Augen und guckte der halbnackten Blondine nach, als wäre sie gerade aus einer Narkose erwacht.
Ich zuckte mit den Schultern. „Keine Ahnung. ICH will hier nicht rein. DU wolltest es."
„Könnter dat woanners klärn?", motzte der Einlasser. „Wollt ihr rinn oda nich'?"
Mit Augen, so groß und samtig wie die von Bambi, fixierte Suse den baumlangen Kerl an der Tür. Dann schüttelte sie den Kopf, wandte sich zu mir und sagte langsam: „Lelli?"
„Ja?"
„Ich will nach Hause."
Ich zuckte mit den Schultern. „Von mir aus. Fahr ich dich eben nach Hause."
War mir recht. Dann könnte ich morgen richtig gepflegt ausschlafen.
„Ich will aber ... zu Julius. Jetzt", flüsterte Suse.
Wie ich aus berufener Quelle wusste, war sie seit fünf oder sechs Wochen nicht dort gewesen.
Ich hatte ein ganz mieses Gefühl. „Soll ich dich ... nicht lieber ... nach Lichtenberg fahren und du rufst ihn erstmal an? Nachher? Oder vielleicht morgen?", fragte ich sie zögernd und stockte.
Suse schüttelte den Kopf. „Nein. Nicht nach Lichtenberg zu meinen Eltern", antwortete sie nachdrücklich. „Ich will nach Hause. Nach Dahlem. Zu Julius."

Ich konnte nicht mal sagen, warum, aber dieses total komische Knotengefühl in meinem Magen wurde derber, je näher wir dem Thielpark kamen. Julius wohnte dort in der Nähe. Suse wirkte nervös. Sie strich sich unterwegs immer wieder die Haare aus dem Gesicht und redete ohne Punkt und Komma. Irgendwann schwieg sie, aber erst, als wir vor Julius' Tür ankamen. Und den knallroten Mini sahen, der vor der Doppelgarage einträchtig neben Julius' Elektro- Sportwagen parkte. Es war kurz nach Mitternacht. Die Solarlampen, die Suse überall im Vorgarten verteilt hatte, verbreiteten mildes Licht.

Ich hielt direkt hinter dem Mini. Suse sah mich an.
„Was ist das denn für 'ne Kiste?", fragte sie misstrauisch.
Ich zuckte mit den Schultern. „Woher soll ich das wissen?"
„Sieht aus wie das Untergestell der Typin aus seinem Steuerbüro. Was will die um so'ne Zeit in meinem Haus?" Sie öffnete zögernd die Autotür und stieg aus.
„Vielleicht eine Abschlussbesprechung?", hörte ich mich sagen und hätte mir am liebsten selbst eine runtergehauen. Samstagabend? Nach Mitternacht?
Aber Suse zückte schon ihren Schlüssel und nestelte am Schloss.

Julius hatte seine hübsche Villa umgebaut oder besser umbauen lassen, wobei Suses Einfluss unverkennbar war. Er war wirklich bemüht gewesen, sie so zu integrieren, dass sie sich bei ihm wohlfühlte. Aber hatte sie das getan? HATTE sie sich wohlgefühlt? Ja. Und nein. Ihre quirlige Natur steckte überall, in jeder Mauerritze, in jeder Bodenplatte, in jedem blinkenden Solarlämpchen. Und davon gab es eine Menge. Es war ein Heim, ein Zuhause geworden. Gemütlich, genutzt, geschätzt. Aber war es das für sie wirklich jemals gewesen? Ein Zuhause? Wenn ja, warum lief sie dann immer wieder weg? Ich hatte mich jedenfalls immer gerne bei den beiden aufgehalten, aber heute klopfte mir das Herz bis zum Hals.

Suse schlich ins Haus, ich hinterher, nachdem ich das Auto per Funk abgeriegelt hatte. Das Erste, was wir hörten, war Musik à la Kuschelrock. Und eine Frau, die lachte.
„Was will die Schnepfe hier? In meinem Haus? Um so eine Zeit?" Suses Augen waren riesengroß und tief wie zwei Unterteller mit Kaffeesatz. Sie atmete etwas

flach, wie ich fand.
Mein Kommentar „Das ... ist nicht dein Haus. Du wolltest hier nicht mehr sein", verhallte ungehört. Suse stand bereits an der halboffenen Glastür zum Wohnzimmer. Flackerndes Licht verriet, dass im Kamin Flammen loderten. Julius hatte auf gemütlich gemacht.
Mit der Gemütlichkeit war es jedoch spontan vorbei, als Suse die Tür aufriss und wie eine Walküre in den Raum stürmte, mich im Schlepptau. Und dann ... wäre ich am allerallerliebsten im Boden versunken.

Julius saß, nein, er lag auf der Couch. Und er lag dort nicht allein. Er küsste eine Frau, seine Hand war unter ihrem (höchstwahrscheinlich) biologisch abbaubaren Oberteil aus handgestreicheltem Hanf verschwunden. Suse brauchte nur eine Sekunde, bevor sie die Situation aus Schmuserock, qualitativ hochwertigem Rotwein in Kristallgläsern und schimmerndem Kaminfeuer erfasste und lauthals losbrüllte.

Die beiden Menschen auf der Couch fuhren auseinander, wobei die Frau mit spontan entflammten Wangen hektisch an ihrem umweltverträglichen Shirt zerrte. Julius erfasste die Situation (er, sie, Suse, mich) mit einem einzigen Blick und sprang auf. Sein bekanntermaßen durchtrainierter Oberkörper war nackt und durchaus sehr ansehnlich. Er blieb, in Anbetracht der obskuren Situation und der hyperventilierend schreienden Suse, erstaunlich ruhig, fuhr sich durchs Haar und kam im Sturmschritt auf uns zu. Au Backe!

Er packte Suse, die völlig neben sich stand, gleichzeitig schluchzte und brüllte und versuchte, mit Fäusten auf ihn loszugehen, bei den Oberarmen und schob sie ohne ein Wort rigoros aus dem Raum. Zurück blieben eine völlig aufgelöste Unbekannte und ich. Wir sahen uns an, ich total verlegen, sie erschrocken und gleichzeitig wütend.

„Er ... hat mir nicht gesagt, dass er eine Freundin hat", rechtfertigte sie sich, nachdem sie ihre schadstoffreduzierte Kleiderordnung wiederhergestellt hatte.

„Liegt wahrscheinlich daran, dass seine ... Freundin ihn das gelegentlich selber vergessen lässt, weil sie wochenlang weg ist", gab Julius zurück, der eben wiederkam. Er fuhr sich erneut durch das Haar, die einzige Reaktion, die mir zeigte, wie aufgewühlt er war. Ich hörte Suse dumpf irgendwo weiterbrüllen. Sie war offensichtlich dabei, das Haus mit bloßen Fäusten umzugestalten und eine massive Holztür in Zahnstocher zu zerlegen. Julius blieb nach außen total ruhig und zog sich einen dünnen Pulli über, der vergessen neben der Couch gelegen hatte.
„Constanze, es tut mir leid. Ich hatte mir den Verlauf des Abends ... etwas anders vorgestellt."
Die Frau sah ihn an, traurig und resigniert. „Ich ... auch. – Heißt das, das war's jetzt?"
Julius holte tief Luft. „Das heißt, ich kläre meine ... häusliche Situation und melde mich dann bei dir. Für heute ist es allerdings besser, wenn du gehst, ja. Soll ich dir ein Taxi rufen?"
Constanze schniefte. „Nein, lass gut sein. Ich habe nur ein halbes Glas Wein getrunken. Wollte ja nicht ..." Was sie nicht wollte, sagte sie nicht mehr. Sie schniefte lieber nochmal und rieb sich vorsichtig (von wegen Make-up-Verschmier-Alarm) die Augen. Julius legte einen Arm über die schmalen Schultern der Frau und führte sie an mir vorbei in den Flur.

Ich musste den beiden ausweichen und dachte: ‚Bloß weg hier.' Laut sagte ich:.
„Du, Jus, ich werd' mal auch ... los! Sorry wegen der ... Störung ... Wegen Suse, also ... Wenn ich gewusst hätte, dass ..."
Resignierter Seitenblick. „Bleib hier, Leila. Bitte", sagte Julius dann fest. Es war weniger eine Bitte, mehr ein ‚Lass mich jetzt nicht alleine.'
Na wunderbar. Ich seufzte, nickte in eine unbestimmte Richtung, schlich zum nächsten Sessel und ließ mich hineinplumpsen. Die nett arrangierte Kuschelatmosphäre des Raumes stand in krassem Gegensatz zu Suses noch immer andauerndem Wüten in den Tiefen des Hauses.

Es dauerte etwa fünf Minuten, bevor Julius zurückkam. In der Zwischenzeit

hatte auch Suses Donnern an der Tür nachgelassen.
„Sie scheint sich beruhigt zu haben“, seufzte ich, als Julius sich mir gegenüber auf die Couch fallen ließ und den Rest aus seinem Rotweinglas austrank.
„Nein. Hat sie nicht, verdammt. Jetzt verwandelt sie mein Schlafzimmer in ein beschissenes Schlachtfeld“, seufzte er und atmete tief durch. „Leila, was soll ich bloß mit ihr machen?“ Er sah mich an. „Sie ist jetzt wieder wochenlang weg gewesen. Ich kann das nicht mehr ertragen. Ich habe das SO SATT.“
Ich verstand ihn und nickte. „Ich ... verstehe.“ Gut, dass Suse mich nicht sah, mich Verräterin.
Julius goss sich Rotwein nach und sah mich an. „Willst du auch was trinken?“
„Ich mache mir am besten einen Tee“, sagte ich und seufzte.
Wir standen beide auf und durchquerten den breiten Flur. Hinter der Schlafzimmertür hörten wir dumpfe Geräusche. Eine Schranktür knallte.
„Was sage ich?“, stellte Julius fest und ließ mir den Vortritt in die Küche.

Während ich den Wasserkocher anknipste, lehnte sich Julius an ein Fensterbrett. Auch im Garten hinter ihm leuchteten unzählige Solarlampen, Lämpchen und Laternen. Suse liebte Lichter in der Nacht. Ich schluckte und hatte ein schrecklich schmerzhaftes Gefühl im Hals. War ich heute zum letzten Mal hier? Julius schien offensichtlich nicht mehr bereit zu sein, Suses Ausbrüche zu tolerieren. Und ich? Ich konnte ihn verstehen, aber es brach mir fast das Herz.

„Ich halte das nicht mehr aus, Leila. Es reicht. Ich hab sie wie verrückt geliebt. Von dem Tag an, an dem sie in meinem Laden stand. Aber was genug ist, das ist genug.“ Er rieb sich die Augen.
Er HATTE?? Scheiße. „Jus, bitte, s-sie hat keine Ahnung, wie sehr dich das immer mitgenommen hat, glaube ich“, bettelte ich stellvertretend für meine Freundin, wischte mir eine Träne von der Wange und hoffte auf ein Wunder.
Er lachte bitter. „Nein, das hat sie nicht. Und genau das ist mein Problem. Ich weiß, dass ich mich wie ein Idiot benommen habe. Du bist nicht die Einzige, der das aufgefallen ist. Das kannst du mir glauben. Keine Ahnung, wer mir alles schon den Vogel gezeigt hat. Ich bin wahrscheinlich DIE Lachnummer unter

meinen Kumpels. Rothmann, die Memme. Tja, Mitleid kriegt man geschenkt ..."
Jus zuckte mit den Schultern und sah mich an. „Verdammt, Leila, klar, ich bin ein paar Jahre älter als sie, aber so dramatisch ist das doch nicht, oder?"
Ich schniefte und schüttelte mit dem Kopf, er nickte.
„Ich hab sie einfach geliebt, weißt du? Ich wollte, dass sie alles hat, was sie braucht, damit sie glücklich ist. Ich hatte ... solche Angst, dass sie mich ... wirklich verlässt, dass ich ... Ich hab mich tatsächlich idiotisch benommen. Aber mir ist jetzt klar geworden, dass ich machen kann, was ich will. Es wird nie genug sein. Deswegen ist jetzt auch Schluss. Egal, was ich tue – sie wird nicht glücklich mit mir. Okay. Dann muss ich das respektieren. Aus und vorbei. Ich mach das jetzt nur noch einmal durch, nämlich zum letzten Mal. Nicht immer wieder. Ich muss an mich und meine Zukunft denken."

Ich schüttelte den Kopf, nickte, war wie taub und setzte mich an den Tisch, weil meine Knie zitterten. Jus blieb stehen, an die Fensterbank gelehnt. Der Tee war heiß, ich pustete über die Tasse und fühlte mich schrecklich. Suse und Jus - verdammt – die beiden gehörten doch zusammen. Zu mir. Als Doppelpack. Ich konnte, WOLLTE mir nicht vorstellen, dass es die beiden nicht mehr als J+S, als Paar, als ‚die Beiden', gab.
„Jus...", fing ich an, aber er ahnte wohl schon, was ich sagen wollte.
„Nein, Leila. Nicht nochmal. Ich ertrage das nicht mehr. Sie ist gegangen, weil sie gehen wollte. Okay. Das ist ihr gutes Recht als freier Mensch. Aber dann soll sie auch wegbleiben. Schluss. Sie braucht nicht mehr wiederkommen. Sie kann ihr ganzes Zeug gleich mitnehmen. Ich mache das nie wieder mit. Ist die Hölle, so ein Hin und Her. Irgendwann reicht's einfach, weißt du?"
„A-aber sie ist ... doch wiedergekommen. Vorhin. Heißt das ... nichts?"
Julius rieb sich über die Nasenwurzel und trank Wein. „Was soll das heißen, außer, dass sie jetzt hier ist, weil ihr danach ist und um irgendwann wieder einfach zu verschwinden? Wo war sie denn vorher? Hm?" Er zuckte mit den Schultern. „Sie geht und kommt, wie sie will, und ich darf nicht mal fragen, wo sie war? Damit ist Schluss."
„Willst du ... nicht nochmal mit ihr drüber reden?"

Er gab sich einen Ruck, ging aus der Küche. Ich hörte, wie er die Schlafzimmertür aufschloss. Dann kam er zurück, lehnte sich wieder an das Fensterbrett und trank noch einen Schluck Wein, einen großen Schluck. Dann schüttelte er mit dem Kopf.
„Worüber? Über sie und mich? Da gibt es einfach nichts mehr zu sagen. Zuletzt fehlen einem die Worte. So wie mir jetzt", fasste er bündig zusammen.
„Nein, Jus, bitte rede mit ihr. Bitte!" Ich war mir sicher, dass Suse zusammenbrechen würde, wenn er tatsächlich Ernst machen sollte. Sie liebte ihn, aber das war ihr selbst nicht bewusst, weil er ihr das Leben an seiner Seite tatsächlich immer viel zu einfach gemacht hatte, besonders im Hinblick auf Konsequenzen (die nämlich immer fehlten) und das Verzeihen.
„Ich will nicht mehr reden. Ein sauberer Cut ist jetzt das Beste für alle Beteiligten. Ist an sich auch längst überfällig." Er sah mich an. „Leila, ich bin inzwischen über dreißig und zu alt für so eine pubertäre Beziehung, wie Suse sich das vorstellt. Ich will ... Kinder. Heiraten, den ganz normalen Schmus eben, verstehst du?"
Ich nickte widerstrebend.
Er nickte auch. „Gut. Sie will das offensichtlich nicht. Das muss ich respektieren. Und sie muss respektieren, dass ich mich in dem Fall für etwas anderes entscheide. Oder jemanden."

Irgendwann war offensichtlich - ganz leise – die Schlafzimmertür aufgegangen. Wir hatten es nicht gehört. Suse kam herein, langsam, schwerfällig, schlurfend. Sie sah aus wie ein seltsames Nachtschattengewächs aus dem unteren Jura und war extrem bleich. Außerdem zitterte sie.
Ich bekam einen Schreck.
„Nein, Jus, oh Gott, nein ...", flüsterte sie. „Jus, bitte ... NEIN!" Sie blieb stehen, hielt ihm die Hände hin, wurde von Schluchzern geschüttelt und bot insgesamt ein Bild des abgrundtiefen Jammers. Und das war definitiv nicht gespielt.
Julius blieb, wo er war. Er kam ihr nicht einen Schritt entgegen. Er sah sie nur stumm an. An seinem verhärteten Mienenspiel konnte ich jedoch sehen, dass es

ihm schwerfiel.
Suse schluchzte. Sie registrierte mich nicht, vielleicht hatte sie mich auch komplett ausgeblendet. „Jus, bitte“, wimmerte sie. „Ich gehe nie wieder weg, Jus, ich schwöre. Nie wieder. Ich bleibe jetzt hier. F-für immer, ja? Mach nicht Schluss, bitte nicht, bitte nicht ...“ Sie fing hemmungslos an zu heulen.
Oha. DIE Suse kannte ich noch nicht. Ihren seit Jahren zuverlässigen Rückenstärker in den Armen einer anderen Frau zu sehen, musste meine Freundin verheerend erwischt haben.

Julius stellte sein Weinglas auf die Fensterbank und rieb sich die Augen. „Nein, Suse. Es ist vorbei. Jedes Mal, wenn du einfach abhaust, bin ich hier vor die Hunde gegangen, weil ich mich gefragt habe, wo und bei wem du steckst. Es ging mir dreckig. Ich war ein beschissenes Wrack. Immer wieder. Wochenlang. Das war dir scheinbar immer egal und von daher ...“
„Dasismirnichegal. Nein. Ich gehe nie wieder weg, NIE WIEDER“, heulte Suse wie eine Wölfin bei Vollmond. „N-nihihihiiiie wieder. Niemals. Mach bitte nicht Schluss, bitte nicht. Ich liebe dich. Ich liebe dich. Ich g-gehöre doch zu dir. Ich kann nicht ohne dich leben, Jus.“
„Tust du das? Liebst du mich? Ich kann das nicht mehr glauben. Ohne mich leben kannst du offensichtlich bestens. Denn du bist gegangen, Suse, weit, weiter und am Ende viel zu weit weg von mir. Zu wem? Wo warst du, wenn ich hier alleine rumsaß und mich GENAU DAS gefragt habe?“ Er kam ihr noch immer keinen Schritt entgegen. Seine Finger umklammerten die Fensterbank aber so fest, dass die Knöchel weiß hervortraten. Es hätte mich nicht gewundert, wenn es gleich stieben würde, weil der Marmor bröckelte.
„Nein, nein, nein.“ Suse taumelte auf Julius zu wie ein Zombie mit akuter Gicht. „Nicht Schluss machen, Jus“, jammerte sie. „Bitte nicht. Bitte, bitte nicht. Ich liebe dich. Bitte mach nicht Schluss. Ich gehe nie wieder weg. Ich heirate dich. Morgen. Ich kriege Kinder, ich ... mache alles, was du willst. Aber bitte, bitte, bitte, mach nicht Schluss mit mir. S-sag mir nicht, dass ich g-gehen soll. Schmeiß mich nicht raus hier. Bitte. Verlass mich nicht. B-bitte.“
Jetzt fing sogar ich an zu heulen. Scheiße. Würde er das jetzt wirklich

durchziehen? Zu verdenken wäre es ihm nicht. Sie hatte den Bogen mehr als einmal mächtig überspannt.

Julius schluckte. Die Muskeln an seinen Armen und seinem Hals traten hervor. „Suse", begann er leise, aber nachdrücklich. „Ich habe die Schnauze gestrichen voll von deinen Allüren. Ehrlich. Ich will nicht mehr ..."
Suse hielt sich die Ohren zu. „Nein. Nein. Nein. D-du liebst mich, Jus." Sie nahm die Hände wieder runter. „B-bitte, Jus, sag, dass du mich liebst. Du kannst mich nicht einfach nicht mehr lieben. D-das kannst du nicht. Nein. Du h-hast mich immer geliebt. U-und ich liebe dich auch." Sie schniefte und zog laut die Nase hoch, während ihr Tränen über die Wangen kullerten.
Jus sah sie an. Ernst. Sein Gesicht wirkte wie aus Stein gebildhauert. Ich wusste, für Suse stand alles auf des Messers Schneide. Fifty-fifty. Ich ertappte mich sogar beim Beten und konnte nicht verhindern, dass bei mir auch weiterhin solidarisch die Tränen kullerten. Ich heulte aber nicht nur für Suse. Nein. Auch für Julius. ‚Bitte nicht, bitte nicht, bitte nicht. Nicht Schluss machen', flehte ich stumm.
Jus holte tief Luft. „Suse ... Das ist ... das letzte Mal, dass ich dieses Theater mitmache. Das ALLERLETZTE Mal, ich schwöre es dir. Solltest du auch noch ein einziges Mal verschwinden, ohne mit mir zu reden, ohne mir Bescheid zu sagen, wo du bist, warum du mich verlässt und wann du wieder zurückkommst, nur ein einziges Mal wieder weg sein, ohne dass ich IRGENDETWAS weiß oder sagen kann, dann schwöre ich dir, dass dein Schlüssel an dieser Haustür nicht mehr passen wird, wenn du zurückkommst. Ich schwöre es dir. Und es wäre gut für dich, wenn du mir glaubst."

Suse krümmte sich zusammen und wimmerte herzzerreißend. „Ich verspreche es dir, Jus, ich versprech's. Ich gehe nie wieder weg, ohne dir was zu sagen. Nie wieder. Ich versprech's. Nie wieder." Sie schlich näher, bis sie vor ihm stand, zitternd, schluchzend und völlig durch den Wind. Meine taffe und obercoole Freundin Suse, Herrin der arschkurzen Miniröcke und messerscharfen Overknees, hatte sich klammheimlich in ein graues, bleiches, barfüßiges Nachtgespenst verwandelt. Ich heulte mit, still und leise.

„Ach Suse, verdammt", seufzte Julius. Er rang mit sich, traf eine Entscheidung und dann ... streckte er endlich die Arme nach ihr aus. Meine Freundin machte einen Satz hinein und klammerte sich an ihm fest wie ein Gibbonäffchen an seiner Mutter und wiederholte in einem weg, dass sie ihn liebte und ihn nie, nie, nie, nie wieder verlassen würde. Mir fiel ein Kontinent von der Seele. Über Suses Kopf hinweg tauschten wir einen Blick, Jus und ich. Ja, Suse war schon eine Art Naturgewalt. Aber er liebte sie. Und ich auch. Er zuckte mit den Schultern. ‚Was soll ich mit dem Mädel bloß machen?', fragte sein Blick. Tja, was sollte er machen?

Ich trank schnell meinen Tee aus, um ihm die Entscheidung zu erleichtern, flüsterte: „Macht's gut, Jus, nein – macht beide das Beste draus", und verließ fluchtartig die Küche. Noch während ich meine Schuhe anzog, trug Julius seine heulende Suse aus der Küche ins Chaos seines Schlafzimmers. Die Tür fiel mit einem sanften Klick hinter den beiden ins Schloss.

***

Diese Nacht veränderte Suse grundsätzlich. Sie hatte Jus bis heute nie wieder verlassen. Das drohende Szenario, er könnte sich tatsächlich von ihr trennen, prägte sie nachhaltiger, als ich jemals für möglich gehalten hätte. Es handelte sich bei ihrer Veränderung eher sogar um eine glatte Metamorphose. Sie war wie verwandelt, wurde plötzlich anschmiegsam und ... häuslich und teilte Julius ein paar Monate später mit, dass er Vater werden würde. Klar, sie blieb weiterhin taff und schnippisch und redete, wie ihr der Schnabel gewachsen war, aber sie lernte kochen, richtete mit Hingabe ein Kinderzimmer ein, fokussierte sich libidotechnisch völlig auf Jus und gab ihm keinen Grund mehr, an ihrer Integrität zu zweifeln. Dann landete Annelie, knautschig und zuckersüß, wie ein kleiner Komet in ihrem Leben und Suse mutierte zur hundertprozentigen Vollblutmutter mit Leib und Seele. Ich denke, Julius hat es bisher nicht einen Tag bereut, dass er in der besagten Nacht am Ende doch schwach geworden war.

Annelie war letzten Juli ein Jahr alt geworden. Und Suse würde heiraten. In einer Woche, am 16. September. Und deswegen, genau DESWEGEN, konnte ich an diesem Tag nicht auf ein Konzert gehen. Nicht einmal, um Lennard zu sehen. Nein. Suse würde mir nämlich niemals verzeihen, wenn ich, ihre beste Freundin und, vor allem, ihre Trauzeugin, klammheimlich verschwand, um ein Rockkonzert in Hamburg zu besuchen. Ich konnte nicht zu diesem Konzert gehen. Nein. Leider nicht, nicht einmal, um Lennard zu sehen.

„Scheiße", sagte Tilli. „Lennard wird bestimmt enttäuscht sein, wenn du nicht kommst."

Und ich erst. Scheiße. Scheiße. Scheiße.

Sie versprach, mir Bilder und Videos zu schicken.

Klar.

Als ob mir das was nützen würde.

Als ob das reichte.

Aber es musste. Wohl oder übel. War ja auch nicht schlimm, Herrgott noch mal.

Schließlich ... waren wir erwachsen geworden. Alle.

Reif. Vernünftig.

L + L war lange her. Geschichte. Scheiß auf die Erinnerungen.

Kein Grund, Herzklopfen zu haben, Panik zu schieben, enttäuscht zu sein.

Kein Grund zu heulen.

Nein.

Ganz sicher nicht.

Warum hatte/war ich es dann doch?

***

An den Rest der Heimfahrt kann ich mich nicht mehr erinnern. Mein Kopf war leer, aber mein Herz am Zerspringen, übervoll mit Erinnerungen an eine Zeit, in der es in einem ganz eigenen Takt schlug. Nämlich in seinem.

***

Zu Hause angekommen fand ich keinen Parkplatz, ich konnte Antons Wagen erst einige Querstraßen weiter abstellen und hoffen, dass ich mich morgen daran erinnern würde, wo er stand. Als Hinweis musste es reichen, dass der Parkplatz für einen Mini gemacht war, Antons fahrbarer Untersatz hatte nur gepasst, nachdem ich ihn quasi hochkant an einem Baum eingeparkt hatte. An einer Eiche, glaube ich. Oder an einem Kastanienbaum? Brauner Stamm mit Blättern weiter oben. Das musste als Erinnerungshilfe reichen. Ich schleppte mich nach Hause wie ein altes Hutzelweib, schaffte kaum die zwei Treppen zu Antons Wohnung, kurzatmig, mit fliegendem Herzen, und vermied es, mir die Frage zu stellen, warum mein Puls so raste. Ich konzentrierte mich stur auf meine Verabredung mit Google und den virtuellen Weiten, die sich dahinter öffneten und Antworten auf fast alle Fragen nach dem Leben, dem Universum und dem ganzen Rest hatten. Vielleicht wusste Google ja auch was von ..., über ..., wegen ... ihn/ihm. Was er gemacht hatte. Wie er jetzt aussah. Vielleicht. Äh ... hoffentlich? Bilder. Ich brauchte Bilder. Sofort. Ich zitterte wie ein Junkie vor dem Rückfall.

Während der Rechner hochfuhr, verlor ich irgendwo in der Wohnung Schuhe und Jacke (und wahrscheinlich auch den größten Teil meiner Integrität gegenüber dem Wohnungsinhaber), musste zweimal mein Handy vom Boden aufheben und schaffte es kaum, mir eine Weißweinschorle einzugießen (um die Nerven zu beruhigen), weil meine Hände so zitterten, als wäre ich ein Fixer auf Entzug. Ich sackte auf Antons rückenschonendem Kniestuhl zusammen und legte meine Hände wie gewohnt auf die Tasten, wo die Finger fröhlich weiter vibrierten. Ich konnte an sich mit allen zehn Fingern schreiben. Ich meine prinzipiell. Wenn ich wollte. UND wenn die Finger mitmachten. Also meistens. Heute allerdings nicht. Denn wir (also ich, meine Finger und der ganze Rest) hockten wie gelähmt vor dem Schreibtisch und beobachteten mit bedenklichem, nach innen gerichtetem Blick die Pumpe, also das Herz, was irgendwo im Brustkorb wilde Sau spielte und mein Blut rasen ließ. Weißwein. Noch ein Schluck. Noch einer. Tief atmen. Den Bildschirm bestaunen. Weiß. Google. Ein blinkender Kursor im Suchfeld. Und dann kam endlich das passende

Kommando bei den Fingern an. Zeitverzögert, als hätte es einen Umweg von meinem Hirn über ... weit weg ... keine Ahnung ... den Großen Teich? ... die Weiten Arizonas? ... nehmen müssen. Meine Finger schrieben und dann sah ich es, schwarz auf weiß: Lennard Steinberg. Enter.
Google brauchte nicht lange. Drei Millisekunden später ...

... hatte ich einiges zum Lesen ...

... Aber vor allem ihn, sein Bild zu sehen ...

... ließ mich fast hinten überfallen.

***

Lennard „Honiahaka" Steinberg (*21.03.1990 in Supai, Coconino County, Arizona) ist ein US-amerikanischer Sänger, Komponist und Gitarrist. Er lebt in New York und Sedona.

Bekannt wurde Steinberg vorrangig durch seine kurzzeitige Mitwirkung bei C-POP, einer amerikanischen Band, die sich mit einer eigenen Kombination aus Country- und Rockmusik einen Namen gemacht hat. C-POP wurde im Juni 2011 nach einem Casting von der Firma BRONXX Entertainment zusammengestellt. Steinberg war das einzige Mitglied der Formation, welches vom Management auf anderem Weg gecastet wurde. Er stand 2011 in der Endrunde der fünften Staffel der bis 2015 im amerikanischen Fernsehen ausgestrahlten Show „Your voice – your chance", unterlag dort jedoch im Finale der damals 17-jährigen Maliyah Thummel aus Philadelphia knapp und wurde Zweiter.

***

2011
Die After-Show-Party war in vollem Gange.
Lennard stieß die Tür zum Herrenklo auf. An einem der Pinkelbecken stand Bartholomew Brixen, der Drittplatzierte. Er hatte noch Glitter von der finalen Preisverleihung auf dem Kopf, begutachtete gerade sein bestes Stück, was er lässig mit einer Hand hielt, und prüfte dann im Wandspiegel seine Zahnleiste auf Reste vom Buffet.
„Bin mir sicher, dass du 'nen Werbevertrag für Zahncreme kriegst, mindestens", grinste Lennard und stellte sich an das Becken daneben.
Bartholomew grinste noch breiter und sagte, während er kräftig abschüttelte: „Tja, spätestens seit der vierten Folge habe ich dich als Favoriten gesehen, Alter, ehrlich. Aber Maliyah? Hm. Eher nicht. Aber sie hatte wohl am Ende ... mehr Klasse."
Lennard hob eine Augenbraue. „Yepp. Mehr Klasse. Genau genommen muss sie mehrere Klassen hinter sich gehabt haben. Wahrscheinlich ihre gesamte Highschool. Und alle anderen Schulen in Philadelphia. Die Kids haben angerufen. - Anders kann ich mir das nicht erklären. Sie war die Schlechteste

unter den letzten Zehn. Hat 'ne nette Stimme, aber mehr auch nicht. Und ihr Timing ist eine einzige Katastrophe."
Bartholomew Brixen zog grinsend den Reißverschluss seiner Hose zu. „Tja, Bruder, ihr Timing mag tatsächlich 'ne Katastrophe sein, aber das, was sie unter ihrem Glitzerfummel hat, nicht." Er klopfte Lennard auf die Schulter. „Und wenn du willst, dann kannst du dir den Ruhm mit ihr teilen und die Sahne von der Torte lutschen. Zumindest heute Nacht. Ich hab gesehen, wie sie dich anhimmelt ..." Dann ging er pfeifend aus dem Raum.
Lennard lachte. „Scheiße, Alter, wasch dir die Pfoten, bevor du mich anfasst. Ich hab gesehen, was du damit eben noch festgehalten hast."

Kurze Zeit später schlenderte Lennard durch den Festsaal. Der Sender hatte sich die Sache was kosten lassen, das musste Lennard zugeben, als er im Kopf den Aufwand überschlug, der mit der letzten Show von „Your voice - your chance" betrieben worden war. (Er konnte nicht anders - vier Semester Music Management hatten gereicht, um Spuren zu hinterlassen.) Fakt war, dass irgendjemand mehr als gut an dieser Sache verdiente. Wobei die Betonung auf IRGENDWER lag. Denn Irgendwer waren auf alle Fälle nicht die Kandidaten, die der Aufhänger der Show waren und mit Peanuts abgespeist wurden. Lennard wurmte das mehr, als er zugeben wollte, obwohl ihm das im Vorfeld klar gewesen war. Er hatte trotzdem alles drangesetzt, um Kandidat bei dieser Show zu werden, weil er sich mit der Teilnahme einen gewissen Bekanntheitsgrad versprach. Nur ein bisschen Beschleunigung auf dem Weg nach oben. Nicht Reichtum. Den verdienten hier andere. Lennard war realistisch genug, das zu erkennen. Er blieb skeptisch und wartete ab. Wer konnte wissen, was sich noch ergab? Er hoffte auf seine Chance. Und wenn sich ihm eine bot, dann würde er zupacken.

***

Die Party heute Nacht hatte das Management bis ins Detail geplant. Es war nicht gespart und auch nichts dem Zufall überlassen worden. Das Buffet bog sich, es gab mehr falsches Lächeln im Saal, als ein Neandertaler Haare am Körper gehabt hatte, und die Frauen trugen geborgten überteuerten Designerfummel wie ihre zweite Haut zu Markte. Es tummelte sich hier so ziemlich jeder herum, der in New York im Musicbizz auch nur irgendwas ablassen konnte, und wenn es nur ein Furz war.

Maliyah Thummel wirkte dazwischen so rührend, zwitschernd und flatterig wie ein Kolibri unter sich belauernden Aasgeiern. Sie hatte ihre jugendlich-knackigen Kurven in einen roten, mit Pailletten besetzten Hosenanzug gezwängt und war im Blitzlicht damit mehr als gut zu sehen. So gut, dass einem fast die Augen wehtaten. Sie war der Star des Abends, auch wenn Lennard nicht drum herum kam, sie immer wieder mit einer nervösen Weihnachtskugel zu vergleichen. Und die Tatsache, dass und vor allem WIE sie von allen Seiten angesabbert wurde, machte es fast wett, dass er nicht an ihrer Stelle stand. Er konnte nicht gut umgehen mit scheinheiligem Narzissmus und dem Bedürfnis mancher Leute, sich mit fremder Popularität zu schmücken. Aber er wusste, dass der Weg, den er sich ausgesucht hatte, ihn wahrscheinlich mitten hinein in diesen Sumpf führen würde. Er hoffte, er würde lernen können, mit den Alligatoren zu schwimmen. Und für Maliyah hoffte Lennard das auch. Aber eigentlich ahnte er jetzt schon, dass sie eine Eintagsfliege bleiben würde. Aber dafür ein kleines Feuerwerk mit Glitzer und Tamtam. Einmal hoch, poff und Schluss.

„Na, hast du schon 'nen Schlüssel zu ihrem Barbie-Schoß, äh, Schloss?" Bartholomew Brixen nippte an seinem Cocktail und tippte Lennard, der an einer Säule lehnte, mit der Schulter an. „Also, wenn sie mich so an ..." Dann riss er die Augen auf und starrte über Lennards Schulter. „Holy shit!"

„Warum gehst du nicht an dein Handy? Ich konnte eben froh sein, dass der Ordner dich persönlich kannte und mich reingelassen hat. Sonst würde ich draußen stehen und dumm gucken. – Aber egal, eigentlich hättest du gewinnen müssen. Du warst großartig, mein Kleiner. - Hi!" Der kurze Gruß der jungen Frau, die sich an Lennard lehnte und ihm einen flüchtigen Kuss auf die Wange

drückte, richtete sich ganz nebenbei an Bartholomew, der sich beim Versuch, ihr zu antworten, prompt verschluckte.
„Ich habe in jedem Fall dazugewonnen, und wenn es nur Erfahrung ist."
Lennard grinste.
Ajei lachte. Sie trug einen Hosenanzug. Lange schwarze Haare fielen ihr bis zur Taille. „Mom hat mich eben angerufen und mir gesagt, dass sie dich auch nicht erreicht hat. Sie meinte, es ginge ihr schon wieder besser, aber sie hörte sich nicht wirklich so an. Na ja, sie würde sowieso nie was anderes zugeben. Sie wollte dir jedenfalls sagen, wie stolz sie auf dich ist und so weiter. Hast du dein Handy stummgeschaltet?" Okay, das klang ein bisschen vorwurfsvoll.
Lennard runzelte die Stirn. Er zog das Telefon aus der Tasche, warf einen Blick darauf und schaltete den Ton ein. „So. Bin wieder online."
Ajei verdrehte nur die Augen und winkte ab.
„Du kannst heute feiern. Ruf sie morgen an. Sie wollte sich sowieso wieder hinlegen und dass sie total stolz auf dich ist, weißt du ja jetzt. Ich bin das übrigens auch." Sie musste sich kaum auf die Zehenspitzen stellen, um Lennard auf die Wange zu küssen. „Und außerdem", sie machte eine Seufzerpause, „kein mütterliches Gespräch ohne Warnung - du sollst dich vor dem Geier hüten, der über dir rumflattert. Sie hat von einem geträumt."

Sie klopfte Bartholomew, der noch immer hustete, auf die Schulter. „Alles klar?"
Der junge Mann, dessen Augen tränten, hustete nochmal, winkte ab und röchelte dann „Was für 'n Geier, verdammt? Wir sind hier in New York ..."
Lennard, der sein Handy checkte, sah auf. „Und!?"
Ajei blitzte Bartholomew ein Tausend-Watt-Lächeln rüber. „Gerade hier in New York gibt es jede Menge Geier, und das sind solche von der Art, die dir das Fleisch von den Knochen fetzen, wenn du noch nicht mal richtig tot bist."
Dann wandte sie sich wieder an Lennard und sagte auf Deutsch: „Himmel, dem fallen gleich die Augen raus. Wehe, du gibst dem Kerl meine Nummer. Dann bekommst du Ärger mit mir. Ich poste die Nacktfotos von dir mit vierzehn. Ehrlich. Und da war dein Dingsbums noch miniklein." Lennard lachte. Ajei machte ein grimmiges Gesicht. Aber nur für einen Moment, dann boxte sie ihm

gegen den Arm und kicherte. „Ich nehme an, du bleibst auch nicht mehr lange hier, oder? Bist du böse, wenn ich jetzt schon abhaue? Mein Flieger geht morgen Nachmittag und ich wollte mich noch mit Julie treffen."
Lennard schüttelte den Kopf. „Kein Problem. Wir sehen uns morgen nochmal, oder?"
Ajei schlang die Arme um Lennard und gab ihm noch einen Schmatz auf die Wange. Dann sagte sie (wieder auf Englisch): „Auf jeden Fall, Kleiner. Bis dahin ...", reichte Bartholomew die Hand, zwinkerte ihm zu, gurrte: „Nice to meet you" und schwebte davon.

„Wow, die ist ... heiß, Lennard, oder? Also so richtig heiß, meine ich. Wow. WOW!! Hast du was mit der? Wieso nennt sie dich ‚Kleiner'?"
Lennard zuckte mit den Schultern. „Keine Ahnung, ob sie heiß ist. Bin immun dagegen. Sie nennt mich ‚Kleiner', seit sie sieben Minuten vor mir auf die Welt gekommen ist. Das scheint wichtig zu sein. Zumindest für sie."
„Alter, das ist deine SCHWESTER, ja? Wahnsinn. WAHNSINN!! Kannst du mir ihre Telefonnummer geben? Ich könnte ihr ... einiges zeigen. Von New York, meine ich."
Lennard grinste. „Ich bin doch nicht irre. Wenn sie mich nach deiner Nummer fragt, dann geb ich die gerne weiter. Ansonsten - keine Chance, auch nicht als Reiseführer." Er stieß sich, noch immer grinsend, von der Säule ab. „Versuch du es doch heute Abend bei Maliyah, Barty. Ich steh nicht so auf Blondinen."

***

Lennard hatte gut gegessen. Er hatte ziemlich guten Whisky getrunken. Aber nur einen. Und er hatte eine Menge Smalltalk über sich ergehen lassen müssen. Und eigentlich hatte er die Schnauze voll von dem ganzen scheinheiligen Schmus um sich herum. Das Einzige, was ihn davon abgehalten hatte, sich längst dorthin zu verdrücken, was er bequemerweise (und in Ermangelung eines besseren Begriffs) derzeit als sein „Zuhause" bezeichnete (also das Loft von Big-D-Donald-Conan), war die Befürchtung, dort in eine Sexorgie zu platzen, die Big D für heute Nacht angekündigt hatte. Inklusive der Einladung, dass Lennard später dazustoßen könnte. Zum Stoßen. Hahaha.

Aber dann war es Curt Whitle, der Eigentümer von BRONXX Entertainment, der ihm den Weg abschnitt und einen fleischigen Arm auf seine Schultern klatschen ließ, bevor er Lennard mit Schwung an die nächstgelegene Bar zog. Dabei pochte er sich auf seine fleischige, mit Narbenkratern übersäte Nase und brüllte „Wenn Curtys Riechkolben kribbelt, dann liegt Erfolg in der Luft. Und als du gesungen hast – was soll ich sagen – da ist mir der Zinken fast explodiert. Mein Goldjunge, du und ich – wir kriegen sie alle, die Schweine, alle. Aus dir mache ich was. Ehrenwort vom alten Curty" in sein Ohr. „Hör mir zu, hör mir jetzt ganz genau zu ..."

***

Zwei Stunden später. Brooklyn Heights.

Es war still im Raum, zumindest so still wie es in einem New Yorker Appartement mit Blick über den East River auf Lower Manhattan überhaupt sein konnte. Lennard lag auf der grauen Eckcouch, die seit zwei Jahren sein Bett darstellte. Er hatte die Arme hinter dem Kopf verschränkt und starrte aus dem Fenster auf die nächtliche Lichtkulisse der Stadt, wobei Fenster kaum der richtige Ausdruck war für die nahezu komplett verglaste Wand. Und Nacht war es auch nicht wirklich. Hier in New York wurde der Himmel kaum richtig dunkel. So gehörte es sich schließlich für die City, die niemals schlief.

Lennard vermisste die Weite und den Himmel nahezu schmerzlich. Diese Stadt saugte ihm die Energie aus dem Körper und die Luft aus den Lungen. Die Wohnung von Donald Feigl (aka Conan dem Barbaren) war ein Loft, umfunktioniert aus einem Lagerraum, und lag im obersten Geschoss einer alten Fabrikhalle. Seifenopern zu produzieren schien sich (zumindest für Donalds Vater) ausgezahlt zu haben. Das Loft hatte sicher eine siebenstellige Summe gekostet, und das war trotzdem nur ein Bruchteil von dem Honigkuchen, der dort drüben, an den Börsen Manhattans, täglich hin und her gescherbelt und immer wieder neu aufgeteilt wurde.

„Shit", murmelte Lennard, streckte sich und gähnte. Er kam mit seinen drei Jobs gerade so über die Runden (unter anderem verteilte er, verkleidet als Backenhörnchen, Flyer für ein mexikanisches Restaurant) und musste einem Typen wie Donald Feigl dankbar sein, dass er hier campieren durfte. Obwohl er das, genau genommen, seinem Grandpa zu verdanken hatte, der wiederum mit Donalds Vater, dem alten Feigl, einen spirituellen Pakt geschlossen zu haben schien. Montgomery Feigl war jedenfalls seit seinem letzten Besuch im Canyon geläutert und offenbar auf dem Weg, ein besserer Mensch zu werden, was auch immer das hieß. Er hatte seine Geschäfte (also die Seifenopern-am-laufenden-Band-ausspuckende Produktionsfirma) in der Zwischenzeit und recht spontan dem einzigen Sohn (Donald = Big D) übergeben und suchte nun auf dem einfachen Weg (in 5-Sterne-Wellnesstempeln, gelegentlich aber auch barfuß im Lendenschurz) nach der persönlichen Erleuchtung.

Zum Glück war Donald nach seiner Beförderung nicht mehr oft im Loft. Er genoss die plötzliche Macht, die ihm der neue Tick seines Vaters so unverhofft beschert hatte. Meistens pennte er in Manhattan in seinem Studio oder in irgendeinem der anderen Häuser, die zum Unternehmen beziehungsweise seinem alten Herrn gehörten. Nebenbei produzierte er weiterhin Seifenopernfolgen, womit er (ganz der Vater) sehr erfolgreich war, da sein Leben selbst eine einzige Seifenoper war. Er machte sich selbst unheimlich gern unheimlich wichtig und ging damit unheimlich vielen Leuten unheimlich auf die Nerven. Was nichts daran änderte, dass er unheimlich erfolgreich war. (Womit einmal mehr bewiesen wurde, dass der Teufel immer auf den größten Haufen machte oder, wem das zu frivol war, nach dem Matthäeus-Effekt eben dem gegeben wird, der hat.) Zu allem Überfluss frönte Big D hingebungsvoll der Vielweiberei, eine Nebenerscheinung, die nicht seine wenig bestrickende Optik, sonder vielmehr die neue Position im Business so mit sich brachte. Etwas, was Big D wahrscheinlich am meisten von allem genoss.

„Keine Ahnung, warum der Alte jetzt auf diesen mystischen Scheiß mit deinem Grandpa macht und so. Ist mir aber ehrlich gesagt auch egal, solange der Dollar rollt", war seine Meinung.

Er hatte Lennard sogar eine Rolle als Schwuler in „Neighbors Secrets" angeboten.

„Da bist du kein Backenhörnchen und kannst mal richtig Kohle verdienen, Bruder! Das wird eher, als mit dem Geklimpere. Wenn du willst, lass ich 'nen Gitarrenpart in die Rolle einbauen. Du siehst cool aus, mach was draus oder warum hat Manitu dich so gemacht, hä? Oder noch besser - du setzt 'n paar falsche Wimpern auf, trällerst wie'ne Lerche, machst auf Drag-Queen und dann bis du ein richtig schräger Star. Ist voll im Trend, glaub dem alten Didi. Peng. Zack. Kriegen wir hin ..." Big D hatte gegrölt, Lennard dankend abgelehnt.

Jetzt lag er hier, in Big D's Appartement, rum und grübelte. Klar, er wollte weg, raus aus der geborgten Bleibe, wollte etwas Eigenes starten, wollte SEINE Musik machen. Aber dafür fehlte ihm etwas ganz Entscheidendes: Geld. Und nun blinkte auf dem Glastisch vor der zum Bett umfunktionierten Schlafcouch ein Vertrag, den Curt Whitle ihm vorhin unter den Arm geschoben hatte. Es war ein dickes Pamphlet. Lennard hatte es nur überflogen, der Inhalt war erwartungsgemäß. Viele Worte, viel Wind und vor allem viel ausgeklügelte Augenwischerei. Lennard hatte allerdings nicht umsonst die besagten vier Semester Music Management studiert und blöd war er auch nicht. Er konnte zwischen den Zeilen lesen und wusste, dass Typen wie Curt Whitle Haie mit

Saugrüssel und unzähligen Händen waren, die jeden Geldregen geschickt in die eigene Tasche leiteten. In Curts Welt wurde nichts verschenkt, auch wenn er noch so sehr in die Kumpelkerbe reinhaute. Die Curt Whitles dieser Welt waren geldgeil und skrupellos. Da zählte nur, was der neue best friend unter dem Strich mit in die Ehe brachte. Sonst nichts.

„Denk drüber nach, Junge, aber nicht zu lange. Curty macht dir 'n Angebot, was du nicht ausschlagen solltest. Bekommst nicht so schnell wieder so was Gutes angeboten. Von Null – zack – hoch auf die Hitliste. Wir kriegen sie alle, die Schweine, du und ich. Und dann grunzt die Welt so, wie du es willst, weil Curty es auch will." Er hatte Lennard noch einen gönnerhaften Hieb zwischen die Schulterblätter versetzt, ihm eine goldene Visitenkarte in die Hand gedrückt und war zwischen den Massen verschwunden.

***

Lennard grübelte. Wann immer er sich das verschlagen-feiste Gesicht von Curt Whitle vorstellte, schrillten seine inneren Alarmglocken lauter als die Sirene eines Kreuzfahrtschiffs mit Schlagseite im Eisbergwasser. Aber er konnte mit diesem Deal trotzdem mehr Geld verdienen, als mit all seinen drei Jobs in den nächsten zehn Jahren zusammen. Er würde Musik machen können, okay, nicht seine eigene, aber immerhin. Er WÜRDE Musik machen. Auf der Bühne stehen. Sich einen gewissen Bekanntheitsgrad erarbeiten. Und Geld verdienen. Vielleicht würde er, wenn er sparsam und clever war, am Ende sogar genug haben, um alleine durchzustarten, endlich SEIN Ding zu machen. Die Frage war nur: Würde, bis es so weit war, genug von ihm übrigbleiben, damit er überhaupt noch wusste, was sein Ding war?

Lennard war noch immer im Grübeln zwischen Pro und Kontra und als die Tür zu dem stillen Appartement aufflog und Stimmen mit einem kreischenden Gelächter hereinschwappten, stöhnte er. Scheiße. Auch das noch. Big D hatte sich (wie versprochen) an seine Wohnung in Brooklyn Heights erinnert. Und er war

offensichtlich nicht alleine.
„Was für ein beschissenes Timing", grummelte Lennard und ließ einen Arm über seine Augen fallen. Die Wohnungstür fiel mit einem lauten Krachen ins Schloss und aus war es mit der Stille.

„Bruder, wie ist es gelaufen?", brüllte Big D.
Lennard hob einen Arm und winkte nach hinten über die Lehne der Eckcouch mit den Ausmaßen einer mittelgroßen karibischen Insel. „Die größten Titten im Saal haben gewonnen."
Big D grölte. „Ey, kann nicht sein, Bruder. Die größten Titten im Saal habe ich uns nämlich heute mitgebracht. So bin ich zu dir. Wie 'n echter Bruder."
Da Lennard wusste, dass sein Mitbewohner jetzt keine Ruhe geben, und schon gar nicht wieder gehen würde, raffte er das letzte bisschen Energie zusammen und setzte sich mit übertriebenem Schwung auf. „Hi!"
Okay, Geschmack hatte Big D in jedem Fall und gelogen ... hatte er auch nicht. Gegen die doppelte Doppel-D-Power hier konnte Maliyah Thummel tatsächlich einpacken. Mitsamt Glitzerkugeloutfit. Er nickte beifällig. „Yepp, wie ein echter Bruder." Dann stand er auf.

Big D schob seine Begleiterinnen wie ein Bulldozer vor sich her, als er zielgenau in Richtung Kühlschrank stapfte. „Erzähl, Alter, warum hast du das Ding nicht gewonnen? Ich hätte auf dich gewettet, ehrlich. Hast du wem auf die Füße getreten?" Er riss die Kühlschranktür auf und steckte den Kopf rein. Es klapperte, dann reckte Big D triumphierend die Hand mit einer Flasche hoch. „Babys, der Abend ist gerettet." Es knallte, als der Sekt sich wie von selber entkorkte. Die Mädchen klatschten Beifall und quietschten. Big D's Stimme donnerte. „Ich muss jetzt mit dem Kerl da reden. Also geht mal auf's Klo und macht euch 'n bisschen zurecht. Macht halt Pipi und was mit Schminke oder so. Schiebt die Möpse zurecht. Ach verdammt, was Weiber eben so machen. Das große Bad ist da oben, da passt ihr mit allen Titten rein ..."

Die Mädchen zogen tatsächlich ab, wenn auch unter Protest. Big D schnappte

sich vier Gläser aus einem hohen Glasschrank, knallte alles auf den niedrigen, dafür umso breiteren Couchtisch und ließ sich ächzend in einen Sessel mit den Ausmaßen eines kleinen Cityflitzers fallen.
„Erzähl, Kumpel, was war los." Seine Stimme klang jetzt geschäftsmäßig.
Lennard lümmelte sich wieder auf die Couch gegenüber, die er sich schon bettmäßig ausgezogen hatte. „Okay, ganz erfolglos war das Ding trotzdem nicht. Ich hab 'n Angebot von so einem Typen bekommen."
Big D stürzte ein Glas Sekt auf ex runter wie stilles Leitungswasser. „Gut. Und?"
Lennard beobachtete ihn genau. „Schmierig. Geldgeil. Ein echter Samariter. - Curt Whitle. - Hast du mir den Kerl auf den Hals gejagt?"

Big D grinste. „Ey, Bruder, wie kommst du denn da drauf?" Er schob ein Bein über die Sessellehne und goss sich Sekt nach. „Und wenn? Was wäre daran schlimm? Du willst Kohle machen, Alter. Geld verdienen. Kann ich verstehen. Und eins verspreche ich dir beim verrotteten Arsch meiner Urgroßmutter", er pikte mit seinem dicken Zeigefinger über den Tisch in Lennards Richtung, „wenn einer was vom Kohlemachen versteht, dann der alte Curty."
Lennard nickte. Er hatte also richtig gelegen. „Dee, dein Curty ist einer von den Typen, die den Arsch deiner verrotteten Uroma verhökern, wenn einer nur genug bietet."
Big D zuckte nur mit den Schultern. „Na und, Alter? Willst du Erfolg haben? Geld verdienen? Dann bist du bei Curty genau richtig. Der hat den Riecher für's Geschäft. Is' wie so 'n Trüffelschwein, der Kerl. Und Satan scheißt immer auf den größten Haufen."
(Tja, genau das hatte Lennard auch schon gedacht.)
Big D rülpste und goss sich Sekt nach. „Sieh's mal so, Len: Wenn Curty Whitle dir 'nen Vertrag anbietet, dann weiß er, dass du's drauf hast. Curty ist ein beschissener alter Widerling, okay, aber er hat's eben auch drauf." Der Dicke tippte sich vielsagend an die Nase.
Lennard holte tief Luft und zog eine Braue hoch. „Donald, der Typ ist kein einfacher Widerling. Er ist ein megamäßiges Arschloch."
Big D riss die Hände hoch. „Wooow! Ja. Na und??" Er beugte sich weit vor.

„Denk an dich, Alter. Willst du weiter so rumkrebsen? Von einem Job zum nächsten? Hier mal 'n Gig und da mal einer? Unterm Backenhörnchentütü schwitzen wie die Sau? Studium? Vorlesungen? Oder willst du endlich was erreichen? Den Hahn mal aufdrehen wie Big D? Hä?"
Lennard sah ihn an und sagte nichts. Sein Gesicht war wie aus Stein gemeißelt.

Big D grinste so breit, dass sein Gesicht aussah wie das von Ernie aus der Sesamstraße. „Na also. - Len, Alter, du willst Erfolg haben. Einer von den Großen sein. Das willst du doch, oder? Gib's zu. Ich weiß es. Alle wollen das."
Lennard atmete tief durch und starrte aus dem Fenster.
Big D trank sein Glas aus und beugte sich vor. Seine Stimme war leise, fast beschwörend.
„Okay, Alter, der Weg nach ganz oben, das sag ich dir, der Weg geht direkt durch das Arschloch von einem Typen wie Curt Whitle. Du musst dich durch seinen Darm und die ganze Scheiße ackern, Alter, aber irgendwann kommst du oben wieder raus. Und dann ... kotzt er dich in den Olymp. Bingo." Er riss die Arme hoch, grinste und lehnte sich zurück in den Sessel.

Wie auf Kommando ging oben die Badezimmertür auf. Die beiden Mädchen gickerten.
Lennard grinste. „Du hast 'ne verdammt widerliche Stinkerphantasie, Big D."
Sein Gegenüber grinste. „Und ob, Len, und OB! - Kommt runter, ihr Bitches mit den Big Balloons." Er klopfte sich auf die Schenkel. „Kommt zu Papa!"
Die Absätze der beiden Mädels klackerten auf der Treppe. Dann schlängelten sie sich um den Monstersessel herum und ließen sich auf je einem der massigen Schenkel von Big D nieder, der seine Hände auf ihre Hintern klatschen ließ.
„Nehmt euch Sekt, Babys, ihr werdet's brauchen. Und du, Bruder, was denkste da noch drüber nach, hä? Du musst zuschnappen, wenn du so'n Fisch wie Curt vor dir baumeln hast. Ich versteh dich nicht. Was gibt es da zu überlegen?"

Lennard hätte ihm erklären können, dass nicht Curt Whitle, sondern er selbst hier der Fisch an der Angel war, wenn er zubiss, aber das würde kaum Sinn machen. Big D war einigermaßen angesoffen, high und geil, aber ganz sicher nicht auf eine Diskussion über die vergleichsweise mieseren Ausgangspositionen von Leuten, die nicht mit einem goldenen Arsch geboren waren. Lennard beobachtete interessiert, wie Big D grunzend die (Lennard hätte drauf gewettet) künstlich aufgepolsterten Titten der Schwarzhaarigen tätschelte, während die Brünette wiederum Lennard neugierig anstarrte.

„Ist das der Typ, Donny?", fragte sie dann und zeigte auf Lennard. „Wer ist er? Woher kennst du den? Jemand vom Fernsehen?"
Big D, dessen Aufmerksamkeit gerade rapide in der Falte zwischen den Brüsten der Schwarzhaarigen versickerte, murmelte: „Ist mein Adoptivenkel oder so." Großes Gekreische. Big D schnaufte: „Nee, ehrlich jetzt. Könnte sein, dass sein Grandpa meinem Dad das Gehirn rausgeblasen hat. Aber ich nehm 's nicht krumm, weil ich ja jetzt den Laden hab. Deswegen schulde ich Lennard was." Er hob den verschleierten Blick wieder aus dem Delta der Venus, die auf seinem rechten Schenkel saß. „Und by the way ..." Er schob die Brünette von seinem Bein. „Baby, er muss mal 'n bisschen Spaß haben." Zu Lennard: „Das Baby hier ist Tänzerin und singen kann sie auch. Sie will, dass ihre Rolle in meiner Soap weitergeht. Dafür macht sie alles, was?" Er schob seine Hand unter den kurzen Rock der jungen Frau und zwickte sie in den Hintern. „Gefällt er dir?", und als sie nickte, griente er: „Das dachte ich mir. Baby, gib alles."
Für Lennard hatte Big D auch einen Tipp parat. „Die Kleine kann phantastisch tanzen. Ihre Beinarbeit ist phänomenal." Er machte ein Kussgeräusch, wuchtete sich aus dem Sessel hoch und umfasste die Taille der Schwarzhaarigen. „Zeit für's Bett, Puppe. Lassen wir die Turteltauben alleine." Dann schob Big D seine Begleitung grinsend über die Treppe nach oben in sein Schlafzimmer. Bevor die Tür zuknallte, rief er über die Schulter: „Zeig's ihm, Baby. Blamier mich nicht, okay? Nicht, dass Lennard denkt, Big D lügt."
Das Mädchen keifte. „Donny, bist du mein Lude oder was?" Dann lächelte sie Lennard an und schlängelte sich um den Tisch herum.

Die Lichter der Straßenlaternen tauchten den Raum in warmes Schummerlicht.

Lennard lag auf seinem Bett und beobachtete die Brünette. Als sie neben ihn glitt, schloss er die Augen. Seine Gedanken wanderten. Baby ... Er mochte das Wort. Da hingen Erinnerungen dran. An Sand und Meer und Augen in der Farbe eines Waldsees im Sommer. Weit weg. Hinter einem Ozean. In einem anderen Leben. Als die Zukunft noch so klar gewesen war. Er hatte sich frei gefühlt, stark, fast unbesiegbar. Die Welt war damals irgendwie noch rein und unschuldig gewesen. Sie hatte ihnen mit dem Ostseesand zu Füßen gelegen. Ihm. Ihr. Damals. „Baby", flüsterte Lennard, lächelte und vergrub seine Finger in den weichen langen Haaren.

Big D hatte tatsächlich nicht zu viel versprochen. Und es war nicht nur die Beinarbeit der Brünetten, die keine Wünsche offenließ.

***

Das Hochgefühl hielt exakt so lange an, bis Lennard wieder aufwachte. Zu sagen, dass er ausgeschlafen hätte, wäre die Untertreibung des Jahrhunderts gewesen. Er hatte kaum zwei Stunden mehr oder weniger verdämmert. Draußen färbte sich der Himmel morgenblau.
Lennard blickte auf die Frau, die leise neben ihm schnarchte. Sie wirkte im Morgenlicht viel jünger als vorhin. Mit einem Anflug von schlechtem Gewissen fiel ihm auf, dass er nicht mal wusste, wie sie hieß. Und als ihm klar wurde, dass ihr Name ihn auch nicht sonderlich interessierte, wurde ihm geradezu schlecht. Er stand auf und gab sich dabei große Mühe, sie nicht zu wecken. Er hätte nicht gewusst, was er ihr sagen sollte. Ein ‚auf Wiedersehen' wäre in jedem Fall gelogen. Auf dem Tisch lag der Vertrag von Curt Whitle, geisterhaft fahl leuchtend im Schein der Laternen. Lennard starrte darauf. Minuten vergingen.

***

Wenig später trat Lennard unten auf die Straße. Er trug nur das, was er auf die Schnelle gefunden hatte, ohne das Mädchen oder Big D auf den Plan zu rufen. Kurze Hosen. Ein Laufshirt und irgendeinen Pulli. Sportschuhe. Er sah an sich runter, zuckte mit den Schultern und joggte los. Er kannte sein Ziel und würde zu Fuß etwa eine Dreiviertelstunde brauchen, aber er lief trotzdem den Umweg über die Brooklyn Heights Promenade, dann die Furman Street hinunter, vorbei am Brooklyn Bridge Park, grüßte im Vorüberlaufen ein bekanntes Gesicht hinter den Scheiben eines Burgerrestaurants, was rund um die Uhr geöffnet hatte, und nahm dann die Old Fulton Street, von welcher aus er über die Brooklyn Bridge rannte, um dann den East River in Richtung Manhattan zu überqueren. Sein Ziel war eine Hausnummer in der Gold Street und Lennard glaubte nicht, dass Curt Whitle diese kleine Tatsache einem Zufall überlassen hatte, als er Büroräume für sein Gewerbe suchte.

***

Eine reichliche Stunde später lehnte Lennard am Geländer der Brooklyn Bridge und blickte über den morgendlichen Autoverkehr nach Süden auf die Statue, welche Libertas, die römische Göttin der Freiheit, darstellte. Den Umschlag mit dem Vertrag hatte er nicht mehr dabei. Er zückte sein Handy, ließ die Statue nicht aus den Augen und tippte eine Nummer ein. „Ajei? – Ja, ich weiß, dass du schläfst. Ja ... Verdammt. Hör doch mal zu. Nein ... AJEI! Krieg dich ein, Sis. Ich brauche jemanden zum Reden, weil ... Scheiße, ich glaube, ich hab grade meine Seele verkauft. Kann ich zu dir kommen?“ Er grinste. Er kannte seine Schwester. „Na also, Sis, du bist die Beste. Ich liebe dich. In einer halben Stunde in der Lobby vom Hotel, okay? Nein. Wir müssen auch nicht lange reden. Ich brauche Schlaf. Ähm ... und ... kann ich bei dir duschen?“

***

Zurück in Berlin-Johannisthal 2017

Ich saß immer noch am Schreibtisch und starrte auf das Display. Wahrscheinlich hatten meine Augen schon so kryptische Spiralen in den Pupillen wie die ulkige Schlange im Dschungelbuch. Wenn ich jetzt jemanden angucken würde, dann wäre derjenige sofort hypnotisiert. Hundertpro. Ich gähnte und fühlte mich ein kleines bisschen wattig. Vielleicht wegen des Weines. Oder wegen der Tatsache, dass die Uhr bald eins schlagen würde. Oder weil zu viel Bildschirm viereckige Augen machte. Das behauptete zumindest meine Oma. Na ja, ich konnte mir jedenfalls aussuchen, warum ich mich so komisch fühlte. Komisch hieß jedenfalls nicht müde, auch wenn ich gähnte. Im Gegenteil. Ich war auf der gegenüberliegenden Seite von müde, sozusagen edüm und damit übermäßig hellwach. Wie auf Speed. Und hypnotisiert. Aufgeputscht wie nach dem Genuss von zwei Dosen dieses rosafarbenen Zeugs, was quietschesüß war und angeblich Flügel verleihen sollte. Aber das hatte ich nicht getrunken, genauso wenig wie Kaffee. Nur Wein mit Sprudel. Hm, wahrscheinlich war es die Kohlensäure, die mich zittrig machte. (Ja klar. Tadaaa. Und Hundepups riecht nach Erdbeeren ...)

Ich hörte mir auf Youtube Musik an. Gut, es war nicht irgendeine Musik, sondern SEINE Musik. Ich sah mir Bilder im Netz an. Gut, es waren nicht irgendwelche Bilder, sondern Bilder von ihm. Ich kramte in meinen Erinnerungsschubladen, aber es war SEINE Stimme, die ich hörte, und sie trug mich weit, weit weg. Und das wollte ich auch. Weit, weit weg sein. Mit dem Kopf in den Händen und inzwischen (wahrscheinlich) rot unterlaufenen Augen las ich weiter:

***

Steinberg brachte die Sendung einen Vertrag bei BRONXX Entertainment ein, deren Eigentümer und Manager Curt Whitle im Verlauf der Show auf ihn aufmerksam geworden war. Mit Steinberg als Frontman entstand das Album „On with it!", welches auch das Motto der ersten Amerikatournee der Band war. C-POP gab auf ihrer

Debüt-Tour im Laufe von 13 Monaten 191 Konzerte in Nord- und Südamerika.
Nach knapp eindreiviertel Jahren wurde der Vertrag mit Steinberg jedoch im März 2013 ohne Angabe von Gründen kurz vor dem Ende dieser ersten Tournee und trotz des großen Erfolgs überraschenderweise aufgehoben. Ein Sprecher von BRONXX Entertainment gab nach einem Auftritt in Chicago die Trennung von Steinberg mit der knappen Begründung von „unüberbrückbaren Differenzen und unprofessionellem Verhalten“ bekannt. Steinberg selbst äußerte sich weder zu diesem Vorwurf noch zu seinem Ausstieg. Die letzten Konzerte der Tour in Houston/ Texas und Nashville/Tennessee, mussten abgesagt werden. Seit Mai 2013 fungiert Jacques „Jay“ Molzan als Frontman von C-POP.

***

Januar 2013, Miami, Florida

„Wo war ich gestern und WER, verdammt, bist du denn, du Blödmann? Und was hast du da für einen Scheiß an?", fragte Lennard und starrte angewidert auf die Fransenweste seines Gegenübers. Dabei stützte er die Hände auf dem Waschbecken ab. Der Typ, der ihm aus dem Spiegel entgegensah, kam ihm (wenn überhaupt) nur noch vage bekannt vor. Das Badezimmer dagegen sehr. Es sah nämlich fast genauso aus wie das von gestern. Und das in dem Hotel davor. Das war in ... Moment. Er hatte es gleich. Das war in ... Toronto gewesen? Vancouver? Boston? Chicago? Seattle? Austin? Auf dem Mond? Er hatte – verdammt noch mal - keine beschissene Ahnung mehr. Und es war ihm auch - fuck, fuck, FUCK – total egal.

„Scheiße!", sagte Lennard auf Deutsch. „Ich hasse diesen ganzen Drecksmist." Er riss sich das glitzernde Haarband (mit dem ein Indianer, der was auf sich hielt, nicht mal im Dunkeln erwischt werden wollte) herunter und hielt seinen Kopf unter den Wasserhahn. Das Rauschen des Wassers übertönte das Klopfen aus dem Raum hinter der angelehnten Tür nur beinahe. Aber Lennard ignorierte das. Der Besucher klopfte konsequent weiter, lauter.

„Verpisst euch. Ich habe heute keinen Bock auf ... Ach so, du bist das", stellte Lennard fest, nachdem er (mit tropfnassen Haaren und OHNE die peinlichste aller Fransenwesten, die er in irgendeine Ecke des Hotelzimmers geschleudert hatte, in der wilden Hoffnung, dass sich das Teil dort einfach durch irgendein Raum-Zeit-Kontinuum ins Nirgendwo beamte) zur Tür getigert war und diese aufgerissen hatte. Er ließ seinen Besucher herein und warf dann einen scharfen Blick nach rechts und links in den Gang.

„Ist das Angstschweiß, Len?", fragte der Ankömmling, ein junger Mann mit strubbeligem Rotblondschopf, ohne einen Hauch von Ironie und nickte in Richtung von Lennards nassen Haaren. „Brauchst keine Angst haben. Cody kümmert sich schon um deinen Fanclub. Also zumindest um die, die unten

durch die Kontrolle gekommen sind. Er leckt mal wieder deine Krümel vom Boden auf." Mit diesen Worten schnappte er sich seufzend ein Bier aus der Minibar und ließ sich auf die Couch fallen.
„Klar, Ben, komm ruhig rein, Ben!", stellte Lennard sarkastisch fest, knallte die Tür zu und zerrte sich eine Knochenkette aus Plastik vom Hals. Dann schmiss er das Ding an seinem Besucher vorbei in die nächste Ecke. „Setz dich doch, Ben. Nimm dir 'n Bier, Ben!"
Ben wedelte vielsagend mit der Flasche.
Lennard winkte müde ab. „Du erkennst einen Witz nicht mal, wenn er dich in den Sack beißt, oder – Ben? - Sag mal, Alter, hast du eigentlich schon mal was von Privatsphäre gehört??" Dann stieg er aus der Fransenhose, die nur Sekunden später gemeinsam mit den Made-in-China-Mokassins den gleichen Weg nahm wie Kette und Weste, und ließ sich, nur in Unterhose, auf das Kingsize-Bett fallen.
„Scheiße", sagte er dann mit Nachdruck in Richtung Zimmerdecke. „So. Eine. Verdammte. Scheiße."

Ben trank einen Schluck von dem Bier, verzog das Gesicht, weil seine Zähne auf die nordpolkalte Flüssigkeit mit angemessenem Protest reagierten, und stellte die Flasche auf dem niedrigen Tisch ab.
„Len", begann er dann vorsichtig. „Ich weiß, du bist sauer. Klar, es läuft ja auch nicht optimal zwischen dir und dem ... also Cody ..."
Lennard stützte sich auf die Arme. „Cody? Moment. Meinst du den Typen, der grade mal so zwei Sticks halten kann, weil er Daumen hat?" Er drehte sich auf die Seite. „Hm. Den Typen, der keinen Rhythmus über mehr als zehn Sekunden hämmern kann und noch nie was von Auf-dem-Punkt-Sein gehört hat? Meinst du DEN Cody, der gerade mal so viele Hirnwindungen hat, dass es zum Fressen, Scheißen und Ficken reicht? Meinst du eventuell sogar DEN CODY, der sich ohne seinen Vater sein Futter aus Müllkübeln suchen würde? Meinst du DEN CODY, der versucht, in dieser SCHEIßBAND ohne Rhythmusgefühl Schlagzeug zu spielen?"

Ben seufzte und ließ sich gegen die Sessellehne sinken. Er schloss die Augen und faltete die Hände. „Ja, Len. Den meine ich. Genau DEN Cody, der versucht, ohne Feeling Schlagzeug zu spielen. Den Cody, dem du vorhin Prügel angedroht hast ..."

Lennard riss die Arme hoch. „Verdammt, Ben, der Typ spielt nur auf der Bühne echt, das Schlagzeug kommt für die Leute vom Band. Er hat nicht mal 'nen Tonabnehmer und bräuchte einfach nur zu grinsen und so zu tun, als ob. Macht er aber nicht. Nein. Nicht mal DAS kann er. Der Idiot haut auf das Schlagzeug rauf wie ein Feind. Und dann spielt er so laut und falsch, dass er mich rausbringt. MICH, hörst du? Ich habe mich wegen ihm zweimal verspielt und fast den Einsatz im Refrain von diesem beschissenen Song über die noch beschisseneren Blitze in einer total beschissenen Nacht voll vergeigt, verdammt noch mal, obwohl wir den Scheiß schon tausend Mal gespielt haben. Und der Blödmann hat den Beat immer noch nicht drauf."

Ben seufzte. „Ja. Ich weiß. Und was soll ich sagen? Ich BIN rausgekommen und wenn du die Kurve nicht gekriegt hättest, dann wäre das ein beschissenes Scheißende des beschissenen Songs über beschissene Blitze in der beschissenen Nacht geworden. Aber wir haben es am Ende doch noch gerockt, Alter, oder nicht? Wir haben es gerockt. Du und ich. Zumindest das passt, wir beide. Wir machen Musik. Zusammen. Den Leuten gefällt's jedenfalls. Und - wir verdienen dabei doch auch ganz gut. Wir haben doch insgesamt Glück gehabt, als ..."
Lennard lag wieder entspannt auf dem Bett und hatte die Augen zu. Er lachte. Nicht lustig. „Halt's Maul, Ben und sag nichts mehr." Dann warf er seinem Freund einen wütenden Blick zu. „Einen Scheiß haben wir, Ben. Der Einzige, der hier wirklich verdient und irgendwas von dieser Sache hat, das ist Curty. Wir kriegen nur das, was aus seinen Taschen rausfällt, bevor sie platzen. Und auch sonst ist das alles gequirlter Scheiß. Die Leute zahlen einen Haufen Geld, um in unsere Konzerte zu kommen, und werden dann komplett verarscht. Und wir machen mit. C-POP. Country-Pop. – Ich sag dir was: Elektronische Halb-Playback-Scheiße ist das. Nichts anderes. Wir sind keine Band. Wir sind nicht mal ein Team. Cody hält sich für Superman, kann nichts und macht

trotzdem, was er will, weil er es kann, da sein Daddy Curty, die Klapperschlange, der Boss ist. William versteckt sich hinter seinen Keyboards und hält die Fresse und von unserem Bassisten, der eventuell nicht sprechen kann, weiß ich nicht mal den richtigen Namen. Oder sollte der Typ echt ‚Sucky' heißen?!? Ben – hier funktioniert gar nichts."

Ben, der eben noch einen Schluck Bier nehmen wollte, zuckte zusammen. „He, sag das nicht, Lennard. Wir beide", er wedelte mit der Flasche zwischen sich und dem Bett hin und her, „das funktioniert doch gut, also unser Zusammenspiel. Oder nicht? Also, das ... dachte ich zumindest bis jetzt. Mir macht es Spaß, wenn wir beide spielen. Das IST cool. Das ROCKT."
Lennard holte Luft und setzte sich mit Schwung auf. Er sah Ben an und grinste. „Doch. Das mit uns beiden funktioniert ganz okay. Und das ist wahrscheinlich der einzige Grund, warum ich noch nicht abgehauen bin. Trotzdem bist du besser dran als ich."
Ben runzelte irritiert die Stirn. „Besser? Ich hab denselben Scheißvertrag wie du."
Lennard lachte. „Klar, aber du kannst wenigstens Klamotten anziehen, in denen du nicht aussiehst wie eine billige China-Kopie von Crazy Horse."
Ben schob einen fiktiven Hut in den Nacken, grinste und zielte pistolenmäßig mit dem Finger auf sein Gegenüber. „Alter, sag nichts gegen Ben-Billy, the Kid, auf Dope!"

***

Und wieder zurück in Berlin-Johannisthal 2017 (ich vor dem Laptop)

Lennard Steinberg, Frontman bei C-POP, der Band, die 2012 den Song-Contest mit ihrem Titel „Go on by flashlight at night" gewonnen hat, verlässt die Formation per sofort, wie Curt Whitle, BRONXX Entertainment, gestern in einer Pressemitteilung bekanntgab.

... Booboo-Bodo – Schlägerei bei C-POP. Sänger teilt kräftig aus – und ist raus.

... Trouble with Lennard – klare Worte nach bandinterner Prügelei bei C-POP

... Lennard, the HAMMER ...

... Eeny meeny miny moe – kick the drummer by the toe ...

***

Bis dahin war ich gekommen. So oder so ähnlich lasen sich all die Schlagzeilen aus dem Jahr 2013, die Lennards Ausstieg bei C-POP in die Welt riefen. Die Uhr zeigte kurz vor zwei Uhr morgens und ich hatte die dritte Weinschorle intus, die sich in meinem Kopf mit tausend Gedanken im Kreis drehte. Lennard hatte es also geschafft. Er war ganz nach oben gekommen, hatte sich kurz umgeblickt, um dann - plötzlich - PENG - wieder in der Versenkung zu verschwinden. „Hat sich ja wirklich gelohnt, dass du damals gegangen bist, oder nicht?" Gut, das war sarkastisch, ich gebe es zu. Ich hielt mich an meinem Glas fest und starrte auf den Monitor. Lennard starrte zurück und würde den Wettbewerb im Starren auch gewinnen. Ich sah in die blauen Augen, die ich so gut kannte, und ich konnte mich nicht von ihnen lösen, obwohl sein Blick vom Monitor aus nicht halb so hypnotisch war wie in echt. Aber es reichte, um eine Brücke in die Vergangenheit zu bauen. Ich erinnerte mich daran, wie ich damals auf ihn reagiert hatte, ich hörte seine Stimme und spürte wieder dieses Prickeln auf meiner Haut, was ich immer gespürt hatte, wenn er den Raum betrat, mich ansah, oder mich berührte.

In meinem angenehm beschorlten Zustand hatte ich völlig unkompliziert zurück in den Lennard-Rhythmus gefunden. Ich war quasi, ganz automatisch und ohne nachzudenken, hineingeschlüpft in das Wir von damals wie in ein paar gemütliche Sachen, die immer noch passten und totales Wohlgefühl garantierten. Ich fühlte mich angenehm und gut aufgehoben. Mein Herz klopfte beschwingt. Ich sollte ... schnellstens Kontakt ... Nein. NEIN. Ich sollte schnellstens diesen verdammten Rechner runterfahren, meine Erinnerungen aufsammeln und zurück in ihre versteckte Kiste packen. Das hieß, ich sollte nicht nur, nee, ich musste sogar. Ich war schließlich verlobt, irgendwie. Oder so. Respektabel jedenfalls. Mit Anton. Ich wollte ihn schließlich heiraten. Nein. Ich SOLLTE. Anton WOLLTE. (Hahaha!! - Hicks) D-da konnte ich nicht einfach so ... jemanden anstarren. Jemanden, mit dem ich früher ... (... ganze Nächte verliebt habe? Äh - ist das Sabber da in deinem Mundwinkel? - Hä? Niemals.) Ich nahm eine aufrechte Haltung ein (soweit das auf einem Kniestuhl mit drei Weinschorlen im Gepäck möglich war) und wischte mir vorsichtshalber den Mund ab.

Lennard schaute mich immer noch vom Bildschirm aus an. Gut, ich musste zugeben, dass die Zeit nett zu ihm gewesen war. Er hatte nicht viel ... wenig ... nichts von seiner Ausstrahlung verloren. (Wie willst du das wissen? Ist doch nur 'n Bild! – Ruhe!) „Ich glaube, ich gehe jetzt besser schlafen. Alleine", sagte ich streng zu ihm und meinte mich selbst. Aber ich ging nicht. Ich klickte hier und da und dort und saugte weiter gierig alle Notizen auf, die ich kriegen konnte. Über ihn. Über sein Leben nach mir. Am liebsten hätte ich das ganze Internet am Kragen gepackt und durchgeschüttelt, damit es auch wirklich jeden klitzekleinen Infohappen ausspuckte. Aber ich brauchte gar keine Gewalt, höchstens noch eine halbe Weißweinschorle. Weil das Netz nämlich willig war. Es spuckte ganz bereitwillig alles aus. Klatsch und Tratsch zu verbreiten, ist ein natürlicher Drang der Spezies Mensch. Und das Internet war der ideale Weideplatz für jede noch so abwegig brodelnde Gerüchteküche der sensationslüsternen Weltbevölkerung.

Ich las als Nächstes im Archiv der „People“ das Interview mit einem Kerl, der aussah wie ein dickes Frettchen im Anzug mit dem Gehabe eines überzuckerten Erdhörnchens. Das Frettchen näselte beim Sprechen.
„Das, was Lennard hier abgezogen hat, ist ein unentschuldbares, nicht verzeihbares, untragbares, ja unwürdiges Verhalten einer Person, die so im öffentlichen Leben steht. Das macht man nicht mit mir, nicht mit BRONXX. Ehrlich. Ich seh' mich gezwungen, die Zusammenarbeit mit Lennard zu beenden. Ach, Scheiße, was rede ich: Der fliegt, der Kerl. Der ist sowas von raus. Wie einen Sohn habe ich den behandelt. Und jetzt macht der so'ne Scheiße mit meinem echten Sohn. Rastet einfach aus, der Kerl. Völlig grundlos.“
Unentschuldbar? Nicht verzeihbar? Unwürdig? Ja was denn nun!?! Ich kannte Lennard, also zumindest hatte ich das mal. Ihn gekannt. Damals. Lennard war - im Gegenteil - eher immer beängstigend ruhig geblieben. Ausgerastet wäre da früher der, der versucht hätte, ihn dahin zu bringen. Ich kannte ihn als Mister-cool-bis-zur-Haarwurzel. Wenn er wirklich ausgetickt war, dann musste ihn irgendwer bis zur Weißglut gebracht haben. Ich tippte auf das Frettchen.

Es gab aber nur ein paar kurze Hinweise zu dieser Sache und die hatten immer den gleichen Inhalt. Also nippelte ich wieder an meiner Schorle und stöberte weiter. In den nächsten Jahren wurde es wieder sehr ruhig um Lennard Steinberg. Das war schade.

2013
Nichts.

2014
Nichts.
Keine Artikel, in denen er erwähnt wurde. Keine Statements. Nichts. Kein Facebook. Nix Twitter. Von Instagram ganz zu schweigen. Lennard war nach seinem Ausstieg bei C-POP offensichtlich durch ein schwarzes Loch im Weltall gestiegen und stante pede in einer anderen Galaxie verschwunden.

2015

Immer noch nichts. Moment. Halt. Stopp. Doch. Im August 2015 fand ich etwas und hüpfte zurück zu Wikipedia. Aha. Da stand es auch.

***

Lennard Steinberg gründete mit Benjamin Eliot (Belliot), dem ehemaligen Gitarristen von C-POP, im Jahr 2015 die Band „RedRoxX". Weitere Mitglieder sind Nino De Santis (Bassgitarre), Laetizia Suarez (Schlagzeug) und Vilmar Janssen (Keyboard). Im gleichen Jahr trat Steinberg in einer Gastrolle bei „Lost Angel Nights" auf, welche von Donald Feigl (GOLDSTREET FILMS) produziert wird. In den Folgen 272 bis 281 spielt Steinberg die Rolle des Dillon Martin, den Sohn eines reichen Anwaltes, der sich nach einem folgenschweren Autounfall unter Drogeneinfluss entscheidet, teilweise auf der Straße zu leben und für sein Vergehen zu büßen.

Bereits Ende 2015 erschien das erste Album von RedRoxX mit dem Namen „Past". Alle Titel der Scheibe stammen aus der Feder von Steinberg und Eliot.

Darüber hinaus schrieb Steinberg „Eternity", den Soundtrack für die Serie „Maddie in love" mit Heather O'Farrell. Er wurde mit diesem Titel 2016 für den Grammy in der Kategorie „Bester Komponist" nominiert.

***

Und jetzt war er also auf einer Tournee in Europa. Lief bei ihm, würde ich sagen. Kometenhaft. Und bei mir? Was lief da so? Nichts, denn ich würde jetzt einfach mal ins Bett laufen. Oder weinschorlemäßig eher wackeln, bevor ich noch auf die dumme Idee kam, mir um kurz vor drei Uhr morgens noch irgendwelche amerikanischen Seifenopern ... (Hä?? Quatsch! Jetzt ist die perfekte Seifenopernzeit. Es geht jetzt schließlich nicht um dich, du Nuss. Es geht um ihn. Um Lennard. Du weißt überhaupt noch nichts. Was ist mit Mädels? Frauen? Das ist doch überhaupt das WICHTIGSTE!! – N-nein. Das geht mich doch nichts an. –

DOCH!! Geht es. Los. Googel das. Sofort. Und lad dir gefälligst die Serie runter. Zumindest die Folgen zweihundertzweiundsiebzig bis zweihunderteinundachtzig. Und wenn es das Letzte ist, was du tust, du Trantüte.)

Nein. Würde ich nicht. Ph! So weit kam es noch, dass ich mir von mir selber vorschreiben ließ, was ich zu machen hatte ... Außerdem stand ja da auch gar nichts über Lennard und irgendwelche Frauen. Weder bei Wikipedia noch in den Klatschblättern. Zumindest nicht in den deutschen Blättern. Ich müsste wahrscheinlich weiter in Amerika suchen. Wie hießen denn die Illustrierten im Music-Bizz? Wo würde ich am ehesten fündig werden? Und wo, verdammt noch mal, bekam ich die Serie jetzt her? Ich hatte keine Ahnung. Gähnend knallte ich mit der Stirn auf die Tastatur, weil meine Hände, die ich unter dem Kinn verschränkt hatte, offensichtlich einen akuten Schwächeanfall hatten. So. Schluss. Ich musste jetzt dringend ins Bett. Ehrlich. Rigoros klappte ich den Rechner zu. (Da siehst du mal, wie konsequent ich sein kann!! - Ha. Ha. Haaa.) Schluss.

***

Vier Stunden und siebzehn Minuten später war ich schon wieder wach. An einem Samstag. Ich hasse sowas. Da kann man mal ausschlafen und dann - hupt draußen irgendein Idiot und zack - wach. Unter der Woche würde ich spontan wieder einschlafen, weil ich ja aufstehen musste. Nicht am Samstag. Nein. Da war ich hellwach. Ich guckte mit verquollenen Augen auf den Wecker. Scheiße. Kurz vor halb acht. Ich sackte zurück auf die Kissen, stöhnte und versuchte, mich an den Traum zu erinnern, der mich eben noch so angenehm unterhalten hatte. Aber das wurde ziemlich schnell Nebensache. Der Traum blieb in der Versenkung. Denn ganz langsam, aber unaufhaltsam sickerte die Erinnerung an gestern und noch mehr an die Zeit vor acht Jahren in die nebelverhangene Morgenlaune meines ungnädigen Ichs. Erinnerungen, die mein Herz aufgehen ließen wie einen vertrockneten Schwamm im Platzregen und mein Innenleben durcheinanderquirlten, als hätte ich einen Pürierstab verschluckt. Ich riss die Augen auf und ignorierte die leisen Kopfschmerzen, die mich an mehr vorabendliche Weinschorle erinnerten, als mein Hausarzt hinsichtlich der medizinisch unbedenklichen Dosis für mich und meine Leber eingeschätzt hätte.

Er war hier. ER. WAR. HIER. Mein Herz fing an zu trommeln. Mein Puls beschleunigte. Eine Millisekunde später schaltete auch mein Hirn auf Turbo und erteilte Anweisungen an den Rest des trägen Körpers. Aufstehen. Handy holen. Netz an. Lennard suchen. Neue Informationen scannen. Vielleicht hatte sich über Nacht was verändert. Hatte sich aber nicht. Er sah immer noch heiß aus. Er machte immer noch (oder schon wieder?) Musik. Und er war demnächst hier. Na ja, nicht direkt hier in meiner Straße, aber zumindest in Deutschland. In Hamburg. In meiner Nähe. Er war da. Real.

Un-(aber schuld-)bewusst lenkte ich meinen Blick auf ein Bild von Anton und mir. Es stand im Regal über dem Bett und war auf einem Grillabend bei Suse entstanden. Ich lehnte lächelnd an Anton, der eine Bratwurst über meinem Kopf schwenkte und einen Ketchupfleck auf der Wange hatte, den ich wiederum gerade hatte wegwischen wollen. Anton sah glücklich aus.
Ich sagte laut: „Scheiße", warf das Handy neben mich und zog mir die Decke über das Gesicht.
Unter der Decke fluchte ich weiter. „Mistverdammtverflucht!" Warum zur Hölle brachte mich die Tatsache, dass ein alter Freund (Ha!), okay, eine uralte Liaison von anno dazumal (Ha! Ha! Ha!), OKAY – meine erste wirklich richtig große Liebe wieder auf dem gleichen Kontinent weilte wie ich, so völlig von der Rolle, bitte schön!? Ich klappte die Decke mit einem Ruck wieder zurück und legte das Foto von Anton und mir kurz entschlossen mit der Bildseite nach unten ins Regal. (Oha! Erwischt! – Ruhe! Verdammt noch mal ...) Dann schwang ich die Beine aus dem Bett und holte mir den Laptop.

***

Mai 2015

Ben hatte drei Monate zuvor echt Glück gehabt, zumindest beim vierundvierzigsten Anruf unter der Nummer, die offiziell im Internet auf der Seite des Havasupai Tribe angegeben war. Da nämlich war es ihm tatsächlich möglich gewesen, ein Bett im Lodge des Supai Village zu reservieren. Für morgen. Deswegen war er (von langer Hand geplant) in Austin/Texas gestartet, nach Phoenix/Arizona geflogen und dann noch zweihundert Meilen mit einem gemieteten Witz von Auto bis nach Peach Springs gefahren. Er war nicht zum ersten Mal in der Gegend, sondern vor zwei Monaten schon einmal zum Recherchieren hier gewesen, ein Suchender. Allerdings nicht in Peach Springs, sondern in Phoenix. Dabei war ihm jemand begegnet. Ein Mensch, der sein Leben - irgendwie - verändert hatte, recht tiefgreifend verändert hatte, aber Ben verbot sich konsequent, darüber nachzudenken, was das für ihn bedeuten konnte. Er hatte in den letzten fünf Jahren mit Akribie eine Persönlichkeit für die Weltöffentlichkeit herausgearbeitet, die inzwischen reibungslos funktionierte und den sensiblen und verträumten Deppen, der er früher gewesen war, gut im Griff hatte. Dabei sollte es auch bleiben, auch wenn er sich manchmal, nachts, ein Paar kleine Träume gönnte. Pazifikblaue Augen spielten dabei eine nicht unwesentliche Rolle. Das Wichtigste war aber in jedem Fall die Information, die er bei seiner letzten Reise nach Arizona bekommen hatte. Und diese Info führte ihn heute noch weiter in den Nordwesten. Dafür war er verdammt früh aufgestanden.

Ben gähnte. Er hatte knapp fünf Stunden in einem kleinen Motel versucht zu schlafen und schließlich aufgegeben, als es langsam hell wurde. Ja, okay, er war aufgeregt. Aufgeregt? Ach Scheiße! Ihm ging der Arsch auf Grundeis. Er hatte einen guten, einen wichtigen und zukunftsweisenden Grund hier zu sein und wusste noch nicht, ob sich sein ganzer Plan nicht insgesamt als kolossale Schnapsidee entpuppen würde. Peach Springs war dabei nicht Bens endgültiges Ziel. Nein. Nach seiner schlaflosen Nacht zuckelte er kurz nach sechs Uhr morgens (ohne Frühstück) Kilometer um Kilometer auf der einzigen, wenig

befahrenen Straße, die durch eine menschenleere, dafür aber in landschaftlicher Hinsicht einzigartige Gegend führte, die ihm immer mehr das Gefühl vermittelte, mit jeder Meile, die er zurücklegte, näher bei sich selbst zu sein. Die Straße würde ihn nicht bis ganz an sein Ziel bringen, nur die nächsten knapp sechsunddreißig Meilen. Danach erwartete ihn auch noch ein etwa dreistündiger Fußmarsch. Aber die herrlich frische Morgenstunde, das spektakuläre Licht und die absolut einzigartigen Ausblicke, die ihn überraschten, hoben seine Laune mehr und mehr, spickten ihn mit Zuversicht und ließen den Fußmarsch geradezu erstrebenswert erscheinen.
„Wird schon", grinste er, als sich die Sonne über das Plateau hob, gähnte lautstark, reckte den Daumen zum Himmel und drehte dann das Radio auf. ECHTE Country Music. Howdy!

Nach einer knappen Stunde erreichte Ben den Hualapai Hilltop, wo die Straße ohne große Vorankündigung einfach aufhörte. Der Parkplatz befand sich neben ein paar Schuppen, dem schlichten Hubschrauberlandeplatz und einem Gehege, von wo ein paar Maultiere neugierig zu ihm rüberäugten. Zu dieser frühen Morgenstunde (vielleicht aber auch der Jahreszeit geschuldet) standen relativ wenige Autos hier. Ben hatte jede Menge Platz zum Parken, stellte seinen Wagen etwas isoliert von den anderen ab, stieg aus, sah sich um und war prompt in einer anderen Welt. Und sie war nicht schlechter als die, aus der er kam. Nein. Definitiv nicht. Während er sich streckte, hatte er das Gefühl, sich auszudehnen, Ballast abzuschütteln und die Kruste seines normalen Selbstes wie Kekskrümel von sich abplatzen zu sehen. Er sah sich um, seltsam runderneuert, lauschte und hörte ... nichts. Nur den Wind. Und die kleinen Stimmen der Natur. Okay, am Himmel zog ein Flugzeug vorbei. Aber davon mal abgesehen war die technische Welt mit all ihren angeblichen Errungenschaften und ihrer Hektik hier noch nicht angekommen. Kurzer Check - Handy mit minimalem Netzempfang. Ein Balken, Tendenz wahrscheinlich abnehmend. Bingo.

„Cool", sagte Ben und blickte in die Schlucht, über die der Hualapai Hilltop wie ein großer Zinken ragte. „Cool, das ist wirklich, wirklich COOL." Der Weg

hierher hatte sich auf jeden Fall gelohnt. So oder so. Jetzt schon. Er sah die scharfen Linien, welche die Morgensonne in die Schatten des Havasu Canyons brannte, machte ein Foto, nickte anerkennend zum Resultat und lief dann um das Auto herum. Er öffnete den Kofferraum und inspizierte seine Ausrüstung: Rucksack (alt, geflickt, intakt gehalten - ein Lieblingsstück). Jacke (wetterfest). Wanderschuhe (extra zu diesem Zweck gekauft). Blasenpflaster (wegen der neuen Wanderschuhe).
„Wasser. Verdammt, wo ist denn jetzt das Wasser?" Ben hatte eine Zweiliterflasche gekauft. Er fand sie hinter einem Handkoffer, der im Auto blieb, angelte sich noch ein Basecap (Texas Rugby) von der Hutablage, stopfte ein angebrochenes Päckchen Müsliriegel (seit er es endlich geschafft hatte, sich eine recht ansehnlich-athletische Figur zuzulegen, nachdem er früher immer ein eher dicklicher Typ gewesen war, achtete er sehr darauf, nicht wieder rückfällig zu werden - der Erfolg beim weiblichen Geschlecht war nicht ausgeblieben) zu Jacke und Wasser in den Rucksack und zog zum Schluss ein langes, ziemlich schmales Gigbag vom Rücksitz.

Während er die neuen Schuhe zuknipperte, Rucksack und Gigbag schulterte (Gigbag hinten, Rucksack vorn), kamen noch zwei weitere Autos auf den Parkplatz gefahren. Ein junges Pärchen stieg aus dem einen, ein Mann mittleren Alters aus dem anderen. Das Pärchen wirkte im alternativen Schlabberlook reichlich alternativ, war allerdings mit Stiefeln bewehrt, die in jedem Fall dazu taugten, den Himalaya zu überqueren. Ohne Elefanten.
Ben interessierten die Leute nicht. Man nickte sich grüßend zu, ohne sich wirklich anzusehen, und kümmerte sich wieder um sich selbst. Er prüfte, ob das Auto wirklich abgeschlossen war, holte tief Luft und ging mit festen Schritten in Richtung Havasupai Trail. Stoppte. Drehte sich um. Ging zurück. Betätigte die Fernbedienung der Türverriegelung. Auf. Zu. Er ruckelte an den Türgriffen. Das Auto war zu. Tatsächlich. Verdammt, was hatte er denn gedacht?
„Scheiß Marotte", knurrte Ben zu niemand Bestimmtem, rückte seine Last gerade, atmete nochmal tief durch, verbot sich definitiv, ein weiteres Mal zu checken, ob er das Auto wirklich abgeschlossen hatte, und steuerte dann den

Pfad an, der ihn in den Canyon hinunterbringen würde, wohl wissend, dass jetzt mehr als zehn Kilometer Fußweg auf ihn warteten. Je höher die Sonne kam, desto heißer würde es hier werden. Ben war an sich aber ziemlich fit und hoffte, Supai zu erreichen, bevor die Mittagshitze das Tal wie einen Kochtopf aufheizte. Er hatte das Wetter zwei Wochen lang jeden Tag über die App auf seinem Handy gecheckt. Wenn er in Supai ankam, würde er schwitzen wie ein Schwein und seine Flasche garantiert leer sein. Auch das hatte ihm seine neue Bekanntschaft prophezeit. Er musste dem Mädchen in mehr als einer Hinsicht dankbar sein. Sie hatte ihm gesagt, dass er früh aufstehen sollte („und damit meine ich wirklich früh, Sunnyboy"), wenn er nicht gegrillt werden wollte wie ein deutsches Brathähnchen.

Ben gönnte sich einen Gedanken an sie und sein Blick bekam etwas Schwärmerisches. Was für eine Frau! Er war froh, sie getroffen zu haben, und das nicht nur, weil sie ihm nach zähem verbalem Ringen gesagt hatte, wo er finden würde, wen er suchte. Er war ihr dankbar, wirklich. Für die Info und dafür, dass er sie hatte kennenlernen dürfen. Und als er ging, begleitete ihn das komische Gefühl, gerade etwas gefunden zu haben, was er bis jetzt gar nicht vermisst, aber sein ganzes Leben lang gesucht hatte. Er wollte etwas sagen, aus irgendeinem Grund noch bleiben, noch viel, viel länger bleiben, aber sein Kopf war so leer gewesen wie ein Buch, aus dem jemand alle Buchstaben von den Seiten geklaut hatte. Gut, er hatte trotz hohler Birne schnell reagiert. Schließlich war er nur bis vor die Eingangstür gekommen, bevor er wieder umdrehte. Er fragte sie nach ihrer Nummer. Falls ... er noch Fragen hätte. Zum Canyon und dem Weg nach Supai und einem ... neuen Strickmuster oder so. Er hatte sich selbst gleichzeitig für seinen Mut bewundert und sich andererseits gefragt, warum er hier und jetzt plötzlich so seltsame Anwandlungen zeigte. Er wäre nicht mal erstaunt gewesen, wenn sie ihm ihre Nummer nicht gegeben hätte. Er an ihrer Stelle hätte das wahrscheinlich nicht gemacht. Er kannte den Ruf, den ihm die Presse vor der Welt verliehen hatte. Wahrheit oder Lüge – das interessierte niemanden. Er hatte selbst nicht wenig dazu beigetragen. Aber dieses blauäugige Wunderwerk zwischen bunten Stoffen und Souvenirs aus einer fremden Welt, welches seine Sinne nach einem kurzen Augenblick so mühelos um den Finger wickelte, kritzelte ... tatsächlich ... ganz leichtfertig ein paar Zahlen auf einen Kassenbon und reichte ihm das Ding über den Tresen. Einfach so. Obwohl sie ihn erkannt hatte. So viel stand fest. Sie wusste, wer er war, und war trotzdem ganz normal geblieben. Kein affektiertes Getue, keine kessen Blicke. Sie hatte ihm zugezwinkert und ihm ein ehrliches Lächeln geschenkt, das ihn wie ein Blitzschlag paralysierte. Ihm hatte es schlichtweg die Sprache verschlagen. Ben fühlte sich plötzlich so wie früher als dicklich-pickeliger Teenager und erschrak. Sie durchschaute seine Fassade. Ganz sicher. Sein Rückzug kam nahezu einer Flucht gleich.

Jetzt trug er diesen blöden Kassenbon mit ihrer Handschrift in seiner Geldbörse mit sich herum wie die wichtigste Zeile der Welt, das Schlüsselwort aus einem heiligen Buch. Er hatte es sogar fertiggebracht, ihr eine Whatsapp zu schicken, noch am Abend nach ihrem Treffen, als er in seinem Zimmer lag und sich immer wieder ihr Gesicht vorstellte. Ihr Zwinkern. Ihr Lächeln. Ihre Stimme. Da hatte er ihr geschrieben. Auch einfach so.
„Ein guter Tag ist ein Tag, an dem es einen Moment gab, der einem gezeigt hat, dass man lebendig ist. Danke."
‚Was für ein Scheiß', hatte er im nächsten Moment schon gedacht und war schon dabei, die Message zu löschen. Aber sie war schneller gewesen. Sie hatte den Spruch nämlich schon gelesen und antwortete prompt.
„Ein guter Tag ist es, wenn man mindestens einmal gelächelt hat, weil das Leben schön ist. - Bist du das, Sunnyboy?"
Jetzt schrieben sie sich täglich. Mehrfach. Meist belangloses Zeugs. Oder auch tiefsinnige Sprüche. Dies und das. Lustiges. Alles Mögliche. Alltägliches. Aber was ihn wirklich interessierte, fragte er nicht. Zum Beispiel, ob er sie vielleicht mal küssen konnte, wenn sie sich irgendwann mal wiedersehen würden. Und, ob sie sich wiedersehen würden. Ob sie ihn überhaupt wiedersehen wollte. Ob sie mit ihm ans Ende der Welt gehen und dort über den Rand spucken würde. Ob sie ihm erlauben würde, die Haut in ihrem Nacken zu streicheln. Ob er gelegentlich mal in ihren Augen ertrinken könnte. Ob sie ... mit ihm ... Oder er

sie ... Aber er schrieb nichts dergleichen. Smalltalk. Dabei blieb es. War besser so. Er überlegte, ob er ihr Blumen schicken sollte, Tickets für eine Reise zum Mond, irgendwas. Aber da er nicht wusste, was für Blumen sie mochte, und weil er sich überhaupt und insgesamt blöd bei diesem Gedanken vorkam, irgendeinen fremden Versanddienstmitarbeiter mit so einer persönlichen Sache zu betrauen, ließ er auch das sein. Außerdem war er, Benjamin Eliot, wirklich alles, aber kein Kavalier der sogenannten alten Schule. Er hatte den zweifelhaften Ruf eines gewissenlosen Hundes verliehen bekommen und absolut nichts dagegen getan. Zwei, drei oder fünf bis zwölf Techtelmechtel mit exaltierten Showbizz-Miezen hatten die ganze Sache abgerundet. Bis jetzt hatte Ben das nicht gestört, es war ja durchaus auch was dran an dem, was man ihm nachsagte. Aber er hatte keine Frau jemals wirklich an sich rangelassen, was sicherer für das Seelenheil schien. Es war immer oberflächlich und im Blitzlicht geblieben, nie in die Tiefe gegangen.

Bis er SIE kennengelernt und plötzlich nudelweiche Knie bekommen hatte. Einfach so. Zack. Aus der Kalten heraus. Sie war der Hammer und er ... plötzlich wieder völlig verklemmt wie früher und sicher, nicht in ihrer Liga zu spielen. Wenn er nur an sie dachte, mutierte er zu exakt dem Teenager, der er einmal gewesen war: Gehemmt, dick und unfähig, ein paar brauchbare Worte rauszubringen, da machte er sich nichts vor. Sie hatte die Wahrheit gesehen. Trotzdem las er ihre Wortwechsel wieder und wieder und suchte nach ... Tja, wonach suchte er? Was erhoffte er sich, wenn er ihr schrieb, wo er war, was er sah, was für ihn neu war und was alt? Wie gesagt, belangloses Zeug. Aber er wusste für sich natürlich, dass viel mehr hinter seinen kurzen Messages steckte. Es war Interesse. Sie interessierte ihn, und das nicht nur, weil sie schön war. Nein, sie interessierte ihn, weil ihn der Blitz getroffen hatte, als er sie zum ersten Mal sah. Ein Blitz, der direkt aus ihren blauen Augen geschossen war und ihn blind und taub gemacht hatte für jede weitere der amüsant-banalen Sexeskapaden, die ihn sonst so beflügelten. Sie füllte ihn aus, seinen Kopf, sein Herz. Er hatte inzwischen viel Zeit damit verbracht, sich zu ärgern, dass er damals nicht mehr aus der Situation rausgeholt hatte. Sie zum Essen eingeladen hatte. Oder einfach so gefragt hatte, ob sie ihn heiraten wollte und zehn Kinder mit ihm haben wollte. Oder weil er einfach nicht den Mumm dazu hatte, sie zumindest mal zu fragen, ob sie sich wiedersehen konnten. Die Schreiberei reichte ihm nicht mehr. Schon lange nicht mehr. Aber er hatte nichts dergleichen gemacht. Bis jetzt. Weil er Schiss hatte. Und wenn er den Teenager in sich nicht wieder in seine Schranken verwies, würde es dabei bleiben.

„Idiot!", seufzte Ben, verbot sich jeden weiteren Gedanken an sie und ließ den Blick über die rötlichen Felsen im Morgenlicht schweifen. Dann machte er sich an den Abstieg zum Trail.

***

Kurz bevor Ben in Supai eintraf, kreuzte er den Weg des Maultierzuges, der Post und manchmal auch Urlauber in die Schlucht hinein- und wieder herausbrachte. Das Ziel lag vom Trailhead nur knappe acht Kilometer entfernt, aber bis dorthin hatte er über achthundert Höhenmeter wuppen müssen. Ben war nun seit fast drei Stunden unterwegs (sie hatte auch hiermit recht gehabt), über Fels, groben Schotter und teilweise Sand gelatscht, klatschnass geschwitzt und heilfroh, dass er sein Basecap aufhatte. Die Sonne stand inzwischen hoch am Himmel und hätte ihm sonst - rotblondes Strohhaar hin oder her – sicher gnadenlos das Hirn weggebrutzelt. Es war knallheiß und Ben nicht mehr alleine. Das Pärchen vom Parkplatz, Joseph, ein Psychologiestudent mit Rastalocken und über dem Knie abgeschnitten Jeans, und Emma, eine dünne junge Frau mit langen Gliedmaßen, die ihre Haare mit einem bunten Band nestförmig auf dem Kopf arrangiert hatte, waren offenbar ziemlich fit und nach einer längeren Pause seinerseits schließlich auf gleicher Höhe mit Ben gewesen und mit ihm ins Gespräch gekommen. Sie stellten fest, dass sie alle die Wanderung zu den Mooney Falls gebucht hatten. Das schaffte sofort die passende Verbindung. Sie redeten, steckten bei der nächsten Pause gemeinsam ihre Füße in den Havasupai Creek und teilten, was ihre Rucksäcke hergaben (was sich bei Ben schlicht auf die beiden letzten Müsliriegel bezog).

Auch zwei Liter Wasser waren an einem heißen Tag nicht wirklich viel. Das hatte Ben schon auf halbem Weg feststellen müssen und als der kleine Trupp endlich die Siedlung erreichte, fühlte er sich wie eine schon recht lange und ziemlich tote Mumie. Geschlossen fielen sie in den kleinen Dorfladen ein, der mit das Erste war, was sie in Supai erwartete.
„Was Kaltes", hechelte Ben. Das Angebot war recht übersichtlich, aber Wasser gab es reichlich.
„Wir machen die Wanderung zu den Mooney Falls ...", meldete sich Emma. Ben bezahlte sein Wasser, während eine der beiden Indianerinnen erklärte, wohin sie sich wenden mussten.
„War ja klar", stöhnte Ben, als er sein Gepäck wieder schulterte. Das Lodge und auch der Treffpunkt für die Wanderer lagen natürlich am anderen Ende der Siedlung, die an sich allerdings nur aus mehreren, sehr weitläufig verstreuten Gehöften zu bestehen schien.

Zum Glück war es kaum eine Viertelstunde weit zu gehen. Sie kamen unterwegs vorbei an dem Helikopter-Landeplatz und Ben hoffte, dass sein Plan, übermorgen mit dem Hubschrauber zurück zum Hilltop zu fliegen, aufgehen würde. Er hatte im Internet einiges über die Zuverlässigkeit der Starts gelesen. Die Indianer lebten in ihrem eigenen Zeitempfinden und konnten mit der Hektik und dem Stress, den manche ihrer Besucher verbreiteten, absolut nichts anfangen. Es konnte durchaus sein, dass er den Weg zu Fuß wieder zurückgehen musste.

***

„Hast du auch für morgen hier gebucht?", wollte Emma wissen, als sie vor dem Loft ankamen. Ben nickte. „Heute Campingplatz", er zeigte auf seinen prallen Rucksack, „morgen im Lodge." Sie waren um zwei Uhr nachmittags mit ihrem Führer vor dem kleinen Hotel (dem einzigen Hotel in Supai) verabredet. Als sie sich dort auf die Bänke unter ein paar geduckt wirkenden Bäumen plumpsen ließen, waren sie noch zu dritt. Aber das änderte sich schnell. Wie es aussah, würden sie zu zwölft wandern: eine Familie mit zwei Kindern, drei ältere Damen und zwei einzelne Männer mit den Staturen von Sancho Pansa und Don Quichotte.

Man klärte kurz die Zusammengehörigkeit und das gemeinsame Ziel und redete dann zwanglos miteinander. Ben sagte nicht viel. Er war immens müde. Die Hitze, vor allem aber die nahezu schlaflose letzte Nacht forderten einen saftigen Tribut. Mit Zinsen. Er hatte sich auf eine Bank gelegt, sein Gepäck daneben gestellt und döste, das Basecap auf dem Gesicht, vor sich hin.

„Wow, der ist ja pünktlich, wie die Feuerwehr", freute sich Emma, „und ... WOOW! Also ... WOW!" Tja, die Reaktion kannte Ben bestens. Das klang ganz so, als wäre die Reise nicht umsonst gewesen. Er war schlagartig wieder wach, blieb aber vorsichtshalber erstmal liegen und lugte lediglich unter dem Cap hervor. Der junge Mann, der zielgenau auf ihre Truppe zusteuerte, hatte schulterlange schwarze Haare, trug knielange Jeans, ein ärmelloses Shirt und war ganz offensichtlich indianischer Abstammung. Nur die leuchtend blauen Augen passten nicht ganz ins traditionelle Bild des Native American.
‚Bingo', dachte Ben und ‚Showdown' und setzte sich hin.

***

Eine knappe Stunde später war die Truppe wieder unterwegs. Wieder zu Fuß. Wieder mit verteiltem Gepäck auf Brust und Rücken. Allerdings war Ben inzwischen ein Großteil seiner zuversichtlichen Euphorie vom Morgen abhandengekommen. Es würde wohl nicht so leicht werden, sein Vorhaben in die Tat umzusetzen, wie er es sich erhofft hatte. Aber das war Ben eigentlich klar gewesen. Der Typ konnte eine harte Nuss sein, wenn er wollte, eisern und konsequent. Eigenschaften, die Ben unheimlich an ihm schätzen gelernt hatte. Er wusste, dass er sich für sein neues Projekt einen Kompagnon in den Kopf gesetzt hatte, der – wenn es drauf ankam – eine Elefantenhaut und Nerven wie Drahtseile vorweisen konnte. Nicht immer. Aber meistens. Ben hatte jedoch insgeheim auf den Überraschungseffekt gehofft, weil er hier unangekündigt aufgekreuzt war. Zumindest war das der Plan gewesen: ein überraschendes Wiedersehen alter Freunde. Aber genau der, also der Überraschungseffekt, war nicht eingetreten. Lennard hatte nicht mal mit der Wimper gezuckt, als er Ben gesehen hatte. Ein kurzer Handschlag, ein knappes Nicken, ein mit halbseitigem Grinsen dahingeworfenes „Schön, dich zu sehen, Alter" – das war alles an überschwänglicher Wiedersehensfreude, was Lennard, dieser Lumpsack, ihm anbot.

„Sie hat gequatscht, hundertpro, sie hat es ihm gesagt. Obwohl ich sie gebeten habe, genau das nicht zu machen. Und jetzt ist er schon zugeknöpft, bevor ich irgendwas sagen kann", raunte Ben, nebenbei sein Smartphone checkend (nun endgültig kein Netz – na klar, hier im Canyon), einem der beiden einzeln hinzugekommenen Männer, dem älteren Herrn mit Cowboyhut, zu, welcher vor ihm hermarschierte und bei jedem Schritt derart forsch aufstampfte, als wollte er Wollläuse am Schlüpfen hindern. Trotzdem bildeten die beiden das Schlusslicht. Mit Absicht. Sie kannten sich, waren aber getrennt angereist. Und sie hatten einen gemeinsamen Plan.
Der Mann, dessen dünne Beine aus seiner kurzen Hose hervorragten wie Rankhilfen im Bohnenbeet, lachte. „Junge, du musst noch eine ganze Menge über Frauen lernen."
Ben war für einen Moment irritiert und lachte. Neben dem, was ihm die freie Presse so alles andichtete, war Casanova nur eine blasse Randerscheinung. Manches stimmte sogar. Ben hätte schon von sich behaupten können, einiges über Frauen zu wissen. Aber dann tauchte ihr Bild vor seinem inneren Auge auf und er sparte sich jeden Kommentar. Stattdessen seufzte er. Wahrscheinlich musste er wirklich noch einiges über Frauen lernen, bevor er sich ernstlich daran machte, Lennards Schwester zu erklären, was sie für ihn war. Wahrscheinlich würde es noch lange nicht so weit sein. Nicht, so lange der pickelige Teenager in

ihm war. Und da er sich schlecht von einem Teil seines Selbst trennen konnte, wohl nie. Seine Finger schwebten unschlüssig über der Tastatur. Es gab so vieles, was er Ajei gern sagen würde, aber nichts davon jetzt und hier. Später vielleicht. Irgendwann. Oder nie. Ben seufzte wieder und tippte: ‚Du bist die allerschönste Frau der Welt.', und löschte das gleich wieder. Er begann von vorn: ‚Du hast es ihm gesagt, oder? Er wusste, dass ich komme. Das ist kontraproduktiv. :o/'
Auch wenn sie (mangels Netz) seine Nachricht erst in nicht absehbarer Zukunft bekommen würde, musste er ihr schreiben. Er musste dauernd irgendwas an sie schreiben, so, wie er dauernd an sie denken musste. Jetzt, in diesem Augenblick, wollte, nein SOLLTE er wirklich auf sie sauer sein, aber selbst das gelang ihm nicht wirklich. Genauso wenig, wie es ihm gelang, mal eine Stunde lang nicht an sie zu denken. Seit ihrem ersten Treffen dachte er an sie. Immer öfter. Immer wieder. Na ja, eigentlich immerzu. Es war ... wie ein hypnotischer Zwang.

Ben machte sich nichts vor. Frauen wie sie, die ließen sich nicht von dem ködern, was er WAR, weil sie die Fassade durchschauten. Sie brauchten keinen Ruhm und keinen Rummel, weil sie selbst cool genug waren, um sich nicht mit fremden Federn schmücken zu müssen. Klar, er konnte Frauen haben, jede Menge Frauen, und alle waren sie willig. Aber Frauen wie Ajei, die waren anders. Frauen wie sie waren stolz und selbstbewusst. Sie rauchten Männer wie ihn in der Pfeife. Und Männer wie er? Tja, Männer wie er hatten leider das Problem, dass die Öffentlichkeit meinte, mit seiner Musik auch seine Persönlichkeit und sein Privatleben mit gepachtet zu haben, und gierig alles verfolgte, was er machte und vor allem MIT WEM. Er hatte sich daran gewöhnt, es anfangs sogar gemocht. So war eben das Business. Und er nutzte die Neugier der Menge, wenn er musste. Aber jede Medaille hatte zwei Seiten und manchmal kannte er sich selbst nicht mehr. Er fragte sich immer öfter, ob es überhaupt noch irgendwen interessierte, wer tatsächlich hinter dem routinierten Böse-Buben-Grinsen steckte und was für sensible Gedanken sich unter der kalkuliert zerstrubbelten Frisur verbargen. Bei ihr hatte er endlich mal wieder das Gefühl, dass sie vielleicht besser hinsah als der Rest der Welt und mehr als die Oberfläche ankratzte und dass sie in ihm eventuell sogar das sah, was er gerne wäre, also für sie sein könnte, aber ... Punkt.

Ben seufzte - und schob seine kräuselnden Gedanken kategorisch beiseite. Lieber war er jetzt ein bisschen wütend auf sie. Er steckte das Handy weg, nachdem er sich versichert hatte, dass die Nachricht zumindest abgeschickt worden war. Dann fluchte er: „Ich hab sie gebeten, ihm nichts zu sagen. Sie hat's mir versprochen und macht es dann doch. Warum??"
Der Mann vor ihm lachte wieder. „Ben, Ben, Ben, sei doch nicht dumm. Ihre Loyalität. Wem gilt die wohl zuerst? Hm? – Na also. Frauen sind wie Katzen: Man kann die eine wie die andere höchstens dazu zwingen, etwas zu machen, was sie selber mag. Und der Spruch ist nicht von mir. Das hat eine Frau über Frauen gesagt."
Ben brummte. „Jajajaja, Hugh, ich weiß, du bist der König der Sprüche. Und als Nächstes kommst du mir mit Einstein, der meinte, dass es sowieso sinnlos ist zu versuchen, Frauen zu verstehen, und man sich mit weniger schwierigen Dingen wie der Relativitätstheorie befassen sollte. Das ganze Blablabla. - Hugh – sie hat's mir VERSPROCHEN. Und dann hat sie doch gequatscht. Warum?"
Der mit Hugh angesprochene Typ blieb kurz stehen und klopfte Ben auf die Schulter. „Wenn du dahinterkommst, dann hast du schon was Wesentliches begriffen im Leben, Junge. Also theoretisch, denke ich. – Nun hau mal nicht die Flinte ins Korn. Nur weil dein Bühnentorero nicht gleich hurra schreit, heißt das nicht, dass du den Kerl nicht trotzdem noch von deiner Sache überzeugen kannst."
Aber genau in dieser Hinsicht war Ben sich eben nicht sicher. Verdammte Ajei! Nein. Verdammt schöne Ajei. Er seufzte resigniert. Ach, verdammt.

***

Lennard führte die Gruppe zielstrebig über den Trail und ließ sich bereitwillig von den drei älteren Damen mit Wanderstöcken Löcher in den Bauch fragen. Emma, Bens neue Haarnest-Bekanntschaft, schoss Fotos ohne Ende und erzählte nebenbei, dass die Havasupai Drohnen im Canyon bei Strafe verboten. Genauso wie Alkohol und Drogen. Sie hatte sich im Vorfeld offenbar bestens informiert. Joseph verwickelte Hugh (der neben seiner Naturbegeisterung tatsächlich aus einem guten, von Ben inszeniertem Grund auf der gleichen Wanderung mit von der Partie war) in ein Gespräch über die politische Weltlage, was schnell Fahrt aufnahm, so dass Ben sich etwas zurückfallen ließ, weil er nicht die Bohne Interesse an einer hitzigen und vor allem politisch motivierten Diskussion hatte. Lieber ließ er seine Gedanken in eine ganz andere Richtung schweifen, aber obwohl er zwischen Hoffnung und einem Hauch Verzweiflung schwankte, vereinnahmte und erdete ihn die wilde und urwüchsige Schönheit des Canyons allmählich und ganz wie nebenbei. Es war, als würde er hier, im absoluten Nowhere, nach einer langen Reise mit vielen Umwegen endlich wieder bei sich selbst ankommen und richtig durchatmen können. Seine Schritte wurden trotz der Hitze immer leichter. Ben staunte und gestattete sich ein paar Tagträumchen von Ajei mit ihren blauen Augen, weil es ihm sowieso nicht gelang, sie auch nur für eine Stunde aus seinen Gedanken (oder seinem Herzen) zu verbannen. „Wie denn auch“, grinste er angesichts der unglaublich türkisfarbenen Wasser des Havasu Creek und der wilden Schönheit um sich herum. „Wie denn auch ...“

Das letzte bisschen Zivilisationsstress spülten ihm die blauen Wasser des Havasu Creek an den spektakulären und gleichnamigen Wasserfällen aus dem Kopf. Und dort ergab sich - ganz plötzlich - auch die erste Chance, ein paar Worte mit Lennard unter vier Augen zu wechseln.

Während die Wanderer badeten und verzückt die Umgebung knipsten, obwohl kein Foto dieser Welt jemals die ganze Wahrheit einfangen würde, geschweige denn das Licht oder die Farben und das Rauschen, gesellte sich Ben, noch nass vom Baden und die Haare rubbelnd, zu Lennard, der auf einem Felsbrocken lag,

in den Himmel starrte und auf einem Grashalm kaute.
Eine Weile schwiegen sie.
Ben schaute Lennard so lange an, bis der den Kopf endlich zu ihm drehte und grinste.
„Hut ab – du hast Ausdauer, Ben. Aber das ist ja nichts Neues."
Ben atmete tief durch, lächelte, sah zur Seite, dann zurück. „Ja, ich kann ziemlich ... hartnäckig sein. Meine Oma ist sogar so weit gegangen, mich einen sturen Ochsen zu nennen."
Lennard grinste und hob den Daumen. „Gefällt mir. – Und jetzt? Bist du hier, um dir was zu beweisen? Oder um mir ein paar verdammte Ochsenhörner in den Bauch zu rammen?"
‚Nein', dachte Ben und sagte: „Nein. Weder noch. Ich muss niemandem was beweisen. Ich wollte dich sehen und es ist gut, dich zu sehen, Len. Wie läuft's bei dir?"
Lennard holte tief Luft. „Hm. Lass mich überlegen." Dann zählte er an den Fingern ab: „Also: Ich muss mich nicht mit idiotischen Managern und ihren unmusikalischen Bastarden rumärgern, ich muss mich nicht in peinlichen Glitzerfummel zwingen und mich wie eine Gitarrenhure verschachern, ich kann mir meine Zeit selber einteilen, ich weiß morgens immer, wo ich abends schlafe und wo ich gestern gewesen bin – hm – ja, doch, ich glaube, es geht mir gut. Nein, das trifft es nicht wirklich. Es geht mir DEFINITIV gut, wenn nicht sogar bestens."
Ben hängte sich das Handtuch um den Hals und stemmte einen Fuß gegen den Felsen.
„Okay. Ich hab verstanden. Es geht dir also gut. Das ist klasse. Echt. Freut mich, dass es dir gut geht. Trotzdem - du hast lange nichts von dir hören lassen. Warum nicht?"
Lennard runzelte die Stirn. „Hm. Ist mir da was entgangen? Haben die uns beide verheiratet? – Warum sollte ich mich melden? Ich hatte nichts mehr zu sagen. Den Pressehaien nicht, dem Blödmann in der Gold Street nicht und auch keinem sonst. Nicht mal dir. Du warst bei Curty mit deinen Dingen beschäftigt. Und ich

hab mein Ding gemacht."
Ben sah zur Seite, dann wieder zurück, lachte und schnaubte schließlich: „Mein Ding, okay. Und du? Was hast du in der Zwischenzeit für ... Dinger gemacht?"
Lennard zuckte mit den Schultern. „Tja, was wohl ?!? Zu Ende studiert. Abschluss. Abgehangen. Den üblichen Kram halt ..."
Ben nickte. „Den üblichen Kram, klar. - Ich hab versucht, dich anzurufen. Oft."
Lennard zuckte mit den Schultern. „Tja, das Netz ist mies hier. Aber das ist das Einzige, was hier mies ist. Und meine alte Nummer gibt's nicht mehr. Hab das Handy damals in den Hudson geworfen."
Ben lachte. „Klar. Das passt. - Aber du hättest wenigstens mir deine neue Nummer zukommen lassen können. Oder nicht? Ich meine, ... ich dachte, wir wären Freunde."
Lennard spuckte den Grashalm aus und stützte sich auf einen Arm. Er sah Ben fest in die Augen. „Wir SIND Freunde, Ben. Wie kommst du darauf, dass sich daran was geändert hat?"

Ben verschränkte die Arme vor der Brust, machte sie wieder los und zählte jetzt seinerseits an den Fingern ab. „Jetzt lass mich mal überlegen. Wir waren dicker als Brüder und dann bist du einfach von der Bildfläche verschwunden. Du hast dich zwei Jahre lang nicht bei mir gemeldet, als wäre ich ein verdammter Durchgangsbesucher in deinem Leben gewesen. Und heute hast du dich auch nicht grade vor Freude überschlagen, mich zu sehen."
Lennard setzte sich hin und lehnte die Arme über seine Knie. „Liegt vielleicht daran, dass ich mich frage, was du hier willst. Es gibt einen Grund, warum du gekommen bist. Du hast einiges auf die Beine gestellt, um mich zu finden. Vielleicht habe ich keine Lust, einem alten Freund vor den Kahn zu pissen, obwohl er bis ans Ende der Welt gekommen ist, um genau das zu riskieren."
Sie sahen sich an. Sie hatten sich lange nicht gesehen und doch war die alte Vertrautheit da.
„Alter", sagte Ben und guckte wie ein beim Schwänzen ertappter Schuljunge zur Seite. Dann räusperte er sich, holte tief Luft und malte einen vagen Halbkreis in

die Luft. „Und das ist es jetzt hier? Du machst also auf Fremdenführer. Ich meine, ist 'ne geile Gegend, ohne Zweifel, aber ist dir das auf die Dauer nicht 'n bisschen langweilig? Fehlt dir nichts?"
Lennard zuckte mit den Schultern und ließ sich wieder zurücksinken. „Was sollte mir fehlen? Ist ein Job im Paradies. Langweilig nenne ich was anderes. Guck dich um", er zeigte auf die blauen Wasser des Havasu Creek, die steilen Felswände und den Wasserfall, „das Land hier ist ehrlich und macht dir nichts vor. Du musst dich nicht verbiegen, um der Gegend zu gefallen." Er sah Ben an. „Verstehst du, was ich meine?"
Ben zuckte mit den Schultern. „Nein. Ich weiß nur, dass ich einen Rocker erkenne, wenn ich einen sehe. Und wenn einer Bühnenpräsenz hatte, dann du. Fremdenführer passt einfach nicht zu dir, Len. Höchstens Wanderbarde."

Lennard zuckte mit den Schultern. „Nicht? Dann nicht. Ich mache das auch nicht so oft. Ich sitze lieber rum und höre den Bäumen beim Wachsen zu, weißt du? Meine Seele braucht immer noch Psychotherapie, nachdem sie durch den Verdauungskanal von Curt Whitle und seine ganze gequirlte Scheiße krauchen musste." Er nickte zu den drei Damen, die aus dem Wasser kamen und total aus dem Häuschen waren. „Und die Frauen da drüben wollten einen Guide."
Ben kniff die Augen zusammen. „Was ist mit der Musik? Mit dem Gefühl, wenn's richtig groovt? Das muss dir fehlen, weil ... du kannst nicht ohne, das glaube ich einfach nicht."
Lennard verzog keine Miene und winkte ab. „Ich hab das an den Nagel gehangen, als ich von New York weg bin, Ben. Als Kind war das mein Traum, klar. Da war ich hier und wollte dort sein, weil ich dachte, DAS ist das Leben. Auf Bühnen stehen, Geld machen, sich feiern lassen." Er zuckte mit den Schultern. „Aber dann hab ich auf der Bühne gestanden und mich feiern lassen und gelernt, dass das Geld mit deiner Energie andere machen, aber dass du selber den Preis dafür zahlen musst. Wer oben stehen will, der verkauft seine Seele und jemand anders bestimmt, wer man sein darf. Ich kann das nicht. Mich knebeln lassen, das Maul halten, springen wie ein Affe im Zirkus. Nein. War 'ne

interessante Erfahrung, aber mein Leben ist das nicht. Hier fühle ich mich lebendig. Aber auf der Bühne mit Whitle im Nacken und in diesen ... Zirkusklamotten ... das war die Hölle für mich, Ben. Die beschissene neunte Hölle von Dante."

Ben nickte und seufzte.
Lennard grinste. „Weiß nicht, wie du das immer noch aushältst."
Ben zuckte mit den Schultern. „Ehrlich? Auch wenn du meinst, es war zu wenig - ich habe das nur wegen der Kohle gemacht, nachdem du weg warst. Ich habe ein Ziel und arbeite seit Jahren darauf hin. Du hast ja selber gesagt, dass ich ziemlich verbissen sein kann, wenn ich was will." Dann sah er Lennard an und schwieg.
Lennard verzog das Gesicht. „Du willst jetzt wahrscheinlich, dass ich dich frage, was du damit meinst, oder?"
Ben lachte und sah zur Seite. „Vielleicht?"
Lennard nickte. „Tja, genau das mache ich nicht. Aus der Whitle-Nummer rauszukommen hat mich fast alles gekostet, womit mich diese Hyäne jemals abgefrühstückt hat. Seine Anwälte sind noch schlimmere Hyänen als Curty selber. Ich will darüber nicht mal mehr reden. Es ist mir Latte, was du mit dem Arschloch noch für Sachen am Laufen hast. Ich bin da nicht mehr dabei und werde es auch nie wieder sein."
Ben hob die Hände. „He, Len, bleib locker. Darum geht es nicht. Ich würde im Leben nicht mehr mit dir über Curty reden. Im Gegenteil. Es ist nämlich so, dass ..."
„... ich seit Flashlight und diesem megamäßig beschissenen C-POP", Lennard schüttelte sich, „keine Gitarre mehr angefasst habe. Ich kann's nicht mehr, Alter. Es geht nicht. Ich dachte, das ist es, aber das war es nicht. Da habe ich es gelassen. Aus. Und vorbei."
Jetzt lachte Ben ungläubig. „Was?? Das war's für dich? Erzähl doch keinen Bullshit, du Idiot. Du hast ... keine Gitarre mehr angefasst?? Du spinnst. Als wenn du das nicht mehr kannst. Wenn's einer konnte, dann DU. Und jetzt hör

mir mal genau zu. Es ist nämlich so. Ich bin jetzt auch nicht mehr ..."

„Hallooooohoooo", flötete eine der Damen aus dem Dreiergestirn und kam, tropfnass, aber mit Badehaube, in forschem Schritt auf den Felsen zugesegelt. „Junger Mann, Sie müssen uns jetzt unbedingt mal erklären, WARUM dieses Wasser so UNGLAUBLICH blau ist, ja?"

Lennard zuckte mit den Schultern und sprang vom Felsen. „Klaro!" Und zu Ben: „Job ist Job, Alter. Schade, dass wir unser Gespräch nicht weiterführen werden, weil es dazu einfach nichts mehr zu sagen gibt. Trotzdem schön, dich zu sehen." Er klopfte Ben auf die Schulter und ging mit der Frau zum blauen See, wobei er etwas von „großen Mengen Kalziumkarbonat" faselte. Die ältere Frau blickte zu Ben zurück. „Ich hoffe, das war jetzt nicht zu unhöflich, junger Mann, aber Sie sind jung und haben mehr Zeit als wir. Uns kann jeden Moment der Schlag treffen, deswegen muss alles zack-zack gehen, verstehen Sie? Es gibt noch so viel zu sehen. Das haben wir immer vernachlässigt und nun sehen Sie, was wir davon haben. Stress im Alter. Also merken Sie sich das gut und gehen Sie alles gleich an. Schieben Sie nichts auf die lange Bank. Zack-zack!" Sie nickte bekräftigend und eilte dann Lennard nach.
‚Nein', hätte Ben am liebsten gebrüllt, ‚scheiß auf zack-zack. Nimm deine Bademütze und mach dich vom Acker. Ich habe mehr als ein Hühnchen mit dem Kerl zu rupfen, wahrscheinlich eine ganze Hühnerfarm', aber die Frau hätte vom Alter her seine Grandma sein können. Deswegen blieb Ben höflich, sagte nichts dergleichen, zuckte nur unverbindlich mit den Schultern und murmelte: „Klar, kein Problem", während er sein Handtuch mit Inbrunst würgte und die innere Stimme ignorierte, welche diese Sache mit der Zeit, die man verschwendete, anstatt (zack-zack) mal zur Sache zu kommen, gern mal im Hinblick auf Ajei mit ihm erörtert hätte.

***

Im Campground bei den Havasu Falls war es schon relativ früh duster. Die Sonne erreichte den Boden des Canyons auch an Sommerabenden nicht. Man hatte Zelte aufgebaut, mitgebrachten Proviant verzehrt und saß nun in geselliger Runde locker um das Feuer, welches Lennard in Gang gebracht hatte.

„Ist ein zäher Brocken, dein Goldkehlchen, was?", murmelte Hugh, der sich ganz unverbindlich neben Ben auf einen alten Baumstamm als provisorische Bank hockte und von da aus Lennard beäugte, der den drei Damen beim Zeltaufbau half.
Ben holte tief Luft. „Ein Ass habe ich noch im Ärmel. Wenn das nicht funzt, dann weiß ich ehrlich gesagt auch nicht mehr weiter."
Der Ältere grinste unter seinem Cowboyhut. „Was sagt die Schwester?"
Zack. Alleine sie zu erwähnen reichte aus, um die abendkühle Außentemperatur eine halbe Erddrehung in Richtung Backofen zu verschieben. „K'ne A'nng", murmelte Ben mit feuerroten Ohren. „Hab kein Netz hier." Er stand auf.

Als er zurückkam, war Lennard weg. Emma saß neben Hugh auf der Stammbank. „Sorry, hab ich dir deinen Platz - oh. OH! Ist das da drin eine Gitarre?" Sie rutschte beiseite.
Ben setzte sich neben sie und packte das Instrument aus.
Emma rieb sich die Hände. „Yeah! Ich hatte recht. Aber warum ist die so klein??"
„Weil das eine Ukulele ist und keine Gitarre", antwortete Joseph, der eben neues Holz auf das Feuer schichtete.

Ben lachte und stimmte seine Ukulele, die er aus praktischen Gründen anstatt einer Gitarre eingepackt hatte. Er stimmte ein paar Wanderlieder an und schon kurz darauf saßen fast alle Mitglieder der Gruppe zusammen und sangen mit. Es wurde Abend im Canyon. Das letzte Tageslicht versickerte kommentarlos in Felsspalten und Erdlöchern, doch der Havasu Creek sprudelte auch im Dunkeln unbeirrt weiter vor sich hin und erfüllte die Schlucht mit seinem Rauschen. Die vierköpfige Familie, welche sich den Tag über eher etwas abgesondert hatte, gesellte sich zum Feuer. Das Mädchen, es musste vierzehn oder fünfzehn Jahre alt sein, beobachtete Ben mit gerunzelter Stirn und flüsterte dann heftig mit ihrer Mutter.

Beim vierten Song kam Lennard mit neuem Feuerholz zurück und schoss Ben mit einem Laserblick ab. Aber der ließ sich nicht beirren und setzte noch einen Song nach. Einen Song, den Lennard bei Flashlight gesungen hatte. Es war einer der wirklich guten Songs und nicht zuletzt deswegen, weil Lennard ihn geschrieben hatte. Aber das wusste die Welt nicht. Und das interessierte die Welt auch nicht. Die Tantiemen kassierte ein anderer.
„He, das kenne ich!" Emma sang lauthals mit. Als das Lied zu Ende war, setzte Ben die Ukulele ab. Alle klatschten. Lennard nicht. Er merkte nur an: „Deine G-Saite ist zu tief."

„Du bist es, oder?", platzte das Mädchen plötzlich heraus und wedelte mit dem Zeigefinger in Bens Richtung. „Du spielst bei C-POP Gitarre. Du bist Belliot. Stimmt doch, oder?"
Ben zog gespielt ertappt die Schultern hoch und schob sein Basecap in den Nacken. Trotz zotteligen Zwei-Wochen-Bartes und Strubbelfrisur war seine Tarnung nicht perfekt. „Erwischt." Er grinste wie ein Schuljunge.
Emma stierte ihn von der Seite an und sprang auf. „Cooool! ... Klar! Ich habe es gewusst. Ich habe es GEWUSST." Sie stieß Joseph gegen die Schulter. „Sag ihm, dass ich es auch gewusst habe. Und du", sie pikte in Lennards Richtung, „du warst früher auch mal bei C-POP. Als Frontman. Ich bin mir sicher. Ganz am Anfang. Du hast gesungen. Mit ihm." Piekser in Richtung Ben. „Und du" (Lennard) „warst noch viel besser als der, den sie jetzt haben."

Der ältere Mann neben Ben lehnte sich schmunzelnd zurück, als würde er das abendliche Schauspiel am knisternden Feuer extrem genießen.
„Das ist ... voll der Wahnsinn. Echt. K-kann ich ein Autogramm haben?", japste das Mädchen reichlich atemlos und hielt Ben den Arm hin.

„Was Besseres", sagte Lennard und stand auf. „Ich mache ein Foto von euch beiden, okay?"
Das Mädchen strahlte. „Jaaaa. Aber du sollst auch mit drauf."
Emma zog einen Kugelschreiber aus ihrem Jutesack und reichte ihn an Ben, der dem Mädchen (auf Nachfrage Emily) „Live your dreams, Emily" und „Best wishes from Belliot" auf den Arm pinselte. Lennard machte Fotos aus jeder Richtung. Dann ließ sich Emma mit Ben, Lennard und Joseph fotografieren.
„Ich will auch ein Autogramm", sagte die Moppelige vom Damentrio, dieses Mal ohne Rüschenbadehaube. „Und wenn du besser bist als wer auch immer, dann sing uns doch mal was vor." Sie sah Lennard fröhlich an.
„Yeah, sing mal was", schlug Ben in die gleiche Kerbe und beobachtete Lennard genau. Er nahm die Ukulele, reichte sie an Emma, die an Joseph, der an den Vater des Mädchens, welcher das Instrument dann Lennard hinhielt. Lennard sah Ben an. Lange. Blickringen. Sie fochten einen stummen Kampf aus. Und dann ...

... griff Lennard zu. Erst zögernd, dann fest. Er betrachtete die Ukulele, zog den Daumen über alle Saiten und drehte mehrfach an den Wirbeln. Er brachte noch mal alle Saiten zum Klingen, stand auf und brachte Ben die Ukulele zurück. „So. Jetzt stimmt die G-Saite. Sorry, Leute, aber unser ... Belliot hier, macht das super. Er ist der Crack. Ich hab früher nur so'n bisschen gespielt. Ist schon ewig her. Ich kann's wahrscheinlich gar nicht mehr."
Ben winkte ab und nahm das Instrument nicht zurück. „Len, du Idiot, jetzt hör doch auf, so einen Mist zu erzählen. Sowas verlernt man nicht. Und schon gar nicht du. Du hast das im Blut. Und Blut vergisst nichts. Der Scheiß ist dicker als Wasser. Wenn überhaupt, dann bist du aus der Übung. Musik ist ein Teil von einem selbst und der ist hier drin. Der geht niemals weg." Er klopfte sich auf die Brust.
Lennard schüttelte den Kopf und reichte die Ukulele Joseph rüber. „Ben, man kann da nichts erzwingen. - Spiel du doch was. Du spielst doch, oder?"
Joseph nickte, aber als er zugreifen wollte, hielt Emma seinen Arm fest. Sie

schaute Lennard an und fragte leise: „Bist du ein Feigling?"
Lennard lachte und schüttelte den Kopf. „Ich bin einiges, aber kein Feigling, aber die Sache ist durch. Ich spiele seit Jahren schon nicht mehr. Neben Ben würde ich mich blamieren."
Das Mädchen mit dem Autogramm auf dem Arm legte den Kopf zur Seite und bettelte: „Wenn du früher bei C-POP gesungen hast, dann kannst du gar nicht schlecht sein. Dann hätten die dich nie genommen. Sing doch was. Bitte, ja?"
Ben grinste breit. „Genau, die hätten dich sonst nie genommen, Alter. Bittebitte."
Lennard lachte nicht mehr. „Die hätten mich auch nie genommen, wenn die damals gleich gewusst hätten, was sie mit mir kriegen." Und damit ging er.
„He, das war echt kryptisch, oder?", stellte Joseph fest und nickte nachdenklich.

***

Zwei Stunden später war das Feuer endgültig heruntergebrannt. Die Familie hatte sich (unter Protest von Emely, der Tochter) zurückgezogen, auch die drei älteren Damen empfahlen sich. Neben der Glut hockten jetzt nur noch vier Personen. Eine von ihnen stand gerade auf.
„Bin müde", gähnte Emma und reckte sich. „Ich glaub, ich kriech in meinen Schlafsack. - Jo? Was ist mit dir?" Sie guckte zu ihrem Begleiter runter.
Joseph nickte. „Ich komme mit. – Nacht zusammen."
Hugh und Ben blieben allein zurück.
„Muss mal pissen", sagte der Ältere und stand auf.
„Lass dir nicht von 'nem Puma in die Eier beißen", gab Ben trübsinnig zurück und sah dem Mann hinterher. Dann starrte er in die Glut und sagte: „Scheiße."

„Hast du denn einen Puma gesehen?", fragte Lennard, der lautlos aus dem Schatten trat. „Wenn ja, dann bist du ziemlich cool. Keine Angst, dass er dir ins Genick springt?"
Ben zuckte zusammen. „Mann, Alter, wo kommst du jetzt wieder her? Und warum musst du schleichen wie ein verdammter Indianer? – Äh, hier gibt es

doch keine Pumas, oder?“
Lennard setzte sich ihm gegenüber hin und grinste. „Weil ich ein verdammter Indianer BIN. Und – ja – hier gibt es Berglöwen, dafür aber auch Klapperschlangen, Kojoten und ...“
Ben sah sich um. „Danke. Das reicht schon. Ich mache mir in die Hosen, okay?“
Lennard lachte. „Was dachtest du, wo du bist? Im Central Park? Wir sind hier in der Wildnis. Der Canyon ist kein Streichelzoo.“
Ben sah sich um. „Hör mal, Alter, ich bin ein Stadtkind aus Austin, Texas. Wilde Tiere gab's bei mir im Fernsehen. Mogli. Dschungelbuch. Alles klar? Also, wenn mir hier irgendeine Miezekatze an die Kehle springt, dann reißt mein Manager dir die Eier ab.“ Er zeigte mit dem Finger auf Lennard. „Peng!“
Lennard grinste. „Dein Manager kann mich mal ...“ Dann griff er nach einem großen Ast und schob die Glut zusammen. „Okay, Ben. Bringen wir es hinter uns. - Warum bist du hierher gekommen?“
Ben sah ihn an. „Ich wollte wissen, wie es ist, von 'nem Puma gefressen zu werden. Logisch.“ Dann holte er tief Luft und. „Du weißt, dass ich dich gesucht habe, deine Schwester hat schließlich gepetzt. Und wenn du dich fragst, warum ich erst zwei Jahre nach unserer plötzlichen ... Scheidung hier auftauche, dann liegt das daran, dass ich stinksauer war. Ich fand es sowas von Scheiße, dass du die Sache hast eskalieren lassen, damit du aus der Nummer rauskommst. Noch mehr scheiße fand ich übrigens, dass du nicht mit mir gesprochen hast. Du bist einfach abgehauen. Und, sag was du willst, du hast es drauf angelegt, dass Cody ...“
„Cody ist ein Arschloch, Ben, ein Arschloch wie sein Vater. Keine Ahnung, wer das größere Arschloch von beiden ist.“
„Ich weiß, dass Cody ein Arschloch ist. Aber das spielt doch überhaupt keine Rolle!“ Ben hatte sich in Rage geflüstert. „Du hast den Saftsack provoziert, du hast ihn so lange an den Eiern gepackt, bis er total ausgeflippt ist und auf dich losgegangen ist. Du hast das mit Absicht gemacht, du verdammter Drecksack. Du WOLLTEST, dass Curt dich feuert. Und dann? Dann bist du nicht nur weggegangen, sondern hast dich in Luft aufgelöst wie eine beschissene

Glitzerfee, verdammt noch mal. Keine Erklärung. Kein Wort. Nichts." Er schlug mit der rechten Faust in die linke Hand. „Wir waren dicker zusammen als Batman und Robin oder Wallace und Gromit, ein richtiges Gitarrenehepaar, und dann haust du einfach ab und - alles scheiß egal. Du hast mich im Stich gelassen und bist also mindestens genauso ein Arschloch wie Cody."
Lennard lachte kurz auf. „He, komm mal wieder runter, ja? Ich finde es auch cool, dich zu sehen, ehrlich. Soll ich dich jetzt küssen oder was? – Klar, ich bin damals in erster Linie gegangen, weil ich diese ganze Scheiße vergessen wollte. Da war ein kurzer und schmerzhafter Cut besser, als noch länger diesen Müll ertragen zu müssen. Ich hab's, verdammt noch mal, einfach nicht länger ausgehalten. Die hätten mich nicht gehen lassen, ich musste mir was überlegen und da kam Cody mit seinem Rattenhirn grade recht. Da war er einmal für was gut." Er setzte sich mit einer fließenden Bewegung hin und kickte ein verkohltes Holzstück in die Glut. „Aber ich habe dich da nicht reinziehen wollen, weil ich wusste, dass du aus der Nummer nicht rauskommst, weil du den Job BRAUCHTEST. Ich wollte nicht, dass Curt dich auch feuert, wenn du weiter mit mir auf Kumpel machst. Außerdem bist du jemand, der nicht die Seiten wechselt. Du hättest unbedingt auf loyal machen wollen und mich unterstützt. Und das hätte dich definitiv den Job bei diesem C-POP-Dreckscheiß gekostet. Das weißt du, das weiß ich. Also sei froh, dass ich ohne ein Wort abgehauen bin." Er sah Ben direkt an. „Du bist ein ehrlicher Typ, Ben, ein Freund. Wenn du nicht gewesen wärst und ich nicht gewusst hätte, wie sehr du auf diesen Mist angewiesen warst, dann hätte ich das Fass noch ganz anders explodieren lassen. Das kannst du mir glauben. Aber egal. Ich hab das hinter mir gelassen und bin fertig damit. Außerdem hab ich nicht gesagt, dass du mich suchen sollst. Also leb jetzt mit der Tatsache, dass ich noch nicht weiß, ob ich mich freue, dich zu sehen. Du hast mir den ganzen Scheiß zurückgebracht."

Ben beugte sich vor. „Okay. Verstehe. Und – nein. Ich habe dir keinen Scheiß mitgebracht. Mit dem, was damals war, musst du alleine fertig werden. Und wenn du damit noch nicht fertig bist", er zuckte mit den Schultern, „he – dann ist das auch dein Problem. Ich hab deswegen keine schlaflosen Nächte. Es gibt einen Grund, warum ich hier bin und der ist ganz sicher nicht, in Curty's Dreck von vorgestern zu wühlen. Aber bevor ich dir erzähle, was mich bis in dein Pumalager getrieben hat, muss ich erstmal rauslassen, was ich zwei Jahre lang reingefressen hab. Und weißt du, was das ist? Du warst der erste richtige Freund und der beste Kumpel, den ich je hatte. Mit einem beschissenen Bruder hätte ich nicht mehr teilen können als mir dir, du Hurensohn. Mit dir Musik zu machen, war, scheiß auf Cody und seinen Alten und die ganze beschissene Maschinerie dahinter, das war – das verdammt noch mal BESTE, was ich je gemacht habe. Und das ist es immer noch. Ich weiß, dass wir zusammen der Hammer waren, du und ich. Wie Pat und Patachon. King und Kong. Arsch und Eimer. Wir hatten Spaß zusammen. Trotz all dem Mist drumrum. Was WIR beide gemacht haben, das war nämlich echt und ehrlich." Ben lehnte sich zurück und holte tief Luft. „So. Und deswegen war ich scheißwütend, als du abgehauen bist. Scheißwütend und total deprimiert. Ich hab geheult wie ein Baby. Und ja, du hast recht, wahrscheinlich wäre ich mit dir mitgegangen. Weil wir zusammen MUSIK gemacht haben, weil die Musik in uns drin ist." Er knallte sich die Hand vor den Brustkorb. „So. Und deswegen glaube ich, dass du dir selbst was vormachst, Alter. Du versteckst dich hier in deinem Canyon und sagst, du kannst das nicht mehr. Fick dich."

Ben stand auf, lief hin und her, steckte die Hände in die Taschen. Holte sie wieder raus. Zeigte mit dem Finger auf Lennard: „Fick dich, Alter, aber – du lügst. Ich kann mir nicht vorstellen, dass du glaubst, was du da faselst. Du kannst, aber du willst nicht mehr. Dabei warst du auf der Bühne zu Hause. Und weißt du, warum ich das weiß? Weil ich neben dir gestanden habe. Du gehörst auf eine Bühne und nicht in diese Einöde, auch wenns hier geil ist."

Lennard streckte sich, offensichtlich völlig unbeeindruckt von der langen Rede seines Freundes, auf der Bank gegenüber aus. „So. Bist du jetzt fertig? – Du hast mit vielem recht, Ben, aber in einer Sache täuschst du dich. Ich gehöre GENAU

hierher."
Ben riss wütend die Hände in Richtung des schwarzen Nachthimmels. „Scheiße, ist dir zu helfen? Du hast mir überhaupt nicht zugehört. Und ich hab bis eben überhaupt nicht gewusst, wie wütend ich eigentlich auf dich bin. Ich könnte dir den Hals umdrehen." Er wandte sich um, ging, blieb stehen, kam zurück. „Scheiß auf dich und scheiß auf mich und scheiß auf den Canyon. Scheiß auf alles. Du bist Musiker, Lennard, Sänger, das weiß ich. Ich war nicht nur deine zweite Stimme, sondern dein Freund, Mann. In dir drin ist alles voll mit Musik, mit geiler Musik, mit jeder Scheißmenge geiler Musik. Das kann man nicht einfach das Klo runterspülen. Wem machst du was vor? Nur mir? Oder dir selbst? Was meinst du, wie lange du das noch kannst, bevor du nicht mehr weißt, wer du bist?" Dann ging er.

Lennard blieb alleine zurück und starrte in den klaren Sternenhimmel. Er seufzte.
Die Ukulele lag vergessen dort, wo Ben eben noch gesessen hatte.
Das Gigbag war runtergefallen.
Die Feuchtigkeit würde dem Instrument nicht gut bekommen.
Nein.
Wahrscheinlich nicht.
Na und? Was ging ihn das an?
Das empfindliche Holz könnte aufquellen und sich verziehen.
Scheiß drauf. Nicht sein Problem.
Dann wäre die Ukulele auch nichts Besseres mehr als Feuerholz.
NA UND??

Lennard schloss die Augen. Er lauschte in sich hinein, hypnotisierte wieder den schwarzen Himmel und wartete eine Weile auf Antworten von den Sternen. Aber da kam nichts. Was er hörte, war nur das Knistern der Glut. Im nächsten Moment glitt er mit einem geschmeidigen Sprung und einem saftigen Fluch von der Bank, griff nach dem Gigbag und dann nach der Ukulele. Er konnte nicht zulassen, dass das Instrument feucht wurde, verdammt noch mal. Er konnte es einfach nicht. Sowas nahm das Holz einem übel. Seine Finger schlossen sich um den Hals der Ukulele. Das fühlte sich gut an, vertraut.

„Verdammt."

Lennard legte das Gigbag weg, setzte sich auf den Stamm und ließ seine Finger über die Saiten gleiten. Pläng. Plängpläng. Das Instrument hatte sich schon wieder verstimmt. Lennard drehte an den Wirbeln und fing an zu spielen. Aus dem Nichts. Ganz einfach. Einfach so. Wie früher. Unter seinen Fingern entstanden Töne, dann kleine Melodien. Nichts Bekanntes. Nichts Bestimmtes. Einfach irgendwelche Melodien. Sie kamen aus ihm raus, erst wie einzelne Tropfen, dann wie ein Bach. Fühlte sich gut an. Er spielte einfach drauflos. Und - verdammt noch mal – er hatte nichts verlernt. Natürlich nicht. Das hatte er auch nie geglaubt. Er hatte nur Angst davor gehabt, dass die Musik, deren Macht er nach dem Crash bei C-POP ganz bewusst negiert hatte, wieder nach ihm griff, seine Adern füllte, durch Körper, Geist und Seele floss und die Sehnsucht zurückbrachte, ihre klingende Magie mit anderen zu teilen.

Ben, der atemlos in der Dunkelheit gewartet und Hugh nach dem Pinkeln abgepasst und am Arm zurückgehalten hatte, boxte dem Älteren in die Seite. Ein Reißverschluss zippte leise.

Aus der Melodie wurde ein Lied. Ben kannte es. Lennard fing an zu singen. Ben klinkte sich ein. Lennard guckte sich um, grinste ihn an. Sie hatten beide nichts vergessen und ergänzten sich wie eh und je. Pat sang mit Patachon und Arsch mit Eimer. Als der Song zu Ende war, wurde geklatscht. Emma krabbelte aus ihrem Zelteingang, hinter ihr hob Joseph den Daumen. Auch Hugh klatschte. In der Ferne heulte ein Wolf.

Emma kam mit einer Decke, die sie eng um sich schlang, wieder ans Feuer. „Macht weiter. Hört nicht auf. Bitte. Ich bin grade total eins mit dem Universum. Echt."

Noch ein Song. Und noch einer. Nach einer guten Stunde sagte Lennard: „So. Schluss jetzt. Mir tun die Hände weh." Emma protestierte, aber Lennard packte

die Ukulele ein.
„Nein. Das reicht für heute. Meine Kondition ist im Eimer – und das stimmt jetzt wirklich. Gute Nacht." Er war auf eine phantastische Art leer und müde, gähnte und ging.
Ben grinste Hugh an. „Und? Was sagst du jetzt?"
„Bleib dran", sagte der Ältere. „Er ist wirklich gut. Er hat das, was man braucht."
„Gut?? Er ist ein geiler Typ", schwärmte Emma. „Und singen kann er auch."
„Worauf du dich verlassen kannst", nickte Ben ihr zu und klopfte Hugh auf die Schulter.

***

Er erwischte Lennard gerade noch, bevor der in seinem Zelt verschwand.
„Nur noch eine Minute", fing er an, „halt die Klappe und hör mir einfach nur zu, Alter, das bist du mir schuldig. Ganz kurz: Ich bin auch raus bei C-POP. Die fünf Jahre sind rum. Du hattest recht, ich konnt's mir nicht leisten, früher auszusteigen, aber jetzt ist Schluss. ‚Flashlight' war mein letztes Album mit Curty und seiner Truppe. Jetzt kann ich mir das endlich leisten. Sie werden die Info nächste Woche in einer Pressemitteilung rausbringen."
Lennard gähnte. „Glückwunsch. Und was willst du jetzt von mir?"
Ben redete nicht mehr um den heißen Brei rum. „Ich will ein eigenes Projekt starten. Mit dir. Deswegen bin ich hier. Und sag jetzt nicht gleich nein, weil ..."
„Nein."
Das hatte Ben befürchtet. „Denk erstmal drüber nach, bevor du irgendwas entscheidest. Wir beide, fifty-fifty. Das geht, ich weiß das. Wir schreiben die Songs. Wir machen die Verträge. Wir entscheiden, wer noch mitmacht. Wir. Von mir aus auch nur du. Denk drüber nach. Wenigstens bis morgen. Das bist du mir wirklich schuldig ..."
Ben wartete keine Antwort mehr ab. Er drehte sich um und stolperte durch die Finsternis zu seinem eigenen Zelt.

***

„Okay", sagte Lennard am nächsten Tag zu Ben, aber erst, als sie wieder in Supai waren und vor dem Lodge standen. „Deal, Alter. Wir machen das, aber wir brauchen neben einer ganzen Menge Zeugs vor allem drei Dinge: Geld, Connections und einen Haufen neuer Songs. Eigene Songs."
Der Mistkerl hatte ihn wirklich mehr als den halben Tag und die ganze Strecke von den Mooney Falls bis zu den Beaver Falls und zurück nach Supai hingehalten. Aber es hatte sich gelohnt. Ben grinste über sein ganzes, derzeit halbwegs bärtiges, jungenhaftes Gesicht unter dem jetzt echt und nicht kalkuliert verstrubbelten Rotblondschopf. „Ich hab einiges gespart und was die Connections angeht - he, Hugh, komm mal rüber."
Der Mann schüttelte Lennard die Hand. „Mein Studio ist in Santa Monica. Sagt, wann ihr so weit seid, und ich plane euch zeitlich ein. Ich kann euch zwei bis drei Türen öffnen."
Lennard nickte nachdenklich. „Hugh Borowitz, oder?", und zu Ben: „Du hast mal erwähnt, dass du ihn kennst." Dann fasste er zusammen: „Also, Studio klingt schon mal cool, aber wenn wir das richtig aufziehen wollen, dann reichen zwei bis drei Türen nicht aus. Da brauchen wir Scheunentore. - Ich muss ein paar Dinge checken und rufe dich dann an, Ben. Wir müssen die richtigen Leute finden und - wir brauchen in jedem Fall die richtigen Songs."

Ben hätte am liebsten gebrüllt wie ein Stürmer nach dem Siegtreffer. Er boxte Lennard kräftig gegen den Oberarm. „Alter, ich bin so froh, dass du mitmachst. Das wird 'ne extrem geile Nummer. Alter, Alter, ALTER!!! Du ... Ich hab mir das so ... Ach VERDAMMT!" Er riss Lennard an sich und drückte ihn, als wollte er einen Ringerwurf ausprobieren.
„He, Alter, heiraten tue ich dich trotzdem nicht." Lennard machte sich frei und grinste. „Aber ich ruf dich an, okay?" Er hielt eine Hand hoch.
Ben klatschte ab und zückte dann sein Handy. „Kann's kaum erwarten, Alter. - Du brauchst noch meine Telefonnummer."
Lennard schüttelte den Kopf. „Ich habe deine Nummer schon."
Ben stutzte. „Wieso? Ich denke, du hast dein Handy in den Hudson

geschmissen."
Lennard nickte. „Korrekt. Hab deine Nummer trotzdem wieder. Von Ajei. Sie sagt, ihr schreibt euch. - Das sollte dir übrigens zu denken geben."
Bens Gesicht bekam Farbe. „Hä? Wieso? Was?"
Lennard grinste. „Sie gibt ihre Nummer niemandem, den sie kaum kennt. Und das Image, was du dir in den letzten Jahren aufgebaut hast, spricht eindeutig gegen dich, wenn ich mal mit ihren Maßstäben rangehe. - Was läuft da zwischen dir und meiner Schwester?"
„Was denkst du denn?? N-nichts natürlich", sagte Ben und dachte: ‚Leider.'

***

Vier Stunden später hörte Donald Feigl, alias Big D, der Produzent von unter anderem „Lost Angel Nights", eine Stimme auf seinem Anrufbeantworter, die er schon länger nicht mehr gehört hatte.
„He, Big D, Lennard hier. Grüße aus dem Nirgendwo. Sag mal, steht dein Angebot noch, den obdachlosen Straßenmusiker in ‚LAN' zu mimen? Wenn ja, dann bin ich dabei. Unter zwei Bedingungen: Der Typ ist bitte nicht schwul, das könnte ich einfach nicht überzeugend spielen, und die Rolle ist auf zehn Folgen festgelegt. Eine Staffel, und keine Folge mehr. Ruf mich an, wenn du mich unterbringen kannst."

***

Zurück im Jahr 2017

Als Anton gegen vierzehn Uhr nach Hause kam, war ich gerade bei Folge zweihunderteinundachtzig von „Lost Angel Nights" und heulte mir die Seele aus dem Leib. Ich saß noch in genau dem gleichen Outfit (Schlafwäsche) an genau dem gleichen Ort (Bett), hatte noch nichts gegessen, atmete ziemlich unregelmäßig und beschäftigte mich mit dem gleichen Thema (Lennard und sein Leben nach damals) wie in den letzten vierundzwanzig Stunden. Dabei durchlief ich ein Gefühlsjojo, gegen das jede Achterbahn wie eine Babyschaukel anmutete. Wer derzeit so gar nicht in meinen emotionalen Wirkungskreis passte, das war ... nun ja ... Anton. Leider. Der Ärmste wusste nicht, dass ich gerade weiter von ihm weg war als die Milchstraße vom Zentrum des Universums. Er wusste auch nicht, dass ich mich schon vor Stunden (also eigentlich gestern) am Laptop festgesaugt hatte und über mehrere Umwege jetzt in einer typisch amerikanischen Seifenoper gefangen war, und das auch nur, weil einer der Darsteller zufällig aus meinem früheren Leben stammte und eine Fernbedienung zu meiner Libido hatte. Lennard spielte ab Folge zweihundertzweiundsiebzig Dillon, einen versnobten Anwaltssohn, der im Drogenjumm mit seinem Cabrio (!) einen gleichaltrigen Radler (Simon) über den Haufen fährt. Der Radler ist auf dem Weg zum Gitarrenunterricht, fliegt über die Motorhaube, landet auf Lennards (also Dillons) Rückbank und gleichzeitig im Koma, aus welchem er bis zu meiner aktuellen Folge auch noch nicht aufgewacht ist. Dillons Vater entpuppt sich als schmieriger Anwalt, der mit irgendeinem Gauner Händchen hält und die ganze Sache so dreht, dass Dillon halbwegs heil aus der Sache rauskommt und dem komatösen Jungen die Schuld am Unfall zugeschustert wird. Dillon ist allerdings noch nicht ganz so aalglatt wie sein filmischer Gauneranwalt von Vater und als er ins Krankenhaus fährt, um das Opfer (Simon) zu besuchen, sieht er dessen Freundin (Katie) und verliebt sich prompt (die berühmte Liebe auf den ersten Blick, und das auch noch, obwohl sie ihn gar nicht bemerkt). Er beschließt, irgendwie Buße zu tun, nimmt die Gitarre, die bei Simons Anpralltrauma mit Überschlag auf dem Rücksitz von Dillons Auto gelandet ist, und mischt sich unter die Straßenmusiker von L. A. Dillon (Ha!) hat früher selbst Gitarre gespielt (Haha!), nur wenig verlernt und stellt fest, dass er ziemlich talentiert ist. (Hahahaaaa! Wer hätte das gedacht.) Er stromert durch die kleine Innenstadt und lässt sich vor einer Pizzeria nieder, von der er weiß, dass Katie dort nach der Schule arbeitet. Im Verlauf schafft er immer häufiger „zufällige" Begegnungen mit Katie, die natürlich sehr traurig ist und dringend jemanden zum Trösten braucht. Es kommt immer wieder zu Fast-Kuss-Situationen, wobei Katie stets heroisch widersteht, da sie ja ihren komatösen Freund Simon nie und nimmer betrügen will.

Okay: Ich gestehe. Es handelte sich um eine Seifenoper allerersten Kajüte, die ich unter normalen Umständen niemals gesehen hätte. (Aber die Umstände waren eben nicht normal, oder? – Nein.) Ich hatte megamäßig damit zu tun, alle Personen auseinanderzuhalten. Schließlich war ich ja einfach so und ohne Vorkenntnisse bei Folge zweihundertschießmichtot eingestiegen. Das war so verwirrend, dass ich mich irgendwann durch eine englische Website quälte, damit ich wenigstens ansatzweise verstand, wer mit wem, warum und wieso überhaupt irgendwie verbandelt war. Irgendwann gab ich es auf, jeden Zusammenhang verstehen zu wollen, und spulte einfach immer vor, wenn Szenen abliefen, die nichts mit Lennard aka Dillon zu tun hatten. Die interessierten mich nämlich sowieso und überhaupt nicht.

Zwischen Dillon und Katie knisterte es immer häufiger, aber sie weigerte sich, ihn zu küssen. Also sie weigerte sich nicht direkt, sie wollte eben ihren Simon nicht betrügen (obwohl, wollen wollte sie wohl schon, aber dürfen ließ sie sich nicht – was für ein Debakel) und deswegen versuchte sie, den verfänglichen Situationen mit Dillon, der nicht nur nebenbei seinen Charme spielen ließ, zu entkommen.

„Wenn ich du wäre, würde ich ihn aber küssen, du dumme Nuss", hörte ich mich einmal ziemlich laut seufzen, weil ICH nämlich wusste, wie gut Dillon

AKA Lennard Steinberg küssen konnte. Ich wäre gern für Katie eingesprungen, damit sie aus dem Kussdilemma raus war. Aber Katie kam ganz gut klar und küsste Dillon nicht, auch wenn's ihr offensichtlich schwerfiel. (Klaro, Koma-Simon war niedlich, aber er sah bei weitem nicht so gut aus. Schon gar nicht im bleich-klinisch-korrekten Krankenhaus-Look.) Deswegen starrte sie den quicklebendigen (und zum Anschmachten schicken) Dillon/Lennard immer mal wieder heimlich an. Tja – ich auch und ich konnte es nicht fassen, dass ich Lennard in diesem Leben tatsächlich noch mal wiedersah, wenn auch nur auf der Mattscheibe. Nach gefühlten tausend Jahren. Zum Greifen nahe. (Nee. Leider eben nicht zum GREIFEN nahe. Und vielleicht hat sie ihn ja hinter der Kamera doch geküsst, die Katie. Da muss sie sich ja nicht mehr verstellen. – Ich: Nein. NEIN. Hat sie nicht. – Sicher?? – Aaaargh. Nein. Natürlich nicht.)

Ich konzentrierte mich auf Lennard, auch wenn er hier Dillon hieß und ganz jemand anderes darstellte. Es waren seine Augen, sein Lächeln, seine Stimme (ehrlich, ich hätte fast gewettet, dass er sich selbst synchronisierte und wenn nicht, dann hatten sie eine Stimme gefunden, die seiner unheimlich ähnlich war). In Folge zweihundertsiebenundsiebzig beschlossen Katie und Dillon (nun sowas wie best friends mit Herzchen in den Augen), dass Katie Simons Lieblingslied auf der Gitarre lernen musste, um Simon aus dem Koma aufzuwecken. Obwohl Dillons Blick anzumerken war, dass er sich eigentlich ganz was anderes wünschte und statt Gitarre zu spielen, Simon lieber eins pfeifen wollte. Aber er hatte sich ja BUẞE in Lettern auf die Stirn geschrieben, Buße für seine vielen Verfehlungen als reicher verwöhnter Anwaltssohn mit Dreck am Stecken. (Oh Mann, was für ein Schmalzschmarren ... Typisch Seifenoper eben. Aber es zwang mich niemand, mir den Schmus anzugucken. Das machte ich freiwillig.)

Da. Jetzt ging es wieder los.
Katie mit weinerlicher Stimme: „Simon hat genauso eine Gitarre."
Dillon (räuspernd, kurzer Blick in die Ferne): „Das ... das kann gut sein, ist ein ziemlich gängiges Modell. – Weißt du was, Katie? Ich habe eine Idee. Gibt es da

einen Song? Irgendein Lied, das euch verbindet?"
Katie, zögernd: „Ich glaube, ..., ich glaub, das ist am ehesten dieser eine Song von Ed Sheeran, weißt du? Aber das kriege ich nie hin ..."
Dillon/Lennard schüttelte den Kopf. „Katie, du musst mal anfangen, an dich zu glauben. Man kann alles erreichen, Süße, alles, wenn man nur will." Tiefer Blick. Schmalzmusik. „Hör zu. Du brauchst nur die Akkorde." Er fing an zu spielen und zu singen und ich (im Schneidersitz, eingewickelt in die Bettdecke) begann automatisch, im Takt mitzuschwingen und zu summen.

Dann sollte es Katie versuchen.
„Hör auf dein Herz, wenn deine Finger auf den Saiten liegen, Katie. Lass deine Seele singen. Für Simon ..." (Okay, jetzt wurde mir dann doch ein bisschen schlecht.) Er, Dillon, eindringlich, mit intensivem Blick, als die beiden kuscheldicht nebeneinander unter einer Trauerweide am kleinen See saßen. (Kitschiger ging es ja nun wirklich kaum noch. Und zu Lennard passte dieses Schmalzschmusipusi noch weniger als ein Ballettröckchen zu Chuck Norris.)
„Aber wenn ich das tue, dann werde ich nur traurig ..." Schmachtender Kuhblick in seine Richtung.
Er setzte sich hinter sie (ja, es war eine breite Bank), rückte die Gitarre auf ihrem Schoß zurecht und zeigte ihr (von hinten, schnuckelig umärmelt), wie sie die Finger legen musste. „Schließ die Augen und hör mir zu. Lass zu, dass die Musik dich trägt ..." (Oh doch. Es ging tatsächlich NOCH kitschiger. Jetzt würde ich mich gleich übergeben müssen. Der echte Lennard hätte NIE und NIMMER so einen Schmus von sich gegeben. Ich steckte mir schon die imaginären Finger in den Hals, aber dann ... Nein, doch nicht. Szenenwechsel. Ich musste vorspulen.)

Nächste Folge der beiden Turteltauben. Sie saßen jetzt Rücken an Rücken. Lennard, quatsch, Dillon spielte und Katie ließ ihren Kopf nach hinten zwischen seine Schulterblätter sinken. Also das war jetzt doch schon recht intim. Lauer Wind zuselte verspielt die Zweige und Katies Haare, während seine Stimme (jetzt hundertpro im Original, er sang nämlich englisch) meine Synapsen zum

Glühen brachte.
„Dillon?“ Katie drehte sich um und legte ihr Kinn auf die Knie. Lennard drehte sich auch um. Sie sahen sich an.
„Ja, Katie?“
„Hast du schon einmal ein Mädchen geliebt?“
„Ich weiß nicht. Wie fühlt sich Liebe an?“ (Du IDIOT!!)
Sie war eine gute Schauspielerin und gab ihrem Herzgesicht die perfekte Fragezeichen-Optik.
„Weißt du das nicht? Liebe ist, wenn dein Herz klopft“, sie presste beide Hände auf seine Brust, „und du an nichts anderes mehr denken kannst, als wie es wäre, den anderen Menschen zu küssen. Wenn du immer mit dem anderen zusammensein willst. Wenn es nichts anderes mehr gibt, als ...“ Sie stockte, schnappte mädchen-like nach Luft und starrte ihn an.
Er bedeckte ihre Finger auf seinem Shirt mit den Händen. Romantische Melodie. Ihr Blick. Sein Blick. Tief versunken. Verliebt. Verträumt ...
„Ich glaube, ich weiß jetzt, was du meinst, Katie“, sagte Dillon dann abrupt und riss den Blick von ihr los. Seine Hände zog er auch weg, als hätte er sich verbrannt. „Und ich denke, ich war noch ... nie so ... verliebt.“ (Oh doch, das warst du, Liebster. Und ich war dabei.)

Eine Folge später ahnt Katie, wer Dillon ist, weil sie Fotos von sich und Simon anschaut (wegen schlechten Gewissens und der Schwärmerei für ihren neuen Kumpel). Die Gitarre ist schlichtweg dieselbe. Sie will das anfangs aber nicht glauben, da sie sich nicht erklären kann, wie Dillon zu der Gitarre von Simon kommt. Ein Anruf bei Simons Mutter verrät ihr, dass die Gitarre seit dem Unfall verschwunden ist. Bääm. Jetzt fängt Katie an zu grübeln, will aber nicht glauben, dass der ach-so-süße Dillon was damit zu tun hat. In ihrer Verwirrung erzählte sie all diese Ungereimtheiten auch dem noch immer komatösen Simon. Der antwortete zwar nicht, aber irgendwie erinnerte sich Katie beim Händchenhalten im Krankenhaus daran, dass Simon seine Gitarre (eben weil sie so völlig standardmäßig und wenig außergewöhnlich ist) mit einem Zeichen versehen hat, um das Instrument als sein Eigentum zu kennzeichnen. Und das im Korpus, wo ein solches Zeichen nicht gleich gefunden werden würde.

Katie beschließt (reichlich verzagt), Dillons Gitarre zu untersuchen, und ab da nimmt das Schicksal natürlich seinen (rasanten und vor allem dramatischen) Lauf. Dillon überlässt ihr das Instrument zum Üben. Katie findet das Zeichen, was Simon im hohlen Gitarrenkörper gemacht hat, und macht sich heulend auf die Suche nach dem Bösewicht, der dabei ist, ihr Herz zu klauen. Sie sieht Dillon und folgt ihm nach Hause zu der protzigen Villa, in der er lebt (von wegen Straßenmusiker). Sie stellt ihn zur Rede, er kann ihre Vorwürfe nicht entkräften, sie rennt heulend weg und bei dem Versuch, ihn abzuschütteln, erst in die eine, dann in die andere Richtung und letztlich über eine nicht gut einsehbare Straße mit hohen Hecken und Bäumen.

Ein Auto kommt mit überhöhter Geschwindigkeit um die Kurve.
Katie bleibt stehen wie ein paralysiertes Reh.
Dillon springt wie ein Panther vor, schubst sie zur Seite.
Katie fliegt auf den Bürgersteig und Dillon ...
... kracht gegen die Kühlerhaube des Protzschlittens und wird beiseite geschleudert.

Ehrlich – mir blieb das Herz stehen. Ich glaube, ich habe sogar mit Katie im Duett „NEIN“ gebrüllt. Mit weit aufgerissenen Augen und vor den Mund geschlagenen Händen verfolgte ich, wie das Auto schlingernd zum Stehen kommt, Katie sich aufrappelt, schreiend und weinend zu Dillon rennt, der so leblos wie eine entsorgte Marionette auf dem Bürgersteig liegt. Sie drängt die zusammenlaufenden Leute weg, beugt sich über ihn und dreht sanft seinen Kopf zu sich.

Man hatte Lennard, quatsch Dillon, die eine oder andere Blessur ins Gesicht geschminkt, aber als er seine Augen öffnete, waren sie leuchtend blau wie eh

und je.
„Katie", flüstert er und hebt eine Hand, streicht sanft über ihr nasses Gesicht. „Katie, du hast recht. Ich ... bin's gewesen. Ich ... war der Idiot, der ihn ... umgefahren hat. Und ich ... war Schuld. Nicht er. Nein." Er schluckte, holte rasselnd Luft. „Es tut mir ... wahnsinnig leid. Geh zu ihm, sag ihm, ... dass wir jetzt ... quitt sind, ja? Er muss ... aus dem Koma aufwachen, damit du glücklich bist. Sonst wäre das hier ja ... alles umsonst ... gewesen. Katie? Sagst du ... ihm das?"

Katie weint aus vollem Hals. Ich auch. „Sag ihm das selber. Dillon, du musst durchhalten. Bitte. Es ... kommt gleich ein Arzt. Die kriegen das wieder hin. Bestimmt. Bitte. Dillon. Alles wird wieder gut. Bestimmt. Bitte. Du musst durchhalten. BITTE!"
(Dillon guckte so glaubhaft sterbensecht halbtot, dass ich kurz vor einem Herzinfarkt stand.)
Tatütata. Notarzt. Das Auto kommt um die Ecke gesaust. Na, das wird auch Zeit.

Die Fahrertür des Unfallwagens geht auf. Dann wieder Schwenk auf Katie und Dillon, der offensichtlich im Sterben liegt.
„Katie, da ist noch was ..." Er holt wieder schnaufröchelnd Luft. „Katie, ich ... was ich noch ... sagen wollte, ist, dass ich ... dich ... Katie ..." Dann muss Dillon husten. Blut quillt aus seinem Mund, sein Blick verschwimmt, sein Kopf kippt zur Seite. Er gurgelt ein letztes Mal: „Katie ..." Besagte Katie weint laut. „Helft ihm. Bitte. Helft ihm doch ..."

Die Tür des Unfallwagens fällt zu. Der Fahrer steht daneben. Ein Mann. Er ist bleich. Es ist ... Dillons Vater. Abspann.

Zwischensequenz. Simon im Krankenhaus. Bleich und komatös. Doch dann ... geht ein kleiner Ruck durch seine linke Hand, wo im Rücken eine Kanüle steckt. Schwenk zum Gesicht. Seine Lider flattern. Ende. Abspann. Werbung.

Aaaaargh. Ich klappte verbittert den Laptop zu, drehte meinen ganz persönlichen Superspringbrunnen auf und heulte mir die Seele aus dem Leib. Tja, und genau in diesem Moment kam Anton zur Tür herein. Mieses Timing.

***

Ich ließ mich nicht trösten. Ich wollte jetzt einfach nur heulen und ÜBERHAUPT NICHT getröstet werden. Obwohl, nein, das war nicht ganz korrekt. Ich wollte schon getröstet werden, nur eben nicht von Anton. Das tat mir auch ganz, ganz dolle leid. Ehrlich. Aber er war jetzt wirklich der falsche Mann. (Du dumme Nuss: Ist er das nicht immer gewesen? – Hä?? N-nein?)

„Leila, was ist denn los? Ist irgendwas passiert?“ Anton klang ehrlich alarmiert und versuchte, meine Arme, die ich mir um den Oberkörper geschlungen hatte, damit ich nicht in meine Bestandteile zerbröselte, auseinanderzuklappen, um mich (ganz professionell und ärztlich kompetent) auf äußerliche Blessuren zu untersuchen.
„Nihihichts. Ihihihich hab ... da nur ... die Nachrichten und dann ... einen ... ganz blöden Film gesehen und ...“, schluchzte ich.
„Ach so!“ Anton lachte erleichtert und schaltete dann übergangslos in den Du-ich-hätte-jetzt- gerade-Zeit-und-Lust-Gang. Er ließ sich hinter mir auf das Bett fallen, um im nächsten Moment mein Schlabbershirt mit den Fingern zu unterwandern. „Mir fällt da ein, wie ich dich trösten könnte“, murmelte er, „und wo wir doch schon mal hier im Bett sind, wäre ...“
Ach herrje! Nein. Bloß das nicht. Auf gar keinen Fall. DAS würde jetzt ... überhaupt nicht gehen. Warum? Na – nicht mit ihm. Nicht mit Anton, weil ... na weil ich doch Anton gar nicht wollte. Jetzt? Ja. Und später? Auch nicht. Scheiße.

„Ach herrje“, brüllte ich daher auch laut und sprang auf, als hätte ich mich auf einen Kaktus gesetzt. „Genau. Das fällt mir auch gerade ein.“

„Was?“, fragte Anton, der verwirrt und reichlich gefrustet zurückblieb, während ich einen Sprint in Richtung Bad einlegte. Er ahnte, dass wir nicht von den gleichen Dingen sprachen, die uns so eingekommen waren.
Ich bremste an der Türkante und sah zurück zu ihm. „Suse. Hochzeitsbesprechung. Sorry!“ Er kippte auf das Bett. Sein genervtes Stöhnen „Schon wieder??“ folgte mir ins Bad, wo ich es aber stoppte, dem Stöhnen mein schlechtes Gewissen gleich mit an die Hand gab und beide aussperrte. Konsequent. Rums. Die Tür knallte zu. Ich schloss mich ein, brühte mich zur Selbstkasteiung unter der Dusche so lange ab, bis ich Ähnlichkeit mit einem Hummer hatte. So, wie es aussah, musste ich mir selbst erstmal klar darüber werden, was dieser Freitagabend und sein Kumpel, der sich nahtlos anschließende Samstag, gerade mit mir veranstaltet hatten. Mist.

***

Keine anderthalb Stunden später lümmelte ich in einem Schöner-wohnen-geht-nicht-Traum von Kinderzimmer und setzte Suse über die Entwicklung der letzten Stunden ins Bild, während meine Freundin in ihrem Schaukelstuhl thronte. Sie stillte die kleine, etwas müde Annelie, saß aber spontan kerzengrade, als ich die Lennard-Bombe platzen ließ, was Annelie mit einem Hustenanfall und plötzlicher Wachheit quittierte. Suse sprang auf, nahm ihre Tochter auf die Schulter und klopfte bäuerchenerzwingend deren zarten Rücken. Annelie rülpste laut und brachte einen Schwall Milch zutage, der ein mittelgroßes Kalb satt gemacht hätte.
„Äh – sie ist ausgelaufen, glaube ich. Da – hinten." Ich deutete auf die Milchpfütze am Boden. Suse winkte ab und fing an, hin und her zu wandern. Sie hatte auch Milch hinten auf ihrem Pulli. Ob da überhaupt noch was in dem Kind geblieben war? Sah nicht so aus. War aber auch nicht so schlimm. Annelie aß auch schon Banane und Leberwurstbrote.
„Scheiß doch auf die ollen Flecken. Die sind nicht wichtig. Wichtig ist Lennard. DER Lennard. Verdammt. Wie lange ist das nochmal her?" Sie drehte sich um.
„Acht Jahre und zwei Monate." Meine Antwort kam wie aus der Pistole geschossen. Das fiel Suse auch auf, aber sie besaß den Anstand zu schweigen und nur vielsagend eine Braue hochzuziehen. Ich zuckte verlegen mit den Schultern und eilte lieber in die Küche, um einen Lappen zu holen.

„Und jetzt kommt er nach Deutschland? Ausgerechnet an meiner Hochzeit?!! Was für ein beschissenes Timing. Und dann auch noch nach Hamburg?", fragte Suse, als ich zurückkam und vor ihr kniete, um dem Milchfleck auf den Dielen den Garaus zu machen. Ich nickte, seufzte, bedeutete ihr, sich umzudrehen, wischelte notdürftig die Milchbrocken von ihrem Rücken und brachte den Lappen wieder weg.
Sie sah mir entgegen, als ich zum zweiten Mal zurückkam, und stellte trocken fest: „Du kannst nicht nach Hamburg, wenn ich heirate. Das würde ich dir nämlich niemals verzeihen."
„Ja, davon bin ich ausgegangen." Ich hob resignierend die Arme, nickte und ließ mich wieder in den Sitzsack fallen, in dem ich vorher auch schon gelümmelt

hatte. Suse begann wieder zu wandern, während Annelie mit großen Augen in die Gegend guckte und lustig vor sich hin blubberte. Im Moment sah sie aus wie Jus, also wie ein sehr kleiner, zuckersüßer und vor allem glatzköpfiger Jus mit Suse-Schnute. Ich winkte und schnitt Grimassen, was Annelie mit einem fröhlichen Krähen kommentierte. Suse drehte sich um, sah mich komisch an und kniff die Augen zu Schlitzen zusammen. „Das ist wirklich Megakacke. - Weißt du, ob Lennard auch noch nach Berlin kommt?"
„Keine Ahnung!" Auf die Idee, das zu recherchieren, war ich noch nicht gekommen, weil ich ja den Vormittag als Seifenopernjunkie vor dem Bildschirm verbracht hatte. Da war keine Zeit für weltliche Dinge geblieben.
Annelie, die mit Kulleraugen über die Schulter ihrer Mutter linste, bekam auf einmal ganz rote Wangen und drückte mit fröhlichem Gepupse in ihre Windel.
„Na wunderbar", kommentierte Suse die Flatulenzen ihrer Tochter und packte Annelie schwungvoll auf den Wickeltisch, wo sie das Baby fachkundig auspackte.
Ich stellte mich daneben und legte einen Finger in die kleine, rosige Babyhand. Annelie grapschte zu, stopfte sich meinen Finger in den Mund, und kaute mit vier Zähnchen darauf herum, während sie blubbernde Geräusche machte.
„Du hast das also nicht recherchiert?? Manchmal verstehe ich dich wirklich nicht. Das wäre ja wohl das ERSTE, was ich gemacht hätte." Suse schüttelte missbilligend den Kopf und wischte den kleinen Hintern sauber. Dann pustete sie auf Annelies Bauch, was das Baby mit einem fröhlichen Glucksen honorierte, und verpackte sie in eine frische Windel. Schon war Annelie wieder schick und sauber. Suse hatte darin inzwischen echt Übung. Aber kein Wunder nach über einem Jahr Probearbeit. Als Nächstes bekam ich Annelie in den Arm gedrückt, wo die Kleine nichts Besseres zu tun hatte, als sofort nach meinen Haaren zu schnappen. Ich verzog das Gesicht.
„Autsch, Mausi, das tut mir weh! Lass mal los." Ich versuchte, die kleinen Fingerchen aus meinen Haaren zu flechten, ohne sie zu zerbrechen. „Aber Suse, wenn du wüsstest, was ICH gemacht habe ..." Meine Freundin hörte das nicht, sie war rausgegangen, um die Windel zu entsorgen. Annelie's winzige Faust erwies sich als ziemlich stark.

„Ach Lelli, du lernst das nie, was? Ännchen ist ein Haargrapschmonster." Suse hatte die Mission Windelentsorgung erfolgreich erledigt und bei der Gelegenheit ihr Tablet mitgebracht. „Wenn du willst, kannst du sie in den Laufstall legen." Sie ließ sich in den Schaukelstuhl fallen und knipste das Tablet an. „Und ich gucke jetzt mal, ob wir was über Lennard und Berlin rauskriegen." Schiefer Blick in meine Richtung. „Hast du übrigens Anton davon erzählt?"
Ich knuddelte Annelie nochmal und legte sie dann in das Laufgitter, wo sie sich gleich wieder auf den Bauch rangelte und konzentriert ihre Umgebung mit all den (pädagogisch wertvollen) Spielsachen beguckte. Wenn wir Glück hatten, dann würde sie sich jetzt ganze drei Minuten damit beschäftigen, bevor sie Alarm schlug. Sie ließ sich nicht so gerne ablegen und war am liebsten immer mittendrin und obendrauf. Also auf dem Arm. Alles Erfahrungswerte.

Ich drehte mich zu Suse um. „Was??"
„Na - das alles. Mit Lennard. Hast du ihm das erzählt?"
„Anton?? Äh - nein?"
„A-HA!"
Was sollte das nun wieder heißen?
„Uuuuuuääääääääh..." Annelie hatte genug von dem Zeug im Laufstall.

***

16. September 2017

„Es ist mega, mega, MEGAAA!“ Tilli schickte mir im Minutentakt eine Whatsapp nach der anderen. Bilder von der Bühne, von hochgereckten Händen, von der Band, Videos von der Stimmung in der Halle, und ein verwischtes von irgendeiner Stahltür mit Klinke (wahrscheinlich ein Versehen, als sie zum Klo wollte). Bilder, Bilder, Bilder. Und Videos. Sie hatte ganze Songs aufgenommen. Wahrscheinlich würde demnächst mein Handyspeicher explodieren.

Ich seufzte und hätte am liebsten geheult, und das an einem traumhaften, sonnig-milden Spätsommerabend. Ich stand auf einem kleinen Brückensteg, vor mir lag der in romantisches Abendlicht getauchte Schwielowsee, hinter mir die Seeklause, in welcher Suse und Jus vor zwei Stunden den Abend mit einem Walzer als Hochzeitstanz eröffnet hatten. Musik schallte. Stimmen und Gelächter wehten zu mir herüber. Ich war froh über die kleine Pause (fast) mit mir alleine. Na ja, nicht ganz mit mir alleine. Ein Pärchen, auch Gäste von Suse und Jus, kam langsam, Hand in Hand, über den Steg geschlendert. Die Frau hatte ihre Stöckelschuhe ausgezogen und ging barfuß. Clever. Meine Füße schickten mir auch schon vorsichtige Signale. Wir nickten uns zu, also die beiden Leute und ich, nicht meine Füße. Dann widmete ich mich wieder dem Handy und aktualisierte Tillis Whatsapp-Nachrichten. Das machte ich schon seit Stunden. Wie ein Junkie. Auch im Minutentakt.

Meine Stimmung bewegte sich überhaupt schon den ganzen Tag zwischen sentimental bis euphorisch und dem Jammertal. Im gleichen Moment, in dem von Tilli die ersten Bilder reinflatterten, fing auch mein Innenleben an, den Aufstand zu proben. Zum Glück war der offizielle Teil von Suses Hochzeit zu dem Zeitpunkt schon vorbei und mein superwichtiger Trauzeuginnenpart damit erledigt. Sonst wäre ich wahrscheinlich nicht mal mehr dazu in der Lage gewesen, drei Kreuze unter das Dokument im Standesamt zu setzen, geschweige denn so was wie meine Unterschrift. Ich scrollte die Bilder zum zwanzigsten Mal durch, seufzte und ließ meinen Blick über das leicht gekräuselte Wasser des Sees gleiten. Schade, dass jetzt nicht gerade eine Fee in Ich-muss-jemandem-einen-Gefallen-tun-Laune vorbeikam. Die könnte mich jetzt ganz cool nach Hamburg beamen. Denn mal ehrlich, nach dem, was ich in dieser Woche alles geleistet hatte, MUSSTE ich doch einen Wunsch frei haben. Oder nicht? Ich hatte mich brav in Suses Wirbelwind gestellt, die Stirn gegen den Organisationssturm gehalten, mich um tausend Kleinigkeiten gekümmert, Servietten gefaltet und Kartoffelsalat gezaubert, mit meiner liebsten Freundin und ein paar verrückten Mädels Junggesellinnenabschied gefeiert, dafür ein paar Termine sausen lassen und Berlin auf den Kopf gestellt. Das war doch sensationell, oder? Dafür hatte ich doch einen Wunsch frei. Oder nicht? Tja, eher wohl nicht.

Ich seufzte wieder, weil der nächste Gedanke, der durch meinen Kopf sickerte, Anton ins Bild holte, und Gedanken dieser Art waren seit neuestem mit ganz bösen Bauchschmerzen verbunden. Leider. Am anstrengendsten war es nämlich für mich gewesen, die ganze Woche mehr oder weniger vor meinem Quasi-Verlobten davonzulaufen. Und dabei hatte ich mich megamies gefühlt. Kein Wunder. Weder wusste Anton, warum ich mich ihm gegenüber abweisend und zickig verhielt, noch wusste ich das selbst. Er hatte jedenfalls nichts falsch gemacht, aber gerade deswegen ging es mir auch nicht besser. Es war so, als hätte die Konfrontation mit dem L-Teil meiner Vergangenheit jedes Band, jedes Gefühl und jede Idee von der Zukunft, die ich mir mit Anton auch nur ansatzweise ausgemalt hatte, rigoros ausgelöscht. Futsch und weg. Das tat mir so unendlich leid. Vor allem, weil ich wusste, dass sich für Anton ja schlichtweg gar nichts geändert hatte. „Verliebt, verlobt, bald verheiratet" stand seit Monaten in seinem Whatsapp-Status und das Bild, was er dort eingefügt hatte, war immer noch das von uns beiden. Für ihn war alles so, wie es sein sollte. Und für mich? Tja ... Anton wollte mich. Aber was wollte ich? Vielleicht hoffen, dass sich meine Missstimmung wie ein hässlicher, senfgelb karierter Vorhang einfach wegziehen ließ und dahinter eine von frischem Beziehungswind geblähte, hauchdünne Spitzengardine auf mich und Anton wartete?
„Scheiße. Ich weiß es doch auch nicht", fauchte ich mein zitterndes Spiegelbild

im See an. Ein Frosch schwamm gerade mitten durch meine Nase und das geschah mir auch ganz recht.

Die Terrassentüren zur Seeklause standen weit offen. Musik schwappte zu mir herüber. Stimmengewirr. Gelächter. Gerüche. Ich war müde, unendlich müde. Am liebsten hätte ich mich einfach klammheimlich davongemacht. Die letzten Tage und Nächte waren wie eine chinesische Neujahrsprozession an mir vorbeigerauscht. Inklusive Drachen und Reisschnaps. Ich hatte die meiste Zeit davon mit Suse verbracht und in der kleinen Gästewohnung über ihrem Carport geschlafen. Nein, ich war nicht zu Anton nach Johannisthal gefahren. Mit welcher Ausrede? Tja, mit dieser oder jener. Wir hatten uns eigentlich erst heute und hier wieder getroffen.

Ich war schon seit sieben Uhr zehn auf den Beinen. Da hatte Suse mich geweckt. Julius musste die letzten beiden Nächte bei seinen Eltern, seinen Schwiegereltern oder einem Freund verbringen, damit Suse zu Hause schalten und walten konnte, wie sie wollte. Zum Beispiel mit uns Mädels beim Junggesellinnenabend mit Grillen, Prosecco und Flaschendrehen. Sie war sogar so weit gegangen, Annelie für achtundvierzig Stunden zu ihren Eltern zu geben. Und DAS hieß was. (Wobei ich nur hoffen konnte, dass es dort kein dauerhaftes Heul- und Plärrkonzert gegeben hatte. Aber wenn, dann behielten es Suses Eltern für sich.) Jedenfalls hatte Suse uns auch für heute (GERADE für heute) einen akkuraten Zeitplan ausgearbeitet.

Sieben Uhr aufstehen, duschen, Zähne putzen. (Ächz!)
Sieben Uhr fünfzehn Frühstück (mit mir, weswegen sie mich auch in aller Herrgottsfrühe aus dem Bett schmiss = Doppel-Ächz).
Acht Uhr häuslicher Friseurtermin. Das würde dauern. Bei der letzten Probe hatte die Friseuse drei Stunden gebraucht, um Suses Haare zu striegeln, zu stecken, zu plustern, zu locken, mit Strasssteinen zu versehen und allem die Krone (das Diadem) mit den Seidenbändern aufzusetzen.

Erstaunlicherweise hatten wir trotz früher Aufstehqual Spaß gehabt, wir drei. Die Haarstylistin und ich genehmigten uns den einen oder anderen Prosecco, damit die angebrochene Flasche nicht lasch wurde und als die Friseuse fertig war, sah Suse unendlich zauberhaft aus. Zumindest um den Kopf. Ansonsten trug sie noch eins ihrer Lieblingskleidchen, ein schlichtes, gemütliches, locker bis eng anliegendes kurzes Baumwollshirtkleid mit kleinem Reißverschluss über der Brust. Ja. Genau das trug sie. Es war weiß, so dass man einen guten Bezug zum heutigen Tag herstellen konnte. Mir wurde ganz romantisch, als ich die cremefarbenen Seidenbänder sah, die ihr so elegant über den Rücken flossen.
„Du wirst umwerfend aussehen", seufzte ich, weil ich ihr richtiges Hochzeitskleid (einen Traum in Champagner) natürlich schon gesehen hatte.
Und so standen wir alle drei da und schwelgten in der Bewunderung ihres Kopfes und überhaupt der feierlich-zeremoniellen Großartigkeit des ganzen bevorstehenden Tages, als Suses Gesichtszüge plötzlich und unerwartet entgleisten. „Scheiße!", sagte sie, was die Friseuse und mich gleichermaßen verwirrte. Wir tauschten einen hektischen Blick. Was gefiel ihr denn jetzt nicht?
„N-nein", stotterte ich besänftigend, „du siehst superschön aus, ehrlich."
„Ja, das stimmt schon", sagte Suse entsetzt, „aber jetzt muss ich mich doch umziehen, verdammt noch mal. Wie bescheuert kann man sein, vorher DAS hier anzuziehen?" Sie zeigte an sich runter.
Die Friseuse schaltete wesentlich schneller als ich. „Ach du heiljer Bimbam! Da hättste mal dran denken können, heute in da Frühe. Aba eens sach ick dir, Kleene, über'n Kopp ziehste det nich'!! Un' wenn ick dir den Fetzen runtaschneide. Yo!"

Wir hatten Suse mit vereinten Kräften aus dem Schlauchkleid mit dem kleinen Reißverschlüsschen (welches die Aktion tatsächlich überlebte – die Drohung der Frisöse war keine von den leeren gewesen – ich schwöre) geschlängelt und keinem Haar ihrer Frisur ein Härchen gekrümmt. Während die Haarstylistin retuschierend noch einmal letzte Hand an Suses Kopfdesign legte, holte ich das Kleid nebst Reifrock aus dem Schlafzimmer, wo beides am Schrank hing, und musste mir ein Tränchen verdrücken. Es war wirklich wunderwunderwunderschön. Ein einziger, mit Perlen besetzter Höhepunkt in Champagner. Cinderella hätte von so etwas nicht zu träumen gewagt. Ich half Suse beim Anziehen und als sie dann in ihre Schühchen stieg und sich vor mir drehte, da hätte ich sie auch sofort geheiratet. Ehrlich. Auf der Stelle. Wir machten das erste Foto direkt draußen auf der Terrasse, damit ich es meinen Eltern schicken konnte. Die reagierten sofort und geizten nicht mit Ah und Oh.

Suse betrachtete sich verzückt und mit kugelrunden Augen im Spiegel, während die Friseuse ihre Instrumente einpackte, pfiff und nebenbei den letzten Rest Prosecco süffelte. Sie war mit dem Fahrrad da und bevor sie ging, zupfte sie noch zwei Strähnchen bei Suse zurecht und betrachtete stolz ihr Werk.
„Dein Herzblatt wird staunen, Kleene! Ick wünsch' dir wat!" Drücker rechts und Drücker links (aber ganz vorsichtig), dann war sie weg. Ich brachte sie zur Tür und sah der Haarexpertin zu, wie sie ihren Kram im Fahrradkorb verstaute. Sie wohnte nur zwei Straßen weiter.
„Tschöööööö..."
Ich winkte, dann schweifte mein Blick zum Himmel. Selbst der Wettergott musste den beiden Turteltauben wahnsinnig gut gewogen sein, er hatte nämlich einen perfekt-lockeren Sonne-Wolken-Mix auf den Plan gerufen. Nicht zu heiß. Nicht zu kalt. Aber so, wie Suse aussah, war das auch kein Wunder. Sie strahlte wie der helle Himmelskörper selber und als ihr Vater sein ehemals kleines Mädchen zwei Stunden später in das Standesamt führte, wo die Gäste gespannt warteten, behielt ich Julius (der sie heute und im Prinzessinnen-Style das erste Mal zu Gesicht bekam) im Blick. Ihm liefen tatsächlich Tränen über die Wangen, als sie hereinkam, aber nicht, weil er plötzlich Panik bekommen hatte. Nein. Er sah einfach unendlich glücklich aus. Aber auch Suse hatte nur Augen für ihn. Ich war dicht genug dran, um ihre geflüsterten Worte zu verstehen, als Suses Hand in die von Jus gelegt wurde. (Oder war das eher Lippenlesen, was ich praktizierte? Vielleicht ein ungeahntes Talent?)
„Ich liebe dich SO SEHR", hatte sie geflüstert und Jus hatte sie an sich gerissen und so innig geküsst, dass im Gegenzug jetzt mir die Tränen kamen. Die Standesbeamtin hatte sich recht laut räuspern müssen: „Na, na, junger Mann, so

weit sind wir aber noch nicht", damit die beiden sich wieder trennten. Ich saß dann während der Zeremonie neben Anton, lächelte etwas gezwungen, als er nach meiner Hand griff, und fühlte mich spontan mies, weil ich seine Gefühle nicht mehr richtig erwidern konnte.

„Lange nicht gesehen, mein Schatz!" Da war schon ein kleiner Vorwurf in seinen Worten. Aber das machte er gleich wieder wett. „Du siehst total zauberhaft aus. Für mich bist du die Schönste hier", hatte er mir schnell ins Ohr geflüstert. Oh je. Ich zauberte mir ein gequältes Lächeln ins Gesicht und nickte unverbindlich. Was war ich doch für eine blöde Zicke. Wahrscheinlich sammelte ich gerade kübelweise schlechtes Karma. Das Lächeln tackerte ich mir vorsichtshalber im Gesicht fest, auf die Gefahr hin, wie der Joker in Batman auszusehen, als ich nach vorne stakte. Es war Zeit, meine Unterschrift zu leisten, die bezeugte, dass Suse und Jus, die sich beide so tief in die Augen sahen, dass ihre Blicke wahrscheinlich am Hinterkopf wieder rauskamen, tatsächlich nun beide Rothmann hießen. Auch nachdem Jus' Trauzeuge seine Unterschrift ebenfalls geleistet hatte, sich das Brautpaar dann ganz offiziell knutschen konnte, der Rest der Zeremonie vorbei war und wir hinter beiden nach draußen in die Sonne gingen, löste sich der Kloß in meinem Hals nicht auf. Draußen wurden die Turteltauben dann mit Reis beschmissen, während zwanzig echte Tauben (vom Rothmann senior organisiert) unter vielen Aaahs und Ooohs und dem Gebrüll von Annelie, die zu ihrer Mutter wollte, aus den Reisekisten gelassen wurden und gen Himmel flatterten. Danach musste das Brautpaar den obligatorischen Holzklotz zerbröseln, ein Herz aus einem weißen Laken herausschnippeln und Jus mit seiner Suse auf dem Arm übertrieben ächzend durch das entstandene Herz im Stoff klettern. Ja, die Kollegen aus der Augenoptik waren kreativ, wenn auch nicht besonders erfinderisch. Schließlich scheuchte uns ein übertrieben diensteifriger Fotograf noch von rechts nach links und wieder zurück und machte gefühlte hundert Fotos, bevor wir endlich zum nächsten Event aufbrechen konnten: dem Mittagessen. Ich hatte inzwischen einen Bärenhunger, aber keinen Appetit, und das war auch nicht besser geworden, als ich neben Anton am Tisch saß, während wir auf einem gecharterten Schiff über den

Schwielowsee schipperten und speisten, bevor wir nach zweistündiger Bootspartie die endgültige Party-Location erreichten.

Und jetzt war ich hier. Auf dem Steg. Alleine. Ich hatte mich klammheimlich davongestohlen, an Suses allerschönstem Tag. Dabei lief bis jetzt alles wirklich perfekt. Also für Suse und Jus, was gut war. Ich seufzte. Die beiden taumelten in einer Wolke aus purer Liebe und Entzücken durch den Tag wie zwei personifizierte Glücksmomente. Na ja, so sollte es schließlich sein. Und ICH sollte auch so sein, so taumelig und voller Vorfreude. Wegen Anton, der mich liebte und mich heiraten, mir also auch so einen wunderschönen Tag bescheren wollte. Und was war mit mir? Ich war eine blöde Spielverderberin, weil ich absolut nicht mit ihm fühlte, und gerade jetzt, in diesem Moment, alles Mögliche dafür geben würde, ganz woanders zu sein.

Meine Hand vibrierte. Pling. Ein neues Foto von Tilli. Lennard mit Kosta in Siegerpose. Schnappatmung meinerseits. Mir wäre fast das Handy in den See gefallen. Ich hielt das blöde Ding mit beiden Händen fest, starrte auf das Display und zitterte. Verdammt, was sollte ich bloß machen? Würde sich das wieder geben? Würde dieser seltsame Zustand, der mich seit Tagen fürchterlich beutelte, einfach wieder aufhören, wenn ich alle Emotionen, die daran hingen, verarbeitet hatte? Vielleicht sollte ich mal für ein paar Tage, Wochen, Monate, also keinesfalls Jahre (!) in ein Kloster gehen und ... irgendwie büßen? Mir einen Jutesack als Kleid überstülpen und auf den Knien rumrutschen oder - noch besser - als Asketin in die Wüste wandern, nur auf meine innere Stimme hören und auf alle Annehmlichkeiten wie fließend Wasser und ein von allen Seiten geschlossenes Klo verzichten? (Dafür brauchst du nicht in die Wüste zu gehen. Ich, also dein zartes inneres Stimmchen, bin sowieso die ganze Zeit da. Und ich hätte einiges mit dir zu besprechen. Da wäre zum Beispiel die Tatsache, dass du immer noch nicht mit Anton über ... – RUHE! Ich versuche gerade, nachzudenken, ja?) Also: Wüste? Beichtstuhl? Psychologe? Oder so? Beichten wäre sicher nicht schlecht. Ich wusste zwar nicht wirklich, was ich konkret beichten sollte, aber vielleicht half es, wenn ich mir ein bisschen was ausdachte und jemand sich das anhörte, mir eine Strafe aufbrummte und dann mit dem Schwamm über meine Seele wischte. Dann bekam ich eventuell die Absolution und alles wurde vergeben, vergessen und aus meinem Kopf/Herzen/weiter unten irgendwo einfach weggewischt. (Äh - sorry - ich nochmal. Was denkst du da für einen Schwachsinn? Was muss denn vergeben werden? Du olle Pflaume hast doch noch gar nichts gemacht. Himmel. Stell vorher wenigstens was Vernünftiges an, bevor du nach Kasteiung schreist, ja!! Ich wüsste auch schon WAS. Vor Strafe kommt schließlich der Spaß.).

Dazu fiel mir wirklich nichts ein. Seufzend ließ ich mein Kinn auf die ausgestreckten Arme plumpsen, die auf dem Geländer lagen. Ich starrte auf mein Handy und damit immer noch auf Tillis letztes Bild. Direkt in seine strahlenden Augen. Türkisblau. Mein armes Herz war dabei wohl gerade auf einem Trampelpfad im Dschungel unterwegs. Es stolperte nämlich.

„Lelli?", rief jemand. Ich drehte mich um. Suse trippelte, ihr Traumkleid gerafft, in kleinen Schritten über die Wiese und den Steg und lachte dem Pärchen zu, was weiter vorn am Geländer lehnte und Händchen hielt. Ich kannte die beiden nur vom Sehen. Ganz bestimmt hatten wir uns heute schon mal ganz offiziell mit Namen, die ich prompt und eine Sekunde später wieder vergessen hatte, vorgestellt. Wahrscheinlich eine Cousine dritten Grades aus der Rothmann-Dynastie, vermutete ich. Julius hatte eine große Familie und halb Berlin eingeladen, um seine Hochzeit, auf die er über neun Jahre hatte warten müssen, gebührend zu feiern. Alle sollten ein Stück von seinem Glück abbekommen. Ach, er war einfach zu süß.

„Hi Penelope, hi Sandro!" Zum Glück wusste wenigstens meine Freundin, wer sich auf ihrer Hochzeit alles rumtrieb. Suse landete raschelnd neben mir, nestelte hüpfend an ihren Schuhen und schnaufte. „Was machst du alleine hier draußen? - Puuuuuh, ist mir heiß. Ich musste jetzt einfach mal abhauen. Mit Jus' Vater zu tanzen, war in Ordnung, mit seinem Opa ging es auch. Aber ich hab das Gefühl, dass alle männlichen Rothmanns sich geschworen haben, mich heute Abend fertig zu machen, damit uns're Hochzeitsnacht ausfällt, weil ich fix und foxi bin. Ehrlich, aber ... Boah! Echt jetzt? Sieht der Kerl noch geiler aus als früher?" Sie riss mir das Handy weg.

„Was macht Anton?", wollte ich wissen. Mir wäre es ehrlich gesagt am liebsten gewesen, wenn Anton heute außer der Reihe hätte Dienst schieben müssen. Jaaa, ich weiß, ich bin ein gemeines und infames Luderbiest. Aber ich musste dringend irgendwann mein Seelenleben sortieren, und das war schon schwer genug, wenn nicht auch noch mein schlechtes Gewissen im Dauerappell an die Glocke donnerte. Das tat es aber, wenn ich an Anton dachte. Und das war gerade heute das, was ich am allerwenigsten wollte, nämlich darüber nachzudenken, wie das mit Anton und mir weitergehen sollte. Oder was da überhaupt (noch) so ging.
Suse beäugte mich kritisch. „Mach dir keine Sorgen. Er ist beschäftigt und fachsimpelt mit einem von Jus' Cousins über irgendwas, wahrscheinlich was Medizinisches. Sonny ist Psychologe. - Was schreibt Tilli?"
Sonny?? Ich machte mir nicht die Mühe zu antworten. Suse las sich die Messages einfach selber durch. Dann seufzte sie, gab mir nach einem letzten Blick in Lennards blaue Augen das Handy zurück und drückte mich. „Ach Mensch, Lelli, was sich da auch immer in deinem Kopf abspielt - ich bin froh, dass du heute hier bist und nicht in Hamburg. Und heute will ich auch gar nicht wissen, was da genau in deinem Kopf vorgeht."
Ich wollte etwas sagen, aber Suse legte mir einen Finger auf die Lippen. „Pscht. Nicht HEUTE. Lass mich erstmal ausreden. Ich weiß, dass du gerne dort wärst, was sehr seltsam ist", sie runzelte vielsagend die Stirn, „wenn man bedenkt, dass es da noch einen gewissen Anton gibt, mit dem du heute hier bist. Aber egal. Ich liebe dich und deswegen musste Jus in die Spur."

Suse hatte schon in der letzten Woche herausgefunden, dass Lennard kurzfristig kein öffentliches Konzert in Berlin geben würde. Es war aber eine Release-Party für sein neues Album geplant. Hier. In Berlin. Am Samstag in einer Woche. Und das nicht irgendwo, sondern im Studio in Adlershof, also ganz in der Nähe von

Antons Wohnung. Ich hatte bei dem Gedanken an die Nähe zwischen ihm und mir zwar eine Gänsehaut, aber leider keine Karten bekommen, da es diese offiziell eben nicht gab.

„Und genau deswegen habe ich Jus auf Carlos angesetzt. Der ist doch auch immer bei Ironman mit am Start und macht irgendwie in Musik. Tontechniker. Kennt Hinz und Kunz. Und ..." Suse strahlte mich bedeutungsvoll an. „Und was soll ich dir sagen, Maus? Carlos ist heute hier. Er hat mir eben bestätigt, dass wir dabei sind, DU", sie stippte mir gegen das Brustbein, „und ICH. Jus ist eben der Beste, oder?" Sie strahlte mich an und wartete auf eine Reaktion.
Ich hinkte dem Gespräch ein bisschen hinterher und hatte noch nicht ganz begriffen, worauf sie hinauswollte. „Hä? J-ja. Jus ist der Beste, der Allerbeste. Klar."
Suse verdrehte die Augen. „Wir gehen auf Lennards Release-Party und du ziehst mein Regenbogenkleid an."
Jetzt riss ich die Augen auf. „Das Regenbogenkleid? Du spinnst wohl!" Ich tippte mir an die Stirn. Das RegenbogenKLEID. Man konnte einen schimmernden Hauch von Stoff mit Strippen am Rücken und einem Ausschnitt, der hinten und unten gerade noch kurz über/unter dem Hintern aufhörte, nicht wirklich als Kleid bezeichnen. Das war eher so eine Art Unterhemd, was man anzog, wenn man ausgezogen werden wollte.

„Klar ziehst du das an", legte Suse kategorisch fest und versuchte, unter Umgehung des Reifrocks an einen ihrer Füße zu kommen. Dabei fing sie übergangslos an zu jammern. „Wer hat Absatzschuhe erfunden? Der gehört eingesperrt. Meine Zehen fallen gleich ab und aufs Klo muss ich auch mal. Aber jemand muss mitkommen und das Kleid festhalten."
Ich schüttelte verdattert den Kopf und hangelte nach den letzten Gesprächsfetzen, damit ich kapierte, was Suse mir sagen wollte. Lennard. Berlin. Regenbogenkleid. Ich.
Suse stellte ihre weißen, mit Glitzersteinchen besetzten Riemchensandalen mit Nachdruck auf den Steg und massierte (auf einem Bein hüpfend) hingebungsvoll

ihre Zehen. „Äh ... ich muss dich übrigens warnen. Jus findet die Idee nicht ganz so gut.“
Ich runzelte die Stirn. „Wieso? Welche Idee? Mit dem Kleid?“ Herrje, was war mit mir los?

Suse guckte mich ungläubig von unten nach oben an und zog eine Braue hoch. „Na die ganze Idee, also dass er dabei helfen soll, dich mit deinem Ex wieder zusammenzubringen!?“
Das dumme Herz in meinem Brustkorb machte ad hoc einen dreifachen Lutz oder doppelten Axel, vielleicht aber auch nur einen einfachen Emil, äh Purzelbaum, der in jedem Fall dafür sorgte, dass ich kurzzeitig nach Luft schnappte. „Ich hoffe doch, du hast ihm klargemacht, wie absurd diese Behauptung ist? Hahaha. - Zusammenbringen. Nach acht Jahren. Ich meine, du ... hast ihm doch gesagt, dass da nichts dran ist. O-oder hast du das nicht gemacht?“
Sie wackelte unbestimmt mit dem Kopf. „Ich habe mir zumindest Mühe gegeben, ihn davon zu überzeugen. Keine Ahnung, ob mir das gelungen ist. Wenn mich einer kennt, dann bist du das. Aber Jus, der kennt mich am allerbesten.“ Sie schoss einen scharfen Blick auf mich ab. „Ist das wirklich so abstrus? Ich meine, du warst damals schon ganz schön verliebt in Lennard.“
Ich holte tief Luft, drehte mich zum See um und blickte (hoffentlich völlig entspannt wirkend) in die Weite. „Genau, Suse, und das ist der Punkt. Das WAR und zwar damals. Damals ist damals und heute ist heute.“
Sie lachte. „Und was soll das heißen, bitte schön? Das ist doch keine Antwort auf meine Frage, ob Jus richtig liegen könnte.“
„Doch“, gab ich eigensinnig zurück. „Ist es. Heute ist heute und heute ist deine Hochzeit und bis jetzt läuft alles perfekt.“ Ich lächelte sie an. „Ihr seid ein total schönes Paar. Nein, ihr seid wirklich zwei Hälften von einem Ganzen. Das wusste Jus schon, als du noch die wilde Hilde gemimt hast. Gut, dass er so viel Geduld mit dir hatte.“

Über Suses Gesicht zog ein kleiner Schatten, aber der verflüchtigte sich schneller

als mein Bruder früher, wenn es ums Abwaschen ging. Sie machte „Phh!", rückte ihr Krönchen zurecht und lachte. „Kann sein, dass er damals tatsächlich ein winziges bisschen mehr Weitblick hatte als ich. Aber das war damals und damals ist damals, wie du vorhin so treffend bemerkt hast. Heute ist das GANZ anders." Dann grinste sie mich an und widmete sich ihrem zweiten Fuß.
„Das hat er gehört", stellte ich fest und deutete zum Gasthaus hinüber, wo sich der frischgebackene Bräutigam mit seiner brüllenden Tochter auf dem Arm gerade suchend umguckte, fündig wurde und zielstrebig zu uns rüberkam.

Annelie bot ein Bild des abgrundtiefen Jammers. Kaum erspähte sie meine Freundin, streckte sie die knuddeligen Arme aus und legte noch zwei Dezibel obendrauf.
Suse glitt sofort nahtlos in ihre Mutterrolle. „Mein Schnuckelschatz, was hast du denn?"
Jus, der trotz Annelies Geplärre strahlte wie die Morgensonne, hielt ihr das Baby hin. „Ich glaube, sie hat jetzt erstmal genug von dem ganzen Trubel. Keiner bekommt sie mehr beruhigt. Deine Mutter nicht, meine auch nicht. Sie ist total überdreht. Du wirst sie stillen müssen. Deine Mutter ist schon oben im Zimmer. Sie hilft dir mit dem Kleid. Und dann musst du wieder runterkommen. Wichtig!" Nettes, aber vielsagendes Zwinkern in meine Richtung. „Wir haben nämlich noch mehr Gäste als Leila." Ups!

Suse stillte eigentlich nur noch nachts. Annelie hatte schließlich schon vor Monaten die ersten Mausezähnchen bekommen. Sie drückte ihr kleines Gesicht an Suses Hals und schluchzte herzzerreißend weiter. Suse wiegte sie hin und her, singsangelte: „Pschpschpsch, mein Schätzchen", und zu Jus „ja, du hast recht. Sie ist komplett durch den Wind. Ich bringe sie hoch ins Zimmer und geb ihr die Brust. Wahrscheinlich pennt sie dann sofort. - Wir sehen uns gleich." Sie war quasi schon weg, da drehte sie sich noch mal um, gab Julius einen dicken Kuss, sagte; „Ich liebe dich", und eilte davon.

Wir sahen ihr hinterher. Ich warf Jus einen Blick von der Seite zu. Er grinste selig

vor sich hin und beobachtete, wie seine nunmehr Ehefrau barfuß im Hochzeitskleid mit wehendem Haar und fliegenden Bändern über den Steg und die Wiese sauste.
„Ich liebe sie auch“, stellte er dann fest und strahlte mich an.
„Ich weiß“, gab ich zurück und fühlte mich glücklich, weil er glücklich war und seine ganze Umgebung damit zubutterte. Wahrscheinlich waren jetzt auch die Krabben und Fische und Wasserläufer unter unserem Steg glücklich, weil das Glück nur so aus ihm herausploppte wie Popcorn aus der Maschine. Aber das war nicht schlimm. Wenn diese Welt von irgendetwas noch viel, viel mehr gebrauchen konnte, dann war es etwas von Jus' Liebesglück. Ehrlich. Ich seufzte.
„Und Suse liebt dich. Und jetzt habt ihr auch noch Annelie. Ihr seid geradezu fürchterlich glücklich und liebenswert.“
Jus sah mich an und grinste. „Das war nicht immer so.“
Ich tat ganz erstaunt. „Wie - nicht immer so??? Ich dachte, dass ihr euch damals gesehen habt - ein Blick und - zack - BIG LOVE!“
Wir dachten beide zurück, schwiegen einen Moment und lachten dann synchron.
„Suse holt das Beste und das Schlimmste aus mir raus. Und das ist seit neun Jahren so.“ Er boxte mir leicht gegen die Schulter. „Du erinnerst dich an ihren Überfall damals in meinem Laden?“
Ich quiekte und hielt mir die Augen zu. „Boah - Jus , ich habe zehn Therapieeinheiten bei meinem Psycho-Doc gebraucht, um das zu vergessen.“
Er lachte. „Frag mich mal. Aber noch besser war der Tag, als sie das allererste Mal überhaupt zum Arbeiten im Laden auftauchte.“ Er nahm eine absurde Position ein (vorgestellte Hüfte, Hand auf der Seite). „Hallo Herr Rothmann, ich bin Ihre neue AzuBIENE! - Sie hatte so eine komische Mütze auf, also eigentlich war das Biene Maja, die auf ihrem Kopf hockte. Die Füße baumelten bis auf ihre Schultern runter und der quietschgelbe Rock, den sie anhatte, der ... na ja ... der verdiente die Bezeichnung nicht.“

Ich musste tierisch lachen. Ich kannte die Mütze, ich kannte Suse und ihren eigenwilligen Humor - und ich kannte ihre arschkurzen Miniröcke von einst. Aber die Geschichte von ihrem ersten Treffen mit Jus - die kannte ich tatsächlich

noch nicht.
„Erzähl weiter!"
Jus lachte auch. „Na ja, sie wartete irgendwie darauf, dass ich lache. Konnte ich aber nicht. Wie auch?" Er sah mich mit Schalk in den Augen an. „In dem Moment hatte ich das erste Mal in meinem Leben ein ganz komisches Gefühl. Vor mir stand eine Frau, die ich gleichzeitig schütteln und flachlegen wollte. Sie hat mich total geflasht. - Und soll ich dir mal was sagen?"
Ich grinste: „Bis heute hat sich daran nichts geändert?"
Jus hob den Daumen. „Du kennst uns gut, Leila."
Ich legte den Kopf schräg. „Suse kenne ich sehr gut, dich erst, seitdem du mit ihr zusammen bist. Sie war schon immer so. Aber wer warst du vorher? Kein Kind von Traurigkeit, oder?"
Jus lehnte sich auf das Geländer und kratzte sich verlegen am Kopf. „Hu, hm. Tja, ich glaub, du hast nichts verpasst, Leila. Ich war ehrlich gesagt ein ziemlich langweiliger Streber. Alles lief ohne große Höhen und Tiefen, akkurat und hintereinanderweg. Ich hab mich nicht mal viel mit meiner Schwester gestritten, in der Schule aufgepasst, Sport gemacht und immer aufgegessen."

Dass Jus, der Marathon-Läufer, Iron-Man-Teilnehmer, Unternehmer und Suse-Bezwinger ein Langweiler war, konnte ich nicht unterschreiben. Er war taff, clever und unterhaltsam. Aber eins wusste ich erst seit just diesem Moment. „Mit Suse kam das Chaos in dein Leben, oder?"
Jus lachte laut, griff nach Suses Schuhen, hakte mich unter und zog mich mit sich. „Das kannst du laut sagen. Und jetzt weiß ich gar nicht mehr, wie ich ohne dieses Chaos funktionieren sollte. Ich BRAUCHE dieses Chaos. - Komm, wir gehen zu den anderen. Sonst verpasse ich noch meine eigene Hochzeitsparty."
Ich drückte seinen Arm. „Ich wünsche euch jedenfalls alles Glück der Welt."
Jus grinste. „Fein! Und wie sieht es mit dir aus? Das wünschen wir dir nämlich auch. Warum bist du aber hier und Anton diskutiert mit Sonny über chirurgische Folterinstrumente?"
Ach herrje! Ich mied seinen Blick und zuckte mit den Schultern. „Ach, ich brauchte einfach ein bisschen Ruhe und frische Luft."

„Hm. Und warum macht Suse mir dann die Hölle heiß, dass ich euch Tickets für die Release-Party irgendeiner amerikanischen Band organisiere?“
Okay, ich brauchte Jus nichts vorzumachen. Er wusste ja sowieso Bescheid.
Ich seufzte. „Weil wir den Sänger beide von früher kennen. Wir wollen ihn gerne wiedersehen.“
Jus hob mein Kinn an. „Wir? Das glaube ich nicht. Soweit ich weiß, bist du hier der treibende Keil. Also was läuft da zwischen dir und dem Sänger?“
Ich verdrehte die Augen und befreite mein Kinn. „Nichts, Jus. Was soll denn da laufen? Wir kennen uns von früher und ...“
„Kennen? Ich denke, da war ein bisschen mehr, oder?“
„Ja, gut. Wir waren halt mal ein paar Monate zusammen, haben relativ heftig rumgemacht und dann ist er zurück nach Amerika gegangen. Punkt. Aus. Banane. - Wo ist dein Problem?“

Jus stieß mir sanft in die Seite. „He, Leila, mach halblang. Ich hab kein Problem. Du solltest dir halt nur gut überlegen, wo du mit Anton stehst. Soweit ich weiß, ist das mit dir was Ernstes für ihn und das bedeutet, dass ER weiß, wohin er will. Wie siehst du das? Deine alte Jugendliebe ist kontraproduktiv für Antons Zukunftspläne, wenn der Ofen nicht kalt ist. Ich habe eine dumpfe Ahnung, wie er sich fühlen würde, wenn er's wüsste.“
Ich seufzte und sagte nichts.
Jus lenkte ein. „Okay, Leila. Wer weiß, vielleicht ist es am Ende aber doch ganz gut, wenn du den Kerl triffst, weil deine Erinnerungen die rosa Brille aufhaben und du nur denkst, dass früher alles viel besser war. Am Ende kannst du ihn jetzt gar nicht mehr leiden! Also – triff den Typen und mach klaren Tisch. Schließ die Sache ab. Für dich und Anton.“

He, so hatte ich die Sache noch gar nicht betrachtet. Meine Laune hob sich deutlich. Mir wurde ganz leicht. Jus hatte völlig recht. Es war ja gar nicht gesagt, dass ich wirklich noch total auf Lennard abfuhr und mein Leben aus den Fugen geriet, wenn ich ihn real traf. Vielleicht war da außer den durch die Zeit mit Schnörkeln versehenen Erinnerungen überhaupt nichts mehr. Lack ab. Keine

Ameisenarmee. Kein Brizzeln auf der Haut. Keine Atemaussetzer. Es waren schließlich mehrere Jahre vergangen und wir erwachsen geworden. Ich hatte keine rosa Alles-verzerr-Brille mehr auf und stand mitten im Leben, in einem Leben, was für uns beide getrennt voneinander weitergegangen war. In unterschiedliche Richtungen. Über fremde Straßen. Mit abweichenden Zielen. Wir hatten uns jeder für sich entwickelt und verändert, waren fremde Menschen geworden. Der uralte Spuk war gelöst, wir hatten uns davon befreit. Gut möglich, nein, sogar eher wahrscheinlich, dass die Liste der vielen Übereinstimmungen zwischen uns im Laufe der Zeit auf unterschiedlichen Wegen zu Staub zerfallen war und jetzt nichts mehr bedeutete.

Ich atmete tief durch, schob mir die imaginären Ärmel hoch und streckte den Rücken durch. Hinfort mit dir, Vergangenheit. Ich sah nach vorn, ins Hier und Jetzt. Heute war schließlich heute. Wie eine Walküre schritt ich an Julius' Seite zurück in die Arena, quatsch, den Hochzeitsrummel, fühlte mich hundert Kilo leichter und hatte tausend Watt mehr Frohsinn im Herzen. Also schaltete ich rigoros mein Handy aus, trank ein Glas Sekt auf ex und Suses Wohl und tanzte mit Anton bis in den Morgen.

***

Das Hochgefühl war allerdings schon am nächsten Tag wieder vorbei. Spätestens, als ich mein Handy anschaltete und drei verpasste Anrufe von Tilli nebst dazu passender Bilder auf Whatsapp sah. Sie zwischen Lennard und Kosta. Was aber das meiste Chaos in mir anrichtete, waren ihre umfangreiche Sprachnachricht und die letzte Zeile.
„Mausi, ich sitze gerade im Zug, hoffe, du kannst alles verstehen. Hab dich leider telefonisch nicht erreicht. - Du, es war supermegatittengeil gestern Abend. Du hättest echt dabei sein sollen. Er ist ... noch genau so wie früher. Heiß, heiß, heiß. Vielleicht sogar noch heißer, weil er ... irgendwie ... erwachsen geworden ist. Komisch - aber egal. Fehlen einem ja ein paar Jahre zwischendrin. What ever - er hat jedenfalls nach dir gefragt. Was du so machst, wie's dir geht. Ich hab ihm gesagt, dass du keinen Typen hast, auch wenn er das nicht direkt wissen wollte, dachte, es interessiert ihn trotzdem. Oder läuft da noch was mit dem Arzt, von dem du irgendwann mal erzählt hast? Hab ich da Mist gesabbelt?" Wann holte Tilli eigentlich Luft? Oder hatte sie sich das Atmen abgewöhnt? Ach so, ja, atmen sollte ich übrigens auch mal wieder.

Tilli folgte inzwischen munter ihrem Monolog: „Na, egal. Wir müssen jedenfalls unbedingt heute noch telefonieren. Die Typen aus seiner Band sind auch voll super. Die haben sogar eine Frau dabei. Laetizia Irgendwie, die spielt Schlagzeug. Aber da macht keiner mit rum, weil das in der Band nicht geht, sagt Lennard. No-Go. Kosta hat natürlich sofort irgendwelchen Mist gequasselt, aber egal. Man kennt das ja mit ihm. Jedenfalls habe ich Lennard gefragt, ob er deine Nummer haben will." (Mein Herz: Uuups. Dodong, dodong, dodododong.)
„Er meinte, ich kann dir ja seine geben. Und wenn du mit ihm reden willst, dann sollst du dich bei ihm melden, weil, er ist die Tage jetzt auch in Berlin. Nummer schicke ich dir dann gleich rüber. Und dann, na ja, dann, huu, ich weiß gar nicht richtig, wie ich das sagen soll. W-wahrscheinlich war es einfach die Euphorie, ich meine, sonst wäre das ja wohl nicht passiert, oder?"
Da ich nicht wusste, wovon sie redete, hatte ich keine Ahnung, ob ES sonst passiert wäre. Ich hatte da nur eine ganz dumpfe Befürchtung.
„Na ja, weißt du, wir hatten ja auch 'n bisschen was getrunken und so." Ja, jetzt

schwante mir, was sie meinen könnte. „Es war auch schon ganz schön spät, also früh. So gegen vier. Wir waren voll gut drauf und haben total viel gelacht. Ich meine, ich wollte ja nur BEI ihm schlafen. Und wir hatten uns ewig nicht gesehen. Und irgendwie kamen wir auf die Kindergartensache mit dem kleinen Pimmel. Und ... er ist gar nicht so klein, wie ich ihn früher gemacht habe, ehrlich. Genau genommen war er ... es ... ziemlich ... gut mit ihm. Hätte ich nie erwartet. Aber - he - es ist eine verdammte Katastrophe. Ich kann ihm doch nie wieder unter die Augen treten. Ist zwar bloß so'ne One-night-Sache, aber Hauptsache, meine Eltern kriegen das nicht raus. Das wäre die noch größere Katastrophe. Ehrlich. Das ist, als hätte ich was mit meinem Bruder oder so. Krass. Zum Glück hat er noch gepennt, als ich wegmusste. Hab ihm schon geschrieben, dass wir am bestens so tun, als ob wir das nur geträumt hätten. Man muss ja kein großes Ding draus machen, nur, weil einem mal die Hormone durchgehen. Was meinst du?"

Tilli hatte also mit Kosta rumgemacht. Okay. Ich kam aber gar nicht dazu, das Auf und Ab ihres entsprechenden Gefühls zu analysieren, denn mein Universum fokussierte sich just in dieser Sekunde auf die Zeile UNTER ihrer Sprachnachricht. Dort stand eine Telefonnummer, offensichtlich SEINE Telefonnummer (Lennards, nicht Kostas) und die sorgte dafür, dass sich alle Aufregung über Lennards kometenhaften Wiedereintritt in mein Weltgeschehen und das Hoch und Runter des Gefühlsjojos der letzten Tage spontan wieder einstellten. Allerdings in doppelter und dreifacher Konzentration. Ich musste mich hinsetzen. Mir war schlecht, aber nicht so schlecht, dass ich mir die Telefonnummer nicht zumindest in hypnotisch schleppender Geschwindigkeit speicherte, um eine spontane Selbstlöschung zu verhindern. Lennard Steinberg. So hieß jetzt eine Zeile in meiner Telefonliste unter S. Ganz harmlos. Es war schließlich auch nur ein ganz gewöhnlicher Name.

Ich starrte fünf Minuten mit leerem Blick auf die Nummer. Dann kam ich langsam wieder zu mir, holte tief Luft und wagte einen kurzen Blick in mich hinein. Hier herrschte das nackte Chaos. Völliges Durcheinander. Alles war erstarrt. Was jetzt? Hier saß ich, mitten in Johannisthal, Berlin, in einer

Wohnung, die nicht meine war. Sie gehörte Anton und der schlief noch. Und ich? Ich konnte mir nicht vorstellen, ihm nachher so völlig alltagsnormal hier zu begegnen. Also tat ich etwas ganz Erbärmliches, etwas, wofür ich sonst nie Verständnis aufbrachte. Ich duschte mir die letzte Nacht in fliegender Hast weg und machte mich dann schlichtweg und klammheimlich vom Acker. Ich haute einfach ab. Nach Binz. Zu meinen Eltern. Ohne Gepäck und nur mit dem, was ich auf dem Wäschetrockner gefunden hatte, ohne Anton im Schlafzimmer stören und ihn damit - um Himmels willen - wecken zu müssen. Zu meiner Entlastung schickte ich Anton eine weitschweifige und verlogene Whatsapp, wo ich etwas von Notfall und Helfen und „Mom braucht mich dringend" faselte, was mich übrigens keineswegs entlastete. Außerdem erbat ich mir nahezu zeitgleich von meinem ProfDoc via E-Mail aus eben denselben fadenscheinigen Gründen eine Schreibpause (musste seine Sekretärin eben ein paar Tage schwitzen). Mutterprobleme gingen über alles, dafür hatte mein ProfDoc als Familienmensch (hoffentlich) vollstes Verständnis und da ich so ziemlich meine ganzen Semesterferien gearbeitet hatte, standen mir ein paar freie Tage zu.

Suse hatte sich mit Jus für eine kurze, fünftägige Hochzeitsreise nach Venedig verabschiedet und als ich gegen zehn Uhr getarnt mit Kapuze auf dem Kopf am Hauptbahnhof auf meinen Zug wartete, trudelte bereits das erste Foto ein, auf welchem zu sehen war, wie Jus gerade ins Taxi stieg. Ich wusste, dass mich spätestens ab dem Abend minütlich Fotos von jeder Location, die San Marco auch nur ansatzweise zu bieten hatte und vor welcher sich Herr und Frau Rothmann, just married, auch nur halbwegs positionieren konnten, erwarteten. Aber weit gefehlt - es ging jetzt schon los. Selfie im Taxi. So, wie die beiden strahlten, hätte ich am liebsten gefragt, ob sie im Kernkraftwerk übernachtet hatten, aber das wäre wirklich gemein von mir gewesen. Suse und Jus mussten nun wirklich nicht darunter leiden, dass ich in einer persönlichen und äußerst muffigen Beziehungskrise steckte, von der Anton übrigens noch nicht mal eine Ahnung hatte (der vergangenen Nach-der-Hochzeit-Nacht und der allgemein mit Liebe-Frohsinn-Harmonie getränkten Luft, die ich gestern inhaliert hatte, sei Dank - wenn ihr versteht, was ich meine) und allgemein griesgrämig war.

Meine Eltern zeigten sich allerdings sechs Stunden später höchst begeistert, mich so unerwartet zu sehen, zumal ich in dieser Woche Geburtstag hatte, was mich etwas aus der grauen Trübtassentundra holte. Mein Bruder stellte mir – tadaaa – seine neueste Freundin vor. Als ich ihn im Vertrauen fragte, ob es lohnte, mir den Namen zu merken, kickte er mich ganz wie früher (allerdings glücklicherweise mit reduzierter Kraft) vors Schienbein. Er hatte sich also auch durch die vielversprechende Beziehung zu Shakira-Sue (yepp – Shakira UND Sue, echt) nicht verändert. Vermutlich war sie dann nicht die Richtige, schätzte ich großschwesterlich ein. Ich wusste ja, wie das in dem Alter noch war. Da checkte man hier und da. Mit siebzehn durfte er sich ruhig noch ein bisschen ausprobieren. Man wollte ja erst erwachsen werden. Matze befand sich übrigens ganz unerwartet in einer Ausbildung zum Banker (keine Ahnung, wie „Mister Hibbelig" das Bewerbungsgespräch nicht nur durchgestanden, sondern die Leute von der Bank auch noch von sich und seiner nicht vorhandenen seriösen Art (die er vor seiner Familie nach wie vor gut versteckte)) zu überzeugen gewusst hatte. Darüber hinaus war er inzwischen neben seiner Mitgliedschaft im Fußballverein als fester Bestandteil der FFW Binz etabliert (ja, er fungierte freizeitmäßig als Feuerwehrmann und nahm das sehr, sehr ernst), verkaufte am Wochenende Eis am Strand und überlegte, nach der Ausbildung zum Banker Kampftaucher bei der Marine zu werden. Das nötigte mir doch etwas Respekt vor meinem kleinen Bruder (der inzwischen deutlich größer war als ich) ab. Es schien so, als wären seine Kinderträume durchaus nicht nur Schäume gewesen.

Die Ostseewellen treckten wie seit Urzeiten an den Strand, Binz war voller Urlauber, meine geliebte „Bella Vista" thronte, hochherrschaftlich und schön wie eh und je, am Schmachter See und neben meiner Familie freute sich auch Angela, mich zu sehen. Wir tranken zweimal zusammen Tee in ihrer Mittagspause und sprachen über Norma, die in München Schauspielerei und Gesang studierte. Sponsored by Daddy, aber der konnte sich das leisten. (Wahrscheinlich hatte sich Norma genau deswegen für München entschieden. Sie wollte ihren Vater maximal bluten lassen.) Von meinen ehemaligen Klassenkameraden sah ich nur

Matthea, die ihre Semesterferien hinter dem Tresen der Bäckerei verbrachte. Auch in dieser Hinsicht war in Binz alles wie immer. Na ja, fast zumindest. Der alte Gabe wohnte nicht mehr im Kutscherhaus. Er war vor vier Jahren zurück nach Amerika gegangen und dort vor nicht ganz einem Jahr verstorben. Das hatte ich durch meine Eltern erfahren, die damals natürlich etwas in Panik geraten waren, da sie nicht wussten, was nun aus dem Haus und somit auch ihrem Leben als Herbergspächter werden würde. Ich war damals vor allem froh darüber gewesen, dass ich mit dazu hatte beitragen können, das große Geheimnis seines Lebens und damit auch für mich und ... andere Personen ein uraltes Trauma bzw. Drama aufzulösen. So traurig sein Tod trotzdem war, Gabe hatte es zumindest (hoffentlich) geschafft, friedlich und mit der Vergangenheit im Reinen aus seinem Leben zu gehen. Und an den bestehenden Verhältnissen hatte sich hier in der „Bella Vista" bisher nichts geändert. Der Pachtvertrag bestand nach wie vor in unveränderter Form. Das Haus musste jetzt aber Ooljee oder Lennard und seiner Schwester gehören. Vielleicht auch allen dreien. Schien so, als würde es ihnen finanziell gut genug gehen, dass sie die Villa vorerst nicht verkauft hatten. Aber warum sie sich unbedingt mit einem Haus hier in Deutschland (in lukrativer und somit gut verkäuflicher Lage) abgaben, war mir schleierhaft. Weder Lennard, noch Ajei hatten sich in den letzten Jahren hier sehen lassen. Nostalgie konnte also keine Rolle spielen. (Du könntest ihn jetzt ja anrufen und fragen. - Schreck lass nach. Keinesfalls. Ich würde kein Wort rausbringen.) Aber darüber wollte ich mir nicht auch noch Gedanken machen. Es reichte schon, dass ich Muffensausen vor Anton und unserem plötzlich aufgetauchten Beziehungsproblem, aber noch viel mehr vor dem kommenden Wochenende und dessen möglichen Konsequenzen hatte.

Dank meiner Mom, die tatsächlich viel um die Ohren hatte und mich nahtlos gut in ihren Alltag einspannte, kam bei mir weder Langeweile noch Grübelstimmung auf. Seltsam war nur, dass jetzt andere, fremde Leute, ein junges Ehepaar mit zwei Kindern, im Kutscherhaus wohnten. Wenn ich abends aus meinem Fenster über den Hof sah, wurde mir immer ein bisschen komisch. Die Optik der Fenster hatte sich verändert. Mit den neuen Gardinen und

Schieberollos war mir das ganze Gebäude total fremd geworden. Es hatte eine fremde Seele bekommen.

Wer allerdings noch ganz der Alte zu sein schien, war Big, Gabe's und Lennards Kater. Ja, den gab es tatsächlich noch. Er war alt, um die Schnauze schneeweiß, noch etwas dicker und vor allem immens faul geworden. Und er hatte sich neue Dosenöffner gesucht: meine Eltern. Okay, zuerst war es Matze gewesen, der Big adoptierte, aber inzwischen hatten sich meine Eltern an den dicken, roten Kater gewöhnt. Unten war eine Katzenklappe in der Kellertür installiert worden. Big durfte sich frei im Haus bewegen und Mom hatte an den verschiedensten Stellen Kuschelkörbchen für ihn zum Schlafen hingestellt. Irgendwann war es Big sogar gelungen, eine Freundin (oder einen Freund) in den „Bella-Vista"-Alltag zu integrieren. Es handelte sich um eine hübsche, aber sehr scheue Katze von enormer Größe mit langem Fell.
„Norwegische Waldkatze", orakelte meine Mutter und vermutete ein weibliches Tier unter dem dicken Pelz.
Aber da sich Ruby, wie die Mieze getauft worden war, nicht anfassen, nur füttern ließ, blieben Alter und Geschlecht weiter unbekannt. Weil keine Babykatzen auftauchten, waren meine Eltern dann sicher, dass es sich um eine (entlaufene und) kastrierte Katze oder einen Kater handeln musste. Also hatten entsprechende Aushänge drei Monate lang über Ruby und ihr/sein Auftauchen in der „Bella Vista" informiert. Es fand sich jedoch nie ein Besitzer, der nach Ruby (oder Rubeus?) fragte. Inzwischen lebte die Katze seit zwei Jahren hier. Anfassen ließ sie sich nach wie vor nur, wenn sie gerade fraß, und dann auch nur hinter den Ohren. Vermutlich hatte das Tier schlechte Erfahrungen mit Menschen gemacht und duldete unseresgleichen nur noch aus rein praktischen Gründen in ihrer Nähe.

Big war natürlich nicht so ängstlich und ging (im Gegensatz zu Ruby) nicht nur im Hausflur, sondern auch in unserer Wohnung ein und aus und als ich am späteren Abend meines sechsundzwanzigsten Geburtstags in meinem Fenster hockte, blicklos in die Gegend starrte, mein Handy zwischen den Fingern drehte

und zum millionsten Mal darüber nachdachte, eine bestimmte Nummer zu wählen, gesellte sich der alte Schwerenöter zu mir.
„Na du?“, begrüßte ich ihn, als er elegant auf meinen Schreibtisch gehopst, zu mir rübergekommen war und sich neben mich gehockt hatte. Ich streichelte den flauschigen Kopf. Dann guckten wir gemeinsam aus dem Fenster. „Erinnerst du dich noch an die beiden?“, fragte ich, stupste Big auf die rosafarbene Nase und deutete hinüber zum Kutscherhaus. Big sagte nichts und begann, sich die linke Pfote zu putzen. Da hatte ich eine geniale Idee. Ob Lennard den Kater noch erkannte? Ich schob mich vorsichtig an Big vorbei, um den Kater nicht zu stören oder zu vertreiben, kniete mich auf den Schreibtisch und knipste das Tier von oben, wie es da im Fenster saß, sich putzte und das Kutscherhaus im Rücken hatte. Und bevor ich weiter darüber nachdachte, tippte ich auf „Senden an“. Problem: Ich fand Lennard nicht bei Whatsapp. Das war komisch. Ob ... die Nummer nicht stimmte? Ich hatte sie direkt aus Tillis Nachricht übernommen. Mir wurde ganz komisch. Das wäre ja total verrückt, wenn ich mich hier kirre machte, dort anzurufen, und am Ende gar nicht die richtige Nummer in der Liste hatte. Da gab es nur eins: Testen. Ich rief die Nummer an. Freizeichen. Es klingelte, aber das klang merkwürdig. Ups, na klar. Es war ja eine ausländische Nummer. Aber dann ...

„Hello?“
... Nach Luft schnappen. Atmen, ATMEN verdammt noch mal ...
„Hallo?“
Er war es. Ganz klar. Das war Lennards Stimme. Ich hätte sie immer wiedererkannt. Und überall.
Ich: „...!?“
Kurze Pause in der Leitung, dann ...
Er (etwas zögerlich): „Hallo? Wer ... ist da?“
Ich sagte: „...,“ und schnappte nach Luft.
Er: „Leela? Bist du das?“
Ich holte tief Luft, um etwas zu sagen, stützte mich auf und klemmte dabei den verdammten Katerschwanz ein, Big fauchte, machte einen Satz mit allen Vieren.

Ich bekam mindestens einen genausogroßen Riesenschreck, schrie, ließ das Handy fallen, warf mich nach vorn, um nicht nach hinten zu plumpsen, und stieß dabei einen Briefbeschwerer vom Tisch, der auf den Boden knallte, während mein Handy zwischen Schreibtisch und Fensterbrett im Off verschwand.

Nachdem ich meine Mutter beruhigt hatte, die erschrocken nachsehen wollte, warum ich die Zimmereinrichtung demolierte, und meines Handys wieder habhaft war, musste ich feststellen, dass sich das blöde Ding abgeschaltet hatte. Das machte es öfter, wenn man es nicht artgerecht behandelte, wie zum Beispiel, es im hohen Bogen hinter den Schreibtisch zu schmeißen.

Ich legte mich vorsichtshalber auf mein Bett, bevor ich das Telefon wieder einschaltete, weil ich a) nicht wusste, was mich erwartete, und b) nicht wusste, wie ich mit dem, wovon ich nicht wusste, was mich erwartete, umgehen sollte.

Lennard hatte versucht, mich zurückzurufen. Zweimal. Verdammt, was dachte er wohl jetzt von mir? (Dass du eine hysterische Zicke geworden bist? Dass du zu arm bist, um zu telefonieren, und nur anrufst, um dann sofort wieder aufzulegen, damit der andere die Kosten übernimmt? Dass du gerade fast vom Schreibtisch gefallen wärst, nur weil du seine Stimme gehört hast?? Such dir was aus ... Ich: Ach leck mich doch.)

Ich schrieb Tilli an. „Sag mal, weißt du, ob Lennard Whatsapp hat? Wollte ihm ein Bild von Big schicken, finde ihn aber nicht bei WA."
Tilli antwortete nicht. Sie rief mich einfach prompt und gleich zurück. Die nächste Stunde war ich damit ans Telefon gefesselt und musste zwischendurch das Ladekabel anstöpseln, weil Tilli mir im Stakkato den Akku leerquatschte. Sie hatte mir aber auch viel zu erzählen: Über die geplante Nacht bei und den ungeplanten Sex mit Kosta, über die Wir-kehren-das-unter-den-Tisch-und-tun-so-als-ob-das-nie-passiert-ist-Sache, über den Fakt, dass Kosta sich am Sonntag zuerst nicht bei ihr gemeldet hatte, um dann allerdings abends

ganz unvermutet in Greifswald vor ihrer Tür zu stehen und ihr zu sagen, dass sie doch über die Sache reden sollten, bevor sie den Besen ansetzten, über den Fakt, dass Amerikaner Whatsapp irgendwie nicht so viel nutzten, was sie nicht verstand, um dann aber gleich wieder darauf zurückzukommen, dass der Fauxpas, welcher ihr in der Vornacht mit Kosta passiert war, dann gleich noch mal passierte und noch mal und dass Kosta bis Montag bei ihr geblieben war und dass sie jetzt nicht wusste, was das bedeutete und vor allem nicht, wie sie das bis an ihr Lebensende vor ihren Eltern verheimlichen sollte, dass sie jetzt mit Kosta so eine ganz zwanglose Sexsache am Laufen hatte (nein, wirklich, ganz zwanglos nur, ein bisschen Spaß, sonst nichts, da waren sie und Kosta sich hundertpro einig), da sonst unverzüglicher Heiratszwang bestünde. Ich glaube, nach dieser Ansage holte Tilli zum ersten Mal Luft.

Zwei Stunden später war sie dann fertig mit Reden und ich auch. Fix und fertig. Ich schlief auf der Stelle ein, als sie auflegte.

***

Ich dehnte meinen Besuch in Binz bis zum Samstag aus, es war schön, sich (neben den Grübeleien über die Vergangenheit und die Zukunft) mal wenig Gedanken um den Alltag machen zu müssen und ein bisschen in die ausgelatschten und entspannten Kinderschuhe zu schlüpfen, was hieß, Verantwortung abzugeben. Einzig die subtilen Fragen meiner Mutter nach meinem Liebesleben und dem hier noch nahezu unbekannten Anton musste ich mit schöner Regelmäßigkeit geschickt umsegeln. Aber da meine Mutter mich kannte, hörte sie irgendwann auch einfach auf zu fragen. Sie wusste, dass ich schon erzählen würde, wenn ich das Bedürfnis verspürte. Was sie in dieser Hinsicht dann natürlich über meine Beziehung dachte und schlussfolgerte, sagte sie nicht und ich wollte das, ehrlich gesagt, auch gar nicht wissen. Ich konnte es mir denken. Deswegen erzählte ich ihr auch nichts von Lennard und seinem Deutschlandbesuch. Sie würde sofort eins und vier zusammenzählen. Ich wollte aber nicht, dass sie schon ein Ergebnis hatte, bevor ich überhaupt auf die korrekte Frage gekommen war.

Ich vermied also direkten Anrufkontakt mit Anton und schickte ihm nur harmlose Whatsapp-Nachrichten (mit durchaus schlechtem Gewissen) und erteilte ihm zuletzt die scheinheilige Auskunft, dass Mom mich über meinen Geburtstag hier bis zum Wochenende brauchte und ich daher erst am Samstag zurück nach Berlin fahren würde, wo ich mich dann direkt mit Suse treffen wollte. Wegen des ... Konzerts, er wüsste schon, wo sie doch die Karten von Jus geschenkt bekommen hatte. Die Release-Party des Musikers, den wir schon von früher kannten, jaja, netter Typ und so. Haha. Anton, der arme Tropf, ahnte tatsächlich nichts, glaube ich. Er hatte auch keine Vorstellung, welches Muffensausen ich vor dem Treffen mit diesem netten Kumpel von früher hatte. Vor allem nach meinem missglückten Anruf. Lennard hatte nicht noch mal versucht, mich zu erreichen. Vielleicht - nein hoffentlich - brachte er mich und diese Schrei-Katzen-Polter-Horrorgeschichte auch gar nicht zusammen.

***

Natürlich hatte ich bei meiner Heimreise am Samstag anderthalb Stunden Verspätung, weil ich wegen irgendwelcher Gleisprobleme den Umsteigezug in Neustrelitz nicht schaffte. Deswegen holte mich Suse direkt am Hauptbahnhof ab (nachdem sie aufgrund des Parkplatzmangels zusätzlich vierzehn Mal um das gesamte Areal gedüst war) und juckelte mit mir durch den Berliner Samstagnachmittags-besuchen-wir-immer-die-Oma-Verkehr (obwohl, so wie es sich anfühlte, waren wohl viel mehr Omas zu ihren Enkeln unterwegs) nach Johannisthal. Zuvor hatte ich beim hastigen Einsteigen an einer eben umschaltenden Ampel hinter dem Hauptbahnhof und folgendem Reisetasche-über-die-Kopfstütze-nach-hinten-Wuchten eine Tüte auf dem Rücksitz stehen sehen. Ich befürchtete, den regenbogenfarbenen Inhalt zu kennen, und ignorierte das Ding daher die gesamte Fahrt über beharrlich.

Wir hatten nicht mehr allzu viel Zeit. Das Konzert bzw. die Release-Party begann schon um siebzehn Uhr. Als ich zu Suse in das Auto stieg, war es bereits vierzehn Uhr vierundfünfzig.

Die folgende Stunde ließ sich daher folgendermaßen zusammenfassen: Anton in der Tür begegnen. Erst erschrecken, dann Freude vortäuschen. Anton im Verlauf der Aufhübsch-Orgie ignorieren. Duschen. Haare machen. Dezent schminken. Mit Suse über das Kleid in der Tüte diskutieren. Disput verlieren. Das Ding anziehen. Erschrocken kreischen. Bauchdelle. Kleid wieder ausziehen. Hektisch den Schrank durchwühlen. In einem ganzen Schrank voller Klamotten nichts zum Anziehen finden. Also zumindest nichts Vernünftiges. Mich in das Bodyformer-Höschen rangeln. Regenbogenkleid anziehen. Feststellen, dass ebenjenes Höschen schön weiß hinten aus dem tiefen Ausschnitt leuchtet. Kreischen. Mich wieder aus dem Höschen strampeln. Zur Uhr gucken. KREISCHEN!! „Scheiß drauf" brüllen und wieder ab in das Regenbogenkleid. Eine völlig unpassende lange Strickjacke drüberziehen.
Suse „Lass diesen Omasack weg! Deine Haare hängen doch eh bis zum Hintern runter" lamentieren hören. Anton verstört um die Ecke blicken sehen. „Tschüssi" rufen. In mörderische Absatzschuhe steigen. MIT Strickjacke aus dem Haus

rennen (äh ... trippeln, wegen der Absatzschuhe). Rein ins Auto. Und ab. Und dann? Ganz. Tief. Durchatmen.

***

Die Fahrt zu den Studios am Adlergestell im sogenannten Technologiepark Adlershof war kurz und dauerte nicht ansatzweise lange genug, als dass ich mich irgendwie hätte akklimatisieren können. Also stöckelte ich wie benebelt hinter Suse her und zuppelte dauernd an meinem (ihrem) Rocksaum herum. Das Kleid war ... an sich ... schon ... toll. Irgendwie. Meergrün und wie aufgemalt. Aber es saß wie eine zweite Haut und verzieh mir die Vernichtung der zwei Stücken Apfelkuchen, die mir meine Mutter mitgegeben hatte, sicher nicht. Eins war eigentlich für Anton gewesen, aber nie bei ihm angekommen. Wenn ich ehrlich sein soll, dann hatte es nicht mal die Einfahrt in Neustrelitz erlebt. Jetzt rächte sich meine Gier. Ich musste andauernd die Luft anhalten, damit ich von der Seite her nicht aussah wie eine Berg-und Talbahn. Ich gab natürlich nicht mir (oder dem Kuchen), sondern definitiv dem Kleid die Schuld.

„Das ist kein Kleid", murrte ich. „Das ist ein viel zu enges Hemdchen. Zum DRUNTERziehen. Ich bin quasi nackt."
Suse zog nur die Braue hoch, grinste und sagte nichts. Aber mal ehrlich, das Einzige, was an dem Stückchen Stoff nach Kleid aussah, waren ein kleines Schürzchen hinten und der Pailettenbesatz vorne, der den tiefen Ausschnitt betonte, obwohl das der Ausschnitt ehrlich gesagt gar nicht nötig hatte. Also auch noch betont zu werden, meine ich. Ich guckte lieber nicht vorne an mir runter. Man konnte wahrscheinlich meinen Bauchnabel sehen. Zum Glück waren oben so Körbchen eingearbeitet, die verhinderten, dass ... gewisse Stücke meiner weiblichen Anatomie sich mal ganz ungeniert in der Gegend umschauen konnten. Der Ausschnitt hinten wurde zumindest durch meine langen Haare etwas kaschiert. Ansonsten war das Kleid eine einzige Einladung zum Sex-Uhr-Tee.

Suse fauchte mich schließlich an: „Hör jetzt auf, da rumzuzuppeln. Du siehst TOLL aus. Ehrlich. Er wird Augen machen."
„Ich weiß nicht, ob ich das will", keifte ich und zuppelte trotzdem.
„Natürlich willst du das!", gab Suse zurück, die sich einen Scheiß um die Leute scherte, die mit gleichem Ziel unterwegs waren, und hielt mir eine Tür auf.
„Nein, will ich nicht", gab ich bockig zurück. Wir befanden uns in einem weitläufigerem, mit Menschen angereichertem Vorraum. Die Atmosphäre glich der einer Bahnhofshalle und der Aussicht auf den letzten Zug vor der Streikpause.
Suse rollte mit den Augen. „Doch. NATÜRLICH willst du das. Ist doch klar: Wenn ich einem Kerl nach acht Jahren gegenübertreten würde, der mich mal verlassen hat, dann würde ICH wohl dafür sorgen, dass dem der Puls zum Himmel rast und er sich ein verdammtes Loch in den Hintern ärgert, wenn er mich wiedersieht. Gerade weil er mich damals abserviert hat. Ich würde tippitopp und zum Anbeißen aussehen wollen. Logisch."
„Er hat mich aber nicht abserviert", protestierte ich. „Er ist ... Er hat doch nur ..."
Suse winkte ab und reichte einem Ordner ihre Karten, der uns ungerührt durchließ. Sie stieß mir ihren Arm in die Rippen. „Er ist abgehauen und hat dich abserviert. - Guck mal, wer da steht!"
Der liebe Gott? Siegmund Freud? Der Vorsitzende vom Tierfreunde e. V. Norderdeich? Ich sah nicht mal hin. Himmel nochmal, wusste sie nicht, wie egal mir das war? Ich stolperte wie in Trance durch die Gegend und interessierte mich nur dafür, wo die Band, wo ER war. Lennard. Alle anderen hier konnten mir schnurzpipikato wurst sein.

„Ich glaube, dir ist völlig egal, wer hier sonst so ist, oder? Da könnte Ed Sheeran stehen und du würdest ihm Löcher in die Brusttattoos brutzeln, so, wie du hier auf Laserblick machst, weil du am liebsten durch alle durchschielen möchtest", sagte Suse, hakte mich unter und verdrehte die Augen. Wir sahen wahrscheinlich mehrere Gesichter, die inzwischen über die Grenzen der Hauptstadt hinaus bekannt waren, und Suse hatte völlig recht: Es interessierte mich tatsächlich nicht die Bohne. Ich konnte die Aufregung meiner Freundin einfach nicht teilen, weil ich mit meiner eigenen kämpfte. Es war jämmerlich. Da ich seit gestern nicht viel hatte essen können, wusste ich zwar, dass ich (trotz Doppelportion Apfelkuchen) in ihrem Kleid eine halbwegs passable Figur machte, aber der Hintern ging mir trotzdem auf Grundeis, wie man so schön passend sagt. Ich würde ihn sehen. Würde er mich auch sehen? Und wenn ja: Würde ihm das, was er sah, noch gefallen? Oder vielleicht ... nicht mehr? Was, wenn er mich überhaupt nicht erkannte? Bei dem Gedanken, ich gestehe, blieb mir immer wieder die Luft weg.

***

„Das ist nicht das Studio, in welchem ‚The Voice' gedreht wird", informierte mich Suse und guckte sich neugierig um, wobei sie mich wie eine taube Marionette hinter sich her zerrte. In dem Studio waren wir nämlich schon gewesen, weil wir Samu Haber hatten live sehen wollen. Dieses Studio hier war etwas kleiner. Außerdem standen überall große, runde Tische mit Stühlen und nicht die üblichen Sitzreihen. Davon gab es nur ein paar, genau genommen waren es fünf Reihen. Sie befanden sich an der Rückwand, hinter den Tischgruppen, und waren durch den Hauptdurchgang mittig in zwei Hälften geteilt.
„Ich denke mal, wir müssen uns einen Stuhl hier hinten suchen", meinte Suse und zeigte auf die Reihen. Die Tischgruppen waren zum Teil schon voll besetzt und nach den Angaben des Ordners, der vorhin unsere Tickets kontrolliert hatte, alle reserviert. Es herrschte insgesamt eine gemütlich-erwartungsvolle Konzertstimmung im Glitzeroutfit.

„Aha", sagte ich uninteressiert, aber jetzt nicht mehr ganz so lahm, denn endlich konnte ich meine aufgepeitschten Nerven mit etwas Futter versehen. Von der Band war noch nichts zu sehen, aber ich hatte jetzt zumindest die Bühne im Blick. Dort standen Instrumente: Ein Schlagzeug (glänzend), Keyboard (mehrstöckig), Mikrofone (viele), Monitore (mehrere, also ich meine die Lautsprecher zu Füßen der Musiker, damit die sich hören), zudem Gitarren. Eine davon musste ihm gehören. Wahrscheinlich die vorn in der Mitte, schlicht, kobaltblau, (wahrscheinlich) sechs Saiten. Das war Lennards Gitarre. Ganz sicher. Mein Mund wurde trocken. Zum Glück hatte Suse mit mir im Schlepptau die vorderste Sitzreihe der (nicht reservierten) Wandreihen erreicht. Sie ließ mich los. Ich sackte auf einem Stuhl zusammen, leider aber auf dem falschen. Weil ich meinen Blick nämlich nicht von der Bühne gewandt hatte, plumpste ich auf den Schoß eines wildfremden jungen Manns mit Basecap und Jeans und megamäßig tief hängendem Schritt. Woher ich das weiß? Weil der Kerl breitbeinig dagesessen haben musste und ich ihm beim Plumpsen wahrscheinlich das beste Stück gequetscht hatte. Er brüllte jedenfalls hinter mir wie ein Ochse und ich schoss wieder hoch. Der Kerl verdrehte schmerzerfüllt das Gesicht, ächzte: „... doch auf, du Trampeltier“, wuchtete sich hoch und wankte halb gebückt davon.

„Scheiße. T'schuldigung“, sagte ich, meine helfende Hand, die rüde beiseitegewunken worden war, noch in der Luft. Meine Freundin Suse auf ihrem Stuhl zwei Plätze weiter rechts bekam vor Lachen Bauchkrämpfe.
„Peinlich. Hat der mich nicht gesehen?“, fragte ich verlegen.
„Du bist gut“, wieherte Suse. „Du hast ihn nicht gesehen, weil du gar nicht nach hinten geguckt hast. Der Kerl war am Handyrumtippen, als du dich auf ihn gesetzt hast.“ Ihr liefen Tränen über die Wangen. „Echt, du hättest sein Gesicht sehen müssen, war voll herrlich. - Weißt du wenigstens, wer das war?“
„Nein. Ist mir auch egal“, fauchte ich, zuppelte mir (mal wieder) das klatschenge Kleid zurecht und setzte mich mit zusammengepressten Beinen auf den leeren (gecheckt!) Stuhl neben sie.

Keine Ahnung, wie viele Leute das Studio wohl insgesamt fasste. Es war jedenfalls schon gut voll. Wir beide saßen hinten an der Wandseite, aber da die Bühne etwas höher war, konnten wir vorn alles gut sehen. Leider mussten wir trotzdem noch mal umziehen. Auch die vorderen Stuhlreihen waren wohl reserviert. Ein Ordner scheuchte uns aus der ersten Reihe weg und am Ende landeten wir ganz hinten links in der Ecke, wo ich den Basecap-Typen von vorhin jetzt direkt vor mir hatte. Handy sei Dank scherte der sich nicht darum, was hinter ihm los war, aber das olle Basecap versperrte mir teilweise den Blick auf die Bühne. Ich traute mich allerdings nicht, ihn darum zu bitten, das Ding abzusetzen. Eine Begegnung der dritten Art hatte gereicht. Wahrscheinlich würde er mir den Hut direkt ins Gesicht pfeffern, wenn er mich erkannte. Ich hielt also lieber still und trainierte Verrenkungen, um über ihn rübergucken zu können. Mit Suse zu tauschen würde auch keinen Sinn machen. Vor ihr saß eine Frau mit Turmtoupet. Wir sahen uns an, grinsten und verdrehten die Augen.

Das Studio wurde immer voller, sogar so voll, dass Leute in den Gängen und an den Seiten stehen mussten und ich mich schon fast ärgerte, dass wir hier hinten festsaßen. Der Blick auf die Bühne war jetzt durch Leiber aller Art verstellt. Ich befürchtete bald, dass wir überhaupt nichts sehen würden. Aber Suse hatte längst die Lösung parat. Als schließlich ein Sprecher vorn erschien und etwas über die Band, die Mitglieder, den Werdegang und ihr neues Album erzählte, schlüpfte meine Freundin aus ihren Schuhen und stieg auf den Stuhl, um nichts zu verpassen. Klasse Idee. Ich machte ihr das prompt nach. Leider hatte der Rapper vor mir die gleiche Idee. Und nicht nur der. Bald standen alle auf ihren Stühlen. Mist.

Ich bekam zuerst nur am Applaus mit, dass sich die Bühne mit Leuten füllte. „One, two, three". Dann das Klopfen von Schlagzeugsticks, Rhythmus, Keyboard. Es ging los. Jemand sang von homeless boys und lonely girls und dem Weg durch die Nacht, bis man sich fand. Es war eine ziemlich rockige Nummer. Der Song hieß „Now", wie das entsprechende Album, und handelte davon, dass nur das Hier und Jetzt zählte und dass man Chancen ergreifen musste, wenn sie sich boten. Dass es manchmal keine zweite Chance gab. Ich hatte eine Gänsehaut. Wegen der Stimme des Sängers, der jetzt, beim zweiten Song „You're my baby, your're my home, You're my lover, you're my own, you're my bitter symphony, you're the biggest part of me, my love" volle Kraft gab und sich mitten in meine Seele sang.

Ich musste mich recken und strecken, um die Menschen auf der Bühne zu sehen,

hielt mein Handy über Mister Basecap und filmte das Geschehen auf der anderen Seite des Saals.
„Cooool", kreischte Suse und fiel in den Beifallein, als der Song ausklang.
„Hallo zusammen", grüßte Lennard in die Menge und mein Nacken kribbelte sofort. Gänsehaut. Überall. Genau wie früher. Er trug die immer noch kohlschwarzen Haare wieder halblang bis zur Schulter. Seine türkisblauen Augen blitzten mich an. Na ja, nicht wirklich mich. Uns alle hier. Ich konnte das nur deswegen so genau sehen, weil über der Bühne ein großer Monitor angebracht war, der ihn jetzt gerade in Nahaufnahme zeigte. Ich musste ganz tief Luft holen.

Lennard sprach deutsch und erzählte kurz, dass er längere Zeit hier gelebt hatte, sogar sein Abitur in Bergen auf Rügen gemacht hatte und sich freute, mal wieder im Lande zu sein. Suse war die ganze Zeit heftig am Winken und Wackeln, aber ich bezweifelte, dass Lennard sie sehen konnte. Wir standen mitten in einer Menge und so ziemlich in der dunkelsten Ecke des ganzen Raumes und er, angestrahlt wie ein Swarovski-Kristall, vorn auf der Bühne.
„Lass das sein, sieht er eh' nicht", sagte ich mit etwas dünner Stimme, weswegen sie mich wahrscheinlich ignorierte. Sie ließ sich jedenfalls nicht vom Winken abbringen.
„Er ist immer noch cool, oder? Was sagst du?" Sie hatte mich also doch gehört.
Ich zuckte unbestimmt mit den Schultern. „Ja, klar, kann sein. Vielleicht." (Ha, wie du heute wieder so schön untertreibst ...)
„KLAR ist er cool. Aber ist er cooler als Anton? Für dich? Ich meine, da ist immer noch der Fakt, dass er dich abserviert hat", legte Suse halbernst nach und stieß mir in die Seite.
Zum Glück ging die Musik jetzt wieder los und die spielte bekanntlich immer vorn. Deswegen konnte ich Suse meine Antwort schuldig bleiben.

***

Das Konzert dauerte etwas länger als eineinhalb Stunden und das war definitiv keine Minute zu lang. Ich wurde mitgerissen wie eine Motte in den Staubsauger.

Die Band machte keine Pause. Lennard spielte die meisten Songs vom neuen Album der RedRoxX, „Now", und einen Teil von „Past", dem letzten Album. Die Stimmung war großartig, der Applaus enthusiastisch.

Und dann wurde plötzlich der letzte Titel gespielt. Lennard entschuldigte sich, dass er gern noch Rede und Antwort stehen würde, aber nach dem Konzert nicht mehr lange bleiben könnte, weil ihm noch ein anderer Termin im Nacken sitzen würde. Er schob die Schuld dabei recht lustig und wenig förmlich auf seinen Manager. Und da, ich muss gestehen, bekam ich plötzlich eine ausgewachsene Panikattacke. Ich hatte mich im Vorfeld völlig verrückt gemacht, wie es wäre, wenn wir uns wirklich sahen und zusammen redeten und ... und ... und was so passieren konnte zwischen uns. Und mit schöner Regelmäßigkeit hatte ich mir an dieser Stelle immer gewünscht, dass es vielleicht am besten gar nicht dazu kam. Warum? Weil ich - ehrlich gesagt - echt Schiss davor hatte, entdecken zu müssen, dass sich für mich NICHTS geändert hatte, für ihn aber alles. Also, dass ich immer noch genauso auf ihn abfuhr wie früher und er ... mich nicht mehr so toll oder (noch schlimmer) nur noch total NETT fand. Oder umgedreht. Oder dass für uns beide gar nichts mehr da war und sich meine ganzen bittersüßen Erinnerungen an die erste große Liebe in Wohlgefallen auflösten. Schlimmstenfalls erinnerte er sich überhaupt nicht mehr an mich, wegen eines akuten Gedächtnisverlustes. Oder sonst irgendwas anderes Blödes passierte. Eine Taube kackte mir auf den Kopf. Ich entzündete mich spontan. Außerirdische entführten mich, weil ich rot leuchtete wie eine Ampelbirne. Oder ... Keine Ahnung. Irgendwas Blödes. Jedenfalls waren alle Vorstellungen, die ich entwickelte, grässlich gewesen. Aber jetzt, als er erklärte, dass er heute leider nicht so lange hierbleiben konnte, und die Gefahr bestand, dass ich wirklich kein Wort mit ihm sprechen würde, da bekam ich Panik, dass ich nicht einmal die Gelegenheit bekommen sollte, mir eine unverbindliche Abfuhr zu holen, oder meine Erinnerungen unter spätpubertären Hirngespinsten abtun zu können. So ging das nicht. Ich musste ihn sehen. Ich musste wissen, ob die Leitung zwischen uns noch offen war oder gekappt, oder ob da überhaupt jemals eine Leitung gewesen war. Ich musste ihm gegenüberstehen. Ich musste verhindern, dass er einfach verschwand, ohne mir wirklich in die Augen gesehen und mich erkannt zu haben. Ich musste wissen, was zwischen uns passierte, wenn wir uns die Hände reichten. Ich musste wissen, ob sich die Magie, an die ich mich erinnerte, im Lauf der Zeit verloren hatte. Ich musste wissen, ob es uns gegeben hatte und was wir heute für uns noch waren. Ich MUSSTE es einfach wissen.

Deswegen drängelte ich mich, noch bevor die Band ihr letztes Lied zu Ende gespielt hatte, ohne Schuhe rücksichtslos an Suse vorbei und schob mich durch die Menschen, die wie eine sprechende Wand zusammenrückten, nach vorn. Ich kam nur mühsam voran, obwohl ich entschlossen jede Lücke nutzte und zwischen Handys, Kameras und Ellenbogen schlüpfte wie Quecksilber. Verdammt. Das war wie in einem Alptraum, wo man kurz vor dem finsteren Showdown plötzlich stürzt, gelähmt ist, nur noch grade so kriechen und auch nicht mehr sprechen kann. Lennard und die Leute von RedRoxX waren schon von der Bühne gestiegen. Ich sah Blitzlichter von Fotografen zucken und ich wusste, ich würde Zeit brauchen, um an ihn ranzukommen. Hoffentlich hatte ich sie, also die Zeit. Und hoffentlich konnte er sich dann auch die Zeit nehmen, um mir wenigstens kurz Hallo zu sagen. Hoffentlich kam ich überhaupt bis auf Rufweite an ihn ran. Lennard war auf Werbetour für die Band und das neue Album. Da warteten Menschen, die mit ihm reden wollten. Er würde die eine oder andere Frage beantworten und Leute kennenlernen müssen, die ihm hier in diesen Breitengraden karrieretechnisch auf die Sprünge halfen, schätzte ich. Leute vom Radio, von Produktionsfirmen. Von ... was weiß ich. Keine Ahnung. Er brauchte Feedback und Starthilfen und wahrscheinlich keine alte Flamme, die ihn hier mal eben überfiel, weil sie checken wollte, ob man kalten Kaffee nun wieder aufwärmte oder besser nicht. Aber ich, ich brauchte das, verdammt noch mal. ICH brauchte das. Auch wenn ich gar keinen Kaffee trank.

Ich war nicht besonders groß und ich würde auch nicht mehr wachsen, zumindest nicht in die Höhe und schon gar nicht jetzt spontan und bei der Breite passte ich ziemlich auf. Mit meinen Windmühlenfähigkeiten war es also nicht weit her und mit Masse richtete ich im Gedränge auch nicht viel aus. Aber bei meinem Versuch, mich in Quecksilber zu verwandeln wie der T-1000 in „Terminator 2“, war das hautenge Kleid, welches ich unter Protest angezogen hatte, äußerst hilfreich. Es verlieh mir die Fähigkeiten einer Schlange, so dass ich stets vorankam, und dann ... sah ich ihn endlich aus der Nähe. Ob mir davon oder von meinem Hindernisparcours zuvor jetzt plötzlich ganz warm wurde, kann ich nicht sagen. Ich hatte jetzt allerdings die Kante von einem der Tische im Bauch, womit mein weiteres Vorwärtskommen verhindert wurde. Also kletterte ich auf den Tisch und hielt Ausschau. Da. Mein Herz schlug einen Salto.

Lennard stand, wie alle anderen Mitglieder seiner Band, in einer Traube aus Menschen, die sich unterhielten, warteten, ihm Fragen stellten, ihm auf die Schulter klopften. Ich starrte ihn an, barfuß auf einem Tisch kniend, und mit verschwitztem Gesicht mein Kleid zurecht ziehend. Ich starrte ihn an und konnte nicht glauben, dass ich überhaupt in der Lage war, ihn anzustarren. Weil er nämlich HIER war. Also DA. Dort. Nein, hier, keine fünf Meter von mir entfernt. Nicht tausende Kilometer weit weg auf einem anderen Kontinent. Über acht Jahre lang hatten wir uns nicht gesehen. Acht mal zwölf Monate und noch ein bisschen länger lang hatte sich die Erinnerung an uns nach und nach von mir entfernt. Acht Jahre lang hatte ich versucht, alles zu vergessen, was er für mich gewesen war. Und jetzt wurde ich im Nullkommanichts in die Vergangenheit zurückkatapultiert. Ganz geschmeidig und formgenau glitten wir zusammen, die Vergangenheit und ich, wobei mein Umfeld natürlich nichts dergleichen tat. Ich wurde (ganz im Gegenteil) mehrfach angemault, dass ich von dem Tisch runterkommen sollte, aber ich nahm nichts davon wirklich wahr. Ich sah nur ihn, wollte aufstehen und blieb trotzdem dort knien, als hätte ich Beton an den Füßen. Mein Kopf war leer, keine Gedanken mehr drin, alles weggespült vom Donnern meines Herzens. Und dann ...

... sah er mich auch. Er sah mich an. Ich glaube, seine Augen weiteten sich für den Bruchteil einer Sekunde. Er stockte, sprach dann weiter, aber sein türkisblauer Blick hielt meinen fest. Ein kleines Lächeln des Erkennens huschte über sein Gesicht, allerdings kein Anflug von überschwänglicher Freude. Nichts von dem Chaos, was in mir tobte. Jemand, einer der Ordner, zog mich von meinem Tisch und redete auf mich ein. Ich verstand kein Wort und nickte trotzdem. Jaja. Ich sah Lennard nicht mehr, viele Rücken versperrten mir jetzt die Sicht. Auch gut. Ich holte tief Luft, spürte, wie sich die Tischkante in meine Seite drückte. Ich stand einfach da wie vom Donner gerührt und rang um Fassung. Menschen gingen an mir vorbei. Ich fühlte mich wie in einer Blase, die Geräusche um mich herum dumpf und weit weg. Ich war völlig irritiert. Hatte er mich erkannt? Oder nicht? Wollte er mich nicht kennen? Sollte ich lieber gehen? Keine Ahnung. Mein Kopf war leer. Das Handy vibrierte in meiner Tasche. Ich reagierte nicht. Ich starrte die Rücken der Leute an, hinter denen sich irgendwo Lennard befinden musste, und spürte plötzlich den kühlen, krümeligen Boden unter meinen Füßen, weil ich keine Schuhe anhatte. Das war echt unangenehm. Und so real.

Mein Handy klingelte wieder. Das würde sicher Suse sein, die mich suchte. Die Wand aus Anzügen, Hemden und Shirts wogte. Ich tastete nach dem Telefon und ging ran. „J-ja?"
„Wo bist du denn? Du warst auf einmal weg."
Ich sah mich suchend zwischen den ganzen Rücken um und rang nach Luft.
„K-keine Ahnung. Wo bist du denn?"
„Ah – jetzt sehe ich dich." Suse legte auf.
Ich steckte das Handy weg, atmete tief durch, sah mich um ... und blickte durch eine plötzliche Lücke in der Menge direkt in Lennards Augen. Er kam auf mich zu, der Weg war nicht weit. Er nickte, lachte, sprach, schob Leute zur Seite. Dann stand er vor mir. Zum Anfassen nah.
„Baby!" Seine Stimme war rau.
Ich sagte nichts. Ich konnte nicht. Denn jetzt ... war alles wieder da. Alles. Ameisenarmee. Krabbelkäfer. Schwäche in den Beinen. Herzklopfen. Sucht euch was aus – ich hatte jedes einzelne verdammte Symptom. Alles. Was ich angezweifelt hatte, was ich gefühlt hatte, was ich gelitten hatte. Was gewesen war. Alles da. Alles. Antworten ohne Fragen.

„Hallo Lennard - auf ein paar Worte. Und kann ich ein Autogramm haben?", fragte eine Frau. Sie war offensichtlich Reporterin, wie man dem Umstand, dass ein Mann mit der Kamera hinter ihr stand, entnehmen konnte.
„Klar", sagte Lennard, flocht seinen Blick vorsichtig von meinem los und nahm der Frau den Stift ab, den sie ihm hinhielt.
„Oh ... äh ... sorry", sagte ich ernüchtert und wollte mich zurückziehen, weil immer mehr Menschen um uns drängten, die Fragen hatten. Mieses Timing für ein Treffen unter vier Augen, klar.
„Warte. Geh nicht weg." Lennard griff mit seiner linken nach meiner rechten Hand, verschlang seine Finger mit meinen und signierte mit rechts die CD der Reporterin. Seine Hand in meiner - das war wie ein Déjà-Vu. Offensichtlich ging es ihm ähnlich. Lennard gab der Frau den Stift zurück, sah mich an und die Welt rückte in den Hintergrund. Sie verschwamm mit all den Menschen und Stimmen zu einem Farbsalat mit verschwommenen Geräuschen. Wenn es nach mir ging, hätte sie sich auch auftun und uns beide einfach verschlingen können.

Die Reporterin ließ sich davon jedoch nicht beeindrucken. „Katharina Seiffert von ‚Berlin aktuell'. Ein oder zwei Fragen noch, ja?", fragte sie, nassforsch. Sie hatte inzwischen wieder das Mikrofon in der Hand und rammte es wie eine Lanze in Lennards Richtung.
„Hm, klar, Moment", nickte Lennard unverbindlich, drehte unsere verschlungenen Hände von unten nach oben, riss seinen Blick von mir los und schrieb etwas auf meinen Arm.
„Du hast in Deutschland gelebt, Lennard. Wie lange? Wie hat das Leben hier deinen musikalischen Werdegang beeinflusst? Und warum bist du zurück nach Amerika gegangen?" He, das waren drei Fragen gewesen, wenn ich noch zählen konnte. Konnte ich vielleicht grade aber auch gar nicht. Trotzdem lag mir der Kommentar auf der Zunge, weil ich da auch ein paar Fragen an den Typen hier hatte, und zwar mehr als zwei oder fünf, aber Katharina Sowieso tat, als wäre ich gar nicht da. War ich für sie wahrscheinlich auch nicht.
Während Lennard die Fragen beantwortete, ließ er meine Hand nicht los. Warm und schön und real und unendlich vertraut, genau so fühlte sich das an. Ich

starrte ihn an. Er war hier. Er war echt. Er war ... echt hier und immer noch in der Lage, mich zu paralysieren. Verdammt. Und ich? Pudding. Von oben bis unten. Ich wollte, dass er mich nie wieder losließ. Also im Prinzip war alles ganz genau so wie früher.

„Ach – hallo Suse." Lennard nickte meiner Freundin zu, die sich eben zu uns durchgedrängelt hatte. Gleichzeitig ließ er meine Hand dann los, die in Zeitlupe nach unten schwebte, und widmete sich dann vollends der Reporterin, die offensichtlich noch mehr als drei Fragen hatte.
Suse strahlte ihn an, ließ sich von der Presse nicht stören und hing sich kurz zu einer festen Umarmung um Lennards Hals. „Lennard, alte Sahneschnitte. Schön, dich zu sehen." Dann zog sie mich ein Stück beiseite. „Leila? Ist ... alles klar?" Sie hielt mir meine Schuhe hin. „Hier. Die suchen ein Zuhause."
„Hm? Weiß nicht." Ich sah sie an, als wäre sie eine Erscheinung aus dem Geisterreich, dann wieder meinen Arm. Dort stand in Lennards Handschrift: „Gib mir 10 min."

***

Ich war wie benebelt. Was sollte das heißen? Gib mir zehn Minuten, mehr habe ich nicht? Gib mir zehn Minuten, mehr brauche ich nicht? Gib mir zehn Minuten, ...? Ich hatte keine Ahnung, was er meinte. Ich starrte meinen Arm an. Leute gingen um mich herum, ich sah sie nicht. Suse redete auf mich ein, ich bekam nichts mit und verstand kein Wort. Ich sah nur meinen Arm an. Und Lennard. Es dauerte länger als zehn Minuten, bis er wieder zu uns kam, aber ich hätte auch Jahre auf ihn gewartet. Ich HATTE jahrelang auf ihn gewartet, wenn man es genau nahm.
Tja, er kam zu uns, aber von Zeit war keine Rede. Im Gegenteil. Er führte uns (ich war übrigens der regenbogenfarbene Zombie, der hinter ihm herstolperte) im Sturmschritt hinter die Bühne. „Mädels, es ist wirklich toll, euch zu sehen. Ich habe nur leider null Zeit, weil ich einen Flieger kriegen muss." Er sah mich an,

bedauernd, dann auf sein Handy.
„Wow", kicherte Suse, „dann bist du jetzt voll im Geschäft, wie man sieht. Jettest durch die Welt und pennst jede Nacht in einem anderen Fünfsterneschuppen und hast deine Kontaktliste voll mit Nummern von Top-Playmates, oder was?"

Lennard lachte, wurde aber gleich wieder ernst. „Stell dir das bloß nicht so lustig vor, Suse. Man kann im besten Fünfsterneschuppen beschissen dran sein. - Aber nein. So weit sind wir mit RedRoxX sowieso noch nicht. Wir arbeiten dran. Ein Grund, warum ich nachher den Flieger nicht verpassen darf." Er sah mich an. In seinem Blick lag ehrliches Bedauern. „Schade, ich hätte mich gern länger mit euch unterhalten."
„He, k-kein Problem", sagte ich. (Doch! Erzähl keinen Scheiß, du dumme Kuh! Das IST ein Problem!) „Das verstehen wir schon. Wir w-wollten bloß Hallo sagen." (Quatsch! Nein. Wir verstehen gar nichts und nach acht Jahren ein bloßes Hallo - also das reicht auf keinen Fall.)
Ich straffte meinen Körper und hielt Lennard die Hand hin. „Wir müssen ja auch ... los. Schön, dich mal gesehen zu haben und ... toi, toi, toi und so weiter. Vielleicht passt es ja beim nächsten Mal, wenn du in der Nähe bist." Mir tat beim Schlucken der Hals weh. (Geschieht dir ganz recht, wenn du so lügst. Von wegen ‚wir müssen los'. Du musst nämlich gar nirgendwohin.)

Suse sah mich von der Seite an und runzelte die Stirn, zu Lennard sagte sie enttäuscht: „Klar. Wenn du wieder nach Berlin kommst, dann bring einfach ein bisschen mehr Zeit mit, ja? Dann treffen wir uns mal bei", kurzer Blick zu mir, dann wieder zu ihm, „mir und Jus zum Grillen und Quatschen. Sind ja ein paar Jahre vergangen. Ist 'ne Menge passiert. Du jetzt Rockstar und so - da können wir alle eine Menge erzählen. Ich zum Beispiel hab geheiratet und ..."
„Sorry, dass ich dich unterbrechen muss, Suse", sagte Lennard, ehrlich bedauernd, „aber bis zum Rockstar ist der Weg noch weit und ich habe jetzt wirklich wenig Zeit. Wenn ich das nächste Mal komme, dann holen wir das nach, versprochen. - Habt ihr meine Nummer? Wenn nicht, Tilli hat sie. Ihr

könnt sie fragen. Oder hast du sie schon von ihr bekommen, Leela?"

Leela. Wie er das sagte. Das war so ... warme Bodylotion, die über meinen Körper lief und sofort von den Hautpartikeln aufgeschlürft wurde. Ich blühte auf wie ein vertrocknetes Schwämmchen. Während er mich ansah, hatte er nach meiner Hand gegriffen. Spontan breitete sich Wärme in mir aus. Er lächelte mich an, streichelte mit seinem Daumen ganz sanft über meinen Handrücken und dann ... huch ... war sie wieder da. Einfach so. LEELA, die Verlorene, die, die Lennard damals einfach mitgenommen hatte. Ein Stück von mir, was sich damals ganz klammheimlich in seine Jackentasche geschmuggelt haben musste. Vielleicht war ihm das nicht bewusst gewesen, verdammt, aber MIR hatte es gefehlt, dieses Stück von mir. Das wiederum war aber auch mir nicht bewusst gewesen. Vor allem nicht, wie groß die Lücke war, die Lennards Leela hinterlassen hatte. Bis jetzt. Da schlüpfte sie ganz unvermutet zwischen Kopf und Herz wieder in mich hinein, füllte mich mit Wärme und Licht, floss als Strom in leere Teiche und Seen innerer Welten, erhellte dunkle Räume, ließ vertrocknete Oasen sprudeln und brachte meine Seele mit einer herrlichen Melodie aus purer Lebensfreude zum Singen.

„Leela", sagte Lennard noch mal, ganz weich, als würde er spüren, was dieser Moment zwischen uns, also eher bei mir bewirkte, während Suse etwas argwöhnisch zwischen ihm und mir hin- und herguckte.
„Ich ...", sagte ich, schluckte und drückte seine Hand so fest, als wollte ich ihn nie mehr loslassen. Ich musste mich regelrecht dazu zwingen, meine Finger zu öffnen.
„Du?", hakte Lennard nach, verschränkte seine Finger wieder mit meinen, wobei letzte Hirnbereiche den Dienst quittierten, und blieb dabei völlig ernst.
„Leila?", wollte Suse wissen. Was sie genau wissen wollte, war nicht klar.
Ich sah sie hilflos an. „Was?"
In diesem Moment klingelte ihr Handy. „Ups, das ist Jus. Da muss ich rangehen." Sie trat ein paar Schritte beiseite.
„Tja dann ...", sagte ich lahm, guckte wieder Lennard an, versuchte zu lächeln

(was schief ging) und zuckte mit den Schultern.
Lennard sah von mir auf seine Handyuhr. „Verdammter Mist, dass ich gerade heute so einen Zeitdruck habe." Er drückte wieder meine Finger. „Aber ein paar Minuten kann ich noch locker machen, also genau genommen zwanzig Minuten. Dann kommt mein Taxi. Ich muss aber meinen Kram zusammenpacken. Kommt noch mit nach hinten, wenn ihr wollt." Er sagte „ihr", aber er meinte mich.
„Ich nicht", seufzte Suse und packte ihr Telefon ein. Sie wirkte besorgt. „Annelie hat plötzlich ganz hohes Fieber, über neununddreißig. Einfach so. Ich muss sofort nach Hause."
„Scheiße", entfuhr es mir entsetzt. Das riss mich aus der Trance. Eigentlich müsste ich ja mit ihr mit. Aber ich wollte nicht. Lieber noch zwanzig Minuten mit ... einem alten Kumpel über früher plaudern. „Dann fahr los. Ich komme schon heim. Ist ja nicht weit. Ich kann ja zu Fuß gehen oder An... rufen. Ein Taxi." Anton anrufen, hatte ich sagen wollen, aber irgendwie passte Anton hier jetzt ganz und gar nicht hin. Ich wollte - im Gegenteil - nicht mal über ihn reden, sondern vergessen, dass es ihn gab.

„Okay. Ich rufe dich dann später an", sagte Suse, drückte mich, dann Lennard. „War auf jeden Fall cool, dich zu hören UND zu sehen. Und wenn du das nächste Mal in der Stadt bist, dann melde dich. Haste versprochen. Tschüss ..." Schon rannte sie davon.

Wir sahen ihr nach.
„Ist Annelie ihre Tochter?", wollte Lennard wissen.
Ich nickte. „Ja, fünfzehn Monate alt. Hoffentlich hat sie nichts Ernstes. - Suse und Jus haben übrigens letzte Woche geheiratet. Am Samstag." Möglicherweise nutzte ich gerade die Gunst der Stunde, ihm zu verklickern, warum ich nicht in Hamburg gewesen war und dass es nicht daran gelegen hatte, dass ich ihn nicht sehen wollte. Keine Ahnung, ob die Message ankam.
„Wow. Sie hat recht. Da ist 'ne Menge bei ihr passiert in den letzten Jahren", resümierte Lennard und zog mich mit sich. „Komm!" By the way – er hielt

immer noch meine Hand.
„Ich denke, da ... ist bei uns allen eine Menge passiert", stimmte ich ihm etwas kurzatmig zu, wobei mich natürlich am meisten interessierte, was bei ihm so abgelaufen war. Ich meine, ein bisschen was wusste ich schon aus dem Netz, so mit Seifenoper und der Pleite bei C-POP, aber ich hätte das gern alles von ihm selbst gehört. Und die Zwischensequenzen. Die auch.
„Klar", Lennard lachte und fragte dann etwas ernster: „Wie sieht es bei dir aus? Bist du auch verheiratet und hast ein Kind? Oder mehrere? Eine ganze Kindergartengruppe?"
Kinder? Herrje. Ich holte tief Luft, kreuzte meine Finger und lachte auch. „Nein. Da ist nichts. Kein Kind, kein ... niemand. Nein. Derzeit ist da niemand."
Wir sahen uns an. Lennard grinste. Ich verschwendete keinen Gedanken an Anton.
Sein Blick scannte mich einmal von oben nach unten. Ich überlegte mir, was er sah: Leila, atemlos, immer noch langhaarig, Mitte zwanzig, barfuß (mit inzwischen ganz sicher schmutzigen Füßen), Schuhe in der Hand, hautenges Regenbogenkleid (geborgt), keine unpassende Strickjacke (lag bei Suse im Auto), aufgeregt-rotes Gesicht, Schnappatmung. So ungefähr. Jetzt war der Moment der Wahrheit.

Lennard drückte sanft meine Hand. „Ich hätte dich überall erkannt, Baby. Und übrigens – schickes Kleid." Er zog vielsagend eine Braue hoch. „Wirklich schade, dass du letzte Woche nicht in Hamburg warst. Da hatte ich mehr Zeit." Er ließ meine Hand los und legte mir dafür seinen Arm um die Schulter, während er mich weiter mitzog. „Komm mit nach hinten. Wir können noch ein bisschen reden, während ich meinen Kram zusammenpacke."

Sein Kram befand sich in einem Raum hinter bzw. über der Bühne. Wir nahmen die Treppe zum nächsten Stockwerk. Die Gänge waren steril weiß und wirkten sehr phantasielos. Genauso wie der Raum, zu welchem Lennard eine Tür aufschloss, hinter der sich auch das Büro des Hausverwalters hätte verbergen können. Er warf die Lederjacke über den einzigen Stuhl. Unterwegs hatte ich ein

bisschen Fassung gewinnen können.
„Ziemlich nüchtern hier“, stellte ich fest, als ich hinter Lennard in den Raum kam, der von außen mit dem schlichten Vermerk „Umkleide 3“versehen worden war. Ich sah mich um, aber viel zu sehen gab es nicht. Weiße Wände, ein weißer Tisch mit Wasserflasche und halbvollem Glas, besagter Stuhl mit Stahlrohrbeinen, ein ebenfalls weißer Schrank, ein kleines Bad und ein Fenster mit Blick auf den Gebäudekomplex der Studios.

Lennard, der gerade dabei war, eine Reisetasche unter dem Tisch hervorzuziehen, lachte. „Was hast du denn gedacht, wie es hier aussieht? Rotes Plüschsofa und Barschrank mit jeder Menge Inhalt? Flimmerlicht und nackte Weiber?“
Ich zuckte mit den Schultern, stellte die Schuhe ab und legte meine Tasche auf den Tisch. „Keine Ahnung. Ich war noch nie hinter einer Bühne. Aber so jedenfalls nicht.“
„Hast nichts verpasst. Sieht überall gleich aus“, murmelte Lennard dumpf hinter dem Shirt, was er sich gerade über den Kopf zog und womit er seinen Oberkörper freilegte.

Meine Systeme fuhren ruckartig hoch und ich musste mich beherrschen, ihm nicht mit Fingern und ausgestreckten Krallen ein Muster von der Schulter bis zum Hosenbund zu verpassen.
Wahrscheinlich standen mir Schock und Gier gleichermaßen ins Gesicht geschrieben.
„Was hast du?“, fragte Lennard jedenfalls ziemlich irritiert, als sein Kopf wieder auftauchte.
„Ach ... n-nichts“, stotterte ich und wandte verlegen den Blick ab. „Kann ich was trinken?“ Ich zeigte auf das Wasserglas. Ich hatte tatsächlich einen ziemlich trockenen Hals.
„Klar, nur zu“, nickte Lennard und zog ein frisches Shirt aus seiner Tasche. „Aber jetzt erzähl mal, Baby, was du denn in den letzten Jahren alles so gemacht hast.“

Das war ja nun ein tatsächlich ganz unverfängliches und vor allem ergiebiges Thema. Ich berichtete ihm von meiner Ausbildung und dem begonnenen Studium.
„Dann bist du ja nach ... na ja, nach der Schule schnell wieder in Berlin gewesen", stellte er fest und warf sich noch ein dunkelbraunes Kapuzenshirt über. In diesem Zusammenhang fragte ich mich, ob sich Lennard noch an den Pullover erinnerte, den er mir vor vielen Jahren in einer kühlen Nacht überlassen hatte. Wahrscheinlich nicht. Aber ich hatte den Pullover noch. Es war mein liebstes Kleidungsstück, wenn ich fror oder einfach nur abhängen wollte. Ich denke, inzwischen war er in meinen Besitz übergegangen. Ich hatte ihn ja viel länger als Lennard.
„Das mit deinem Vater tut mir übrigens sehr leid", sagte ich übergangslos, auch wenn ich wusste, dass die Sache schon einige Zeit zurücklag.
Lennard hielt einen Moment beim Packen seiner Jacke in die Tasche inne. „Ja, das war wirklich eine Scheißzeit für mich. Kam einfach auch zu unerwartet. Ich habe eine Weile gebraucht, um damit fertig zu werden."
Wir sahen uns einen Moment an.
Dann holte Lennard tief Luft und starrte ins Nirgendwo.
Ich hätte ihn am liebsten in den Arm genommen. Weil ich mich nicht traute, zuckte ich einfach mit den Schultern und schniefte: „Ach Mensch ..."
Er stand auf und kam zu mir rüber. „He", sagte er leise und streichelte meine Wange. „Du brauchst nicht so traurig zu gucken. Es war doch mein Vater, nicht deiner. Und ... wir haben ihm zumindest dabei geholfen, mit dem größten Alptraum in seinem Leben abzuschließen. Er war mit sich im Reinen, als er gestorben ist. Ehrlich."
Wir waren uns jetzt so nahe, viel zu nahe und doch nicht nahe genug. Ich seufzte, gab den selbst angemahnten Widerstand auf und ließ meine Stirn gegen seine Brust sinken, wie ich es früher so oft und so gern gemacht hatte. Lennards Herz pochte zu laut und zu schnell. Und viel zu vertraut. Es vergingen zwei Sekunden, bevor er tief Luft holte, seine Arme um mich schlang und den Kopf

auf meinen Scheitel sinken ließ.
„Ach verdammt, Baby“, murmelte er und zog mich ganz eng an sich heran.

So standen wir eine halbe Ewigkeit einfach nur da. Es war wunderbar. Ich verwandelte mich, fühlte mich leicht wie eine Feder, wurde zum Himmel getragen und dort sanft auf einem Wattewölkchen abgelegt, wo ich dahinschwebte, geborgen in einem Kokon aus Licht und Frieden und Vertrautheit. Ich fühlte mich gut. Angekommen. Am liebsten würde ich jetzt und hier mit Lennard verschmelzen und nie wieder weggehen. Vielleicht konnten wir ...
(Ähem ... Hallo? Ich hier. Dein Unterbewusstsein. - PSCHT. Verpiss dich. - Aber hallo, auf gar keinen Fall, dann verzapfst du nur Bockmist, wie du weißt. - PSCHTPSCHTPSCHT! - Nix da. Es ist meine Pflicht, dich daran zu erinnern, dass du VERLOBT bist. Mit einem gewissen Anton. Ist das also wirklich so gut, was du da machst? Ich meine, davon abgesehen, dass es sich hammermäßig anfühlt. Und wenn's nach mir geht, also dann kannst du dem Kerl gerne jetzt und hier die Klamotten vom Leib reißen. Ich wollte es nur angesprochen haben. Also die Sache mit Anton, meine ich. - Hä? Was?)

Anton, verdammt. Ja. Da war doch was. Anton, dessen Name zwar nicht Hase war, der aber trotzdem nichts von der spontan entdeckten und gar nicht so kalten Leitung zu meinem früheren Treiben wusste. Ich stand hier nicht mit irgendwem, sondern mit Lennard, der mich immer noch und genauso wie vor acht Jahren beflügelte, becircte, meine Sinne zum Glühen brachte und mich summa summarum in etwas verwandelte, was kurz vor dem Explodieren stand und nur noch von einem einzigen Gedanken zusammengehalten wurde: Japs. (He, ich habe nicht gesagt, dass es ein supertoller oder wahnsinnig konstruktiver Gedanke war, ja? Konnte auch ‚Hechel' sein.) Warnung: Sollte ich mir die alten Wunden wieder aufreißen und dann neu verbluten, wenn Lennard wieder so schnell aus meinem Leben verschwand, wie er hineingekommen war? Würde ich das verkraften? Ich meine, zeigt mir den Arzt, der Liebeskummer heilen konnte. Und was wäre mit ... Anton? Mit meinem Zuhause in der Mühlbergstraße? Ich würde das alles aufgeben, wenn ich jetzt meine Hände unter Lennards Shirt schob und meinen Kopf hob. Das war so klar wie Kloßbrühe. Und trotzdem, es war das, was ich in diesem Moment wollte. Dringend wollte. (Dann. Mach. Es. Doch. Und vergiss, was ich vorhin geplappert habe. - J-ja. Ich will das schon machen. Aber dann? Was ist dann? Was ist mit dem Aufgeben und Verlieren?! Will ich das auch? Anton aufgeben und verlieren?)

Ich durfte keine Sekunde länger bleiben. Vielleicht konnte ich Anton aufgeben, aber Lennard haben und gleich wieder hergeben, das konnte ich definitiv nicht. Und das würde ich noch weniger können, wenn wir uns jetzt küssten. Und das würden wir. Uns küssen. Und wenn wir uns küssten, dann fiel die letzte Barriere, die verhinderte, dass all die Gefühle von früher wie ein Tsunami über mich hereinbrechen würden. Und das würden sie, die Gefühle, weil sie noch da waren. Ich hatte sie gut verwahrt im hinterletzten Keller meiner Seele, aber nicht gut genug. Ein Kuss und die Schlösser lösten sich auf und dann - würde die Flut mich wegspülen.

Ehe ich richtig darüber nachgedacht hatte, riss ich mich los, schnappte mir meine Schuhe und stürmte mit wackeligen Knien aus dem Zimmer, den Flur hinunter zur Treppe und den Fahrstühlen. Ich konnte kaum atmen und an der Treppe verließ mich dann endgültig die Kraft. Meine aufgepeitschten Nerven quittierten entnervt den Dienst. Der Overkill zwischen Vorfreude, Angst und allgemeiner Verwirrung war einfach zu viel. Ich lehnte mich gegen die Wand, rutschte daran herunter, sackte zusammen und fing an zu heulen. Tränen liefen über meine Wangen, tropften auf Suses wunderschönes Regenbogenkleid und bildeten dort hässliche dunkle Flecken.

„Leela", sagte Lennard leise, als er um die Ecke kam. In einer Hand hielt er meine Tasche mit dem Handy und sämtlichen Papieren. Die hätte ich glatt vergessen. Inklusive der Monatskarte für die BVG und der Treuepunktekarte meiner Lieblingsbäckerei. Da fehlte nur noch ein Stempel und ich bekam eine heiße Schokolade gratis. Wäre ein echter Verlust gewesen.

„Danke", schniefte ich und traute mich nicht, ihn mit meinem total verquollenen Gesicht anzusehen. Er würde wahrscheinlich schreiend davonlaufen.
„Hier."
Vor meinen Augen baumelte plötzlich ein Taschentuch. Ich grapschte mir das Ding aus der Luft und trompetete so nachdrücklich wie eine Elefantenkuh.
Lennard und seine Reisetasche auf Rädern blieben neben mir stehen. Sie bewegten sich nicht. Keiner von uns bewegte sich.
Dann hockte sich Lennard neben mich, murmelte: „Baby, ich will dich ehrlich gesagt auch nicht schon wieder verlassen, wo wir uns grade erst getroffen haben", griff nach meiner Hand und zog mich mit einem Ruck hoch. Ich prallte gegen seine Brust und krallte mich vorsichtshalber fest, damit ich nicht umfiel. Und weil es sich gut anfühlte. Und überhaupt. Wir sahen uns an. Ich schniefte immer noch, während Lennard mich ernst und nachdenklich musterte und mit dem Daumen ganz sanft eine Träne von meinem Gesicht wischte.

Wir sahen uns an und keiner von uns beiden wusste, was er sagen sollte. Etwas Zeit verging. Nicht viel. Nur so lange, wie die Menschheit brauchte, ihr Gehirn nach dem Urknall so zu vervollkommnen, dass jemand einen batteriebetriebenen Tischstaubsauger erfinden konnte. Zwischenzeitlich hatten wahrscheinlich auch Dinos den Planeten bevölkert und waren wieder ausgestorben, Königreiche gegründet und in der Bedeutungslosigkeit verschwunden.

So lange standen wir beide da, bis Lennard mir sachte eine Haarsträhne aus dem Gesicht strich und tief Luft holte. „Leela?"
Ich (schniefend): „Mnhmm?"
Er fragte leise: „Sag mal, hm, wann hast du das letzte Mal was total Verrücktes gemacht?"

Ich holte tief Luft und flüsterte stockend: „Keine Ahnung. Ich glaube, ich hab ... noch nie was wirklich völlig Verrücktes gemacht."
Lennard lachte, ging zum Fahrstuhl und drückte den Aufzugknopf. Er reichte mir die Hand, zog mich mit Schwung wieder in seine Arme, hielt mich fest und legte den Kopf wie früher auf meinen Scheitel. „Dann wird das aber echt Zeit, oder?"

***

Das Taxi wartete schon. Wir fuhren zum Flughafen, die Hände verschlungen, die Blicke ineinander versunken. Ich fragte nicht nach dem Ziel, weil es mir völlig egal war, wohin wir fuhren. Dass es zum Flughafen ging, hatte ich gehört, weil Lennard dem Taxifahrer Bescheid geben musste. Flughafen, Bahnhof, Fähre, Cape Canaveral, Weltall. Es war mir absolut schnuppe. Ich würde mit ihm bis zum Mond fliegen, bis zum Ende des Universums latschen, bis zum Nordpol schwimmen oder ins australische Outback reiten. Auf einem Seehund. Ohne Sonnenschutzcreme. Völlig wurst. Hauptsache, wir würden zusammen dort sein. Lennard und ich. Das war alles, was zählte. Ich wollte bei ihm sein. Jetzt und für alle Ewigkeiten. Und nicht nur das. Ich wollte mehr. Viel mehr. Genau genommen wollte ich alles, was ich kriegen konnte.

Berlin wurde niemals richtig dunkel. Die Lichter, die draußen vorbeiglitten, malten Licht und Schatten auf unsere Gesichter. Wir sahen uns immerzu an, manchmal lächelten wir. Lennard telefonierte mit der Fluggesellschaft, buchte ein Ticket für mich und so erfuhr ich ganz nebenbei, dass die Reise nach Palma gehen würde. Mallorca. Fein. Aber trotzdem egal.

Lennard erzählte mir, dass er morgen, also am Sonntagvormittag einen Termin mit einem amerikanischen Produzenten hatte, der ziemlich speziell und vor allem viel unterwegs war. War mir auch piepe. Ich nickte, lächelte, hörte ihm zu, aber nur, weil ich seine Stimme gerne hörte und dabei in sein Gesicht sehen konnte. Ich beschäftigte mich viel lieber damit, völlig aus dem Häuschen zu sein, weil wir zusammen hier saßen, und mit unseren Händen, die sich nicht losließen und mit den Fingern, die sich streichelten. Er und ich. Wir und hier. Zusammen.

***

Unser Flieger startete um Viertel vor elf Uhr nachts von Berlin-Tegel und landete ohne Probleme oder Turbulenzen in Palma. Lennard hatte für mich ein Hin- und Rückflugticket organisiert. Ich würde am nächsten Nachmittag um halb fünf wieder in Richtung Berlin starten. Mit ihm? Keine Ahnung. Und auch das war mir jetzt, während ich in einem Taxi mit unbekanntem Ziel in bestens bekannter Gesellschaft irgendwohin unterwegs war, ebenfalls völlig egal. Weil wir JETZT zusammen hier saßen. Ich war die Motte, Lennard das Licht. Es hatte sich nichts verändert. Gar nichts. Jus würde nicht begeistert sein. Anton erst recht nicht. Aber daran verschwendete ich keinen Gedanken. Es war mir völlig egal.

Ich hatte mein Handy auf stumm gestellt und war überhaupt noch nicht auf die Idee gekommen, irgendwem irgendwas über irgendeinen Verbleib meiner Person zu melden. Keine Ahnung, was Anton machte. Im besten Fall schob er Dienst. Wahrscheinlich machte er das. (Äh ... hoffentlich??) Ich dachte jetzt lieber nicht an Anton. Das vertagte ich auf ... morgen. Schätzungsweise musste ihm die Sachlage, dass irgendwas zwischen uns überhaupt nicht mehr stimmte, langsam klar werden. Besser, er wusste vorerst nicht, dass ich nebenbei auch noch das Land verlassen hatte. In Begleitung. Er wähnte mich bei Suse. Und das war gut so.

***

Palma empfing uns klimatisch mit einer milden Spätsommernacht. Trotzdem fröstelte ich ein bisschen, was wohl daran lag, dass ich müde und total überreizt war. Wir hatten nicht viel Gepäck (Ähem ... du hattest gar keins? – Ähem ... ja.), so dass wir, in Palma angekommen, auch nicht warten mussten. Lennards Tasche war mit Stopfen und Schieben grade noch so im Handgepäck untergekommen, weil der Flieger nicht voll und die obere Ablage somit relativ leer war. So konnten wir nach der Landung direkt zum Taxistand gehen und rollten bald auf der Autobahn in Richtung Osten. Über meinem minimalistischen Regenbogenkleidchen trug ich jetzt einen von Lennards Pullovern. Die trug ich sowieso am liebsten. Im Taxi überfiel mich eine bleierne Müdigkeit und weil Lennard offensichtlich nichts dagegen hatte, dass ich mich bei ihm anlehnte, kuschelte ich mich glücklich an und schlief augenblicklich ein.

***

Ich wachte erst wieder auf, als das Schaukeln aufhörte und ein Schwall kühler Nachtluft über meine Beine strich. Ich tastete nach der Bettdecke und jammerte. „Baby“, sagte Lennard und ich dachte zuerst, dass ich träumen musste. Er hatte seinen Arm um mich geschlungen und rüttelte leicht an meiner Schulter. „Wir müssen aussteigen, komm.“ Ich riss die Augen auf und blickte in sein Gesicht. Es war ganz nahe. So nahe, dass ich ihn küssen konnte, wenn ich wollte. Ich wollte. Und wie ich wollte. Also machte ich das einfach. Ich rutschte noch ein Stück näher, schlang meinen Arm um seinen Hals und küsste ihn.
Lennard lachte. „Ich würde ja sagen: ‚Hör nicht auf‘, aber die Uhr tickt, Baby.“
Ich fuhr herum. Der Taxifahrer beobachtete uns grinsend im Rückspiegel. Okay, das Argument ließ ich gelten, aber nicht, bevor ich ihm noch einen Kuss auf den Mund gedrückt hatte. Dann stieg ich aus.

„Merk dir, wo du gewesen bist, du kannst nachher gern dort weitermachen“, flüsterte Lennard. Dann bezahlte er den Taxifahrer und ich sah mich um. Keine Ahnung, wo wir uns befanden. Es war dunkel. Die Straße hieß Carrer Del Sol Ponent, was mir auch nichts sagte. Es ging ein leichter Wind. Ich roch Pinien und hörte das Meer rauschen.

„Wo sind wir?“, fragte ich Lennard, als das Taxi davonfuhr, er wie selbstverständlich meine Hand nahm und mich durch die Dunkelheit an einer hohen Hecke entlang in die nächste Seitenstraße führte. Die Villa dahinter war matt erleuchtet. Lennard wurde offensichtlich erwartet, denn das Tor öffnete sich mit einem Summen, als er noch nicht mal den Knopf der Gegensprechanlage gedrückt hatte. Es musste nach Mitternacht sein. Trotzdem trug der Mann, der uns die Haustür öffnete, einen Anzug. Lennard machte ihm auf Englisch klar, wer er war. Das schien bekannt zu sein, der Mann wollte lediglich wissen, um wen es sich bei mir, der offensichtlich Unangekündigten, handelte. Aber Lennard konnte auch das klären. Der Mann ließ uns eintreten. Es schien sich nicht um den Hausherrn zu handeln. Er führte uns durch das geräumige Foyer der Villa und zeigte uns einen Raum zum Schlafen. EINEN Raum zum Schlafen. EINEN Raum für uns BEIDE. Ameisenarmeealarm. Aber echt.

„Das ist ein Privathaus, oder? Wo ist der Hausherr?", wollte ich, zitternd vor Nachtkühle, Müdigkeit, Aufregung (und purer Vorfreude?), wissen, als Lennard die Tür hinter sich zumachte. Das Zimmer war geräumig und sehr gemütlich. Es hatte einen Balkon und tatsächlich auch nur ein einziges Bett. Aber das war groß. Es stand jetzt zwischen Lennard und mir, da ich einen Blick auf den Balkon geworfen hatte. Wir sahen uns an.
„Mit dem Eigentümer habe ich morgen früh einen Termin. Wir kennen uns schon länger, deswegen kann ich hier schlafen. Er ist heute auf irgendeinem Empfang und kommt spät zurück. Morgen muss er dann gleich wieder weg, deswegen war das Zeitfenster für ein Treffen so eng, dass ich hierher kommen sollte." Lennard packte seine Tasche in den Schrank und reckte sich. „Der Typ ist ein ziemlicher Workaholic."
„Was macht er?", wollte ich wissen und hüpfte aus meinen Schuhen, was eine echte Erleichterung darstellte. Ich krallte die Zehen in den flauschigen Teppich und konnte mir einen Glücksseufzer nicht verkneifen. „Schuhe können eine Qual sein. - Kenne ich den Typen?"
Lennard schüttelte den Kopf. „Nein. Du würdest ihn nur kennen, wenn du ein Insider wärst. Tec ist Produzent. Er zieht im Hintergrund die Fäden."
Ich guckte mich um. „Dann scheint er ziemlich erfolgreich zu sein. Lebt er hier?"
„Nein. Zwar am liebsten, glaube ich, aber er ist meistens in den Staaten. Hat wohl ein paar Tage Urlaub gemacht. Und das ist dann der eigentliche Luxus für

ihn, also Urlaub zu machen."
Im Zimmer war ein kleiner Schrank mit überraschendem Inhalt. Als Lennard die Tür öffnete, zeigte sich nämlich eine gut bestückte Minibar.

„Siehst du? Das ist schon besser als der Raum im Studio. Eher das, was du erwartet hast, Baby. - Willst du was trinken?", fragte er und guckte über die Schulter zu mir rüber.
Ich ließ mich mit ausgebreiteten Armen rückwärts auf das Bett mit den Ausmaßen des Urkontinents Gondwana plumpsen und machte einen kurzen Systemcheck. Da wir uns auf dem Flughafen etwas zum Essen geholt hatten, war ich nicht hungrig. Aber ich hatte tatsächlich einen total trockenen Mund. Ich schob die Symptomatik auf Durst.
„Ist da Tonic drin?"
Lennard guckte nach. „Ja." Er warf eine kleine Flasche zu mir rüber.
„Ist da vielleicht auch noch ein Öffner?", fragte ich, nachdem ich die Flaschensituation analysiert hatte.
„Hier sind auch noch ein Eiscrusher und ein Jigger, eine Saftpresse und ein Flammenwerfer, für den Fall, dass du dein Tonic flambiert haben willst", sagte Lennard und hielt ein Stabfeuerzeug hoch, für das jeder Möchtegern-Brandstifter einen Mord begangen hätte.
„Was ist ein Jigger?", fragte ich misstrauisch.
Lennard zeigte mir einen kleinen Messbecher aus Edelstahl mit zwei verschiedenen Maßen. „Das hier." Er selbst nahm sich eine Cola, kam zu mir rüber und ließ sich seitenverkehrt neben mir auf das Bett und zwischen uns eine Tüte mit getrockneten Kokosstreifen fallen.
„Hunger?", fragte er. Sein Kopf lag genau neben meinem, sein Mund war etwa siebzehneinhalb Zentimeter entfernt, was wohl der Grund war, dass ich nicht antworten konnte.

Also schüttelte ich nur den Kopf. Nein. Ich hatte keinen Hunger. Nicht auf Kokoschips und auch nicht auf Chateaubriand mit Sauce béarnaise oder ein Filet Wellington. Nicht mal auf Spaghetti oder Salamistulle. Aber ich hatte Appetit.

Nein, Quatsch. Das war kein Appetit. Ich hatte ... Lust. Lust darauf, wieder siebzehn zu sein und im Kutscherhaus in Lennards Bett zu liegen mit wenig an, noch weniger Hemmungen und klopfendem Herzen (wegen der Vorfreude), weil er und ich gleich ... Und ... wenn man es genau nahm, dann war die Situation auch jetzt exakt dieselbe. Zumindest wenn man von der Location absah. Ich holte tief Luft und machte die Augen zu. Herrgott nochmal, ich war doch aber keine siebzehn mehr.

Lennard biss in einen Kokosstreifen und grinste, als wüsste er bestens Bescheid, was sich hinter meiner Stirn so abspielte (Nichts Konstruktives! Haha! Gähnende Leere. Die Party fand weiter unten statt.), stützte seinen Kopf auf und prostete mir zu, obwohl meine Flasche gar nicht offen war. Der Öffner lag vergessen irgendwo in Gondwanaland.
„Was ist los, Baby? So stumm warst du früher nicht. Im Gegenteil, ich erinnere mich an Reden, ohne Luft zu holen. Es gab eigentlich nur eine Möglichkeit, dich zu stoppen."
Ich wusste genau, was er damit meinte. Deswegen blickte ich abrupt und leicht verlegen zur Seite. Als ich meine Fassung wiedergefunden hatte, sah ich in seine amüsiert funkelnden Blauaugen, holte tief Luft und stützte meinen Kopf auf, in der Hoffnung, dass sich die Leere im Denkapparat mit hochqualifiziertem Redestoff füllte. Leider half das nicht. Mein Kopf blieb leer, mein Mund staubtrocken. Entsprechend heiser klang meine Stimme.
„Machst du mir die Flasche auf? Zum Trinken? Vielleicht mutiere ich dann wieder zum Wasserfall. Und wenn ich dann immer noch nicht weiß, was ich sagen soll, dann könnte ich dir das Zeug zumindest über den Kopf kippen."

Lennard lachte und öffnete mir die Buddel. „Okay, Baby." Er prostete mir zu. Wir stießen an.
Ich räusperte mich, trank das Tonic in einem Zug leer und wartete auf den obligatorischen Hickser, der sich immer nach zu viel Kohlensäure bei mir einstellte.
Dann blickte ich ratlos auf die leere Flasche. „So. Jetzt ist das Ding leer. Und ich

weiß immer noch nicht, worüber ich reden soll." Was daran lag, dass ich überhaupt nicht reden wollte. Ich sah Lennard an. Seine Augen glitzerten. So, wie er mich anguckte, glaubte ich auch nicht, dass ihm nach Reden war. Sein Blick ging mir unter die Haut und in jede Zelle. Es wurde erhöhter Sauerstoffbedarf angemeldet. Deswegen atmete ich schneller. Mein Herz hoppelte und kam mit dem Klopfen gar nicht hinterher.

Lennard lächelte, während sein Blick meinen festhielt. „Dann reden wir eben nicht."

In meinem Bauch explodierten Millionen kleine Tonicperlen.

Ich flüsterte:. „Und was - machen wir dann jetzt?"

Lennard zwinkerte mir zu. „Baby, wir machen am besten das, was wir beide wollen." Er nahm mir die Flasche ab, stand auf und stellte sie mit seiner Dose auf dem Tisch ab. Dann kam er zu mir zurück und legte sich ganz dicht neben mich. Seine Hand glitt sanft über meine Taille.

Mein Herz trommelte ein paar Doppelschläge. „Was – wollen wir denn?", flüsterte ich atemlos.

„Ich weiß, was ich will. Aber was willst du?", fragte Lennard leise und ließ seine Hand weiter nach unten wandern.

„Ich ... hu ...", kiekste ich, mit meiner Aufmerksamkeit ganz bei seinen Fingern, und als er dann „Kannst du dich noch daran erinnern, wo du vorhin stehengeblieben bist?", murmelte, fiel ich mit einem Seufzer über ihn her und nahm uns beide mit auf eine spontane Zeitreise.

Acht Jahre lösten sich in nichts auf. Da war kein vorsichtiges Aufeinanderzuschleichen, kein kurzer verschämter Moment, keine Fremdheit, kein unsicheres Abtasten, kein peinlicher Nasencrash beim Versuch, die Lippen zu treffen. Nichts dergleichen. Es passte alles perfekt, es fühlte sich alles perfekt an, es WAR perfekt, vertraut, richtig, gut. Wie früher. Ganz genau so wie früher. Okay, vielleicht ging ich für die landläufige Etikette etwas zu forsch ran, aber - he – worauf warten? Acht Jahre waren als Durststrecke lang genug gewesen. Lennard schien es nicht zu stören. Er lachte zwischen zwei heftigen Küssen, sagte „Baby" und schob die Hände unter das Regenbogenkleid, was schon im

nächsten Moment mit einem Ruck bis hoch zu meinen Schulterblättern rutschte. Stretch sei Dank ohne weitere Stoffblessuren. Wir hörten für einen Moment auf, uns zu küssen, damit ich mich aus dem Kleid winden konnte.
„Und? Weißt du's noch?"
„Was denn?", quiekte ich dumpf, mein Gesicht noch unter dem Stoff, mit dem ich rangelte.
„Na, wo du vorhin aufgehört hast."
Ich hatte eine mehr als knappe Ahnung, was er meinte. „Nein", schnaufte ich und warf das Kleid in hohem Bogen über den Rand von Gondwanaland. „Aber ich kann ja einfach von vorne anfangen."
„Das ist eine verdammt gute Idee, Leela", murmelte Lennard anerkennend, und schob die Hände von meiner Taille aus nach oben. Ich war pure Lust und Lebensfreude. Lennard wickelte den Zeigefinger um eine meiner Haarsträhnen.
„Ich find's gut, dass du die Haare immer noch so lang hast wie früher."
Weil sein rechter Daumen nur knapp unterhalb meines linken Busens ganz sanfte Kreise beschrieb, verging mir jede Lust auf eine weitere Konversation. Ehrlich. Ich seufzte glücklich, legte meine Hände mit ausgestreckten Fingern auf seine Brust, genoss es, seine Wärme zu spüren, schloss die Augen und ließ mich nach vorn fallen, bis meine Lippen auf seinen lagen. Dann murmelte ich: „Quatsch nicht so viel. Wir haben acht Jahre aufzuholen."
Lennard lachte, befreite mich und sich selbst schnell und präzise von letzten überflüssigen Stofffitzelchen und verschwendete keine weitere Zeit mehr. Haut an Haut. Herz an Herz. Wir verschmolzen, fanden zusammen, so wie früher, und machten einfach weiter, wo wir damals in Berlin aufgehört hatten. Es gab keinen Moment, der sich fremd angefühlt hätte. Wir brauchten keine großen Worte, keine Erklärungen und fanden unseren eigenen Himmel, der mit viel Gefühl, immenser Lust und einem ganz eigenen Feuerwerk aufwartete, aus dem Millionen Sterne auf uns herunter regneten.
Es war gut. Es war richtig. Es war himmlisch. Es war perfekt.

***

Als ich am nächsten Tag aufwachte, war es strahlend hell. Überall. Draußen und drinnen, also in mir drinnen. Wo ich auch hinguckte, da lachte die Sonne. Die Balkontür stand offen, leichter Wind blähte die Gardine. Ich konnte die Zweige einer Pinie sehen. Lennard lag nicht mehr neben mir. Aber das machte nichts, weil er trotzdem da war. Er war ein Teil von mir, war es immer gewesen. Ich ließ ihn zu, wollte nichts mehr von ihm vor mir selbst verstecken. Wir waren eins. Die letzte Nacht hatte mir das nachdrücklicher bewiesen als jedes Gespräch mit irgendeinem Orakel. Ich hatte mich nach ihm nie wieder so vollständig gefühlt. Mit keinem. Niemals. Bis jetzt. Ich gehörte zu ihm. Er gehörte zu mir. Weil ich ihn liebte, ohne Wenn und Aber und ohne jeden Zweifel. Wir waren zwei Teile eines Ganzen, fügten uns ohne Ecken und Kanten zusammen, verstanden uns blind und ohne Worte. So musste sich Liebe anfühlen. Genau so und nicht anders.

Ich schob die Beine aus dem Bett, stand auf, streckte mich und fühlte lächelnd in meinen Körper hinein. Er summte so sanft und aufgeregt wie ein Bienenstock. Alle Zellen in mir vibrierten. Ich fühlte mich schwerelos, als müsste ich mich bewusst mit der Erde verankern, um nicht wie ein Heliumballon zur Sonne zu fliegen. Summend tänzelte ich zu der kleinen Tür, die dem Bett gegenüberlag und hinter der ich ein Gästebad vermutete. Ich täuschte mich nicht.

***

Es war kurz nach elf Uhr am Vormittag. Da ich nur das Regenbogenkleid dabei hatte, beschloss ich, mich umzusehen und zu gucken, ob ich nicht preiswert etwas Passenderes zum Anziehen fand. Inzwischen hatte ich nämlich herausgefunden, wo genau ich war, dafür war ein Blick vom Balkon ausreichend gewesen. Die Villa des Produzenten lag in Porto Cristo an der Bucht von Manacor. Ich kannte den Ort, weil ich mit meiner Familie schon öfter Ausflüge via Fahrrad hierher unternommen hatte. Ich mochte diesen Ort mit seinem skurrilen, felsumgebenen Hafen und dem winzigen Badestrand. Und ich wusste, dass ich hier auf jeden Fall etwas zum Anziehen kaufen konnte. Ich schickte Lennard mangels WhatsApp eine SMS, wohin ich gehen würde, und machte mich barfuß über den Balkon, von dem eine kleine Treppe in den Innenhof und nach draußen auf die Klippen führte, davon.

Der Blick von den Felsen über die Bucht von Manacor ist immer wieder spektakulär, auch wenn man mit nackten Füßen jeden Schritt gut überlegen muss. Der Himmel wölbte sich blau über der Insel, ein angenehmes Lüftchen zuselte meine zwar gewaschenen, aber ungekämmten Haare. Eine Bürste musste ich mir unbedingt auch kaufen. Mit so kleinem Gepäck war ich auf alle Fälle noch nie gereist. (Und so spontan auch nicht.) Ich machte ein paar Fotos, suchte mir das beste davon raus und schickte es an Suse. „Grüßle ..." Und drei fette Smileys.

Die Antwort kam prompt. „WO BIST DU??????"

„Auf Mallorca. In Porto Cristo."

„Ha. Ha. Ha. Scherzkeks. Wo bist du??"

Ich nahm ein Selfie mit mir und der Bucht im Hintergrund auf, schickte es Suse und zählte die Zeit, die verging, bis sie anrief. Mein Handy klingelte vier Sekunden später.

Im Hintergrund jammerte Annelie. Suses Stimme schnappte und überschlug sich. „Ich FASSE es nicht. Spinnst du?? Mach mich nicht fertig, Mädchen. Du bist auf MALLE??? Ernsthaft? Wie geht das? Bist du da mit Lennard?"

Während ich über die Klippen zur nächsten Straße bummelte, erzählte ich Suse ausführlich von den Ereignissen der letzten Stunden. Sie war sprachlos, aber nicht hundertpro bei der Sache, da Annelie immerzu quengelte.

„Sie hat Dreitagefieber, die arme Maus. Gestern Nacht ist die Temperatur auf vierzig geklettert. Da bin ich fast durchgedreht. Wir haben den Notarzt gerufen und wie die Blöden kalte Wadenwickel gemacht. Die Süße hat gebrüllt wie am Spieß." Ihre Stimme zitterte. „Und das alles, während du ... Also ich FASSE ES NICHT. Wie kannst du? Ausgerechnet jetzt?"

Hä? Ich guckte verdutzt mein Handy an. Annelie war immer noch Suses Tochter, oder? Natürlich tat es mir wahnsinnig leid, dass die Kleine krank war, aber deswegen musste ich mich doch jetzt nicht auch schlecht fühlen. Konnte ich was

für das Timing?
„Sie wird doch jetzt schnell wieder gesund, oder? Ich meine, der Notarzt hat ihr ja sicher was gegeben", fragte ich, trotz meiner Euphorie natürlich schon besorgt.
Suse seufzte. „Der Notarzt heute Nacht war ein Urologe und kein Kinderarzt. Er hat ihr was Stärkeres gegen das Fieber gegeben. Aber ich war gleich heute Morgen bei unserem Doc. Und weil das so plötzlich anfing mit dem Gefiebere, hat der Dreitagefieber vermutet und mir alles Mögliche darüber erzählt. Na ja und ich habe dann noch das Internet von hinten aufgerollt. Jetzt bin ich ein bisschen ruhiger, weil die Symptome von - warte, wie war das noch mal? Exanthema subitum - ja, ich kann auch fachsimpeln, Lelli - alle bei Annelie passen. – Aber du steckst jetzt ganz schön in der Scheiße, würde ich sagen, oder? Weiß Anton, wo du steckst?"

Oh – Anton. Tja, Anton war eine dicke dunkle Wolke am himmelblauen Gewölbe meiner Seele, aber wenn ich diese beiseite pustete, hatte ich überhaupt nicht das Gefühl, in der Scheiße zu stecken. Im Gegenteil. Ich war lange nicht mehr so glücklich gewesen wie heute, hier und jetzt. Mein Herz war weit, die Welt rund, ich eins mit dem Universum und der Himmel hing voller Geigen. Und genau das sagte ich Suse auch.

***

Ich kaufte mir in Porto Cristo ein niedliches türkisfarbenes Sommerkleid mit Trägern und einen dünnen weißen Pulli aus ganz weichem Stoff. Dazu passten weiße Flipflops mit Glitzersteinchen und ich fühlte mich, nachdem das Regenbogenkleid dann in der Einkaufstasche verschwunden war, zu meinem Himmelhochjauchzend nun auch noch korrekt angezogen. Eine Bürste fand ich leider nicht. Also versuchte ich mit den Fingern das, was möglich war, möglich zu machen, und schlenderte gegen vierzehn Uhr über den kleinen Strand zur Avinguda d'en Joan Amer, wo ich summend im Schatten der hohen Bäume zurück zu Lennard lief. Hier bekam ich einen kleinen Dämpfer in meiner Euphorie. Ich fand die Villa zwar problemlos, doch leider keinen Zugang. Alle

Pforten waren von außen verschlossen. Na gut. Dann musste ich vorerst wohl draußen bleiben. Also schickte ich Lennard eine SMS, dass ich hinten auf den Klippen war, und suchte mir dort einen Platz, auf welchem ich mich auch ohne Kissen halbwegs gemütlich hinsetzen konnte, und hielt mein Gesicht in die Sonne. Es war herrlich. Ich liebte das Mittelmeerklima im Allgemeinen, aber Mallorca ganz besonders.

Und ich liebte Lennard. Immer noch, immer mehr. Wie hatte ich das jemals vergessen können? Immer und immer wieder kreisten meine Gedanken um den verrückten gestrigen Tag und die wunderbare letzte Nacht, in welcher es uns gelungen war, den Zauber einer Liebe der Vergangenheit so mühelos aus der Versenkung zu holen wie ein Zauberer das Kaninchen aus dem Hut. Als wäre kein Tag vergangen. Acht Jahre einfach - poff. Weg. Als hätten wir nie den Kontakt zueinander verloren. Als wären wir immer noch da, wo wir im Juli 2009 gestanden hatten. Die letzte Nacht war von einer fast schon erschreckend schönen Intensität gewesen. Außerdem hemmungslos und ohne jedes Tabu. Wow. Nein. Doppelt wow. Ich bekam beim bloßen Gedanken eine Wohlfühlgänsehaut und konnte gar nicht mehr aufhören zu grinsen.

„Hallo Baby“, sagte Lennard leise hinter mir.
Freudenschreck. Ich drehte mich um und strahlte ihn an. Er hatte mich offensichtlich mit dem Handy fotografiert, und das machte er gleich noch einmal.
„Komm her“, sagte ich und klopfte auf den Felsen neben mir. „Ich will ein Bild von uns beiden.“ Es brauchte fünf Versuche und zwanzig Küsse, bis ich endlich zufrieden war. „Schick mir die Bilder per WhatsApp auf mein Handy“, bat ich Lennard.
Er guckte verdutzt. „Was ist WhatsApp?“
Jetzt war ich auch verdutzt. „Na - WhatsApp? Zum Schicken von Nachrichten und Bildern.“
Lennard runzelte die Stirn. „Hab ich nicht.“
Ich starrte ihn ungläubig an. „Wie bitte? Du hast kein WhatsApp? Wo lebst du?

Hinter dem Mond? Quatsch. Geht gar nicht. Installier das. Dann schick mir die Bilder."
Lennard streckte sich nach hinten aus und gähnte. „Geht doch auch über Bluetooth."
Ich nahm ihm sein Handy weg, installierte WhatsApp und schickte die Bilder erst an mich und von da an Suse. Suse bekam das eine von uns beiden.

Dann scrollte ich neugierig seine Galerie nach unten. Er hatte so viel ohne mich erlebt, so weit weg von mir. Da waren jede Menge Bilder von den Locations, wo Lennard gespielt hatte. Ich sah Kosta und Tilli und den Hamburger Hafen bei Nacht. Auf einem der nächsten Bilder war eine als Ork verkleidete Gestalt zu sehen: Eine schwarzhaarige Frau lugte über seine Schulter. Die beiden standen vor einem Restaurant. „Cricket's Two Towers Diner". So stand es auf dem Schild, was der Ork festhielt.

„Ist das deine Schwester?", fragte ich.
Lennard setzte sich wieder hin, guckte auf das Display und knabberte an meinem Hals. „Nein. Das ist ein Ork und er steht vor Jim Cricket's Diner. - Du riechst gut."
Ich rollte mit den Augen. „Und gleich kommt hinter Jimini Cricket Pinocchio vor und rammt dir die Nase zwischen die Schulterblätter. - Ich meine natürlich die Frau, die hier guckt."
Lennard grinste, das konnte ich spüren. „Ja, das ist Ajei. Und der Ork ist mein jüngster Cousin. Er hat in den Ferien für Jim gearbeitet."
Er nahm mir das Handy weg, griff nach meiner Hand und zog mich hoch. „Na los, Baby, wir haben nicht mehr so viel Zeit, bis der Flieger geht. - Wie sieht es aus? Hast du Hunger? Wollen wir was essen gehen, bevor wir zum Flughafen müssen?"
„Essen?" Davon war ich nicht überzeugt, zum einen, weil ich mir vorhin in der Stadt ein Baguette geholt hatte, zum anderen, weil er im Umkreis von dreihunderttausend Kilometern für mich am meisten zum Anbeißen aussah. Also reckte ich mich und küsste ihn und ließ meine Hände unter sein T-Shirt

wandern.
„Sieht so aus, als ob du mich hungern lassen willst, Baby“, grinste Lennard und knabberte an meinen Lippen.
„Also, SO würde ich das jetzt nicht nennen. Es sei denn, du hast keinen ... Appetit!?“
„Also, SO würde ich das jetzt nicht nennen“, gab Lennard zurück und schielte auf die Uhr. „Aber in dem Fall müssen wir uns wirklich beeilen, Baby. Sonst verpassen wir den Flieger.“ Dann zog er mich an sich, küsste mich und kam dann selbst zu dem Schluss, dass das Essen definitiv warten und Appetit ganz unterschiedlich interpretiert werden konnte. Hand in Hand traten wir durch das Tor in den Garten der Villa. Lennard war cleverer gewesen als ich. Man konnte den Riegel der Pforte nämlich von innen so verschieben, dass das Tor nicht vollkommen zuschnappte. Wir liefen ins Haus und beeilten uns. Zumindest halbwegs.

***

Eine Stunde später waren wir beide erhitzt und verschwitzt, aber glücklich. Also ich zumindest war das glücklichste Ding unter der Sonne und Lennard sah definitiv auch nicht unglücklich und immer noch zum Anbeißen aus. Gegessen hatten wir nichts.
Lennard packte das wenige Zeug, was er rausgenommen hatte, zurück in seine Tasche. Ich musste dringend noch mal unter die Dusche. Als ich nach meinem Handy griff, summte es. Nachricht von Suse. Ich klappte die Badezimmertür mit dem Fuß hinter mir zu. Von Anton hatte ich sieben Nachrichten, die ich mit schlechtem Gewissen ignorierte. Suse ignorierte ich nicht. Sie hatte mir ein Filmchen geschickt. Von Annelie. Es schien ihrem Töchterchen besser zu gehen. Sie lief, ein bisschen wackelig, aber sie lief. Wie süß. Die Kleine hatte sich für ihre ersten Schritte sehr lange Zeit gelassen. Sie war reichlich ein Jahr alt, andere Kids aus ihrer Krabbelgruppe tippelten schon längst trittfest und sicher durch die Gegend. Suse stöhnte über die ewige Schlepperei, aber ich fand das von Annelie, ehrlich gesagt, recht clever. Sie ließ sich eben tragen, bis nichts mehr ging, und

das, obwohl ihr Papa rannte, was das Zeug hielt. Wahrscheinlich hatte sich die Kleine deswegen das erste eineinviertel Jahr ihres Lebens von Suse und Jus schleppen lassen. Sie sah schließlich ihren Vater andauernd rennen und hatte daraus logisch geschlossen, dass sie den Rest ihres (hoffentlich langen) Lebens würde im Schweinsgalopp zurücklegen müssen. Kluges Kind.

Jetzt hatte sich Annelie offensichtlich aber doch entschlossen, die Beine mehr oder weniger in die Hand zu nehmen. Und das mit Fieber über achtunddreißig Grad. Respekt. Ich guckte mir den Film mit der unsicher tappenden Zuckermaus, die auf winzigen Knuddelfüßen über das Parkett trippelte, zweimal an. Es war ein Stummfilm, was mich wunderte, bis mir einfiel, dass ich das Handy gestern auf lautlos geschaltet hatte. Na bitte. Beim zweiten Mal hörte ich dann auch Suse hinter ihrem Handy quietschen. Annelie untermalte ihre Patschefußgeräusche mit begeistertem Glucksen. Damit war die ganze Sache noch süßer. Das musste ich unbedingt Lennard zeigen. Ich hatte mich zwar schon ausgezogen, beschloss aber, dass das nicht unbedingt ein Nachteil sein musste, und ging zurück zu meinem Herzallerliebsten, der gerade telefonierte. Er lächelte, als er mich sah, zog mich an sich, knutschte an meinem Hals herum, obwohl er redete, und telefonierte ansonsten seelenruhig weiter auf Englisch mit jemandem namens Ben und teilte diesem mit, dass er sich schon ein Taxi zum Flughafen bestellt hatte. Ich bedeutete ihm, dass er sich das Video ansehen sollte, wenn er fertig mit dem Telefonieren wäre, und verschwand nach einem letzten Kuss nun endgültig unter der Dusche.

Dort nahm ich mir Zeit. Das Bad war mit tollem Duschequipment ausgestattet, direkt neben den verschiedenen Brausen hatte man Spender angebracht. Men und women. Die Waschlotion für Frauen roch phänomenal nach explodiertem Magnolienfrüchtekorb, das hatte ich heute Vormittag schon festgestellt. Zum Ausgleich der fehlenden Bürste wusch ich mir die Haare gleich nochmal und fädelte die Strähnen mit den Fingern durch, in der Hoffnung, so maximale Resultate zu erzielen. Als ich fertig war, hatte sich der riesige Spiegel über dem

Waschbecken komplett beschlagen. Wasserdampf wogte wie Nebel.

Ich wrang meine Haare im Handtuch aus, so gut ich konnte und ohne sie total zu zerstrubbeln. Dann schlüpfte ich wieder in mein neues Kleidchen und die Flipflops und verließ summend den Wellnesstempel. Ich war sauber, frisch, eins mit der Welt und in absoluter Hochstimmung. Zumindest war ich das, bis ich Lennard sah. Er hatte mein Telefon noch in der Hand und fand das Filmchen von Annelie offensichtlich nicht halb so niedlich wie ich. Eher im Gegenteil. Sein Gesicht wirkte beinahe so, als hätte ich ihm ein Bild von Big dem Kater als drei Tage alten und plattgewalztem Asphaltschmuck untergejubelt. Er sah mich an und mir gefror buchstäblich das Blut in den Adern. Ich blieb stehen.

„Lennard? Was ist los?"
Lennard lehnte an der Wand. Dann stieß er sich ruckartig davon ab. Er sah mich an. „Wann wolltest du mir sagen, dass du heiratest, Leela?"
Scheiße. Blut rauschte in meinen Ohren. Wie kam er darauf? Woher wusste er das? Ich hatte ihm doch ... von Anton gar nichts erzählt. Was ein Fehler gewesen war, wie mir jetzt klar wurde. Ein riesiger, blöder, desaströs-bescheuerter Fehler.
„Verliebt, verlobt, bald verheiratet", las Lennard vor. „Anton heißt er, ja? Und wenn mich nicht alles täuscht, dann bist du das mit ihm auf seinem Profilbild. Oder etwa nicht?"
Ich konnte nichts sagen, weil ich damit zu tun hatte, stehen zu bleiben und zu atmen.
Lennard nickte. „Dachte ich mir. Sieht irgendwie nicht so aus, als wäre da ... niemand in deinem Leben, wie ich das gestern verstanden habe. ‚Niemand' hast du gesagt, oder?"
Ich nickte in Zeitlupe.
Lennard nickte auch. „Dein Zukünftiger scheint jedenfalls nicht zu wissen, dass er niemand ist. Er hat schon ein paar Mal versucht, dich anzurufen, eben gerade wieder."
Lennard, der Mann, von dem ich jetzt gewagt hatte zu hoffen, dass er doch wieder ein Teil meiner Zukunft sein könnte, warf das Handy mit den Anrufen

eines Mannes, der längst meiner Vergangenheit angehörte, aufs Bett.
„Hätte ich rangehen sollen?“, fragte er leise. „Wäre interessant gewesen zu hören, wie er es findet, dass seine Verlobte mit ihrem Ex rummacht und sich an ihn nicht erinnert.“

Ich schluckte. Seine Stimme hatte alles Zärtliche und Liebevolle verloren. Er klang so sachlich und nüchtern, dass es weh tat. Mein verlogener Fehler, mein Unvermögen, mich im Vorfeld zu entscheiden, würde wohl ganz hässliche Konsequenzen haben. Ich fing an zu zittern.
„Lennard, ich ...“ Tja, was. Was ich? Ich war eine miese Kuh? Eine Fast-Heiratsschwindlerin? Eine Frau, die keine Nägel mit Köpfen machen konnte? Ein inkonsequentes Hasenherz? Eine Möchtegern-Femme-fatale, die sich nach allen Seiten absicherte, bevor sie zögerliche Entscheidungen traf? (Ja. Das könnte alles zutreffen. - Scheiße.) „Ich ... Es tut mir leid. Aber ...“

Lennard lachte ironisch „Aber? Da gibt es kein Aber, Leela. Du willst heiraten. Ich hätte es fair gefunden, wenn du mir davon erzählt hättest, bevor du mit mir ins Bett gegangen bist. Er sicher auch, oder?“ Das war nicht wirklich eine Frage. Deswegen antwortete ich auch nicht und blieb stehen, die Zehen auf der Suche nach etwas Halt in den Teppich vergraben.
Lennard griff nach einem Shirt und stopfte es in seine Tasche. „Na ja, du wirst sicher deine Gründe gehabt haben, warum du uns beide angelogen hast.“ Er sah mich an, ernst und unergründlich. „Bin gespannt, was du deinem Zukünftigen erzählst, wo du die letzte Nacht verbracht hast. Und wie. Und vor allem - mit wem.“ Er griff nach seiner Tasche und seinem Telefon. „Aber eigentlich interessiert mich das nicht wirklich. Ist dein Problem, nicht meins. - Warte hier. Ich sage dem Fahrer Bescheid.“ Beim Rausgehen war er schon wieder am Wählen. Die Tür fiel mit einem sanften Klicken hinter ihm ins Schloss.

***

Ich stand da wie ein Wombat, der in die Scheinwerfer des nahenden Autos glotzt und sich tot stellt. Und wie ein Wombat hätte ich mich jetzt auch gern zusammengerollt, um mich zu tarnen, die böse Welt auszusperren, fest entschlossen, mich erst wieder zu entrollen, wenn alles gut war. Was beim Wombat in so einem Fall leider selten eintrat. Die armen Viecher wurden meistens überfahren, so dass nach dem Totstellen tatsächlich der Sensenmann kam. Dem Gefühl nach, was sich jetzt in meinem Magen breitmachte und von dort in alle Körperteile ausgeschwemmt wurde, hatte ich den Part mit dem Auto und dem Zusammenprall bereits hinter mir. Ich war im Wombat-Nachprallstadium. Fühlte sich echt beschissen an. Die armen, armen Wombats.

Als ich unten eine Tür klappen hörte, löste sich die Erstarrung jedoch ganz plötzlich. „Lennard??" Ich schnappte mir Pulli, Tüte, Telefon und Täschchen und stürmte nach draußen. „LENNARD! Warte!"
Draußen sah ich, wie Lennard in ein vorfahrendes Taxi einstieg und die Tür zuknallte.
Jemand spannte mein Herz in einen Schraubstock und drehte zu. Verdammt. Er würde doch nicht einfach einsteigen und mich zurücklassen? Nein. Niemals. Oder? Doch. Er tat genau das. Himmel, er musste stinkwütend sein. Er würde nicht fahren, oder? Nein. Er würde auf gar keinen Fall ohne mich abfahren. Oder? ODER?
Das Taxi fuhr an.
Ich schrie: „Nein, verdammt. Warte. Es ist doch gar nicht so, wie du denkst. Bitte. Wir müssen reden ...", und rannte durch den Vorgarten, wobei ich fast einen älteren Spanier mit freundlichem, wettergegerbtem Gesicht in Arbeitskluft umlief, der recht verdutzt über den Stiel seiner Harke guckte und mich ab da mit Argusaugen beobachtete.

Ich wählte Lennards Nummer, wieder und wieder, und bekam kein Rufsignal. Er hatte sein Telefon ausgeschaltet. Ich lief einmal um das gesamte Haus herum, fluchte, heulte und startete mein Handy zweimal neu, um wieder und wieder bei ihm anzurufen. Ich schrie: „Melde dich, verdammt noch mal. Schalt dein Handy an, du Mistkerl." Nichts. Er war fort. Ohne mich. Er würde nicht zurückkommen. Dafür brauchte ich keinen Propheten.

Der Gärtner hatte mich die ganze Zeit mit einer Mischung aus Interesse und Mitleid beobachtet und als ich schließlich völlig luftleer und heulend auf der ersten Treppenstufe zusammenklappte, lehnte er die Harke gegen einen Laternenpfahl und tippte mir vorsichtig auf die Schulter. Ich hob mein verheultes Gesicht. Der Tag war trotz hellen Sonnenscheins finster und grau und kalt geworden. Nichts tröstete mich. Nie mehr. Weil er fort war. Weil er mich zurückgelassen hatte. Weil ich ihn angelogen hatte. Weil ich ihn verloren hatte. Weil alles jetzt futsch war.

Der alte Spanier tätschelte mir mitleidig den Oberarm, überschüttete mich mit einem Schwall an spanischem Trost und stellte sich dann, als er merkte, dass ich nur Bahnhof verstand, in gebrochenem Englisch als Iago vor. Ich guckte mit verheulten Kuhaugen zu ihm hoch und konnte erst nach einigen Versuchen und wildem Gestikulieren halbwegs filtern, dass Lennard ihm kurz und knapp den Auftrag zugeschustert hatte, mich zur Bushaltestelle in Porto Cristo zu bringen. Dort verkehrte, wie Iago mir weiter gestenreich erklärte, die Linie 412 zwischen Palma und Costa dels Pins. Ich nickte, schniefte und zog die Nase hoch, nahm das alles wie durch Nebel zur Kenntnis. Nachdem der Mann mir außerdem klar gemacht hatte, dass ich jetzt losmusste, wenn ich den nächsten Bus (und nach kurzem Blick auf das Ticket und die Uhr damit auch das Check-in für meinen Flieger in das Leben, was ich irgendwie weiterleben musste) nicht verpassen wollte, stieg ich schließlich in den klapprigen Pick-Up von Iago, dem mitleidigen Gärtner, der auf der Fahrt ganz laut spanische Musik in seinem alten Autoradio laufen ließ, um mich aufzumuntern. Er sang sogar mit, kratzig, schief, falsch, und grinste mich immer wieder betont aufmunternd an, wobei er ein Gebiss in der Art eines alten Steinbruchs präsentierte. War lieb gemeint, aber das konnte mich auch nicht trösten. Nichts tröstete mich. Gar nichts. Mein Herz war kalt und leer. Ich hickste und schniefte vor mich hin. Selbst die spanische Sonne schaffte es nicht, die Kälte, die mich im Klammergriff hatte, zu vertreiben.

Lennard war fort. Wieder einmal. Er hatte mich zurückgelassen und dieses Mal nichts von mir, aber jede Wärme mitgenommen und ich wusste, er würde nicht zurückkommen.

***

Sechs Wochen später, Supai, Arizona

Der alte, ausgemergelte Indianer stützte sich schwer auf einen dicken Stock aus Pinienholz, der vom langen Gebrauch glattgeschmirgelt war. Er bewegte sich langsam, mühsam, altersschwach, aber er hätte rigoros jede Unterstützung abgelehnt. Das wussten alle, die ihn kannten. Deswegen bot ihm auch niemand Hilfe an. Er war immer stolz gewesen, stolz und unabhängig. Immer. Und das wollte er bleiben, bis zum Ende, und auch wenn er jetzt nur noch langsam vorankam, setzte er doch gewissenhaft Schritt für Schritt. Sein steifes Knie war extrem hinderlich, daran hatte er sich in all den Jahren nicht gewöhnen können. Das Ziel des alten Mannes lag nicht weit entfernt. Genau genommen musste er nur aus der Tür seiner Hütte treten, das Haus knapp umrunden und zum Eingang auf der anderen Seite kommen. Die Hütte hatte zwei Eingänge für zwei Wohnungen. Mit einem Ächzen nahm der alte Mann, eine nach der anderen, die beiden Stufen zur Veranda. Tock, tock, tocktock. Dann stützte er sich wieder auf seinen Stock und musste eine Weile verschnaufen. Er holte tief Luft, ging die letzten Schritte bis zur Tür und stieß diese auf, ohne vorher anzuklopfen.

Die Hütte war nicht groß. Der alte Indianer, früher ein hochgewachsener Mann, heute vom Alter etwas gebeugt, musste den Kopf ein wenig einziehen, als er über die Schwelle schlurfte. Dann stand er in einer geräumigen Wohnküche, welche die gesamte Breite der Hütte einnahm. Die beiden Fenster in der rechten und linken Wand ließen genug Licht ein. Ansonsten war die Einrichtung eher sparsam, fast schon spartanisch, aber gut überlegt und funktionell. Der Indianer sah sich nicht um. Er kannte die Hütte, blieb nicht stehen, ging weiter und öffnete entschlossen die linke der beiden Türen in der gegenüberliegenden Wand. Dahinter war ein kleines Schlafzimmer mit einem verhältnismäßig großen Bett, was fast den gesamten Raum einnahm. Ein Schrank links und eine Truhe rechts vervollständigten die karge Einrichtung. Mehr Platz war nicht. Das Fenster an der linken Außenwand hatte jemand angekippt. Das Bett stand unter dem Fenster und reichte bis direkt in die Ecke, man konnte nicht darum herum, sondern nur geradeso an einer Seite und dem Fußende zwischen Bettkante und den anderen Möbeln vorbeigehen. Der Indianer stand in der Tür. Leichter Wind bewegte einen dünnen Vorhang, der das offene Fenster jedoch nicht verdeckte. Der alte Mann machte einen bedächtigen Schritt in den Raum hinein und betrachtete mit scharfem Blick, dem die Jahre nichts hatten anhaben können, die Wand, die dem Bett gegenüber lag. In seinem vom Alter zerfurchten Gesicht zeigte sich keine Regung. Lediglich am Heben seiner Brust mochte man erkennen, dass ihn etwas bewegte.

„Du solltest dich nicht so anstrengen. Ich hätte dir rübergeholfen, wenn du einen Ton gesagt hättest." Die Schritte des Neuankömmlings waren leise gewesen wie die einer Katze, aber er hatte den Greis nicht überrascht. Dessen Körper mochte vom Alter geschwächt sein, seine Sinne waren jedoch noch immer klar und scharf. Übersinnlich scharf. Er wusste genau, wer hinter ihm stand.

Der alte Mann schaute sich nicht um. Sein Blick blieb fest auf die dem Fenster gegenüberliegende Wand gerichtet. Dann holte er tief Luft, hob den Stock und zeigte dorthin.

„Ist das dort der Ort, an dem du den Teil von dir verloren hast, der lachen konnte, Honiahaka?"

Der Blick des Angesprochenen richtete sich auf die Wand und verdunkelte sich. Für etwa drei Herzschläge blieb es still im Raum.

Dann sagte Lennard: „Kann sein. Vielleicht ist das ein Ort, an dem ich ... irgendwas von mir verloren habe. Und wenn, ich sage WENN, und ich meine das rein hypothetisch, wenn das also so sein sollte, dann war das nicht mein schlechtester Teil. - Du solltest dich wieder hinlegen, Nagi Tanka." Damit ging er hinaus. Die Eingangstür fiel hinter ihm ins Schloss.

Der alte Indianer blieb stehen, wo er war. Für eine lange Weile starrte er auf die Wand. Draußen schmolz das Tageslicht. Er sollte sich hinlegen? Ha. Was glaubte dieser Jungspund vom Alter zu verstehen? Nichts. Irgendwann setzte er sich dann aber doch leise fluchend auf das Bett und hob, noch mehr fluchend, sein steifes Bein zu sich hinauf. Er lehnte sich mit dem Rücken an das Kopfende des Bettes, zog das gesunde Bein heran, schob den rechten Fuß unter seinen linken Schenkel. Bei all dem ließ er die Wand gegenüber nicht einen Moment lang aus den Augen.

Draußen wurde es rasch dunkel, das war hier im Canyon immer so. Der alte Indianer holte tief Luft und murmelte einige Sätze in der Sprache seines Volkes. „Mögen die guten Geister dich auf all deinen Wegen begleiten, Honiahaka." Er wusste, dass seine Zeit nun kam. Das Ende war nahe und es gab nur noch eins für ihn zu tun. Also zog er seine Flöte aus dem Gürtel und fing an zu spielen. Es war ein Lied, das er einst von einem guten Freund gelernt hatte, der längst nicht mehr lebte. Eine alte Melodie aus den Ländern hinter dem großen Meer, wo er nie gewesen war, weil er nie das Bedürfnis gehabt hatte, woanders zu sein als hier.

Er spielte und er wusste, man würde ihn hören, auch wenn er sich dann längst auf seine letzte Reise gemacht hatte. Gerade deswegen. Das war die geheime Macht der Medizinmänner.

***

Zur gleichen Zeit in Berlin, Deutschland

Wir schrieben den 5. November, also ich schrieb das nicht in dem Sinne, aber es war die Zahl, die der Kalender zeigte, als ich um kurz nach Mitternacht bleiern müde und leicht angeschwipst in mein Bett kippte und dabei guter Hoffnung war, das erste Mal seit einiger Zeit ohne Grübeleien und Tränen einfach so einschlafen zu können, obwohl mein Schlafzimmer, welches übrigens auch gleichzeitig mein Wohnzimmer und meine Küche war, nach frischer Farbe roch. Warum? Also einschlafen sollte ich können, weil ich zur Einweihung der Bude genug Sekt getrunken hatte, um mich zu entspannen, und nach Farbe roch es, weil der Raum von mir frisch gestrichen worden war. Ich wohnte jetzt bei Suse in einer Dachkammer über dem Carport, zumindest vorübergehend. Kein Studentenwohnheim in Berlin hatte Platz für mich gehabt, von den derzeit angebotenen Wohnungen konnte ich mir schlichtweg keine leisten. Also hatte meine Freundin mir sofort, noch am Tag nach ... dem ... dem großen Aua, angeboten, bei sich Platz für eine arme Studentin zu schaffen. Über dem Carport neben ihrem Haus befand sich eine kleine Gästewohnung und ich war mir sicher, dass Suse sich nicht nur Sorgen um meine Zukunftsambitionen machte, als sie mich bat, dort einzuziehen. Sie hatte mich im Auge behalten wollen, damit ich unter ihrer Obhut den Weg aus dem Tal der Tränen finden konnte.

Im Nachhinein war das wirklich eine gute Idee gewesen. Die ersten Wochen, nachdem die Geschichte mit Anton so abrupt zu Ende ging, war ich bei meinen Großeltern untergeschlüpft, was keinesfalls als Zustand auf Dauer geeignet war. Zum einen hätte meine Oma mich binnen kürzester Zeit auf doppelten Umfang gemästet, zum anderen war es von Köpenick aus einfach zu weit zur Arbeit und zur Uni. (Alles Quatsch und Ausreden - eigentlich wollte ich nur nicht wieder wie ein Teenager im familiären Überwachungsfokus stehen.) Das Angebot von Suse war daher Gold wert. Ich bestand allerdings darauf, einen finanziellen Obolus zu leisten, und hoffte, dass Julius mit dieser Lösung wirklich kein Problem hatte. Außerdem machte ich Suse klar, dass ich keinerlei Neigung verspürte, mir irgendwas anzutun, um mich vor meiner Zeit aus der Welt zu räumen. Nicht, solange Lennard da war und die gleiche Luft atmete. Nicht, solange auch nur ansatzweise eine Chance bestand, dass sich unsere Wege in diesem Leben ein drittes Mal kreuzten. So lange war mein Platz hier auf diesem Planeten. Fakt. Wir gehörten zusammen. Ich zu ihm. Er zu mir. So viel stand fest. Ich musste nur eine Möglichkeit finden, ihm das klarzumachen. Ihm zu sagen, dass ich aufgewacht war und niemals, niemals, niemals, niemals einen Anton, Benton, oder Centon heiraten würde. Überhaupt niemanden. Und wenn er, also Lennard, mich nicht mehr wollte, dann würde ich ewig Single bleiben. Das war der Plan: entweder Lennard zu finden oder ohne Lennard Single, aber am Leben zu bleiben.

Ich hatte Anton verlassen. NATÜRLICH hatte ich ihn verlassen. Das war aus mehreren Gründen die einzig logische Konsequenz gewesen. Es gab keinen Grund mehr, bei ihm zu bleiben, denn ich war ja offensichtlich noch nie wirklich bei ihm gewesen. Der wichtigste und entscheidendste Grund aber war: Ich liebte ihn nicht so, wie er es verdiente. Ich würde niemals jemand anderen als Lennard so sehr lieben, wie er es verdiente. Weil ich nur einen so lieben konnte. Und das war nun mal Lennard. Ich war eben doch kaputt für alle anderen, so, wie ich es vor acht Jahren schon befürchtet hatte. Aber jetzt war das zumindest klar. Ich hatte die nicht ansteckende, dafür aber umso unheilbarere Lennard-Krankheit und musste ohne ihn in Männer-Quarantäne leben. Sonst würde ich mich und alle, die es mit mir versuchten, unweigerlich unglücklich machen wie eine schwarze Witwe, bloß ohne Mordgedanken.

Es war schrecklich gewesen, Anton gegenübertreten zu müssen, als ich anderthalb Monate zuvor vom Flughafen zurückkam. Und das hatte zwar hauptsächlich, aber nicht nur daran gelegen, dass ich sowieso schon völlig verzweifelt war. Wenn ich die Kraft für Gedanken gehabt hätte, dann wäre mir bereits zu dem Zeitpunkt, als ich in Porto Cristo in Iagos Auto stieg, klar gewesen, dass ich ab jetzt auf nicht absehbare Zeit allein bleiben würde.

Wahrscheinlich für immer, wenn kein Wunder passierte. Lennard war fort. Er würde ganz sicher keine Karte schreiben, um mir zur Hochzeit zu gratulieren. Ich hatte das Schlimmste gemacht, was ich hätte tun können: Ich hatte ihn angelogen, zumindest was meinen Status anging. Das war nicht fair von mir, aber Lennard wäre eben auch nicht der Lennard gewesen, den ich kannte, wenn er nicht sofort seine Konsequenzen gezogen hätte, was offensichtlich einschloss, dass die (wenn auch mehr oder weniger unfreiwillige) Verlobte eines anderen Mannes für ihn durchs Raster fiel. Ich konnte ihn natürlich bis zu einem gewissen Punkt verstehen, aber wenn ich ehrlich war, fand ich das trotzdem gemein von ihm. Er hätte mir alleine schon aufgrund der Vergangenheit und der zwischen uns offensichtlich noch immer bestehenden Verbindung wirklich eine Chance geben können, die Sache zu (er)klären. Auch die mit Anton. Aber die Chance ließ Lennard mir nicht. Meine Lüge war für ihn offensichtlich ein völliges No-Go. Er hatte jedenfalls mich und meine Identität, zumindest aber ganz sicher meine Telefonnummer aus seinem Leben gelöscht. Also Letzteres vermutete ich, denn er reagierte weder auf meine Anrufe noch auf meine Nachrichten.

Ich hatte ihn auf dem Weg zum Flughafen Palma noch ein oder zwei Mal versucht anzurufen. Er war nicht rangegangen. Schließlich schrieb ich ihm eine SMS.
„Bitte rede mit mir. Du weißt, was du für mich bist. Ich weiß, was ich für dich war. Rede mit mir." Eine Antwort kam nicht. Die leise Stimme, die mit mahnendem Finger nachgefragt hatte, ob er vielleicht gar nicht so unglücklich über meinen Fauxpas gewesen war, weil ich und meine Beziehungswünsche immer noch nicht in sein Leben passten, ignorierte ich beharrlich. Ich würde ihm das Gegenteil beweisen, wenn er mich nur ließ.

Meine Heimkehr war dann noch desaströser verlaufen, als ich mir hatte vorstellen können. Auf dem Flughafen wurde mir klar, dass er irgendeine andere Reiseroute genommen haben musste als ich, denn wir saßen nicht im gleichen

Flieger. Unterwegs waren mir, die ich an sich unter Flugangst litt, alle Turbulenzen sang- und klanglos egal gewesen. Nach meiner Landung in Tegel hatte ich eine Nachricht von ihm per WhatsApp bekommen, eine Voice-Nachricht. Sie war anderthalb Minuten lang gewesen. Er musste sich die App installiert haben, um mir die Nachricht zu schicken. Ich hatte sekundenlang wie erstarrt dagestanden, bevor ich endlich auf den Play-Button drückte.

Seine Stimme klang rau. „Baby", dann Pause, „es ... tut mir leid, dass ich dich vorhin einfach so hab stehenlassen. Das war nicht ganz fair, aber – he – wahrscheinlich für uns beide so am besten. Dass du heiraten willst, war schon ein Schock. Das musste ich erstmal sacken lassen. Aber wenn ich ehrlich bin, dann ist das auch gut so. Weil du das verdient hast. Versteh mich jetzt nicht falsch. Die letzte Nacht war der Hammer, Baby, genau wie du. Du wirst für mich immer was Besonderes sein." Er lachte. „So wie damals vor acht Jahren. Wenn ich daran denke, dann wird mir immer wieder klar, wie leicht das Leben damals war. Und wir haben gedacht, das wäre alles so heavy. Und jetzt ... im Nachhinein ... Na ja. Egal. Du hast mich schon vor acht Jahren umgehauen, Baby. Und du hast das heute wieder geschafft. Weil du einfach ... der Hammer bist, ehrlich. Du hast das Allerbeste verdient. Und dein Zukünftiger hat hoffentlich alles, was du suchst und was du brauchst und hoffentlich weiß der Kerl auch, was er an dir hat und benimmt sich anständig. - Du willst was Festes. Haus, Hof, Job, Kinder und so. Was Zuverlässiges. Was mit Plan. Da ist er sicher besser als ich, denn das kann ich dir nicht geben. Passt nicht zu mir. Ich bin Musiker, immer unterwegs. Heute hier, morgen da. Das passt kaum in irgendein Lebenskonzept. Ich kenne einfach zu viele Kollegen, gute Leute, die in Beziehungen gescheitert sind. Deswegen versuche ich das gar nicht erst. Also ... mach's gut, Leela. Ich wünsch dir Happiness. Cut an dieser Stelle, weil uns alles andere noch weiter in die Scheiße reiten würde. Bis jetzt ist kein großer Schaden entstanden. Also, Baby, schönes Leben."

Nachdem ich mir die Nachricht noch weitere vier Mal angehört hatte, während mich Leute anrempelten und fluchten, ließ ich mich vom Menschenstrom wie ein saftloses Blatt im Wind über den Flughafen zum Express-Bus und am Bahnhof Zoo weiter zur S-Bahn treiben. Am Ostkreuz musste ich umsteigen. Jeder Schritt war eine einzige Tortur. Ich fror in meinem dünnen Kleidchen. Die Menschenmassen um mich herum stressten mich, weil ich mich am Riemen reißen musste, um nicht zu zerbrechen. Am liebsten hätte ich mir irgendwo ein Erdloch gesucht und mich zusammengerollt und so lange geheult, bis es mir wieder besser ging. Aber das würde dauern, das mit dem Bessergehen, lange dauern. Ich fuhr also direkt nach Johannisthal, weil ich wusste, dass ich das jetzt tun musste. Zum einen, weil mir kalt war und zum anderen, weil ich jetzt damit beginnen musste, mein Leben aufzuräumen und komplett neu zu organisieren. Und wo hatte ich dabei anzufangen? Bei Anton, dem Mann, von dem Lennard glaubte, dass er für mich der Richtige war. Nun, Lennard täuschte sich. Es war Zeit, Anton und mir selbst den berühmten reinen Wein einzuschenken. Ich überlegte, vorher mit Suse zu telefonieren und zu hoffen, dass sie mir beistehen würde, aber als ich mein Handy wieder vorzog, verließ mich der Mut. Keine Ahnung, auf welcher Seite Suse stehen würde, wenn ich ihr die Sachlage erklärte. Ich hatte in jedem Fall jetzt nicht die Kraft, auch noch den kleinsten Vorwurf wegzustecken. Also spielte ich lieber ein paar Spielchen, um mich abzulenken, und sah mir zwischendurch immer wieder das Bild von Lennard und mir auf der Klippe an. Ich hatte es als Hintergrundbild eingestellt und so blickten mich seine blauen Augen jedes Mal an, wenn ich auf mein Telefon guckte. Das war genauso wunderschön wie schmerzlich zugleich. Himmelhoch jauchzend, zu Tode betrübt. Wir sahen zusammen so harmonisch aus, dass es mir immer wieder die Tränen in die Augen trieb. ‚Und ob ich schon wanderte im finstern Tal, so fürchte ich kein Unglück; denn du bist bei mir, dein Stecken und dein Stab trösten mich.' Tja, so hieß es wohl in der Bibel, wenn ich mich recht erinnerte. Aber mich tröstete nichts, während ich durch Berlin in Richtung Südwesten ratterte. Mich tröstete nichts und niemand. Kein Stab. Kein Stecken. Ich war UNtröstlich. Ich fiel in ein so tiefes Nicht-Trost-Loch, dass der Marianengraben dagegen ein winziges Schlagloch zwischen den

Kontinentalplatten darstellte. Ich heulte immer wieder. Zweimal reichten mir die wechselnden Sitzplatzpartner neben mir ein Taschentuch. In meinem Trägerkleidchen hatte ich natürlich keins dabei. Ein Fahrgast (er musste um die fünfzehn sein und war in Begleitung von drei gleichaltrigen Rotzlöffeln) bot mir sogar seine Schulter zum Ausheulen an und war der Meinung, dass, wenn ich mit ihm mitkam und mir sein Ding ansah, ich den Typ, wegen dem ich heulte, schnell vergessen würde. Mir fehlte die Kraft, ihm eine zu ballern.

Anton hatte zwölfmal versucht, mich anzurufen, Suse dreimal. Eine unbekannte Nummer hatte mich das erste Mal angeklingelt, als ich noch in der Luft gewesen war. Danach noch vier weitere Male. Da es nicht Lennard sein konnte, stellte ich mein Handy auf lautlos. Ich wollte mit niemandem reden. Aufgrund der Tatsache, dass mein Akku nur noch sieben Prozent zeigte, musste ich das Spielen und Unablässig-sein-Bild-Angucken schließlich auch noch einstellen und blicklos aus dem Fenster starren. Das Netz hatte ich gar nicht erst eingeschaltet. Ich wollte nicht von irgendeinem Messenger darüber informiert werden, dass mein Leben gerade ohne mich weiterlief. Ich hatte mich lediglich vergewissert, dass Lennard das letzte Mal via WhatsApp online gewesen war, als seine Nachricht an mich gesendet worden war. Ich schrieb trotzdem: „Ich bin ganz und gar nicht deiner Meinung. Bitte melde dich." Aber ich wusste jetzt schon, dass das zwecklos war. Er würde sich nicht melden. Wahrscheinlich hatte er WhatsApp auch schon wieder deinstalliert. Ich musste mir etwas anderes einfallen lassen. Irgendwas. Aber zuerst hatte ich mit Anton zu reden. Das würde kein schönes Gespräch werden. Es wartete vor mir wie ein Bergmassiv aus rasiermesserscharfen Klippen. Ich drückte den unbekannten Anrufer, der eben wieder versuchte, mich zu erreichen, rigoros weg und ließ meinen Blick sich in der Dämmerung zwischen den Lichtern und Ecken und Kanten der Großstadt verlieren.

***

Ich brauchte fünf Minuten, um die Tür zu Antons Wohnung aufzuschließen. Ich atmete gefühlt tausend Mal ein und aus und als ich mich endlich dazu aufraffen konnte, den Schlüssel zu drehen, machte Anton die Tür höchstselbst von innen auf. Er sah nicht gut aus, woraufhin ich mich gleich noch viel schlechter fühlte. Wenn das überhaupt möglich war.
„Hm", sagte er resigniert mit einem ganz, ganz miesen Unterton. „Hm. Da bist du also wieder, ja? Ich hoffe, du hast jetzt eine verdammt gute Erklärung dafür, wo du gewesen bist." Damit ließ er mich einfach stehen und ging in die Stube. Eine gute Erklärung? Nein, die hatte ich nicht. Ich hatte im Prinzip überhaupt keine Erklärung, die ihm in irgendeiner Art und Weise gefallen würde. Es war - im Gegenteil - ziemlich sicher, dass ihm ÜBERHAUPT nichts von dem, was ich ihm gleich auftischen würde, auch nur ansatzweise gefiel. Mein Magen krampfte sich zusammen. Mir war kotzübel, aber es nützte nichts. Ich musste trotzdem da durch und Anton die Wahrheit sagen, auch wenn ich viel lieber getürmt wäre. Weit weg und ohne zurückzusehen. Aber das hatte Anton nicht verdient. Er war ein netter Kerl (da hatte Lennard recht). Und ich konnte mir noch so lange Zeit nehmen, um mir die Flipflops von den Füßen zu operieren, das, was bevorstand, wurde dadurch nicht schöner.

Also holte ich noch einmal ganz tief Luft, raffte all meinen Mut (was nicht viel war) und das letzte bisschen Kraft (noch weniger) zusammen, und betrat hoch erhobenen Hauptes Antons Wohnzimmer, was nicht mehr länger meins war.

Dort erwartete mich zuallererst eine Überraschung. Norma hockte, kreidebleich und etwas unangenehm berührt, in einem von Antons Sesseln und hob verlegen die Hände.
„Hi Leila, ich ... tja, ich habe versucht, dich anzurufen, mehrmals. Du bist nicht rangegangen. Hatte ein Problem mit meinem Vater, dabei ist mein Handy kaputtgegangen ... Lange Geschichte. Hab mir seins genommen und ... na ja ... du weißt ja, wie das mit Telefonnummern ist. Ich meine, wer merkt sich denn heute noch Telefonnummern im Kopf, was?" Sie lachte reichlich gekünstelt. „Deine

habe ich mir komischerweise immer gemerkt, weil die Zahlen so ähnlich sind wie die von meiner Mutter, aber ... Ach shit." Sie wedelte mit den Händen. „Fakt ist, ich brauche grad mal ein bisschen Abstand und eine Penne für heute Nacht. Da ... bin ich dann hergefahren", um Unterstützung bittender Blick in Richtung Anton, der mit todernstem Gesicht und übereinandergeschlagenen Armen und Beinen auf der Couch saß, „und wohl mitten in eine Mega-Beziehungskrise geplumpst. Tja, eh, hm. Doof irgendwie, aber ..."

Anton hob die Stimme. „Ich habe die Dame", (Oho!), „gebeten zu bleiben, weil sie gesagt hat, dass sie eine alte Freundin von dir ist. Da dachte ich mir, ich frage sie mal, ob du früher schon so seltsame Anwandlungen wie komplette Änderungen deines Persönlichkeitsprofils oder Fluchtphasen hattest. Ich wollte schon ganz gern verstehen, was mit dir los ist und warum du mich plötzlich behandelst, als wäre ich eine ansteckende Krankheit. Und warum du einfach verschwindest und dich nicht mehr meldest, nachdem du eine ganze Woche weg warst. Ich hab jedenfalls nicht gemerkt, dass dir in der Zeit irgendwas gefehlt hätte. Ich zum Beispiel."

Anton sah, während er sprach, nicht in meine Richtung, sondern angestrengt aus dem Fenster. Norma schnitt eine verlegene Grimasse und formulierte: „Tut mir jetzt echt leid. Wenn ich das gewusst hätte ...", mit den Lippen.
„Und was soll ich sagen?" In diesem Moment richtete er seinen Blick so direkt auf mich, dass ich zusammenzuckte. „Sie konnte mir tatsächlich helfen. Eine Frage, einmal googeln und dann – SCHEIßE! Ich weiß nicht, was ich sagen soll. Nach Binz hast du mich ja noch nie mitgenommen." Er stippte sein Tablet quer über den Tisch in meine Richtung und rieb sich dann die Nase. Das machte er immer, wenn er sich aufregte. Im Gegensatz zu sonst benutzte er dafür heute sogar beide Zeigefinger.
„Sorry", flüsterte Norma jämmerlich. „Ich befürchte, ich habe ihn drauf gebracht. Tut mir wirklich, wirklich leid, Leila." Und zu Anton: „Da ist wahrscheinlich gar nichts dabei. Sie hat sicher eine ... gute Erklärung." Und wieder an meine

Adresse, reichlich flehend: „Du ... hast doch bestimmt eine gute Erklärung, Leila, oder??“

Ich sah sie leicht verzweifelt an, holte tief Luft und nahm das Ding zögernd auf. Anton hatte das Tablet nicht gesichert. Ich brauchte bloß kurz über den Bildschirm zu wischen, damit dieser hell wurde und dann ...

... war alles klar. Ich sah mich. Ich stand neben Lennard, der meine Hand hielt und eben dabei war, etwas auf meinen Arm zu schreiben. Seine blauen Augen blickten direkt in meine, also jetzt, in diesem Moment, nicht auf dem Bild. Lennard hatte in die Kamera gesehen, als das Bild gemacht worden war. Jemand hielt ihm ein Mikro hin. Eine Frau. Die Reporterin auf der Release-Party. Gestern. Himmel, war das wirklich nur einen Tag davor gewesen? Das Ganze erschien mir schon wahnsinnig weit weg zu sein und trotzdem erinnerte ich mich glasklar.

Das Bild war im Kulturteil auf der Seite irgendeiner Zeitung erschienen. Darunter stand:

„Neu in Berlin und doch kein Unbekannter hier.

Die Release-Party der amerikanischen Band “RedRoxX“ am Samstag im Studio Adlershof war ein voller Erfolg. Der charismatische Frontmann Lennard Steinberg aus Sedona (Arizona, USA) überzeugte die Gäste auf ganzer Linie mit Sound und Gesang und seiner vielschichtigen Persönlichkeit.

Im Gespräch mit Lennard war unsere Reporterin Katharina Seiffert.

Seiffert: Lennard, du hast einen Teil deiner Jugend in Binz auf Rügen (Meckl.-Vorp., Anm. d. Red.) verbracht. Wie hat die Zeit in Deutschland dein Leben beeinflusst?

Steinberg (lachend): Wir können uns beide ganz gut auf Deutsch unterhalten, oder?“

Und so weiter.

Es war nicht der Text, welcher unter dem Bild stand, der Anton so wütend machte. Es waren auch nicht die beiden verschlungenen Hände, Lennards und meine, und schon gar nicht der Stift, den er hielt, sondern ich. Mein Gesicht oder besser der Blick, mit dem ich Lennard verschlang. Dieser Blick brauchte keine Erklärung. Jedes weitere Wort, was ich sagen konnte, wäre überflüssig. Der Blick allein sagte alles aus. Alles. Und Anton hatte es sofort verstanden.

„Es ... tut mir leid, Anton. Bitte glaub mir das. Es tut mir wahnsinnig leid. Aber ...“ Damit hatte ich alles auf meine Kappe genommen, den Kopf abgewandt, hilflos mit den Schultern gezuckt, war ins Schlafzimmer gegangen und hatte gepackt, was in meine große Reisetasche passte. Es war mir egal, ob ich etwas vergaß oder nicht. Mir war alles egal. Ich wünschte Anton, der mir nicht gefolgt war und mir auch nicht auf Wiedersehen sagte, still im Vorübergehen alles Gute, was er eben nicht mit mir finden würde. Irgendwo da draußen wartete eine Frau, die richtig für ihn sein würde, die ihn verstand und sich zu einhundert Prozent auf ihn einließ. Ich war es nicht. Ich wollte bei Lennard sein, nicht bei ihm. Lennard war alles, was ich wollte. Und wenn ich ihn nie wiedersehen würde, dann ... würde ich trotzdem immer nur ihn wollen.

Dank Suse funktionierte ich die nächsten Tage und Wochen. Und auch dank Norma, die zu meiner heimlichen Erleichterung an diesem Abend bei Anton geblieben war. Er hatte darum gebeten. Sie, die zwischen Baum und Borke, also der Obdachlosigkeit und dem Zu-Kreuze-Kriechen bei ihrem Vater stand, wusste sonst nicht wohin und er wahrscheinlich nicht ein und aus. Das passte gut. Da konnten sich die beiden Angeschlagenen doch gegenseitig trösten. Ich hatte erst überlegt, einen von Antons Kumpeln anzurufen. Aber Norma, müde und kleinlaut, versprach mir, ein Auge auf Anton zu haben.
„He, Leila, ist das WIRKLICH okay, wenn ich heute hierbleibe? Ist das kein

Problem für dich?“ Sie war mir in den Flur gefolgt, als sie hörte, dass ich draußen mit dem Schlüssel hantierte. Ich löste meinen nämlich vom Bund und legte ihn auf das Regal im Flur.

Ich hatte sie nur angesehen und mit dem Kopf geschüttelt. „Nein. Was sollte ich damit für ein Problem haben? Ich hab's vergeigt. Pass ein bisschen auf ihn auf. Wenn es schlimmer wird“, ich musste schlucken, weil mir Anton so leidtat und ich auch und überhaupt alles, „dann ruf einfach seinen Kumpel Mark an, ja? Er ist eingespeichert.“

Norma nickte. „Okay. Mach ich. Und – Leila? Lass den Kopf nicht hängen, ja?“

Wir drückten uns und da kamen mir schon wieder die Tränen. Es hatte noch weitere fünf Minuten gedauert, bis ich in der Lage war zu gehen. Den Knauf der Tür von außen zuzuziehen war noch schwerer gewesen.

Vor dem Haus war mein Blick ein letztes Mal zu Antons Fenstern hochgegangen. Und bei allem Schmerz, dem Mitleid und der Trauer um diese verlorene Sache wusste ich doch, dass ich nie mehr hierher zurückkommen würde. Das erleichterte mich, aber davon, dass es mir gut ging, war ich meilenweit entfernt.

***

Auch jetzt, sechs Wochen später, ging es mir immer noch so lala. Nicht gut, nicht schlecht. Irgendwas dazwischen. Ich funktionierte. Zumindest halbwegs. Und heute Abend in meinem frisch renovierten Einzimmerappartement war ich viel zu müde, um noch irgendwas anderes zu fühlen als Erleichterung, dass ich wieder einen Platz hatte, an dem ich für mich sein konnte. Norma (die sich inzwischen halbwegs mit ihrem Vater vertragen hatte und somit im Besitz des eigenen Handys war) und Suse hatten mir beim Putzen und Einräumen geholfen. Danach stießen wir zusammen an, so wie wir waren: müde und staubig. Norma musste noch fahren und hielt sich zurück. Und Suse war - tadaaa! - wieder schwanger, deswegen hatte auch sie nur genippt und war dann auf Wasser umgestiegen. Ihr zweites Kind würde venezianisches Feuer haben und irgendwann Mitte Juni des nächsten Jahres auf die Welt kommen. Ganz geplant hatte Suse die neuerliche Schwangerschaft zu diesem Zeitpunkt nicht, aber Jus war völlig aus dem Häuschen. Ich gönnte es ihm.

Ich verspürte nach der ganzen Räumerei absolut keine Lust mehr darauf, etwas zu kochen, und bestellte daher einfach Pizza für uns alle, auch für Jus, der mit Annelie aber nur kurz rüber kam, um sich die Pizza zu schnappen und dann gleich wieder zu verschwinden. Annelie fand das nicht gut, aber Jus war konsequent. „Du gehörst ins Bett", sagte er streng, während Annelie nach seinem Pizzakarton grapschte und quengelte.
Wir Mädels lümmelten uns mit den Kartons auf den Schenkeln auf die Eckcouch, die Suse passend zum Stahlgrau der Miniküche in der Kochnische in einem ähnlichen Farbton gekauft, aber mit pinkfarbenen Flauschekissen aufgepeppt hatte. Die Füße legten wir salopp auf den Glastisch und widmeten uns munter unseren arterienschädlichen Kalorienbomben.

Suse war am schnellsten mit ihrer Pizza fertig und schnappte sich noch eine Teigecke von mir. Meinen bösen Blick schmetterte sie mit: „Ich bin schwanger. Ich darf das", ab.
Ich sah sie trotzdem strafend an. „Da war Artischocke drauf. Die mag ich am

liebsten."
Suse warf mir eine Kusshand zu, fing dann herzhaft an zu gähnen und jammerte: „Das mit der ewigen Müdigkeit hat mich schon in der Schwangerschaft mit Annelie fertig gemacht. Und jetzt geht das wieder los. Bald bin ich ein Wrack."
„Eher Narkoleptikerin. Und das geht dann mindestens noch zehn Monate nach der Schwangerschaft so weiter. Aber vorher bekommst du noch eine Gallionsfigur nach vorne", kicherte ich mit Sektperlen im Kopf. „Das weiß ICH nämlich noch aus deiner letzten Schwangerschaft."
Suse zeigte mir einen Stinkefinger. „Ich dich auch." Dann verabschiedete sie sich unter mehrfachem Gähnen von Norma. „Bis bald mal wieder."
Ich brachte Suse zur Tür.

Norma war sitzen geblieben. Sie lehnte entspannt hinten an der Couch und hatte die Füße untergezogen. „Wir treffen uns immer mal", sagte sie zusammenhanglos, als ich zurückkam.
Ich ließ mich auf meinen Platz fallen und prostete ihr zu. „Gerne. Wann und wo?"
Norma lachte. „Ich meinte nicht dich und mich, sondern Anton. Ich treffe Anton immer mal."
Oha. Der Sektschluck in meinem Mund wurde spontan schal. „Geht ... es ihm gut?"
Norma lächelte und strich sich eine Strähne aus der Stirn. Wenn ich nicht wüsste, dass ihr solche Gefühle fremd waren, dann würde ich fast glauben, sie wäre verlegen.
„Ich glaube schon. Er wechselt nicht mehr dauernd zwischen Fluchen über die Untreue von Frauen und der Frage, ob ich was von dir gehört habe. - Weißt du, was ich denke?"
Ich zuckte mit den Schultern. „Nein?"
Norma lächelte zaghaft. Jetzt war ich mir sicher. Sie hatte etwas Verlegenes an sich. Das war neu.
„Ich glaube", sie drehte ihr Glas zwischen den Händen, „also ich glaube wirklich

- und verzeih mir an der Stelle jetzt einfach mal den abgedroschenen Spruch - es ist besser, wenn man den Spatzen in der Hand hat, als die Taube auf dem Dach."
„Aha", sagte ich und hatte keine Ahnung, wie sie das konkret meinte.
Sie deutete mit dem Zeigefinger auf mich. „Und außerdem glaube ich, dass du einen Fehler gemacht hast, als du Anton so schnell abserviert hast."
Ich stutzte. „Abserviert?"
Sie machte eine vage Handbewegung. „Na ja, ich meine, du hast ihn verlassen. Dabei ist er ein toller Typ. Zuverlässig und bodenständig, klug und höflich, eben richtig gentlemanlike - eine sichere Bank halt. Und Geld verdient er auch nicht schlecht. Okay, irgendwo ist vielleicht auch ein kleiner Spießer an ihm verloren gegangen, aber - he - wer ist schon perfekt. Ich bin verrückt genug für zwei, was er übrigens ‚knuffig' findet. Süß, oder?" Norma = knuffig?? Das wäre so ziemlich das letzte Wort, was ich mir für sie überlegt hätte. Anton sah sie offensichtlich in einem völlig anderen Licht.

Norma seufzte. „Er ist sooooo lieb. Er gibt sich Mühe. Er sieht nicht schlecht aus. Und ich frage mich ernsthaft, ob er sich vielleicht ... Was meinst du dazu? Du kennst ihn doch besser."
Was sie sich fragte, verriet sie nicht genau. Dafür lächelte sie unsicher, so dass ich mich fieberhaft fragte, welche Antwort sie jetzt von mir hören wollte. Ich sah sie an. Norma schaute immer noch genauso toll, ätherisch und souverän aus wie damals, als ich sie kennengelernt hatte. Die Zeit hatte ein paar Spuren hinterlassen, aber sie hatte es verdammt gut mit Norma gemeint und ihre Pinselstriche exakt da gesetzt, wo sie Normas Vorzüge noch betonten.

Weil ich nichts sagte, redete Norma schnell weiter. „Ja, ich weiß, du hast ein paar von den Typen kennengelernt, die ich in den letzten Jahren gedatet habe, und da war viel Mist dabei. Anton passt nicht wirklich ins Raster. Ich meine, ein ARZT", sie verdrehte die Augen, „wie überaus bieder, oder? Das passt an sich nicht zu mir, da hast du sicher recht. "
„Was passt nicht?", fragte ein begriffsstutziges (und beschwippstes) Schaf

namens Leila.
Norma runzelte die Stirn. „Leila, mal ehrlich, hörst du mir überhaupt zu? - Ich meine natürlich Anton und mich. Wir haben uns ein paar Mal getroffen, nichts Ernstes, mal zum Essen gehen, bisschen quatschen, bisschen trösten, Kino und so. Aber dann ... letztens ... vorgestern ... Da haben wir dann, tja ... War nicht geplant, so viel steht fest." Jetzt guckte sie eindeutig verlegen aus der Wäsche. „Na ja, er hat sich jedenfalls nicht beschwert."

Da fiel endlich der Groschen bei mir. Ich machte kugelrunde Augen. „Meinst du jetzt ..." Meine Hand pendelte zwischen ihr und mir hin und her. „Du hast? Mit ihm? Mit Anton? DU? - A-aber das passt doch gar nicht." Ich spürte einen jähen Stich in meinem Herzen. Das musste ich erst mal verdauen. Keine Ahnung, wie ich das finden sollte. Anton und Norma. Norma und Anton. Hatte mich der nette Oberarzt mit den Quietscheschuhen tatsächlich so schnell vergessen können? Das kam unerwartet. Und irgendwie tat es auch ein bisschen weh.
Norma sah mich mit scharfem Blick an und zuckte mit den Schultern. „Tja, sieht irgendwie so aus, als hätten wir beide immer noch den gleichen Geschmack, oder?", meinte sie dann verlegen. „Mit dem Unterschied, dass ich nicht mehr versuche, mir die Taube vom Dach zu holen, sondern es mal mit dem Spatzen probieren möchte. Vielleicht kann daraus etwas Solides werden. Es fühlt sich jedenfalls richtig an, richtig gut sogar. - Hast du ein Problem damit?"

Das war keine Frage. Norma und ich hatten eine gemeinsame Geschichte. Man könnte sogar, wenn man es genau nahm, von einer gemeinsamen Vergangenheit sprechen. Und von Lennard. Wenn wir uns trafen, also Norma und ich, dann redeten wir aber kaum über ... damals. Und noch seltener über ihn und über das, was uns zusammengeschweißt hatte, ob wir wollten oder nicht. Es war uns gelungen, den alten Fluch zu lösen und die Geschichtsstränge, die unsere Leben so makaber verknüpft hatten, voneinander zu lösen. Wir waren nun frei, unsere Zukunft neu zu schreiben und uns nicht mehr immer und immer wieder mit dem Chaos einer finsteren Vergangenheit herumzuschlagen. Lennard war bei seiner (man konnte glatt sagen jahrhundertealten) Entscheidung geblieben zu gehen und sein Leben ganz nach ureigenem Plan ohne verwirrende Altlasten zu gestalten. Norma und ich blieben zurück (mit mehr oder weniger gebrochenen Herzen) und gingen unserer Wege. Dabei hatten aber Norma und ich die Verbindung nie gänzlich abreißen lassen. Es war nicht so, dass wir andauernd Kontakt hielten, eher sporadisch, aber wenn ich an sie dachte, spürte ich immer ein Gefühl der Zusammengehörigkeit, als wären wir Zwillinge, die man gleich nach der Geburt getrennt zur Adoption freigegeben hatte. Wir waren durch die Ursuppe verbunden, uns nie so nahe gekommen, wie echte Geschwisterpaare, aber etwas hielt uns zusammen, etwas Unsichtbares, eine energetische Substanz. Wir trugen den Stempel einer gemeinsamen Vergangenheit.

Und jetzt streckte sie ihre Fühler nach einer Zukunft mit Anton aus, der nun nachweislich bei mir zur Vergangenheit gehörte. Hatte ich ein Problem damit? Ich horchte in mich hinein. Ja. Hatte ich. Schließlich waren Anton und ich ein Paar gewesen und quasi verlobt. Ihn mir mit Norma zusammen vorzustellen, war durchaus seltsam. Aber auch nicht gänzlich abwegig. Ich wünschte Anton die beste Frau der Welt. Eine Frau, die ihn so liebte, wie er es verdiente. Und das war nicht ich. Konnte es Norma sein? Vielleicht. Also durfte ich kein Problem damit haben.

Meine (etwas zögerliche) Antwort lautete daher: „Nein. Natürlich nicht."

Ich hatte die Beziehung zu Anton beendet, weil ich, im Gegensatz zu dem, was Norma jetzt für sich zur Wahrheit machen wollte, endlich erkannt hatte, dass ich mich niemals mit einem Spatzen in der Hand würde zufriedengeben können. Selbst die Taube auf dem Dach reichte mir nicht. Lennard war ein Adler gewesen, der mit mir in meinen eigenen Himmel geflogen war und mir die Welt zu Füßen gelegt hatte. Ich konnte mir nichts anderes mehr vorstellen, als mit ihm zusammen sein und ich wünschte allen anderen Menschen, insbesondere Anton und Norma, eine ebensolche Klarheit. Und da wurde mir klar, was ich zu tun hatte.

Ich lächelte Norma zu, die mich immer noch scharf-misstrauisch musterte, sich dann aber sichtlich entspannte, und goss mir den Rest vom Sekt ein. Das bedeutete wohl, dass ich den Löwenanteil der Flasche allein getrunken hatte. Diese Tatsache und die bleierne Müdigkeit ließen mich dann zumindest prompt einschlafen, kaum dass Norma weg und mein Kopf auf dem frisch bezogenen Kissen gelandet war. Mein letzter Gedanke galt Bergen und Propheten und der landläufigen Rede, dass, wenn der Prophet nicht zum Berg kam, sich der Berg aufmachen musste, um den Propheten zu finden, wie absurd sich das auch immer anhörte.

Die Tatsache, dass sich zwischen den sich bewegenden Berg und den faulen Propheten plötzlich Flötentöne schmuggelten, schrieb ich im Halbschlaf den turbulenten und emotional extrem zehrenden Entwicklungen der letzten Wochen (und dem Sekt von heute Abend) zu. Aber die Flöte trillerte sich hartnäckig über alle Gedanken hinweg, blendete alles aus. Sie ließ nicht locker. Ihr Klang durchdrang mich, begleitete mich, führte mich, zog mich mit sich ...

***

... bis in den Schlaf und führte mich mit ihrer klaren Sprache in einen seltsamen Traum. Dabei klang die Flöte zuerst wie ein sanftes Trillern, ein Streicheln, welches sich dann zum prickelnden Sprudeln einer Quelle verwandelte, um schließlich in einer Melodie zu münden, die ich mehr als gut kannte. Greensleeves. Mein Herz begann wild zu klopfen. Das konnte kein Zufall sein. Nichts, was bisher in meinem Leben mit Greensleeves verbunden war, hatte sich dem Zufall zuordnen lassen. Nichts. Greensleeves war mit meiner Geschichte verbunden. Mit mir selbst. Und mit ihm.

Bilder formten sich vor meinen Augen. Ich träumte, dass ich eine Straße entlangging, die ich schon tausend Mal entlanggegangen war. Vorbei an vertrauten Häusern, vertrautes Pflaster unter meinen Füßen, der Klang vertrauter Schritte hallte in meiner Erinnerung. Alles war vertraut, bis ich die Flöte plötzlich ganz nahe hörte. Neben dem Weg hatte sich ein Tunnel geöffnet. Er führte, sanft abfallend, in die Tiefe und schien die hellen Klänge einzufangen und zu verstärken.

Ich zögerte nicht einen Moment lang und ging in den Tunnel hinein. Es wurde etwas dunkler, aber nicht finster. Diffuses Zwielicht umgab mich. Die Gegend verwandelte sich, ich lief durch einen Bogengang, welcher sich zu einem Bergwerksstollen veränderte. Um mich waren feuchter Nebel und die Ahnung von dicken Mauern aus Granit. Über felsbehauene Stufen trat ich schließlich wieder ins Freie. Vor mir hob sich eine Burg mit hohen Türmen aus dem Nebel, umgeben von einer dicken, hohen Mauer. Ein tiefer Abgrund trennte mich von dem breiten Tor, welches mir genau gegenüberlag. Meine Zehen wackelten über dem Rand des endlosen Abgrunds. Ich sah unter meinen Füßen nur Schwaden und Dunkelheit, aber ich spürte keine Angst. Ich wartete und lauschte der Flöte, deren Klänge den Nebel durchdrangen. Ich wartete geduldig, bis von der Burg auf der anderen Seite des Grabens eine Zugbrücke heruntergelassen wurde und den Blick in den Hof freigab. Unter dem Torbogen schälte sich die Gestalt eines schwarzen Panthers mit bernsteinfarbenen Augen aus dem Nebel. Der Panther fauchte, aber ich fürchtete mich nicht. Ich kannte ihn. Er würde mir nichts tun. Ich hatte mich in den letzten Jahren viel mit Mystik und spirituellen Themen befasst und dabei öfters meditiert. Dieser Panther war immer von selbst zu mir gekommen und auf meinen meditativen Geistreisen in die Welt des Innenlebens, also des unbewussten Teils meines Selbst, mein Schutztier gewesen. Ich hatte ihm sogar einen Namen gegeben. Und deswegen zögerte ich nicht einen Augenblick damit, über die Brücke in den Schlosshof zu treten.

Der Klang der Flöte allerdings, der über allem schwebte, war neu. Ich hatte ihn vorher hier noch nicht gehört. Der Panther begrüßte mich mit leisem Knurren. Ich strich ihm über die dreieckige Nase und kraulte seine Kehle, wofür ich mit lautem Schnurren belohnt wurde. Dann führte mich die große Katze zügig über den großen Innenhof nach hinten zu einem weiteren Tor, welches aus dem Burghof wieder hinausführte. Und dort, hinter diesem Tor, lag ein dunkler Wald mit uralten hohen Bäumen.

Das schmiedeeiserne Tor öffnete sich von selbst. Ich trat hindurch und lief, ohne zu zögern, über einen von diffusem Licht erhellten Pfad, welcher sich, obwohl er von den Baumkronen überschattet wurde, schimmernd zwischen den Bäumen hindurchschlängelte und sich in der grün-fernen Finsternis verlor. Sonnenflecken tanzten auf dem Waldboden. Die Flöte spielte laut und unablässig und verband sich mit dem Gesang der hohen Bäume. Der Panther folgte mir. Ich hörte ihn nicht, aber ich spürte das sanfte Tappen seiner Pfoten. Der Klang der Flöte war klar und rein. Greensleeves. Die Flöte rief mich. Ich folgte.

Ich fürchtete das grüne Zwielicht des Waldes nicht. Dies hier war meine Welt, die Welt meiner Seele. Hier konnte mir nichts geschehen. Hier lernte ich, wie der unbewusste Teil meines Selbst funktionierte, welche Aufgaben ich mir mitgebracht hatte, welche Muster mein Leben beherrschten und wie ich den Herausforderungen, die mich beeinflussten, entscheidend begegnen konnte. Ich wusste, dass ich alleine es war, welche die Regeln und das Tempo hier bestimmte. Trotzdem und gerade deswegen war ich nicht ohne Angst, auch wenn ich mich nicht fürchtete, denn diese Geistreise war anders. Ich hatte sie nicht mit meinem Willen und Vorsatz begonnen. Die Flöte hatte mich gerufen. Und deswegen wusste ich nicht, was mich erwartete. Das Lied war in mir, aber die Melodie drang von außen zu mir vor, als würde mich jemand rufen, der nicht in meiner inneren Welt zu Hause war, aber einen Weg hinein kannte. Also folgte ich dem Lied der Flöte und dem Lauf des schimmernden Pfades mit höchster Wachsamkeit.

Wir erreichten eine Lichtung, die weit hinten an einem hohen Berg endete, der so trutzig wie ein einsamer steiler Eckzahn aus dem ewigen Wald ragte. Ich kannte den Wald und den Felsen aus früheren Meditationen, war hier bereits gewesen und damals einem weißen Pferd begegnet. Dieses Pferd erwartete mich auch jetzt. Es kam auf mich zu, leuchtend und schön wie der Mond. Es blieb vor mir stehen und schnaubte. Ich legte die Innenfläche meiner Hand auf die weichen Nüstern.

Und über allem schwebte der helle Klang der Flöte, lauter jetzt. ‚Greensleeves'. Ein Schauer durchlief mich. Ich wusste, dass ich auf den Rücken des Pferdes steigen musste. Ich wusste, dass hier ein Weg begann, aber nicht, wohin er mich führen würde. Es war eine Reise mit unbekanntem Ziel. Trotzdem zögerte ich nicht und stieg auf den Rücken der weißen Stute. Wir waren wie eins, die weiße Stute und ich. Und so ritten wir los. Der Panther blieb zurück.

Der Wald wurde dichter, die Bäume rückten enger zusammen, alles Licht wurde geschluckt. Das weiße Fell der Stute leuchtete umso heller, je dunkler es um uns wurde, genauso wie der schimmernde Pfad vor uns. Andere Wege kreuzten, ein ganzes Labyrinth aus Möglichkeiten lag vor mir. Doch ich traf keine bewusste Entscheidung, wohin wir ritten. Ich vertraute dem Pferd. Ich wusste, es würde genau den richtigen Weg einschlagen.

Nebel kam auf und flüsterte mit tausend Zungen. Es wurde kälter. Die Stute beschleunigte. Sie trabte an, ihr ruhiger Schritt mündete schließlich in gestrecktem Galopp. Ich schlang meine Arme um den Pferdehals, spürte Wind und Feuchtigkeit um mich herum. Meine Haare peitschten. An den nackten Füßen, die ich hinten wie Haken über den Rücken der Stute gelegt hatte, pikten eisige Spitzen. Gischt spritzte, als würden wir durch die Brandung am offenen Meer reiten. Aus der nebelhaften Finsternis um uns herum griffen Geisterklauen nach uns. Sie versuchten, mich zu berühren. Ich duckte mich zusammen, schmiegte mich eng an den warmen Körper des Pferdes und verspürte zum ersten Mal Unsicherheit in dieser Welt meiner Seele. Über allem lag klar und rein der Klang der Flöte, die mich und meine weiße Stute wie ein Leuchtfeuer durch Kälte und Finsternis lotste. Ich vertraute der Musik.

Der Wind ließ nach. Die Kälte verlor ihren Schneid. Die Nebel lichteten sich. Über mir wölbte sich von Horizont zu Horizont ein weiter Himmel voller Sterne. Wir verloren an Geschwindigkeit, trabten nun wieder gemächlich durch die mit mildem Mondlicht geflutete Weite. Ich fühlte mich winzig, doch mein Herz wurde angesichts der Grandezza um uns herum so weit und groß wie der Nachthimmel.

Aus dem Nichts um mich herum formten sich Hügel. Sie hoben sich aus dem Boden, wurden zu Bergen, zu einem ganzen Gebirge, mit uns in ihrem tiefen Tal. Bäume wuchsen in Sekundenschnelle gen Himmel, falteten ihre Kronen auf wie Scherenschnitte. Weit voraus wölbte sich ein einsamer Hügel mitten im Tal aus dem Wald. Dort lag, gehüllt in einen Nebelschleier, angeleuchtet vom Licht der Sterne, der Endpunkt unserer Reise. Wir kannten den Weg nicht. Er formte sich vor den Hufen der weißen Stute und es war, als würden die Bäume zurückweichen und den Weg freigeben, damit wir das Ziel nicht verfehlten.

Der Hügel war vom Nebel wie mit Milch übergossen. Während wir näher kamen, wurde die allgegenwärtige Flötenmusik immer lauter und als wir ganz nahe heran waren, erhob sich auf dem Hügel eine große Katze mit der flüssigen Eleganz, die nur Katzen zu eigen war. Die Silhouette hob sich scharf vom Mondlicht ab. Es war ein Berglöwe und er sah zu uns herunter. Die Stute zeigte keine Angst. Ich saß aufrecht dort auf ihrem Rücken. Die Flötenmusik war nicht mehr länger nur nahe. Sie war hier. Der Puma bleckte die Zähne, doch ich hörte kein Fauchen. Ich hörte ein Wort, klar, laut und deutlich.
„Komm!“

Die Musik verstummte.

***

Beim Erwachen erinnerte ich mich an diesen Traum. Klar und deutlich. Trotzdem schrieb ich mir die Einzelheiten auf. Wort für Wort und schnell, so lange ich mich noch daran erinnerte.
Ich war nicht mehr ganz so unbedarft wie vor acht Jahren. Ich hatte nicht nur in meiner Ausbildung und dem begonnenen Studium viel gelernt. Nein, ich wusste inzwischen auch viel mehr über mich selbst und die verschiedenen Bewusstseinsebenen der menschlichen Seele. Ich hatte gelernt, sie nicht zu ignorieren, sondern sie zu bereisen, auch wenn ich hierbei noch am Anfang stand. Aber das Schloss, oder besser die Burg, hatte ich mir selbst ausgedacht. Sie stellte eine innere Bastion dar, in der meine Seele lebte, meine Seele mit all ihren Facetten und möglichen Gestalten, die sie schon angenommen hatte. Ich war ziemlich aufgeregt, noch mehr aber erstaunt, weil es zum ersten Mal passiert war, dass mich jemand von ... wie soll ich sagen ... hm ... außerhalb in meiner inneren Welt gefunden und Kontakt zu mir aufgenommen hatte. Und das schien das Flötenspiel zu sein: Eine Kontaktaufnahme. Mir fielen nicht viele Menschen ein, mit denen ich so eine intensive Verbindung haben könnte. Von daher hoffte ich natürlich, dass ..., also theoretisch könnte es ja sein, dass ... Na ja, ihr wisst schon.

Ich war nach dieser Traumgeschichte jedenfalls noch sicherer, was ich zu tun hatte. Ende aller Jammerei. Schluss mit dem Gewimmer. So, wie Einstein schon sagte: „Jeder kann was an seinem Elend ändern. Einfach mal mit dem Jammern aufhören.“ Wenn ich folglich mein Glück (Also Lennard?!? - Okay, ja, Lennard) finden wollte, musste ich losgehen und es suchen. Nein, ich musste losgehen und IHN suchen und einiges klarstellen. Und das würde ich. Punkt. Aus.

***

Meinen Plan umzusetzen, den ich noch in dieser Nacht geschmiedet hatte, war eine Sache von Sekunden gewesen, seine Realisierung dann ein Behördenmarathon. Die Entscheidung fiel, als ich noch nicht mal richtig wach war. Klare Sache – ich musste nach Amerika. Ganz einfach. Das und nichts anderes wollte der Traum mir sagen.

So einfach die Entscheidung war, so langwierig war dann die Realisierung. Es galt, das aktuelle Semester zu absolvieren, den Lebensunterhalt zu verdienen und nebenbei verschiedene Weichen zu stellen. Zum Glück (oder zu meinem Pech) hatte ich ein paar Monate Zeit. Ich brauchte jede einzelne freie Minute. Ich musste ein Urlaubssemester rechtfertigen, ein Nichteinwanderungsvisum beantragen, dafür aber tonnenweise Formulare in Englisch ausfüllen und einen persönlichen Termin in der amerikanischen Botschaft wahrnehmen, knappe zweihundert Dollar berappen, einen Intensiv-Sprachkurs im medizinischen Englisch absolvieren, mit zähem Hin und Her eine Praktikumsstelle im Verde Valley Clinical Center Sedona ergattern (was nicht das Schwierigste war, als das erwies sich tatsächlich die Sache mit dem Visum) und vor allem meine Eltern davon überzeugen, dass ich das Spargeld, was dazu dienen sollte, mein Bafög zurückzuzahlen, auf den Kopf kloppen wollte, um „einem Kerl, der inzwischen seit acht Jahren nichts mehr von sich hat hören lassen", nachzulaufen, wie mein Vater mir ganz unverblümt an den Kopf knallte. Damit hatte er natürlich absolut und völlig unrecht. Also erklärte ich ihm das auch und bestand darauf, dass ich lediglich mal andere Luft schnuppern und mein Englisch vervollkommnen wollte. Und wenn ich nebenbei die Stätten und Naturwunder zu sehen bekam, von denen ein alter Freund immer so blumig berichtet hatte, dass ich neugierig wurde, dann handelte es sich im Endeffekt um eine Bildungsreise. Oder einen Jugendtraum und nichts anderes. So. (Hast du die Finger gekreuzt? - * Hüstel * Ja.)

Nebenbei hatte ich auch jede Menge damit zu tun, mir Suses neuerliche Schwangerschaftsweh- wehchen anzuhören. Da waren unter anderem:
„Ich bin jetzt schon so fett wie eine Planschkuh."

„Scheiße, jetzt muss ich schon wieder entbinden. Weißt du eigentlich, wie weh das tut??“ „Warum ist die Geschichte mit dem Klapperstorch nur ein Märchen? Wäre doch viel praktischer. Und vor allem schöner für die Frau ...“
„Demnächst sehe ich meine Füße nicht mehr, dann muss Jus mir die Schuhe zubinden. Der soll bloß maulen, dann raste ich aus.“
„Ich bin jetzt FETTER als eine Planschkuh.“
Und so weiter ...

Wegen des Praktikumsplatzes hatte ich eine Vermittlerorganisation aufgesucht, aber am Ende managte ich das selber, weil ich nicht aufgab und die Organisation nicht so richtig aus dem Knick kam. Ich wollte außerdem nicht irgendeinen Praktikumsplatz, nein, ich wollte nach Sedona. Nirgendwo anders hin. Und Sedona hatte nun einmal nur dieses eine Krankenhaus. Es war nicht groß, aber nach zähem Ringen und Nerven erbarmte sich schließlich irgendwer dort, der wohl keine Mails und Anrufe mehr von mir empfangen wollte, und knallte mir die Zusage vor den Latz. Vermutlich lag das tatsächlich an meiner Ausbildung zur OP-Schwester und somit an einer gewissen Berufserfahrung. Vielleicht auch nicht. Fakt war, dass ich damit die erste Hürde genommen hatte. Auch wenn man den Fokus des Praktikums, wie mir der liebe ProfDoc Breiter väterlich streng mit Blick über die Brille erläuterte, an sich auf das Fachgebiet lenken sollte, wofür sich ein angehender Arzt später mal spezialisieren wollte. Tja, genau was das anging, war ich mir aber noch gar nicht so sicher. Was ich jedoch wusste, war, dass in diesem Augenblick nicht unbedingt die fachliche Kompetenz den Ausschlag gab, sondern eher die spektakuläre Landschaft in und um Sedona.
Ich ergatterte zu meiner großen Freude sogar ein Stipendium bei meiner Uni, was ich - ehrlich gesagt - eher zufällig beantragt hatte, weil ich auf der Suche nach Infos von einem Kommilitonen den entsprechenden Hinweis bekam. Es war nicht viel, aber trotzdem hilfreich.
„Haben oder nicht haben und eine Ecke mit weg sein“, wie meine Mutter immer sagte, und mit dem, was mir die Klinik in Sedona zahlte, würde ich halbwegs über die Runden kommen. Ich hatte ein winzigkleines Gartenhäuschen gemietet,

mit einem Wohnraum im Erdgeschoss und einem Dachkämmerchen, was eben noch so als Schlafmöglichkeit taugte. Stehen würde ich dort oben nicht können, aber zum Schlafen wirkte die Mini-Etage ideal. Der Vermieter hatte mir viele Bilder geschickt und alle sahen so aus, als könnte ich mich dort wohlfühlen. Das Häuschen gehörte einem Mann namens Jim Cricket. Ehrlich. Ich hatte bei meiner Suche unter anderem die Internet-Seite eines bestimmten Diners in Sedona aufgesucht, was sich an der Arizona State Route 89A befand, und dabei zwar weder Lennards Schwester noch das Backenhörnchen (von den Fotos auf Lennards Handy), aber eine E-Mail-Adresse gefunden. Dort hatte ich kurz entschlossen hingeschrieben, meine Situation erklärt und höflich gefragt, ob mir jemand bei der Suche nach einem Wohnraum behilflich sein konnte. Und Jiminy hatte mir prompt sein eigenes Gartenhaus in Sedona mit Fahrrad und eigenem Zugang angeboten. Ich schlug zu, ohne lange zu überlegen.

Mein Praktikum würde am 1. März des nächsten Jahres starten, so dass ich knapp die Prüfungen am Ende des fünften Semesters mitschreiben und noch ein paar Tage Urlaub dranhängen konnte, um das Angenehme mit dem noch Angenehmerem zu verbinden. Mein Flug ging von Berlin über London nach San Francisco. Dort würde ich mir, nein, würden wir uns ein Auto mieten und den Highway One in Kalifornien nach Süden in Richtung Los Angeles fahren. Vorbei an Santa Barbara und der herrlichen Pazifikküste, die dort, nach den Aussagen tausender Urlauber, phantastisch sein sollte. Wir, das waren übrigens nicht Suse und ich. Und das nicht, weil ich nicht wahnsinnig gerne mit Suse gefahren wäre, sondern weil Jus uns da einen rigorosen Strich durch die Planung gemacht hatte.

Er hatte, als sie ihm ihre Idee ganz fröhlich zwischen Tür und Angel, als Jus zum Laufen gehen wollte, nebenbei vorbrachte, nur die Brauen hochgezogen und völlig konsterniert „Du fliegst nirgendwohin" gesagt.
Suse: „Doch. Ich fliege mit Leila. Ich kann sie doch", Schulterhochziehen und flehender Blick in meine Richtung, „nicht ganz alleine in die Staaten fliegen lassen. Das geht nicht. Wir machen sowas IMMER zusammen. Und es ist doch

nur für die ersten paar Tage ... äh ... Wochen."
Ich (in der Küche von Villa Rothmann): vage nickend, Pingpong-Blick hin und her.
Er (völlig ruhig): „Ich denke, dass Leila schon ein großes Mädchen ist und das alleine hinbekommt. Sie hat noch keine Familie, aber du. Und du fliegst in nächster Zeit nirgends hin."
Suse, schnippisch mit verschränkten Armen: „Ich bin schwanger, Jus, nicht krank. Du kannst ja mitkommen, wenn du Schiss hast, dass wir das nicht alleine hinkriegen."
Er (seufzend): „Es geht doch gar nicht darum, wer was hinbekommt oder nicht. Ja, du bist schwanger, Suse, Herrgott nochmal. Denkst du vielleicht mal bitte an die Gesundheit unseres Kindes? Von wegen Strahlenbelastung und Flugstress und so weiter? Und wie stellst du dir das bitte mit Annelie vor? Die dreht schon frei, wenn du mal einen Tag lang weg bist. - Nix da."
Suse lamentierte und diskutierte und zeigte abwechselnd die Krallen, die Zähne und die Samtpfoten, aber sie hatte keine Chance. Jus blieb unerbittlich und eigentlich hatte er damit auch recht. Sie war nun mal Mutter und außerdem schwanger, auch wenn sie ihr diesbezügliches Timing in diesem Moment wohl zum ersten Mal ein winziges bisschen bereute.

Worüber ich insgesamt lieber gar nicht nachdachte, war die Tatsache, dass der Flug nach San Francisco fast sechzehn Stunden dauern würde. Das waren sechzehn Stunden nackte Angst. Zumindest für mich. Ich flog nicht nur nicht gern über Ozeane, ich war quasi paralysiert, wenn ich nur daran dachte. Unter mir also nicht nur zwölf Kilometer mehr oder minder dichte Luft, sondern darunter auch noch ein knappe vier Kilometer tiefes Meer, wo es unten superfinster war. Von dort kam nichts und niemand mehr hoch. Mein Alptraum. Wenn es nicht Lennard war, den ich dort zu treffen hoffte, hätte ich mir die Sache mit nichts auf der Welt versüßen können, wäre lieber mit dem letzten Frachtkahn tagelang über das Meer geschippert und hätte Kartoffeln und Zwiebeln geschält und mir eingeredet, eine Flussrundreise mit einem Flachbodenschiff zu machen. Aber meine Entscheidung war gefallen, die fliegende Hürde würde ich also auch noch nehmen müssen, zur Not mit Reisepille. Oder einem Gummihammer.

San Francisco war übrigens nur als Zwischenziel geplant. Urlaub mit Sightseeing und allem Pipapo. Suse wollte mir unbedingt ein schlechtes Gewissen einreden und fragte dauernd, ob es nicht fürchterlich wäre, dass ich sie/Annelie/meine Eltern/den ProfDoc/... (und hier bitte jede weitere Person aus meinem engsten Verwandten- und Bekanntenkreis einfügen) jetzt ein halbes Jahr lang nicht sehen würde. Sie fuhr sogar schärfste Geschütze auf.
„Du kannst doch ohne den Blick zum Fernsehturm gar nicht existieren."
„Annelie wird dich nicht mehr erkennen, wenn du wieder da bist. Das hast du dann davon."
„Ein halbes Jahr lang keine Eiscreme von Du-weißt-schon-wem essen. Geht das?"
„Du wirst mein Baby erst sehen, wenn es schon zur Schule kommt."

„Ach menno, Lelli, ich BENEIDE dich. Du musst mir immerzu Bilder schicken, ja?"

Das versprach ich ihr hoch und heilig. Und das Einzige, was mir wirklich Bauchschmerzen bereitete, war tatsächlich der Fakt, dass ich mich grässlich fürchtete, ganz alleine über den kilometertiefen Ozean zu fliegen. Ohne jemanden, dem ich dabei stundenlang die Hand zerquetschen konnte. Niemand, der mit mir die Boardbar leerte, um mich im milden Delirium zu halten. Das wäre wirklich grässlich. Aber das Glück ist mit den Mutigen und nachdem ich vor lauter Panik schon alle meine Fingernägel abgekaut hatte, musste ich am Ende doch nicht von allen guten Geistern verlassen auf die Reise gehen. Als nämlich Tilli von meinen Plänen Wind bekam und ich ihr von Suses Ausfall erzählte, hatte ich plötzlich wieder eine Begleiterin, die – wer hätte das gedacht - eine Sabbat-Auszeit von ihrem derzeitigen Lover brauchte.

„Weit weg? Ans andere Ende der Welt? Hinter dem nächsten Ozean? Klingt suppa. Ich brauche dringend einen Tapetenwechsel. Weiß zwar noch nicht, wie ich das hier in der Klinik deichseln soll, aber irgendwie geht das schon. Muss echt mal weg, sonst entwickelt sich da zwischen ... na ja ... ihm und mir so'ne Art Dynamik. Also mit Kosta, meine ich jetzt."

Hört, hört. „Seid ihr denn jetzt richtig zusammen?" Das wollte ich jetzt genau wissen. Zumal es mich für einen Augenblick von der bodenlosen Sache mit dem Flieger und dem Ozean und meiner schrecklichen Sehnsucht nach Lennard ablenkte.

Tilli wieherte am anderen Ende, als hätte ich den Witz des Zeitalters gerissen. „Bist du nicht mehr ganz dicht?? Kosta und ich? Zusammen? Hahahahaaa! Haaa. Also das geht überhaupt nicht. Das ist wie ... Diät mit Nutellapizza." Sie konnte sich gar nicht beruhigen.

Ich zog eine Braue hoch. „Na ja, irgendwas läuft da schon zwischen euch, oder nicht? Also, ich meine, wenn ihr jetzt öfter im Bett landet, mit, hm, ‚Dynamik', wie du sagst, da könnte man schon irgendwie von einer ... Beziehung sprechen. Oder nicht?"

Tilli schnappte nach Luft. „Spinnst du? Ich könnte nie mit Kosta eine Beziehung haben. Himmel noch mal, wir waren zusammen im KINDERGARTEN. No-Go. Ich hab früher Onkel Aki zu seinem Vater gesagt. D-das ist jetzt einfach nur so. Just for Fun. Weil wir beide ... grade mal ... nichts anderes - na ja – am Start haben. Läuft halt irgendwie so nebenbei. - Ehrlich, was du da gleich wieder reininterpretierst. Es geht nur ums Bett und da ist es ... ganz nett. Eigentlich. Bisschen Spaß halt, wenn du da irgendwas von verstehen solltest." Autsch!

„Und was sich reimt, ist gut? Oder?", setzte ich nach und konnte förmlich sehen, wie sie mit den Augen rollte.

„Leila, du nervst. Aber okay, DAS ist schon ganz gut mit ihm, glaubt man kaum, oder? Aber nur, so lange ich nicht den RICHTIGEN Typen kennengelernt habe. Zum Überbrücken quasi. Wenn dann der Richtige kommt, ist das mit Kosta Geschichte, das sag ich dir. Aber sofort. Und ihm hab ich das auch gesagt. Er ist da absolut meiner Meinung. Geht ihm nämlich genauso. – Hör mal, ich muss mich da echt nicht rechtfertigen, ja? Bin schon ein großes Mädchen, okay?"

„Auf alle Fälle", stimmte ich ihr zu. Tilli war knappe eins achtzig groß. „Sogar

ein ganz großes Mädchen, würde ich sagen. - Wie oft seht ihr euch denn jetzt immer?"
Tilli druckste ein bisschen herum. „Och, so, wie's grade passt."
Ich ließ nicht locker. „Wie passt es denn?"
„Na ja, er kommt immer mal am Wochenende her, wenn er kann."
Wenn man den Fisch erstmal am Haken hat ... „Wie oft denn?"
„Herrje, du stellst Fragen. Glaubst du, ich führe jetzt Buch, wie oft ich mit Kosta rummache? Leila, ich bitte dich. SO interessant ist das nun wirklich nicht."
„Jedes dritte Wochenende? Jedes Zweite? Jedes?"
Sie zappelte am Haken. Hin und her. „Was weiß ich ... Er war letztes Wochenende hier. Und das davor. Und davor? Weiß nicht. Vielleicht. Ich hab ja auch mal Dienst und so. Ist doch auch nicht so wichtig."
„Scheint mir fast so, als kommt er ziemlich oft zu dir, der Gute. - Was ist, wenn er der Richtige für dich ist?", fragte ich und spürte einen jähen Stich im Herzen. Geschah mir ganz recht.
Das fand Tilli auch, schoss gezielt zurück und traf natürlich prompt ins Schwarze. „Wenn ich mal den Richtigen finde, dann weiß ich das. Und dann werde ich alle anderen, die eventuell noch in meinem Dunstkreis rumhängen, sofort abservieren und klaren Tisch machen, Leilalein. Und Kosta ist der Erste, dem ich das sage. DAS würde ich machen. So fair bin ich. - Also, by the way, was gibt es denn bei dir so Neues?"

Nichts. Bei mir gab es in dieser Hinsicht absolut nichts Neues, worüber Tilli natürlich bestens Bescheid wusste, auch und gerade über das Desaster im September. Ihr tat die Sache wahnsinnig leid. Sie hatte - im Gegensatz zu mir - immer noch lockeren Kontakt mit Lennard, aber meist sehr sporadisch und dann auch nur über kurze Nachrichten. Über mich schrieben sie dabei nie. Als Tilli damit angefangen hatte, war sie von Lennard entschieden abgewatscht worden. Seitdem hielt sie sich diesbezüglich zurück. Mir blieb also nichts anderes übrig, als Lennard via Internet im Auge zu behalten. Und leider, leider gab es da nicht sonderlich viel Neues. Das Meiste, was ich lesen konnte, waren Konzertankündigungen für Amerika, wo die RedRoxX recht aktiv und unterwegs waren.

Kurz nach dem Jahreswechsel änderte sich das mit den harmlosen Infos dann allerdings ad hoc. Nochmal leider. Da sah ich Lennards Gesicht zum ersten Mal in einer Blase neben einer blonden Schönheit mit grünen Katzenaugen. Der Artikel war der Aufhänger eines In-Magazins in den USA und Lennard nicht direkt mit der Frau zusammen, aber sein Gesicht als runder Ausschnitt neben ihrem strahlenden Auftritt als glitzergrüne Strahlefrau bei irgendeiner Charity-Veranstaltung zu sehen.

„Happy end for Maddy? She says - YES."

Kurz zusammengefasst drehte sich der Artikel um eine amerikanische Schauspielerin mit Namen Heather O'Farrell. Sie war Sternchen einer Serie mit dem Namen „Maddy in love". Meine Recherchen ergaben, dass sie dort eine Heiratsvermittlerin namens Madlen spielte, die ein Büro unterhielt und Pärchen zusammenbrachte, wobei sie sich immer so in die Rolle hineinsteigerte, dass sie selbst stets und ständig ein bisschen in den Bräutigam verliebt war und dabei nicht bemerkte, dass ihr treuer Freund und Helfer Pit Powder (OMG – wie grässlich) derjenige war, der sie eigentlich anhimmelte und auf Händen trug. Die ganze Serie war ziemlich lauwarmes Gewäsch, aber eine Menge Leute schienen darauf voll abzufahren. Was wahrscheinlich an Maddy, oder besser Heather lag. Sie sah wirklich umwerfend aus (Ha! Vielleicht, wenn die Maskenbildner mit ihr fertig waren. Such ein Bild ohne Schminke und Pipapo, LOS.) Ich suchte alle möglichen Bilder von Heather heraus. Sie sah dummerweise auf allen umwerfend aus und machte sogar in Schlabberhose mit bauchfreiem Putz-T-Shirt eine tolle Figur. Leider. Das musste ich zähneknirschend und mit einem Riss im Herzen zugeben.
Mein Ticket war gebucht. Das Praktikum in Sack und Tüten. Das Stipendium gebongt. Und Tilli freute sich wie eine Schneekönigin auf die Reise. Sonst hätte ich den Trip spontan abgesagt und mich in einem Laubhaufen verkrochen. Auf der Stelle. Diese Frau hatte Lennard tiefer berührt, als ich gut fand. Das war mir sofort klar. Üble Sache. Konnte sie mich ausbooten?

***

Heather O'Farrell (*04.11.1989 in Flagstaff, Arizona, Vereinigte Staaten) ist eine US-amerikanische Schauspielerin.

O'Farrell studierte Schauspiel an der New York Film Academy in New York und Miami, begann bereits während ihrer Studienzeit zu modeln und erlangte erste Bekanntheit als Werbe-Testimonial für den Shop der Academy. Sie war in kleineren Rollen am Lincoln Center Theatre, bevor sie für die Serie „Maddy in love" (BRONXX Entertainment) gecastet wurde.

Heather O'Farrell lebt in New York.

Fernsehserien:
2015 „Thunderclap"
2016 „Any more, Darling?"
2016 „Whispered secrets" (Folge 1 bis 5)
2017 „Miami Days"
Seit 2017 „Maddy in love"

***

Ich seufzte und klappte ziemlich energisch meinen Laptop zu.
Die Serie wurde einmal im Monat ausgestrahlt und lief sogar schon in Deutschland. Auf einem Bezahlsender. Ich hatte mir daher nur kurze Sequenzen auf Youtube ansehen können. Tja, was soll ich sagen? Mittlere Katastrophe. Heather war hübsch. Heather war blond. Heather hatte tatsächlich so unglaublich grüne Augen. Heather war einen ganzen Kontinent näher dran als ich. Heather war talentiert und erfolgreich und in jedem Fall eine ernstzunehmende Konkurrenz. Wenn ich nicht jetzt sowieso schon auf ganzer Linie verloren hatte. Denn sie hatte offensichtlich zu irgendwas „Yes" gesagt. Und das hatte mit Lennard zu tun, der Heather offensichtlich datete. Aber diesen Gedanken schob ich konsequent von mir weg. Kostete ganz schön viel Kraft, weswegen ich auch ziemlich down war, als ich an diesem Abend ins Bett ging.

Wahrscheinlich ließ ich mich deswegen in der folgenden Nacht so leicht wieder von der Flöte locken. Meine Abwehr bröckelte unter der Last schwerer Gedanken. Somit war ich ein leichtes Opfer. Für die Flöte. Für die wilde Weite. Und für Greensleeves.

***

Die weiße Stute brachte mich zu den zarten Flötentönen von Greensleeves erneut durch den Nebel in das monderhellte und von Dunstschwaden durchzogene Tal, aber dieses Mal ging die Reise viel schneller. Vielleicht kam mir das aber auch nur so vor, weil wir schon hier gewesen waren. Doch dieses Mal fühlte es sich anders an. Es war ganz still und kalt um uns herum. Zudem lag ein namenloses Grauen in der Luft. Es warf seine Schatten über uns: Trauer, Angst und Wut. Ich spürte die Gefühle so deutlich, als wären es meine eigenen. Irgendetwas Fremdes war in meiner unbewussten Welt. Das sagte mir mein Bauch und ich wusste, dass ich diesem Gefühl vertrauen konnte. Mein Nacken prickelte. Ich griff mit beiden Händen in die Mähne der weißen Stute und flüsterte ihr und (vor allem) mir selbst beruhigende Worte zu. Das Pferd schnaubte und zeigte, im Gegensatz zu mir, nicht im Ansatz so etwas wie Furcht.

Der Hügel, auf welchem bei meiner letzten inneren Reise der Puma gesessen hatte, war verschwunden. Wir trabten durch den nebelverhangenen Wald bis zum anderen Ende des Gebirgskessels, wo der weiße Dunst immer dichter wurde. Es ging leicht bergan. Unter den Hufen der Stute barsten Zweige und kleine Steine, als sie mich unbeirrt durch die klamme Dunkelheit trug, bis wir das Ende des Tals erreichten. Der Nebel leuchtete hier grell, fast milchweiß im Mondlicht. Wenn ich die Augen zusammenkniff, konnte ich die bleiche Scheibe durch eine Öffnung in den Felsen vor mir sehen. Da war ein steinerner Bogen, aus dem die weißen Schwaden quollen. Mein Atem kondensierte und verschmolz mit dem Nebel, während sich meine Nackenhärchen aufstellten. Jemand beobachtete uns. Die Stute schnaubte wieder, ging aber unbeirrt weiter. Die Flöte spielte ihr Lied. Sonst war es totenstill.

Als sich unter dem felsigen Tor der Puma erhob, blieb mein Pferd stehen. Die große Katze war keine fünf Meter von uns entfernt und sah uns entgegen. Ihre Augen waren zwei irisierend leuchtende Schemen in der Dunkelheit. Die Melodie der Flöte endete mit einem harmonischen Triller.
Der Puma fauchte, drehte sich um und ging geschmeidigen Schrittes voran. Ich hatte der Stute kein Signal gegeben. Sie setzte sich ganz von allein in Bewegung und so folgten wir dem Berglöwen durch den steinernen Bogen. Mein Herz schlug schnell. Der Nebel verschluckte uns und jedes Geräusch dazu.

Als wir aus dem Nebel herauskamen, breitete sich vor uns die Unendlichkeit aus. Mir stockte der Atem. Unter dem mit Milliarden Sternen übersäten Himmel erstreckte sich eine weite Ebene, erhellt nur vom Mondlicht. Alles leuchtete fahlweiß und was nicht fahlweiß war, zeigte sämtliche Schattierungen von Schwarz und Grau. Die Ebene war baumlos, zwischen Geröll und großen Findlingen duckten sich nur vereinzelt Büsche. Zeitgleich mit dem Nebel war es nun auch mit der Stille vorbei. Wind brauste. Er kam von überall, fegte über die Weiten wie ein befreites, wild gewordenes Kind und ließ die Mähne der Stute tanzen. Der Puma fauchte und zuckte unruhig mit seinem Schwanz.

Und da war noch etwas, Hufgetrappel in der Ferne, hinter dem Wind. Meine Stute wieherte und aus der Ferne kam Antwort. Ich kniff die Augen zusammen. Durch die Weiten galoppierte ein Pferd, ein Schemen, ein grauweiß gesprenkelter Schatten mit wehender Mähne und wehendem Schweif. Wilde Flucht. Angst. Ungezähmte Kraft. Unbeirrbarer Wille. Der Schimmel wieherte. Meine Stute antwortete.

Der Puma sah mich an und fauchte leise. Ich hörte den Wind und Hufgetrappel, was näher kam und dann ... noch etwas. Jemand weinte. Bitterlich. Herzzerreißend. Das Weinen, erst leise, vom Luftzug zerfetzt, wurde laut und lauter und füllte den Himmel, quälte meine Ohren, brach mir das Herz und ließ mich vor Mitleid vergehen, bis plötzlich in der Ferne ein Wolf heulte. Das Weinen wurde leiser. Der Puma fauchte wieder. Ich nahm die Hände von den Ohren und lauschte in die Nacht. Nichts war anders.

Wind. Wolf. Wimmern.

Dann Hufgetrappel. Das ferne Wiehern eines Pferdes, getragen vom Lufthauch. Den Wolf konnte ich nicht sehen, doch ich spürte, dass er dort draußen war. Ich fühlte seine Einsamkeit und in mir war so viel Sehnsucht, dass mir fast die Brust zersprang. Ich sah mich um. Der Puma war fort. Nicht weit von mir stand nun die Silhouette eines alten Mannes. Es war ein Indianer. Sein Gesicht lag im Schatten, kaum konnte ich seine Augen erkennen. Er sah mich an. In meinem Kopf war eine Stimme. Ich hörte sie klar und deutlich.

„Come and save him."

***

Suse gab, zwar schweren Herzens, aber mit vollem Einsatz, eine tolle Abschiedsparty für mich. Mein Flug ging an einem Montag. Das Wochenende, nein, die ganze Woche davor war auch ohne Party schon ausgefüllt bis zum Bersten. Ich musste vor allem packen und das gut überlegt, da ich ja nicht unbegrenzt Klamotten mitnehmen, aber eigentlich meinen kompletten Schrankinhalt brauchen konnte. Im Frühling und Herbst sollte es in Sedona trocken und warm sein, im Sommer heiß, im Winter eher kühl. Wobei ich den Winter ausklammern konnte, den würde ich dort nicht erleben. Minusgrade gab es sowieso keine und selbst wenn, dann tangierte mich das nicht. Mein Rückflug ging bereits Mitte September. Aber jetzt, wo ich kurz davor war, in für mich unbekannte Weiten vorzudringen, schien mir das wahnsinnig lange hin zu sein.

Auch meine Eltern und Matze waren nach Berlin gekommen. Wir trafen uns am Freitag bei meinen Großeltern in Köpenick. Mein Vater war immer noch nicht begeistert von meiner „irren Idee und so weit weg und überhaupt", aber Mom stand mir bei. Sie war auch besorgt, aber ich glaube, noch viel lieber wäre sie mitgeflogen. Da sie aber ihre Pension keine drei Wochen unbeaufsichtigt lassen konnte, war das passé. Und weniger hätte sich kaum gelohnt. Sie tröstete sich damit, dass meine Eltern jede Menge große Reisen planten, wenn sie in Rente gingen, auch wenn bis dahin noch reichlich Zeit war. Matze wollte mich jedenfalls in den Sommerferien besuchen kommen.
„Vielleicht bringe ich dann Josi mit", überlegte er.
„Josi?", fragte ich irritiert, weil ich bei seinen Freundinnen langsam den Überblick verlor. „Was ist mit Samantha-Suellen oder Carmencita-Barbara oder so ähnlich?"
Meine Mutter winkte ab. „Sei froh, dass du dir die Namen nicht gemerkt hast. - Gute Reise, meine Süße. Melde dich, wenn du angekommen bist. Und zwischendurch auch. Immer, wenn du WLAN hast, ja? Bitte melde dich!!"

***

Tilli traf aus dienstlichen Gründen erst am Sonntagabend ein. Sie verpasste

damit meine kleine, aber feine und sehr gemütliche Abschiedsparty.
„Aber jetzt bin ich freiheiiiiii. Drei Wochen lang ...", trällerte sie, als sie ihren Rollkoffer in Suses Flur schob, und wollte wissen: „Was habe ich gestern Abend so verpasst?"
„Norma", antwortete ich trocken. „Sie hat sich letztens Anton gekrallt und ihn gestern Abend zum ersten Mal als ihren Freund mitgebracht. Das war definitiv komisch für mich."
„Wer ist Anton?", fragte Tilli irritiert. Ach so, klar, sie hatte ihn nie kennengelernt.
„Das ist ein sympathischer und erfolgreicher Oberarzt aus der Charité, den sich Leila hat durch die Lappen gehen lassen, weil sie unbedingt ihrer Vergangenheit nachjagen muss", gab Jus, der gerade vom Laufen kam und trotz ausgeklügelter Hightech- und transpirationserprobter Joggingwäsche einen ziemlich verschwitzten Eindruck machte, mit einem strafenden Blick in meine Richtung zurück. Er hatte mir den Bruch mit Anton immer noch nicht ganz verziehen.

„Ich glaube, er ist mit Norma besser dran", gab ich etwas verschnupft zurück, aber ich meinte das tatsächlich so, auch wenn mir die Tatsache, dass Anton mich so schnell hatte ersetzen können, einen gehörigen Stich versetzte. Gut, ich war es selbst gewesen, die Anton abserviert und Norma darum gebeten hatte, sich ein bisschen um ihn zu kümmern. Aber die beiden jetzt verschlungen Händchen halten zu sehen und ihre vertraulichen Pärchen-Blicke sowie die heimlichen Berührungen zu beobachten, war eine andere Hausnummer. Da kam eine Menge Wehmut im Lande Leila auf. Anton schien unsere Beziehung und ihr abruptes Ende relativ schnell unter „Erfahrungen" abgelegt zu haben, und fragte (nach einem wirklich nur ganz kurzen Verlegenheitsmoment bei der Begrüßung) tatsächlich freundlich nach, wie es mir so ging und was mein Studium machte und so weiter. Das war durchaus ... befremdlich. Ich musste mir jedenfalls irgendwann einen Platz suchen, von welchem aus ich die beiden nicht permanent im Blick hatte. Es war nicht so, dass ich ihnen ihr rosarotes Glückswölkchen nicht gönnte, ehrlich nicht. Es lag eher daran, dass ich eben nicht so glücklich war.

Aber ich arbeitete dran. Ich wollte glücklich sein. Und dass ich es nicht war, lag definitiv weder an Anton noch an Norma, die mit ihrem Spatzen in der Hand offensichtlich das große Los gezogen hatte, so wie sie leuchtete.

***

Unser Flug startete dann am Montag um kurz vor elf Uhr ab Tegel in Richtung London-Heathrow. Dort hatten wir einen Zwischenstopp, nach welchem es zwei Stunden später Nonstop weiter ging bis nach San Francisco, wo wir, wenn alles planmäßig lief, gegen siebzehn Uhr Ortszeit landen würden. Da die Westküste der USA neun Stunden hinter Berlin her ist, erwartete uns morgen ein sehr, sehr, SEHR langer Tag. Die Tatsache, dass Tilli und ich vor lauter Aufregung kaum hatten schlafen können, machte die Sache nicht besser. Nicht zu vergessen – meine Flugangst. Ich war morgens schon so aufgeregt, dass ich nichts essen konnte, da mir permanent schlecht war. Nachdem wir das Gepäck aufgegeben und eingecheckt hatten, rang ich immerzu meine eiskalten Finger, bis Tilli der Kragen platzte.
„Leila, wenn du jetzt nicht langsam mal wieder runterkommst, dann hau ich dir mit dem Gummihammer eins rüber. Fliegen ist die sicherste Art zu reisen. Echt mal."
‚Frag mal alle die, die abgestürzt sind', lag mir auf der Zunge, aber ich wollte das nicht mal denken, geschweige denn aussprechen.

Zum Glück gab sich die Qual, sobald wir in der Luft waren. Wie immer. Als die Maschine in Richtung London abgehoben und ihre Flughöhe erreicht hatte, fügte ich mich in mein Schicksal. Jetzt war sowieso nichts mehr zu ändern. Ich würde wieder herunterkommen. Irgendwie. Ich betete nur noch darum, nicht in irgendwelche Turbulenzen verwickelt zu werden, und genoss dann die Aussicht, so lange ich Festland sehen konnte. Das würde auf dem zweiten Flug anders werden. Ich hatte mir eine Illustrierte genommen, aber irgendwann aufgegeben, als ich merkte, dass ich zum dritten Mal den zweiten Absatz eines schon beim ersten Lesen uninteressanten Artikels über die betrügerischen Machenschaften eines unsympathischen Immobilienmaklers las, der in zweiter Instanz mit irgendeiner Fernsehmoderatorin verwandt war (wobei ich mich fragte, was das Verhältnis des Verwandtschaftsgrades mit der Fernsehtante hinsichtlich seiner Betrugsserie bei vorwiegend älteren und gut betuchten Damen mit der Tatsache zu tun haben sollte, dass der Kerl ein widerlicher Schweinehund war. Ich kam nicht drauf.).

In London angekommen hatte ich keine Zeit, Panik zu schieben. Wir mussten unser Gepäck holen und dann mit dem Bus fahren, um unseren Flugsteig zu erreichen. Wieder Check-in und der ganze Kladderadatsch, bis wir endlich in unserem Flieger an die Westküste Amerikas saßen. Jetzt dauerte es nur noch knappe elf Stunden, um über den Großen Teich und einmal quer über den nordamerikanischen Kontinent zu fliegen und am Ziel anzukommen.
Als ich endgültig unter mir nur noch Wasser bis zum Horizont sah, probierte ich ein neues Mantra aus, was ich im Geiste immer wieder vor mich hin murmelte: „Bis hierher ist es gut gegangen. Bis hierher ist es gut gegangen ... Bis hierher ..."

Wir wurden zwischendurch vom Piloten darüber aufgeklärt, welche Gegend oder Stadt wir gerade überflogen und wie hoch das Flugzeug sich aktuell befand, was ungefähr zwölftausend Metern entsprach. (Vielen Dank, genau das wollte ich nun wirklich nicht wissen.) Interessanter war die Info, dass wir aller Voraussicht nach pünktlich landen und uns die Stadt der Golden Gate Bridge mit gemütlichen sechzehn Grad und Sonnenschein erwarten würde. Frühlingsfeeling in San Francisco. Nicht Summertime, aber immerhin. Wir hatten das deutsche Februar-Matsche-Wetter definitiv hinter uns gelassen. Das war gut und hob meine Laune durch Vorfreude immens.

Tilli zeigte sich die ganze Flugzeit über geradezu erschreckend tiefenentspannt (im Vergleich zu mir, der Hypernervösen) und ich versuchte, mir davon die eine oder andere Scheibe abzuschneiden, insbesondere, indem ich sie in Gespräche verwickelte. Da sie aber dauerschläfrig war, immer wieder einnickte, äußerst einsilbig blieb und dafür die Höhe vorschob, welche sie angeblich müde machen würde (eine Symptomatik, die ich allerdings eher auf chronischen Schlafmangel aufgrund von Nachtschichten und dem Wechsel zwischen Dienst und Privatvergnügen schob), las ich einen Krimi, den ich mir im Vorfeld noch als E-Book runtergeladen hatte. Ob der gut war? Keine Ahnung. Worum es ging? Weiß ich nicht mehr.

***

Ich blieb jedenfalls die gesamte Flugzeit hindurch hellwach und konnte so als erste sehen (Tilli schnarchte neben mir und sabberte ein bisschen), dass sich unsere Ankunft in San Francisco spektakulär gestaltete. Wir schwebten bei herrlichstem Sonnenschein über die Bay herein. Mein Herz floss über. Ich klebte aufgeregt an der Scheibe, konnte die Golden Gate Bridge sehen und Alcatraz und die Skyline und realisierte, total aufgekratzt auf meinem Sitz hin und her rutschend, dass ich nun wirklich HIER war, auf der anderen Seite der Welt. Selbst Tilli gönnte sich einen halbinteressierten Blick, als ich sie wachrüttelte und (die Schräglage des Flugzeugs beim Landeanflug nutzend) auf die Silhouette der Stadt deutete.
„Da. San Francisco. Siehst du?"
„Hmm, cool", gähnte Tilli und schlief gleich wieder ein.

***

Angekommen, dachte ich und mein Herz pochte ganz schnell.
Wir. Waren. Da.
In Amerika.
In echt.

***

Ich hatte schon vor Wochen von Deutschland aus für die ersten beiden Nächte in San Francisco ein Hotelzimmer gebucht. Wir holten unseren Mietwagen, einen weißen Chevrolet, direkt am Flughafen ab und fuhren zu unserer Unterkunft im Fisherman's Wharf. Das war nicht gerade billig gewesen, aber ich wollte so schnell wie möglich auch so viel wie möglich von Land und Leuten sehen, nämlich die Golden Gate Bridge (von Nahem), eine Cable Car (von innen und außen), die Lombard Street (vom oberen Ende) , Alcatraz (von Weitem) und den Pazifik (vor allem beim Sonnenuntergang). Daher hatte ich mich übernachtungstechnisch für das Hafenviertel entschieden. Wie sich herausstellte, war das eine gute Wahl, das gab auch Tilli zu.

Und so schlenderten wir bald nach dem Einchecken im Hotel durch den wohl bekanntesten Stadtteil von San Francisco mit seinen unzähligen Kneipen, vorbei am Wachsfigurenmuseum und am Ghirardelli Square, aßen Garnelen am Spieß und Eiscreme, bestaunten das bunte Treiben und natürlich die berühmte rote Brücke, die sich über das Golden Gate spannte und die Grenze oder das Tor zwischen Bay und den Weiten des Pazifiks darstellte.
„Wir sind wirklich hier", stellte ich noch einmal andächtig fest, als die Sonne unterging.
„Einmal über den Großen Teich geflattert", bestätigte Tilli und gähnte dabei dermaßen heftig, dass ein ganzes Eis samt Waffel auf einmal in ihren Mund gepasst hätte.

***

Wir blieben zwei Tage in San Francisco, dann fuhren wir weiter. Auf dem Weg nach Süden zog die kalifornische Pazifikküste bei herrlichstem Wetter alle Register und präsentierte uns beeindruckende Landschaften. Ich machte Unmengen an Fotos und dachte beim nächsten Blick doch immer wieder, dass dieser Ausblick noch schöner war als der zuvor. Ziemlich bald war ich an Eindrücken so übervoll wie meine Speicherkarte und hatte doch noch nicht genug. Mir schwirrte der Kopf so sehr vor Bildern, dass ich den Anschluss an den Verlauf der absolvierten Route verlor.

Zum Glück telefonierte Tilli abends immer mit Kosta über WLAN und erzählte ihm lang und breit von jedem Meter, den wir zurückgelegt hatten, so dass auch ich wieder nachvollziehen konnte, wo wir gewesen waren. Sonst hätte ich wahrscheinlich die Hälfte meiner Bilder gar nicht mehr zuordnen können. Aber so schön auch alles rundrum war, immer, wenn Tilli und Kosta redeten und wir Grüße hin- und herschickten, hatte ich einen Kloß im Hals. Klar, ich konnte auch telefonieren. Mit Mom. Mit Papa. Mit meinem Bruder oder Suse. Aber nicht mit dem Einen, mit dem ich am allerliebsten reden wollte. Keine Ahnung, wie oft ich in irgendeinem King- bzw. Queensize-Bett in einem beliebigen XYZ-Hotel lag und den Daumen über dem kleinen grünen Telefon schweben ließ, was in der Kontaktliste neben seinem Namen stand. Lennard Steinberg. Ich vermisste ihn. Egal, wo ich auch einschlief. Immer.

***

„Un-glaub-lich. Wir sind jetzt schon knappe tausendzweihundert Kilometer gefahren", staunte Tilli an unserem sechsten Reisetag. Das Navi zeigte uns mehr als siebenhundertneunzig gefahrene Meilen an und nicht eine einzige davon war mir langweilig erschienen. Nachdem wir die spektakuläre Pazifikküste von San Francisco in Richtung Süden mit mehreren Übernachtungen und letztlich einem zweitägigen Aufenthalt in Los Angeles absolviert hatten, zog es mich immer mächtiger in Richtung Osten, also jenes Ostens, der als mittlerer Westen bekannt war. Tilli wäre gern noch länger in L. A. geblieben. Aber ich drängte sie voran. Ich konnte nicht mehr warten. Ich wollte weiter. Nach Arizona. Coconino County. Ich wollte den Grand Canyon sehen, die roten Felsen und Sedona. Ich wollte weiter, weiter, weiter. Immer geradeaus. Der Nase nach. Straight ahead. Dorthin, wo Lennards Herz schlug.

Je näher wir ihm kamen, desto größer wurde mein Herz. Es dehnte sich aus wie die Weite um uns herum, verschlang jeden Grashalm, jede Meile, jeden Country-Song, den Tilli und ich mitgrölten. Als wir in Phoenix eintrafen, ging die Sonne gerade blutrot im Westen unter. Es war heiß. Es war trocken. Es war ... herrlich hier.

***

In Phoenix spontan zu übernachten hieß, reichlich viel tiefer in die Tasche zu greifen, als wir geplant hatten. Wir waren spät dran. Der Papago Park und das süffige Wetter der Sonora-Wüste hier im „Tal der Sonne“ (in Phoenix soll an mehr als dreihundert Tagen im Jahr die Sonne scheinen) hatten uns total entschleunigt. Und die blauäugige Ansicht, dass wir zu diesem Reisezeitpunkt immer und überall auch kurzfristig eine Bleibe in einem der preiswerten Motels finden würden, die in unserem „Studenten-auf-Reisen“-Katalog empfohlen wurden. Leider war in Phoenix aber justament irgendeine Messe oder Großveranstaltung und somit alles belegt. No vacancy. Pech für uns. Das Hotel, was uns schließlich noch barmherzig aufnahm, kassierte unbarmherzig ab, warb allerdings mit einem nächtlich beleuchteten Pool und bot einen Abendimbiss an, der reichen musste, weil wir für die Übernachtung in North Scottsdale so viel zu berappen hatten, dass ich in Berlin zwei Wochen locker hätte davon überleben können. Wir bekamen das kleinste Zimmer im Haus, wurden aber zumindest nicht im Stall neben dem Esel und den Schafen einquartiert und hatten ein Dach über dem Kopf.

„Ist ziemlich angesagt, der Schuppen, was? Sehen und gesehen werden“, raunte mir Tilli zu, als wir die praktischen, aber eben nicht von Hier-bitte-beliebigen-Designer-einfügen kreierten Rucksäcke etwas peinlich berührt an uns pressten und durch die Lobby und jede Menge Leute in Glitzer, Pailletten, Schlips und Kragen zu unserem Zimmer schlichen. Kurze Zeit darauf pilgerten wir in hoteleigenen Bademänteln über den Bikinis zur Beachbar, wo zu dieser späten Stunde noch ein paar Snacks serviert wurden. Irgendwo in einem hinteren Flügel des Gebäudes musste ordentlich was los sein. Wir hörten Musik und Stimmengemurmel.

Wir schwammen eine Runde im tatsächlich beleuchteten Mega-Planschbecken und bekamen danach Chicken Fingers in irgendeiner höllisch guten Soße serviert. Dazu gab es Pommes und Salat. Ich genoss die Wärme des Phoenixer Februarabends, aber nachdem Tilli nach nur einem Gin Tonic mit dem Kopf auf den Tresen knallte, zog ich sie, mit einem entschuldigenden Blick in Richtung

des pikiert dreinguckenden Barkeepers, von ihrem Hocker.
„Sorry, aber ich bin echt knülle. Jetlag“, gähnte meine Freundin, als ich sie durch die Saloontür in einen Vorraum bugsierte. Ich umschiffte zwei entgegenkommende Pärchen, steuerte Tilli schwungvoll nach links und hoffte, dass ich mich korrekt erinnerte und die Richtung zu unserem Zimmer eingeschlagen hatte. Aber da bremste mich Tilli aus, in dem sie meinen Bademantelärmel packte und heftig nach links nickte, also dahin, woher wir kamen und wo gerade die Saloontür hinter den beiden Pärchen zuschwang. Tilli meinte aber nicht die vier Leute. Sie meinte auch nicht die Bar, nicht die beiden großen Bananenpalmen neben dem Bareingang und auch nicht den künstlichen Wasserfall mit der übertrieben pompösen Felsenkulisse. Sie meinte überhaupt keinen Menschen, auch nicht den Typen in Jeans, der an der Wand lehnte, irgendwas trank und sich einen Werbeaufsteller anschaute. Und genau DEN meinte Tilli: ebenjenen Werbeaufsteller. Darauf stand: The Stonehill Store. Darunter ‚Native American - hand made products and ritual artefacts‘.
Ich hob fragend die Schultern und zeigte blankes Unwissen.
Tilli rollte mit den Augen und zischte: „Guckst du mal genau hin, du Depp?“

Ich trat einen Schritt näher heran. Das Plakat zeigte rote Felsen und davor eine Stadt in der Ebene. Im Vordergrund waren drei Personen zu sehen, zwei Männer, eine Frau. Einer der Männer, ein blonder Typ, war wie ein Cowboy angezogen, hatte den Hut in den Nacken geschoben, hockte linker Hand im Schneidersitz auf einem Felsvorsprung und spielte Gitarre. Daneben stand ein grasendes Pferd. Die beiden anderen Menschen auf dem Bild waren Indianer. Ein Pärchen, Mann und Frau.
Mein Herz fing an zu pochen. Das Paar hielt sich an der Hand und stand mit dem Rücken zur Kamera. Die Frau hatte lange schwarze Haare und lehnte mit ihrem Kopf ganz vertraulich an seiner Schulter, beide schienen mit dem Sonnenaufgang zu verschmelzen. Sie trug ein schickes, kurzes weißes Kleid mit Zipfeln vorn und hinten und indianischen Ornamenten und Mokassins, er hatte schulterlanges Haar, war barfuß und trug Shorts, dazu ein Shirt mit Symbolen. Aber egal, was er am Leibe trug, ich hätte Lennard überall erkannt.

Das Plakat warb für „absolut authentische Mode im Sinne der amerikanischen Ureinwohner, original hand made und mit umweltfreundlicher, antiallergischer Herstellung." Es gäbe auch Einzelstücke, Sonderanfertigungen wären ebenfalls möglich. Anruf genüge. Dazu warb das Plakat für indianische Souvenirs, Räucherwaren und Cowboy-Mode und überhaupt damit, der beste Native-American-Store im ganzen mittleren Westen zu sein. Kids waren welcome und konnten sich eigene Medizinbeutel anfertigen, während die Eltern hemmungslos shoppten.

Tilli trat neben mich und tippte der Indianerin auf den Rücken. „Das muss Ajei sein. Ich habe sie ewig nicht mehr gesehen."

In diesem Moment drehte sich der Typ, der mit dem Ellenbogen an der Wand das Plakat betrachtet und sein Glas geleert hatte, abrupt zu uns um. Er war kaum älter als wir, ein rotblonder Wuschelkopf mit Dreitagebart und grünen Augen. Er starrte Tilli an, fluchte, stieß seine Faust etwas rüde gegen die Mauer zu seiner linken und schob sich dann rücksichtslos an uns vorbei. Die Saloontür schwang wild hin und her.

Er hatte nicht mal bemerkt, dass ich bei dem Versuch, ihm auszuweichen und nicht Tilli zu rammen, mit mindestens einem Fuß und meinem vollen Gewicht frontal auf seiner linken Großzehe gelandet war.

„'tschuldigung", murmelte ich erschrocken, auch wenn er offensichtlich Füße aus gehärtetem Damaszenerstahl haben musste, um mein Gewicht zu ignorieren.

Tilli starrte dem Kerl mit offenem Mund nach. „Ähem ..." Ihr Blick schoss zwischen dem Plakat und der Schwingtür hin und her. „Äääh ..." Sie kniff die Augen zusammen und grübelte, während ich wieder auf das Plakat starrte.

Im gleichen Augenblick, in dem ich ihn erkannte, meinen Finger auf den Cowboy im Bild richtete und sagte: „Moment mal, ist das nicht der Kerl von eben?", klingelte ihre Bademanteltasche. Dort hatte Tilli das Handy deponiert. Kosta war dran. Es war Zeit für das abendliche Liebesgeflüster. Das konnte dauern. Wir eilten zu unserem Zimmer. Ich öffnete die Zimmertür mit der Keycard. Tilli ließ sich kichernd auf ihr Bett plumpsen, ich verzog mich mit den Worten „Grüß schön" ins Bad.

Zwanzig Minuten später war ich geduscht, poliert und bettfertig, Tilli aber immer noch nicht am Ende ihres Gesprächs mit Kosta. Sie lag im linken der beiden Betten, stand auf, als ich die Badezimmertür schließen wollte, machte mir gestikulierend klar, dass sie jetzt ins Bad ging, und verschwand ebenda. Also keine Frauengespräche mehr heute Abend. Ich seufzte, nahm mein Handy, checkte Mails und Whatsapp, versorgte alle Familienmitglieder und Freunde mit aktuellen Informationen aus dem Wilden Westen, kramte mir dann das Buch, was ich zurzeit las (auf Englisch, dass das klar ist – auch wenn es sich um ein Kinderbuch über einen gewissen Zauberschüler handelte, was ich schon tausend Mal gelesen hatte), aus der Tasche und machte mich auf eine entspannte (und einsame) Leserunde gefasst, um mein Englisch aufzumöbeln.

Doch keine vier Minuten später wurde die Badezimmertür aufgerissen.
„... glaube ich jetzt einfach nicht. N-nein!? Natürlich NICHT. B-bist du ... bescheuert???“ Tilli stand da und sah mich mit weit aufgerissenen Augen an. Dann starrte sie fassungslos auf ihr Handy, schüttelte den Kopf und pfefferte das Telefon mit Schmackes unter ihr Kingsize-Bed, wo der Crash zum Glück durch einen weichen Teppich abgefangen wurde.
Ich hatte erschrocken mein Buch zugeklappt. „Was ist denn jetzt los??“
Sie sah mich an, das Gesicht so fröhlich wie das von Chucky, der Mörderpuppe im Blutrausch, kreischte: „Nichts, nichts, nichts!!!“, warf sich ganz unköniginnenhaft auf ihr Kingsize-Bett und klatschte sich das Kissen auf den Kopf. Darunter blieb sie dann erstmal verschwunden. Das Handy klingelte dumpf unter ihrem Bett. Nicht nur einmal. Immer wieder.

Irgendwann fragte ich: „Tilli? Willst du reden?“
Keine Antwort, nur ein muffiges Grummeln.
Ich (beschwörend und mit extra weichgespülter Stimme): „Tilli. Bitte. Was hat Kosta verbockt? Rede mit mir.“
Dieses Mal trommelte Tilli wie irre auf die Matratze. Immerhin.
Letzter Versuch in etwas schärferem Ton. „WAS ist los, verdammt noch mal?“

Da riss sie sich das Kissen vom Kopf und starrte mich wild an. „Er hat mich allen Ernstes gefragt, ob ich mit ihm ... zum achtzigsten Geburtstag seiner Oma gehe."
Mein Gesicht war ganz sicher ein gutes Beispiel für blankes Unverständnis. „Ja ... und?"
Sie schaute mich entgeistert an. „Ja und?? Du fragst: Ja und?"
Ich zuckte mit den Schultern und nickte vorsichtig. „Ja? Und?"
Da fauchte sie: „Dann kann er uns auch gleich den Löwen zum Fraß vorwerfen. Was glaubst du, was die dann alle denken?"
Ich überlegte nicht lange. „Sie werden denken, dass ihr was miteinander habt?"
Sie (heftig nickend): „Genau!"
Jetzt musste ich mir ein Grinsen verkneifen. „Aber – ihr HABT was miteinander."
Tilli winkte ab. „Wir haben ... gar nichts. Ach Mann, du verstehst das einfach nicht, Leila."

Hierzu sagte ich nichts mehr, weil ich ihr angebliches Dilemma tatsächlich nicht verstand. Also nickte ich nur und knipste mein Licht aus. Wenn Tilli wütend wurde (was selten vorkam), gestaltete sich jede Diskussion sinnfrei. Ich war viel zu müde. Und es war zu warm im Zimmer und zu dunkel um mich herum und überhaupt auch viel zu spät, um mich jetzt noch großartig aufzuregen oder nachzubohren, was denn so Schreckliches an Kostas Einladung war. Tilli würde schon mit der Sprache rausrücken, wenn sie es wollte. Und wenn nicht, dann nicht. Also schüttelte ich mein Kissen auf und ließ den Kopf auf selbiges plumpsen. Dann gestattete ich mir einen kleinen, sehnsüchtigen Gedanken: Ich war jetzt hier. Und wo war er?
Als Antwort hörte ich zarte Flötentöne in der Ferne. Die Flöte spielte Greensleeves. Sie rief mich zu sich. Ich hatte keine Chance. Ich musste ihr folgen. Weil ich es wollte.

***

Träumte ich? Oder hatte ich eine Vision? Ich war mir nicht sicher, aber ich saß wieder auf meiner weißen Stute. Um mich herum breitete sich die nächtliche mondhelle Ebene aus, die ich schon vom letzten Mal kannte. Ich fröstelte, mein Nacken prickelte, mein Herz schlug viel zu schnell. Ein dumpfes Gefühl namens Furcht breitete sich in meinem Bauch aus. Ich sah mich um, lauschte in die Finsternis und überlegte. Die zarten Flötenklänge machten mir keine Angst. Ich ließ mich von ihnen führen. Der Puma, der um mich herumschlich, machte mir keine Angst. Er hatte mich hergerufen und würde mir nichts tun. Der Mond und die Nebelschwaden machten mir keine Angst. Ich war in der Welt meines Unterbewusstseins, also hier, sicher. Und trotzdem fürchtete ich mich. Warum?

Vor mir, in den Weiten der nachtdunklen Steppe stand der Wolf. Ich konnte ihn sehen, ich hatte ihn gehört. Er war ganz allein. Ich fürchtete die Dunkelheit nicht. Ich fürchtete auch nicht den Wolf, aber jetzt wurde mir klar, was mir wirklich Angst machte. Es war die Leere in seinen blauen Augen.
Ich stieg vom Pferd und ging auf ihn zu, bis ich direkt vor ihm stand. Ich hockte mich hin. Ich lockte ihn mit sanften Worten und meiner Stimme. Ich streckte ihm die Hand entgegen. Der große Wolf winselte. Er machte einen Schritt vor und zwei zurück. Er sah sich immer wieder um. Er wirkte unsicher, verwirrt, verloren.

Ich stand auf, ging noch einen Schritt auf ihn zu und flüsterte sanft seinen Namen: „Honiahaka."

In diesem Moment wuchs hinter dem Wolf eine Gestalt aus dem Boden. Es war ein Mädchen. Sie leuchtete weiß, ihre langen rötlichen Haare hoben sich grell vom Schwarzgrau der nächtlichen Wüste ab. Die wehenden Strähnen knisterten, als würde das Mädchen unter Starkstrom stehen. Sie zeigte auf mich, zuckte wie eine elektrisierte Marionette an Fäden und schrie und schrie und schrie ...
Eisiger Wind blies mir entgegen. Ihr Geschrei ging durch Mark und Bein, es tat geradezu körperlich weh. Meine Nerven vibrierten. Ich presste mir die Hände auf die Ohren, aber das Geschrei hörte nicht auf.

Was ich niemals erwartet hätte, war das sich plötzlich ändernde Verhalten des Wolfes. Da war kein Zeichen mehr von Unsicherheit. Er knurrte und sprang vor. Er bleckte die Zähne, ich wich zurück und riss die Arme hoch, um mich zu verteidigen, auch wenn das vergebens war. Der Wolf war größer und stärker, schneller und gefährlicher als ich. Gegen ihn war ich schwach wie ein Lamm.

Das Mädchen schrie und schrie und schrie. Weiße Blitze zuckten.

Der Wolf machte einen großen Satz auf mich zu. Ich taumelte nach hinten, verlor den Halt und stürzte auf den Boden. Mir blieb die Luft weg. Der Wolf flog auf mich zu. Ich wollte weg, aber ich konnte mich nicht mehr bewegen. Meine Beine versagten. Mein Atem stockte. Alle Kraft war fort. Ich zitterte, krallte meine Finger in den trocken-kalten Boden, wollte mich wegziehen. Aber ich hatte keine Chance.

„Ich bin es. Erkennst du mich nicht?", stieß ich hervor und rollte mich auf den Rücken, aber der Wolf hörte mich nicht oder er folgte einem anderen, fremden Willen. Sein Maul öffnete sich über meinem Hals. Ich spürte seinen warmen Atem und die spitzen Reißzähne auf meiner Haut. Mein Herz zerbrach in tausend Splitter. Alle Kraft verließ mich. Alles war egal. Alles verloren. Nur der Schmerz blieb. Ich lag und ließ mich trotzdem noch viel weiter fallen, ließ alles los und starrte in den sternenübersäten Himmel.
Der Wolf stand über mir. Er heulte. Dann senkte er den Kopf und knurrte. Das Maul mit den messerscharfen Zähnen näherte sich meiner Kehle.
Mir wurde eiskalt. Ich schloss erschöpft die Augen und gab auf. „Na los. Bring es hinter dich."

Ich wartete auf den Schmerz und hörte ein lautes Fauchen, spürte einen Luftzug. Alles geriet in Bewegung. Der Wolf jaulte und wurde unerwartet von mir weggestoßen. Ich taumelte nach hinten, riss die Augen auf. Der Puma hatte den Wolf mit einem mächtigen Satz zur Seite geworfen. Seine Krallen hingen im Wolfsfell, die beiden Tiere kugelten über den kalten Boden. Fauchen. Jaulen. Knurren. Pferdegewieher. Das Mädchen schrie noch lauter und jetzt schrie ich auch.

„Nein!", brüllte ich. „Nein. Bitte. Du darfst ihm nichts tun." Tränen liefen mir übers Gesicht. Die beiden Tiere waren gleichberechtigte Gegner, beide gefährlich, keiner im Vorteil. Sie ließen voneinander ab, standen sich dann gegenüber. Der Schwanz des Berglöwen zuckte wütend hin und her. Er fauchte. Der Wolf winselte. Das Mädchen kreischte. Die hellen Blitze, die von ihr ausgingen, wurden immer heftiger. Ich presste mir einen Arm auf die Augen. Es folgte ein Donnerschlag. Und dann ... Stille.

Ich riss den Arm weg. Wir standen allein in der Weite, die Stute und ich. Die Nacht war nun schwärzer als schwarz, die Wüste leer, mein Herz gebrochen. Ich hatte ihn verloren. Um das zu erkennen, brauchte ich keinen Traumdeuter.

***

Ich wachte auf, aber definitiv nicht, weil ich ausgeschlafen hatte. Im Gegenteil. Ich fühlte mich wie ein Zweifingerfaultier, was in Rekordzeit den Baum gewechselt hatte und dabei auch noch mit einem Elefanten kollidiert war. Tilli schnarchte. Draußen war es auch ohne zugezogene Vorhänge noch dunkel. Zitternd angelte ich nach meinem Handy, was der Grund war, warum ich jetzt überhaupt die Augen aufklappen musste. Ich hatte vergessen, das Ding auszuschalten. Daher verkündete es mit fröhlichem „BimmBimm", dass Nachrichten eingegangen waren.

Fünf Uhr und vier Minuten.
„Scheiße!", flüsterte ich und ließ mich wieder auf die Matratze fallen. Der Check ergab eine Nachricht von meiner Mutter, die meine gestrigen Bilder lobte, und zwei Sprachnachrichten von Kosta. War ich neugierig genug, um jetzt zu riskieren, richtig wach zu werden, indem ich aufstand, um ins Bad zu gehen und die Sprachnachricht abzuhören? Ich wollte nicht, dass Tilli alarmiert wurde und beim Klang von Kostas Stimme im gleichen Stil weitermachte wie gestern Nacht vor dem Einschlafen. Ich blinzelte zu ihr rüber. Tilli war ein stummer, dunkler Haufen in einem kaum helleren Zimmer. Ich überlegte, aber nur ganz kurz. Natürlich war ich neugierig, was Kosta mir aus seiner Sicht zu sagen hatte. Und außerdem tat mir die Ablenkung gut.

Also schlich ich ins Bad, machte aber kein Licht, um mich im Dämmerzustand zu halten. Dann hörte ich mir Kostas erste Nachricht an. Er klang aufrichtig verzweifelt.
„Hi, Leila, sag mal, kannst du mit ihr reden? Scheiß auf unsere Eltern, Mann. Sag ihr das. Warum macht sie uns von den Alten abhängig? Du musst mit ihr reden. Bitte, Leila. Verdammt, ich kann doch auch nichts dafür. Ist einfach passiert. Glaubt sie, ich hab mir das so ausgesucht? Ich meine, sie kommt zu mir nach Hamburg, wir *miiiiep* uns die Seele raus, alles läuft hammermäßig und dann kriegt sie die Krise, weil ich ihr sage, dass ich sie ..." Hier war die Nachricht abrupt zu Ende. Ich tippte die nächste Message an.
„Scheiße, ich liebe sie. Ich wollte sie einfach nur mit zu einer Party nehmen,

damit mich die Bagage nicht wieder an den Tisch setzt, wo alle Mädels sitzen, die einen Kerl suchen. Mehr habe ich nicht gesagt. Okay, das ist der Achtzigste von meiner Oma und die Familie ist komplett versammelt. Aber da ist doch nichts dabei, verdammt noch mal. Was wäre denn so schlimm, wenn meine Leute denken, dass wir zusammen sind? Das checke ich nicht. Wir sind erwachsen und nicht verwandt oder so, auch wenn wir uns schon ewig kennen. Meine Eltern würden vor Freude die Wände hochgehen, ihre auch, und wenn es mit uns nichts wird, dann gibt es zwischen den Oldies sicher nicht gleich Familienkrieg. Ich will ja nur zu einer Party mit ihr und nicht heiraten oder so. Jedenfalls – wenn sie mich nicht bald zurückruft, dann war es das. Ehrlich. Und sag ihr auch, dass ich, wenn sie sich nicht bald, also HEUTE noch meldet, den letzten Rest vom Bugatsa auftaue und Clarissa zu mir zum Essen einlade."

Licht schwappte in den Raum und blendete mich. Tilli hatte die Tür aufgerissen. „Was zur Hölle machst du da?" Sie trug ihre Bettdecke als hellweiße Stola und sah damit aus wie eine Amazone auf dem Kriegspfad.
Ich runzelte die Stirn. „Wer ist Clarissa?"
Tilli war irritiert. „Hä? Clarissa? Keine Ahnung. - Hast du da eben mit Kosta telefoniert?"
Ich hob die Hand. „Nein. Whatsapp. Hör auf, mich zu blenden. - Was ist gefrorener Bugatsa?"
Tilli kniff die Augen zusammen. „WAS hat er gesagt?"
Ich schirmte meine Augen ab und zuckte mit den Schultern. „Knips bitte das Licht aus. Ich bin ein Vampir im Halbschlaf. – Er hat gesagt, ich soll mit dir reden."
Tilli klatschte mit der Hand auf den Lichtschalter und es wurde dunkel. „Ja – und? Worüber sollst du mit mir reden? Rede. Jetzt. Muss ich dich erst schütteln, oder was?"
Ich gähnte und erhob mich von meinem Klodeckelthron. „Unter Androhung von Gewalt sage ich gar nichts. Und was glaubst du, worüber ich mit dir reden soll?! Über die Entwicklung der Preispolitik in Uganda natürlich. Braucht er fürs Studium." Dann schob ich mich an meiner Freundin vorbei zurück ins

Schlafzimmer und schlüpfte ins Bett.
„Ha. Ha. Ha." Tilli knallte die Toilettentür zu und baute sich neben meiner Schlafgelegenheit auf. „Wenn du mir jetzt nicht zackig sagst, was Kosta mit dir zu besprechen hat, dann ..."
„Dann?", fragte ich mit unschuldig gefalteten Händen und schützte damit mein Telefon.
„Dann", fauchte Tilli, „dann haue ich dir tatsächlich was auf den Kopf, stopfe dich in eine Bananenkiste und schicke DICH nach Uganda, damit du dir über die bescheuerte Preispolitik direkt vor Ort ein ganz genaues Bild machen kannst."
Ich schloss die Augen. „Er hat gesagt, dass er dich liebt."

„..." Tilli wankte zu ihrem Bett zurück und ließ sich fallen.
Ich lächelte in mich hinein. „Er hat außerdem gesagt, dass es mit dir hammermäßig ist und dass er nichts an euch falsch findet und dass eure Eltern sicher nicht gleich eine Vendetta starten, wenn ... Ach, verdammt. Hör dir das doch einfach selbst an." Ich stellte auf laut und ließ Kostas Monologe noch einmal im dunklen Zimmer ablaufen.
Tilli lag auf ihrem Bett und sagte nichts. Sie bewegte sich auch nicht.
Ich stützte mich auf und versuchte, meine Freundin in der Dunkelheit zu sehen. „Ist alles okay? Ich hoffe, du hast jetzt keinen Herzinfarkt bekommen oder so was. Ist erste Hilfe erforderlich?"
Immer noch keine Antwort.
„Tilli? Brauchst du Riechsalz oder so was?"
Tilli holte tief Luft. „Finger weg von mir. Ich helfe mir selbst." Dann stand sie auf, ließ die Decke fallen und kam zu mir rüber. „Gib mir mal dein Handy."
Ich entsperrte das Ding und hielt es ihr hin.
Sie drückte auf den Aufnahmeknopf. „Wenn Clarissa, die Schlampe, meinen Bugatsa frisst, bist du ein toter Mann!!" Als sie mir das Handy zurückgab, fauchte sie: „Das ist ein Grießbreikuchen. Der Mistkerl kann nämlich kochen. Ich liebe das Zeug, das weiß er. Und jetzt stecke ich wegen meiner ungezügelten Fresslust wahrscheinlich in einer Beziehung mit meinem Kindergartenkumpel. Hat das Leben noch mehr zu bieten? Schönen Dank!!"

Damit stampfte sie zurück zu ihrem Bett, kroch darunter, um ihr Handy hervorzuangeln. Sie schaltete es ein, legte sich hin, tippte auf dem Display herum und fauchte dann: „Ich liebe dich auch. So. Das haben wir jetzt davon. - Gute Nacht."

Die letzten beiden Worte gingen an mich und zu meiner großen Überraschung schliefen wir beide tatsächlich noch einmal ein.

***

Als ich das nächste Mal aufwachte, war es kurz nach halb zehn und wir hatten nur noch sehr wenig Zeit, um uns fertig zu machen, die Geschichte ‚Zwei Frauen, ein Badezimmer und neunundzwanzig Minuten bis zum Showdown' neu zu schreiben und mit vollständig gepackten Taschen pünktlich an der Rezeption zu stehen, um auszuchecken. Zum Glück ging es nicht so stressig weiter, denn unser heutiges Ziel war nicht weit entfernt. Wir wollten lediglich bis nach Sedona und von Phoenix bis zu meinem neuen, wenn auch zeitlich begrenzten Zuhause waren es nur einhundertundsiebzehn Meilen, also knappe zwei Stunden.
Wir berappten die auch „mit ohne Frühstück" überzogen happige Rechnung und gingen zu unserem Mietwagen. Dabei kamen wir erneut an dem Werbeaufsteller für den „Stony Hill Store" vorbei.
„Eigentlich müssten wir uns den Laden ja zumindest mal ansehen. Was meinst du?", fragte Tilli, die mir als Erstes an diesem Morgen klargemacht hatte, dass alles, was mit dem Thema Kosta, seiner Oma und der Liebe im Allgemeinen zu tun hatte, für den Rest des Tages tabu bleiben sollte. Ich hatte es versprechen müssen und mir geschworen, mich daran zu halten.
Sie blieb vor dem Werbeaufsteller stehen. „Wo wir doch schon mal hier sind."
„Willst du dir einen Medizinbeutel basteln?", kicherte ich, froh, dass sie diesen Vorschlag gemacht hatte, weil ich nämlich selbst mega neugierig auf Lennards Schwester war.
„Klar." Tilli nickte.

„Okay. Dann müssen wir auf jeden Fall vorbeifahren. Aber vorher brauche ich was zu essen."
Tilli hielt mir die Hand zum Abklatschen hin. „Deal."

***

Ajeis Laden befand sich circa zwanzig Minuten von Phoenix entfernt in der Altstadt von Scottsdale, die genau so aussah, wie man sich als Europäer eine Stadt im Wilden Westen vorstellte. Wir ergatterten einen Parkplatz im Zentrum und bummelten an kleinen Läden, meterhohen Palmen, Bars und Coffee Shops, Pferdeskulpturen und dem ersten Post Office der Stadt von 1928 vorbei. Es war alles totally authentic. Der Stony Hill Store lag direkt im Herzen der Scottsdaler Altstadt. Vor dem Eingang befand sich eine kleine grüne Insel an der Straße, wo inmitten verschiedener Sträucher ein riesiger Sangurao-Kaktus thronte. Aus meinem Reiseführer wusste ich, dass es die Dinger tatsächlich nur in Arizona und Kalifornien sowie dem mexikanischen Sonora gab. Das Exemplar hier in der Altstadt sah übrigens so aus, als würde es jedem, der vorbeikam, den Stinkefinger zeigen.
„Ach, wie nett", sagte Tilli, allerdings nicht wegen des Stinkefingers, sondern aufgrund der beachtlichen Stacheln. „Ob ich einen Ableger für Kosta mitnehme?"
Ich hielt mir den Mund zu und brummelte: „Mayday, mayday, verbotenes Thema."
Tilli verdrehte die Augen.

Ich zuckte mit den Schultern und nahm die Hand wieder runter. „Okay, willst du mit dem Kaktus erreichen, dass er sich zu Omas Geburtstag doch lieber an den Tisch mit den Mädels setzt, die auf der Suche nach Mr. Right sind und nicht lange fackeln?"
Tilli machte: „Ha. Ha. Haaaa", und proklamierte dann düster, „Nee. Jetzt kommt er aus der Nummer nicht mehr raus. Wir haben uns geoutet. Ich will meinen Bugatsa, und zwar jedes Wochenende. Bei Omas Geburtstag wird die Sache

offiziell gemacht und wir sind dann auf Gedeih und Verderb verbandelt. Oh Gott, stell dir mal vor, ich hätte das damals schon gewusst. Oder meine Mutter hätte gesagt: ‚Weißt du, Mathilda, der Junge, der dir immer so gern vors Schienbein tritt und dem du dann kreischend an den Haaren ziehst, bis ihr beide heult, der wird später mal ganz andere Sachen mit dir machen. Und es wird dir gefallen, mein Schatz, oh ja, das wird es.'" Sie seufzte hingebungsvoll. „Ach menno, ich weiß immer noch nicht, ob ich das gut finden soll. Und das alles nur wegen diesem ollen Bugatsa, der mir wahrscheinlich im Laufe der Zeit auch noch jede Menge zusätzliche Kilos bringt."
Ich hielt mein Gesicht in die Sonne. „Du ‚sollst' eigentlich gar nichts gut finden. Klingt irgendwie nach Zwang. Und wenn das so ist, also du nicht sicher bist, dann kannst du Kosta und seinen Bugatsa immer noch Clarissa Wieauchimmer überlassen."
„Süße, du kennst seinen Bugatsa nicht. Sonst würdest du niemals so reden." Tilli wackelte unzweideutig mit den Brauen.
Ich tat so, als würde ich intensiv nachdenken. „Okay, jetzt hast du mich echt neugierig gemacht. Vielleicht sollte ich ihn fragen, ob er seinen Bugatsa mit mir teilt, wenn du nicht magst?"
Tilli kniff die Augen zusammen. „Vielleicht solltest du dich fragen, wo du dich auf diesem Planeten vor mir verstecken kannst, wenn meinem Bugatsa ein Krümelchen fehlt!?"
„Uuups. Etwa eifersüchtig?", fragte ich und zog die Brauen hoch.
Tilli deutete an, den riesigen Kaktus mit seinen zwischen zwei und sieben Zentimeter langen Stacheln in meine Richtung zu schubsen. „Was glaubst du, wie es sich anfühlt, wenn der dahin kommt, wo die Sonne nie scheint?!"
„Autsch!"

***

Vor Ajeis Laden stand der gleiche Aufsteller wie der, den wir am Vorabend im Hotel gesehen hatten. Wir betrachteten die Auslagen. Im rechten Schaufenster hingen Cowboysachen, im linken Indianerklamotten und außerdem in beiden

allerhand dekoratives Zeug. Die Doppeltür dazwischen war geöffnet. Im Gegensatz zu anderen Geschäften, die wir in Phoenix und auch hier unterwegs schon gesehen hatten, hob sich dieser Shop allerdings so von den anderen ab, als hätte er sich wie ein kleines Schmuckstück zwischen jeder Menge Ramsch versteckt. Schon die Auslagen in den Schaufenstern waren nicht überladen zugepfropft mit nutzlosem Tinnef wie bei vielen anderen Geschäften. Die Sachen wirkten außerdem alle authentisch und trotzdem schick und modern. Das Zeug sah hochwertig aus. Hier hatte jemand einen ganz eigenen Stil entwickelt und urig Indianisches mit neumodischem Schick versehen.
„Wow", stellte Tilli anerkennend fest.
Ich nickte. „Ja. Das finde ich auch. - Wollen wir reingehen?"
„Deswegen sind wir hier, oder?!"

Wir lugten durch die geöffnete Ladentür und fanden uns Auge in Auge mit einem Kleiderständer, an dem vorn das weiße Kleid hing, welches Ajei auch auf dem Werbeplakat getragen hatte. Gerade als ich meinen Fuß auf die kleine Stufe zum Eingang setzen wollte, kam von drinnen ein junger Mann rückwärts auf mich zu. Er rief: „Ich schreib dir, wenn ich genau weiß, wann der Gig ist und wie ich danach loskomme, okay? Vielleicht schaffe ich das dann doch irgend..." Was er dann schaffte, blieb ein Geheimnis für uns, denn in diesem Moment drehte er sich um und wollte in einem eleganten Satz über die Stufe auf die Straße springen. Leider stand ihm dabei ein Hindernis im Weg, nämlich ich. Aus seinem cool geplanten Abgang wurde ein plumper Zusammenstoß mit mir. In dem Bemühen, nicht zu fallen, entwickelte sich hektisches Gerangel. Zum Glück packte Tilli zu, so dass keiner von uns zu Boden ging.
„... What the fuck ... Hey! Sorry! - Thanks", der rotblonde Hüne tippte verwirrt an den Schild seines Basecaps (verwirrt, weil er sich wahrscheinlich fragte, woher er unsere verdutzten Gesichter kannte), sagte noch mal „Sorry!" und verschwand um die nächste Ecke.

„Sag mal, war das nicht der Typ von gestern Abend?", wandte ich mich an Tilli, als ich wieder fest auf beiden Füßen stand, und zog mein Shirt zurecht.

Meine Freundin nickte. „Yepp“, sagte sie felsenfest. „Das war ganz sicher der Kerl von gestern Abend. Und ich weiß jetzt auch, wer das ist. Das ist hundertpro Belliot, also Ben Elliot, genau wie der Typ hier auf dem Plakat.“ Sie tippte auf den Gitarren-Cowboy. „Ajei muss ihn kennen. Vielleicht gibt sie mir ein Autogramm. Oder - noch besser - seine Telefonnummer. Das wäre der Clou. Meine Cousine ist ein absoluter Fan von Belliot und war total fertig, als er damals bei ‚C-POP‘ aufgehört hat. - Was hat der hier gesucht?“

„Das ist tatsächlich Belliot. Ich nenne ihn allerdings Ben, weil ich den Spitznamen blöd finde. Seine Nummer gebe ich dir nicht, das wäre ihm sicher nicht recht. Obwohl es wahrscheinlich keinen Unterschied machen würde. Er ist nicht in der Richtung kommunikativ, die sich deine Cousine versprechen würde.“ Die Stimme der Frau, die aus dem Halbdunkel des Ladens nach draußen kam, war melodisch und tief. Sie sprach deutsch, trat barfuß aus dem Schatten heraus und lächelte uns freundlich-reserviert zu. Vor uns stand Lennard. In weiblich.

***

Okay, Ajei war eventuell ein paar Zentimeter kleiner als ihr Zwillingsbruder, aber mehr nicht. Ihre Augen hatten exakt den gleichen Blauton, ihre Haare waren schwarz wie seine, nur fielen sie ihr offen bis zur Taille. Sie trug eine kurze Jeans, eine Bluse mit Knoten und bunten Murmelverzierungen sowie ein Haarband aus geflochtenen Lederschnüren mit eingearbeiteten Steinchen und drei Bändern, an welchen weiß-braune Federn hingen, und sah damit insgesamt aus wie die indianische Variante von Schneewittchen. Ich starrte sie mit offenem Mund an, wohingegen Ajei zuerst Tilli im Visier hatte, die sich wie eine Staatsmacht vor ihr aufbaute.

„Hi Ajei. Erinnerst du dich an mich?" Meine Freundin verschränkte die Arme und grinste breit.
Ajei stutzte, überlegte einen kurzen Moment und fing dann an zu strahlen. „Aber natürlich. Mathilda, oder? Mathilda aus Deutschland von der Insel!", rief sie entzückt und machte einen kleinen Hüpfer über die Stufe zu uns auf den Gehweg. „Mathilda, ich kann es gar nicht glauben. Du machst Urlaub in Arizona. Das ist wunderbar." Die beiden Frauen drückten sich. Dann fiel Ajeis Blick auf mich, die Salzsäule neben Tilli. „Und wer ist deine ...?" Just in diesem Moment war es mit ihrem Strahlen schlagartig vorbei. Sie machte einen kleinen Schritt zurück und holte tief Luft. Schließlich sagte sie: „Oh."

Tilli war noch beim Thema Wiedersehensfreude. „Cool, dich zu sehen, Ajei. Du hast einen eigenen Laden ... wow. Echt tolle Klamotten. – Das hier ist übrigens Leila, du kennst sie nicht, weil sie erst später nach Binz gezogen ist. Aber sie war damals mit deinem ... Äh." In diesem Moment dämmerte es Tilli, dass sie es lieber mir überlassen sollte, mich vorzustellen. „Na ja, wir sind jedenfalls Schulfreunde und in die Staaten geflogen, weil Leila ..."

Das riss mich jäh aus meiner Erstarrung. Meine innere Alarmglocke schrillte. Tilli durfte keineswegs hier und jetzt meine Pläne ausplaudern. „Genau", fiel ich ihr daher ins Wort, verzog mein Gesicht zu einem Lächeln und hielt Ajei die Hand hin. „Wir sind hier, weil wir beide total urlaubsreif sind, mitten im

Studium, alles voll stressig." Ich winkte ab. „Hahaha. Und weil Lennard uns damals so wahnsinnig viel von seiner Heimat erzählt hat und weil doch bei ihm überall die tollen Bilder hingen und weil ... also ... wir wollten unbedingt auch mal hierher. Und nun ..." Ich grinste wie eine Besessene, Ajei sah mich mit großen, runden Augen an, Tilli blinzelte verwirrt. „Nun sind wir also tatsächlich hier und gucken uns alles an. Und die Gegend ist wirklich hammertoll. Wir fahren schon ein paar Tage rum. Wir haben schon San Francisco und L. A. und Phoenix gesehen, und gestern, tja, da war dann das Plakat im Hotel und Tilli wollte sich einen Medizinbeutel basteln und deswegen haben wir ..."
„... uns irgendwo unterwegs vermutlich mit Logorrhö angesteckt, also zumindest Leila. Sie quatscht sonst nicht so viel." Tilli beäugte mich kopfschüttelnd von der Seite. „Und das mit dem Medizinbeutel ist Nonsens, aber das mit dem Plakat stimmt. Wir dachten uns, wenn wir schon in der Nähe sind, dann schauen wir zumindest mal bei dir vorbei und sagen hallo. Und dann läuft uns als Erstes Ben Elliott über den Haufen. Was wollte der denn hier?"
Ajei schaute mich immer noch an und wirkte etwas zerstreut, als sie Tilli antwortete. „Oh, was Ben will, das ist ihm leider selbst nicht ganz klar. - Aber das mit eurem Besuch bei mir war auf jeden Fall eine gute Idee, Mathilda. Ich freue mich, euch zu sehen." Damit hatte sich Ajei gefangen, ihr Lächeln kam zurück. „Eine wirklich sehr schöne Idee. Besuch aus Deutschland. Mathilda und ... Leela. Was für eine Überraschung."
Die Tatsache, dass ich daraufhin mit den Worten: „Tut mir leid, dass dein Vater gestorben ist", herausplatzte, bewies endgültig, dass ich die perfekte Besetzung für die Rolle des Elefanten im Porzellanladen gewesen wäre. Tilli sah mich ungläubig an.
Ajeis Lächeln verschwand. Sie holte tief Luft. „Mir auch", sagte sie dann leise. Schnell versuchte ich, dem Wortwechsel eine positive Wendung zu geben. „Ach verdammt. Ich wollte damit nur sagen, dass ... ich ihn mochte."
Der Blick von Lennards Schwester verlor sich für einen Moment in der Ferne. „Ich auch."
Dann sah sie mich wieder an, lächelte, fasste Tilli und mich um die Schultern und schob uns in den Laden hinein. „Kommt, ihr müsst nicht vor meiner Tür

stehen. Lasst uns einen Tee zusammen trinken. Ihr habt doch sicher ein bisschen Zeit, oder?“ Wir nickten, was Ajei mit einem neuerlichen Lächeln quittierte. „Schön. Ihr müsst mir nämlich alles erzählen, was auf der Insel los war, seit ich zuletzt dort gewesen bin.“

***

Ajei war nicht nur unheimlich nett, sondern durchaus geschäftstüchtig. Sie kochte außerdem guten Tee, hatte ein Händchen für Mode und ein verdammt gutes Auge für Symbiosen zwischen den Klamotten, die sie verkaufte, und ihren potenziellen Trägerinnen.
Als Tilli und ich drei Stunden später auf dem Weg nach Sedona waren, befand sich ein absolut umwerfendes Minikleid aus Bio-Baumwolle mit Fransen, passendem Haarband und Fußschmuck in meinem Besitz. Ich hatte nicht widerstehen können. Der Preis war nicht ohne, selbst mit dem Rabatt, den Ajei uns gab. Aber wäre das Kleid nicht mit mir gegangen, dann hätte ich das für immer und ewig bereut, ich schwöre.
Ajei hatte es im Vorübergehen ganz nebenbei von einem Ständer gezogen und vor meine Brust gehalten.
„Schau, das hat jemand genau für dich genäht, glaube ich. Willst du es anprobieren?"
Während sich in meinem Kopf die entsprechenden Synapsen anfunkten (+++ gehört mir +++ meins +++ kaufen, sofort kaufen +++ Verstand ausschalten +++), entsprechende Betäubungspfeile in Richtung Vernunft schossen (He, habt ihr den Preis gesehen? Das ist viel zu ... wmblmpf), war ich schon dabei, nach der Kreditkarte zu kramen.
Ajei plauderte derweil einfach weiter. „Die meisten Sachen hier sind Handarbeit, daher gibt es fast nur Unikate in meinem Laden. Ich arbeite mit drei Schneiderinnen zusammen. Zwei davon sind Indianerinnen, so wie ich. Wir verarbeiten nur gute biologische Stoffe, weil alles Lebendige eine Seele hat und damit auch eine Bestimmung. Und dieses Kleid", Ajei schob mich bereits sanft in die Richtung einer Umkleidekabine, „holt das Beste aus dir heraus. Das verspreche ich dir. So, als hätte die Schneiderin dich gesehen, als sie den Stoff in die Hand nahm. Das Kleid ist für dich bestimmt und hat hier auf dich gewartet. Überzeug dich selbst."

Wenige Minuten später starrte ich mich atemlos im Spiegel an und stimmte Ajei zu. Dieses Kleid war MEINS, genau wie der Gürtel, das Haarband und der Fußschmuck, den sie mir passend noch dazu empfahl. Ich durfte nur nicht über den Krater nachdenken, welchen der Erwerb in mein Budget schoss. Was mich tröstete, war, dass Tilli ebenfalls nicht immun gegen den sanften Elan von Lennards Zwillingsschwester war. Aber wie auch? Ajei besaß eine dezente, ehrliche und extrem liebenswerte Art und hatte Talent dafür, verborgene Persönlichkeitsaspekte aus ihren Kundinnen hervorzuzaubern, in dem sie einfach die richtigen Klamotten hinhielt. Wie sonst hätte es ihr gelingen sollen, aus Tilli, der praktischen Vernunft in Person, ein verführerisches Cowgirl zu machen? Ich hätte mir niemals vorstellen können, meine Freundin in einer kurzen, ganz weichen Lederhose mit Raffnähten und dazu zauberhaft passender weißer Flatterbluse zu sehen. Unter normalen Umständen hätte sie weder einen ersten, noch einen zweiten Blick an so eine Kombination verschwendet. Dafür brauchte es eine indianische Zauberin wie diese hier. Und dabei hatten wir ihren Tee noch nicht mal probiert.

„Du siehst absolut wunderbar aus", strahlte Ajei, als Tilli aus der Kabine neben mir kam und ich musste ihr hundertpro recht geben. Auch diese Sachen hatten eindeutig ihre Bestimmung gefunden. Kosta würde glatt sein Bugatsa-Rezept vergessen, wenn er Tilli so sah.

Wir schlossen beide an der Kasse die Augen, als wir unsere Neuerwerbungen bezahlten. Nächste Woche gab es nur trocken Brot. So viel stand schon mal fest.

***

„Sie wird Lennard erzählen, dass wir bei ihr waren. Wahrscheinlich weiß er das jetzt schon", stellte ich fest, als wir die Stadtgrenze von Scottsdale auf dem Weg in Richtung Norden passierten. Auf meinem Schoß lag die Recycling-Papiertüte mit dem indianischen Traum von einem Kleid.

„Was der Grund ist, warum sie nicht wissen sollte, dass du vorhast, eine Weile hierzubleiben, nehme ich an?" Tilli warf mir einen kurzen Seitenblick zu und konzentrierte sich wieder auf die Straße. Sie war mit Fahren dran.

Ich sah zur Seite aus dem Fenster. „Es ist ja auch nicht interessant für sie. Sie kennt mich seit ein paar Stunden und hat morgen vergessen, dass es mich gibt."

„Ja. Klar", lachte Tilli. „Sie ist schließlich schon Mitte zwanzig und völlig

plemplem. Oder dement. Und außerdem wusste Ajei ja auch nicht sofort, wer du bist, du Scherzkeks. Sie hat dich nur angesehen und es hat ‚Klick' bei ihr gemacht."
Das hatte mich auch gewundert. Lennards Schwester und ich waren uns nie zuvor begegnet.
„Sie muss in jedem Fall von dir gehört und dich auch schon mal irgendwo gesehen haben. Ich vermute mal - auf einem Bild", kombinierte Tilli messerscharf.
„Mallorca", vermutete ich. „Wir haben Bilder an der Klippe gemacht. Wahrscheinlich hat Lennard ihr die gezeigt. Und einmal bin ich beim Skypen durchs Bild gefallen. Aber das war vor neun Jahren."
Tilli nickte. „Und dabei wird er ihr auch erzählt haben, dass die Frau, mit der er dort gewesen ist, übrigens dann jetzt mal eben jemand anderes heiratet. Was wiederum erklären würde, warum sie dir gegenüber anfangs ein bisschen unterkühlt wirkte."
Also, so, wie Tilli das jetzt sagte, klang das, als hätte ich Lennard betrogen. Dabei war doch Anton eigentlich der Gelackmeierte gewesen. Ich rutschte verlegen ein kleines Stück in mich zusammen und winkte ab. Schließlich gab ich Tilli recht.
„Wahrscheinlich. Aber das ist ja alles sowieso irrelevant, weil ja jetzt Lennard der Verlobte ist."
„Yepp, aber Fakt ist trotzdem", fasste Tilli zusammen, „dass er spätestens jetzt weiß, dass wir, respektive vor allem du, in seinem Einzugsgebiet herumschwirren. Ich hoffe, er freut sich. Vor allem, wenn er mitbekommt, dass seine Schwester sich als Reiseführerin angeboten hat und mit uns zu Pferd die Gegend unsicher machen möchte."

Ajei hatte tatsächlich ganz freundlich angeboten, mit uns auszureiten, nachdem Tilli im Gespräch erwähnte, dass sie früher geritten war. Ajei war von ihrer Idee total begeistert und gab sich als totale Pferdenärrin zu erkennen. „Ich mache nebenbei in der Freizeit Ausritte mit Touristen und kenne wunderschöne Wege zum Reiten. Wir haben ganz tolle Pferde auf der Ranch, wirklich. Pahaska und Giant und Coco zum Beispiel. Und meine Stute Yoomee, die ist sanft und lieb und schnell wie der Wind. Ihr müsst einfach einen Ausritt mit mir machen." Dabei leuchteten ihre Augen wie kleine Sonnen und die Sache war entschieden. Ich hatte in diesem Moment sogar ein bisschen was von jener „Miss Kamikaze" gesehen, von der Lennard vor vielen Jahren mal erzählt hatte. Ajei fuhr auch immer noch Motorrad. Ich hatte nachgefragt.

Wir erkundigten uns nach Ooljee, Lennards und Ajeis Mutter. Sie lebte (nach den Angaben ihrer Tochter) seit vielen Jahren auf einer Ranch nahe bei Sedona. Der Besitzer, ein pensionierter Tierarzt, hatte ihr eine Wohnung im Obergeschoss seines Ranchhauses angeboten, wenn sie sich mit um seine Tiere kümmerte. Er liebte wohl vor allem Pferde. Ooljee hatte ein Händchen für alle Tiere, besonders aber für Pferde. Ich glaubte das, weil ich mich selbst noch gut an ihre beeindruckende Ausstrahlung erinnerte. Sie hatte mich damals bei ihrem Besuch in Binz mit ihrer klugen und ausgeglichenen Art allerdings ein bisschen eingeschüchtert. Ihr Blick war einer von der Sorte, welche direkt in die Seele gingen. Sie kommunizierte auch auf anderen Ebenen, wo es nur eine Sprache gab, die alle verstanden. Wahrscheinlich kam sie deshalb mit sämtlichen Geschöpfen auf dem Planeten gut klar. Das war jedenfalls Ajeis Überzeugung.

Lennards Schwester hatte uns jedenfalls eingeladen, am kommenden Wochenende mit ihr einen Ausritt in die Umgebung zu machen, und von der Schönheit der Trails im Red Rock County geschwärmt. Und nach dem, was ich sah, je weiter wir unserem Ziel kamen, hatte sie dabei definitiv nicht gelogen und schon gar nicht übertrieben. An sich konnte ich mich also durchaus auf unser Treffen freuen. Mein Problem war, dass ich zwar theoretisch (im Traum) reiten konnte, aber nur, wenn ich auf Geistreisen ging. Ajei dagegen war bestimmt unschlagbar im Sattel und ich befürchtete, dass reine Theoriekenntnisse (wie meine) nicht mal ausreichten, um bei einem angebundenen (und schlafenden) Pferd auf dem Rücken zu bleiben. Für Ajei war das Reiten offensichtlich so selbstverständlich wie atmen. Für mich nicht. Ich konnte ein Pferd nicht mal vernünftig malen.

***

Das Verde Valley, in welchem Sedona, mein Zuhause für die nächsten sechs Monate, lag, empfing uns mit Wärme und Sonne und all den phantastischen Variationen von Rot, welche die Red Rocks ringsherum zu bieten hatten. Mein Herz ging auf wie ein sehr großer Hefekuchen. Ich war froh, dass Tilli gerade fuhr, denn so konnte ich hemmungslos in der Aussicht schwelgen. Und das lohnte sich. Die Ausblicke waren phantastisch, gewaltig, geradezu spek-ta-ku-lär. Ich quietschte euphorisch, als wir zwischen Bell Rock und Courthouse Butte hindurchfuhren, rief „Dadadadadadaaaaa", als ich den Cathedral Rock in der Ferne ausmachte, und jubelte „Coffee Pot Rock und Thunder Mountain." Dabei wedelte ich jedes Mal wild mit den Armen, um Tilli die Richtung zu zeigen. Zumindest so lange, bis sie mich anmaulte, dass ich gleich zu Fuß gehen müsste, wenn ich nicht die Hände auf meiner Seite behielt.

Aber damit konnte sie mir die Laune nicht vermiesen. Ein Marathonläufer auf der Zielgerade konnte sich kaum großartiger fühlen als ich jetzt und hier. Es kam mir so vor, als würde ich nach langer Zeit alte Freunde besuchen, nach Hause kommen. Dabei hatte ich meine Ortskenntnisse bisher nur von den Bildern auf Internetseiten, die ich in den letzten Wochen online im Netz und offline in meinem Reiseführer immer und immer wieder inhaliert hatte. Es waren eine Menge Bilder gewesen, tolle Bilder, professionelle Bilder mit herrlichen Farben und beeindruckenden Blickwinkeln. Aber es waren eben nur Bilder gewesen, und was soll ich sagen – die Realität toppte sie alle. Ein Foto konnte nun mal nicht den Wind und die Sonne und den Schrei eines Raubvogels von oben wiedergeben. Selbst das ausgebuffteste Muffeltier musste hier im Red Rock County zum hemmungslosen Schwärmer konvertieren, da war ich mir tausendprozentig sicher.

Ich erinnerte mich, bei meinen Recherchen einen Spruch gelesen zu haben, der in etwa besagte, Mutter Natur habe zwar solche Wunder wie den Grand Canyon, die Victoria Falls und all die anderen Naturphänomene der Welt erschaffen, aber campieren würde sie letztlich in Sedona. Jetzt glaubte ich das. Wenn sie clever war, dann hatte Mom nature ihr Lager zwischen den Felsen aus rotem Sandstein

aufgeschlagen. Definitiv.
Selbst Tilli musste zugeben: „Leila, hier würde ich auch was länger bleiben. Bin echt neidisch", und drehte den Country-Kanal, der uns seit ein paar Meilen begleitete, auf volle Pulle.

„The Ring of Fire" grölend erreichten wir schließlich in bester Stimmung und glühend vor Begeisterung den Parkplatz von „Cricket's Two Towers Diner", wo wir den Wagen ausrollen ließen. Wir waren angekommen.

***

Drei Stunden später saßen wir auf der kleinen Terrasse meines neuen Domizils im hinteren Winkel von Jiminys Garten, tranken widerlich süßes, irgendwie latent nach Kaugummi schmeckendes, dafür aber eiskaltes Dr Pepper (von welchem mein Vermieter freundlicherweise sechs Dosen im Kühlschrank als Willkommenstrunk deponiert hatte) und ließen die Beine von der Porch Swing baumeln, einer Hängebank, die mit dicken Ketten oben am Hausüberstand, der die Terrasse überdachte, befestigt war. Obwohl, Haus zu sagen, war vielleicht übertrieben. Mein Domizil war eher ein Häuschen oder besser eine Laube, klein und minimalistisch. Aber ich fand es perfekt. Unten war ein großer Wohnraum mit Kochnische, Küchentresen, Eckcouch und kleinem Esstisch (zum Hervorklappen) hinter dem Tresen und zwei Barhockern davor. An der Wand hing ein Fernseher. Nun, ich würde ihn selten brauchen. Der Flur vorn war miniklein, mit zwei Personen bekam man hier Schnappatmung, aber ich würde sowieso bald allein sein. Nach oben zum Schlafboden führte eine Leiter, die man im Bedarfsfall hochschieben konnte. Gleich links neben der Wohnungstür war das Bad mit Dusche, Waschbecken und Klo. Wie gesagt – absolut perfekt für mich.

Den Schlüssel hatten wir direkt bei Jim Cricket im „Two Towers Diner" abgeholt. Das Lokal befand sich an einer viel befahrenen Straße, was für den Inhaber sicher eine Menge Kundschaft bedeutete, für Erholungssuchende aber aufgrund der Lärmbelastung eher weniger zu bieten hatte. Gut, man sollte hier in erster Linie auch nur schnell was essen und kein Sonnenbad nehmen. Von außen sah das Diner im Prinzip genauso aus wie eine typische amerikanische Fastfood-Location (abgesehen von Saurons Auge, welches sich übergroß auf dem Dach des Diners drehte) und ließ eine Menge Chrom und Glas und Glimmer sehen. Hinsichtlich der Einrichtung hatte sich Jiminy für braune Sitzecken entschieden. Aber darüber hinaus ...

„Ach du lieber Himmel", ächzte Tilli, als wir eintraten, und auch mir klappte die Kinnlade runter. Das Diner war für die Nachmittagsstunde recht gut besucht und die Gäste schienen größtenteils Stammkunden zu sein, denn keiner verschwendete so viel Aufmerksamkeit an die Raumgestaltung wie wir zwei Neuankömmlinge. Jim Cricket hatte ein Faible, so viel stand fest. Und dieses Faible hieß: Tolkien. Freskomäßig war der Verlauf der Wände in fließendem Übergang thematisch einer Spezies aus Mittelerde gewidmet. Er musste entweder einen gleichgesinnten Maler kennen, der ihm die Wände verziert hatte, oder einen Künstler wirkungsvoll bestochen haben. So winkte ein fröhlicher Frodo (der wohl noch nicht wusste, was ihn erwartete) aus Hobbingen, nebenan stolzierte Galadriel gewohnt hoheitsvoll vor ihren goldbelaubten Bäumen herum, in Gondor waren Aragon und Arwen Abendstern am Knutschen, während der Schicksalsberg, übergroß, in einem wunderbaren Feuerwerk explodierte. Über unseren Köpfen zogen mehrere überdimensionale Adler gen Westen. Vom Rücken eines der Riesenvögel schleuderte Gandalf mit seinem weißen Zauberstab (echte) LED-Lichtblitze und vertrieb damit einen Nazgûl und mehrere Orks, die versuchten, durch die Eingangstür nach draußen zu entkommen.

Wir schauten uns eine Weile sprachlos um.
„Puh, ich würde sagen, Jim Cricket ist ein echter Hardliner", fasste Tilli schließlich zusammen und schüttelte den Kopf. „Ich bin auf deine Wohnung gespannt. Vielleicht lebst du das nächste halbe Jahr in einem Fass, was er halb in den Boden gezimmert hat." Ich konnte mir ein Kichern nicht verkneifen, schüttelte aber den Kopf. Da ich mein Häuschen schon auf Bildern gesehen hatte, machten mir weder dessen äußeres noch inneres Erscheinungsbild Sorgen.

Die lange Theke war an der Rückwand verspiegelt. Hinter dem Tresen waren ein Zauberer und Legolas, der Elb, damit beschäftigt, mit routinierter Hektik und ohne viel Worte Getränke abzufüllen. Eine kleine, rundliche, als Elbe verkleidete Hobbitfrau, die mir knapp bis zum Unterrand der Ohren reichte, obwohl sie niedliche Absatzschühchen trug, wuselte wie der Blitz zwischen den Stuhlreihen hin und her, sammelte vergessene Tabletts ein und trocknete Gläser ab. Spitze Ohren hatte sie nicht und sie hieß auch nicht Galadriel, Arwen oder Berúthiel, sondern schlichtweg Monica. So stand es nämlich auf ihrem Namensschild.

Ich folgte der elbischen Tellerjongleurin, bis diese mit ihrer Last hinter einer Doppeltür verschwand, welche in die Küche führte. So stand es auf einem Schild, was ebenso klar formulierte, dass das Betreten derselben für Unbefugte verboten war. Da wir definitiv unter das Prädikat „unbefugt'" fielen, warteten wir. Es dauerte nicht lange, bis Monica mit wehenden Röcken zurückgeschwebt kam und sich in voller Größe hinter dem Tresen aufbaute.
„Hiiiii", lächelte sie uns von da breit an und fuhr fort, rege Kaugummi zu kauen. „Oder – Mae Govannen, wie die Elben sagen. ‚Elen sila lummen omentielvo', schön, euch zu sehen. Was kann ich für euch tun?"
„Gesundheit", sagte Tilli, die erst Monica, dann mich schräg von der Seite anguckte und sich imaginär an die Stirn tippte.
Ich grinste. Tilli verstand nur Bahnhof, aber ich hatte „Der Herr der Ringe" schon mindestens vier Mal komplett gelesen. Die Filme konnte ich im Schlaf synchronisieren. Von daher war ich klar im Vorteil und checkte sofort, dass Jiminy mit seiner Tolkien-Manie nicht ganz alleine war. Das Personal zog offensichtlich mit. Nachdem ich Monica erklärt hatte, wer ich war, quietschte die Hobbitelfe so entzückt, als hätte ich mich mit ‚Königin von Gondor' vorgestellt.
„Moment, Moment, Moment." Sie zog ein Telefon hinter dem Kaffeeautomaten hervor, tickerte in Windeseile eine Nummer in die Tasten und zwitscherte dann: „Jiiiiiim, Jiiimiiiii, komm mal vor, die Deutsche ist da, die unser Häuschen gemietet hat."
Unser Häuschen? Dann musste Monica die Frau meines Vermieters sein.
Und Jimmy ließ nicht lange auf sich warten. Die Tür zu den heiligen Küchenhallen schwang auf. Im nächsten Moment klappten Tilli und mir synchron die Kinnladen runter.

Monica war klein und knubbelig. Jim Cricket, der nun mit ausgebreiteten Armen auf uns zu stampfte, war sehr groß und sehr schwer, wobei die Betonung in beiden Fällen auf dem Wort SEHR lag. Mein Blick wanderte verdutzt zwischen ihr (sie: knapp einssechzig in der Höhe) und ihm (er: nach oben kein Ende in Sicht) hin und her. Tilli musste mir ihren Ellenbogen in die Rippen rammen,

damit ich nicht unhöflich Jims Pranke in der Luft verhungern ließ.
„Hello, Leela", intonierte der Mann, der wahrscheinlich ganz aus Versehen im Vorübergehen einen Panzer mit einem Handwedeln von der Straße fegen und auf diese Art kleine Kriege beenden konnte, mit einem so wunderbar warmen Bariton, dass meine Ohren schnurrten. Jim hatte ein freundlich-offenes Gesicht und sein Lächeln war so herzlich und gutmütig, dass ich spontan wieder an den Weihnachtsmann glaubte und Wunschzettel schreiben wollte. Ich hielt ihm besorgt meine Hand hin, die in seiner verschwand wie eine Knopfbatterie und wartete auf den Quetschschmerz. Aber der kam nicht. Jim drückte meine Hand so sanft und vorsichtig, als wäre sie ein rohes Ei, so dass ich ganz verdutzt auf meine Finger guckte, als sie völlig unversehrt wieder auftauchten.

„Hi Jim, ich bin Leila aus Berlin und das hier", ich zeigte auf Tilli, „ist meine Freundin Mathilda, die noch ein paar Tage Urlaub mit mir macht. Ich hatte dir das so geschrieben."
„Ja, klar, cool, Mathilda, es ist wunderbar, dich kennenzulernen", freute sich Jim und nahm auch Tillis Hand ganz vorsichtig zwischen seine Pranken. Er trug eine grüne Hose und darüber eine Art Kutte, wo in Brusthöhe „Jimli, Gloins Sohn" gestickt stand, was ihn zum definitiv größten aller Zwerge machte.
„Äh ... hi." Es kam nicht oft vor, dass sich Tilli klein und winzig vorkam. Dies war einer jener seltenen Momente. Ich sah es an ihrer Nasenspitze.

Mein von mir fälschlicherweise mangels besseren Wissens im Vorfeld auf den Namen „Jiminy" getaufter Vermieter (nachdem ich ihn jetzt allerdings als sanften Riesen kennengelernt hatte, der sich als Zwerg verkleidete, fand ich den Spitznamen der sympathischen Grille aus Pinocchio fast noch passender) hatte es sich nicht nehmen lassen, uns persönlich zu seinem Grundstück zu lotsen, uns eigenhändig auf dem Parkplatz einzuweisen und die Tür zu meinem Hexenhäuschen aufzuschließen. Drinnen glänzte alles sauber und frisch. Das Häuschen war klein, aber fein und wie für mich gemacht. Ich fühlte mich sofort wohl. Die Rückwand bestand fast völlig aus Glaselementen, was einen herrlichen Blick über die Terrasse in den Garten und in den Himmel bot. Von Jims Haus

konnte ich nur einen Teil des Dachs sehen, weil im Garten trotz der trockenen roten Erde geschickt mit dem kargen Pflanzenmaterial, Steinpyramiden und Naturzaunelementen gearbeitet worden war, um Nischen und Sichtschutz zu schaffen. Es handelte sich dabei um Monicas Werk, wie Jiminy uns aufklärte.
Die Inneneinrichtung des Hauses war praktisch, aber geschmackvoll und platzeffizient. Außerdem hatte der gleiche Maler, der sich schon in Jims Diner ausgetobt hatte, auch in dem kleinen Häuschen Hand angelegt. Die rechte Wand war vom Boden bis zur Decke mit einem pastellfarbenen Landschaftsbild gefüllt, das dreidimensional wirkte. Der Künstler hatte sogar das längliche Fenster mit ins Bild eingebaut, indem er es einfach mit einem Scheunendach ausstattete, so dass es wie ein Haus mit durchsichtigen Wänden aussah.

Auf dem Küchentresen stand ein kleiner Saguaro-Kaktus mit einer weißen Blüte, eine Flasche Wasser und eine Schüssel Jelly Bellys. Wie niedlich. Ich fühlte mich angekommen, aufgenommen und auf das Herzlichste willkommen. Und das sagte mir Jimli auch zum Abschied. „Your welcome. Bis später. Wir sehen uns.“

***

Tilli und ich genossen einen angenehmen ersten Abend hier in Sedona. Wir hatten uns von Jim sagen lassen, von wo aus man den schönsten Blick auf den Sonnenuntergang erleben konnte, und waren auf sein Anraten zum Airport Mesa gefahren, was sich trotz der vielen Leute, die offensichtlich denselben Tipp bekommen hatten, als hervorragende Idee entpuppte. Von dort bot sich tatsächlich ein herrlicher Blick auf Sedona, die roten Felsen drumherum und das wunderbare Farbspiel der Berge im Sonnenuntergang. Demnächst würde mein Handyspeicher explodieren. Ich brauchte dringend eine externe Auslagerungsvariante.

Ich schickte den Sonnenuntergang aus dem mittleren Westen in die weite Welt hinaus.
Suse kommentierte das herrliche Bild vom Thunder Mountain prompt mit einem

Bild ihres ganz persönlichen Berges, also des Babybauchs. Sie hatte mit Filzstift „Hier drin steckt ein ganzer Kerl!" draufgeschrieben. Annelie würde also einen Bruder bekommen. Wie schön.
Die Antwort von Norma war weniger schön. Sie schickte mir ein regennasses Fensterscheibenbild aus München zusammen mit einer Sprachmail. „Danke für die Sonne, Süße. Hab ich gebraucht. Bin mit dem Spatzen in der Hand doch nicht ganz so glücklich geworden. Die Strecke von München nach Berlin ist ihm zu weit. Er braucht mehr Nähe, wie er sagt. Over and out mit Anton und Norma. Na ja, so bin ich frei für was anderes. Ich habe ein megatolles Angebot bekommen. Pilotfilm für eine Serie. Ich spiele die hochnäsige Freifrau-Tussi Irgendwie von Ruecker. Wir drehen auf einem Kreuzfahrtschiff. Als ich Anton erzählt habe, dass wir uns drei Monate nicht sehen, wenn er nicht mitkommt, da hat er mich dann endgültig abserviert. Tja, deprimierend. Ich tauge wohl nicht für sowas wie normale Beziehungen. Selbst in dem Film spiele ich eine blöde Femme fatale. Ist schon beschissen. – Aber die zweite Hauptrolle in der Kreuzfahrt-Schmonzette hat ein Mega-Hottie bekommen, das sag ich dir." Und sie sagte es mir. Es handelte sich um einen Newcomer am deutschen Fernsehhimmel. Der Typ war definitiv heiß, wenn auch zwei Jahre jünger als Norma. Aber das spielte kaum eine Rolle. Sie könnte durchaus Chancen haben. Die Boulevardpresse sagte dem Schauspieler einen übergesunden Appetit auf attraktive Kolleginnen und viel Phantasie in den Drehpausen nach. Das dürfte Normas Interessen durchaus entgegenkommen. Und attraktiv war sie in jedem Fall, so viel stand fest.

Hinter Antons Absage vermutete ich (als Insiderin) allerdings noch etwas mehr als nur räumliche Differenzen und Distanzangst. Es gab da auf dem Campus diese Ergotherapeutin namens Jana, mit deren bösem Blick ich gleich am Anfang meiner Beziehung zu Anton hatte Bekanntschaft machen müssen. Jana war in jedem Fall schon länger scharf auf Anton gewesen und als der plötzlich in seinen Mittagspausen mit mir in der Cafeteria auftauchte, musste das für die Therapeutin mehr als nur eine banale Appetitbremse, sondern eher ein ganz schön dicker Kloß im Hals gewesen sein. Wenn Blicke mein Essen hätten vergiften können, wäre ich damals an meinen Kartoffeln erstickt wie Schneewittchen an ihrem Apfelhäppchen. Ich würde meinen Hintern darauf verwetten, dass der Wind aus dieser Richtung wehte. Eine Frau nutzt die Gunst der Stunde, wenn sie eine Chance sieht. Konnte gut sein, dass eine Ergotherapeutin besser zu einem Darmspezialisten passte als eine mondäne Schauspielerin. Oder ich. Ich wünschte Jana jedenfalls alles Gute. Anton auch. Und Norma am meisten.

Meine Antwort lautete also: „Kopf hoch! Irgendwo da draußen wartet ganz sicher der richtige Mann auf dich. Und wenn ich eine kenne, die nicht aufgibt, bevor sie ihn findet, dann bist du das. Und bis dahin – mach einfach das Beste draus und hab vor allem jede Menge Spaß dabei."

***

Die nächsten Tage vergingen wie im Fluge. Tilli und ich streckten unsere Fühler aus und erkundeten die Gegend um Sedona zu Fuß und mit dem Auto. Wir wanderten zur Devil's Bride, um den Cathedral Rock und den Oak Creek entlang. Wir absolvierten den Fay Canyon Trail und besuchten die „Chapel oft the Holy Cross". Ich weiß nicht, was mir am besten gefiel. Es gab überall traumhafte Ausblicke und abends wetteiferte ich mit Tilli darum, wer das schönste Foto gemacht und das Motiv (zumeist die Gegend) am besten eingefangen hatte. Fakt war, dass die roten Felsen uns völlig in ihren Bann gezogen hatten. Wir mutierten zu Junkies.
„Was für ein Mist, dass ich bald nach Hause muss. Ich könnte noch ewig bleiben", jammerte Tilli, deren Deadline (sie musste am Mittwoch in der Woche darauf ab Phoenix wieder in Richtung Deutschland starten) immer näher rückte. Und das, obwohl am anderen Ende ihres Flugplans jemand auf sie wartete, auf den sie sich total freute. So viel stand fest. Ihre abendlichen Gespräche mit Kosta wurden immer länger und sie ließ mich auch nicht mehr zuhören. Ich vermutete daher wenig jugendfreien Inhalt.

„Wenn auch nur einer auf dieser Omma-Party irgendeinen Mist von sich gibt, von wegen ‚alte Liebe rostet nicht' und ‚früh gefreit, nie gereut' oder irgendeinen ähnlichen Mist, dann weiß ich trotzdem nicht, was ich tue. So viel steht fest", seufzte sie einmal, als sie sich nach ihrem Gespräch mit Kosta neben mir auf die Hängeschaukel sinken ließ.
Ich hatte mein Buch zugeklappt und stupste sie mit dem Fuß an. „So was kommt hundertpro. Also mach dich schon mal warm. Was wirst du dann tun? Schreien? Tische umhauen? Grün anlaufen?"
Tilli schubste die Schaukel an, so dass wir, leise quietschend, in der milden Wüstennacht vor uns hinschwebten.
„Nichts", sagte sie irgendwann nach einer langen Pause, lachte und zuckte mit den Schultern. „Wahrscheinlich nichts. Ich bin einfach nur so genervt darüber, dass meine und Kostas Mutter recht hatten. Die wollten uns schon verkuppeln, als wir nebeneinander auf der Krabbeldecke lagen." Dann wurde Tilli ein bisschen ernst. Sie zog die Beine hoch und legte ihre Arme drum. „Ich habe

wahrscheinlich Angst, dass die damals bei uns so eine Art Gehirnwäsche durchge- zogen haben und wir jetzt einfach fremdgesteuert agieren." Sie sah mich an und wirkte tatsächlich etwas verzagt. „Was ist, wenn wir uns nur einreden, dass das mit uns irgendwas ist, weil wir das schon mit dem Babybrei eingeflüstert bekommen haben und unseren Eltern einen Gefallen tun wollen." Sie hatte so ernsthaft zweifelnd ausgesehen, dass ich nicht wusste, ob ich sie auslachen oder trösten sollte.

Also streichelte ich ihre Schulter und bemühte mich, etwas Kluges von mir zu geben. „Lass mal die Psychologie außen vor und schau hierhin." Ich hatte mir auf die Brust geklopft. „Wichtig ist, was hier drin passiert, wenn du an ihn denkst. Wenn er dich anruft. Wenn er dich berührt. Was fühlst du dann?"

Da hatte sie mich angesehen, mit den Schultern gezuckt und gelächelt. Das Strahlen in ihren Augen war Antwort genug gewesen.

Ich konnte zufrieden nicken. „Scheiß auf das, was andere Leute denken, oder?"

Wir hoben beide die Daumen.

Tilli würde also am Mittwoch einer hoffentlich großen Liebe und kunterbunten Zukunft entgegenschweben. Ich blieb zurück und meine Zukunft war in emotionaler Hinsicht eher ungewiss. Aber zumindest war zeitlich klar definiert, wie ich den März am Donnerstag begann. Da startete mein Praktikum im Verde Valley Medical Center. So viel wusste ich und auch, wie ich dorthin kam. Ich hatte mir den Weg zum Krankenhaus schon in der Karte angesehen. Von meinem Gartenhäuschen aus waren knappe drei Kilometer zu absolvieren, ein Klacks also. Das Internet meinte, ich würde den Weg in weniger als fünfzehn Minuten mit dem Fahrrad schaffen. Ein Fahrrad stand mir zur Verfügung. Bingo. Unter dem Dachüberstand links am Häuschen befanden sich sogar zwei Bikes. Somit waren die Fortbewegung und ein paar Touren mit Tilli gesichert. Und bevor Tilli und ich in ganz unterschiedliche Richtungen starteten und ganz differenten Zielen entgegengingen, wollten wir die letzten gemeinsamen Urlaubstage noch ausgiebig zusammen nutzen. Und für kommenden Sonntag waren wir mit Ajei verabredet und würden die Liste unserer Unternehmungen um einen Roadtrip hoch zu Pferde erweitern. Volles Programm also.

Ein Check der Adresse, die Ajei uns gegeben hatte, zeigte, dass wir der Schnebly Hill Road ein Stück aus Sedona hinaus folgen mussten, um die „Thunder Mountain Ranch" zu erreichen. Also nahmen wir am Sonntag nach dem Frühstück das Auto. Das Wetter meinte es gut mit uns. Die Temperatur lag bei gemütlichen achtzehn Grad, am Himmel begleitete uns ein lockerer Sonne-Wolken-Mix. Ich war aufgeregt. Wir würden Ajei sehen, vielleicht sogar Ooljee. Und – ich würde reiten, der Fakt, welcher mich derzeit am meisten aufregte. Weil ich es nicht konnte.

***

Die Ranch lag etwas weiter ab vom Schuss. Wir mussten ein Stück die 89A hinunterfahren, welche nicht zu Unrecht eine Panoramastraße genannt wird. Sie kommt von Norden durch den Oak Creek Canyon. Ooljees Ranch lag im Osten. Bevor wir auf die Schnebly Road abbogen, tuckerten wir allerdings erst ein Stück in Richtung Süden. Es war eine Menge los auf den Straßen, aber das schien für Sedona normal zu sein, wie wir in den letzten Tagen schon erfahren hatten. Die Besucherströme rissen aufgrund des milden Klimas über das ganze Jahr nicht ab. Die Red Rocks und die energetischen Schwingungen, die man dem Ort nachsagte, waren ein imposanter Besuchermagnet.
„Mutter Erde soll in Sedona wohnen", gab ich zufrieden zum Besten, während ich den Blinker setzte. „Diesen Spruch wollte ich die ganzen Tage schon mal anbringen. Wenn man sich mal überlegt, dass der Ort nur knapp mehr als zehntausend echte Einwohner hat, dann fragt man sich allerdings, wo die Leute alle herkommen."
„Mutter Natur ist wohl nicht gerne alleine. Ich habe gelesen, dass im Jahr mehrere Millionen Besucher herkommen. Das ist schon der Wahnsinn. Hier tümmeln sich gefühlt so viele Leute pro Quadratmeter wie auf dem Weihnachtsmarkt am Alex. Ob sich Mutter Natur bei ihrer Standortwahl den Trubel damals so vorgestellt hat?"
Ich blickte in den Rückspiegel und zwinkerte dem Thunder Mountain zu. „Eher nicht. Und der Typ, bei dem Ajei und Ooljee wohnen, auch nicht. Der lebt jedenfalls in der Pampa. Und ..." Tilli stieß mir in die Seite. „Pass lieber auf den Typ vor dir auf. Der geht nämlich in die Eisen."
Sie saß auf der Beifahrerseite und klopfte den Rhythmus einer poppigen Country-Melodie mit, die im Radio lief. Keine Ahnung, wie der Song hieß, aber da das Lied von Taylor Swift gesungen wurde und Taylor mich immer sofort an Lennard erinnerte, war ich schon einen Moment später mitten in einen Tagtraum zwischen blauen Augen und den Wassern des Havasu Creek abgetaucht. Schade, dass ich meine Zeit im Wilden Westen nicht mit Lennard zusammen genießen konnte, gern auch wild. Aber vielleicht würde ich überhaupt nie wieder irgendwas mit ihm zusammen genießen. Ein unschöner Gedanke, den ich rigoros verdrängte.

„Da, da, da, da, daaaaa", rief Tilli und pikte so heftig nach links, dass ich zusammenzuckte und der Wagen einen Hopser machte. „Du musst links auf die Straße dort abbiegen, Leila. - Wo bist du denn mit deinen Gedanken, Herrgott noch mal?!"
Statt einer Antwort bog ich scharf nach links ab, aber eine Straße konnte man das, was nach dem Abzweig kam, nicht gerade nennen. Es handelte sich eher um einen ausgefahrenen Feldweg, und das auch nur, wenn man sich das Feld dabei wegdachte. Die Vegetation war hier im Verde Valley überall karg. Auf dem knochentrockenen roten Boden wuchsen nur die härtesten und verbissensten Vertreter der Pflanzengattung, also die, die auch mal längere Durststrecken und Wüstensonne verkraften konnten.

***

Der Weg war keine offizielle Straße. Er diente nur als Zubringer zur „Thunder Mountain Ranch" und mehr als Zuckeln war hier auch nicht drin. Wir konnten das große Haus von weitem sehen. Den Namen der Ranch hatte man in kunstvollem Drahtgeflecht auf einem Schild angebracht. Das Schild wiederum hing an einem torartigen Überspanner. Von diesem kantigen Holzbogen verlief nach rechts und links ein Zaun aus übereinandergestapelten Ästen, die von einer Holz-Draht-Konstruktion an Ort und Stelle gehalten wurden. Der Zaun umgab in weitem Bogen das Hauptgebäude der Ranch mit den Stallungen. Ich sah auch Pferde in der Ferne.

Wir zuckelten langsam unter dem Schild hindurch. Die Reifen brummten auf den Stahlrohren des Weiderostes. Ein paar Hühner beäugten uns misstrauisch. Ich musste zwei Mal hupen, damit ein besonders hartnäckiges Exemplar, was sich eine Kuhle zum Sonnen gescharrt hatte, überhaupt zur Seite ging. Ein paar Bäumchen und Sträucher hatten sich vereinzelt zu kleinen Gruppen zusammengedrängt. Hinter uns hing ein Staubschleier in der Luft.
„Ich glaube, da war ein Waschbär zwischen den Bäumen", sagte Tilli und beugte

sich mit zusammengekniffenen Augen zu mir rüber. „Na, jedenfalls irgendein Viech."
„Und ich glaube, hier ist die Zeit stehengeblieben. Willkommen im Wilden Westen", sagte ich und nickte in Fahrtrichtung, wo sich der Blick zwischen die Ranchgebäude öffnete. Dort stand eine alte Postkutsche. Trotz der Einschusslöcher sah sie noch gut aus.

Die Ranch umfasste insgesamt ein langes, zweistöckiges Haupthaus, daneben Stallungen, mehrere Schuppen und eine Scheune. Vor dem Haupthaus, einem Holzbau mit umlaufender überdachter Terrasse, waren drei Pferde angepflockt. In Worten: Drei. Drei Pferde. Ajei war offensichtlich nicht auf die Idee gekommen, dass jemand von uns nicht reiten konnte. Ich zum Beispiel. Bevor ich diesen Gedanken weiterspinnen konnte, hob sich aus dem Schatten des Terrassendaches ein Hund, der ganz bequem auch als Reittier verwendet werden konnte.

„Ach herrje", ächzte Tilli, „stammt das Vieh eventuell vom Baskerville-Monster ab?" Sie hatte es nicht so mit Hunden, und schon gar nicht mit den großen.
Im Hof parkten (von der restaurierten Postkutsche abgesehen) ein Jeep sowie ein kleiner Zweitürer und es war immer noch jede Menge Platz. Ich beschloss, gleich daneben zu parken, und ging vom Gas. Da ich nicht schnell gefahren war, um den Unterboden unseres Mietwagens nicht irreparabel zu riskieren, brauchte ich unser Gefährt nur neben den parkenden Autos ausrollen zu lassen.
Der Hund, ein pechschwarzes Ungetüm, war fest entschlossen, uns klar zu machen, wer hier das Terrain regierte. Er streckte sich, schüttelte kurz den Ganzkörperflokati und sprang in einem Satz über die in der Sonne vor der Terrasse liegenden beiden Katzen, die sich einen feuchten Dreck um ihn scherten. Man konnte davon ausgehen, dass sie sich bereits Respekt verschafft hatten. Wir noch nicht. Deswegen kam dieser Zerberus der „Thunder Mountain Ranch" bellend und mit weiten Sprüngen auf uns zu und lief unterwegs zur Höchstform auf.

„Haha. Der will sicher nur spielen", sagte ich, aber als der Hund wie rasend vor meinem Fenster auf und ab sprang, unablässig bellte und geiferte, war ich mir da nicht mehr so sicher. Die Pferde offensichtlich auch nicht. Sie zerrten erschrocken an ihren Halftern. Eins wieherte und versuchte zu steigen.
„Also, wenn du mich fragst - ich bleib hier sitzen", sagte Tilli und verschränkte die Arme, während sie dem Hund die Zunge ausstreckte. „Dass das schon mal klar ist."
Ich hatte auch keine Lust, mich zerfleischen zu lassen. „Da kommt Ajei. Die hat den Hund doch sicher im Griff, oder?"
Lennards Schwester kam schnellen Schrittes aus dem großen Nebengebäude zu unserer linken Seite. Sie trug einen Sattel über den Armen und brüllte: „Woody - aus! Aus, habe ich gesagt. Komm her. HIER her."
Aber Woody kam nicht. Er hatte offensichtlich einen Heidenspaß damit, vor meiner Scheibe auf und ab zu hüpfen und Sabber gegen das Glas zu schleudern. Das machte er genau so lange, bis die Tür zum Haupthaus aufging. Ein alter Mann trat heraus und als der die Finger in den Mund steckte und einmal durchdringend pfiff, transformierte Woody, der eben noch auf blutrünstiges Monster gemacht hatte, vom Höllenhund zu einem unterwürfigen Sofahäschen. Er plumpste aus dem Sprung neben dem Auto zu Boden, legte die Ohren an und raste zurück zur Veranda, wo er sich dem weißhaarigen Herrn wie ein Teppich vor die Füße warf und freudig winselte.

„Ihr könnt jetzt aussteigen, Woody ist entschärft", rief Ajei zu uns herüber und legte den Sattel auf ein schwarzes Pferd mit weißen Beinen.
„Hoffentlich hat sie recht. - Wagen wir's?", fragte Tilli, die Hand am Türöffner.
„Zusammen", bestätigte ich. „Bereit?"
Sie zwinkerte mir zu. „Wenn du es bist?" Das war ein Insider zwischen uns.

„Hallo zusammen." Ajei lächelte uns an und zeigte dabei zwei supersüße Grübchen, welche ihr Bruder nicht hatte. Mein Herz machte trotzdem einen kleinen Satz. Die meerblauen Augen hatten beide Geschwister von ihrem Vater. Sie waren sozusagen Gabriel Steinbergs Erbe, den ich in Binz auf Rügen als

Gabe, den schweigsamen alten Cowboy, kennengelernt hatte.

„Darf ich euch einander vorstellen? Das ist Arthur Mathewson, Tierarzt im Ruhestand und heimlicher Naturschmuck-Designer. Ihm gehört die ‚Thunder Mountain Ranch'."
Damit stellte Ajei uns dem alten Herrn vor. Dieser war überschlank, hatte schlohweißes Haar und ging etwas gebeugt, was die Körpergröße minderte. Sein Händedruck war überraschend fest, der Blick seiner Augen in dem hageren Gesicht klar und scharf. Und dass er ein Faible für Naturschmuck und Dekorationen hatte, erkannte man nicht nur an dem hornförmig geformten Steinanhänger, der an einem Lederband mit Perlenverzierungen von seinem Hals hing. Man sah es überall auf seinem weitläufigen Gelände, wenn man die Muße fand, sich ohne Höllenhund an den Fersen hier umzuschauen. Wahrscheinlich stammte auch der Torbogen, der uns am Eingang der „Thunder Mountain Ranch" aufgefallen war, aus seinen Händen.

„Guten Tag, die Damen", begrüßte uns Arthur Mathewson freundlich. „Sie wollen zusammen einen Ausritt in die Weite unternehmen, ja? Das ist gut. Es wird Ihre Seelen beflügeln, den Geist befreien und die Herzen öffnen, das können Sie mir glauben. Nehmen Sie sich Zeit, genießen Sie. Das ist das Beste, was Sie für sich und Ihre innere Harmonie tun können. Ich würde Wanderungen in die wilde und freie Natur ausnahmslos jedem Tier und", er hob bedeutungsvoll einen Finger, „jedem Menschen verschreiben wie das wichtigste Vitamin."
Der Hund, der gerade noch das Bein gehoben hatte, um seine Hoheitsrechte an einem hölzernen Pfahl zu erneuern, nickte mit dem Kopf und machte dann leise „Wuff", als wollte er den Wahrheitsgehalt der Worte seines Herrchens nachdrücklich bestätigen. Dann drehte er ruckartig den Kopf zur Eingangstür, die sich öffnete.
Heraus kam Ooljee.

Wir hatten uns vor Jahren nur kurz gesehen, aber das Treffen war mir sehr

intensiv in Erinnerung geblieben, was nicht zuletzt daran lag, dass Ooljee nicht nur Lennards Mutter, sondern einfach eine beeindruckende Person war. Sie strahlte immense innere Ruhe aus, welche ich damals etwas einschüchternd gefunden hatte. Und heute ging es mir nicht anders.
Ooljee nickte uns zu. „Ihr habt eine weite Reise in den Westen gemacht. Seid ihr nach Sedona gekommen, um die Sonne zu suchen?"
„Ja. Und wir haben sie gefunden", sagte ich und freute mich wirklich sehr, die betagte, aber seltsam alterslose Indianerin zu sehen, die mir ganz unerwartet ihre Arme entgegenstreckte. Ich ließ mich herzlich drücken, während Arthur Woody, seinen Hund, am Halsband packte und mit ihm sowie einem letzten freundlichen Nicken in unsere Richtung im Haus verschwand.

Als Ooljee mich drückte, wurde mir ganz leicht ums Herz, fast, als würde ihre bloße Anwesenheit alles ein bisschen besser machen. Sie hielt mich einen Moment lang fest und sah mir intensiv in die Augen. Was sie dort auch immer lesen mochte – es schien ihr zu gefallen. Sie nickte, lächelte, ließ mich los und inspizierte die Pferde, die sie freundlich anschnaubten.
„Wer von den beiden hier soll Quadromo nehmen?" Ooljee tätschelte die Kruppe des Pferdes, das ihr am nächsten stand. Das Tier war von Kopf bis Fuß dunkelbraun, die Mähne und der Schweif eine Nuance dunkler als der Rest. Ajei sattelte gerade das mittlere Pferd, was kräftig die Mähne schüttelte und wieherte.

Ich auf keinen Fall. „Ich auf keinen Fall", sagte ich schnell. „Ich, äh, sorry, ich kann an sich nicht besonders gut reiten." Gar nicht reiten wäre allerdings noch treffender gewesen. Darauf hinzuweisen, dass ich allerdings theoretisch im Traum wie ein Profi ritt, würde mich sicher auch nicht retten.
Ajei guckte, als hätte ich gesagt, dass ich mir die Schuhe nicht alleine anziehen konnte.
„Ach herrje", sagte sie und dachte nach.
Ich lächelte etwas verzagt. „Vielleicht könnten wir ja die Postkutsche dort drüben mitnehmen."

Tilli griente. „Klar, da kannst du von drinnen in die Gegend ballern und die Pferde scheu machen. – Also ich bin schon eine Weile nicht mehr geritten, aber ich denke, mit dem Sofa dort werde ich schon klarkommen. Und Leila kann sich hinter mich setzen. Wir kriegen das hin." Sie deutete auf eine Stute, die an Ooljees Hosentasche knabberte.
Die alte Indianerin nickte und klopfte dem Pferd liebevoll den Hals. „Im Prinzip eine gute Wahl. Das ist Pahaska, meine alte Freundin. Und mit alt meine ich auch alt. Wenn du nett zu ihr bist, dann geht sie tatsächlich wie ein Sofa. Sie ist froh, wenn sie nicht getrieben wird. Aber zu zweit steigt ihr da nicht mehr auf." Dann wandte sie sich an Ajei. „Am besten nimmst du Trudy, die schafft euch beide."
„Ja", nickte Ajei. „Das war auch mein Gedanke. Ist das okay für dich?" Sie sah mich an.
Ich nickte vage, wobei meine Schultern in verschiedene Richtungen zuckten.

Das Tier, mit welchem Ajei wiederkam, war ein so gigantisches und kräftiges Pferd, dass es wahrscheinlich selbst Sir Lancelot (oder besser William Marshal, dessen realer Vorlage) als Streitross noch zu groß gewesen wäre. Ich wich jedenfalls auf die hölzerne Terrasse zurück, als Ajei mit ihr wiederkam und bedauerte, dass ich mich hatte dazu hinreißen lassen, ausgerechnet einen Ausritt zu verabreden.
Ajei stellte uns das Tier als „Trudy wie Gertrud" vor und erklärte, woher es seinen Namen hatte. „Arthur meint immer, das Pferd erinnere ihn total an seine Mutter. Er verrät nur nicht, ob es daran liegt, dass seine Mutter groß und breit war oder ob sie aus England kam. Trudy ist ein Shirehorse. Du brauchst keine Angst vor ihr zu haben, Leela. Sie ist das sanfteste Wesen, was ich kenne. Die wirft niemanden ab. Dafür wäre sie auch viel zu faul, ehrlich. Aber auch wenn sie recht groß ist – sie geht so flüssig und fein wie eine Ballerina. Du könntest drauf tanzen, wenn du wollen würdest." Ajei gab dem Pferd einen Kuss auf die weiche Nase.

Ha – sollten sie alle reden. Vorsicht war die Mutter der Eierstiege. Ich blieb lieber misstrauisch und beäugte Trudy mit kritischem Blick. Sie hatte eine breite rosa

Pferdenase und jeweils zwei schwarze und zwei weiße Beine. Es fiel mir wirklich schwer, diese riesige Stute mit einer Ballerina in gemeinsamem Konsens zu sehen. Das funktionierte nur, wenn ich die Ballerina auf den Pferderücken stellte und Pirouetten drehen ließ. Und Räder schlagen. Aber ich wollte weder tanzen, noch Räder schlagen. Ich wollte am liebsten gar nicht aufsteigen. Ich würde Höhenangst bekommen.

***

Am Ende war alles halb so wild. Ooljee holte eine Aufsteighilfe. Damit kam ich gut, wenn auch nicht besonders elegant hinter Ajei auf den Doppelsattel des Riesenpferdes namens Gertrud. Tilli saß inzwischen auf der Schimmelstute mit der schwarzen Mähne, die auf den Namen Pahaska hörte und machte dort insgesamt eine rechte annehmbare Figur.
„Alles klar? Sitzt ihr gut?“, fragte Ajei vor mir. Ich sparte mir eine Antwort, da ich immer noch versuchte, mich irgendwo anders als an Ajei festzuhalten.
Wir trugen alle Cowboyhüte wegen der Sonne. Ooljee musste für Tilli noch ein Foto von uns schießen, dann schnalzte Ajei und Trudy setzte sich behäbig in Bewegung.

***

Es ging in einem gemütlichen Schritt über Pfade im Gelände, oftmals neben einem Schotterweg entlang, der die Bezeichnung „Straße“ nicht verdiente. Trotzdem fuhren neben einigen verbissenen Radlern auch Autos vorbei, meistens Jeeps. Rucksacktouristen aus aller Herren Länder waren zu Fuß unterwegs.
„Hier braucht man einen Allradantrieb, sonst kommt man nicht gut durch. Das steht in allen Wegbeschreibungen“, rief Ajei kopfschüttelnd, als ein vollbesetzter Kleinwagen mit bedenklich geringem Bodenabstand an uns vorbei hüpfte und hinten Steine hochwarf. Einer traf Trudys Bein und ich war froh, dass das Pferd tatsächlich, wie von ihm behauptet worden war, die Ruhe weghatte. Lennards

Schwester hielt uns (wenn sie sich nicht gerade über die Autofanatiker ärgerte) einen Vortrag über das Verde Valley und die verschiedenen Bergformationen der Red Rocks. Unser Ziel, so viel verriet sie uns gleich anfangs, war die sogenannte Schnebly Hill Vista Observation Site, ein Aussichtspunkt, von welchem aus man einen herrlichen Blick haben sollte. Damit behielt sie recht. Das letzte Stück war allerdings beim besten Willen nicht mit den Pferden zu bewältigen gewesen. Wir hatten sie anbinden und zu Fuß weitergehen müssen.

Einige Fotos und einen Fußweg später wurde ich mit Ajeis und Tillis Hilfe auch ohne Aufsteighilfe wieder auf Trudys geduldigen Rücken verfrachtet. (Mehrere Urlauber hatten eine Menge Spaß dabei, mich zu beobachten. Sie würden wahrscheinlich noch ihren Enkeln davon erzählen. Ich tröstete mich damit, dass mich hier keiner kannte.)
Auf dem Rückweg unterhielten wir uns mit Ajei auch über Deutschland, das Geburtsland ihres Vaters, was Lennards Schwester jedoch nie wirklich für sich hatte einnehmen können.
„Zu kalt, zu voll, zu eng", war ihr Kommentar.
„Dann musst du Pech mit dem Wetter gehabt haben", sagte Tilli, welche - genau wie ich - den letzten Sommer noch gut in Erinnerung hatte. „Es war heiß wie verrückt. Weiten haben wir dort auch, gut, vielleicht nicht so weite Weiten wie ihr hier, aber ... nasse Weiten eben. Die Ostsee, die ist auch weit. Und so viel Wasser gibt es hier nicht."
Ich klinkte mich ein: „Aber voll ist es wirklich. Die Insel platzt irgendwann. Zumindest im Sommer. Wahrscheinlich sind zu der Zeit mehr Gäste als Einwohner dort. Manche Leute vermieten sogar ihre eigenen Häuser und wohnen dann im Garten."
Tilli nickte bekräftigend. „Apropos, warum habt ihr eigentlich Leilas Gästehaus, die ‚Bella Vista', nicht verkauft?"
Auch wenn das nicht gerade „mein" Gästehaus war, interessierte mich die Antwort sehr.

Ajei zuckte mit den Schultern. „Lennard wollte das nicht."

Sein Name fiel und mein Herz trommelte den Parademarsch.
Ajei fuhr fort: „Meiner Mutter war das im Prinzip egal. Sie hat keinen Bezug zu dem Haus und Geld ist ihr nicht wichtig. Sie hat genug zum Leben. Wenn es nach mir gegangen wäre, dann hätten wir bestimmt verkauft, weil ich nicht wusste, was wir mit einem Haus in Deutschland sollten. Aber Lennard war dagegen."
Es versetzte mir einen Stich, dass sie so unbeteiligt über das Zuhause meiner Familie sprach. Okay, sie hatte dort nie gelebt. Lennard schon. Vielleicht war ihm die „Bella Vista" aus genau diesen Gründen eben nicht egal.
Ajei fuhr fort: „Er hat gemeint, ein Haus verkauft man nur einmal. Dann ist es weg. Und die Pacht würde uns am Ende mehr nützen, weil sie eine Dauereinnahme für immer ist. - Tja, inzwischen weiß ich, dass er recht hat. Das Geld, was deine Eltern an Pacht zahlen, Leela", an mich gewandt, „teilen wir auf. Es ist Mums kleine Rente, die Miete für meine Wohnung in Scottsdale und mit dem dritten Teil zahlt Lennard sein Häuschen ab. Jetzt bin ich tatsächlich froh, dass ich auf ihn gehört habe."

„Meine Eltern sind auch froh", sagte ich mit Nachdruck über ihre Schulter. „Ich finde es toll, dass ihr so entschieden habt, auch wenn es traurig ist, dass dein Dad nicht mehr lebt. Woher kennt Ooljee denn Arthur? Sind die beiden ein Paar oder ist das eine Art Zweckbeziehung, weil keiner alleine sein wollte?" Viel brennender hätte mich aber interessiert, wo genau dieses Häuschen stand, was Lennard mit seinem Teil der Pacht abbezahlte. Ich überlegte, wie ich diese Frage geschickt in unser Gespräch einbauen konnte, ohne allzu neugierig zu wirken.

Ajei lachte. „Meine Mutter hätte keine Probleme mit dem Alleinsein und sie ‚kennt' Arthur auch nicht in dem Sinne, wie du jetzt sicher meinst. Sie sind kein Paar. Sie sind Freunde, sehr, sehr gute Freunde, und das schon lange. Im Prinzip leben sie in einer Art Wohngemeinschaft und profitieren beide davon. Das Angebot für uns, hier zu wohnen, kam von Arthur. Mum kann wunderbar mit Tieren umgehen, besonders mit Pferden. Und Arthur braucht Hilfe bei der Arbeit. Er praktiziert zwar nicht mehr Vollzeit, aber trotzdem kommen immer

noch jede Menge Leute zu ihm. Er ist Tierarzt. Und auf der Ranch braucht er jede Hilfe, die er kriegen kann."
„Hat er denn keine Familie?", wollte Tilli wissen.
„Arthur hat ... Oh! Seht mal, da hinten ist eine Gruppe Javelinas", sagte Ajei und ich musste etwas zur Seite kippen, um die Tiere zu sehen, die schnell davonhuschten.
„Wildschweine, oder?", meinte ich.
„Wildschweine? Die zu Hause sind ein bisschen größer, glaube ich", gab Tilli zurück.

Wir sahen den galoppierenden Schweinen hinterher. Dann sagte Ajei: „Ich werde euch etwas über Arthur erzählen, weil ihr nicht von hier seid, sondern aus Deutschland und weil man dort, wie ich glaube, in der Hinsicht ein bisschen toleranter ist als in vielen Teilen dieses Landes. Also – Arthur hat kein körperliches Interesse an Frauen, weil er ... homosexuell ist. Deswegen sind er und meine Mutter wirklich nur Freunde, auch wenn die Leute sicher was anderes glauben. Ich denke, das ist ihm ganz recht so. Er schätzt meine Mutter sehr, wahrscheinlich liebt er sie sogar. Aber so wie eine Freundin und nicht so wie den Partner, den er mal hatte. Der hieß Frederic und war Biologe, sogar mit Doktortitel. Leider ist er vor vielen Jahren gestorben."
„Ach herrje", entfuhr es Tilli und zog erschrocken am Zügel, woraufhin Pahaska verwirrt die Mähne schüttelte.
„Woran ist er denn gestorben? War er krank?", wollte ich wissen.
Ajei seufzte. „Das ist noch viel trauriger. Sie haben damals in New Orleans gelebt. Frederic war noch keine vierzig Jahre alt, als ihn jemand wegen seiner Homosexualität derart verprügelt hat, dass er an schweren Kopfverletzungen gestorben ist. Viel mehr weiß ich auch nicht. Arthur sagt immer, einen Menschen wie Freddy hat er vorher und nachher nie wieder kennengelernt. Deswegen ist er alleine geblieben. Er redet nicht viel darüber. Aber was soll man dazu auch sagen? Es gibt überall dumme und gemeine Menschen, aber manchmal sucht die Intoleranz ihresgleichen."
„Megakacke", fasste Tilli zusammen.

„Ja“, gab ich ihr recht. „Armer Arthur. - Und deine Mom ist nun quasi Freundin, Ranchhelferin und Pferdeflüsterin in einem. Dann hat er trotzdem noch mal viel Glück gehabt.“
„Ja“, gab Ajei zurück. „Sie aber auch. Und ich. Wir lieben ihn. Er ist ein guter Mensch.“

***

Unser Ritt dauerte insgesamt fast drei Stunden und als wir (mit noch mal einhundert Fotos mehr auf dem Handy und leuchtenden Augen) zurück auf die Ranch kamen, hatte ich rote Felsen im Herzen, eingeschlafene Füße, kein Gefühl mehr im Hintern und immensen Durst.
„Wenn du länger hier wärst, dann könnte ich dir das Reiten beibringen“, sagte Ajei von oben, als ich beim Absteigen verzweifelt nach Standsicherheit suchte. Lennards Schwester saß noch auf dem riesigen Pferd und sah äußerst amüsiert aus.

Tilli, die mir geholfen hatte abzusteigen, war schon dabei, ihre Steigbügel hochzuknippern. „Tja, ICH muss am Mittwoch auf alle Fälle zurück, weil ich am Samstag einen Vierundzwanzigstundendienst im Krankenhaus schieben darf. Leider. Leila dagegen ist ...“
„... noch Studentin, aber da musst du ja nicht dauernd drauf rumreiten“, fiel ich ihr ins Wort und lächelte Ajei entschuldigend an. „Ich habe zuerst eine Ausbildung hinter mich gebracht und später angefangen zu studieren. - Der Ausritt hat übrigens echt viel Spaß gemacht. Herzlichen Dank, dass ich hinter dir sitzen und von deinen Reitkünsten profitieren durfte.“

Nachdem ich diese Klippe geschickt umschifft hatte, halfen wir Ajei, die beiden Tiere abzustauben und deren Hufe auszukratzen. Am Ende brachten wir die Pferde zur Koppel, wo sie nach einem Klaps auf die Hinterteile mit einer gewissen Erleichterung davontrabten.
„Ich muss mal zum Klo“, stellte Tilli fest, „dringend.“

Ajei zeigte nach hinten. „Im Haupthaus gleich rechts, wenn du reinkommst. Links ist der Warteraum für die Patienten. Du kannst einfach hineingehen."
Auf dem Hof standen vier Autos, die vorhin noch nicht da gewesen waren.
„Arthur hat jetzt Sprechstunde", erklärte mir Ajei, während Tilli davoneilte.
„Kannst du den zweiten Sattel nehmen? Wir bringen sie rüber in die Stallkammer."

Unterwegs erzählte mir Ajei, dass sie öfter Ausritte für Touristen organisierte, wenn ihre Zeit das erlaubte. „Es ist unvorstellbar für mich, dass es Menschen gibt, die nicht reiten", sagte sie mit einem Seitenblick auf mich. „Pferde sind die schönsten Tiere der Welt. Wenn man aufsteigt und losreitet, dann kann man alle Sorgen der Welt hinter sich lassen. Man fühlt sich frei wie der Wind. Hattest du nie Lust zu reiten?"
Ich schüttelte den Kopf. „In Berlin war keine Gelegenheit. Ich hätte bis sonst wohin fahren müssen. Hab nie darüber nachgedacht. – Wie lange reitest du schon?"
„Schon immer", war die Antwort. „Ich saß zuerst auf einer zahmen Ziege, als ich vier war. Mein erstes eigenes Pferd bekam ich mit sechs Jahren und ich habe es immer noch. Es ist ein Shetland-Pony, ein kleiner Hengst. Er heißt Giant und ich würde mich auch niemals von ihm trennen. Dafür haben wir beide zu viel Unsinn gemacht. Willst du ihn sehen? – Komm mit. Ich stelle ihn dir vor. Er ist jetzt ein alter Mann, aber er hat nichts vergessen. Du wirst staunen."

Wir traten durch die geöffnete Tür des großen Stalls. Ein Metallgatter trennte den breiten Mittelgang mit den Pferdeboxen von der Sattelkammer, in der wir standen. Hinten war der Stall zur Koppel hin offen.
„Die Tiere können rein und raus, wie sie wollen", sagte Ajei und zeigte mir, auf welchem Halter ich den Sattel ablegen konnte.
Ich zählte insgesamt zwölf Pferdeboxen, jeweils sechs auf jeder Seite des Gangs.
„Sind die alle voll? Also, habt ihr auch zwölf Pferde?"
„Elf", antwortete Ajei. „Aber da kommt sicher bald wieder eins dazu."
„Gehören die alle deiner Mom? Oder Arthur?"

„Nein. Wir haben auch Mietpferde." Ajei hatte das Metallgatter geöffnet, ließ mich durch und machte hinter uns wieder zu. Über den Pferdeboxen waren Schilder mit den Namen der Pferde angebracht. Sie zeigte auf die linke Box, wo „Hollywood" seinen (oder ihren?) Platz hatte. „Das ist Hollys Box. Der gehört einer Bankerin aus Cottonwood und gegenüber steht Giant, wenn er mal rein will. Sein Besitzer ist der Mann der Bankerin."
Wir gingen weiter. Die Boxen hatten alle Fenster nach draußen, die auf der rechten Seite auch Tore. Manche davon waren offen.
Ajei zeigte im Stakkato auf die einzelnen Räume.
„Hier Conqueror, da Yoomee, das ist meine Stute, dann Ginger, Shenandoa, Pahaska, Trudy, Coco, Knight Rider, Big Earl, Barbossa und Red Rocky."

Damit war Ajei am anderen Ende des Stalls angekommen und ging nach draußen. Ich hörte sie dreimal kurz pfeifen und schlenderte ihr hinterher, während ich mit dezenter Neugier in die Boxen spähte. Die Besitzer von Coco, die eigentlich nicht Coco, sondern mit vollem Namen Cocowhite Lady hieß, meinten es offensichtlich besonders gut mit ihrem Pferd. Es musste einem Mädchen gehören. Zumindest hing in der Box eine große Zeichnung an der Wand und weil der Fensterladen als auch das Tor offen waren, leuchtete das Weiß des Papiers sehr hell im sonst schattigen Stall. Ich trat neugierig näher und beugte mich über die halbhohe Trennwand.
„From Hetty for Haley with love" stand dort in relativ talentfreiem Versuch, eine coole Disney-Schrift zu imitieren. Zentral in der Mitte des Plakates war das Foto einer Reiterin zu sehen, welche mit links die Zügel hielt und rechts siegessicher eine Faust reckte. Das Mädchen war vielleicht fünfzehn oder sechzehn Jahre alt. Sie trug das übliche Outfit einer Dressurreiterin, hatte kurze dunkle Haare unter ihrem Reithelm und ein sehr einnehmendes Lächeln. Die Plakat-Designerin musste die Reiterin irgendwo ausgeschnitten und auf ein selbst gemaltes Pferd mit echten Glitzersteinen in der Mähne gesetzt haben. Drum herum waren Turnierschleifen aufgeklebt, dazwischen tanzten ein paar Schmetterlinge. Neben dem Bild hing ein zerrissener Zügel mit Trense. Das Stirnband des gemalten Pferdes bildete ein Armkettchen mit tropfenförmigen Glitzersteinen, blauen und

weißen. Ich bekam ganz unvermutet eine Gänsehaut und fröstelte. Der Tag draußen war hell und sonnig. Und doch hatte ich plötzlich das Gefühl, als würden die Schatten hier dichter werden und Gewicht bekommen.

„Was guckst du denn so?" Eine Hand landete auf meiner Schulter.
Ich zuckte erschrocken zusammen und fauchte Tilli an: „Bist du irre? Ich falle gleich tot um."
„Entschuldige mal, kann ich wissen, dass du hier am Meditieren bist?", gab Tilli zurück, verdrehte die Augen und ging durch den Stall zu Ajei hinaus, die eben nach mir rief.
Ich warf einen letzten Blick auf das Plakat und rieb mir die Arme, um die Kühle zu vertreiben. Dann folgte ich Tilli ohne jeden weiteren Blick in die Pferdeboxen.

***

„Sitz!" Der kleine, rot-weiße Schecke ließ sich auf die Pferdebacken plumpsen.
„Tot." Das Pferd kippte auf die Seite, streckte alle Beine von sich und ließ die Zunge heraushängen. Das sah zum Schießen aus. Tilli und ich lachten.
„Brav, Giant. Gutes Pferd." Da war der Kleine sofort wieder auf den Beinen und knabberte Ajei Leckerlis aus der Hand.
Sie ließ sich von dem Shetty noch eine Mütze vom Kopf ziehen (in der Hocke natürlich) und kickte ein paar Mal mit dem Pferd einen Ball hin und her. Giant wieherte. Aus der Ferne kam Antwort. Ein dunkelbrauner Hengst mit heller Mähne und hellem Schweif trottete langsam näher, als Giant auf Ajeis Geheiß auf seinen Hinterbeinen trippelte. Ich meinte, im Blick des anderen Hengstes deutliche Missbilligung zu erkennen. Er wieherte auch. Es klang irgendwie abfällig. Wahrscheinlich gefiel ihm das Zirkusgebaren seines Artgenossen nicht.
Ajei lachte. „Barbossa ist ein alter Meckerkopf. Er kann es nicht leiden, wenn jemand anderes Leckerlis bekommt und er nicht." Sie schubste Giant, der sich gerade unbeobachtet über die Dose mit den Belohnungen hermachen wollte, beiseite. „Nun ist aber Schluss, du Fresssack!", und winkte den Braunen heran. „Komm rüber, Käpt'n, dann fällt für dich auch was ab."

Der Wallach warf seinen Kopf in den Nacken, wieherte und aktivierte damit den Buschfunk. Von der Koppel kam Antwort und Hufgetrappel. Die Neuigkeit mit Aussicht auf was zum Naschen wurde offensichtlich in Windeseile weitergegeben und trieb die übrigen Pferde in Richtung Stall. Ich zog mich vorsichtshalber ein bisschen zurück. Kleine Pferde waren hübsch und völlig in Ordnung, große Pferde wunderschön und anmutig, aber mit ihrer Größe für mich als ungeübtes Stadt-Ei dann doch einfach nur respekteinflößend.
Und dann kamen sie auch schon angaloppiert, schwarz und braun und grau und …

Ajeis Augen leuchteten. „Sind sie nicht schön?"
Tilli nickte begeistert und griff mit beiden Händen in die Dose mit den Leckerlis. Mir allerdings blieb jedes weitere Wort im Halse stecken. Ich spürte die Rohre des Stalltores in meinem Rücken und krallte die Finger um das kalte Metall. Ich hörte das überlaute Schlagen meines Herzens, was sich mit dem Getrappel der vielen Hufe mischte, und erwartete fast schon, über allem den Klang einer Flöte zu erkennen.
Dort kamen Ooljees Pferde, ob nun die eigenen oder eingemietete, braune, schwarze, weiße und mittendrin, wiehernd, die Mähne schüttelnd, trabte das Pferd aus meinen letzten Träumen. Die Apfelschimmelstute mit der hellen Mähne und dem hellen Schweif, die ich einsam in der Dunkelheit hatte wiehern hören. Dort war sie. Ich wusste es. Ich WUSSTE es einfach. Es war dieses Pferd. Ich hatte es noch nie gesehen, aber davon geträumt, und jetzt war es hier. Real.

Während Tilli und Ajei die Pferde mit Bananenleckerlis fütterten, kämpfte ich mit Schnappatmung. Die Stute war hinter den anderen zurückgeblieben, langsamer geworden. Sie trabte hin und her und sah zu mir herüber. Ich löste mich zögernd von den Metallstangen, die mich mit dem Hier und Jetzt verbanden, ging wie in Trance zu Ajeis Dose und griff hinein. Nebenbei schnappte ich Bruchstücke aus der Unterhaltung zwischen Tilli und Ajei auf, die in einer anderen Dimension als meiner stattzufinden schien.

„... geschlagen worden und ... Mom ... hierher geholt."
„... Schweinehunde, ehrlich. Wie ... hat sie ... geflüstert?"
„... Zeit ... sitzen ... Nacht ..."

Ich hielt das Leckerli auf meiner flachen Hand und ging langsam auf die Stute zu, die mir argwöhnisch entgegenblickte und so aussah, als würde sie jeden Moment die Flucht ergreifen. Ich hatte jetzt und hier keine Angst vor ihrer Größe, aber sie traute mir offensichtlich nicht, wieherte, schlug einen Haken, galoppierte davon. Ich blieb stehen und wartete, ob sie zurückkam. Und sie kam zurück. Sie trabte näher, wieherte wieder, wurde immer langsamer, bis sie schließlich vor mir stehenblieb, mir ihren Atem ins Gesicht pustete und mich eine Ewigkeit lang ansah. Dann senkte sie den Kopf und nahm das Leckerli vorsichtig von meiner noch immer ausgestreckten Hand.
„Das ist Cocowhite Lady", sagte Ajei, die plötzlich neben mir stand, leise. „Sie lebt seit zwölf Jahren hier. Ihre letzte Reiterin ist verschollen. Coco kam eines Morgens allein nach Hause. Ihr Zügel war gerissen. Haley wird bis heute vermisst. Niemand weiß, wo sie geblieben ist."

***

Völlig verwirrt hatte ich einen dringenden Toilettenbesuch vorgetäuscht und war fast im Laufschritt zum Ranchhaus zurückgesprintet, wo ich durch die Eingangstür schlüpfte und mich von innen dagegen lehnte, um aus vielerlei Gründen wieder zu Atem zu kommen. Dabei stellte ich fest, dass mich mehrere Leute neugierig anstarrten. Sie saßen gegenüber im Warteraum. Zwei hatten Hunde dabei, einer sogar einen kleinen Affen, der sich an seinen Hals klammerte und äußerst misstrauisch auf den Labrador stierte, der keine zwei Schritte weiter etwas apathisch auf dem Boden hockte.

Ich murmelte verlegen so etwas wie „Sry ..." und verdrückte mich schnell auf die Toilette, wo ich Wasser in mein Gesicht spritzte und mich intensiv auf optisch erkennbare Anzeichen eines beginnenden Wahnsinns untersuchte, was natürlich völliger Quatsch war.
Als ich aus der Toilette trat, stieß ich beinahe mit Ooljee zusammen. Ein kleines Lächeln huschte über ihr Gesicht.
„Hattet ihr einen guten Ausritt?", wollte sie wissen.
„Ja", sagte ich matt. „Es war wirklich schön. Ajei ist die perfekte Reiseführerin."
Ooljee nickte und sah mich an. Ihr Blick ging wie ein Laserstrahl durch die Schichten meines Schutzmantels und drang direkt bis zum Kern meines Wesens vor. Ich hatte das Gefühl, dass sie mich genauso sah, wie ich war. Ich konnte nichts vor ihr verbergen.
Ooljee kniff die Augen zusammen. „Ist alles in Ordnung mit dir?"
„Ja. Nein." Ich winkte ab und fragte: „Darf ich mal wieder vorbeikommen und dich besuchen? Vielleicht muss ich mal ... mit dir reden. Über etwas Seltsames."
„Du bleibst länger hier." Kein Erstaunen. Keine Frage. Nur eine Feststellung.
Ich nickte. „Bis September, aber sag ihm das nicht."
Kleine Fältchen säumten ihre Augen, als sie lächelte. „Besuch mich, wann immer du magst, dann reden wir, über was immer du willst."
Jetzt lächelte ich auch. Aber nur ganz kurz. Dann stand die Frage, von der ich eine Sekunde zuvor nicht gedacht hätte, dass ich sie überhaupt stellen wollte, plötzlich zwischen uns im Flur. Sie musste über meine Lippen gekommen sein, ohne den Umweg über den Verstand gemacht zu haben. „Liebt er sie? Ich meine,

liebt er Heather?"

Ich sah noch immer kein Erstaunen in ihrem Blick, keine Neugier. Ooljee wirkte lediglich nachdenklich, als sie antwortete: „Ich weiß es nicht. Er hat sich entschieden, ihr nahe zu sein. Jeder Mensch trifft Entscheidungen. Jeder hat seine eigenen Gründe, um zu tun, was er tut, zu sagen, was er sagt und zu glauben, was er glaubt. Mancher um jeden Preis." Sie blickte mir tief in die Augen. „Du bist ein Mensch, der hinter die Fassade sehen kann, wenn du deinen Blick veränderst. Du bist Wege gegangen, die andere auf der Landkarte ihrer Seele nie finden werden. Geh sie wieder. Aber wenn du Wahrheit willst, musst du dich auch der Angst stellen, dass sie dir nicht gefallen könnte. Die Wahrheit ist nicht immer schön, aber sie macht frei."

Ich schluckte. „Bitte, sag ihm nicht, dass ich länger bleibe."

Ooljee hob die Hände, als wollte sie mir sagen: ‚Deine Entscheidung'. Sie nickte mir noch einmal freundlich zu und verschwand dann durch den Warteraum im Hinterzimmer.

Ich blieb zurück und hatte einen dicken Kloß im Hals.

***

Der Mittwoch kam schneller, als wir gedacht hatten und plötzlich war es so weit, dass Tilli ihr Gepäck in den Kofferraum unseres Mietwagens wuchtete. Bevor sie allerdings endgültig eingestiegen und in Richtung Phoenix davongebraust war, hatten wir einen recht emotionalen Abschied hinter uns gebracht. Es war nicht ohne Tränen und das eine oder andere Papiertaschentuch abgegangen. Tilli wollte nicht fort, ich wollte nicht, dass sie fuhr. Am Ende fuhr sie natürlich trotzdem. Sie hatte ein Flugticket, einen Job und Termine. Und sie hatte jemanden, der auf sie wartete und sich freute, dass sie wiederkam. Tilli freute sich ebenso auf Kosta. Das machte ihr den Abschied leichter, auch wenn sie gern noch geblieben wäre. Auf mich wartete hier leider niemand. Tilli versprach mir, alles Menschenmögliche zu versuchen, um in ein paar Monaten noch einmal nach Arizona zu kommen. Sie wollte Kosta mitbringen. Sie redete viel, ich wurde immer schweigsamer. Dann musste sie los und mir blieb nichts mehr weiter übrig, als ihr Grüße in die Heimat mitzugeben.

Jetzt saß ich auf der Terrasse meines Hexenhäuschens, ließ die Füße von der Hängeschaukel baumeln und nahm mir vor, mich schnell an das Alleinsein zu gewöhnen. Schließlich war das vorher klar gewesen. Trotzdem fühlte ich mich etwas verloren. Also telefonierte ich mit Mom.

Dann rief ich meinen Bruder an, der mich demnächst hier besuchen würde, und erfuhr, dass er am letzten Wochenende die Frau seines Lebens kennengelernt hatte. Mit achtzehn Jahren. Herzlichen Glückwunsch. Ich fragte nicht nach ihrem Namen, weil ich vermutete, dass sich das nicht lohnte.

Als Nächstes hörte ich mir Suses Schwangerschaftsfreuden und -leiden an.

Ich kreierte für meine Großeltern und den ProfDoc Breiter eine Karte mit eigenem Foto und verschickte diese mit herzlichsten Grüßen online.

Ich hatte mir meine tausend Bilder angesehen und die doppelten gelöscht.

Ich hatte auf Whatsapp meinen Status erneuert.

Ich hatte die Luft auf beiden Reifen meines Fahrrads geprüft und nachgepumpt.

Ich hatte mir ein Brot gemacht.

Ich hatte es gegessen.

Ich hatte, hatte, hatte ... alles Mögliche gemacht.

Aber alles, was ich getan hatte, konnte mich nicht darüber hinwegtäuschen, dass ich jetzt alleine war. Es gab hier niemanden, der zu mir gehörte. Niemanden, dem ich fehlte. Fühlte sich irgendwie beschissen an.

Ich ging früh schlafen an diesem Abend und stellte mir den Handywecker, wobei ich noch drei Mal überprüfte, ob das Weckerklingeln tatsächlich zur gestellten Zeit einsetzte. Ich änderte den drögen Bimmelbim-Klingelton in ein nervtötendes Fiepen. Dann nahm ich das Armkettchen vom Nachbarkopfkissen. Es war silbern und mit blauen und weißen Glitzersteinen versehen. Ich hatte es am Sonntag aus der Box von Cocowhite Lady mitgenommen und fragte mich jetzt mit einem Anflug von schlechtem Gewissen, warum. Wenn ich an dieses Pferd dachte, bekam ich Gänsehaut. Ich hatte versucht, mir einzureden, dass ich mir die Ähnlichkeit zu dem Pferd aus meinen Visionen nur einbildete, aber es war mir nicht gelungen, mich davon zu überzeugen. Mir blieb wahrscheinlich nur der Weg ins Land der bewussten Träume, wenn ich Antworten finden wollte. Ich fürchtete mich davor, aber genau das war der Grund, warum das Armkettchen nun in meinem Hexenhäuschen neben dem Bett lag. Ooljee hatte mir den Rat gegeben, meinen Blick zu verändern und Wege zu gehen, die andere auf ihren inneren Landkarten nicht finden würden. Deswegen hatte ich das Kettchen mitgehen lassen. Aber würde Ooljee mein Tun gutheißen?

Tja, jetzt war dieses Armband hier und Zufälle gab es nicht. Ich ließ die zarten Silberglieder durch meine Finger gleiten und dachte nach. Das Armband gehörte einem Mädchen namens Haley. Dieses Mädchen hatte ein Pferd gehabt. Das Pferd hieß Cocowhite Lady und lebte unter dem Spitznamen Coco auf Ooljees oder besser Arthurs Ranch. Das Mädchen Haley war vor Jahren verschwunden und keiner wusste, wohin. Ihre Stute, Coco, war noch da und galoppierte über die rote Erde im Verde Valley, seltsamerweise aber auch durch MEINE Träume. Oder besser: in meinen Visionen umher. Das erschien mir äußerst mysteriös. Ich war nie zuvor hier gewesen, höchstens mit dem Finger auf der Landkarte. Und doch begannen die Visionen von Puma und Pferd, nachdem ich Lennard wiedergesehen und erneut verloren hatte. Es war bizarr. Damals, als ich Lennard kennenlernte, war mein eigenes Unterbewusstsein auf den Plan getreten und hatte mich zur Lösung eines alten Geheimnisses geführt, was auch mit meiner eigenen Vergangenheit zusammenhing. Doch womit sollte ich mir nun aber die neuerlich auftretenden Geschehnisse erklären?

Vielleicht hatte ich einfach einen Hang zur Hellsichtigkeit oder ein Talent, übernatürliche Schwingungen zu empfangen. Das Mädchen in meinen Träumen damals war ich selbst in einer früheren Inkarnation gewesen. Dieses Mal war es anders. Die Flöte wurde gezielt eingesetzt, um mich zu rufen. Der Puma erwartete mich im Land meines eigenen Unterbewussten. Er war zu meinem Schutz da. Aber weder die dunkelhaarige Reiterin noch das Pferd oder das schreiende Mädchen in der neuerlichen Vision hatten etwas mit meiner Vergangenheit zu tun, da war ich mir hundertprozentig sicher. Trotzdem brachten sie meine inneren Kanäle zum Schwingen und manifestierten sich in meinem Unterbewusstsein. Dafür musste es einen Grund geben. Kollege Zufall schied hier aus. Jemand hielt die Fäden in der Hand. Nur wer? Es verursachte mir ein seltsames Gefühl, mir vorzustellen, dass es eine Macht gab, die sich in mein Unterbewusstsein drängen und alle Schutzbarrieren überwinden konnte.

Meine Gedanken zerfaserten. Ich war müde, aber zumindest in einem sicher, nämlich dass sich der Kreis am Ende wieder bei Lennard schloss. Ich würde meinen Hintern darauf verwetten. Die Visionen hatten nach unserer Begegnung begonnen. Wir beide, er und ich, waren wieder Anfang und Ende, zwei Teile des Ganzen. Ich wusste nur noch nicht genau, wie ich meine Richtschnur setzen musste, um das Rätsel zu lösen. Aber DASS es ein Rätsel gab, stand außer jeder Frage. War Lennard die Antwort? Oder war er die Frage? Und welche Rolle spielte der Puma, der mich durch die Nacht geführt und vor dem Wolf verteidigt hatte?
Mit diesen verwirrenden Gedanken schlief ich ein.

***

Über mir wölbte sich der nachtdunkle Himmel mit seinen Milliarden Sternen. Ich stand ganz allein im kalten Wind der Weite. In meiner Hand hielt ich das Armband. Die Steine glitzerten im Mondlicht, als ich den Arm hob und die feine Kette durch die Finger gleiten ließ. Der Puma war in der Nähe. Ich sah ihn nicht, doch ich spürte seine Anwesenheit, seinen Mut, seine Kraft und Stärke, die er mir sandte. Die zarten Flötenklänge schwebten in der Dunkelheit wie Fäden eines Spinnennetzes an gefrorenem Gras.

Aus der Ferne klang Gewieher zu mir herüber. Hufgetrappel kam näher, ich wich nicht zurück. Das weiße Fell der Stute strahlte im Mondlicht. Sie war nicht allein. Das dunkelhaarige Mädchen saß auf ihrem Rücken. Es sah aus wie auf dem Bild im Stall, nur die Augen nicht. Die Augen der Reiterin waren zwei erschreckende nachtschwarze Brunnen. Die beiden ritten auf mich zu, kamen dicht und immer dichter. Ich blieb stehen, zitternd, einsam, spürte aufkeimende Angst, aber ich ließ sie nicht zu.

Kurz bevor sie mich umritten, riss die Reiterin das Pferd herum und ließ es auf die Hinterbeine steigen. Dann hielten sie an. Die Stute senkte ihren Kopf und schnaubte. Dampf stieg von den Nüstern auf. Dampf stieg auch von ihrem schwitzenden Fell. Sie kratzte mit dem Huf auf der mondhellen knochentrockenen Erde und schüttelte die Mähne.

Die Reiterin sah mich an mit ihren schwarzen Augen. Sie öffnete den Mund, aus welchem dunkler Rauch quoll, hob die Hand und schleuderte das silberne Armband, dessen Steine im weißen Mondlicht funkelten, von ihrem Handgelenk zu mir herüber. Irgendwie war es von mir zu ihr gekommen und jetzt landete es wieder bei mir. Ich fing es auf.

Und dann griff sie nach mir, ihre Finger wurden lang und länger, nebelhaft und überirdisch grell.

Nun brach doch die Angst bei mir durch. Ich konnte kaum atmen. Meine Beine gehorchten mir nicht. Die Muskeln verweigerten den Dienst. Ich spürte eisige Kälte, die mich umfasste, und wusste, dass ich in großer Gefahr war.

„Hilfe!", krächzte ich. „Hilfe!"

Da flog ein dunkler Schatten heran und fuhr zwischen uns hindurch. Ich bekam einen Tatzenhieb vor die Brust, wodurch ich nach hinten flog. Die Starre löste sich. Ich atmete frei und schrie. Auch die dunkle Reiterin schrie und es klang wie ein großer Vogel im Sturm unter den Wolken, schrill und verzweifelt.

Die geisterhaften Hände verwirbelten.

Das Pferd wieherte und stieg auf die Hinterbeine. Dann hörte ich die Stimme der Reiterin überlaut in meinem Kopf. Sie flüsterte: „Finde mich."

Der Puma fauchte in der Dunkelheit.

Und die öde Weite bebte.

***

Ich wachte keuchend auf. Mein Bett war komplett nassgeschwitzt. Der beißende Geschmack von Angst war noch in meinem Mund. Ich schmeckte Blut, meine linke Wange schmerzte von meinem eigenen, verkrampften Biss. Verdammt. Die Reiterin hatte nach mir gegriffen, mich berühren wollen. Wenn der Puma nicht gewesen wäre, dann hätte das möglicherweise übel für mich ausgehen können.
Ich hatte Glück gehabt.
Es gelang mir nur schlecht, wieder einzuschlafen.

***

Nach dem Urlaub morgens aufzustehen kostete immer Überwindung. Seltsam deprimierende Träume, in welchen Geister nach einem griffen, wie nach mir in der letzten Nacht, machten die Sache nicht einfacher. Das erfuhr ich just am eigenen Leib, als mein Handy an diesem Donnerstag um kurz nach halb sieben sein nervtötendes Gebimmel verlauten ließ, so wie ich es eingestellt hatte. Stöhnend tastete ich nach dem Ding und versuchte, den Lärm abzustellen. Das Armkettchen, was sich in meinen Fingern verflochten hatte, war dafür definitiv hinderlich.

Nur langsam sickerte die Erkenntnis zu mir durch, dass wieder einmal paranormal reale Visionen dabei waren, meine kleine Welt zu infiltrieren, und mir mehr Fragen als Antworten aufgaben. Das war eine verdammte Unsitte von meinen Visionen. Warum drückten die sich nicht einfach mal klar aus? Dann würde ich mir viel Rätselei sparen können.
„Verdammt, verdammt, verdammt", murmelte ich und warf das Armband in einem hohen Bogen von mir weg. Der Schlafboden war nicht groß, deswegen kam das Kettchen nicht weit. Es prallte nach kurzem Flug mit einem kleinen „Pling" gegen die nächste schräge Dachwand und fiel auf meine Matratze zurück. Dort blieb es liegen und glitzerte vor sich hin.

Ich beobachtete das Ding mit einigem Misstrauen und einem komischen Gefühl, bevor ich es schnappte und in die Schublade der kleinen Mini-Kommode warf, die als Nachttischschränkchen links neben der dicken (und erstaunlich bequemen) Matratze hier noch Platz gefunden hatte. Dann legte ich mich auf den Rücken, verschränkte die Hände auf dem Bauch, schloss die Augen und sagte dreimal laut „Ommm, Ommm, Ommm." Ich musste mich dringend zentrieren, damit ich nachher beim Praktikumsstart alle sieben Sinne beisammen hatte und nicht in irgendwelche Parallelwelten abdriftete. Konsequent verbannte ich also jeden Gedanken an den grausigen Traum und das Armkettchen, was nun ganz harmlos in der Schublade lauerte, an Reiterinnen in der Finsternis, an Berglöwen, Wölfe und verlorene Liebeleien und konzentrierte mich auf den bevorstehenden Tag. Ich wollte nicht zu spät kommen und einen guten ersten Eindruck machen.

Also hieß es nach letztem tiefem Luftholen aufstehen, Zähne putzen, duschen, rauf aufs Fahrrad. Hunger hatte ich keinen. Dafür war ich viel zu aufgeregt.

***

Ich erreichte die Klinik um Viertel vor acht Uhr. Offiziell begann mein Dienst um punkt acht. Ich war etwas später dran, als ich mir vorgenommen hatte. Daher beeilte ich mich, mein geborgtes Rad draußen am Fahrradständer anzuschließen, und hastete dann durch den kleinen hellen Empfangssaal zum Tresen, hinter dem eine hagere Frau saß, die so aussah, als hätte sie ihren Humor, die Menschlichkeit und die Fähigkeit zu lachen zu Hause vergessen. Ich musste mich anstellen. Vor mir wartete schon eine besorgte Frau mit hustendem Kleinkind und ein älteres Ehepaar. Der Mann hatte seinen rechten Daumen dick mit Krepp eingewickelt. Nicht einmal das kleine Kind nötigte der Empfangsdame eine freundliche Dutzi-dutzi-Regung oder wenigstens ein Lächeln ab. Das war gruselig. Ich fragte mich, ob sie eventuell der Prototyp eines brandneuen Roboters war. Vielleicht mochte sie aber auch einfach keine Kinder oder hasste die Menschheit insgesamt und ihren Job im Besonderen.

Frau van de Rijt, wie auf ihrem Namensschild zu lesen war, schien auch ausländische Praktikanten nicht besonders zu mögen. Als ich mich vorstellte, senkten sich ihre Mundwinkel noch ein gutes Stück weiter nach unten ab. Erstaunlich, dass dies überhaupt noch ging. Ich musste an eine Marionette denken. Die hatten solche Klappen vorn, die man bewegen konnte, wenn man das Sprechen imitieren wollte. Und anstatt mir eine Antwort auf meine durchaus freundlich formulierte Frage zu geben, wo ich die für mich zuständige Mitarbeiterin fand, die meinen Praktikumsvertrag unterschrieben hatte, hob sich der verknöcherte Drachen mit einem Knirschen vom Sitz, entfaltete sich so akkurat wie ein Zollstock und griff nach einem grauen Handtaschenmäppchen ohne Henkel. Dann spuckte sie mir ein „Damit habe ich nichts zu tun. Wenden Sie sich am besten an Missis Cock. - Sie sind wieder einmal zu spät“ vor die Füße.

Ich zuckte zusammen und wich einen Schritt zurück. Der letzte, sehr laut und nachdrücklich ausgesprochene Satz richtete sich allerdings gar nicht an mich, sondern an die Frau, die eben zur Drehtür hereinhetzte, sich dabei den Henkel ihrer Handtasche um den Hals warf und noch im Rennen ihre bequemen Slipper

gegen ein paar flache Pumps eintauschte. Sie war klein und kräftig und wunderhübsch und hatte eine Unmenge dunkler Locken, die ihren Kopf umtanzten wie Luftschlangen. Ihr Blick war leicht panisch.
Sie rief schon von Weitem: „Sorry, Miss van de Rijt, sorry, sorry, sorry. Es tut mir wirklich so was von leid. Wir wollten gerade los, da hat Daniel seine ganzen Cornflakes wieder ausgespuckt. Alles hin. Er musste sich komplett neu anziehen. Und Dorothy ..."

Die Stimme der grauhaarigen Dame, die wie ein General bei der Truppenschau hinter dem Tresen hervorkam, bewegte sich vom Wärmegrad her auf dem Niveau einer Tiefkühlzelle.
„Das interessiert mich nicht, Missis Cock. Sie sollten am besten wissen, dass Sie langsam und chaotisch sind und sich sowie ihre Kinder nicht vernünftig organisieren können. Es ist ja nicht das erste Mal, dass Sie zu spät kommen. Ich habe bereits seit einer halben Stunde Feierabend und Ihre Verspätung selbstverständlich entsprechend dokumentiert." Damit segelte die zum Gruseln gefühllose Frau mit einem knappen Nicken in meine Richtung wortlos davon.
Ich starrte ihr geplättet hinterher. Das fing ja gut an. Hoffentlich waren die restlichen Mitarbeiter hier nicht alle von Doktor Frankenstein persönlich zusammengesucht worden.

Etwas verunsichert beobachtete ich daher, wie Missis Cock mit einem „Momentchen bitte" in Richtung der Warteschlange die rettende Insel ihres Empfangstresens im Sauseschritt erreichte.
„Machen Sie es gut, Miss van de Rijt", fauchte sie dabei halblaut und ohne mich anzuschauen. Nebenbei pfefferte sie ihre Schuhe unter einen Rollcontainer und warf die Handtasche durch die offene Bürotür hinter sich zielgenau auf einen Tisch, über den das Teil bis zum Fenster segelte, wobei es einen Stiftbehälter sowie diverses anderes Bürozeugs auf die Reise mitnahm.
„Einen schönen Tag noch, alte Xanthippe, und lassen Sie sich doch ihr blödes *** patentieren." Den letzten Satz spuckte Missis Cock mehr oder minder in ihren Papierkorb. Dann sah sie mich an (ich war jetzt die Erste in der Reihe) und fuhr

fort: „Sorry, aber ehrlich, diese Frau ist so trocken wie die Wüste Gobi und fieser als Dracula. Gegen die hat ein Packen Crush-Eis mehr Gefühl. Würde mich nicht wundern, wenn sogar diese Sitzfläche unter ihrem knochigen Arsch kalt bleiben würde." Damit trat sie gegen den unschuldigen Bürostuhl und hüpfte dann eine Runde auf einem Bein. „Aua, Mist. - Ach, verdammt, entschuldigen Sie bitte. Sie und der Stuhl können ja nichts dafür, dass es Tage gibt, wo man besser im Bett bleiben sollte."

Damit ließ sich die Frau auf den Stuhl plumpsen und klickte zweimal mit der Maus, bis der Computermonitor wieder hell wurde. Dann schloss sie die Augen, holte tief Luft, sah mich an, setzte ein strahlendes Lächeln auf und sagte: „Guten Tag. Was kann ich für Sie tun?"

***

Vom Empfang wurde ich zum Personalbüro geschickt, von dort zum Pflegemanagement, von da in die Chefetage, um letztlich eine Stunde später erneut am Empfang zu landen.

„Da bin ich wieder", sagte ich etwas erschöpft, als ich dran war. „Ich soll mich hier melden und in den ersten Wochen bei Ihnen bleiben und hier mit unterstützen, damit ich alles und jeden kennenlernen kann." So lautete zumindest die Anweisung, die ich von der Chefsekretärin erhalten hatte, nachdem mich diese über alles Mögliche belehrt, herumgeführt und grob mit allen Abteilungen einmal in Kontakt gebracht hatte. Zum Empfang hatte ich dann wieder alleine gehen müssen, da Missis Ramsayer via Pieper zurück in ihr Büro beordert worden war. Mein Kopf qualmte aufgrund der unzähligen Namen mit all den freundlichen und weniger freundlichen Gesichtern, die ich in der letzten Stunde zum ersten Mal gesehen hatte und welche jetzt untergehakt in meiner Erinnerung einen Line Dance aufführten.

„Oha, klingt nach einer echten Odyssee." Das Gesicht unter der dunklen Lockenpracht von Missis Cock (an ihren Namen erinnerte ich mich) wurde mitleidig. Da jedoch das Telefon klingelte, bedeutete mir die Frau, einen Moment zu warten, und nahm das Gespräch an. Hinter mir standen schon wieder Leute.

Sah so aus, als würde man bei dem Job gute Nerven brauchen.

Schließlich ließ Missis Cock das Telefon auf den Tresen plumpsen, wo es gleich wieder zu klingeln anfing, und stand auf. „Sie Ärmste, Sie sehen ganz blass aus. Kommen Sie am besten erstmal nach hinten und setzen Sie sich dort hin." Wie sympathisch. Damit zog mich Missis Cock, ich schätzte sie auf etwa mein Alter, rigoros in das kleine Büro hinter dem Tresen, wo sich zwei Schreibtische gegenüber standen, und schob mich nach links. Hinter der Tür befand sich, von außen nicht zu sehen, ein kleiner Tisch mit Wasserkocher und einer Teeauswahl. „Kochen Sie sich einen Tee. Sie sehen so aus, als bräuchten Sie einen. Wir reden dann später." Sie kramte in ihrem Schreibtisch nach einer Tüte Kekse, die sie mir im Vorübergehen zuwarf. „Zucker. Den werden Sie hier brauchen. Willkommen im Irrenhaus." Damit war sie wieder draußen, nahm das klingelnde Telefon an sich und fertigte nebenbei die nächsten Leute ab.

***

Der Tee tat mir wirklich gut. Ich hatte mich für Vervain entschieden, was sich als hervorragende Wahl entpuppte. Eisenkraut. Das konnte ich jetzt und in Zukunft wirklich gut gebrauchen. Für meine Nerven. Damit ich stets die nötige Ruhe in mir fand. Ich hatte mich auf einen Stuhl gesetzt, an meinem Tee genippt, mich umgesehen und Missis Cock von hinten im Auge behalten. Sie bewegte sich wie die Koordinationsbiene im Bienenstock. Ich hatte bald das Gefühl, dass sie das Zentrum der Klinik war. Missis Cock befand sich in stetigem Stimmengewirr, welches gelegentlich von Sirenengeheul und ständig von immerwährendem Telefongebimmel untermalt wurde. Der Job hier am Empfang schien eine ziemlich stressige Angelegenheit zu sein, obwohl die Klinik nicht besonders groß war. Ich beschloss, dass ich, wenn ich meinen Tee ausgetrunken hatte, meiner neuen Kollegin aus dem Hinterhalt über die Schulter sehen sollte, um erste Eindrücke von den Abläufen hier zu sammeln. Vielleicht konnte ich ihr trotz meiner allgemeinen Unwissenheit schon irgendwie helfen.

Über dem Teetisch hing ein Bild. Es zeigte drei Kinder zwischen vier und zehn Jahren, zwei Mädchen und einen Jungen. Das jüngste der Kinder, ein Mädchen, sah aus, wie die Frau draußen am Tresen. Ich schlussfolgerte daher extrem scharfsinnig, dass es sich bei den Kindern höchstwahrscheinlich um ihre handelte.
„Wow", murmelte ich beeindruckt. „Da hat sie aber früh angefangen." Ich nippte an meinem Tee und betrachtete die rundliche Rückseite der Empfangsdame mit den hüpfenden Locken. Sie konnte kaum älter sein als ich, also Mitte zwanzig. Früh übte sich wohl.
„Hallo Missis Huxtable", hörte ich sie gerade sagen und musste bei dieser Gelegenheit feststellen, dass ihre Stimme (von heute Morgen mal abgesehen) superfreundlich und sympathisch klang. Sie war wie gemacht für den Job am Empfang.

„Wie schön, Sie zu sehen. Da wird sich Kayla aber freuen. - Der Arzt ist allerdings gerade bei ihr. Sie müssen sich etwas gedulden. Wollen Sie sich nicht erst einmal dort drüben hinsetzen?", trällerte Missis Cock und kam gleich darauf zu mir hereingehuscht. „Süße, kannst du vielleicht noch einen Tee machen? Nimm Früchtetee und bring die Tasse dann zu der älteren Dame dort hinten. Das ist Missis Huxtable." Sie lächelte und zeigte mit dem Daumen hinter sich.

„Natürlich. Das mache ich gern." Ich war sofort aufgesprungen, um mich nützlich zu machen. Meine neue Kollegin wollte gerade wieder hinausgehen, hielt sich aber dann am Türrahmen fest und schwenkte noch einmal herum. „Wahrscheinlich haben wir in den nächsten drei Stunden doch keine Zeit hier, um uns in Ruhe bekannt zu machen. Du musst erst mal einfach versuchen, alles nebenbei aufzunehmen. Nur ganz kurz, um dem Klatsch alles vorwegzunehmen - ich heiße Condoleezza Cock und weiß, dass der Nachname bescheuert ist. Witze in diesem Zusammenhang lasse ich nur zu, wenn sie wirklich gut sind, was schwer ist, denn ich habe schon jeden bescheuerten Witz über Cock und Co, auch die ganz lahmen, tausend Mal gehört." Sie pustete sich eine Locke aus der Stirn. „Meine Mutter ist ein totaler Fan von Condoleezza Rice und hat sicher nicht im Alptraum daran gedacht, was mein Exmann mit seinem Nachnamen aus mir machen würde. Glaub mir, ich wäre echt froh, wenn ich meinen Mädchennamen wieder annehmen könnte. Und das heißt was, denn früher war ich Condoleezza Stopp." Sie winkte ab und verdrehte die Augen. „Aber weil meine Kids auch Cock heißen, bleibt es dabei. Der Name ist uns von dem Arschloch geblieben, welches ich mal in einem Zustand geistiger Umnachtung geheiratet habe. Und damit du gleich richtig Bescheid weißt – Mister bescheuerter Name war mal hier Chirurg und ich blöd genug, um an die ewige Liebe zu glauben. Jetzt macht er mit einer Jüngeren in Florida rum und ich bin nicht mehr vermittelbar. Mit drei Kindern und Schwangerschaftsstreifen hast du keine Zeit für nichts. Ganz im Gegenteil zu Doktor Cock, dem Arschloch, was mich abserviert hat, weil er meinte, er muss jetzt mal anfangen zu leben. Kaum zu glauben, oder?" Sie boxte einmal in die Luft. „Aber nein, ich bin gar nicht mehr sauer auf die neue Missis Cock, denn eigentlich kann ich sogar froh sein, dass sie mich von ihm befreit hat und jetzt alle Macken, Wünsche und Vorstellungen des miesen Hähnchens ertragen muss. Den Job hier habe ich übrigens von ihr übernommen, nachdem mein Exmannarschloch genau auf dieser Schreibtischkante seine Nachtschichten verbracht hat UND weil eine gute Freundin der Meinung war, dass das ausgleichende Gerechtigkeit sei. Da sie Sekretärin oben beim Chef ist, war das kein Problem. Nun hocke ich also hier und mache diesen Job, da mein Ex mir großzügigerweise unser blödes Riesenhaus überlassen hat. Er ist nämlich der Meinung, dass ich damit gut ausgezahlt wäre und wenn er die Schulgebühren für die Kids zahlt, könnte ich ruhig den Rest besorgen. Er hat nur dezent vergessen, dass ich dieses Haus eigentlich nie wollte und mir das überhaupt nicht leisten kann. Aber es ist das Zuhause meiner Kinder und nachdem sich schon ihr Vater vom Acker gemacht hat, wollte ich nicht, dass sie auch noch das verlieren. Also lasse ich mich hier jeden Morgen von Miss van de Rijt und ihrem Holzgesicht verätzen und hetze abends noch von einem Job zum nächsten. – Nenn mich übrigens Connie. Das machen alle. – Und vergiss den Tee für Missis Huxtable nicht." Dann holte sie ganz tief Luft und war weg.

Während ich ihr mit offenem Mund nachsah, sauste Connie zurück zu ihrem Tresen und widmete sich mit Elan dem nächsten Patienten. Dann holte ich ganz tief Luft, schüttelte mich einmal, um die ganzen Informationen, mit denen ich hier eben zugepackt worden war, nachrutschen zu lassen, und brühte den gewünschten Tee für Missis Huxtable auf.

***

Die heiße Tasse vorsichtig in der Hand balancierend betrat ich wenige Minuten später den Empfangssaal und guckte mich suchend um. Connie zwinkerte mir zu und nickte in Richtung einer Sitzgruppe. Dort saß eine Frau in grauem Tweedmantel mit passendem Hut. Sie hatte eine Handtasche auf dem Schoß, die sie festhielt, und sah sich unsicher um. Ich steuerte die Frau an und fragte, als ich ihren Tisch erreichte: „Sind Sie Missis Huxtable?" Als die Frau nickte, stellte ich die Tasse vor ihr ab. Ich hatte noch zwei Kekse auf den Unterteller gelegt.
„Verbrennen Sie sich nicht. Der Tee ist heiß", warnte ich vorsorglich und wollte wieder gehen.
„Bitte, warten Sie", hielt mich die Frau zurück. „Wissen Sie, wie lange der Arzt noch braucht für die Untersuchung? Kayla wird sicher schon auf mich warten. Sie ist nicht gern allein."
„Nein, das weiß ich leider nicht", sagte ich bedauernd. „Ich bin ganz neu hier. Aber ich werde Connie fragen. Die kann Ihnen sicher mehr sagen."
Die Frau nickte, nahm mit zittrigem Griff ihre Tasse hoch und pustete auf den Tee.

Es war kurz nach zwei Uhr nachmittags und der Andrang am Empfangstresen hatte etwas nachgelassen. Einer der Pfleger lehnte mit verschränkten Armen seitlich auf der Theke und wartete, während Connie jemandem erklärte, wie er zur Radiologie kam.
„Das ist Hugh", stellte sie mir dann den Pfleger vor. Es war ein junger, übergewichtiger blonder Mann mit freundlichem Gesicht und absolut phänomenalen, mandelförmigen, leuchtend grünen und von dunklen Wimpern

umrandeten Augen. Für solche Augen würde ein Model unter Garantie zehn Kilo abnehmen. Das war fakt. Man konnte gar nicht lange genug in solche Augen sehen. Das war glatte Hypnose.
„Hi", nickte Hugh mir freundlich zu. Ich lächelte zurück, starrte fasziniert in das irisierende Grün und musste an einen stillen Waldsee denken. Hugh strahlte unheimlich viel Ruhe aus.
„Das ist Leela aus Deutschland und meine große Hilfe für das nächste halbe Jahr", freute sich Connie und zeigte mit beiden Zeigefingern auf mich wie ein Showmaster. „Tadaaaaa. Jetzt kann mich der böse Blick des Rijt-Drachens nicht mehr treffen. Leela ist nämlich ein Engel. Das heißt, dass die Guten am Empfang in der Überzahl sind und das Übel keine Chance mehr hat."
„Hör auf", sagte ich und lachte verlegen. „Das weißt du doch noch gar nicht."
Connie winkte ab. „Nanananana, und ob ich das weiß. Unterschätz mich nicht. Ich bin Mutter von drei Kids und kann sehr wohl ein Luder von einem Engel unterscheiden, ja? Mir machst du nichts vor."
Ich glaube, ich wurde rot. Und das, obwohl ich eigentlich gemeint hatte, dass ich doch sicher kein ganzes halbes Jahr hier am Tresen blieb. Oder doch?

Hugh zwinkerte mir zu. Dann sagte er: „Aus Deutschland kommst du? Das ist cool. Mein Grandpa war auch aus Deutschland. Er kam aus", Hugh überlegte kurz, „Fränkfürt. Aber ich kann kein Deutsch. - Du, hör mal, Connie, kannst du Bethany heute mit zu dir nehmen? Ich hab eine Doppelschicht angenommen. Du weißt ja, ich brauch das Geld. Es tut mir wirklich leid und ich mach's auch wieder gut. Ich könnte dir zum Beispiel ..."
Connie winkte ab. „Kein Problem. Lass gut sein. Natürlich nehme ich Beth mit zu uns. Dotty wird begeistert sein. Am besten, sie schläft gleich mit bei uns, dann hast du den Rücken frei und die beiden sind glücklich. Ich bringe die beiden morgen früh zusammen in den Kindergarten."
Hugh hob den Daumen. Seine Augen waren wirklich der Hammer. Sie strahlten meine Kollegin an wie zwei Megascheinwerfer aus geschliffenen Smaragden.
„Connie, das ist echt großartig von dir. Was wären wir bloß ohne dich? Ich mach das wieder gut. Vielleicht am Wochenende? Morgen? Da könnte ich mit den

Mädchen zum Reiten gehen. Oder irgendwas anderes machen. Und ich koche für euch." Sein Blick war sanft und warm und sagte noch viel, viel mehr als nur Danke. Ich sah Connie ahnungsvoll von der Seite an, aber sie guckte gar nicht mehr hin, winkte ab und klickte sich schon wieder durch eine Patientenakte.
„Kein Problem, Hugh, wirklich nicht. Ich mache das gern. Sind doch sowieso fast Zwillinge, die beiden. Dotty würde mich lynchen, wenn ich Beth nicht mitbringe. Du brauchst dich nicht schlecht zu fühlen." Sie guckte kurz hoch und beide tauschten einen kurzen Blick, der eine lange gemeinsame Geschichte erzählte. Es war keine lustige Geschichte.
Hugh klopfte auf den Tresen und nickte. „Wir tun beide, was wir können."
Connie lächelte. „Eben. - He - warte mal - wie sieht es morgen bei dir aus? Marsha wollte mich besuchen und wenn du tatsächlich Zeit hast, dann kann ich mit ihr um die Häuser ziehen."
Hugh hob den Daumen. „Ich bin da."
„Mega", freute sich Connie und rief ein Taxi für Missis Huxtable, die vorn neben der Eingangstür stand und nach draußen spähte. Das musste ein kurzer Besuch gewesen sein.
Und schon kam der nächste Patient.

Hugh klopfte auf den Tresen und ging. Ich schaute dem Mann in der Pflegerkluft noch einen Augenblick lang hinterher. Der Blick, mit dem er Connie angesehen hatte, war mir unter die Haut gegangen, und das nicht nur, weil er wirklich schöne Augen hatte. Er war bis über beide Ohren in meine Kollegin verschossen. Das sah ein Blinder mit Krückstock. Schade, dass ich derzeit kein Ziel solcher Blicke war. Ich war definitiv empfangsbereit.

***

Connie war die gute Seele der ganzen Klinik, das hatte ich schon nach meinem ersten Tag kapiert. (Der Nachname, den sie von ihrem Exmann hatte, war jedem egal. Ich musste überhaupt erst nachsehen, warum sie damit so unglücklich war. Cock konnte neben „Hahn", so wie sie hieß, auch noch „Schwanz" oder

„Kolben" bedeuten. Okay, das war durchaus schräg. Doktor Cock hatte sich in der Klinik aber neben dem Ruf eines totalen Idioten auch den Ruf eines exzellenten Handchirurgen erarbeitet. Na immerhin.) Jedenfalls war es Connie mit ihrer fröhlichen, unbeschwert-heiteren und liebenswerten Art spielend gelungen, jeden hier im Hause für sich einzunehmen, das stand fest. Doktor Cock hatte damals all seine Sympathien verspielt. Auch ich fragte mich bald ernsthaft, wie groß ein Arschloch sein musste, um diese Frau gegen eine andere einzutauschen. (Lediglich Miss van de Rijt war gegen Connies Charme immun. Vielleicht mochte sie Connie auch genau deswegen nicht, also, weil sie Charme hatte, etwas, wovon Miss van de Rijt nur theoretisch mal etwas gehört haben konnte.)

Fakt war, dass, abgesehen von der normalen Patientenkundschaft, ständig jemand aus dem Haus zum Tresen kam, um sich sein persönliches Lächeln abzuholen. Ärzte brachten Informationen, die sie telefonisch oder per Mail hätten abgeben können, höchstselbst vorbei, Pfleger und Krankenschwestern kamen, um vor Ort Infos auszutauschen, sich Tee zu borgen oder sich mit Nervennahrung aus der Schüssel zu versorgen, die Connie offen hinstellte und täglich mit Süßigkeiten füllte. Dass die Sweets von ihrer Mutter für die Kids gekauft wurden, aber nie bei denen ankamen, erzählte sie mir nur nach dem Ablegen eines Schweigegelübdes. „Meine Mutter ist der liebste Mensch auf der Welt, aber sie wiegt hundertvier Kilo. Und guck mich an – die Veranlagung ist da. Ich muss mich im Griff haben und meine Kinder so lange wie möglich vor dem Überfluss bewahren. Alleine schon wegen des ungesunden Zuckers. Meine Mutter glaubt da nicht dran, sie hat diesbezüglich bisher Glück gehabt, aber hier kommen zu viele Diabetiker her, die nicht mehr alle Körperteile haben. Mein Dad gehört leider auch dazu. Ich will meine Füße und Beine bis zum Schluss behalten."

***

Als ich an meinem ersten Feierabend auf der Schaukel hinter Jims Gartenhäuschen saß, kannte ich theoretisch die Lebensgeschichten etlicher Leute, die heute an unserem Tresen gewesen waren. Das meiste hatte ich aufgrund der Informationsflut aber schon wieder vergessen. Connie war bestens informiert, in Sedona geboren und aufgewachsen, unwillig, jemals hier wegzugehen, und zehn Jahre älter als ich, was mich echt verblüffte. Sie war tatsächlich schon Mitte dreißig, in dieser Zeit neun Jahre mit Doktor Arschloch verheiratet gewesen, hatte drei Kinder geboren und musste jetzt hart arbeiten, um den Lebensstandard ihrer Kids nach der Scheidung zu halten. Trotzdem sah sie aus wie das blühende Leben und hatte eine unerschütterliche Frohnatur. Ihr Motto (oder besser ihr Mantra) lautete: „Irgendwann wird alles gut, dann kommt Mister Right, ich werf den ganzen Scheiß hin und werde Königin." Und daran glaubte sie fest. Sie hatte eine entsprechende Motivationskarte auf das Memo-Board im Büro geheftet, um sich in dunklen Momenten daran zu erinnern.

Auch mich nahm sie schnell unter ihre Fittiche.

„Du brauchst jemanden, der dir zeigt, wo der Kojote heult, Mädchen", hatte sie gesagt und sich die Nummer des Prepaid-Mobiles, welches ich mir für die Telefoniererei innerhalb der USA gekauft hatte, geben lassen. „Sedona ist zwar ein kleines Kaff, aber das hat's in sich. Ich werd dir helfen, dich zurechtzufinden. Ich zeig dir, wo man hier Spaß haben kann." Dann hatte sie geseufzt und gelacht. „Na ja, zumindest dann, wenn ich einen Babysitter bekomme."

Das waren erfreuliche Aussichten. Unter Menschen zu sein und neue Leute kennenzulernen, konnte ein echtes Lebenselixier sein. Ich hatte schon flüchtig ein paar Ärzte kennengelernt und diverse Leute vom Pflegepersonal und fühlte mich nicht mehr so verloren in der Fremde, seit Tilli fort war. Meinen Praktikumsstart hatte ich überstanden. Es war nicht mehr alles neu und mit Connie als Kollegin würde ich die kommende Zeit gut managen. Das musste ich meinen Leuten zu Hause erzählen. Im Hexenhäuschen angekommen, legte ich mich daher gut gelaunt auf meine Hängeschaukel, telefonierte mit meiner Mutter, dann mit der schwangeren Suse und schickte Tilli, die ich nicht erreichen konnte, eine ausführliche Voice-Nachricht. Dann strampelte ich allein mit dem Rad die knappe halbe Stunde zum Airport Mesa Vortex und genoss den Sonnenuntergang.

***

Meine erste Arbeitswoche gestaltete sich kurz und knackig. Der nächste Tag war schon ein Freitag und ich als Praktikantin noch nicht zum Wochenenddienst eingeteilt. Den absolvierte laut Connie sowieso fast immer das gefühlstaube Lineal, also Miss van de Rijt.

„Sie schiebt hier meistens den Wochenenddienst, die Frühschichten und die Feiertage."

Die Feiertage? Ich machte ein fragendes Gesicht. „Hat sie denn keine Familie?"

Connie zuckte mit den Schultern. „Keine Ahnung. Sie spricht ja nicht mit mir. Ich hab am Anfang wirklich versucht, mit ihr klarzukommen und Interesse gezeigt. Aber bei der alten Domina ist mit Freundlichkeit nichts zu wollen. Sie hat mir klargemacht, dass sie Dienst und Privatleben trennt und dass mich nichts aus ihrem Leben auch nur einen Pups angeht. Wobei ich mich frage, was sie überhaupt unter ‚Privatleben' versteht. Meiner Ansicht nach ist sie ein Roboter und schaltet sich einfach aus, wenn sie nicht im Dienst ist. Aber glaub mir, wenn van de Rijt dich richtig anfaucht, dann fragst du nicht noch mal nach."

Ich nickte und hatte große Mühe, das Bild der dürren Miss van de Rijt als lederumhalfterte Zuchtmeisterin mit Peitsche und High Heels wieder aus meinem Kopf zu bekommen. „Ja, da hast du recht. Ich hätte auch nicht weiter nachgefragt."

Connie zuckte mit den Schultern. „Niemand hier weiß was über sie. Sie kam wohl irgendwann aus Schweden hierher, aber warum und mit wem ..." Erneutes Schulterzucken. „Da sie sich nirgendwo beliebt gemacht hat, weiß keiner mehr. Sie ist halt einfach pünktlich wie die Uhr und hat noch nie gefehlt, total zuverlässig eben, was als positiv zu werten ist. Und ansonsten? Keine Ahnung. Man nimmt sie einfach hin. - Ziemlich traurig, oder? Dass das einzig Positive an ihr die Pünktlichkeit ist?"

Das würde ich glatt unterschreiben.

***

Der Alltagsbetrieb im Klinikum war stressig, aber ich hatte schon nach einer weiteren Woche die wichtigsten Abläufe drauf und war somit für Connie eine

echte Unterstützung. Wir arbeiteten ganz gut Hand in Hand. Am schnellsten checkte ich, wann sie eine Tasse Tee brauchte. Und sie brauchte oft einen Tee. Wenn man es genau nahm, musste sie eigentlich immer eine Tasse Tee neben sich haben. Irgendwann verriet sie mir auch, warum das so war.
„Ich habe früher fürchterlich viel geraucht“, gestand sie, nachdem ich ihr an einem Tag die vierte Tasse Tee brachte. „Als ich dann mit Dotty schwanger war und zum dritten Mal aufhören musste, da habe ich mir geschworen, den Mist zu lassen. Meine Droge sind seitdem ‚Cookies'n'Cream‘-Riegel und Eisenkrauttee.“ Sie klopfte sich auf die Hüften. „Die Schokoriegel sind die Belohnung, dass ich durchhalte, und den Tee trinke ich, damit ich gar nicht erst auf die Idee komme, eine Raucherpause zu machen. Schließlich muss ich ständig aufs Klo. Da bleibt in den Pausen einfach keine Zeit mehr für was anderes.“
Ich musste lachen. „Okay. Und wie hältst du das abends zu Hause aus?“
Connie winkte ab. „Zu Hause ist das gar kein Problem. Da sind die Kids. Ich würde nie vor den Kids rauchen. Man muss schließlich Vorbild sein. Die würden das riechen und mir die Hölle heiß machen. Lungenkrebs kann ich mir nicht leisten. Ich habe alle Aschenbecher weggeschmissen und bin jetzt fiese Nichtraucherin.“
Nebenbei tickerte sie die Daten eines Mannes ein, welche von einer Leiter gefallen war und sich gerade in der Notaufnahme erzählen ließ, wie lange Wirbelbrüche zum Ausheilen brauchten. Warnung: Leitern waren überhaupt und insgesamt die tückischsten Haushaltsgegenstände, die man haben konnte. Kamen gleich nach Stühlen und Fahrrädern. Kreissägen belegten Platz erst vier in meiner Notaufnahmen-Erfahrungsrangliste. So viel stand fest.

Irgendwann wollte Connie wissen, warum ich mir gerade Sedona für mein Praktikum ausgesucht hatte. Ich erzählte ihr vage von einem Bekannten, der mir so viel von den roten Felsen vorgeschwärmt hatte, dass ich die Gegend unbedingt hatte selbst sehen wollen. Sie fragte nicht, ob die Realität mit den Erzählungen mithalten konnte. Das war nicht nötig, sondern gesetzt. Sie interessierte sich lediglich dafür, ob ich die Großstadt vermisste.
„Sedona ist im Verhältnis zu anderen Städten in Arizona eigentlich ein Dorf“,

stellte sie fest. „Ich meine, von den Ortsansässigen kennt hier quasi jeder jeden. Es kommen natürlich viele Touristen hierher. Und ein paar Spinner, aber die sind meistens harmlos. Suchen sich selbst und machen viel Gewese mit Energien und so Zeugs, ansonsten aber kein Drama."

Da es inzwischen mein zweiter Freitag hier in der Klinik war, hätte meine Antwort lauten müssen, dass ich zwar nicht das Großstadtleben, wohl aber den Bekannten, der mir von Sedona erzählt hatte, sehr vermisste. Ich fragte mich, wie viel sie über Lennard wusste. Schließlich kannte hier nach ihrer Aussage von vorhin jeder jeden. Gut möglich, dass sie von ihm gehört hatte. Er war Musiker und hatte inzwischen einen gewissen Bekanntheitsgrad. Also war es sogar ziemlich wahrscheinlich, dass sie ihn kannte. Ich wusste nur nicht, ob ich noch mehr über Lennard und seine wundertolle neue Flamme hören wollte, denn das Thema käme unweigerlich im zweiten Schritt. Heather war mit ihrer Seifenoper und dem medienpräsenten Dauerlächeln definitiv bekannt. Der Ruf als Schauspielerin Maddy dürfte ihr daher bis Sedona vorausgeeilt sein.
Andererseits sollte ich Connie, wenn sie hier so gut Bescheid wusste, vielleicht nach dem Mädchen mit der weißen Stute fragen, was seit vielen Jahren vermisst wurde. Darüber hatte sie als Ureinwohnerin ganz sicher was gehört. Ich überlegte, wie ich am besten auf Haley überleitete, ohne als sensationsgierig (oder irre, wenn ich von den Visionen anfing) zu gelten. Da in diesem Moment allerdings einmal mehr unsere große Drehtür aufging, erübrigte sich vorerst jeder weitere Gedanke in dieser Richtung.

Herein kamen zwei Männer in Sportklamotten, die einen Dritten zwischen sich stützten, der stark humpelte, dicht gefolgt von Missis Huxtable im üblichen Grau. Die drei Männer mussten etwa in unserem Alter sein und waren ziemlich laut.
„... *** jetzt wirklich nicht brauchen. Es ist zum Kotzen!", knurrte der Verletzte in der Mitte ruppig und lautstark.
„Du wirst es überleben, Gio", grinste Stütze links außen.
„Sieh es mal so – du kannst beim nächsten F*** einfach unten liegen bleiben und

dir von der *** den *** *** lassen", grölte der Typ rechts außen und stieß dem Mann in der Mitte kumpelhaft mit dem Ellenbogen in die Seite.
„Aua, du Vollidiot! Aber prinzipiell gute Idee", brüllte der Gestützte gequält und brachte damit die arme Missis Huxtable völlig aus der Fassung, die wie ein verschrecktes Reh einen großen Haken zur Seite schlug.

„Herrje, nun passiert wieder alles auf einmal", stöhnte Connie. „Kannst du dich um Missis Huxtable kümmern? Mach ihr einen Tee und setz sie dort drüben hin." Sie zeigte in Richtung der Sitzgruppe rechts neben der Toilette. Dann wandte sie sich an die drei Männer, rief: „He, Giordan, was hast du angestellt?", raunte „Da trifft es mal den Richtigen" in meine Richtung und wieder an die drei: „Aus welchem Bett bist du geflogen? Musste wohl schnell gehen, was? Wenn überhaupt, dann hätte ich dich hier eigentlich eher mit einem hübschen Sägeschnitt erwartet. Oder mit einem Messer im Rücken."

„Witzig. Sehr, sehr witzig, Connie", knurrte der Hinkende zwischen zusammengebissenen Zähnen. „Old Mammutfuß hier ist schuld." Er nickte mit dem Kopf nach rechts. „Ich hab mit Bud, Tex und Jill Tennis gespielt, bis mir Bud beim Doppel seinen beschissenen Fuß in den Weg gestellt hat. Ich bin umgeknickt und auf die Fresse geflogen. Jetzt brennt mein Kinn wie Feuer, das linke Bein tut beschissen weh und ich kann beschissen noch mal nicht auftreten. Und das beschissene Match haben wir auch verloren. Scheiße, scheiße, schei ..." Beim dritten Scheißeruf hatte er mich entdeckt und guckte verdutzt. „Na hoppla, das ist nicht die dürre Vogelscheuche, die hier sonst rumhängt. – Ich bin Giordan, wer bist du und wo hast du dich bis heute versteckt?" Er versuchte, charmant zu grinsen und sich vorzubeugen, wobei er mit seinem verletzten Bein auf den Boden kam. Daraufhin brüllte er wieder: „Scheiße", verzog das Gesicht und zischte: „Sorry, das müssen wir auf später vertagen. Brauch erst mal einen Doc."
Connie, die schon dabei war, „Giordan Donovan" in ihren Computer zu hacken, verdrehte die Augen. „Vor dem Kerl musst du dich in Acht nehmen, Leela. Der Kerl hat Finger, die klebrig sind wie Harz, und im Bett ist er nicht zu

gebrauchen.“ Sie nahm kein Blatt vor den Mund.
„Aua!“, sagte Giordan geknickt, während seine beiden Kumpels vor Lachen brüllten. Dann schüttelte er heftig den Kopf und zwinkerte mir zu. „Glaub ihr nicht, sie ist sauer, weil sie keine Rosen von mir gekriegt hat. Du musst dir selbst ein Bild machen, Mädel.“ Dann verzog er wieder schmerzhaft das Gesicht. „Wenn dieser beschissene Knöchel wieder in Ordnung ist, dann stehe ich gern zur Verfügung.“
„Rosen?“, seufzte Connie, während sie auf der Tastatur herumklapperte. „Rosen, ja? Die hätten im Leben nicht gereicht, um deine Schlappe wettzumachen, Casanova.“

Giordans Begleiter fanden das alles mega lustig. Ich lächelte unverbindlich. Unter anderen Umständen, also weniger verschwitzt und mit einem nicht ganz so schillernden Kinn und schmerzverzerrtem Gesicht, sah der verletzte Neuankömmling an sich ganz nett aus. Ich beantwortete sein Angebot daher mit einem unverbindlichen Lächeln und widmete mich dann der verschüchterten Dame, die etwas abseits vor dem Tresen wartete und ihre Handtasche umklammerte.
„Hallo Missis Huxtable“, sagte ich laut, um das Gelächter der beiden Männer und den neuerlichen Fluch von Giordan sowie die Stimme meiner Kollegin zu übertönen, die telefonisch einen Rollstuhl in den Empfang beorderte.
„Rollstuhl?? Ich bin kein seniler Greis, Connie.“
„Halt die Klappe und trag es wie ein Mann. - Wartet hier. Die haben gerade niemanden frei. Ich muss das Scheißding selber holen. Dann könnt ihr unser Brummbärchen zum Röntgen durchschieben. Auf die Ehre verzichte ich gerne. Danach meldet ihr euch bei Doc Davis, okay?“

„Missis Huxtable?“, fragte ich noch einmal, weil die zarte kleine Frau vollkommen durch die drei testosteronsprühenden Powerpakete in ihrer Nähe eingeschüchtert war.
Schließlich bemerkte sie doch, dass sie angesprochen worden war, und fragte verwirrt: „Was?“

„Guten Tag", sagte ich und lächelte. „Sie möchten sicher ihre Tochter besuchen."
„Kayla, ja", nickte Missis Huxtable heftig. „Sie wird schon auf mich warten. Sie ist nicht gern alleine. Können Sie mir sagen, in welchem Zimmer sie liegt?"
„Natürlich. Das mache ich sofort." Ich lächelte so lieb, wie ich nur konnte. Die ältere Dame erinnerte mich an ein kleines Vögelchen im Strauch, was den Tornado kommen sah.
Ich gab den Namen ihrer Tochter im Computer ein und wartete, bis mir das Maschinchen die entsprechenden Informationen lieferte. Was ich dann allerdings sah, ließ mir glatt das Blut in den Adern gefrieren. Ich starrte minutenlang auf den Monitor und wusste nicht, was ich sagen sollte. Ein Fehler konnte nicht vorliegen. Der Computer fraß jegliche Art von Daten ganz emotionslos in sich hinein und spuckte sie genauso wieder aus. Und demnach war Kayla Huxtable tatsächlich hier eingeliefert worden, aber sie lag schon lange nicht mehr in diesem Krankenhaus. Sie war zwölf Jahre alt gewesen, als sie mit dem Rettungsdienst und einer schweren Kopfverletzung hier ankam, an deren Folgen sie noch am Tag ihrer Einlieferung starb. Das war über fünfzehn Jahren her. Mir blieb jedes Wort im Halse stecken.

„Fahrradsturz", murmelte mir Connie über die Schulter, während die Männer Giordan lautstark in einen Rollstuhl bugsierten, und fügte hinzu: „Traurige Sache, was? – Ich koche ihr immer Tee und rufe ein Taxi. Manche Schicksalsschläge verkraftet die Seele nicht und macht sich auf die Socken."
Ich konnte nur nicken. Zu Missis Huxtable sagte meine Kollegin freundlich: „Der Arzt ist gerade bei ihr. Setzen Sie sich doch da drüben hin. Leela bringt ihnen einen Tee."
Mein Rückzug ins Büro zum Teetisch kam einer Flucht gleich.

Nachdem ich Missis Huxtable mit Tee und Keksen versorgt hatte, schickte mich Connie mit einigen Sendungen, die durch FedEx zugestellt worden waren, auf die Verteilertour, vermutlich, damit ich wieder auf andere Gedanken kam. Sie hatte mir angesehen, dass die Sache eben ein Schock für mich gewesen war. Die arme Missis Huxtable tat mir unendlich leid. Man musste mir die Verwirrung ansehen. Die Leute gingen mir aus dem Weg und als ich um eine Ecke bog und beinahe in den Rollstuhl des Mannes namens Giordan rannte, der vom Röntgen auf dem Weg zur Unfallchirurgin war, ließ dieser sein ungewohntes Gefährt anhalten. Das war mit einigen Schwierigkeiten verbunden. Inzwischen befand sich von seinen Kumpels nur noch einer an seiner Seite, nämlich der, dessen Fuß Giordan im Weg gewesen war. Bud, wenn ich mich recht erinnerte. Der Kerl sah aus wie der kleine Bruder des Riesen Timpetu.

„Was ist denn mit dir los, Kleine? Hat unsere Connie dich mit der Post ohne Fahrplan ins Labyrinth des Grauens geschickt?“, fragte Giordan freundlich.
„Und dann fällt sie dabei auch noch dir vor die Füße. Das macht das Grauen nicht besser“, griente der Hüne hinter ihm und zwinkerte mir zu.
Ich hatte glücklicherweise mich und meine Post fangen können, ohne den beiden Männern wie ein Sack vor die Füße zu kippen.
„Missis Huxtable“, brachte ich hervor. „Ich hab's nicht gewusst ...“
Giordans Gesicht verschloss sich von einem Augenblick auf den anderen, als hätte jemand das Licht ausgeknipst. Das (wenn auch schmerzgeplagte) Strahlen erlosch. „Kayla, klar. War schlimm für sie. Und dass sich ihr Mann drei Tage später mit dem Auto und dem Hund um die Ecke gebracht hat, hat sie auch nicht aufgemuntert. Die Versicherung hat gezahlt, von wegen posttraumatischem Stress oder was weiß ich, aber da hatte die gute Huxtable im Oberstübchen schon die Koffer gepackt. Wie eben jeder mit so was umgeht. Der eine packt es, der andere nicht. Das Leben ist hart. – Bud“, brüllte er so laut, dass ich zusammenzuckte. „Wir haben einen Termin bei Frau Doktor Knochenbrecher. Los, beweg deinen Arsch.“ Er wedelte mit seinen Röntgenbildern und zeigte damit die Richtung.

Der Hüne sagte komischerweise auch nichts. Er schob den Rollstuhl an und Giordan rollte mit steinernem Gesicht ohne ein weiteres Wort an mir vorbei. Ich starrte ihm perplex hinterher. Irgendwas war da gerade mit Prinz Charming passiert. Aber was?

***

Da ich hinsichtlich des klinischen Lageplans in Verbindung mit all den Namen noch nicht ganz sicher war, dauerte es eine Weile, bis ich meine Post in die korrekten Hände überstellt hatte, so dass ich erst eine Dreiviertelstunde später wieder in der Empfangshalle anlangte. Missis Huxtable war zum Glück schon wieder fort. Trotzdem erwartete mich ein bekanntes Gesicht. Am Tresen lehnte mein Vermieter, Jim(li), in ganzer Größe. Er war unheimlich aufgeregt.

„... nie mit gerechnet, kannst du das glauben?“, jubelte er Connie zu.
„Nein. Das kann ich kaum glauben“, gab meine Kollegin gutmütig lachend zurück. „Und wenn du es mir jetzt nicht schon fünfmal erzählt hättest, dann würde ich das sicherlich immer noch nicht glauben.“ Sie reichte Jim seine Kreditkarte über den Tresen.
„Hallo zusammen“, rief ich, als ich im Schnellschritt zurück zur Theke kam.
Jim strahlte mich an. „Sie ist schwanger, Leela, glaub's ruhig“, schnaufte er. „Schwanger. Monica. Zwillinge. Wir kriegen echte Zwillinge. Wahnsinn!! Ich hab Zwillinge gemacht. Vielleicht kann uns der Doktor nachher schon sagen, ob es Mädchen oder Jungs werden.“
„Wow! Glückwunsch“, gab ich zurück und hob beide Daumen. „Der Wahnsinn!“ Dabei versuchte ich vehement, das sofort aufgetauchte Bild von Jim, dem Riesen, und Monica, der kleinen Hobbitfrau, beim Sex aus dem Kopf zu bekommen. Hoffentlich waren die Babys am Ende der Schwangerschaft noch normal groß und schlugen nicht völlig nach ihrem Vater. Sonst würde die arme Monica platzen.
Connie lachte und schüttelte den Kopf. „Mädchen oder Jungs? Wenn der Doc dir heute schon eine Garantie gibt, dann kann er demnächst sein Geld als Hellseher verdienen. Deine Monica ist erst im vierten Monat schwanger. Da sieht man so was noch nicht wirklich eindeutig. Und bei Zwillingen gleich gar nicht. Der Doc kann höchstens einen Tipp abgeben.“
„Auf alle Fälle steht es fifty-fifty für Mädchen oder Jungen“, orakelte ich.
„Genau. Siehst du, Connie? Leela glaubt das auch.“ Jim(li), der offensichtlich in

seinem Glückstaumel den Sinn meiner Worte gar nicht erfassen konnte, strahlte wie ein Halogenscheinwerfer, als er zum Abschied auf den Tresen pochte und beflügelt davoneilte.

„Süß, oder?" Ich sah meinem Vermieter grinsend hinterher. „Ist doch schön, wenn sich jemand so freut. Aber Babys sind ja auch was Schönes."
Connie wackelte zweifelnd mit dem Kopf. „Meistens. Na ja, für seine Monica ist das bestimmt schön. Für Jim auch. Für Lillian wahrscheinlich nicht." Sie sah mich an. „Lillian ist Jims Exfrau. Die Tatsache, dass sich ihr Mann auf irgend so einem Herr-der-Ringe-Dingsbums frauentechnisch um fünf Jahre verjüngt hat, war für sie ein ähnlicher Schock wie für mich, als mein blödes Hähnchen sich davongemacht hat. Aber unter uns – mit Monica ist Jim besser dran. Lillian ist ein Biest und Jim hätte bei der Scheidung fast sein Diner verloren. Keiner weiß, wie Monica und er es geschafft haben, das Ding zu halten."
Ich wahr ehrlich überrascht. Jim und Monica hatten auf mich so eine überzeugende Einheit ausgestrahlt, dass ich gar nicht auf den Gedanken gekommen wäre, es könnte hier eine andere Vorgeschichte geben.
Connie grinste. „Willkommen in der Kleinstadt, Süße. Du kannst die Fenster verbarrikadieren und nur im Keller telefonieren, aber dein Nachbar weiß trotzdem, wo die Leiche liegt. Hat manchmal auch sein Gutes. – So, jetzt komm her. Ich zeige dir, wie du Datensätze aus der Notaufnahme mit den entsprechenden Stationsberichten verknüpfen kannst."
„Kleinstadt, ja, klar", stöhnte ich und widmete mich dem Verstehen des Kliniksystems.

***

Als mich Connie zum Feierabend hin fragte, wie ich den restlichen Freitag verbringen würde, und ich daraufhin angab, dass ich nichts vorhatte, wurde ich von ihr für den Abend eingeladen.
„Komm doch mit zu mir. Ich will mit ein paar Mädels um die Häuser ziehen. Hugh passt auf meine Kinder und seine Tochter auf."

Der grünäugige Pfleger hatte sich auch privat bei ihr unentbehrlich gemacht, wie es schien. Ich musste lächeln. Connie sah das und warf mir einen Blick zu. „He, das ist jetzt nicht so, wie du denkst. Wir sind Freunde. Nichts weiter."
Ich nickte. „Klar. Deswegen hat er dir heute auch Eis mitgebracht." Das hatte Hugh tatsächlich getan. Ich guckte angelegentlich zu ihr rüber. „Deine Lieblingssorte, oder?"
Connie seufzte. „Freunde wissen so was."

Kurze Zeit später saßen wir in ihrem Wagen, einem Pickup. Connie setzte den Blinker, als wir vom Parkplatz rollten. „Hugh ist wirklich nur ein Freund, aber dafür der beste, den man haben kann. Wir brauchen uns wahrscheinlich gegenseitig. Ich war damals, als das mit seiner Frau war, für ihn der Fels in der Brandung und er dann, als das Arschloch von Ehemann sich verpisst hat. Wir haben beide harte Zeiten durch."
Ich runzelte die Stirn. „Wieso? Was ist mit seiner Frau passiert?"
Connie seufzte. „Ganz schlimm. Brittany war zeitgleich mit mir schwanger, total öko und alles, wollte so viel wie möglich natürlich und all den Kram. Nur gesunde Ernährung, keine Medikamente, nix Alkohol, kein Kaffee und all so Pipapo. Wir haben uns im Krankenhaus kennengelernt. Nach der Entbindung bekam sie trotz ihres Gesundheitsfanatismus eine schwere Schwangerschaftsvergiftung, dann so ein Leberding-Syndrom." Connie wackelte vage mit der Hand. „Es war schrecklich."
Ich nickte und schluckte. „Oh mein Gott." Das war nicht nur so „ein Leberding" und ich ahnte, was jetzt kam. Müttersterblichkeit bei und nach der Entbindung war zum Glück sehr selten, aber es kam leider immer noch vor.
Connie schüttelte den Kopf. „Gott? Nein. Der muss weit weg gewesen sein. An Brittany und ihre Kleine hat er jedenfalls nicht gedacht. Sie ist an einer Hirnblutung gestorben und hat ihre Tochter gar nicht mehr richtig mitbekommen. Und Hugh stand plötzlich da mit seinem Baby und ohne Mama für die Kleine. Er war völlig am Ende. Ich auch, weil ich dachte, mir platzen die Möpse. Da war genug Milch für zwei drin – und so hat sich das ergeben. Ich fungierte als eine Art Amme für Bethany, das arme Würmchen." Sie grinste mich

verlegen an. „Und ein bisschen auch für Hugh. Womit ich nicht meine, dass ich ihm auch die Brust gegeben habe. Dass das klar ist."
„Okay, aber ich könnte mir vorstellen, dass er heute nichts dagegen hätte", rutschte mir heraus. Na, man brauchte sich nur mal den grünen Schimmerblick vorzustellen, mit dem er sie ansah.
Connie stöhnte. „Jetzt fang nicht wieder damit an. Hugh und ich sind Freunde, einfach nur Freunde. Er ist fast sieben Jahre jünger als ich und außerdem ... gar nicht mein Typ. Aber ein Baby, was man einmal an der Brust hat, das adoptiert man schon ein bisschen. Bethany ist mir fast so nah wie meine eigenen Kids."

Etwas später stand ich in Connies Wohnzimmer, wobei der Begriff „Zimmer" für die Ausmaße des Raumes untertrieben war. Meine Kollegin residierte in einer reichlich imposanten („Das Arschloch hat es gerne groß."), aber ruhig gelegenen Villa im Skyline Drive nahe der Verde Valley School Road. Das Haus war ein eingeschossiger futuristischer Bau mit fünf Zimmern, drei Bädern, Küche (in welcher Hugh werkelte) und riesigem Wohnzimmer, das fast die gesamte untere Etage einnahm und von welchem man durch eine halbrunde Glasfront einen ultimativen Panorama-Blick über die Terrasse auf die Red Rocks hatte.
Mir stand der Mund offen, als mich Connie durch die Stube nach draußen auf die Terrasse schob und mir ein kaltes Dr Pepper in die Hand drückte. „Setz dich hin und genieße."

Das ließ ich mir nicht zweimal sagen. Ich setzte mich und genoss, das quietschsüße Pepper-Ding allerdings nur in Maßen, den Ausblick dafür umso mehr, und hörte, wie Connie mit ihren Kindern redete, die mir vorher alle vier artig hatten die Hand geben dürfen. „Dinah, Daniel, Dotty, Bethany", wurden sie mir vorgestellt und erhielten die Order: „Dass eins klar ist - ich bin heute raus. Egal was ist, ihr wendet euch an Daddy bzw. Hugh, okay? Ich habe frei."
Bethany hatte ebensolche grünen Augen wie ihr Vater, der in Connies Küche stand, Fleisch brutzelte und grüßend den Pfannenwender hob, als ich „Hi" rief und ihm zuwinkte. Er hatte offensichtlich alles im Griff. Es roch ziemlich gut und nur ganz wenig verbrannt.

Ich saß draußen auf einer Hängeschaukel, die wohl nur unwesentlich kleiner war als der Mega-Strandkorb für die G20-Leute damals beim Gipfeltreffen in Heiligendamm, nippte an meiner Pepper-Flasche und schwelgte im Anblick der Red Rocks. Kurz darauf eskortierte Connie ihre nächste Besucherin auf die Terrasse. „Das ist Marsha, meine Cousine." Marsha war eine mittelgroße, unscheinbare Frau von knapp dreißig Jahren.
„Und das", damit war ich gemeint, „ist Leela, die deutsche Praktikantin, von der ich erzählt habe. Leela - Marsha. Marsha - Leela."
„Hi Marsha", begrüßte ich die Neue.
„Hi, Leela", nickte Marsha, die auch mit einem Dr Pepper versorgt wurde, verlegen zurück. Dann plumpste Connie zwischen Marsha und mich auf die Hängebank und plonkte ihre Flasche gegen meine.
„So. Prost, Leela von den Krauts!" Schließlich stieß sie mit Marsha an. „Und prost, Marsha von den Parkers aus Albuquerque."
„Das ist lange her", kicherte Marsha, bevor sie trank.
Krauts war der Nickname für Deutsche bei Engländern und Amerikanern und stammte höchstwahrscheinlich von unserer, wie die Amerikaner annahmen, einzigen Vorliebe ab, nämlich der für Sauerkraut. Sie hatten, als sich der Begriff einbürgerte, offensichtlich (und bis heute) noch nie einen Deutschen Thüringer Klöße, Currywurst oder Boulette essen sehen.

Von drinnen hörte man den Jubel der Kinder.
„Offensichtlich ist das Essen fertig. Bin ich froh, dass die Raubtierfütterung heute Hugh übernimmt", seufzte Connie und nahm einen großen Schluck. „Obwohl - ein bisschen Hunger hätte ich schon. Riecht echt gut."
Ich musste gar nichts sagen. Mein Magen knurrte laut genug. Ich trank einen Schluck Pepper.

„Wie sieht es aus, Ladys", rief Hugh gut gelaunt, als hätte er einen siebten Sinn, und balancierte mit den Armen voller Teller auf die Terrasse. Er hatte Burger gemacht. Und die sahen wirklich gut aus. „Hunger?"

„Hoogie-Woogie, du bist ein Schatz", stöhnte Connie, sprang auf und verteilte die Teller.

Die Burger sahen nicht nur gut aus, sie schmeckten auch grandios.
„Was für ein Mann!", seufzte Marsha. „Mein Winnie würde mir was husten. Er meint, dass es reicht, wenn er das Geld verdient, den Rest kann ich machen. Hugh chauffiert deine Kinder, er gießt die Bäume, repariert Wasserhähne, fängt Spinnen, wenn du auf dem Küchentisch stehst und schreist, kann Mini-Trucks aus verstopften Rohren holen und jetzt übernimmt er auch noch das Kochen. Gibt es irgendwas, was er nicht macht?", fragte sie zwischen zwei Bissen.
„Ja", antwortete Connie und guckte böse. „Das, was du denkst, macht er nicht. Und er ist auch nicht eklig zu mir und unterstellt mir keine komischen Sachen."
„Himmel, DAS habe ich doch gar nicht gemeint. Brauchst nicht gleich wütend zu werden", lenkte Marsha versöhnlich ein und wandte sich an mich. „Was war los? Hat sie heute Stress gehabt? Also ich meine, mehr Stress als sonst?"

„Wer hat Stress?", fragte Hugh und brachte drei Cocktailgläser mit Apfelsinenscheibchen als Deko zu uns. Der Inhalt war grün. „Gruß aus der Küche von Dotty und Bethany." Die beiden Mädchen schoben ihre Köpfe hinter der Terrassentür hervor und kicherten.
„Nein. Sie hat nicht mehr Stress gehabt als sonst", antwortete Connie, schnappte sich eins der Gläser und schnupperte misstrauisch. „Was haben die beiden da zusammengebraut? Ist Chili drin? Tabasco? Irgendwas, das mir die Zunge explodieren lässt?"
Hugh schüttelte den Kopf und reichte Marsha und mir die beiden anderen Gläser. „Nichts dergleichen. Ich schwöre." Die beiden Mädchen lachten noch lauter.

Wir schnupperten alle. Der Cocktail roch fruchtig und gut.
Hugh grinste. „Na los, ihr Zweiflerinnen. Da ist wirklich nichts Schlimmes drin. Ein bisschen Sahne, Erdbeersirup, Maracujanektar, Mango und Orange. Und Eis natürlich."

Wir tranken.
„Ach so, Spinat ist natürlich auch dran. Und vielleicht ein ganz kleines bisschen Mäusepisse, aber wirklich nicht viel. Nur für den Geschmack", fügte Hugh hinzu und die beiden Mädchen rannten kreischend davon und kugelten sich irgendwo vor Lachen, wie es sich anhörte.
„Sind sie nicht einfach bei Laune zu halten?", sinnierte Hugh fröhlich und ließ uns alleine.
„Er wäre wirklich perfekt", seufzte Connie und sah ihrem Babysitter bedauernd hinterher, während sie ihr Glas leerschlürfte und die Eiswürfel klappern ließ.
„Wenn?", wollte Marsha wissen.
„Wenn er mein Typ und ein paar Jahre älter wäre. Dann vielleicht." Ploing. Connie stellte ihr Glas mit Nachdruck auf den Tisch.
„Hattest du denn wegen ihm heute Stress?"
Meine Kollegin schüttelte den Kopf. „Nein. Es war nur der ganz normale Wahnsinn. - By the way – Giordan Donovan hat sich beim Tennis den Fuß verstaucht und humpelt."
Marsha zog die Brauen hoch. „Oh je, die Familie ist vom Pech verfolgt. Sein alter Herr wird begeistert sein. Wie lange dauert es, bis das ausgeheilt ist?"
Connie sah mich an. „Sag was!" Und zu Marsha: „Sie will Ärztin werden."

Ich zuckte mit den Schultern. „Kommt drauf an. Wenn es eine leichte Verstauchung ist, sind nur die Bänder überdehnt, aber nicht gerissen. Schlimmer ist das, wenn die Bänder angerissen sind. Dann wird das Gelenk instabil und braucht ein paar Wochen, bis alles wieder gut ist. Wenn man Pech hat und die Bänder durch sind, dann kann es unter Umständen Jahre dauern."
„Ui", gab Marsha zurück. „Hab ich schon gesagt, dass sein Daddy begeistert sein wird, wenn Giordan in der Firma so lange ausfällt?"
Ich musste an Missis Huxtable denken. „Sein Daddy sollte froh sein, dass sich Giordan nur das Sprunggelenk gestaucht hat. Das kommt in jedem Fall wieder in Ordnung, auch wenn es länger dauert. Da gibt es wirklich Schlimmeres."
Connie sah mich verständnisvoll an und erklärte Marsha: „Gleichzeitig mit der Testosteronbombe hat Missis Huxtable mal wieder vorbeigeschaut."

„Oh!" Marsha sah mich an. „Missis Huxtable. Okay. Obwohl der alte Donovan auch Schlimmeres kennt. Die Familie musste schon einiges wegstecken. Aber das mit Kayla und ihrem Vater ist natürlich sehr traurig, nicht wahr?"
Ich nickte betreten.
Marsha wirkte nachdenklich. „Missis Huxtable wohnt in unserer Straße, also in der Straße, in der auch meine Eltern wohnen. Ich war noch nicht lange hier in Sedona, als es passierte. Wir sind erst ein Jahr vorher hierher gezogen. Dann starb Kayla, ein paar Tage später ihr Vater. Alle sind sich sicher, dass er sich das Leben genommen hat, weil er mit ihrem Tod nicht klar kam."
„Tja, wer kommt mit sowas schon klar. - Du kanntest sie?", fragte ich mitfühlend.
Marsha nickte. „Ja, ich kannte sie. Wir sind in dieselbe Klasse gegangen." Sie blickte Connie an, als wäre sie nicht sicher, ob sie sagen sollte, was sie sagen wollte.
Connie grinste und zuckte mit den Schultern.
Marsha holte Luft. „Na ja, das hat uns damals alle ziemlich mitgenommen. Aber ... ehrlich gesagt ... vermisst haben wir sie nicht so sehr. Kayla war eine ziemlich blöde Kuh." Dann wedelte sie heftig mit den Händen. „Hu, ich hab's gesagt, ich hab's gesagt, oh Gott, ich hab's tatsächlich gesagt." Sie schlug die Hände vor ihr Gesicht, riss sie wieder runter und jammerte: „Ich weiß, man soll über Tote nicht schlecht reden und so weiter. Aber Kayla war ein ganz, ganz gemeines Mädchen. Ich will damit nicht sagen, dass es nicht total traurig ist, dass sie tot ist. Ihre Mutter tut mir wahnsinnig leid und das mit ihrem Vater erst recht, aber ich habe Kayla gefürchtet. Ehrlich. Sie hat mir das Leben zur Hölle gemacht, als ich neu an die Schule kam. Und als sie gestorben ist, habe ich wochenlang ein schlechtes Gewissen gehabt, weil ich mir vorher beim Einschlafen immer vorgestellt habe, wie cool es wäre, wenn Kayla morgen nicht käme. - Furchtbar, oder?"
„Ja. Ist es. Aber du warst damals noch ein Kind", sagte Connie. „Und du hast sie ja nicht von ihrem Fahrrad geschubst. Oder doch?"
„Neeeeiiiin!", quiekte Marsha. „Natürlich nicht. Ich wollte nicht, dass sie stirbt, nur, dass sie wegzieht. Woanders hin. So wie ich aus Albuquerque."

„Na siehst du", nickte Connie, ging zur Terrassentür und winkte mit ihrem leeren Glas. „He, Küchenchef - ich könnte noch so ein Vielfruchtspinatwasser gebrauchen."
„Ich auch", rief ich. „Aber dieses Mal darf ruhig ein bisschen mehr Mäusepipi drin sein."
Die Mädchen drinnen kreischten begeistert.
„Versau mir hier nicht die Moral", drohte Connie scherzhaft. „Ein Hugh reicht im Hause Cock."
Marsha hing ihren eigenen Gedanken hinterher. „Es ist schon komisch", sie verhaspelte sich, „a-also damit meine ich natürlich komisch im Sinne von schrecklich, wenn man darüber nachdenkt, dass schon zwei Leute aus meinem Jahrgang nicht mehr da sind. Dabei bin ich grade mal so über dreißig."
„Zwei?", wunderte sich Connie, dann erhellte sich ihr Gesicht. „Ach so. Du meinst Haley."
„Ja", Marsha nickte. „Ich meine Haley. Wer wüsste nicht gerne, was mit ihr passiert ist?"

***

Es war ein herrlich entspannter Nachmittag. Über uns wölbte sich blauer Himmel, die Luft war frühlingshaft mild und die roten Felsen von Sedona zeigten sich von ihrer schönsten Seite. Hugh und die beiden Mädchen brachten im Gänsemarsch mit feierlichen Gesichtern frisches buntes Blubberwasser und kreischten dann begeistert, als Hugh mir mein Glas mit „extra viel Mäusepipi drin" hinstellte. Ich hätte gern mitgelacht, aber da war ein Engegefühl in meiner Brust, was mir das unmöglich machte.

„Leela?", fragte Connie. „Ist alles in Ordnung?"
Ich überlegte, was ich sagen sollte.
„Mummy? Granny ist am Apparat." Connies Sohn lehnte sich durch die offene Terrassentür nach draußen und wedelte mit einem Telefon.
„Sorry, Mädels", entschuldigte sich Connie, „da gehe ich dran. Nicht, dass was

mit Dad ist."

Ich atmete die Enge weg und überlegte fieberhaft, wie ich das Thema vertiefen sollte, wofür mir hier so unerwartet eine direkte Steilvorlage geboten worden war. Aber Marsha blieb selbst dabei. Ich musste gar nicht viel fragen.
„Ich glaube, Haley ist immer noch in vielen Köpfen", sagte sie, auf die roten Felsen starrend. „Sie war ganz anders als Kayla, ein nettes Mädchen, vielleicht ein bisschen gaga, weil sie Pferde mehr mochte als Menschen, aber trotzdem hatten sie alle gern." Marsha trank einen Schluck. „Eines Tages war sie weg. Mit siebzehn. Einfach so. Sie soll nachts ausgeritten sein. Morgens kam ihr Pferd alleine zurück. Und Haley ist nie wieder aufgetaucht. Das ist doch nicht nachvollziehbar, oder?" Jetzt sah sie mich an. „Ich kann mir nicht vorstellen, dass ein Mensch einfach so verschwindet und nie wieder kommt. Ich meine, man muss doch irgendwas finden. Irgendwas. Irgendeine Spur."
Ich sagte nichts und zuckte nur vage mit den Schultern.
Marsha trank noch einen Schluck, sah mich an und seufzte. „Die Frage, was mit Haley passiert ist, dürfte eines der größten Geheimnisse von Sedona sein."

‚Finde mich.' Ich dachte an das Armband und die schwarzen Augen der Reiterin in meinen Visionen und mein Herz pochte dumpf. Ich war mir sicher, dass IRGENDJEMAND wusste, wo Haley war. Mein Mund war so trocken, dass ich das Glas in einem Zug leertrank, bevor ich es hart auf dem Tisch abstellte. „Hat denn überhaupt niemand eine Ahnung, wo sie sein könnte? Wurde sie nicht gesucht? Vermisst?"
Marsha winkte ab. „Aber klar. Sie wurde monatelang gesucht. Jahrelang. Familie, Freunde, Nachbarn, Polizei, FBI und das ganze Gedöns. Aber nichts. Man hat sie nicht gefunden. Es wurde ewig gerätselt. Es gab einfach keine richtig heiße Spur. Manche dachten, dass es mit ihrer Mutter zusammenhing, weil ..."
Sie verstummte und sah mich abwartend an. Es dauerte einen Moment, bevor ich das seltsame Geräusch, was ich hörte, mit mir in Verbindung brachte. Erst als Marsha fragte: „Willst du nicht rangehen?", realisierte ich, dass mein Handy klingelte. Okay, es war nicht wirklich MEIN Handy, sondern nur das

Prepaid-Ding, welches ich mir für den Übergang gekauft hatte, aber man konnte schon sagen, dass es zu mir gehörte.

Die Nummer, die auf dem Display angezeigt wurde, kannte ich nicht. Natürlich nicht. Ich hatte auf dem Telefon keine Nummern gespeichert.
Also drückte ich den Gesprächsbutton, ohne zu wissen, was mich erwartete.
„Hallo?"
„Leela? Hallo? Leela? - Oh. Gut, dass ich dich erreiche. Bitte, du bist meine allerletzte Hoffnung. Sag, dass du mich rettest."
Am anderen Ende der imaginären Leitung hatte ich Jim Cricket. Und er sprach in Rätseln. Irgendwas musste passiert sein. Warum allerdings ausgerechnet ich seine letzte Hoffnung sein sollte, erschloss sich mir nicht sofort.
„Wovor soll ich dich retten?", fragte ich daher irritiert. „Was ist passiert?"

Ich hörte meinem Vermieter zu, der mir eine Geschichte von Zwillingen und komplizierten Schwangerschaften, Wochenenden und mangelndem Personal erzählte. Und irgendwann schwante mir, was er mir mit viel Drumherum zu sagen versuchte.
„Ich soll aushelfen, oder? In deinem Diner, meinst du das?", fragte ich entgeistert.
„He, Leela, nur am Wochenende. Dieses Wochenende. Und nächstes Wochenende auch. Also überhaupt alle Wochenenden in diesem Monat. Du musst nur Teller zu den Tischen tragen. Ich werde immer da sein, aber Monica, die darf nichts Schweres mehr heben. Sie muss liegen und sich schonen. Wegen der Zwillinge, weißt du? Wir bekommen nämlich Zwillinge. Bitte. Nur für diesen Monat. Ab April habe ich jemanden, der auf Dauer für Monica einspringt. Ich schwöre. Bitte, könntest du? So lange du im Diner arbeitest, erlasse dir die Miete für das Häuschen. Ich weiß nicht mehr weiter. Ich muss erst inserieren. Sie macht sich Sorgen und soll sich doch schonen und viel liegen und sich auf die Zwillinge freuen und über die Namen nachdenken. - Soll ich dir sagen, was momentan unsere Favoriten sind?"
Ich hob die Hand. „Stopp. Nein. Das verrät man vorher nicht. - Wann müsste ich

denn morgen da sein, wenn ich zusage?"
Kurze Stille.
„Morgen?"
Ich zögerte. „Ja? Morgen?"
Stille. „Na ja, ich dachte eigentlich, dass du ..."
„Ja? Dass ich?"
„Dass du ... heute schon könntest? Nachher gleich? Von sieben bis elf? Ich - packe als Zugabe auch noch den kleinen Lieferwagen drauf. Du kannst ihn benutzen, wenn er im Diner nicht gebraucht wird. Für den ganzen Monat."
Er kaufte die Katze im Sack. Möglicherweise entpuppte ich mich kellnertechnisch als komplette Fehlbesetzung, aber ein Gratiswohnmonat und ein fahrbarer Untersatz auf Zeit waren nicht zu verachten. Also dachte ich eine Millisekunde lang nach, warf alle Bedenken über Bord und hörte mich dann mit zu meinem großen Erstaunen fester Stimme sagen: „Okay. Ich mach's. Aber unter einer Bedingung."
„Was für eine Bedingung?"
„Ich möchte eine Schildmaid aus Rohan sein und du musst mich hier abholen."
Jimli lachte erleichtert und ich überlegte beim vollen Klang seiner Stimme ganz unwillkürlich, ob er jemals darüber nachgedacht hatte zu singen. Wahrscheinlich würde er sogar Elvis, den King, in die Tasche packen, wenn er es versuchte. „Da sollte sich was machen lassen, Leela, Schildmaid aus Rohan. Ich checke sofort Monicas Fundus. - Yeah! Ich ... weiß gar nicht, was ich sagen soll. Das ist echt ... wow. Du bist meine Rettung. Danke. DANKE!! - Wo bist du?"
„Ich bin", ich sah Marsha hilflos an, die eilig den Straßennamen soufflierte.
Jim rief: „Okay, dann hole ich dich in einer halben Stunde dort ab."
Ich war gespannt, ob er bis dahin tatsächlich etwas zum Anziehen für mich gefunden hatte.

Condoleezza, alias Connie, die inzwischen zurück war und den größten Teil meines Dialogs mit Jimli verfolgt hatte, grinste. „Erwischt. Du bist nicht nur ein Kraut, sondern auch ein No-No."
Ich verstaute das Telefon wieder in meiner Tasche. „Ich bin bitte was?"

Sie verdrehte die Augen und wackelte mystisch mit den Händen. „Wuhuhuhuuu. Du bist ein No-No, weil du zu denen gehörst, die nicht ‚nein' sagen können. – Aber was zum Henker ist eine Schildmaid aus Rodan?"
Ich hob eine Braue. „Gleichgesinnte erkennen sich eben, liebe Florence Nightingale. Aber du verstehst das falsch. Ich bin käuflich und nicht unverbesserlich sozial. Jim hat mir als Deal die Monatsmiete und ein Fortbewegungsmittel versprochen. Da sag mal bitte was gegen. Außerdem kommt die Schildmaid aus Rohan, nicht Rodan."
Connie grinste noch breiter. „Ich glaube trotzdem, dass du eine von den Gutmütigen bist, und dann hast du noch das Pech, dass Jim so nett ist, so dass man ihm nichts abschlagen kann. Pass bloß auf, was er als Nächstes von dir will, Süße. Wahrscheinlich deinen Schild. – By the way, du hast mir immer noch nicht gesagt, was eine Schildmaid aus Dingsbums ist."
Ich korrigierte: „Erstens hast du selbst gesagt, dass Jim seine Monica liebt. Er braucht also kein Techtelmechtel mit einer Schildmaid. Und zweitens ist der Riese in seinem Herzen ein Zwerg. Er ist nämlich der Sohn von Gloin."
Connie guckte reichlich verwirrt. „Hä??"
Ich winkte ab. Wenn sie schon nicht wusste, was eine Schildmaid aus Rohan war, würde sie die komplizierten Hierarchien der Zwerge von Mittelerde erst recht nicht verstehen.

***

Der Freitagabend verlief in mehrfacher Hinsicht ganz anders, als ich mir diesen vorgestellt hatte. Er war nahezu ein Wechselbad der Unternehmungen. Connie und Marsha nahmen mich auf ihrem Weg nach Downtown nun doch nicht mit zum Schwofen in die City, sondern setzten mich zum Arbeiten direkt vor dem TT-Diner ab, so dass Jim mich nicht abholen musste.

„Wir holen das mit dem Mädelsabend nach, Leela! Bis Montag", trällerte Connie zum Abschied.
„Auf jeden Fall!" Ich hob den Daumen, stieg aus und warf die Tür zu.

Aus den Autofenstern rechts und links ragten zwei in die Höhe gereckte Daumen, als Marshas roter Crysler davonzuckelte. Ich winkte den beiden Frauen hinterher, atmete tief durch, als ich den vollen Parkplatz sah, und huschte unter Saurons kritischem Feuerauge durch die Glastür.

***

Jimli war sichtlich erleichtert, mich zu sehen. Er stand mit zwei weiteren Kellnern hinter dem belagerten Tresen, kam mir jedoch mit ausgebreiteten Armen entgegen, als er mich sah.
„Leela, du Rettung in letzter Sekunde. Komm mit, komm mit, komm mit, mein Kind."
Mein Kind? Ich konnte mir nicht vorstellen, dass Jimli viel älter war als ich. Wahrscheinlich war er einfach konsequent dabei, sich an den Gedanken, ein Daddy zu sein, zu gewöhnen. Schien ihm gut zu gefallen.
Ich folgte Jim nach hinten in sein Büro, wo er mir stolz ein, wie ich zugeben musste, ganz entzückendes Kleid in Grün und Gold präsentierte, was Monica in ihrem Bestand gefunden hatte. Bei der echten Schildmaid hatte das Kleid bis zum Boden gereicht, wenn ich mich recht erinnerte. Das Exemplar, was ich mir im Büro des Diners unter dem kritischen Blick einer Gandalf-Skulptur überzog, war nur knielang und Monica war obenrum definitiv auch etwas üppiger ausgestattet als ich. Aber das Kleid stand mir trotzdem ausgezeichnet. Schnell verstaute ich die Haare noch in einem Dutt und - voilà - fertig war Jimlis Aushilfskellnerin, die jeder Mittelerdenpatrouille überzeugend Rede und Antwort stehen konnte.

***

Auch Jim gefiel das Outfit an mir gut. Er hob strahlend den Daumen, als ich aus dem Büro kam, und barritonierte: „So rettet denn eine deutsche Schildmaid Jimli, Gloins Sohn, vor der Invasion aus dem nächsten Reisebus." Das war nicht nur so dahingesagt. Vor dem Diner hatten bei meiner Ankunft tatsächlich zwei Reisebusse gestanden. Im Inneren des Restaurants herrschte bereits jetzt das urgemütliche Flair einer überfüllten Bahnhofshalle.

Meine anfängliche Aufregung verpuffte in kürzester Zeit wirkungslos. Ich hatte nämlich schlichtweg keine Zeit, mich darum zu kümmern. Die halbe Weltbevölkerung musste sich heute Abend verschworen und exakt in diesem Diner verabredet haben. Jim erklärte mir im Stakkato die Anordnung der Tische mit den Nummerierungen. Zwei Leute (einschließlich Jim) nahmen die Bestellungen entgegen, ein dritter Mann hinter dem Tresen kümmerte sich um die Getränke. Ich wurde zum Verteilen des Essens eingeteilt und kam so unter die Fittiche von Holm und Beto, den beiden diensthabenden Köchen, was bedeutete, dass ich die verbotene Tür zur Küche nicht nur durchschreiten durfte, sondern sogar musste. Die beiden Männer dahinter konnten unterschiedlicher nicht sein. Während Holm, der junge Norweger aus Tromso im hohen Norden, einen Witz nach dem anderem vom Leder zog, brachte Beto, ein kleiner, mittelalter Mexikaner, kaum mehr als ein Knurren heraus. Die beiden schienen aber trotz ihrer verschiedenen Kommunikationsformen sehr gut miteinander auszukommen, was sicher in erster Linie an Holm lag. Er war die Reinkarnation der guten Laune, sprühte vor positiver Energie und hatte es bis zum Ende des ersten Abends meiner Kellnerkarriere geschafft, mir etwa einhundert Bilder des Nordlichts, was man nach seiner Aussage von seinem Heimatort aus am besten beobachten konnte, zu zeigen und außerdem das Tragen von drei Tellern auf dem linken Arm beizubringen.

„Hör mal, Snuppa, das kann niemand mit ansehen. Wie oft willst du denn laufen mit nur zwei Tellern? Du bist viel zu steif im Schritt, musst ein bisschen lockerer werden. Leichtigkeit im Knie und im Knöchel. Bist du schon mal gedribbelt?" Holm war nicht nur ein begeisterter Koch, sondern auch Fußballfan und sehr sportlich. Er hüpfte, den Pfannenwender wie einen Spieß haltend, aus dem Stand einen knappen Meter fünfzig hoch und klatschte die Füße zusammen.
Beto warf ihm einen missbilligend finsteren Blick zu, während er gleichzeitig Gemüse schnippelte und Pommes überwachte, die im heißen Öl brutzelten.
„Okay, Snuppa, ich zeig jetzt das Stapeln, okay?" Holm machte eine Auge-in-Auge-Geste.
Ich nickte.
Holm hob den Daumen. „Okay. Stapeln ist das große Geheimnis, der erste Kellnergrad. Schau und lerne, okay?" Holm nahm den ersten Teller zwischen Daumen und Zeigefinger, sah mich an und fragte: „Check?", während Betos schwarze Augen uns unter gerunzelten Brauen über die Mittelkonsole hinweg

beobachteten. Der Mexikaner schüttelte den Kopf, jonglierte dann zwei Gurken und begann, diese mit einem riesigen Gemüsemesser in einem irren Tempo zu filetieren. Das ging dermaßen schnell, dass ich hinter Beto sofort einen ehemaligen Profi-Messerkünstler vermutete. Vielleicht wurde er sogar von der CIA gesucht. Gruselig.

„Snuppa? Schaust du mir zu?“ Holm hielt mir einen Teller hin.
„Ja, klar.“ Ich riss meinen Blick von Beto los und griff zu.
„Weiter geht's“, rief Holm und hielt mir den nächsten Teller hin. „Über den ersten Teller wird dann der zweite Teller zwischen Handfläche und dem ersten Teller eingeklemmt. Genau ... so. Die abgespreizten Finger sind da, um das Ganze in Waage zu halten. Kommen wir nun zu – tadaaaa - Teller Nummer drei! Dafür musst du den Unterarm ganz waagerecht halten, Snuppa, die Hand knickst du dabei etwas ein. Nein. Nicht so.“ Er rückte mir die Finger zurecht.
„So.“ Er nickte zufrieden, den vierten Teller bekam ich rechts in die Hand gedrückt. „Okay?“
Ich nickte.
„Na dann geht es los. Aber jetzt mit vollen Tellern, okay? Da fängst du langsam an.“ Er zwinkerte mir zu und half mir beim Stapeln.
„Tisch Nummer zwölf.“ Holm hielt mir die Tür auf, verbeugte sich wie ein Butler an der Salontür und ich schlich los.

***

Als ich vier Stunden später auf meinen Dachboden kroch und auf der Matratze zusammensank, war ich neben fix und fertig auchstolz. Es hatte nur einmal gekracht. Und das war nach den Angaben von Jim meine „Feuertaufe!“ gewesen. Als Opfer zu beklagen hatten wir in diesem Zusammenhang einen Fangorn-Finger-Food-Teller mit allem Gemüse, den Pommes und panierten Zwiebelringen und einen Flakon Tabasco, der das Pech hatte, im Weg zu stehen.

***

Ich verschlief fast den gesamten Samstag. Als ich auf die Uhr schaute, war es bereits kurz vor zwölf Uhr mittags und aufgewacht war ich auch nur, weil mein Telefon klingelte. Meine Mom war dran. Sie lag in Quatschlaune auf der Couch und erzählte mir vom nasskalten Schneeregenwetter in Deutschland und von meinem Vater, der mit Matze nach Berlin gefahren war. Die beiden hatten Tickets für das Olympiastadion und sahen sich ein Länderspiel an. Ich fragte, ob mein Bruder schon gepackt hatte für seine Reise in den Westen, aber meine Mutter lachte nur.
„I wo. Frag ihn mal. Da wird er dir schon sagen, wie lange er dafür noch Zeit hat. Ich wette, er packt erst eine halbe Stunde vor Abreise, der Chaot."
Während sie dann über einige Renovierungsarbeiten in den Zimmern berichtete und etwas von unterschiedlich farbigen Räumen erzählte („Stell dir vor, wir hätten dann ein ‚Lavendelzimmer' oder das ‚Orangenkabinett' beziehungsweise die ‚Sonnenstube' und so was ...") , stand ich auf und unterdrückte ein Stöhnen, weil meine Waden massivst protestierten. Mom empfahl mir Franzbranntwein oder Melissengeist, aber so was hatte ich nicht im Hexenhäuschen. Ich massierte mir also schlicht und einfach die Beine und versuchte, nicht daran zu denken, dass es heute noch mal genauso zur Sache gehen würde wie gestern. Die erste Stunde im Diner war dann entsprechend auch die Hölle. Alle Beinmuskeln kreischten unisono und kündigten Konsequenzen an. Ich konnte darauf leider keine Rücksicht nehmen, da auch am Samstagnachmittag und -abend im „TTD" (so wurde das Diner abkürzend genannt) die Hölle los war. Meine Miete war wirklich schwer verdient.

Ich kam erst gegen acht dazu, eine kurze Pause in der Küche zu machen. Holm hatte mir einen Salat mit gegrilltem Hühnchen zusammengestellt, den ich in der Küche, an den rumpelnden Geschirrspüler gelehnt, aß. Dabei unterhielt mich der blonde Norweger, indem er mir erzählte, dass er über das „Work-and-Travel-Programm" hier in Sedona gelandet war. Er nannte mich auch heute wieder „Snuppa". Ich wollte wissen, was das auf Norwegisch hieß. Es bedeutete so viel wie ‚Baby'. Tja, da musste ich glatt einen Kloß runterschlucken, obwohl ich gar keinen auf dem Teller hatte. Ich lächelte also nur unverbindlich und stellte das Geschirr in den Spüler. Meine Pause war zu Ende. Holm richtete schon das Essen für die Tische sieben und neunzehn an, hatte aber noch einen Witz parat, den er nicht für sich behalten konnte.

„Pass auf, Snuppa, ein Mann aus Helsinki fährt zur Entenjagd raus aufs Land und schießt eine Ente. Der Vogel fällt beim Runterkommen aber auf den Hof eines Bauern und der will die Ente nicht rausrücken. Der Typ aus der Stadt ist sauer."

„Okay. Und dann?" Ich baute mir, hoch konzentriert, mein Tellerpuzzle auf den Arm.

Holm schwang den Pfannenwender. „Der Typ aus Helsinki mault: ‚He, das ist mein Vogel.' Und der Bauer schlägt dann vor, den Streit so zu regeln, wie es auf dem Land üblich ist, nämlich mit einem Tritt in die Du-weißt-schon-was." Dabei zeigte der Norweger vielsagend auf seinen Schritt, während Beto seine Schnitzarbeit an einem Salatkopf kurz unterbrach und eine schmerzerfüllte Grimasse zog.

„‚Okay, wer weniger schreit, kriegt den Vogel, verstanden?' O, shit." Holm unterbrach sich und riss einen Topfdeckel herunter, unter dem jede Menge schaumiges Wasser hervorsprudelte.

Ich war tellertechnisch voll beladen und wartete nur noch höflich auf die Pointe des Witzes, bevor ich mich aus der relativen Ruhe der Küche wieder ins Getümmel von Jims TTD stürzte.

Holm zeigte mit dem Pfannenwender auf mich, griente und sagte: „Okay, der Bauer holt also aus und tritt dem Helsinkier voll in die Weichteile. Der Typ klappt zusammen wie ein Campingstuhl und bleibt zwanzig Minuten am Boden liegen. Als er dann wieder hochkommt", Holm machte Stielaugen und krümmte sich vor imaginären Schmerzen, „sagt der Kerl dann: ‚Okay, jetzt bin ich dran.' Aber der Bauer schüttelt den Kopf und sagt: ‚Nee. Hier hast du deine Ente.'"

Dann brach er in ein wieherndes Gelächter aus und selbst von Beto kamen ein paar abgehackte Pistolenlacherschüsse.

Ich lachte auch, aber nicht über den Witz, sondern über den so herrlich lachenden Norweger, schob die Tür mit dem Hintern auf, schwenkte mit meinen

Tellern herum ... und hätte fast alles fallengelassen. „... aus Deutschland und bleibt ein halbes Jahr. Und da kommt sie auch schon", tönte mir Jims weicher Bass entgegen. „Sie hat uns gerettet, die Leela. Ich bin froh, dass sie da ist. Ist schnell im Begreifen und schmeißt mit mir den Laden. Nicht wahr, meine Schildmaid?"

Jim strahlte mich an. Sein Gesicht war ein einziges Lob. Aber ich konnte nicht zurücklächeln, ganz im Gegenteil. Meine Gesichtszüge waren spontan eingefroren. In dem Film „Dirty Dancing" hatte das Mädchen, was „Baby" genannt wurde, die Arme voller Wassermelonen gehabt, als sie eine Begegnung hatte, die ihr Leben veränderte. Ich konnte das toppen. Ich, manchmal von einem bestimmten Mann „Baby" genannt, trug vier voll beladene Teller mit Essen und ein aberwitziges Filmkleid in Gold-Grün, worin ich mir mit einem Mal mächtig albern vorkam.

„Hallo Leela", sagte Ajei mit einer Mischung aus Fassungslosigkeit und vorsichtiger Freude. Sie stand hinter dem Tresen und ihr überrascht-entgeisterter Gesichtsausdruck sprach Bände. Ich nickte ihr zögernd zu, denn sie war es nicht, die mich zur Salzsäule mutieren ließ und meinen Puls in die Höhe trieb. Auch nicht der junge Mann mit dem gekonnt zerwuschelten Haar links neben ihr, den ich zuletzt gesehen hatte, als er mich vor Ajeis Laden fast über den Haufen rannte. Ben Elliot, wenn ich mich richtig erinnerte. Nein, auch der ließ mich kalt. Rechts neben Ajei stand Lennard. Er starrte mich an und sagte kein Wort.

***

Jimli, der Gute, bekam nichts von der plötzlichen Energiewolke aus negativen Ionen in seiner unmittelbaren Nähe mit. „Erst bucht Leela mein Gartenhaus für ein halbes Jahr und jetzt konnte ich sie auch noch als Aushilfe gewinnen. Ist das cool, oder was? Und dann bekommen wir Zwillinge. Das ist der komplette Wahnsinn, oder? Wollt ihr wissen, wie die heißen sollen? Wir sind uns noch nicht einig. Wenn es Mädchen werden, dann vielleicht Rumer und Rory, bei

Jungs Ron und Reuel."
„Das verrät man nicht vorher, Jim", sagte ich matt.
Ajei und Ben lächelten etwas überfordert, wobei Ben den Daumen hob.
„Coole Namen, echt. Warum alle mit R?"
„Na, wegen Tolkien natürlich. Mein Tribut an John Ron Reuel. - Ich bin einfach ein Glückspilz." Er nahm mir flugs meine vier Teller ab und redete munter weiter. „Wie gesagt, Leela kommt aus Deutschland. Macht euch mit ihr bekannt. Ihr sprecht doch ihre Sprache, oder? Na, zumindest ihr beide." Er nickte Lennard und Ajei zu. „Sie freut sich bestimmt, ein bisschen deutsch zu reden, oder Leela? - Welcher Tisch?"
Die letzten Fragen gingen an mich.
„Sieben", gab ich tonlos zurück. Meine Arme sanken in Zeitlupe herunter.
Und wie sich alle freuten.
Ben war noch bei Tolkien und den vielen R's. Er stieß Ajei an. „Ein echter Tolkianer, was?" Dann gab er mir die Hand und sagte: „Hi. Ich bin Ben. Und du bist Leela. Cool. Wenn wir dann das nächste Mal versuchen, uns umzurennen, dann wissen wir zumindest, wer wir sind."
Lennard starrte mich noch immer mit indianischer Unnahbarkeit an. Ajei wirkte dagegen ein bisschen besorgt. Sie sah abwechselnd mich und Lennard an und wartete offensichtlich darauf, dass einer von uns beiden explodierte.

Ich versuchte mich an einem freundlichen Lächeln. Der arme Ben hatte ja keine Ahnung, dass er quasi auf einem Pulverfass saß. „Ja, das wissen wir dann. Hi Ben."
Lennard lächelte nicht. „Was machst du hier?", fragte er mich auf Deutsch. Seine Stimme klang ruhig, aber ich wusste, dass das täuschte und nichts über den Zustand in seinem Inneren verriet. Einen Unterwasservulkan sah man an der Meeresoberfläche auch nicht unbedingt. Erst, wenn er richtig explodierte.
Ben tauschte hinter Lennards Rücken einen verwirrten Blick mit Ajei, die beklommen ihre Schultern hob.
Ich streckte mich, hob die Nase ein bisschen höher und gab (genauso ruhig, wie ich hoffte) auf Deutsch zurück: „Ich arbeite hier oder wonach sieht es aus?"

Er schloss kurz die Augen. „Leela, was machst du hier in Sedona?"
„Was geht dich das an? Ist es verboten, hier zu sein?", entgegnete ich trotzig und verschränkte die Arme vor der Brust. Ich bekam keine Antwort mehr. Lennard fluchte, drehte sich um und ging. Man hätte fast sagen können, dass er das TTD nahezu fluchtartig verließ. Es war mir, ganz ungewollt, tatsächlich gelungen, das Gerüst seiner stoischen Ruhe anzukratzen. Nach Jubeln war mir trotzdem nicht. Ich sah ihm mit einem hohlen Gefühl im Bauch nach.

Ben guckte Lennard auch hinterher, dann fragte er verwirrt: „Was hat der denn jetzt? Wollten wir nicht was essen?" Fragender Blick in meine Richtung. Ich zuckte vage mit den Schultern. „Hm. Tja, dann wohl woanders. Bye-bye, Leela. – Kommst du, Ajei?"
Ajei nickte. „Ich komme gleich. Geh schon vor."
Dann wandte sie sich an mich. Ihr Gesicht war voller Sorge. „Ich habe ihm erzählt, dass wir uns gesehen haben. Und ich dachte natürlich, du bist mit Tilli abgereist." Sie seufzte. „Du hättest mir sagen sollen, dass du länger bleibst. Es ist offensichtlich ein Schock für ihn, dass du noch hier bist. Bitte, du darfst es ihm nicht übel nehmen. Er hat damit abgeschlossen, weißt du?"
Na wunderbar. Ich schluckte. Er hatte also mit mir abgeschlossen. Tür zu. Schlüssel rum. Ein Grund zum Feiern, oder? Mein Mund war staubtrocken. So klang auch meine Stimme, als ich sagte: „Ich habe deiner Mutter erzählt, dass ich ein Praktikum hier mache, also nicht hier, hier helfe ich nur aus. Das Praktikum mache ich in der Klinik. Aber ich habe Ooljee gebeten, euch das nicht zu sagen. Dachte mir schon, dass er ... eventuell komisch reagiert."
Ajei seufzte noch einmal. „Mutter hat auch nichts gesagt. Weder ihm noch mir. Sonst wären wir sicher nicht gerade hierher gekommen." Sie zögerte, sprach aber dann doch weiter. „Lennard hat mir gesagt, dass du heiraten wolltest, als ihr euch zuletzt gesehen habt. Und – hast du?"

Sie wusste also tatsächlich von Porto Cristo. Deswegen hatte Ajei auch im ersten Moment so seltsam reagiert, als wir sie in Scottsdale besuchten. Völlig klar, dass ich aus Lennards und natürlich dann auch aus Ajeis Sicht, was das anging, in

keinem guten Licht dastand. Das erklärte ihre komische Reaktion damals vor ihrem Laden, als sie mich erkannt hatte. Aus meiner Sicht gab es allerdings keinen erkennbaren Grund für mich, ein schlechtes Gewissen zu haben. Zumindest jetzt nicht mehr.
Ich sah sie fest an. „Du kannst dir sicher denken, dass ich damals ..."

„Snuppa?", Holm schob zuerst seinen Kopf und dann zwei Teller durch die Tür. „Was ist los? Die Gäste warten."
„Sorry." Ich nahm ihm die Teller ab und wandte mich dann wieder an Ajei. „Als ich Lennard wiedergesehen habe und wir zusammen auf Mallorca waren, bin ich zu dem Schluss gekommen, dass es keine gute Idee ist, jemanden zu heiraten, den ich nicht so liebe, wie ein Mensch es verdient."
Sie verzog kurz die Lippen, um dann ihrerseits die Maske der indianischen Undurchschaubarkeit aufzulegen. „Und bist du jetzt nach Sedona gekommen, um meinen Bruder zu sehen und irgendwo ... wieder anzuknüpfen?"
Ich zuckte mit den Schultern. „Ja. Nein. Keine Ahnung. Unser letztes Treffen verlief am Ende ziemlich beschissen, wie du sicher weißt. Vielleicht wollte ich auch nach Sedona kommen, um auch mit allem abzuschließen. So wie er. Deswegen wäre es besser gewesen, wenn er nicht wüsste, dass ich hier bin. Ich wollte das mit mir ausmachen und nicht an die große Glocke hängen. Ist ja auch kein Ding." Was eine Untertreibung war, wenn ich an das Meer aus Tränen dachte, was ich geheult hatte. Eine Lüge war es außerdem.

„´tschuldigung, aber das ist doch mein Essen, oder? Tisch neunzehn?" Der junge Mann, dessen Schatten jetzt zwischen uns fiel, musste mächtig Hunger haben. „Ich nehm die Teller, okay?"
Ajei runzelte verwirrt die Stirn und wich zurück. Ich gab dem Gast seine Teller. Dann beobachteten wir, wie er zu seinem Tisch zurückging. Als er dort angekommen war, wandte sich Ajei wieder zu mir. Sie sah bekümmert aus. „Leela, du weißt, dass er nicht mehr frei ist, oder?"
Ich fixierte einen langen Moment die flüchtenden Orks an der Wand. Dann holte ich tief Luft und sah Ajei an. „Ja, ich weiß das. Sag ihm, dass er in der nächsten

Zeit besser nicht hierher kommt und auch woanders hingehen muss, wenn er mal dringend einen Arzt braucht. Ich bin für sechs Monate in der Klinik und dort vorerst im Empfang. Ich möchte nicht, dass er noch einen Schock bekommt. Und sag ihm bitte auch, dass ich ihm alles Gute wünsche. "
Ajei verzog ungläubig ihr Gesicht. „Das soll ich ihm sagen? Ernsthaft? Du wünschst ihm alles Gute?"
Ich zuckte mit den Schultern. „Ja. Klar. Ich wünsche ihm alles Gute. Es gibt keinen Grund für mich, ihm etwas anderes zu wünschen."
„Aber du liebst ihn immer noch." Das war eine Feststellung, keine Frage.
Ich reckte mich und blickte Ajei fest in die Augen. „Na und? Selbst wenn ich ihn lieben sollte, dann ist das höchstens ein Grund mehr, ihm alles Gute zu wünschen, oder? Jemandem, den man liebt, wünscht man nichts Schlechtes. Sonst liebt man nicht."
Ajeis Blick veränderte sich und ihre Stimme klang sanft. „Das klingt unheimlich alt und weise, Leela. So alt bist du aber noch nicht. Woher willst du so viel Weisheit nehmen?"
Ich schlang die Arme um mich und zuckte noch einmal mit den Schultern. „Keine Ahnung. Sag ihm, dass ich ihn liebe, oder sag es ihm nicht. Grüß ihn oder lass es. Es spielt keine Rolle. An dem, was ich fühle, wird sich so oder so nichts ändern. Wenn ich Pech habe - nie. Aber das ist mein Problem."

Draußen hielt ein dunkelblauer Audi mit quietschenden Reifen. Der Fahrer hupte.
Ajei sah zur Tür, dann wieder zu mir. „Ich muss los, aber wenn du willst, können zumindest wir beide uns wieder treffen." Sie zog ein Kärtchen vom „Stonehill Store" aus ihrem Handycover. „Da steht meine Telefonnummer drauf. Ruf mich an, wenn du das Bedürfnis hast, okay?" Sie drückte mich und ging.
Ich nickte, kämpfte gegen die Tränen der Endgültigkeit und wandte mich ab.
„Ach, Leela?"
„Ja?" Ich drehte mich wieder um.
Ajei war stehengeblieben. „Aber auch, wenn wir beide uns wieder treffen sollten – es wäre falsch, wenn du dir wegen Lennard Hoffnungen machst. Tut mir leid,

Leela. Egal, was zwischen euch mal war, sie braucht ihn mehr als du. Es tut mir wirklich leid."

Draußen wurde wieder gehupt. Mit einem letzten entschuldigenden Lächeln verschwand Lennards Schwester aus Jims Diner und damit aus meinem Gesichtsfeld.

***

Das Gespräch mit Ajei hatte mich mehr erschüttert, als ich zugeben wollte. Aus ihrem Mund zu hören, dass ich die Liebe meines Lebens verloren geben sollte, und dabei in die gleichen Augen zu blicken, war hart. Ihr Wort wog so schwer, gerade weil sie seine Schwester war und ihn so gut kannte. Sie hatte mir damit die Luft abgelassen. Ich war müde, fühlte mich wie mehrfach von einer Lawine überrollt und wollte eigentlich nur noch ins Bett, um mein Hirn auszuschalten. Den letzten Teil des Abends im Diner absolvierte ich daher mechanisch und mit festgetackertem Allerweltslächeln, aber ohne zu heulen. Selbst dafür war ich zu müde.

Bei Dienstende schmiss ich mein Kleid, was in etwa so schlapp war wie mein gesamtes Lebensgefühl, in den Wäschekorb und war kurz nach elf Uhr nachts mit Jims kleinem Lieferwagen auf dem Weg nach Hause. Unterwegs kreiselten meine Gedanken permanent darum, wie Lennard mich angesehen hatte, was Ajei gesagt hatte und wieder zurück. Ich wollte ihr einfach nicht glauben. Ich dachte daran, wie zärtlich er früher zu mir gewesen war, wie mich seine Augen angestrahlt, wie viel Liebe, Licht und pure Lebensfreude mich erfüllt hatten, wenn wir zusammen gewesen waren. Davon hatte ich heute nichts gespürt.

Vielleicht sagte Lennards Schwester also die Wahrheit. Vielleicht sollte ich ihn aufgeben. Vielleicht sollte ich ihn vergessen und den Mann, den ich liebte, einer anderen überlassen, die ihn angeblich mehr brauchte als ich. Aber das stimmte nicht. Wenn ich in mein Herz blickte, dann konnte ich Ajei nicht zustimmen. In meinem Herzen sah ich die Wahrheit, zumindest meine eigene Wahrheit. Die andere, Heather, brauchte ihn keinesfalls mehr als ich. Niemand brauchte ihn mehr als ich. Er war die Liebe meines Lebens. Er gehörte zu mir, nicht zu einer anderen. Und er hatte mich auch geliebt, damals zumindest: offen, ehrlich, schrankenlos. Wir hatten uns nie entliebt, waren einfach nur eine Zeit lang andere Wege gegangen.
Bei diesem Gedanken konnte ich endlich weinen.

Sein so abweisendes „Was machst du hier?“ klang immer noch in meinen Ohren nach. Keine Freude. Keine Überraschung. Nur Wut. Es tat wahnsinnig weh. Ich kam mir vor wie eine waidwunde Schnecke, die über einen Haufen Glassplitter in ihren zerbrochenen Panzer hatte krauchen müssen, als ich endlich mein Hexenhäuschen mit dem Spitzdach erreichte. Da ich Jims Wagen unter dem Carport beim Haus parken sollte, musste ich hinten durch den Garten gehen. Der Pool glitzerte im Licht der Lampionketten und Solarlampen. Bis auf die Bundesstraße in der Ferne war es still, nur vorn auf der Straße fuhr ein Motorrad vorbei. Der trockene rote Boden knirschte unter meinen Schritten. Monicas Solarlampen verbreiteten mildes Licht. Ich blieb stehen, seufzte und musste an Suse denken. Dabei flossen wieder Tränen. Tja, Suse und ihre kodderige Art könnte ich jetzt wirklich gut gebrauchen. Aber bei Suse war es jetzt früh am Morgen. Ob ich sie anrufen und mich bei ihr ausheulen konnte? Oder ob Tilli jetzt Zeit und ein Ohr für mich hatte? Ein bisschen gutes Zureden würde mir guttun. Ich fühlte mich so einsam und verlassen wie noch nie vorher. Mein Herz war so schwer wie ein Mühlstein. Ein sehr, sehr großer und noch viel schwererer Mühlstein.

Obwohl die Nächte hier in Sedona um diese Jahreszeit nicht wirklich kalt waren, fröstelte ich vor Müdigkeit, als ich in mein Häuschen huschte. Drinnen kam es mir dann wiederum ziemlich stickig vor, also machte ich die kleine Ecklampe an und öffnete beide Balkontüren zum Durchlüften. Ich ging ins Bad, starrte mein bedröppeltes Gesicht im Spiegel an, sagte laut „Scheiße", schniefte, ließ die Tränen, welche geduldig gewartet hatten, bis ich wieder Zeit für sie hatte, einfach kullern und stieg aus meinen nach Diner-Küche muffelnden Klamotten.

Ich duschte.
Ich putzte mir die Zähne.
Ich stopfte meine Klamotten in den Wäschepott und schlüpfte in frische Unterwäsche.
Ich zögerte, aber nur kurz.
Dann griff ich nach meinem Kleidungsstück für alle Gelegenheiten: meinem alten, ehemals schwarzen, jetzt eher dunkelgrauen, nichtsdestotrotz aber für alle

Umstände guten, wenn auch inzwischen recht abgetragenen Lieblingskapuzenkuschelpulli und zog mir das Teil über den Kopf. Nebenbei schimpfte ich mich tausend Mal eine blöde Kuh. Hätte ich doch damals auf Malle bloß nicht so einen Bockmist verzapft. Hätte ich ihn bloß nicht gehen lassen. Tja, hätte ... Hätte ... Hätte. Fahrradkette.

Ich krempelte mir die Ärmel hoch und verließ das Badezimmer, um in die Kochnische zu gehen und mir ein Glas Wasser zu holen. Und obwohl ich mich ziemlich ausgelaugt und erledigt, flaschig und ausgelutscht und vor allem bettreif fühlte, hinderte mich das nicht daran, im nächsten Augenblick unter einem Adrenalinstoß mit den Ausmaßen eines mittelgroßen Tsunamis zu erbeben. Ich verschluckte mich prompt an meinem Wasser. Warum? Weil ich nicht mehr alleine war. Da stand jemand draußen auf der Terrasse. Und ich? Ich dumme Kuh war halbnackt und hatte noch nicht mal die Rollos unten oder die Vorhänge zugezogen. Wie blöd war das denn?! Jeder hirnamputierte Ödeldödel konnte auf dumme Gedanken kommen, wenn er mich hier so präsent wie auf einer ausgeleuchteten Bühne stehen sah. Ich war davon ausgegangen, die meterhohe Zypressenhecke an der Straße würde genug Sichtschutz bieten. Falsch gedacht. Jetzt trennte mich nur eine hauchdünne Gardine, die sich im leichten Wind bewegte, von einer möglichen Katastrophe. Ich riss zumindest noch geistesgegenwärtig das Brotmesser von der Magnethalterung über dem Herd und hielt es stichbereit nach oben.
„W-wer ist da?", fragte ich dann laut. Wo war mein Handy, verdammt noch mal? „Ich schreie." Ach verdammt, ich hatte vor lauter Schreck deutsch gesprochen. Ein möglicher Angreifer würde mich gar nicht verstehen.

Aber ich wurde recht gut verstanden.
„Warum?" Die Stimme klang dumpf unter dem Helm, als eine in schwarzes Leder gemummte Gestalt sich durch die Gardine wühlte, reinkam und meinen Wohnraum mehr oder weniger ausfüllte.
„Warum willst du denn schreien?", fragte Lennard, nachdem er sich den Helm vom Kopf gezogen hatte. Er schüttelte die plattgedrückten Haare locker. „Und

was willst du schreien? Ich tue dir schon nichts. Zumindest werde ich mir Mühe geben, mich davon abzuhalten." Dann musterte er mich gründlich. Sein Blick verriet wieder einmal nicht, was er dachte.
Ich schloss für einen Moment die Augen und atmete tief durch. Mein Herz pochte immer noch wie wild, aber jetzt hatte es einen anderen Grund. Ich war überhaupt nicht darauf gefasst gewesen, Lennard wiederzusehen. Heute. Heute? Kurzer Blick zur Uhr. Check. Ja. Es war immer noch heute. Zumindest gerade so. Ich stützte mich mit einer Hand auf den Küchentresen, versuchte, Atmung und Herzschlag wieder unter Kontrolle zu bekommen, und schwankte zwischen dem dringenden Wunsch, Lennard mit dem Messer zu filetiere oder zu schreien, weil ich mich so erschrocken hatte, und alternativ, mich in seine Arme zu werfen, um mein schmerzendes Herz zu verarzten und mein verdattertes Gesicht vor der Welt zu verstecken.

Ich tat nichts dergleichen, stand da wie ein Stummfisch und beobachtete, wie der Mann, den ich mit jeder Faser meines Herzens liebte, den Helm ablegte und lässig seine Haare mit den Fingern kämmte. Er sah mich an und hob irritiert eine Braue. Ich folgte seinem Blick bis zu meiner rechten Hand, welche immer noch das große Brotmesser umklammerte. Okay, das war befremdlich, aber zumindest erklärbar. Es gab da allerdings noch ein weiteres Problem. Was Lennard nämlich nicht sehen konnte, war, wie wenig ich anhatte. Oberhalb der Theke sah man an mir nur einen überlangen schwarzen und ziemlich verwaschenen Pullover mit Kapuze, Vordertasche und hochgekrempelten Ärmeln. Der Pulli reichte mir aber nur bis über den Hintern. Eine Hose hatte ich nicht an. Ich war schließlich auf mein Bett vorbereitet und nicht auf Besuch eingestellt gewesen.

Das Messer ganz bewusst und geräuschvoll vor mir ablegend versuchte ich zu rekapitulieren, was mein mitternächtlicher Besucher mich eben gefragt hatte: Warum ich schreien wollte? Nun, das konnte ich erklären. Ich lehnte mich auf den Tresen und atmete durch. „Vielleicht hätte ich schreien können, weil es zum Beispiel dunkel ist und sich jemand auf meiner Veranda herumgetrieben hat, den ich nicht sehen konnte. Du hast mir einen Riesenschrecken eingejagt."

„Sorry. Das wollte ich nicht", antwortete Lennard, mit dessen Ankunft hier der Raum irgendwie geschrumpft war. Er ging zielgerichtet an der Couchgruppe vorbei, schmiss die Lederjacke auf den Sessel und nickte in Richtung des Messers, mit dessen Griff ich spielte.
„Ich hab dir schon vor Jahren gesagt, wie unsicher ein Messer ist, wenn man nicht damit umgehen kann. Oder wenn man nicht vorhat, es zu benutzen. Dann kann es der Angreifer potenziell zu seiner Waffe machen und du hast keine Chance mehr, Baby. Steck das weg."

Ich atmete tief durch, drehte mich um und ließ das Messer wieder gegen den Magnetstreifen über der Anrichte ploppen. Dummerweise brauchte ich dafür beide Hände, weil diese immer noch zitterten. Dann packte ich unter Einsatz aller Kräfte, die das spontan verpuffte Adrenalin übrig gelassen hatte (was nicht viel war), mein Wasserglas und trank es in einem Zug leer.
Als Nächstes kippte ich mir das Glas nochmal voll, zeigte auf die Wasserflasche und fragte: „Willst du auch was?" Meine Stimme funktionierte schon fast wieder tadellos.

Lennard war näher gekommen und lehnte jetzt seitlich am Küchentresen. Er schüttelte den Kopf und ich fühlte mich seltsam in die Enge getrieben. Ich würde ganz dicht an ihm vorbeigehen müssen, wenn ich aus der Ecke wollte. Wollte ich aber nicht. Die Kochnische war ganz okay. Ich konnte hier nämlich nicht umfallen. Dafür war einfach zu wenig Platz. Und meinen Knien traute ich nur bedingt. Und weil ich auch nicht wusste, was er wollte und wie weh mir das, was er mir als Nächstes sagte, tun würde, trank ich lieber noch einen Schluck. Nein, zwei. Dann räumte ich die Wasserflasche umständlich in den Kühlschrank, um noch drei weitere Sekunden lang etwas zu tun zu haben. Danach blieb mir nichts anderes, als mich wieder zu Lennard umzuwenden und seinem ernsten Blick zu stellen. Ich versuchte ein Lächeln. Wenn es mir gelungen war, dann schien es nicht angekommen zu sein.

Lennards Gesicht blieb unergründlich. „Ich will nichts. Zumindest nichts zu trinken. Ich will nur eine Antwort. Die Frage ist noch dieselbe. - Was machst du hier, Leela?"
Das hatten wir doch schon. Ich sah mich um und vollführte eine halbwegs raumgreifende Bewegung. „Wie meinst du das? Ich wohne hier."
Lennard kniff wütend die Augen zusammen. „Hör auf mit dem Mist. Das war heute Abend schon nicht witzig. Du wohnst in Berlin. Was willst du konkret HIER? In Amerika? In Sedona, wo ICH wohne? Mir das Leben schwer machen?"
Ich verdrehte die Augen und spürte, wie sich neben dem Verletztsein ein Quäntchen Wut in mir mobilisierte. Das war besser als die benommene Leere von eben. Wut konnte beflügeln. Ich hieß sie willkommen und folgte ihrem Fingerzeig: Immer dachte der Kerl, dass es nur um ihn ging. „Du denkst immer, es geht nur um dich, Lennard", sagte ich also müde. „Es ist doch nicht verboten, hier zu sein. Es kommen unendlich viele Menschen im Jahr nach Sedona. Vielleicht bin ich einfach hier, weil ich die Gegend sehen wollte. Vielleicht plane ich das schon lange. Vielleicht wollte ich immer schon fließend Englisch lernen. Eine Gegend ist dafür so gut wie die andere. Und von den Red Rocks habe ich eben schon viel gehört." Von dir nämlich. Vielleicht bin ich aber auch hier, weil ich nach unserem letzten Treffen gehofft hatte, dass ich nur herkommen muss, um dich zu überzeugen, dass wir ... Dass du und ich ... Dass ... Weil ich ... Ach verdammt. Weil ich dich liebe? Zum Glück waren das nur Gedanken. Aber ich hielt trotzdem lieber den Mund, bevor ich das noch aussprach. Also zuckte ich mit den Schultern, verschränkte die Arme und warf den Kopf in den Nacken.

Lennard fuhr sich mit den Fingern durch die Haare. Zu sagen, er sähe nicht ganz glücklich aus, wäre leicht bis mäßig untertrieben. Aber zumindest sah er auch nicht mehr so unerbittlich aus, wie heute am frühen Abend.
„Scheiße, Leela, ich hab gehofft, du hättest meine Nachricht damals verstanden. Ich meine, beim letzten Mal, als wir uns gesehen haben, da ..." Er sah mich an.
‚Welche Message?', wollte ich fragen. Aber dann stand da ganz plötzlich dieses letzte Mal im Raum. Verdammt. Mit einem Mal war Porto Cristo ganz nahe. Das letzte Mal, als wir uns gesehen hatten. Zwischen Mittelmeerbrise und einem

zerwühlten Bett. Hitze. Nacht. Fieber. Unsere Blicke spielten Makramee. Zumindest bis Lennard seine Augen von mir losriss.

„Ich freue mich NICHT wirklich, dich zu sehen." Er verschränkte die Arme vor der Brust. „Was hält eigentlich dein Mann davon, dass du hier bist? Warum hast du ihn nicht mitgebracht?"
Ich schlang die Arme um mich und verdrehte die Augen. „Meinen Mann? Was glaubst du denn? Ich habe keinen Mann mitgebracht, weil es natürlich keine Hochzeit gab. Nach der Sache auf Mallorca war sogar mir klar, was für eine blöde Idee es wäre, jemanden zu heiraten, den ich nicht so liebe, wie er es verdient." Ich seufzte, weil mir die Erinnerung an die Szene in Antons Wohnung immer noch unangenehm war, und zuckte mit den Schultern. „Mit Anton ist Schluss, und das schon, seitdem ich von Mallorca zurück bin." Ich sah Lennard fest in die Augen. „Hättest du abgenommen, als ich dich angerufen habe, dann wüsstest du das."

Lennard ging nicht weiter darauf ein. „Du hast Schluss gemacht? Das war ein bisschen voreilig, Baby. Ich weiß nicht, was du dir davon versprochen hast, als du hierher gekommen bist, aber falls es doch mit mir zu tun haben sollte, dann muss ich dich enttäuschen. Dieses Mal bin ich derjenige, der nicht mehr zu haben ist. Ich bin allerdings so fair und sage dir das vorher. Womit ich nicht meine, dass es ein Nachher gibt. Sieht so aus, als werde nun ich demnächst heiraten. Und ich kann nicht ... habe nicht vor, kurz vor der Deadline Schluss zu machen."

Hm, hm. So also fühlte sich ein Luftballon, der ziemlich schnell an Luft verlor. Oder ein Surfer, der nicht mehr im Tunnel fuhr, sondern den die Welle gerade verschluckte, weil sie über ihm zusammenbrach. Ich atmete etwas flach, dabei gab es gar keinen Grund. Lennard erzählte mir schließlich nichts Neues. Ich wusste ja schon länger von ... ihr und seinen (oder ihren?) Plänen. Aber irgendwie hatte ich ... wohl doch ... gehofft, dass es sich ... möglicherweise ... um irgendeinen PR-Gag handelte. Oder dass er sich, so wie ich, spontan trennte, wenn wir uns wiedersahen. Weil ... Weil wir ... Er und ich ... Tja, scheinbar nicht.

Weder das eine noch das andere. Gut. Oder auch nicht. Ich trocknete mir die schweißnassen Hände langsam an einem Geschirrtuch ab und fuhr dann mit den Fingern über meinen Pullover, um ein paar imaginäre Knitter glattzustreichen. Erst dann fühlte ich mich in der Lage, Lennard wieder anzusehen.

Ich holte tief Luft. Meine Unterlippe zitterte, aber das konnte ich jetzt nicht verhindern. „Okay. Das habe ich verstanden. Das ist auch überhaupt kein Problem für mich, weil ich eben nicht nur deinetwegen hergekommen bin. Und da du jetzt gesagt hast, was du sagen wolltest, ist es am besten, wenn du gehst und vergisst, dass ich da bin. Ich bringe mein Urlaubssemester nämlich hier zu Ende. Es ist alles organisiert. Niemand kann mir verbieten, mich hier aufzuhalten. Nicht mal du." Oder doch? Ich riskierte einen Blick in seine Augen, wo dunkelblaues Feuer loderte. Das war nicht freundlich. Okay, das Ende meines Energiepegels war erreicht. „Sorry, aber ich bin total erledigt und muss schlafen." Und ich brauchte vor allem Zeit, um mehrere Packen Papiertaschentücher vollzuheulen, dann jede Menge Wasser, um das entstandene Flüssigkeitsdefizit wieder auszugleichen, mich im Anschluss imaginär die Klippe runterzustürzen, wieder aufzufangen, das Prozedere noch mehrfach durchzuspielen, bis ich die Nase voll hatte, und mir dann klar zu machen, dass alles irgendwie irgendwann und möglicherweise irgendwo wieder gut werden würde. Das konnte den Rest der Nacht dauern und ich sollte froh sein, dass ich morgen frei hatte. Ich wünschte mir, er würde verschwinden, damit ich endlich in Ruhe zerbrechen konnte.

Leider ging Lennard nicht. Er lehnte nach wie vor am Tresen und versperrte mir den Weg. „Warum bist du hierher gekommen, Leela?"
Ich nahm meine letzte Kraft zusammen, damit ich das mit dem Zusammenbruch auf minimal später vertagen konnte, und motivierte mich zu einer Antwort. „Ich habe dir jetzt drei Mal gesagt, was ich hier mache, Lennard, da wird sich auch beim vierten Mal nichts dran ändern. Die Frage ist doch jetzt eher, was DU hier willst. Warum kreuzt du mitten in der Nacht hier auf, wenn es jemanden gibt, der auf dich wartet? Und was sagst du ihr, wenn sie dich das fragt?"

Lennard holte tief Luft und ich meinte, so etwas wie den Anflug eines Lächelns auf seinem Gesicht erkannt zu haben. Ich konnte mich aber täuschen.
„Ich würde sagen, ich bin hier, weil ich mein Shirt zurückwill." Er nickte in meine Richtung. „Das ist doch mein Pullover, oder nicht?"
„Was?" Jetzt hatte ich mich sicher verhört. Er konnte doch nicht einfach so nachts hier hereinspazieren, mich zu Tode erschrecken und mir dann allen Ernstes auch noch mein Lieblingskleidungsstück wegnehmen. „Das meinst du nicht ernst, oder? Das ist MEIN Pullover. Ich habe den Pullover jetzt viel länger, als du den hattest, und der ist alt und verwaschen und überhaupt. Der passt dir nicht mehr. Warum zum Teufel willst du das Ding wiederhaben?"
Lennard zuckte mit den Schultern. „Weil es unter diesen Umständen wahrscheinlich besser ist, wenn du keine Erinnerungen mehr an mich hast."
„Unter welchen Umständen?" Ich starrte ihn fassungslos an. Keine Erinnerungen mehr? Das ging entschieden zu weit. Er war ein gemeiner böser Mann geworden. Das war er. Jawohl. Ein Fiesling. Ein Obermotz, aber ein ganz schändlicher. Die Wut stellte mir ein Kraftkontingent zur Verfügung, was zumindest ausreichte, um mir den Pullover vom Körper zu reißen und das Ding in Lennards Richtung zu schleudern. Es interessierte mich nicht die Bohne, dass ich jetzt nur noch mit BH und Tangaslip vor ihm stand. Da gab es nichts, was er nicht längst kannte. Außerdem war er ohne Vorankündigung hergekommen. Da musste man mit sowas rechnen.
„Okay. Da hast du das blöde alte Ding ..."

Lennard fing den Pullover auf, während ich ihn zur Seite schubste, mich an ihm vorbeidrängte, in den Flur lief und die Stiege zu meiner Schlafetage hochkletterte. Dabei fauchte ich durch die Leiterstufen: „Du findest bestimmt alleine raus, bist ja auch alleine reingekommen. Aber mach die Tür hinter dir zu. Wer weiß, was hier nachts noch so für Leute rumlaufen. Ich habe keinen Bock drauf, dass gleich der nächste Idiot im Zimmer steht. Vielleicht will der dann auch noch mein neues Kleid haben. Oder meine Unterwäsche."
Damit war ich die Leiter hochgestiegen, ohne noch einen Blick in Lennards

Richtung zu werfen. Ich krabbelte auf meine Matratze, riss das dreieckige Fenster auf und zog mir die Decke über den Kopf. Dann klappte ich die Decke wieder vom Gesicht und brüllte: „Und mach das Licht aus, wenn du gehst“, hoffte, dass die Nachbarn nichts von meinem Gekreische mitbekamen, und rollte mich wie ein Baby auf der Matratze zusammen.

Klick. Das Licht war aus. Ich lauschte. Keine Schritte. Kein Türengeknall. Stille. Ich spitzte die Ohren. War er tatsächlich weg? Auf leisen Sohlen wie ein Indianer? Ich konnte die Tränen kaum noch zurückhalten und hatte trotzdem den dringenden Wunsch, ihm nachzulaufen und mit einem Fingerschnipsen alles so verwandeln zu können, dass es war wie früher. Es raschelte unten. Eine Diele knarrte. Leises Quietschen. Ein Klicken. Könnte die Balkontür gewesen sein. Wieder Stille. Ich setzte mich hin. Er würde doch nicht wirklich gegangen sein? Einfach so? Fort, um nicht zurückzukommen? Nie wieder? Ohne irgendein weiteres Wort? Irrationale Angst quetschte mir das Herz zusammen. Ich lauschte atemlos in die Stille.

Dann knarrte die Stiege. Ein dunkler Schatten huschte auf der Leiter zu mir nach oben. Lennard glitt neben mich, nackt und warm und unendlich vertraut. Sein Arm zog mich mit und schlang sich um meine Taille. Wir fielen auf die Matratze, ein Gebirge plumpste von meiner Seele und Lennard mehr oder weniger auf mich drauf.
„Ich würde dir am liebsten den Hals umdrehen, Baby“, sagte er wenig romantisch mit rauer Stimme, während seine Hand warm auf meiner Taille lag. Die plötzliche Nacktheit, seine Haut an meiner und die Nähe waren für mich nach der Angst von eben ein emotionaler Overkill. Er fühlte sich so vertraut an, so absolut perfekt. Wir waren zwei Hälften eines Ganzen, verschmolzen zusammen. Der Drang, ihn zu berühren, mich in seine Wärme zu krallen und ihn noch dichter an mich zu ziehen, war überwältigend. Aber ich war bewegungsunfähig unter Lennard eingeklemmt, konnte nur ein Bein über seine legen.
„Du willst das aber nicht wirklich machen, oder? Mir jetzt den Hals umdrehen?“,

flüsterte ich und suchte in der Dunkelheit seinen Blick.
Er zuckte mit den Schultern, sein Gesicht dicht über meinem. „Nicht sofort. Aber vielleicht mache ich das später."
„Warum?", flüsterte ich.
„Weil ich nicht will, dass du hier bist", flüsterte er zurück, seine Lippen streiften meine. Fast.
„Dann vergiss es halt." Es war mir endlich gelungen, meine linke Hand zu befreien. Ich ließ meine Finger über seinen Rücken gleiten und seufzte zufrieden.
Lennard holte tief Luft. „Ich will nicht, dass du hier bist, Leela, weil ich dich will, wenn du hier bist, und jetzt BIST du hier und ich kann nicht einfach so tun, als wärst du nicht hier."
Bitte, was? Ich konnte ihm kaum folgen, weil ich genug damit zu tun hatte, ihn zu spüren und froh zu sein, dass er hier bei mir war. „Warum nicht?"

„Gute Frage", murmelte er nachdenklich und legte seine Stirn auf meine. Seine Hand glitt dabei ganz langsam an meiner rechten Seite hinunter. Er streichelte mich so sanft und intensiv und liebevoll, wie ich es nur von ihm kannte. Von niemandem sonst. Er war der ungekrönte Meister im richtigen Berühren. Er hatte den richtigen Druck, die richtigen Finger, das richtige Timing und irgendwie die meisterliche Fähigkeit, die richtigen Stellen und damit mich ganz und gar in Trance zu streicheln. Er schaffte das, was andere nur nach jahrelangem Training im Dojo unter einer Überdosis Entspannungsmusik mit ausgefeilten Meditationstechniken erreichten, bei mir mit einem einfachen Fingerdruck beim Streicheln.

Ich hörte mich leise und genüsslich stöhnen und schloss die Augen. „Also ich finde es nicht schlimm, dass du hier bist, ehrlich." (Schon hast du ihm alles verziehen, du wankelmütiges Ding, du. - Ja, gut, aber ich bitte um Verständnis. Er ist ein Zauberkünstler im Streicheln.) Ich liebte es, von ihm berührt zu werden, daran hatte sich nichts geändert. Und weil ich ihn kannte, ihm vertraute und ihm alles von mir jederzeit bedingungslos geben würde, trat die Wirkung auch sofort ein. Mein Stimmungsbarometer kippte von „Jammertal" in

„glückselige Benommenheit", einen Zustand, wo man jede Berührung fokussiert, noch viel intensiver wahrnimmt und das Gefühl hat abzuheben. Unter Lennards Händen war ich eine Feder, die in Zeitlupe zum Himmel schwebte. Völlig losgelöst. Immer die Sonne im Blick. Und so entspannt, das wusste jedes Kind, war es absolut nicht möglich, sauer, traurig oder wütend zu sein.

Ich spürte seinen Atem auf meiner Wange und öffnete die Augen einen Spalt. Wir sahen uns an. „Küss mich bitte", hauchte ich und Lennard seufzte. „Verdammt, Baby, kannst du mir das nicht wenigstens ein bisschen schwer machen?", murmelte er und bedeckte meine Lippen mit seinen. Wir hatten wirklich nichts verlernt, nichts verloren, nichts vergessen. Wir prallten nicht mit den Nasen zusammen, mussten nicht nach einem gemeinsamen Rhythmus suchen. Nichts. Es gab nicht eine Sekunde, die sich nicht völlig richtig, harmonisch und korrekt anfühlte. Wir waren zwei Teile, ein Ganzes. Wir waren Auge in Auge, Haut an Haut, Herz an Herz. Wir erfüllten uns mit inniger Nähe, umarmten die Unendlichkeit und verschmolzen mit Leib und Seele, aber nicht, um uns kennenzulernen, sondern um uns längst erobertes Terrain zurückzuholen. Unsere Küsse waren tief und innig und lösten wahre Sonneneruptionen aus, die mich mit glühender Hitze erfüllten.
Wir atmeten beide schon recht schwer, als Lennard mit dem Daumen unter den Rand meines Bustiers fuhr. „Zieh das Ding aus, es steht zwischen uns."
Sofort hob ich die Arme. Mein Puls raste vor lauter Vorfreude und ich glaube, mein Herzschlag war im ganzen Hexenhäuschen zu hören. Mindestens. Lennard schob das enge Kleidungsstück so weit nach oben, dass meine Arme halb gefesselt über meinem Kopf liegenblieben. Dann streichelte er sich wieder nach unten und ließ seine Stirn zwischen meine Brüste sinken. Er drückte seine Lippen sanft in die Mulde dazwischen, holte tief Luft und murmelte: „Baby?"
Ich, bewegungsunfähig, total versunken, die Hände über dem Kopf: „Hm!?"
Lennards Hand, die auf Abwegen war, hatte inzwischen den Saum meines Tangas erreicht und während er ebendiesen im hoffentlichen Vollbesitz seiner geistigen Kräfte (bei mir musste ich diesen Fakt stark anzweifeln) nach unten schob, flüsterte er: „Wir haben jedes Mal ein ganz beschissenes Timing, wenn wir

uns treffen. So viel steht fest. Aber ich will dich. Immer. Früher schon und heute auch noch. Und ich will dich jetzt, verdammt noch mal. Und deswegen ist es der Horror für mich, dass du hier bist. Weil ich dich nicht wollen dürfte."
„Doch", flüsterte ich. „Du darfst alles."
Er stöhnte: „Baby, jetzt sag doch nicht auch noch so was."
Da lösten sich die letzten Stoffbarrieren in Wohlgefallen auf. Seine Hände und Lippen glitten gleichzeitig über meine Haut und setzten mühelos ein Inferno in Gang, was den letzten großen Ausbruch des Vesuvs zu einem kleinen Tischfeuerwerk degradierte. Wir flossen ineinander wie heißer Honig und geschmolzenes Silber. Mein Verstand verdunstete. Ich wollte ihn. Er wollte mich. Und wir waren beide zu aufgewühlt, zu sehr im anderen verstrickt, um uns lange Zeit zu nehmen. Wir glühten schnell wie Sternschnuppen und es zeigte sich wieder einmal, dass der Himmel nur eine Handbreit entfernt war, wenn wir uns begegneten.

***

Etwas später lagen wir eng aneinandergeschmiegt im Dunkeln, mein Rücken an Lennards Bauch, sein Bein über meinem, sein Arm um meiner Taille. Ich fühlte mich ganz leicht. Unsere Herzen trommelten im gleichen Takt und spürten dem Himmel nach. Wir atmeten synchron. All das kam meiner Vorstellung von Paradies näher als nahe. Es war geradezu perfekt. Ich lauschte in mich hinein. Alles bebte. Alles leuchtete. Alles war gut. So konnte das immer sein. Mit Lennard im Rücken war ich ganz und gar eins mit dem Universum und dem ganzen Rest. Ich kuschelte mich noch enger an ihn und fragte: „Wo ist sie eigentlich jetzt? Also Heather?“

(Hä? Bist du bescheuert?? Echt jetzt? JETZT? Schon mal was von Timing gehört?
- Ich: Hast recht. Scheiße. Das kam aus dem Bauch, nicht aus dem Kopf.)

Lennard hatte wahrscheinlich das Gleiche gedacht. Er versteifte sich. Seine Streichelfinger hielten spontan inne. „Willst du, dass ich hierbleibe, oder willst du, dass ich gehe?“
Ich griff nach seiner Hand und zog seinen Arm ganz eng um mich herum. „Blöde Frage. Natürlich will ich nicht, dass du gehst. Andererseits, wenn du nicht bleiben willst, dann musst du natürlich gehen.“ (Meinst du das jetzt wirklich ernst? - Nein.)
Lennard: „Ich sollte auf jeden Fall gehen wollen.“
Das klang, als hätte er Gewissensbisse. Das heiterte mich irgendwie auf. Gemein, aber wahr. „Du willst aber nicht gehen. Fair ist das ihr gegenüber nicht, oder?“
Lennard atmete hörbar ein und aus. „Hast du das damals in Porto Cristo auch gedacht? Dass es nicht fair ist? Deinem Ex-Verlobten gegenüber? Mir gegenüber?“ Er machte sich von mir los und drehte sich auf den Rücken. Die Temperatur sank trotz nächtlicher Wärme schlagartig in Richtung Gefrierpunkt.

Zum Glück war ich nicht mehr ganz das Mädchen von 2008. Ich hatte dazugelernt.
Ich drehte mich um, schlängelte ein Bein über Lennards Beine und drehte sein Gesicht zu mir. Während ich ihn mit totaler Hingabe küsste, was mir

wahnsinnig leicht fiel, weil ich ihn gern und nur mit totaler Hingabe küsste, schickte ich meine Hand auf eine intensive Reise nach Süden und flüsterte: „Apropos Porto Cristo. Wenn ich mich richtig erinnere - und ich erinnere mich richtig - dann schuldest du mir noch einen."

Na bitte. Da wirkte Lennard doch gleich wieder interessiert und gar nicht mehr so abweisend. (Vielleicht lag das aber auch an der exponierten Position meiner Hand.)

„Einen was?", fragte er (lächelnd, das konnte ich hören).

Ich flüsterte: „Einmal du-weißt-schon-was. Wir hatten damals mehrfach ... und so. Und wenn du schon ein schlechtes Gewissen haben willst, dann macht es doch keinen Unterschied, ob wir es jetzt einmal oder zweimal machen. Im Gegenteil: Ein schlechtes Gewissen muss sich lohnen, oder?" Ich küsste ihn. Immer wieder. Er gehörte (zu) mir. Und meine Hand ...

Lennard hielt mich nicht zurück. „Baby, das wird nichts. Ich bin total fertig. Hab vier Stunden Zeitverschiebung hinter mir und einen Abend mit Wut im Bauch. Ich bin ein toter Mann ..."

Da hatte er die Rechnung definitiv ohne die Wirtin gemacht.

„Armer Schatz. Aber weißt du was?", flüsterte ich ihm ins Ohr und wanderte mit den Lippen zu seinem Mund.

„Hm?", stöhnte er leise, was ich jetzt, in diesem Moment, aber weniger meinem Mund, sondern eher meiner Fingerfertigkeit zuschrieb.

Ich ließ meine Lippen über seinen Hals in Richtung Nabel wandern. „Ich studiere Medizin. Ich will Ärztin werden. Ich kenne mich ziemlich gut mit Reanimation aus. Und ich habe Zeit."

„Hm?" Er verstand das nicht gleich. Deswegen musste ich ihm genau zeigen, was ich meinte.

***

Eine ganze lange Weile später lagen wir dann endgültig erschöpft, aber völlig zufrieden, wieder ganz dicht nebeneinander.

„Ich weiß, dass du mir gern den Hals umdrehen willst, aber vorher kannst du

mir verraten, warum das mit uns beiden immer so schön ist", flüsterte ich schläfrig. Lennard sagte nichts. Er streichelte meine Hüfte, deswegen wusste ich, dass er nicht schlief.
Also hakte ich nach. „Ist es mit ihr auch so?"
Lennard stöhnte. „Leela, wir reden bitte nicht über Heather. Ist das klar? Sonst bin ich sofort weg und vorher drehe ich dir auf jeden Fall den Hals um und verbuddel dich im Garten, damit ich immer weiß, wo du bist und dass du mir nicht mehr in die Quere kommst."
Ich seufzte, griff nach seiner Hand, verschränkte seine Finger mit meinen und murmelte: „Nein. Du würdest mir niemals den Hals umdrehen, das weiß ich. Und gehen willst du auch nicht. Wirst du ihr von uns beiden erzählen?"
Seine Antwort war kurz und kam prompt. „Nein. Natürlich nicht."
Das schockte mich. Ich riss die Augen auf, auch wenn es dunkel war. „Nein?"
Er: „Nein. Ich frage sie auch nicht, was sie macht, wenn sie wochenlang irgendwo zum Dreh unterwegs ist. Wir sind da nicht neugierig."
Jetzt war ich baff. „Es ... interessiert dich nicht, was sie macht?"
Er: „Wenn sie es mir nicht von selbst erzählt, dann ist es nicht wichtig."
Ich (irritiert): „Nicht wichtig? Was ist das für eine blöde Art von Beziehung?"
Er (sachlich): „Das ist genau die Art von Beziehung, die Heather und ich uns vorstellen."
Ich (entsetzt): „DAS ist es, was du willst? So stellst du dir dein Leben vor?"
Er (ruhig): „Das ist das Leben, was ich führen kann, wenn ich nicht Single bleiben will. Ich bin Musiker, vergiss das nicht. Das war es, was ich - von einer kurzen Unterbrechung abgesehen - immer sein wollte. Ich liebe und lebe das, was ich mache. Und das Leben als Musiker bedeutet, aus dem Koffer zu leben und unterwegs zu sein. Es ist genauso chaotisch wie das Leben einer Schauspielerin. Du bist heute hier und morgen dort und übermorgen ganz woanders. Es gibt nicht wirklich eine Regelmäßigkeit, die man mit so was wie einem Familienleben verbinden kann. Ihre und meine Art zu leben passen also perfekt zusammen."

Perfekt? Das musste ich erstmal verdauen. Diese Einstellung war mir völlig

fremd. Hatte er früher schon so gedacht? Wenn er das ernst meinte, dann ging sein Lebensplan völlig mit meinem auseinander. Ich überlegte, wohin das unweigerlich führen würde, und das machte mich traurig. „Das klingt, als wärst du irgendwann sehr einsam. Hast du nie weiter gedacht? Wofür du lebst? Wofür du das alles machst? Was du hinterlässt? Wolltest du nie Kinder? Jemanden, der auf dich wartet, wenn du nach Hause kommst?"
Lennard holte tief Luft. „Siehst du, Leela, genau das ist der Grund, warum ich mich nach Mallorca entschieden habe, die Sache mit uns nicht weiter zu vertiefen, auch wenn – und damit hast du recht - die Chemie zwischen uns sehr gut stimmt." Er küsste mich. „Aber das alleine reicht nicht aus. Zumindest dir nicht. Du fragst dich: Was ist mit später? Und die Antwort ist, dass das, was wir beide in der Zukunft sehen, meilenweit auseinandergeht und irgendwann im Chaos endet. Ich habe einfach schon zu viele Kollegen scheitern sehen, die versucht haben, ihre Musik mit dem normalen Leben zu verbinden. Und ich habe keine Lust, Kids in die Welt zu setzen, die ihren Vater nur zwischen zwei Gigs und irgendwann gar nicht mehr sehen, weil die Beziehung ihrer Eltern völlig im Arsch ist. Und noch weniger Bock habe ich auf Vorwürfe und Zoff, wenn ich nach Hause komme, weil ich zu wenig Zeit habe, die ich in eine Beziehung stecken kann. Und das kommt. Die wenigsten Frauen machen so ein Leben mit. Am Ende steht zwangsläufig das Jammertal."

Ich fand es gemein, dass er dem größten Teil der Frauenwelt (insbesondere natürlich mir) offensichtlich keine Chance ließ, ihm das Gegenteil zu beweisen.
„Du kannst nicht wissen, was passiert, wenn du es gar nicht erst versuchst."
Er: „Du hast mir nicht zugehört, Baby. Genau das versuche ich. Ich versuche, eine Beziehung mit einer Frau zu führen, die ähnliche Interessen und Bedürfnisses hat wie ich."

Bedürfnisse? Ich musste schlucken. Ich wollte mir beim besten Willen nicht vorstellen, welche Bedürfnisse die blonde Schauspielerin hatte und wie Lennard darauf einging.
„Klingt so, als wolltest du so richtig ... vernünftig sein, was?"

Er: „Du warst schon immer total emotional, Leela. Ist mir klar, dass du mich nicht verstehst."
Na, jetzt hatte er mich aber: „Und du warst schon immer ein Idiot, Lennard, weil du einfach nicht siehst, wie einsam man ist, wenn man sein Herz in sich einschließt." Ich warf die Decke zurück und zeigte auf unsere nackten Körper, die wie ein Gordischer Knoten verschmolzen waren. „Warum fühlt sich das richtig an? Weil wir zusammenpassen. Zwischen uns stimmt einfach alles, aber du hast Schiss, das zuzugeben. Ich liebe dich, das weiß ich, und du liebst mich, das spüre ich, aber du hast Angst davor, weil du denkst, dir geht etwas verloren, wenn du dein Herz aufmachst. Du denkst, dir fehlt dann woanders Kraft. Aber das Gegenteil ist der Fall: Liebe verdoppelt deine Macht, weil sie dich beflügelt. Klar, das Risiko, dass so eine Sache schiefläuft, ist da. Aber wenn du nicht richtig geliebt hast, dann hast du niemals richtig gelebt."

Ich deckte uns wieder zu. Es war kühl.
Er (grinsend): „In der Kirche würde jetzt ein ‚Amen' kommen, oder?"
Ich (ärgerlich): „Du willst das einfach nicht verstehen. Ich glaube, wenn man liebt, ist man viel mächtiger als alleine. Man ist weiter und offener und hat unendlich viel Energie. Glück beflügelt, Lennard, es macht die Seele grenzenlos. Ehrliche Liebe engt nicht ein, sie macht frei."
Er (resignierend): „Na bitte, genau das meine ich. Du hebst ab, wenn du fühlst, Baby. Aber Männer und Frauen ticken da unterschiedlich. Ich gehe rationaler an die Sache ran. Liebe kann auch genauso schnell mal vorbei sein. Und dann kommt das Elend. Wenn man sich vorher hat hinreißen lassen, also Beziehung mit Haus, Hof, Kids und dem ganzen Drumherum geschaffen hat, dann wird es richtig ungemütlich."
Er machte mich wütend, ehrlich. „Rational? Du bist Musiker, Lennard. Als Musiker kannst du nicht wirklich rational sein. - Liebst du sie?"
Jetzt wurde er auch langsam ärgerlich. „Was soll die Frage?"
Ich: „Die Antwort ist wichtig. Am Ende ist Liebe alles, was zählt. Liebst du sie?"
Er wollte sich mir entziehen, aber ich hielt ihn fest. „Bitte antworte."
Seine Antwort kam scharf und ungern. „Für dich ist Liebe vielleicht alles, was

zählt, Leela, und du erwartest, dass ich deine Meinung akzeptiere. Also akzeptiere du, dass ich das anders sehe. Manchmal muss man vernünftig sein. Ich habe dir vorhin gesagt, dass ich nicht mit dir über Heather spreche. Und selbst wenn ich wollen würde, dann könnte ich sie nicht verlassen, weil ich ihr das versprochen habe. Und ich halte meine Versprechen, verdammt noch mal. Also hör jetzt auf zu fragen, sonst bin ich weg."

Wir lagen nebeneinander im Dunkeln und schwiegen. Ich hatte aufgehört zu fragen, weil seine Drohung ernst gemeint war. Das hielt mich allerdings nicht davon ab nachzugrübeln.
Da war eine Zerrissenheit in seinen Worten, eine schiefe Zwischensequenz, die mich nachdenklich machte. In meinem Kopf flatterten die Gedanken wie aufgescheuchte Kolibris hin und her. Wie konnte man denn um Himmels willen ein solches Versprechen abgeben? Was war das für eine bescheuerte Beziehungsbasis?!? Lennard hatte Heather versprochen, dass er sie nicht verlassen würde? Er würde bei ihr bleiben, weil das Brechen eines Indianerehrenwortes schlimmer war als ein Meineid vor dem Standesamt? Und nicht, weil er sie liebte? Er würde bei ihr bleiben, selbst wenn er mich und seine Gefühle dafür leugnete? Was für ein Bockmist. Das war total bescheuert. Da ich ihn aber definitiv nicht für blöd hielt, wusste ich, dass hinter seinen Worten mehr stecken musste als nur ein unbedacht hingeworfenes Versprechen.

Ich schlang meine Arme um Lennard, weil ich das irrationale Gefühl hatte, dass wir gegenseitig Trost brauchten. Und so schliefen wir ein.

***

Ich war allein, stand in der Weite zwischen Nebelschleiern, spürte die feuchte Kühle auf der Haut und fühlte mich im Angesicht der Unendlichkeit des dunklen Sternenhimmels kleiner als ein einsames Fischlein im Ozean. Ich fragte mich, ob ich verloren gegangen war, weil ich keine Ahnung hatte, wieso ich hier war, wohin ich gehen sollte, nicht wusste, welches Ziel ich verfolgen musste. Niemand war da. Ich suchte den Puma, aber ich fand ihn nicht. Ich wusste nicht weiter, bis ich die Flöte hörte. Ihr Klang war fern und trotzdem tröstlich. „Komm", sang die Flöte zu der altbekannten Melodie von Greensleeves. „Komm!" Ich hielt Ausschau nach dem Puma, denn er war immer da, wenn die Flöte spielte. Ich hoffte, dass er mir die Richtung wies, aber ich sah ihn nicht.

In der Ferne heulte ein Wolf.

Also setzte ich einen Fuß vor den anderen und ging los, bis ich die Silhouette des Pferdes durch den Nebel sah. Der Hufschlag klang gedämpft. Es war der Apfelschimmel, weiß und grau, mit heller Mähne und hellem Schweif. Cocowhite Lady, ihre Umrisse leuchteten. Sie trabte aus dem Nebel auf mich zu, schüttelte die Mähne und beäugte mich misstrauisch. Ich streckte die Hände aus, um meine Friedfertigkeit zu zeigen. Aber das Pferd hielt Abstand. Es trabte ein paar Schritte vor, dann wartete es, wieherte und warf den Kopf in den Nacken, dass die Mähne flog. Ich folgte.

Wir liefen durch die kalte Nacht. Das Pferd trabte vorweg und ich hinterher und ich wusste, dass es nicht mein Richtungspfeil war, dem wir folgten. Irgendetwas, irgendjemand rief mich und ich hatte die Wahl, dem Ruf zu gehorchen oder mich abzuwenden. (Ich hatte doch die Wahl? Oder nicht?)
Ich wandte mich ab, wollte in die andere Richtung laufen, aufwachen, zurückgehen, irgendwohin. Doch da sah ich den Puma. Er formte sich aus dem Nebel hinter mir, übergroß, fahl und leuchtend. Er schüttelte den Kopf und bleckte die Fangzähne. Gut. Ich verstand.

Das Pferd hatte auf mich gewartet. Es ließ mich nun ein Stück näher an sich heran. So nah, dass ich die Sterne in den schwarzen Augen glitzern sah. Ich wollte über die Kruppe streichen, sie berühren, aber das ließ die Stute nicht zu. Sie trabte weiter, sah sich aber immer wieder nach mir um.

Weiter vorn jaulte der Wolf, als hätte er Schmerzen. Angst presste mir das Herz zusammen. Nun hielt mich nichts mehr. Ich rannte los, hinter der Stute her, bis plötzlich der volle Mond am Himmel stand. Ich sah alles viel klarer, schwarz und weiß und grau. Auf einem kleinen Hügel reckte der Wolf seinen Kopf zum Mond und heulte. Dann sah er mich an. Er war groß, sehr groß, und er knurrte, zeigte die gebleckten Zähne. Seine Augen waren blau wie der Sommerhimmel.

Die Stute wieherte. Sie hielt Abstand zu dem Wolf. Ich nicht. Ich ging näher an ihn heran, streckte die Hand aus, um ihn zu berühren. Das Tier knurrte wieder, seine Augen verengten sich, es setzte zum Sprung an.
„Ich bin es", sagte ich ruhig und meine Stimme schallte durch die Weite. „Und ich liebe dich. Ich werde dich immer lieben." Dann kniete ich mich nieder und wartete.

Und er kam. Zuerst knurrte er noch, dann wandelte sich das Knurren zu einem Winseln. Ich streckte die Arme aus, bis er vor mir stand und sich hinsetzte. Selbst da war er noch riesig. Ich kuschelte mich an die warme Brust, spürte die Stärke, welche von ihm ausging, und hörte seinen kräftigen Herzschlag.
„Ich liebe dich", flüsterte ich in das weiche Fell, „ich liebe dich so sehr", und der Wolf jaulte und legte seinen Kopf auf meinen Scheitel.

Die Stute wieherte aufgeregt. Ich riss meinen Kopf hoch, der Wolf fuhr herum. Die Stute wieherte und stieg auf die Hinterbeine und wieherte immer wieder, als wollte sie mir sagen: „Komm her und sieh, was ich gefunden habe."

Das Verhalten des Wolfs änderte sich schlagartig. Er riss sich von mir los, knurrte und sprang in riesigen Sätzen der Stute hinterher.

Ich folgte ihm so schnell, wie ich konnte. Und in diesem Moment wendete er sich wieder gegen mich. Eben noch hatte er die Stute angeknurrt, dann sich umgedreht und mir die Zähne gezeigt. Mir! Ich wich zurück und wäre fast in eine Senke hinuntergestürzt. Sie war in der Nacht kaum auszumachen. Es gelang mir nur gerade noch so, das Gleichgewicht zu halten. Der Wolf knurrte wieder. Ich hob die Hand und murmelte: „Ruhig. Alles ist gut!" Und ich hoffte, dass dies auch stimmte.

Das Pferd stieg und wieherte. Der Wolf knurrte. Ich spürte seine Wärme dicht neben mir.

Vorsichtig lugte ich über den Rand der Senke, die im Schatten lag. Der Mond leuchtete hinter mir und doch konnte ich ganz klar sehen, was der Wolf bewachte: Da unten lag ein nacktes Mädchen mit flammendrotem Haar. Sie lag da und zitterte.

Zusammengekrümmt. Das Gesicht zwischen den Armen vergraben. Sie lag ... in einem Grab. Unter ihr waren Knochen. Menschenknochen. Große. Kleine. Dicke. Dünne. Ein Schädel. Rippen. Jetzt fiel das Mondlicht darauf. Weißes Knochenleuchten überall.

Ich schrie.

Dann gab der Rand der Senke nach.

Ich stürzte nach unten ...

***

Ich musste tatsächlich geschrien haben. Als ich aufwachte, war Lennard wach.
„Alles ist gut, Baby", sagte er und zog mich an sich. „Schlecht geträumt?"
Ich klammerte mich an ihm fest, rang nach Luft und nickte. „Ich träume in letzter Zeit schon wieder ständig so komisches Zeug. Von einem Puma und einem Wolf. Ein schreiendes Mädchen kommt auch vor. Und eins mit ganz komischen Augen. Ich glaube, sie ist tot."
Lennard versteifte sich. „Von einem Puma? Was träumst du von einem Puma?"
Alarmiert hob ich den Kopf. „Wieso? Ist es gefährlich, von einem Puma zu träumen? Gibt es da irgendwelche indianische Weissagungen oder so was?"
Lennards Griff wurde noch ein bisschen fester. „Baby, Raubkatzen sind immer gefährlich. Man sollte ihnen nicht den Rücken zudrehen. Aber mach dir keine Sorgen. Wenn der Puma wirklich jemanden bedroht, dann den Wolf. Dir würde er sicher nichts tun."
„Warum? Wölfe sind doch auch Raubtiere. Ist einer von beiden stärker? Wer würde denn siegen, wenn sie wirklich gegeneinander kämpfen?" Konnte mich einer vor dem anderen beschützen? Und sollte ich ihm von den blauen Augen erzählen?
Lennard zog mich enger heran. „Sie sind beide gleichstarke Gegner. Der Puma ist schneller als der Wolf, der Wolf aber um einiges ausdauernder. Mein Tipp ist, nicht dazwischen zu geraten. Aber es ist ja auch nur ein Traum. Da hat alles eher eine symbolische Bedeutung. Mach dir keine Gedanken. Schlaf weiter."
Ich schüttelte den Kopf. „Nein. Ich möchte darüber reden. Was für eine symbolische Bedeutung meinst du? Ich denke, dass der Wolf für dich ..."

„Vielleicht denkst du einfach zu viel." Lennard zog sanft meinen Kopf nach hinten und küsste mich, womit es ihm sehr wirkungsvoll gelang, meine Gedanken in eine ganz andere Richtung zu lenken. Ich hatte zwar das unbestimmte Gefühl, dass er mich bewusst manipulierte, um das Thema nicht zu vertiefen, aber wenn das so war, dann tat er das auf eine höchst aufregende Art und Weise, so dass das eine Gefühl bald von einem anderen verdrängt wurde.

***

Es war noch nicht mal annähernd Morgen, als wir dann zum zweiten Mal aus dem Schlaf schreckten. Irgendwo klingelte ein Telefon und Lennard stand auf. Er versuchte, vorsichtig zu sein und mich nicht zu wecken. Aber das war Nonsens, weil er sich erst einmal aus unserer Verschlingung befreien musste. Die Leiterstufen knarrten, als er nach unten stieg.
Und schon fehlte er mir.

Ich hörte das Rascheln seiner Jacke, als er nach dem Telefon suchte.
„Hi", meldete er sich schließlich leise und dann war fünf Minuten lang Ruhe. Er hörte zu.
„Honey, jetzt beruhige dich erstmal", sagte er schließlich im selben Tonfall, den er mir gegenüber vorhin auch angeschlagen hatte, um dem Traum seinen sonderbaren Schrecken zu nehmen. Es schien ganz so, als wäre Lennard von hysterischen Frauen umgeben.
„Mach das Licht aus und das Fenster auf. Atme ein bisschen frische Luft, okay? Siehst du die Stadt zu deinen Füßen? Hast du Schokolade da? – Dann schau im Kühlschrank nach. Die legen da immer irgendwas rein." Lennard hatte seine Bleib-ganz-ruhig-alles-wird-gut-Stimme. Und er nannte seine Verlobte Honey, nicht Baby. Baby hatte er offensichtlich für mich reserviert.

Sie tat mir leid, die schöne, mir zum Glück persönlich völlig unbekannte Heather, mochte sie auch noch so taff, schick und erfolgreich sein. Sicher, Lennard war loyal. Er hatte ihr aus irgendwelchen Gründen sein Wort gegeben. Er würde es nicht brechen, nein, das würde er wahrscheinlich nicht, auch wenn mir der Gedanke wie ein Samuraischwert aus tausendfach gefaltetem Damaszener Stahl säuberlich und butterweich die Herzkammern durchbohrte. Er war ehrlich und aufmerksam. Er war zärtlich. Er würde genau das auch bleiben und immer da sein, wenn sie ihn brauchte. Er würde sie nicht verlassen, weil er ihr das versprochen hatte und weil er zu dem stand, was er sagte. Immer. Das war hart für mich, aber einen ganz kleinen Trost hatte ich doch: Er würde ihr niemals ganz gehören. Er war nämlich heute hierher gekommen. Zu mir. Und warum? Gut, zum einen, weil er mir den Hals umdrehen wollte, klar. Weil ich der Splitter in seinem Fleisch war, der zwar alle lebensnotwendigen Organe verschonte, aber er (der Splitter, also ich) war da. Lennard war gekommen, weil etwas von mir ein Teil von ihm geworden war. Dieses Etwas hatte ich ihm vor langer Zeit geschenkt. Aus freien Stücken. Wissentlich und mit vollem Herzen. Aus Liebe. So, wie er mir damals etwas von sich gegeben hatte. Wir waren wie Yin und Yang, jeder ein bisschen Teil vom anderen und nur zusammen waren wir vollständig. Und deswegen würde Heather ihn auf gar keinen Fall ganz haben, weil ein Stück von ihm für immer mir gehörte. Und ich würde es niemals freiwillig hergeben.

***

Es war trotzdem bitter für mich, als ich hörte, wie er ging, weil ich natürlich gewollt hätte, dass er blieb. Er zog sich an, noch während er telefonierte. Ich hörte die Tür leise klappern, seine Schritte auf dem hölzernen Boden des kleinen Balkons. Ich hörte durch die Nachtstille, wie er das Motorrad startete. Ich hörte, wie er anfuhr, wie das Fahrgeräusch dann immer leiser wurde und in der Ferne verklang. Und dann hörte ich nur noch den Wind und das Pochen meines Herzens. Ich lauschte in mich hinein und suchte nach einem Schuldgefühl, weil ich mit einem Mann geschlafen hatte, den ich zwar liebte, aber der offiziell nicht mehr mir, sondern einer anderen Frau gehörte. Aber da war nichts. Kein schlechtes Gewissen (ich sollte eins haben). Keine Scham (ich müsste mich aber schämen). Im Gegenteil. Ich spürte nur Mitleid mit der Frau, die einen Mann an sich binden wollte, der ihr nicht ganz gehören konnte.

In dieser Weise nachdenklich ging ich hinunter in die Küche, um etwas zu trinken, starrte in die mondhelle Finsternis und fühlte die Leere wie einen regenschweren und nasskalten Filzmantel auf meiner Haut. Ich wollte sie festhalten, die vergangenen Stunden dieser Nacht und mich daran wärmen, weil ich fröstelte. Dann sah ich den Pullover, der auf dem Tresen lag. Ich griff danach und zog ihn vorsichtig zu mir rüber. Der Stoff war total weich, anders als bei meinem alten Lieblingsstück. Dieser Pullover war auch schwarz, aber er hatte keine Kapuze, dafür einen hohen Kuschelkragen mit Reißverschluss. Keine durchgehende Vordertasche, aber zwei Taschen an den Seiten. Innen war der Pulli ganz flauschig. Ich schlüpfte hinein und zog den Stoff um mich zusammen. Lennard war gegangen, aber er hatte etwas von sich hiergelassen und von mir etwas mitgenommen. Er hatte uns beiden eine reale Erinnerung gegeben, die uns wärmen konnte. Ganz spontan wog mein schweres Herz nur noch die Hälfte. Ich behielt den neuen Pullover an, als ich wieder ins Bett schlüpfte. Und weil der Stoff so weich und flauschig war, konnte ich mir halbwegs vorstellen, ich würde mich immer noch in Lennards Arme kuscheln. Das war sicher der Grund dafür, dass ich tatsächlich noch einmal einschlief.

***

Ich wachte an diesem Sonntag erst mittags auf, und das auch nur, weil mein Telefon klingelte. Es war mein Bruder, der mich fragte, ob mein Angebot, mich in Arizona zu besuchen, noch galt. Die Frage war natürlich Blödsinn. Er hatte sein Ticket bereits im letzten Jahr gebucht und würde Ende der nächsten Woche mit seinem besten Kumpel bei mir einfallen. Das war abgesprochen. Und nach dem, was er im Stakkato herunterratterte, hatten die beiden ihren Urlaub mit einem Sportprogramm über alle Etappen in Sedona mit dem White Line Trail, der angeblich gefährlichsten Radroute der Welt, als krönendem Abschluss komplett durchgestylt. Matze war Hardcore-Biker, genau wie sein Freund Fiete, den er schon seit unserem ersten Sommer auf Rügen kannte. Die beiden befanden sich permanent auf der Suche nach einem neuen Radel-Kick. Matze, inzwischen achtzehn, hatte gejubelt, als ihm meine Reisepläne zu Ohren kamen und sofort beschlossen, mich zu besuchen. Ich hatte das im Vorfeld mit Jim besprochen. Die beiden Jungs zahlten für ihren Urlaub einen entsprechenden Aufpreis zu meiner Miete. Es würde für drei Wochen ein bisschen eng hier im Hexenhäuschen werden.

Matze erzählte mir, dass er sich nun tatsächlich bei der Bundeswehr bewerben und nach seiner Banker-Ausbildung Kampftaucher werden wollte. Keine Ahnung, wie das zusammenpasste.
„Vorher ist noch Grundwehrdienst. Und nächstes Jahr muss ich dann noch einen Aufnahmetest machen. Psycho und Sport und Mathe und all sowas. Aber das passt schon."
Hinsichtlich des Sporttests machte ich mir keine Sorgen. Matze war bis unter den Haaransatz voller Power und fit wie ein Berufsfußballer. Und die letzten Differenzen mit der Mathematik sollte er nach seiner Ausbildung auch beigelegt haben.

„Du wirst deinen Humor beerdigen müssen. Die sind dort bestimmt alle bierernst", hatte ich zu bedenken gegeben. Ich konnte mir meinen Bruder absolut nicht dabei vorstellen, wie man ihn im Dunkeln über der Ostsee aus einem Helikopter warf, damit er geheime Kampftauchersachen machte. So was hatte er

mir jedenfalls erzählt. Mir wurde beim bloßen Gedanken ganz schummerig. Aber mein Bruder war angstfrei. Und nun das. Der White Line Trail hier in Sedona hatte seinen Ruf „als gefährlichster Radweg der Welt“ nicht umsonst weg. Der kleinste Fehler auf diesem Trail (der die Bezeichnung allerdings nicht verdiente, er war eher eine Aufforderung zum Selbstmord) war definitiv auch der letzte im Leben. Ich konnte nur hoffen, dass die Jungs sich das noch mal überlegten.
„Schwesterherz, wir kommen nicht in die Staaten, um in die Sessel zu furzen. Das passt schon“, watschte Matze mich ab und gab mir noch die genauen Daten seiner Ankunft durch. Er und Fiete würden von Phoenix aus mit dem Fahrrad kommen. Natürlich. Dabei ging es teilweise über eine Interstate, deren Nutzung zwar generell für Fahrräder verboten, aber dann erlaubt ist, wenn es keine alternative Straße gibt, was hier der Fall war. Der Seitenstreifen sollte breit genug sein, trotzdem war mir mulmig. Ich hatte ihm gesagt, dass er mit dem Shuttlebus kommen sollte. Aber Matze hatte seinen eigenen Kopf und Gefahren schienen für ihn schlichtweg nicht zu existieren. Er blendete sie einfach aus und betrachtete das Leben als einen gigantischen All-inclusive-Spaßtrip ohne Rechnung.
Daher sah ich seinem Urlaub mit äußerst gemischten Gefühlen entgegen. Matze und seine Kamikaze-Aktionen würden meine Nerven bis auf das Äußerste strapazieren. Ich bezweifelte, dass mir großschwesterliche Macht in diesem Fall irgendwas nützte.

Als wir aufgelegt hatten, trommelte tatsächlich Regen auf das Dach. Ich drehte mich um und starrte einen Moment lang auf das ungewohnte Bild des grauen Himmels draußen. Ich dachte an die letzte Nacht und fragte mich, ob und wann ich Lennard wiedersehen würde.
Er war mir definitiv ausgewichen, als wir über meinen Traum sprachen, was mich zu der Annahme verleitete, dass er mehr über den Puma und das Drumherum wusste, als er zugeben wollte. Von wegen „einfach nur ein Traum“. In seinem Leben hatte Mystik immer eine wesentlich größere Rolle gespielt als in meinem. Der Wolf entsprach Lennards indianischem Namen Honiahaka, da gab

es nicht viel Spielraum für Interpretationen. Aber was hatte es mit dem Puma auf sich? Der Puma war es, der sich im letzten November unter dem Klang der Flöte und dem Lied „Greensleeves" zuerst in meine Träume geschlichen hatte. Auf genau dieses Lied reagierte ich sehr sensibel. Es war eine Art spiritueller Klingelknopf für mich. Das hatte die Vergangenheit gezeigt. Und nicht nur das – dieses Lied war ein Bindeglied zwischen Lennard und mir, ein direkter Pfeil in unsere Vergangenheit. Wer konnte davon wissen?
Ich brauchte mehr Informationen und vor allem jemanden, der ein bisschen anders tickte und über pure Logik und das, was der Verstand erklären konnte, hinaussah. In diesem Zusammenhang fiel mir nur eine einzige Person ein: Ooljee. Ich musste mit ihr sprechen. Und das as soon as possible. Was für ein Glück, dass ich - der Virilität meines Vermieters sei dank – über einen fahrbaren Untersatz verfügte.

Ich holte Haleys Silberkettchen aus der Schublade und ließ mich wieder auf mein Bett fallen. Die Steine glitzerten matt und harmlos vor sich hin. Und doch warfen sie nur durch ihr bloßes Vorhandensein die nächste mysteriöse Frage in den Ring: Was war mit Haley passiert? Wie passte ihre Geschichte zu mir, so dass ihr Pferd in meinen Visionen erschien? Noch mehr Fragen. Ich hatte keine Antworten, nur lose Teile, die irgendwie zusammenhingen wie bei einem Puzzle. Mir fehlte nur jeglicher Hinweis darauf, wie das Gesamtbild aussah.

Mein amerikanisches Prepaid-Handy brummelte. Connie hatte getwittert. „Regendusche" stand unter einem Bild, was ihre jüngste Tochter, Dotty, wenn ich mich richtig erinnerte, mit Hughs Bethany beim Pfützenspringen zeigte. Allerdings von hinten und somit ohne Gesichter, wie sich das für eine verantwortungsvolle Mutter gehörte. Ich schrieb „... and singin' in the rain" als Kommentar darunter. Lachgesicht. Daumen hoch. Als ich die Hülle zuklappen wollte, fiel mein Blick auf das Eckchen einer Visitenkarte in Orangerot. Das Kärtchen steckte in einem der Fächer der Handyhülle. Ich zog es hervor, warf einen Blick darauf und ... rief an.

***

„Hallo?“
„Hallo Ajei, hier ist Leila.“
„Oh! Hi Leela. Geht es dir gut?“ Ihre Stimme klang warm und herzlich und tatsächlich so, als würde sie sich freuen, mich zu hören.
„Danke der Nachfrage“, sagte ich, „es geht mir sehr gut.“ Warum es mir gerade sehr gut ging, das würde ich Ajei allerdings nicht erzählen. Ich hatte das dumpfe Gefühl, dass sie darauf nicht erfreut reagieren würde. „Ich müsste mit deiner Mutter über etwas reden. Kannst du mir sagen, wie ich sie am besten erreiche? Es ist wichtig für mich.“
Ajei zögerte. Jede Wette, dass sie überlegte, was für mich so wichtig sein könnte, dass ich gleich am Tag nach der Finger-weg-von-meinem-Bruder-Ansage ausgerechnet mit ihrer Mutter sprechen musste. „Dann kommst du am besten auf die Ranch. Sie ist hier. Gegen vier passt es.“
Ich warf einen Blick auf die Uhr. Es war jetzt halb eins. Um vier passte mir überhaupt nicht. Da fing ich bei Jim an zu arbeiten.
„Ich würde am liebsten jetzt gleich kommen. Nachher muss ich ins Diner. Meinst du, sie hat kurz Zeit für mich? Es dauert wahrscheinlich auch gar nicht lange.“
Ajei seufzte hörbar. „Jetzt gleich? Das wäre vielleicht ... nicht so gut.“
Jetzt ahnte ich, was ihr die Petersilie verhagelte. „Warum nicht? Ist Lennard da?“
„Nein.“ Trotzdem klang sie wenig begeistert. „Komm halt gleich, wenn es schnell geht.“

***

Eine halbe Stunde später schaukelte ich geduscht und in mein wunderschönes Stonehill-Kleid gehüllt (man wusste ja nie) mit dem kleinen Lieferwagen über den Feldweg hin zur „Thunder Mountain Ranch“. Das Kleid hatte ich für mein Selbstbewusstsein angezogen, was einen Knacks bekommen hatte, weil Ajei so abweisend gewesen war. Das verwirrte mich.
Die Regenwolken hatten sich verzogen und der Sonne Platz gemacht. Da der Hund nicht zu sehen war, als ich ankam, parkte ich den Wagen und stieg aus. Ajei schaute aus dem Pferdestall und rief: „Wir sind hier drüben.“

Wir, das waren Ooljee und Ajei. Sie misteten aus und streuten Boxen ein. Ich begrüßte die alte Indianerin, die freundlich zurücknickte. Ajeis Lächeln war etwas verhalten. Sie hätte mich offensichtlich lieber gehen, als kommen sehen.
„Und ich hatte gehofft, du bringst zwei zusätzliche Hände mit", stellte Ooljee, nachdem sie mich kurz von oben bis unten gemustert hatte, fest.
„Das ist egal. Ich helfe gern", sagte ich schnell und griff nach einem Besen.
„Bist du verrückt? Ganz sicher nicht in diesem Kleid", schimpfte Ajei entsetzt. „Warte. Ich hole dir ein paar alte Sachen von mir."

Ooljee war nicht mehr die Jüngste, aber kräftig, schnell und effizient. Mit knappen Bewegungen füllte sie Stallmist auf eine Karre.
„Worüber willst du mit mir reden, Kind?", fragte sie mich, ohne die Arbeit zu unterbrechen.
„Über Träume", gab ich zurück und schlüpfte in ein paar Gummistiefel, die ich neben der Stalltür entdeckt hatte. „Über ziemlich eigenartige Träume, die ich seit letzten November habe."

Ich erzählte Ooljee von dem Pferd, dem Puma, dem Wolf und dem seltsamen Mädchen aus meinen Visionen, was entweder schrie oder weinte. Und von den Knochen. Und davon, dass ich Lennard die Sache auch schon berichtet hatte. Die Indianerin hörte mir zu und schippte nebenbei weiter. Sie fragte nicht, bei welcher Gelegenheit ich mit Lennard über meine Träume gesprochen hatte. Mit einem Nicken bedeutete sie mir, die Karre mit Spänen zu ihr zu rollen.
„In einem hat Lennard recht", sagte sie dann. „Der Berglöwe zieht eher dem Wolf das Fell über die Ohren, so viel kann ich dir auch sagen. Was ich allerdings interessant finde, ist, dass er von allein zu dir kam. Bist du sicher, dass du nicht die Geister gerufen hast?" Sie sah mich ernst an.
Ich schüttelte rigoros den Kopf. „Nein. Ganz im Gegenteil. An dem Tag, wo der Puma mich zum ersten Mal gerufen hat, war ich total müde und wollte nur noch schlafen."
Ooljee sah plötzlich sehr nachdenklich aus. Sie stützte sich für einen Moment auf die Forke. „Weißt du noch genau, wann das war?"

Ich spielte mit meinem Besenstiel und überlegte. „Das ist an einem Samstagabend im November gewesen. Ich habe beim Einschlafen eine Flöte gehört. Sie hat das alte englische Lied gespielt, genau wie damals vor acht Jahren. Greensleeves. Das fand ich komisch, weil ich das seitdem nie wieder gehört habe. Und dann bin ich im Traum einfach dem Klang gefolgt. Okay, ich war ... nicht ganz nüchtern. Ich hatte vorher mit Freundinnen Sekt getrunken. Aber ich habe ganz sicher nicht nach irgendwem gerufen." Weitere Einzelheiten, wie den Fakt, dass ich die Flasche quasi allein getrunken hatte, sparte ich mir.
„Okay." Ooljee nickte und widmete sich wieder ihrer Arbeit. Ich hätte allerdings schwören können, dass sie jetzt etwas wehmütig wirkte. „Im November, ja? Das ist interessant, aber es wundert mich nicht. Nun wird manches klar. Das Lied war Pauls und Gabes Lieblingslied. Mein Vater hat es auch gern gespielt. Sie sind inzwischen alle tot." Dann sagte sie noch etwas auf Indianisch und ihr Blick verlor sich für einen Moment in der Ferne. „Das sieht ihm ähnlich."
„Wem? Was?", fragte ich verdattert.
Sie winkte ab und fuhr fort, Barbossas Pferdebox auszumisten. „Ich muss nachdenken. Ajei ist gleich wieder hier. Wir müssen uns allein unterhalten. Am besten kommst du mit, wenn ich nachher die Koppelzäune überprüfe. Wir reden dann unterwegs."

Ajei kam zurück. Sie brachte mir ein Longshirt und kurze Leggings und sah noch immer nicht besonders glücklich aus, als sie mir die Sachen reichte. „Habt ihr ... schon alles besprochen, Mum?", fragte sie zögernd. „Du weißt ja, ich muss nachher weg und du willst noch die Zäune kontrollieren. Da kann Leela sowieso nicht mitkommen."
Hörte sich definitiv so an, als wollte mich Lennards Schwester schnell wieder loswerden. Es war schwer, das nicht persönlich zu nehmen. Ich zog mir mein Kleid aus, legte es über ein Geländer und schlüpfte in die alten Sachen.
„Leela und ich reden nachher. Sie kommt mit zu den Zäunen." Ooljee blieb ganz gelassen. „Ihr könnt jetzt Barbossas Box einstreuen."
Ajei gab nicht auf. Sie warf mir einen verzweifelten Blick zu. „Aber Leela kann doch gar nicht reiten", hielt sie dann dagegen. Ich sah sie verwirrt an. Man

musste kein Hellseher sein, um zu erkennen, dass sie mich im Moment sogar sehr dringend ganz woandershin wünschte. Nur warum? Was hatte sie plötzlich so massiv gegen mich?
Nichtsdestotrotz blieb sie freundlich und half mir, Späne in der Pferdebox zu verteilen. Dabei fiel kein Wort zwischen uns. Ajei wich meinem Blick aus. Als draußen ein Auto vorfuhr, stürmte sie so eilig aus dem Stall, als hätte ihr die Schubkarre einen Elektroschock verpasst.
Ooljee sah ihr hinterher, runzelte die Stirn und murmelte etwas Unverständliches.
Dann sagte sie zu mir: „Du kannst die Box dort drüben ausmisten, wenn du willst."

Ich nahm eine Forke und ging in die Box, die Ooljee meinte. Es war die von Cocowhite Lady. Das offene Tor nach draußen erlaubte mir einen guten Blick über die Koppel. Weit hinten stand das Shirehorse namens Trudy. Von Coco war nichts zu sehen. Ich begann, das Stroh von genau der Seitenwand in Richtung Mitte zu schieben, wo das Kinderbild hing. „From Hetty for Haley with love". Haley strahlte mich in ewiger Siegerpose von ihrem Foto aus an. Sie war jung und bestimmt voller Träume über die Zukunft gewesen. Doch jetzt sah ich noch ein Detail, was mir beim letzten Mal entgangen war. Neben ihr, auf der anderen Seite des Pferdes, stand ein Mann, teilweise verdeckt durch Haleys Körper. Er reckte den Daumen hoch, sah beifällig aus, auch wenn er nicht lächelte. Das konnte ihr Trainer sein oder der Vater. Wer auch immer das gewesen sein mochte – damals war die Welt für alle, die sie kannten, noch in Ordnung. Ich schüttelte mich. Wie schrecklich. Haley hatte eine Familie gehabt, war geliebt worden. Und nun wusste niemand, was mit ihr passiert war. Man suchte und vermisste sie sicher noch immer. Es musste furchtbar sein, mit einer solchen Ungewissheit leben zu müssen. Ich wünschte mir, ich könnte Haley einfach fragen, warum sie verschwunden war.
„Wo bist du?", flüsterte ich. „Was ist mit dir passiert?"
In diesem Augenblick klapperte das offene Tor der Pferdebox draußen gegen die Wand. Ich zuckte zusammen. Der kalte Hauch von Angst, Gefahr und einer

unbestimmten Drohung strich über meinen Nacken. Ich erschauerte und bekam eine Gänsehaut. Mein Blick hing an Haleys Bild, doch es war nicht das Mädchen, von welchem die Gefahr ausging, auch wenn ihre Augen in meinem seltsamen Traum schwarz gewesen waren. Die Gefahr kam von woanders und sie war trotzdem hier zu spüren.

***

„Mum?"
Das war Lennards Stimme. Die bedrohliche Kälte verzog sich so schnell wie die Finsternis bei Sonnenaufgang. Mein Herz öffnete sich wie eine Lotusblume.
„Mum? Bist du hier? Wo ist Archie? Wir finden ihn nicht. Was ist es, was wir aufladen sollen?"
Ooljee kam aus einer Pferdebox. „Ah, Lennard.Archie muss hinten in seiner Werkstatt sein. Er hat zwei Bänke und einen Tisch gebaut. Und dann ist da noch die Bärenskulptur. Die bekommt derselbe Kunde, aber ich weiß nicht, ob ihr beide den Klotz heben könnt. Ist ziemlich schwer, das Ding. Versucht es. Wenn es nicht klappt, dann müssen wir den Flaschenzug nehmen."

Da ich aus unerklärlichen Gründen in die Hocke gegangen war, konnte man mich vom Gang aus nicht sehen. Ich lehnte jetzt, die Forke in der Hand, mit meinem Rücken an der halbhohen Innenwand und kam mir reichlich blöd vor. Von draußen war Hufgetrappel zu hören. Ein großer Schatten fiel durch die offene Boxentür. Coco kam herein, sah mich und zuckte zurück. Da sich an meinem Respekt vor großen Tieren nichts geändert hatte, sprang ich mit einem entsetzten Laut auf. Dabei flog mir der Forkenstiel aus der Hand, kippte gegen die Nebenwand und blockierte mir so den Durchtritt zum Gang. Coco stieg erschrocken auf ihre Hinterbeine. Ich drückte mich in Panik gegen die Wand und hielt mir die Arme schützend vor das Gesicht. Das Pferd entschied sich zum Glück für einen geordneten Rückzug und galoppierte davon.

„Leela? Bist du das?", fragte Lennard verdutzt. Er stieg über den Forkenstiel und

kam in die Pferdebox. „Was machst du denn hier?"
„Mit Forken werfen. Und mit Pferden reden", sagte ich atemlos.
Ajei und Ben waren ebenfalls in den Stall gekommen. Ben hatte den Arm um Ajeis Schultern gelegt, grinste mir zu und rief: „Hi, Leela! Man sieht sich jetzt öfter, was?"
Ajei trat einen Schritt vor. Bens Arm rutschte ins Leere.
„Hi!" Ich winkte kurz zurück, sah aber eigentlich nur Lennard. Er stand genau vor mir. Seine Augen leuchteten voller Wärme auf mich herunter.
„Hallo, Baby", sagte er leise und strich mir über die Wange, wobei ein kleines Heubüschel herunterfiel, was sich wohl in meinem Haar verfangen hatte. Die letzte Nacht stieg wie ein warmer Geysir aus der Tiefe zwischen uns auf und hüllte uns beide in einen Kokon aus leuchtenden Erinnerungen, welche die Welt nach hinten rücken ließen und alles außer uns beiden ausblendeten. Ich legte eine Hand auf seine und hoffte, jemand würde uns wegbeamen.

Wie durch Watte hörte ich Ooljees dunkle Stimme. Sie sagte etwas, eine Feststellung, es klang resümierend, endgültig, als würde sie ein Naturgesetz verkünden. Sie sprach indianisch, ich verstand nichts.
Lennard holte tief Luft, trat einen Schritt zurück. „Ach, Mum, was du immer siehst ..."
Die Welt kam zurück und mit ihr die Sonne, der Duft nach Spänen, Heu und Pferd und das Wissen, dass er nicht mehr zu mir gehörte. Es war kompliziert.

Lennard, der Laufsachen trug, genau wie sein Kumpel Ben, ahnte nichts von meinen Gedanken. Er lächelte mir zu. Dann griff er nach dem Forkenstiel, drückte mir das Ding wieder in die Hand, ging aus der Box und sagte: „Los, Ben, Archie ist hinten", bevor er mit großen Schritten über den Stallgang nach draußen in die Sonne lief.
Ich blickte ihm hinterher. Ooljees linker Mundwinkel zuckte. Sie nickte mir zu und fuhr mit ihrer Arbeit fort.
Ajei sah mich mit großen Augen an. „Sie hat recht." Das klang eindeutig vorwurfsvoll.

„Wer? Und womit?“, fragte ich verwirrt.
Ajei blickte zwischen ihrer Mutter und mir hin und her. „Mum hat gesagt, dass ihr leuchtet, wenn ihr zusammen seid. Du und Lennard.“
Ich verzog irritiert mein Gesicht. „Wir ... leuchten? Wie meint ihr das?“
Ajei schlang ihre Arme um die Körpermitte, als wäre ihr kalt. „Ihr leuchtet von innen. Ihr ... leuchtet ... einfach.“ Was auch immer das für sie bedeutete, es schien sie traurig zu machen.

***

Ooljee holte die Schlüssel für ihren Jeep. Wir würden nun doch nicht zusammen die Koppelzäune abreiten, da wir unverhofft einen neuen Auftrag bekommen hatten. Ich wartete, gelehnt auf das Geländer der Holzveranda, und beobachtete die Pferde auf der Weide.
„Wir können den Koppelritt gern nachholen“, sagte Ooljee, als sie zurückkam.
„Du weißt doch, dass ich nicht reiten kann“, sagte ich.
Die alte Indianerin winkte ab. „Auf Pahaska kann jeder reiten. Du brauchst nur drauf zu sitzen. Den Rest macht sie alleine. Wenn ich vorneweg reite, kommt sie hinterher. Sie wird dich gar nicht beachten, wenn du nicht sinnlos an den Zügeln ziehst oder schreist.“
Ich war trotzdem froh, dass wir mit dem Auto jetzt ein ganz anderes, für mich viel interessanteres Ziel ansteuern würden.

Ajei, Lennard und Ben waren weg, die letzteren beiden zu meinem großen Bedauern für mehrere Wochen, da die Band aktuell eine Tournee in Kanada absolvierte. Sie würden noch am Abend nach Montreal fliegen. Deswegen nahm Ajei, die ihren Laden sonntags nur dann öffnete, wenn es sich hinsichtlich der Tourismuszeiten lohnte, ihren Bruder und Ben nach Phoenix mit. Morgen hatten wir schon wieder Montag. Ladenöffnungszeiten waren in Amerika nicht einheitlich geregelt, der Tourplan von Ben und Lennard stand dagegen schon lange fest.

„Ich werde zwischendurch wahrscheinlich kaum Zeit haben, mal vorbeizukommen. Und nach Hause muss ich auch mal", hatte Ben vorhin noch zu Ajei gesagt, „aber ich kann dir von unterwegs ein paar Bilder schicken, wenn du willst. - Willst du?"
Ich war unfreiwillige Zeugin ihres Gesprächs geworden, da ich mich in der Sattelkammer gerade wieder umzog, als Ajei in den Stall kam. Ben war ihr offensichtlich gefolgt.
Sie hatte ziemlich abweisend gesagt: „Schreib mir, wenn du mir etwas zu sagen hast, was sich lohnt. Ich bin nicht mehr in der Stimmung für Rätselraten. Ich bin jetzt in gar keiner Stimmung für irgendwas." Ihre Geduld war offensichtlich aufgebraucht. Sie hatte Ben einfach stehen gelassen, aber der hatte nicht locker gelassen.
„He, warte mal, was ist denn los mit dir, Liebling?"
Ajei musste stehen geblieben sein. „Liebling?? Darauf hättest du früher kommen müssen. Heute nicht mehr. Hast du eigentlich vorhin gesehen, wie Lennard Leela ansieht?"
Ich meinte, ein kleines bisschen Sehnsucht in ihren Worten zu hören.
„Ja. Wo ist das Problem? Vielleicht steht er ja ein bisschen auf sie. Warum auch nicht - sie ist niedlich. Scheint außerdem nett zu sein."
Na immerhin.
„Sie ist wirklich sehr nett, das stimmt. Aber wir reden hier nicht über ‚ein bisschen'. Da ist ein bisschen mehr zwischen Lennard und Leila und das beruht offensichtlich auf Gegenseitigkeit. Wir müssen nachher mit meinem Bruder reden. Er darf ihr keine Hoffnungen machen."

‚Keine Sorgen, er hat mir leider auch gar keine Hoffnungen gemacht', dachte ich, blieb stocksteif stehen und traute mich kaum zu atmen.
Etwas klapperte metallisch. Dann gingen die beiden wieder zum Ausgang.

Ben war offensichtlich irritiert. „Seit wann machst du dir darüber Gedanken, mit welchen Mädchen sich dein Bruder abgibt? Okay, er ist verlobt, aber nicht tot oder so. Er weiß schon, was er tut. Welche Hoffnungen soll sich die Kleine denn

machen? Heather hat ihn an der Angel. Ich glaube nicht, dass du dir Sorgen machen musst, Liebling, das wird sich ..."
Ajei fiel Ben ins Wort. „Ich mache mir aber Sorgen. Leela ist nämlich nicht ‚irgendeine Kleine'. Sie ist Lennards Jugendliebe. Und bitte – nenn mich nicht Liebling. Dafür ist es zu spät."
Ben schaltete in einen versöhnlichen Gang. „Ajei, bitte, du weißt doch, ich kann ... Ich bin ..." Dann erst sickerte der Rest der Information zu ihm durch. „Verdammt. Moment – Lennards Jugendliebe? Die beiden kennen sich schon länger? Von Deutschland? Dann ist sie das Mädchen, was er damals zurückgelassen hat? Warum hat er mir dann nichts davon erzählt?"
Ja, warum nicht?
Ajei stieß einen kleinen Schrei aus. „Nicht?? Jetzt mache ich mir erst richtig Sorgen."
Ihre Stimmen entfernten sich. Ich musste die Ohren spitzen.
Ben versuchte, Ajei zu beruhigen. „Quatsch, das brauchst du nicht. Len wird Heather nicht abservieren, wenn es das ist, was du denkst. Sie ist cool und liebt ihn. Und selbst wenn, wo ist denn das Problem, meine Süße, außer dass deine Freundin dann ein bisschen heult?"
„Hörst du mir nicht zu? Und nenn mich bitte auch nicht ‚deine Süße', Ben! Da ist durchaus ein Problem, auch wenn du keins siehst. Auch hier reden wir nämlich nicht nur über ‚ein bisschen'. Lennard hat Heather versprochen, dass er sie nicht verlässt. Niemals. Er darf sie nicht enttäuschen. Du hast keine Ahnung, was das bedeuten würde."
Ben wirkte irgendwas zwischen gereizt und irritiert. „Okay, ich habe keine Ahnung. No Problem. Dann sag es mir halt. Was bedeutet das, wenn Lennard mit Leela rummacht und Heather abserviert? Und warum darf ich nichts Nettes mehr zu dir sagen?"
„Du weißt nichts, Ben Elliot, gar nichts. Wie immer. Außer vom Gitarrespielen hast du einfach keine Ahnung von überhaupt nichts."

Dann waren sie fort. Und ich wusste jetzt zwar ganz sicher, dass Ben immens auf Ajei stand, aber ein Schisser war und sie verlieren würde, wenn er nicht bald alles auf eine Karte setzte und konkret wurde. Was ich leider aber immer noch nicht genau wusste, war, warum Lennard Heather denn nun versprochen hatte, dass er immer bei ihr blieb. (Was ich übrigens nach wie vor für ziemlich überzogen und gruselig hielt.)

Wenige Minuten später war ebenjener Lennard, über den sich offensichtlich viele Leute Gedanken machten, frisch geduscht, umgezogen und abfahrbereit. Wir standen im Hof, als er sich verabschiedete und mich ganz unvermittelt fragte, ob ich sein Auto zu ihm nach Hause bringen konnte.
„Ajei nimmt uns mit ihrem Wagen mit zum Flughafen. Mum fährt kein Schaltgetriebe, nur Automatik. Und mir wäre es lieb, wenn der Audi bei mir zu Hause steht, weil ich nicht genau weiß, wann ich zurück bin, und ich dann erst hierher kommen müsste, um mobil zu sein."
Das sagte er alles, ohne Luft zu holen.
Ich versprach ihm, mich darum zu kümmern. Ein verstohlener Blick zur Uhr zeigte mir, dass es allerdings auch schon halb drei war.
„Das ist großartig, Baby. Danke." Er hatte mir den Autoschlüssel in die Hand gedrückt, mir unter Ajeis misstrauischem und Bens verwirrtem Blick einen harmlosen Streifkuss auf die Wange gegeben und war in ihren Wagen gestiegen.

Zehn Minuten später fuhr ich mit Lennards Auto hinter Ooljees Jeep her zu seinem Haus.

***

Lennards Zuhause befand sich in der Little Lane am Ostrand von Sedona. Er bewohnte ein zweistöckiges Holzhaus mit einem Balkon, der über die gesamte Breite der oberen Etage reichte. Ooljee hatte ihren Pick-up an der Straße halb auf dem Seitenstreifen geparkt. Sie bedeutete mir, vor der Einfahrt zu warten, ging durch die Gartenpforte und machte mir von innen das Tor auf. Angrenzend an das Haus befand sich ein überdachter Carport, wo an der Seite bereits Lennards Motorrad parkte. Ich fuhr den Wagen hinein, verriegelte ihn und gab den Schlüssel Ooljee.
„Ich bringe den Schlüssel rein. Dann gehen wir hinten raus zum Fluss runter“, sagte sie. „Dort steht eine Bank. Außerdem ist es dort schattig.“

Ich sah mich um. Im Vorgarten standen ein paar Bäume auf dem kargen roten Felsboden. Außerdem war da eine Grillecke sowie eine Feuerstelle, im Viereck drum herum standen Bänke aus halben Stämmen. Unter dem Balkon des Obergeschosses reichte im Untergeschoss eine Glasfront von rechts nach links. Der Raum dahinter musste sehr hell sein. Soweit ich das durch die Rollolamellen erkennen konnte (indem ich meine neugierige Nase an die Scheibe drückte), befand sich dort tatsächlich nur ein einzelnes riesiges Zimmer mit drehbarem Kamin in der Mitte, Küchenzeile links, Instrumente rechts hinten in der Ecke, im vorderen Bereich Couchlandschaft und Esstisch. Viel Holz. Wenig Tinnef. Klare Konturen. Sehr maskulin.

***

Hinter dem Haus fiel das felsige Gelände nach unten zum Oak Creek hin gemächlich ab. Das Flussbett selbst war gesäumt mit Bäumen und damit im Vergleich zum Rest der Wüstenstadt Sedona ungewohnt grün, frisch und schattig. Lennards Grundstück endete, so wie auch die Nachbargrundstücke, mehr oder weniger direkt hinter seinem Haus. Hier erstreckte sich im Erdgeschoss lediglich noch eine schmale, balkonartige Terrasse von einer Hausseite zur anderen. Eine dreistufige Treppe führte in Höhe der Eingangstür dort hinauf. Nur ein wenige Meter breiter Streifen roter Felsen trennte die

Veranda von der halbhohen, blickundurchlässigen Umzäunung, welche das Ende von Lennards Grundstück markierte.

Ooljee hatte das Gartentor für mich offen gelassen und war zum Fluss hinuntergegangen. Ich folgte ihr. Hinter der Mauer erstreckte sich ein vereinzelt von Gräsern durchsetzter Felssaum, der bis zum Flussbett reichte und offensichtlich als Wanderweg genutzt wurde. Die roten Steine waren auch hier omnipräsent. Ich atmete die ungewohnt feuchte Luft tief ein und sah mich um. Ein paar Leute gingen am Oak Creek spazieren. Kinder spielten auf einem natürlichen Damm im flachen Wasser, was nicht besonders tief, aber recht schnell unterwegs war.

Ooljee ging zu einer Bank, setzte sich und winkte mich heran.
Ich sah auf die Uhr. Es war kurz nach drei. Viel Zeit hatten wir nicht mehr.
„Ajei sagt, ich soll ihn aufgeben, weil diese Schauspielerin ihn mehr braucht als ich", kam ich daher direkt auf den Punkt, nachdem ich mich hingesetzt hatte. „Was meinst du?"
„Die Frage ist: Was willst du?", gab Ooljee zurück und schaute auf den Fluss.
Ich zuckte mit den Schultern. „Ich wusste immer, dass wir zusammengehören, aber jetzt ist da die Andere und er hat ihr versprochen, dass er sie nicht verlässt. Was soll man da machen?"
Sie: „Die Frage ist: Was willst du machen?"
Ich seufzte. „Ich will ihn nicht aufgeben. – Kannst du mir sagen, warum sie ihn so sehr braucht? Warum hat er ihr versprochen, sie nicht zu verlassen? Ich meine, es ist schon klar, dass niemand gern verlassen wird und dass es weh tut und so, aber irgendwie scheint es für Heather schlimmer zu sein als für andere." Ich sah die alte Indianerin an.

Ooljee schwieg einen Moment lang und blickte in das bewegte Wasser. „Menschen sind ganz eigene Geschichten. Jede Geschichte hat viele Kapitel. Jedes Kapitel ist eine Herausforderung. Ob ein Mensch sie meistert oder nicht, steht auf den Seiten. Wer aber die Sprache der Seele nicht spricht, der sieht nur das geschlossene Buch." Sie blickte mich an. „Könnten wir in die Bücher aller Menschen schauen, würden wir ihre Seelen sehen. Dann wären wir die große Mutter." Ein Lächeln huschte über ihr Gesicht. „Sind wir aber nicht. Wir sind nur Teile vom großen Ganzen und sehen nur unsere eigenen Ausschnitte und von den anderen das, was sie uns sehen lassen. Menschen haben ihre Gründe, warum sie manches tun und manches lassen. Sie geben Versprechen ab, um etwas zu bekommen, um sich beliebt zu machen, für Geld, einen Gefallen oder weil sie Angst haben. Und manchmal reicht ein schlechtes Gewissen aus."

Ich schnappte nach Luft. „Lennard hat ... ein schlechtes Gewissen? Ist es das? So einfach?"

Ooljee zuckte mit den Schultern. „Ist es das? So einfach? Wahrscheinlich nicht."

Ich stöhnte. „Warum redest du immer so kryptisch? Kannst du mir nicht einfach sagen, was mit ihm los ist und was ich machen soll?"

Hatte die Indianerin wieder gelächelt? Wenn ja, war der Moment sehr kurz.

Sie sagte ruhig: „Nein. Du solltest zuallererst selber wissen, was du tun willst. Und Lennard muss für sich entscheiden, wohin seine Reise geht. Da werde ich mich nicht einmischen. Das steht mir nicht zu. Aber was die andere Sache betrifft, also die, den Sinn deiner Träume zu erkennen, dabei kann ich helfen."

Ich sah sie erwartungsvoll an. „Echt? Wie?"

Ooljee sah mich ebenfalls an. „Nicht hier. Nicht jetzt. Du musst ein bisschen Geduld haben. Auch wenn wir hier in einer Gegend leben, wo über Vortexes sehr viel Energie aus der Erde strömt, braucht manches doch Zeit, bis der richtige Moment da ist. Die Vortexes verstärken allerdings Visionen. Sie treten hier öfter auf als anderswo. Ich kann mir denken, wer dich ruft: Nagi Tanka Cheveyo, mein Vater. Er ist letztes Jahr gestorben, aber er scheint keine Ruhe gefunden zu haben, wenn er durch deine Träume wandert. Vielleicht gibt es etwas, was er noch tun muss." Ich holte Luft, aber Ooljee hob die Hände. „Was das ist, muss er dir selbst sagen. Ich denke, du wirst klarer sehen, wenn du dahin gehst, wo seine Macht am größten ist, wo er zu Hause war und wo seine Seele für alle Ewigkeit über die blauen Wasser zieht. Ich bringe dich nach Supai, aber das muss organisiert werden. Ich melde mich bei dir, sobald ich weiß, wann es klappt. Dann fahren wir in den Canyon und wandern zu den Mooney Falls.

Vielleicht triffst du Nagi Tankas Seele dort und bekommst klarere Antworten." Dann stand sie auf. „Und jetzt müssen wir zurück, sonst schaffst du es nicht, bis um vier bei Jim zu sein."

Ich brachte Ooljee zurück auf die Ranch und fuhr dann direkt weiter zum Diner. Die Tatsache, dass wir, die Indianerin und ich, zusammen nach Supai fahren würden, versetzte mich aus mehreren Gründen in ziemliche Hochstimmung. Zum einen würde ich wieder ein Stück mehr von Lennards Wurzeln kennenlernen, zum anderen waren die Bilder und die Träume, die ich von den blauen Wassern im Havasu Canyon gehabt beziehungsweise gesehen hatte, beispiellos gewesen. Die Indianer waren inzwischen sogar online. Sie öffneten jedes Jahr im Februar ihr Internet-Portal, bei welchem man für die kommende Saison Plätze in der Havasupai Lodge oder auf dem Campground buchen konnte. Leider hatte ich Pech gehabt, obwohl ich noch am gleichen Tag versucht hatte zu reservieren. Es war kein Platz mehr gewesen. Und jetzt schenkte mir Ooljee ganz unverhofft diesen Trip an einen der für mich schönsten Plätze dieser Erde. Wenn das kein Grund war, vor Freude auf dem Sitz zu hüpfen, was dann?

Komisch fand ich allerdings ihre Bemerkung beim Verabschieden. Ooljee war ausgestiegen und hatte, bevor sie die Tür des Lieferwagens zuschlug, völlig zusammenhanglos gesagt: „Heather ist übrigens schon immer ein Hitzkopf gewesen." Dann war sie gegangen.

***

Als ich nachts in meinem Bett lag, über den Hitzkopf Heather grübelte und mein deutsches Handy einschaltete, um den Handywecker zu stellen, bekam ich neben vielen Nachrichten eine ganz besondere per Whatsapp. Es war ein Bild von einer Bühne mit jeder Menge Licht und glänzenden Instrumenten. „Erster Soundcheck gelaufen. Liebe Grüße aus Montreal nach Hause. L."

***

Die Woche begann tatsächlich mit Regen, der mich morgens unterwegs auf dem Fahrrad überraschte, so dass ich bei meiner Ankunft in der Klinik aussah, als hätte man mich aus dem Oak Creek gefischt. Ich fing mir prompt einen angewiderten Blick von Missis van de Rijt ein, die an mir vorbeisegelte, als ich um kurz vor acht Uhr in die Eingangshalle geschlittert kam.
„Ihre beispiellose Art färbt offensichtlich schon auf die Neue ab, Missis Cock", bemerkte der auch nach dem Wochenende nicht viel entspannter wirkende Morgendrachen des Hauses und entfleuchte in den Feierabend, verdient oder nicht. Connie, die gerade aus ihrer Jacke schlüpfte, verdrehte nur die Augen.

Die Woche war stressig, wir kamen kaum zum Luftholen. Allein bis Donnerstag kochte ich insgesamt dreimal Tee für Missis Huxtable, musste neben den unzähligen Patienten, die im Hüpftanz mit lebenden Gehstützen kamen, Rollstühle für den weiteren Krankenhaustransfer und zweimal das Rettungsteam holen, weil jemand einen Anfall hatte oder zusammenbrach, und einmal sogar Erbrochenes aufwischen, als eine Frau uns sehr eindrücklich klarmachte, dass sie eine Magengrippe hatte.

Worauf ich mich an diesen Tagen am meisten freute, waren die Nachrichten aus Kanada, auch wenn Lennard sich sehr kurzfasste. Aber er schrieb mir. Er dachte an mich. Und das war alles, was zählte.
Montag: Bild einer Kaffeetasse auf einem Bistrotisch. Dahinter eine Kathedrale mit zwei Türmen. „Heute Morgen an der Notre-Dame de Montréal. Kaffee zum Aufwachen. L."
Dienstag: Blick aus dem Fenster auf einen Hügel mit einer Art Festung. „Downtown Halifax. Die Zitadelle lässt grüßen. Bin müde. L."
Mittwoch: Hotelzimmer mit Blick auf einen breiten Fernseher. „Zwischen zwei Gigs passiert erstmal nix. L."
Donnerstag: „Sieht ein bisschen aus wie Berlin, oder? Gruß aus Toronto. L." Der Turm auf dem Bild hatte tatsächlich Ähnlichkeit mit dem Fernsehturm.

***

Der Freitag begann ganz gemütlich. Es war wenig los, so dass Connie und ich mal ein bisschen locker lassen und ein paar Sachen aufarbeiten konnten, von denen meine Kollegin meinte, sie seien liegengeblieben.
„Schiebst du am Wochenende wieder bei Jim im Diner Dienst?", wollte sie zwischendurch wissen.
Ich nickte. „Und du? Ziehst du wieder mit Marsha um die Häuser?"
Connie schüttelte den Kopf. „Nein. Marsha hat ja auch Familie zu Hause. Wir können uns nur gelegentlich davonmachen. Die Kids, du weißt ja."
„Du hast doch Hugh", meinte ich eine klitzekleine Spur anzüglich, da besagter gerade erst gestern seine Mittagspause an unserem Tresen verbracht hatte (und das vermutlich nicht wegen mir). „Der passt sicher gern auf." Obwohl klar war, dass Hugh viel lieber mit den Kids und Connie zusammen etwas unternehmen würde.
Connie hob die Brauen. „Aber Marsha hat keinen Hugh, nur ihren Mann. Und Hugh, meine Liebe, der verfügt übrigens über ein eigenes und sehr hübsches Zuhause."
Als hätte er uns gehört, kam Hugh genau in diesem Moment durch die Eingangstür, rief: „Hi, Mädels", und winkte mit einer Fahrradpumpe, bevor er nach links in einem Gang verschwand.
„Ist dir das aufgefallen? Er kommt seit neuestem mit dem Rad", meinte Connie und sah mich an. „Das wundert mich. Ist doch komisch, oder? Er ist sonst nie Rad gefahren."
‚Mich wundert das nicht', dachte ich und zuckte (etwas peinlich berührt) mit den Schultern. Ich war es nämlich gewesen, die ihre Klappe nicht hatte halten können. Als ich ihn in den letzten Tagen einmal zu oft dabei beobachtet hatte, wie er Connie einen sehnsüchtigen Blick zuwarf, sobald sie abgelenkt war, konnte ich mir nicht verkneifen, ihm bei nächster Gelegenheit zuzuraunen: „Wenn du willst, dass sie dich mit anderen Augen sieht, dann tu mal was für dich und nicht nur für sie und die Kinder. Wenn du dich mehr ... bewegst und fitter bist, dann steigen deine Chancen. Mach es wie ich. Fahr Fahrrad."
Er hatte mich angesehen, als wäre mein Vorschlag gewesen, sich bei Gewitter nackt auf einem der roten Berge zu treffen und dort zusammen eine Arie von

Puccini zu singen, und war auf dem Absatz umgekehrt, so dass ich gleich ein echt schlechtes Gewissen hatte. Vielleicht hatte ich mich mit meinem Tipp tatsächlich und unbeabsichtigt zu weit aus dem Fenster gelehnt. Aber seit dem nächsten Morgen kam Hugh tatsächlich mit einem nagelneuen Fahrrad für etwas gewichtigere Leute vorgefahren.
Und dabei war es in den letzten Tagen auch geblieben.

Mittags erhielt ich einen Anruf meines Bruders, als ich gerade in der Pause war und draußen mein Gesicht in die wieder auferstandene Sonne hielt. Matze teilte mir mit, dass er und sein Freund Fiete gut gelandet waren, aber nicht (wie geplant) heute hardcoremäßig von Phoenix nach Sedona durchradeln und mich dann nachts heimsuchen würden, sondern erst morgen kämen.
Dann hatte ich noch einen Abend Ruhe. Auch gut.
„Wir fahren heute nur die halbe Strecke und wollen unterwegs noch am Agua Fria National Monument anhalten. Den Tipp haben wir aus dem Flieger. Wir haben da ein paar Leute aus London kennengelernt, die auch mit dem Rad unterwegs sind. Ist das cool, oder was? Wir pennen bei denen. Die haben Motelzimmer gebucht, da können wir uns einklinken. Morgen geht es dann ganz entspannt weiter in Richtung Sedona, Schwesterherz. Dann sehen wir uns."
Er hatte „Leute" gesagt und nicht „Typen". Da wurde ich etwas misstrauisch.
„Wer sind denn diese ‚Leute'?"
„Ach, so Leute eben. Eine Truppe."
„Eine Truppe? Aus London? – Hast du übrigens Mom schon gesagt, dass du gut gelandet bist?"
Kurze Stille. „Äh, das hätte ich direkt nach dem Anruf bei dir gemacht."
Aha. „Also, was sind das für Leute?"
„Ein paar Mädels und so."
„Und so?"
„Nur Mädels. Drei. Turnerinnen. Aus London. Severin, Shirley und Deanna."
A-ha. Daher wehte also der Wind. Welche von den dreien hatte es ihm angetan? Hoffentlich nicht alle drei. Oder doch? Egal. Ich war seine Schwester, nicht seine Nanny. Sollte er seinen Spaß haben. Ob ich ihn in dem Zusammenhang mal

fragte, was mit der Liebe seines Lebens war, die er vor ein paar Wochen zu Hause kennengelernt hatte?
Ich seufzte. „Vergiss nicht, Mom anzurufen, ja?“
„Mache ich gleich. Versprochen.“
„Und benutzt Kondome.“

Darauf erhielt ich keine Antwort mehr.

***

Das Wiedersehen mit meinem Bruder als familiärem Vertreter tat mir gut. Matze platzte am frühen Nachmittag in mein Hexenhäuschen wie ein warmer Regen aus der Heimat. Und auch wenn er wahrscheinlich gar nicht viel da sein würde, weil der Fahrplan, den er und Fiete sich für den Urlaub vorgenommen hatten, in etwa reichte, um zwei Monate hier zu verbringen (und das, ohne einen Tag zu faulenzen), war mit den beiden Jungs am Samstagnachmittag vorläufig das Chaos bei mir eingezogen.

Wir hatten nicht sehr viel Zeit bei Matzes Ankunft, da ich schon zweieinhalb Stunden später zu Jim ins Diner musste, aber ich war total aus dem Häuschen (nämlich aus meinem), als ich die Jungs mit Gelächter in den Garten radeln hörte. Ich hatte den Tisch draußen gedeckt und während die beiden Urlauber Unmengen an Essen verspachtelten, erzählten sie mir, sich gegenseitig ins Wort fallend, von ihren Plänen. Da wurde ich glatt ein bisschen neidisch. Ich hätte auch nichts gegen ein bisschen Urlaub oder zumindest mal freie Zeit.
„Das ist aber auch mal so eine hammergeile Ecke hier“, schwärmte Fiete, der mit seinen Eltern vor Jahren schon mal in Arizona gewesen war und sich somit für ortskundig hielt.
Matze war jetzt schon total begeistert. Aber ob ich diesen Fakt tatsächlich den roten Felsen im Verde Valley oder eher den Schwingungen einer Engländerin namens Severin, Shirley oder Deanna zuschreiben musste, konnte ich dabei nicht genau sagen.

Als ich nachts von der Arbeit nach Hause kam, herrschte jedenfalls Ruhe. Das stimmte mich froh, weil ich ziemlich groggy war. Die Jungs hatten sich bemüht, halbwegs Ordnung zu schaffen, was ihnen allerdings (nach meinen Maßstäben) nicht wirklich gelungen war. Damit hatte ich auch nicht gerechnet, nahm aber dafür den guten Vorsatz wohlwollend zur Kenntnis. Was ich aber sofort checkte, war, dass sie hier nicht allein gewesen sein konnten. Sie hatten Besuch bekommen und ich tippte, scharfsinnig wie ich war, auf ein englisches Damentrio.

Ich machte ein Bild von meiner halbwegs verwüsteten Stube, schrieb unter das Foto „Invasion aus dem fernen Osten“ und schickte es in die weite Welt hinaus. Von Mom kam wenige Minuten später ein „Er ist also gut bei dir angekommen. Sollte sich doch bei uns melden, der Lump. Hat er aber nicht. Hau ihm auf die Mütze von mir!!! ;o)) Chaos bei dir? Haha. Bei uns herrscht jetzt endlich mal Ordnung. Habe übrigens unsere Flüge für September gebucht. Freuen uns auf dich! Liebe Grüße aus der Heimat“ zurück. Meine Eltern wollten mich kurz vor dem Ende meines Aufenthaltes in Sedona besuchen.

Suse schickte mir ein Foto von ihrem etwas wild anmutenden Garten. „Hatte ganz leichte vorzeitige Wehen. Wurde deswegen vom Doc ruhiggestellt und darf (wenn es nach Jus geht) nur noch zum Klo, zur Dusche und zum Kühlschrank gehen. Der kleine Mann bestimmt jetzt schon mein Leben. Noch drei Monate ... Aaaaaargh!“ Darunter waren zwei Reihen mit heulenden Smileys und ein Foto von Annelie auf dem Töpfchen. Wie niedlich.
Von Tilli kam erstmal nix, aber das war nicht unüblich. Vermutlich lag sie mit Kosta im Bett und diskutierte immer noch darüber, ob sie sich outen und tatsächlich zum achtzigsten Geburtstag seiner Oma gehen sollte. Oder sie schob Dienst im Krankenhaus.

Tatsächlich schrieb mir auch Lennard eine Nachricht. „Wenn es dir zu viel wird, dann kannst du in die Little Lane flüchten.“ Ich konnte mir aber nicht vorstellen, dass er das ernst meinte. Als ich dann allerdings die Sprachnachricht meines Bruders abhörte, die er mir um kurz nach Mitternacht geschickt hatte, bekam die Aussicht, allein in Lennards Haus zu sein, ein ganz neues Gewicht.
„Hallo Schwesterherz. Du, wäre das okay, wenn statt Fiete Deanna mal mit bei mir, äh, bei dir pennt? Das wäre voll der Hammer.“
Ich schielte auf die Uhr. Um diese Zeit gab es von mir ganz sicher keinen konstruktiven Kommentar mehr, dafür war ich viel zu müde. Über Deanna, Matze und das Häuschen würde ein anderes Mal zu reden sein. Ich schleppte mich in die Schlafetage und plumpste der Länge nach auf die Matratze.

***

Mir war kalt, so kalt.
Mein Körper fühlte sich fremd und seltsam taub an.
Ich spürte meine Beine nicht, meine Arme nicht und konnte kaum atmen. Die Nase war zu.
Mein Kopf dröhnte.
Das Rauschen in meinen Ohren erinnerte mich an einen Wasserfall, einen sehr, sehr großen Wasserfall mit unendlich viel Wasser.
Da waren noch andere Geräusche. Stimmen. Laute Stimmen. Zwei Stimmen, eine hell, eine dunkel. Aber laut, so laut. Sie verschwammen zu einem diffusen Nebelgebrüll. Ich hörte sie wie durch Watte.
Das war alles schlimm.
Aber das war nicht das Schlimmste. Das Schlimmste war, dass ich sie jetzt nicht mehr beschützen konnte. Sie würde allein sein.

Mein Herz raste.
Ich schmeckte Blut in meinem Mund.
Alles löste sich auf.
Ich würde mich verlieren.
Nein.
Bitte nicht.
Ich wollte bleiben.

Schritte dröhnten.
Sie kamen näher.
Ich bekam Angst, große Angst.
Wenn ich doch nur die Augen öffnen könnte.
Ich musste die Augen öffnen.
Unbedingt.
Jetzt.

***

Ich erwachte mit einem gellenden Schrei und stechenden Schmerzen in der linken Wange, auf der ich lag. Dort hatte sich etwas Spitzes in meine Wange gebohrt. Als es mir endlich gelang, mich aus meiner Bettdecke, die sich um mich verheddert hatte, freizukämpfen, setzte ich mich auf. Ich knipste das Nachtlicht an. Haleys Armband lag auf dem Kissen, und zwar genau dort, wo sich eben noch mein Kopf in die Mulde gedrückt hatte. Der kleine Haken am Verschluss musste der schmerzverursachende Übeltäter sein.
Ich rieb, immer noch keuchend und bis in die letzte Zelle meines Körpers zitternd, über mein Gesicht. An der Einstichstelle spürte ich Feuchtigkeit. Da war ein kleiner Blutstropfen.

Ich wickelte mich wieder in meine Decke und hoffte, trotz wilden Herzklopfens noch einmal einschlafen zu können. Das kleine Nachtlicht ließ ich an. Es dauerte sehr lange, bis das Zittern aufhörte.
Was für ein seltsamer Traum. Aber mal ehrlich - Traum? Oder eher - Vision?
Hm.

Das Komische war, dass ich mich nicht erinnern konnte, das Armband aus der Schublade genommen zu haben.

***

Ich hatte nach dieser Nacht beschlossen, Haleys Armband ab jetzt immer bei mir zu tragen, weil ich hoffte, dass es mir irgendwann noch mehr verriet, irgendwie auf irgendwas oder irgendwen reagierte, mystische Verbindungen knüpfte, elektrische Blitze sendete, dass sich ein Hologramm öffnete und das beängstigende Geheimnis ausplapperte. Oder sonst etwas. Keine Ahnung, was ich tatsächlich erwartete. Ich hoffte einfach auf irgendeine Erleuchtung.

„Kann man auch Patienten suchen, die schon vor zehn Jahren hier waren?", fragte ich Connie, einer plötzlichen Intuition folgend, in der Woche darauf und klickte das Suchfeld an.
„Klar", gab meine Kollegin zurück. „Wen suchst du denn?"
„Die verschwundene Haley. Ich will wissen, ob sie mal hier war."
Connie machte ein verwirrtes Gesicht. „Wie kommst du denn jetzt darauf? Willst du auch unter die Detektive gehen? Da wärst du nicht die Erste, aber gefunden hat sie bis jetzt keiner. - Such nach Haley Donovan."
„Vielleicht bekomme ich irgendeine mystische Eingebung." Schließlich hatte ich ihr Armband in der Tasche, wovon Connie natürlich nichts wusste. Niemand wusste das. „Donovan? Schreibweise wie bei Giordan Donovan?"
„Genauso wie Giordan Donovan. – Warum hast du so ein Interesse an diesem Mädchen? Du kanntest sie doch gar nicht", meinte Connie kopfschüttelnd.
Ich zuckte mit den Schultern. „Stimmt, aber ich kenne ihr Pferd. Das steht nämlich bei einer Freundin. Außerdem bin ich ein Gerechtigkeitsfanatiker. Ich will, dass solche Sachen aufgeklärt werden. Ich finde es grässlich, wenn einfach jemand verschwindet und nur Fragen zurückbleiben. Sie war jung und hatte ein Recht auf ihr Leben."
„Auf alle Fälle, aber da drin", sie zeigte auf den Computer, „wirst du wahrscheinlich keine Antworten finden. Du hättest ihren Bruder fragen können, als er vorhin hier war." Im nächsten Moment donnerte Connie den Locher durch einen Stapel Zettel, als würde sie an ihrem Exmann ein Exempel statuieren. Dabei war sie nur dabei, die Ablage aufzuräumen.
Ich starrte sie an. „Was? Ihr Bruder war hier?"
Connie hielt inne und nickte. „Ja? Giordan Donovan, habe ich doch eben gesagt,

oder nicht? Du könntest ihn fragen. Aber so weit ich weiß, spricht er nicht über seine Familienangelegenheiten. Ist auch klar. Wer hat schon Getratsche gern? Und die Donovans mussten einiges wegstecken. Erst starb die Mutter bei einem Badeunfall, als sie ihre kleine Tochter retten wollte, dann verschwand Haley. Und das alles in nur einem Jahr."

Ich war völlig verblüfft. „Ach du großer Gott. Das ist fetter Tobak. Die Ärmsten. Und Giordan ist Haleys Bruder?" Zeitgleich hackte ich auch schon Haley Donovan in den Computer ein und hielt den Atem an. War das der Durchbruch, auf den ich gewartet hatte? Nein. Mist. Haley Donovan war nur einmal hier im Krankenhaus zur Behandlung gewesen. Sie hatte sich mit sieben Jahren den Arm gebrochen, als sie vom Pferd gefallen war. Danach kam sie nicht wieder, nicht mal nach dem Badeunfall, den Connie eben erwähnt hatte. Giordan dagegen schon. Er musste ein wilder Junge gewesen sein, denn er war tatsächlich schon als Kind immer wieder hier aufgetaucht, und konnte somit als Stammkunde bezeichnet werden. Das letzte Mal war seine Mutter im März 2004, ein Vierteljahr vor ihrem Tod, mit ihm hier vorstellig geworden, weil er eine Gehirnerschütterung hatte. Giordans Mutter hieß Eireen. Und ihre elektronische Akte war noch um einiges dicker als die ihres Sohnes. Dummerweise hatte ich keinen Zugriff darauf. Das Einzige, was ich noch aus den Daten kombinieren konnte, war, dass sie die letzten fünfzehn Jahre vor ihrem Tod hier in psychologischer Behandlung gewesen sein musste. Die entsprechenden Datensätze wiesen aber leider eine Verschlüsselung auf, die nur ihre eingeweihten Psychologen knacken konnten. Gut, war ja auch Privatsache. Ich holte tief Luft.
Um es mal so zu sagen: Bei den Donovans war die Vergangenheit familiär nicht nur nicht besonders gut gelaufen, sondern fürchterlich beschissen. Sie hatten viel Pech gehabt.

„Das erklärt, warum sein Vater so kalt wirkt", stellte ich nachdenklich fest, starrte auf den Monitor und erinnerte mich an Giordans Besuch am Vormittag. Er war zum Termin beim Unfallchirurgen zur Knöchelbegutachtung gewesen und hatte danach ein bisschen mit mir geflirtet, was in einer Einladung zum Essengehen und einer Führung über das Donovan'sche Anwesen inklusive Werkstatt, Lager und Pferdestall mündete. Wer weiß, zu welchen Versprechungen sich Giordan noch alles hätte hinreißen lassen, wenn sein Vater nicht irgendwann wie eine gepanzerte Weltmacht in der Vorhalle eingefallen wäre.

„Kommst du jetzt?", hatte er Giordan angeblafft. „Es gibt Menschen, die einen Zeitplan haben, auch wenn das für dich unvorstellbar ist. Vergiss nicht, dass ich jetzt auch noch deinen Job machen muss."

Für uns, das Fußvolk hinter dem Tresen, gab es nur ein kurzes Nicken, ein „Tag die Damen", dann war der alte Donovan (geschniegelt, gebügelt, einen Kopf kleiner als sein Sohn, aber offensichtlich um mehrere Karat härter) auch schon wieder weg gewesen.

Giordan hatte die Augen verdreht, seine Visitenkarte über den Tresen geschoben, mir zugezwinkert und gemeint: „Ich werd mal los, damit der Alte keinen Herzinfarkt bekommt. Er denkt, dass die Stadt nicht ohne ihn auskommt. - Ruf mich an, wenn du Zeit hast, Leela."

Nachdem ich jetzt wusste, wer er war, dachte ich über sein Angebot ernsthaft nach, während ich die Visitenkarte in eines der Fächer meiner Handyhülle steckte. Da blinkte nämlich eine neue Frage auf wie das allwöchentliche Mega-Sonderangebot im Walmart an meiner Hirnrinde: Wenn die Donovans einen Pferdestall hatten, warum stand Cocowhite Lady dann bei Ooljee?

„Mach mal Platz." Connie unterbrach diese Gedanken, übernahm meinen Platz am Computer und klickte sich mit der Maus rasend schnell durch ein paar Akten, um Eintragungen vorzunehmen. Aktuell war es durch die Mittagspause recht ruhig hier im Empfang.

„Kalt? Eher glatt wie ein Aal. Quentin Donovan ist Politiker", schnaubte meine Kollegin dann, auf meine letzte Äußerung Bezug nehmend, und guckte mich über den Rand ihrer Lesebrille an. „Außerdem gehört ihm eine Firma. Holzhandel und Möbelbau. Er hat sich stinkreich gearbeitet und das klappt nicht, wenn man mit Flanell ausgestopft ist. Da braucht man Ellenbogen und eine ganz harte Füllung. Giordan ist im Gegenzug zu dem Alten ein Softie, aber wenn du mit dem Junior ausgehst, dann kannst du aber zumindest sicher sein, dass er dich nicht in die billigsten Spelunken führt. Der Typ weiß, was gut ist." Sie zwinkerte mir zu.

Ich starrte auf den sichtbaren Zipfel der Visitenkarte. Gebongt. Ich würde Giordan anrufen, ihn via Facebook oder Twitter oder sonstwie kontaktieren und mich mit ihm verabreden. Mal sehen, was ich über seine Familie rausfinden konnte. Ich musste nur vorsichtig vorgehen. Haley war sicher ein sensibles und schmerzliches Thema für ihn.

***

Zu Hause erwartete mich, seitdem ich Besuch hatte, stets das blanke Durcheinander. Die beiden Jungs führten gepäcktechnisch zwar eher kleines Besteck mit sich, verteilten aber dafür täglich jeden einzelnen Knüllsocken separat in meinem Hexenhäuschen, als wollten sie damit Fährten für die Turnerinnen legen.

Ich kochte uns Nudeln und als die Jungs gegen sechs mit ihren Rädern in den Garten geflogen kamen, hatte ich den Wohnraum zumindest halbwegs wieder hergerichtet. Die beiden waren in absoluter Hochstimmung, wechselten allerdings sofort das Thema, als sie mich sahen.

„Hallo Schwesterherz", freute sich Matze. „Riecht gut hier. Hast du für uns mitgekocht?"
Die beiden verspachtelten den kompletten Topfinhalt und dazu noch ein halbes Brot mit allem, was sich in der Aufschnittdose befunden hatte. Ich würde nachher noch einkaufen gehen müssen, sonst wäre morgen zum Frühstück nur noch Knoblauch mit Zwiebeln im Angebot.
Immerhin spülten die beiden das Geschirr und erzählten mir in den leuchtendsten Farben vom Radtrip des heutigen Tages. Die Jungs waren in Richtung Cottonwood gefahren.

„War echt heftig, aber Ausblicke mit Wucht, ehrlich. Und irgendwann in den nächsten Tagen wollen wir mit den Mädels zum Canyon. Aber nicht mit dem Rad. Ist zu weit. Deanna will ein Auto mieten. In die Kosten teilen wir uns dann rein."
Wurde tatsächlich Zeit, dass ich diese Deanna mal kennenlernte. Sie verbrachte im Urlaub meines Bruders auf alle Fälle mehr Zeit mit ihm als ich. Und das, obwohl sie ihn erst vor ein paar Tagen zum ersten Mal gesehen hatte. Mom würde Einzelheiten wissen wollen.
„Hört sich gut an. Und so lange ihr den White Line Trail nicht fahrt, ist mir ..."
Der verstohlene Blick, den sich Matze und Fiete zuwarfen, sprach Bände. Ich knallte den Holzlöffel, den ich eben in der Schublade hatte verstauen wollen, auf

die Theke. „Hallo? Ihr habt mir versprochen, dass ihr diesen Weg nicht fahrt. Ihr habt es VERSPROCHEN. Ich möchte mich darauf verlassen. Bringt euch woanders um. Ist das klar? Ich habe keine Lust, meine und deine Eltern anzurufen", Fingerzeig in Matzes und Fietes Richtung, „und um Kisten für die Einzelteile zu bitten. Schwört mir, dass ihr diesen Radweg nicht fahrt." Das meinte ich ernst.
„Heeee, ist ja gut", machte Matze beschwichtigend. „Ich schwöre dir, dass wir den Trail nicht fahren werden. Ehrenwort."
Fiete griente so breit, dass seine Ohren wackelten.
Ich verschränkte die Arme vor der Brust und setzte mein großschwesterlichstes Großschwestergesicht auf. „Matze? Hände hoch. Hast du die Finger gekreuzt?"
Matze kratzte sich am Hinterkopf und grinste verlegen. „Nein, Leila, bestimmt nicht." Er hob seine Hände. „Ich verspreche dir hoch und heilig, dass wir den Trail nicht noch mal fahren. Ehrlich. Wir sind da ... nämlich gestern schon drauf gewesen."

Ich brüllte: „Ihr Mistkerle", und warf das Geschirrtuch nach meinem Bruder, der den Kopf einzog. Fiete wieherte und schlug sich hinter meinem Küchentresen auf die Schenkel.
Ich wankte zu einem kleinen Sessel, ließ mich hineinfallen und fühlte mich urururalt. „Sagt mal, seid ihr ... komplett bescheuert?"
„Nee. Ja. Egal. Das war so SAUgeil", griente mein Bruder, zog sich den Nachbarsessel ran und schwang sich hinein. „Guckst du hier ..." Dann musste ich mir allen Ernstes den grauenvollen Film im Zeitraffer ansehen, welchen seine Helmkamera am gestrigen Tag völlig emotionslos mitgeschnitten hatte. Ich hielt die Augen mehr geschlossen als offen und ächzte gelegentlich.
„Zeig das nie, nie, niemals unserer Mutter", flüsterte ich immer wieder und bekam erst reichlich spät mit, dass Matze und Fiete nicht allein auf diesem Höllentrip gewesen waren. Die drei Britinnen fuhren den Trail ebenfalls. Die mussten also genauso verrückt sein.

„Guck dir die Beine an", stöhnte Fiete gierig und boxte Matze, der mir noch das

Gruppenbild nach erfolgreich bestandener Horrortour zeigte, gegen den Oberarm. Das Bild zeigte Matze zwischen den Mädels. Er stand wie Krösus in der Mitte, breitbeinig, und grinste wie ein Honigkuchenpferd. Hinter ihm sah man eine der Steilwände mit dem weißen Streifen, der den Verlauf des Trails markierte. Auf seinen Schultern stand ein brünettes Mädchen, die Arme in der Luft. Rechts und links hatten die beiden anderen Mädchen Handstand gemacht. Mein Bruder hielt jeweils ein lang gestrecktes Damenbein fest, das andere Bein hatten die Mädels akkurat und kerzengerade zur Seite weggestreckt. Kunstturnerinnen eben.

Vor der lebendigen Skulptur des Götterboten mit seinen Zustellerinnen standen fünf Fahrräder. Ein herzerfrischendes Bild.

„Das kannst du Mom schicken“, sagte ich süffisant. „Sie wird sich zwar fragen, warum die Leute hier ihre Steilhänge mit weißen Strichen markieren, aber du kannst ihr ja erzählen, dass das Verkehrszeichen für Hubschrauber sind.“

„Die Beine, was Alter? Die Beine. Der Hammer, oder?“, sabberte Fiete, stierte aber definitiv ganz woanders hin. Er war eigentlich schon achtzehn, schien aber seine pubertäre Sabberphase noch nicht ganz hinter sich zu haben.

Ich verdrehte die Augen, stand auf, schnappte mir das Geschirrtuch wieder und warf es Fiete über den Kopf. „Hier, mach was Ungefährliches und Vernünftiges. Trockne ab.“

„Apropos was Vernünftiges machen – wie sieht das jetzt aus mit dem Haus hier? Kannst du mal woanders pennen? Bei Lennard oder so? Der wohnt doch hier in der Ecke. Da hat er doch bestimmt nichts dagegen.“ Matze wackelte vielsagend mit den Augenbrauen.

„Himmel, das Ding mit Lennard ist tausend Jahre her“, sagte ich betont nüchtern. „Aber ich kann ihn ja mal fragen, ob er mir sein Gästezimmer überlässt, damit du hier freie Bahn hast.“

Matze sprang auf, hüpfte und ließ die Füße gegeneinander klatschen. „Bist eben die beste Schwester der Welt, Leila.“ Er sprang über den Sessel zu mir rüber und riss mich an seine Brust. „Ich wusste doch, dass ich mich auf dich verlassen kann.“

Ich drückte meinen kleinen Bruder (der inzwischen mehr als einen Kopf größer war als ich) und schob ihn dann weg. „Erstmal muss ich Lennard fragen, ob das geht. Er ist gerade auf Tour, mal sehen, wann er antwortet. Und dann ...“
„Ach, das geht schon klar“, war sich Matze sicher. „Der hat doch früher auch alles für dich stehen und liegen lassen.“
(Ja. Klar. Und warum ist er dann so versessen darauf gewesen, einen Ozean zwischen uns zu bringen?)
„Das war vor neun Jahren, Matze.“
„Okay, aber jetzt bist du hier. Und er kommt ja sicher auch mal nach Hause, oder? Er muss ja Wäsche wechseln und so.“ Dabei zwinkerte der Scherzkeks vielsagend, stutzte aber, als ihm auffiel, dass ich nicht mit lachte. „Hat Lennard jetzt 'ne Neue, oder was? Kein Problem. Die kickst du locker aus dem Ring, Schwesterherz. Du bist in jedem Fall die coolere Partie.“

Tja, wenn das mal so einfach wäre.

***

Ich: „Hallo Lennard! Mein Bruder hat seine Libido nicht im Griff *augenrollsmiley* und will mich aus meinem Haus haben, damit er eine kunstturnende Britin vernaschen kann. *erschrockendreinschausmiley* Ich soll dich fragen, ob es möglich wäre, dass er mich zu diesem Zweck in dein Gästezimmer abschiebt. *augenrollsmiley* Liebe Grüße – Leila *sonnensmiley*"

Lennard (eine halbe Stunde später): „Hi Baby! Ich würde mich niemals der Liebe in den Weg stellen und gönne deinem Bruder eine wilde Nacht (oder auch mehrere). Gern kann er seine störende Schwester bei mir zwischenparken, wenn sie die Unordnung nicht stört. Ich habe nicht aufgeräumt. Holt euch den Schlüssel von meiner Mutter. LG L"

***

Ich hatte mir den Schlüssel zu Lennards Haus am nächsten Vormittag bei Ooljee abgeholt und ihr (etwas verlegen) von meinem „vollem Haus", „zwei Jugendlichen" und ihren „wilden Urlaubsallüren" erzählt.
Wenn sie sich mehr dabei dachte, dann merkte man ihr nichts an. Sie gab mir den Schlüssel, ohne mit der Wimper zu zucken, und erklärte mir, wie ich die Alarmanlage ausschaltete.
„Wir werden am zweiten oder am dritten Aprilwochenende nach Supai fahren, wenn du das einrichten kannst", fügte sie außerdem hinzu.
„Ja, unbedingt. Ich denke, dass das sehr wichtig für mich ist", stimmte ich ihr zu. „Auf alle Fälle." Ich erzählte ihr von meinem letzten Traum und hatte das unbestimmte Gefühl, dass Ooljee darüber etwas erschrocken war. Ich schloss zaghaft mit: „Ich bin mir ziemlich sicher, dass es dieses tote Mädchen aus Sedona ist, was niemand gefunden hat. Haley Donovan."
Ooljee sagte: „Haley. Hm. Wenn du so einen Traum noch einmal hast, dann versuch unbedingt, dich zu schützen. Stell dir vor, du würdest hinter einer Schutzwand oder – noch besser – in einer Glaskugel stehen. Je besser du dir das vorstellen kannst, desto besser wirkt es. Sonst kann es passieren, dass du die Schwingungen, also die Gefühle und Energien, die eine Geistervision begleiten, auf dich überträgst. Das kann gefährlich werden. Du musst ein unbeteiligter Beobachter bleiben, sonst entgleitet dir die Kontrolle und der Geist übernimmt. Du wärst nicht die Erste, die sich dabei selbst verliert. - Aber was mich wundert, ist, dass dieser Geist dich heimsucht, obwohl du sagst, dass du das Mädchen selbst noch nie gesehen hast. Wie kommst du denn darauf, dass es Haley Donovan sein soll?"

Etwas verlegen zeigte ich ihr das Kettchen, was ich aus Cocos Box entfernt hatte. Ooljee sah mich jetzt sehr ernst, fast tadelnd an. „Du bist mehr als leichtfertig, Kind." Sie schüttelte den Kopf und nahm mir das Kettchen ab. „Das hänge ich lieber wieder zurück. Bei Coco ist es sicher. Dort gehört es hin. Du hattest kein Recht, es zu entfernen."
Okay, das war eindeutig ein Tadel.
„Tut mir leid", sagte ich mit einem Anflug von schlechtem Gewissen.

Ooljees Gesicht wurde etwas weicher. „Du legst dich mit Kräften an, denen du noch nicht gewachsen bist. Ein Spirit, der nicht ruhen kann und versucht, in die Welt der Lebenden zu kommen, hat schon stärkere Leute als dich in den Wahnsinn getrieben. Ein Mensch muss viel lernen, bevor er sich gefahrlos in die Welt der Geister begeben kann."

Ich gab ihr recht und seufzte: „Ich wünschte, ich wüsste schon so viel wie du."

Ooljee lachte. „Im Gegensatz zu dir bin ich eine alte Frau. Ich habe eine Menge Lektionen bekommen und immer noch nicht ausgelernt. Wir lernen, so lange wir leben, und ich lebe schon viel länger als du. Es wäre eigenartig oder dumm, wenn ich nicht inzwischen weiser wäre."

***

Ich fuhr vor der Arbeit in die Little Lane und brachte die obligatorischen Sachen hin, die frau für die Nacht so brauchte. Die Jungs waren schon seit dem Morgen (so wie jeden Morgen) wieder unterwegs und tobten sich irgendwo in den hoffentlich ungefährlicheren Bereichen der Umgebung aus. Ich hatte das Video ihrer letzten Tour noch nicht ganz verkraftet. Deswegen hatte ich Matze (der in seiner vollen Profi-Radler-Montur selbst für Schwesteraugen gar nicht übel aussah) noch ein „Fahrt vorsichtig, ja? Und treibt es nicht zu doll. Ich möchte nicht, dass Klagen von den Nachbarn kommen“ hinterhergerufen, als die beiden Freunde losgeradelt waren, und konnte nur hoffen, dass das „Daumen-hoch-Signal“, was mein Bruder kurz nach hinten signalisiert hatte, hielt, was es versprach.

***

Den Code für die Alarmanlage von Lennards Haus hatte ich mir sicherheitshalber auf mein linkes Handgelenk geschrieben. Ich parkte Jims Lieferwagen hinter Lennards Audi in der Einfahrt, als ich dort ankam, umrundete das Haus und ging zum Hintereingang auf der Flussseite, wo der Oak Creek munter in seinem rotfelsigen Bett vor sich hin plätscherte.

Es war schon ein bisschen seltsam, ohne Lennard in sein Haus zu gehen. Und auch wenn er mir definitiv gestattet hatte, mich dort aufzuhalten (ich checkte vorsichtshalber noch mal seine Nachricht), fühlte ich mich wie ein heimlicher Eindringling und bemühte mich erst einmal, so wenig wie möglich Spuren zu hinterlassen.

Der Flur war geräumig. Rechts führte eine gewendelte Treppe ins Obergeschoss. Zum Wohnraum gab es keine Tür, sondern nur einen etwa doppelt türbreiten Durchgang, so dass man vom Eingang direkt bis in den Garten sehen konnte. Ich warf einen Blick in das große Zimmer. Rechts um die Ecke lag die Küchenzeile, links die Musikecke. Dort fanden sich erwartungsgemäß ein ziemlich voller Schreibtisch, zwei Gitarren, ein Klavier, ein Schlagzeug, Notenschränke und

Bücherregale, eine Musikanlage. Auch auf dem Boden lagen Noten. Ich versah diesen Teil des Raumes mit dem Siegel des kreativen Chaos.

Vor dem Küchentresen standen vier Barhocker, in der Ecke gegenüber ein großer Esstisch mit Stühlen, in der Ecke links am Fenster eine große Couch und Hocker. Der ganze Raum war trotz Lamellenrollos durch die lange, bodentiefe Fensterfront sehr hell, zumal sich auch rechts und links noch Fenster befanden. Die Küche zeigte sich überraschend rustikal, wenig Edelstahl, noch weniger Schnörkel. Sie hatte klare Formen und eindeutige Gebrauchsspuren. In der Abtropfe stand gespültes Geschirr. Immerhin. Insgesamt vibrierte hier alles nur so vor Lennards Energie. Und auch wenn das Haus ein bisschen unaufgeräumt war und vielleicht sogar ein winziges Müh chaotisch wirkte, fühlte ich mich wohl und irgendwie ... angekommen, als wäre ich zu Hause. Ich berührte die Gitarren und brachte eine nach der anderen zum Klingen, bevor ich zum Fenster ging und die Lamellen aufzog. Im nächsten Moment badete ich in Licht, es flutete in den Raum, als hätte es schon draußen gegen die Scheibe gedrückt und gelauert. Ich öffnete zwei Türflügel, ließ frische, warme Frühlingsluft ins Haus, sah mich um und überlegte, hier auf der Couch zu schlafen, mitten im Einzugsbereich von Lennards Kreativität. Vielleicht bekam ich dabei etwas ab.

Im unteren Flur gab es links noch eine Tür mit einem kleinen Gästebad dahinter. Eine Dusche war hier drinnen nicht, ich würde in dieser Hinsicht also doch oben nachsehen müssen. Sicher hatte Lennard ein zweites Bad. Ich konnte mir nicht vorstellen, dass er sich am Handwaschbecken den Rücken schrubbte.
Also ging ich die Treppe hinauf. Oben waren links zwei spartanisch eingerichtete Gästezimmer, so dass ich nun verschiedene Schlafplätze zur Auswahl hatte. Ganz rechts, auf der anderen Seite des Flurs, fand sich noch eine Tür, eine weitere in der Mitte. Da diese offen stand, sah ich in den Raum hinein und war im nächsten Moment zum zweiten Mal hin und weg. Es handelte sich hier um Lennards Schlafzimmer, aber das war nicht der Fakt, welcher mich so in Begeisterung versetzte. Auch das wunderschöne Doppelbett aus Holz, was direkt an der Flurwand stand, hatte diese Wirkung nicht. Nein, es war der

Ausblick. Wenn Lennard morgens die Augen öffnete, dann blickte er durch die Glasfront und über den Balkon direkt auf eine rotgezackte Felswand in wenigen Kilometern Entfernung. Das war herrlich und weil dieses Zimmer nach Westen ging, nahm ich mir vor, den Sonnenuntergang von hier zu bewundern.

Das Zimmer selbst war maskulin und praktisch eingerichtet, das Bett nachlässig zurückgeschlagen. Am Bett lehnte eine Gitarre. Die war sicher obligatorisch, für den Fall, dass Lennard nachts mal aufwachte und eine super Idee geträumt hatte. Dann konnte er gleich loslegen und alles aufschreiben. Es gab ja auch Leute, die des Nachts nicht von Geistern heimgesucht, sondern kreativ erleuchtet wurden und durchaus praktisches und verwertbares Zeug in die Köpfe gestreut bekamen. Das schien zumindest bei Lennard schon vorgekommen zu sein, deswegen verfügte das Zimmer ebenfalls über einen Schreibtisch (links an der Wand). Darauf ragten zwei Musikboxen wie Wolkenkratzer aus einer ganzen Menge an bekritzelten Notenblättern. Das zimmerhohe Regal, welches professionell um den Schreibtisch herum gebaut worden war und bis zur Decke reichte, vervollständigte die Einrichtung. Dort hatte Lennard neben Notenstapeln jede Menge Bücher und allerlei Krimskrams deponiert. Ganz oben stand sogar eine Schachtel, die mit weißem Geschenkband umwickelt worden war. Wer weiß, bei welchem Anlass diese vergessen worden war. Lennard war nicht der Erste gewesen, der ohne Geschenk auf einer Party stand. Das hatte ich auch fertig bekommen. Vielleicht handelte es sich bei dem Karton auch gar nicht um ein Präsent. Meine Mutter hatte zum Beispiel früher die Angewohnheit gehabt, Fotos in Kästchen zu sortieren und mit farbigem Geschenkband zu markieren. Aber richtige Fotos zu horten war heute definitiv antiquiert. Der Trend ging höchstens zum Bildbuch.

Über Lennards Bett hing ein Plakat von RedRoxX mit der Ankündigung zu einem Konzert in Los Angeles. Er sah ziemlich heiß darauf aus, war aber längst nicht der größte Blickfang auf dem Bild. Die Ehre gebührte definitiv seiner Schlagzeugerin Laetizia mit den unglaublichen Katzenaugen, ihren vielen Tattoos und den meterlangen Rastalocken.

Ich schlenderte zum Balkon. Vor der Fensterfront stand ein Sitzsack zum Lümmeln.
Einen Schrank gab es nicht, daher vermutete ich hinter einer der beiden Türen rechts eine begehbare Kleiderkammer. Die andere Tür führte ins Bad, wo ich Dusche und Badewanne fand und außerdem einen zweiten Ausgang, womit sich die letzte Tür im Flur draußen erklärte.

Ich hatte noch ein bisschen Zeit. Deswegen öffnete ich die beiden mittleren Fenstertüren weit, legte mich auf den runden Teppich vor dem Bett und genoss den Ausblick. Dabei verliebte ich mich sofort, unsterblich und unwiderruflich in diesen Platz. Ich brauchte dafür nicht mal einen Sonnenuntergang.

***

Ich fühlte mich in Lennards Domizil bereits an meinem ersten Abend dort heimisch und geborgen wie in einem Kokon. Unheimlich, wie sehr das Gesamtpaket stimmte und wie ich mich hier geerdet fühlte. Das Haus in der Little Lane war zum einen erfüllt von Lennards Nähe, seiner Ruhe und Kreativität und hatte zum anderen diese wunderbare Lage am Oak Creek, dessen perlender Fluss meine Seele weitete. Ich konnte direkt nach der Arbeit joggen gehen. Das war in den letzten Wochen deutlich zu kurz gekommen. Die Strecke am Fluss entlang erwies sich zwar als steinig und etwas uneben, aber landschaftlich so anders als im Rest der Stadt und einfach wunderschön. Das Laufen wurde hier fast zur Meditation. Ich liebte es und ich liebte es außerdem, bei Lennard zu duschen. Er hatte eine dekadente und sehr geräumige Dusche inklusive Massagestrahlen und Regenwaldbrausekopf mit Lichtreflexen. Ich musste mich regelrecht zwingen, mit dem Duschen aufzuhören, indem ich mir den skandalösen Umwelteffekt ins Gedächtnis rief, wenn ich kleines deutsches Kraut hier in der Wüste beim Duschen so viel Wasser verbrauchte wie eine Großfamilie.

Ich veränderte nichts in Lennards Haus, das wäre anmaßend gewesen. Aber er würde sicherlich kaum etwas dagegen haben, dass ich das eine oder andere Fenster putzte (wonach es im Haus noch ein bisschen heller wurde), den Kühlschrank saubermachte, Staub wischte, saugte und mal mit dem Feudel über die Böden ging (die das ziemlich nötig hatten). Irgendwie musste ich mich für seine Gastfreundschaft ja erkenntlich zeigen. (Und ich selbst fühlte mich danach noch ein bisschen wohler in seinem Haus, was ein überaus angenehmer Nebeneffekt war.)
So hatte ich zumindest die beiden letzten Abende verbracht. Gestern waren außerdem Matze und Fiete kurz vorbeigekommen und hatten mich mit Essen überrascht.
Am schönsten aber war es, mich in der Abendsonne drinnen vor den offenen Türen im Schlafzimmer auf den Sitzsack zu lümmeln und zu lesen oder aber, wie eben jetzt, mit Tilli zu telefonieren, die mir ausgiebig vom Oma-Geburtstag am Wochenende erzählte.

„Tja, Mausi, und nach dem siebten Klötenköm hat mich die alte Wilma tatsächlich in die Arme genommen und ‚offissiel in die Famülie aufgnmn'. Das wars, Leila. Ich bin drin. Kosta und ich dürfen uns erst wieder trennen, wenn die Omma tot ist. Und so fit, wie die noch ist, hält sie noch locker zehn Jahre durch. Oder länger. Das wird dann eng für uns."
„Eng?", fragte ich verdutzt und blinzelte in die Sonne, die eben noch über die Felsen in der Ferne lugte. „Wieso eng? Wollt ihr in ihr Haus ziehen?"
Tilli stöhnte am anderen Ende meiner sehr langen Leitung, die bis nach Europa reichte. „Leila? Wo bist du mit deinen Gedanken? Ich meine damit, dass es in zehn Jahren schwer wird, jemand anderes zu finden. Da sind wir Ü30. Bis dahin sollte man eine klare Linie fahren. Oder nicht?"
Tja, das hätte ich auch gerne. Aber von einer klaren Linie war ich jetzt gerade weiter weg, als von meiner Lieblingschaotin Tilli. „Meinst du nicht, es wird Zeit, dass du zugibst, dass Kosta doch recht gut zu dir passt? Das findet nämlich nicht nur Oma Wilma, sondern auch ich."
Am anderen Ende herrschte kurzes Schweigen. „Du hast recht", sagte Tilli

schließlich und lachte verlegen. „Ich weiß auch nicht, warum ich so ein Gewese drum mache. Sogar meine Eltern haben nur gegrinst und ‚aha' gesagt, als ich ihnen die Sache gebeichtet habe."

Ich kuschelte mich noch enger in den Sitzsack. Von draußen zog die Abendkühle herein. Das würde erst im Sommer anders werden. Da würde es in Sedona nachts teilweise noch heißer sein als am Tag. „Wahrscheinlich, weil alle immer wussten, dass es nur eine Frage der Zeit ist, bis ihr beide zusammenkommt."
Tilli lachte. „Zusammen kommen ist gut. Nein, ist okay. Kosta war der erste Junge, der mich geküsst hat. Warum sollte er nicht auch der letzte sein? Wenn ich mir vorstelle, dass er mit einer anderen rummacht, werde ich sowieso verrückt. Also muss ich eben mit ihm zusammenbleiben, damit das nicht passiert. Ich kann es mir in meinem Job nicht leisten, verrückt zu werden. Reicht schon, dass mich die anderen verrückt machen."

Sie klang so nah, dass ich sie plötzlich sehr vermisste. Ich fragte: „Wolltet ihr mich nicht besuchen kommen? Hast du schon nachgesehen, ob das klappt?"
„Ich hab mit Kosta gesprochen. Prinzipiell hat er auch Bock drauf. Wir müssen das allerdings mit meinem Dienst und seinen Eltern checken. Er muss in den Sommerferien im Restaurant knüppeln, damit sie ihn weiter finanzieren. Sonst dreht Papa ihm den Geldhahn zu."
Ich winkte ab. „Das kriegt er hin. Ihr müsstet nur bald die Tickets buchen. Wegen der Kosten."
Tilli zögerte. „Wird das nicht zu eng im Hexenhäuschen?"

Ich lächelte, streckte mich und sah mich um. „Ach, das bekommen wir schon hin. Ich schlafe jetzt auch schon ein paar Tage in Lennards Haus, weil Matze da ist und sich eine Londoner Kunstturnerin angelacht hat, mit der er jetzt in meinem Haus Fitnessübungen macht."
Tilli war ganz aus dem Häuschen. „Du pennst bei Lennard?"
„Ja", seufzte ich. „Leider alleine, aber manchmal spiele ich mir was auf der Gitarre vor."

Tilli wollte jetzt natürlich alles ganz genau wissen, so dass wir noch eine ganze Weile telefonierten, wobei ich unter anderem erfuhr, dass Matthea, ehemalige Mitschülerin aus unserer Binzer Freundesrunde, nach Berlin gezogen war.
„Hat sie es endlich geschafft, aus der Bäckerei wegzukommen?", staunte ich.
„Yepp", bestätigte Tilli. „Und sie hat einen Freund. Irgendeinen Baldwin, den sie beim Chatten in einem Online-Rollenspiel kennengelernt hat. Jetzt spielen sie im Real Life Rollenspiele in Berlin, Matthea studiert irgendwas mit Ernährung und kommt nur noch selten nach Binz."
„Bestimmt verzichtet sie jetzt auf Kohlenhydrate. Da sieht man mal wieder, wir erstaunlich die Wege der Menschen sind", resümierte ich.

Drei Stunden später war es Mitternacht und da ich immer noch hellwach auf meinem Sitzsack lag, konnte ich Lennard genauso gut auch gleich eine Nachricht schicken.
„Happy birthday", sagte ich. „Ich wünsche dir alles Gute und Gesundheit und gute Laune und dass du immer entspannt bist, und begeisterte Zuhörer vor der Bühne hast und ... alle Liebe dieser Welt." Ajei schickte ich eine ähnliche Nachricht und fragte mich, ob Ben auch extra aufgeblieben war, um ihr als Erster zu gratulieren. Wir hatten einiges gemeinsam, er und ich, aber im Gegensatz zu mir fehlte ihm nur der Mumm. Mir mangelte es an Glück.

***

Matze und Fiete hatten mich am Donnerstag zum Kennenlern-Grillen in mein Hexenhäuschen eingeladen. Ich kam gegen sechs Uhr dort an und war damit der letzte der geladenen Gäste. Die drei Londoner Mädchen saßen schon in der Hängeschaukel und sonnten sich, während mein Bruder und sein bester Kumpel sich zwischen Grill, Kühlschrank und Tisch wie balzende Truthähne aufführten. Fiete, früher ein schüchterner blonder Pausbackenengel, heute ein sportlicher Jungbulle mit ebensolchen Manieren, konnte sich offensichtlich nicht entscheiden, wo genau er landen wollte und taumelte testosterongequält zwischen Severin und Shirley hin und her. Wenn ich einen Tipp abgeben müsste, dann würde ich darauf wetten, dass er bei keiner der beiden ankam, wenn er weiter so auf den Putz haute, aber vermutlich war er in seinem pubertären Zustand sowieso für jeden Tipp blind und taub.
Die Blicke, die mein Bruder und Deanna tauschten, hatten da eine ganz andere Qualität und ich wusste: Dieses Mal lohnte es sich, den Namen des Mädchens im Kopf zu behalten. Matze hatte der Blitz getroffen. Er war ernsthaft und bis über beide Ohren verliebt.

Ich konnte ihn verstehen. Deanna war sehr nett. Überhaupt entpuppte sich das Sportlerinnen-Trio als interessante Gesellschaft. Selbst Fiete riss sich irgendwann zusammen und besann sich auf die Manieren, von denen ich wusste, dass er sie hatte. Das Essen war erstaunlicherweise nicht nur hervorragend, sondern sogar ausreichend, ein Fakt, den ich im Vorfeld, ehrlich gesagt, angezweifelt hatte. Ich kannte meinen Bruder, aber dieses Mal hatte er mich überrascht und sogar einen Salat gezaubert (vermutlich mit weiblicher Hilfe). Und weil ich Deanna überaus nett fand und feststellen musste, dass ihre Anwesenheit ausreichte, um aus meinem Bruder einen handzahmen Gentleman zu machen, gestattete ich Matze ganz großzügig und uneigennützig, bis zu seinem Urlaubsende alleine im Hexenhaus zu bleiben. Ich verriet dabei natürlich nicht, dass ich insgeheim dankbar war, weil ich so ein paar Tage länger in der Little Lane residieren konnte und die dortigen Ausblicke für mich viel mehr Potenzial hatten.
Matze war dankbar und küsste mich, völlig verzückt, mehrfach rechts und links auf die Wangen. „Bist eben die beste große Schwester auf der ganzen Welt."

Dann bekam auch Deanna ein oder zwei Küsse, aber die waren von einem anderen Kaliber.

„He, Stopp, ihr zwei. Noch bin ich hier, ja?“, holte ich das knutschende Pärchen von der rosa Wolke zurück. „Und am Urlaubsende räumt ihr hier auf. Ich will, dass man vom Fußboden essen könnte, wenn ich zurückkomme.“
„Das ist ja wohl klar“, entrüstete sich Matze, als hätte er in den letzten Jahren stets und ständig den Preis für das perfekt geputzte Zimmer abgeräumt.
„Ja. Klar“, gab ich daher nur zurück und zog die Brauen hoch. „Vergiss nicht, dass mein Putzstandard gilt. Es wird nicht damit getan sein, dass du den Klodeckel runterklappst und das dreckige Geschirr auf den Tresen stellst.“

Deanna lachte. „Ich werd ihm auf die Finger schauen.“
Ich hob den Daumen. „Das ist ein Wort.“ Wir klatschten ab.

Als ich abends zum Schlafen in die Little Lane fuhr, war ich pappensatt, ein bisschen melancholisch und müde, aber mir über eins total im Klaren: Der Wunsch meiner Mutter hinsichtlich eines netten und braven Mädchens vom Lande, was Matze zur Ruhe bringen sollte, würde wohl nicht in Erfüllung gehen. Mein Bruder meinte es zum ersten Mal ernst, und zwar mit Deanna aus London. Das Mädchen teilte aber offensichtlich nicht nur seine Gefühle, sondern leider auch seine Begeisterung für Kamikaze uneingeschränkt. Sollte ich mir jetzt wünschen, bald Tante zu werden, damit sich beide nicht vorher von der Welt radelten?

Als ich dann allerdings auf Lennards Sitzsack vor dem offenen Balkonfenster lag, Wind auf der Haut und Demut im Herzen hatte, während ich den gigantischen Sternenhimmel bewunderte und den Nachtgeräuschen von draußen lauschte, da wünschte ich mir etwas ganz anderes.

***

Zum Wochenstart war mein Wunsch dann, dass der ganze Monat bald Geschichte sein würde und mein Hilfsdienst bei Jim im Diner zu Ende ging. Nichts gegen das Diner und noch viel weniger gegen Jim und die Tatsache, dass ich während meiner Arbeit im Diner mietfrei wohnte. Aber eine Woche ohne richtiges Wochenende ist einfach Bullshit. Drei Wochen ohne richtiges Wochenende sind finster wie das Mittelalter. Und mir standen noch einige weitere lange Arbeitstage bevor, da Jims neuer Mitarbeiter erst am Sonntag anfing und noch nicht gleich eine Siebentagewoche haben sollte. Ich hatte keine Ahnung, wie ich das schaffen konnte, ohne mich in einen Zombie zu verwandeln. Aber mein Vermieter hatte mich angefleht und mir auch noch die halbe Aprilmiete erlassen. Da konnte ich einfach nicht nein sagen.

Ich schleppte mich also am Montagmorgen zum Dienst ins Krankenhaus und musste mir dort von Connie vorschwärmen lassen, wie toll ihr samstäglicher Ausflug mit Hugh und den Kindern zum Wildlife-Park in Camp Verde gewesen war, den sie unternommen hatten, um mit den beiden Jüngsten, also Dottie und Bethany, Geburtstag zu feiern. Ich musste zwangsweise gefühlt tausend Bilder mit einem neidischen Lächeln bejubeln. Die Tatsache, dass ich es mit Tilli in den ersten Tagen hier gerade so geschafft hatte, im Rahmen unserer tausend Vorhaben am Monument Valley vorbeizufahren, ohne dort anzuhalten, trug nicht dazu bei, meine Laune zu heben. Mein Highlight am Wochenende war es gewesen, Beto, dem finsteren Mexikaner, unter Holms Anfeuerungen in der Diner-Küche beim Schmettern irgendeiner Arie aus Nabucco zuhören zu können. Okay, Beto hatte das gar nicht schlecht gemacht. Also, entweder war ich schon so abgestumpft vom Arbeiten oder der Kerl konnte singen wie ein aus der Oper entlaufener Tenor. Die Gäste im Diner hatten jedenfalls applaudiert und extra Trinkgeld gegeben. Aber dass dies mein schönstes Wochenenderlebnis gewesen war, sprach für sich.

„Wenn dieser Monat erst rum ist, dann ...“, so lautete denn mein Stoßgebet an diesem Montag, denn zu jenem Zeitpunkt ahnte ich noch nicht, was der März in seiner letzten Woche für uns in petto hatte.

Gegen Mittag tauchte Giordan Donovan bei uns auf. Er humpelte immer noch und trug eine Orthese, worüber er sich bei uns beklagte, da ihm die Ärztin das Autofahren verboten hatte, so lange er das Ding trug.
„Du kannst damit auch nicht fahren", stellte Connie lapidar fest. „Es sei denn, du hast Arme wie ein Affe und bremst unten mit der Hand."
„Ich bin Geschäftsmann, Herrgott nochmal. Ich weiß nicht, wie die Frau sich das vorstellt."
„Du bist vor allem jemand mit einem angeknacksten Sprunggelenk und angerissenen Bändern. Und wenn die Sache nicht vernünftig stabilisiert wird und ausheilen kann, dann wirst du unters Messer müssen und die ganze Sache dauert noch dreimal so lange, Geschäftsmann. Herzlich willkommen unter den normalen Menschen. Da läuft das nämlich so." Das kam von mir. Connie und Giordan sahen mich erstaunt an, wobei Letzterer breit zu grinsen begann und Connie beipflichtend den Daumen hob.
„He, das kleine Kraut kann beißen", staunte Giordan.
„Ich muss die Zunft verteidigen", beharrte ich. „Wenn bei der Heilung was nicht richtig läuft, ist immer der Arzt schuld. Dabei ist es genauso wichtig, dass der Patient Geduld mit seinem Körper hat. Druck und Stress bringen nichts. Aber genau davon haben Geschäftsleute mehr als genug. Zeit nehmen, Zeit lassen, ist die Losung."
„Amen", psalmierten die beiden im Chor und fingen an zu lachen.
Draußen hupte ein Auto. Donovan senior war wieder mal ungeduldig.
„Ich muss unbedingt mal mit dir ausgehen. Ich bewundere Frauen, die Biss haben." Giordan zwinkerte mir zu, humpelte davon und machte beim Rausgehen eine Ich-ruf-dich-an- Geste.
„Da hast du wohl Eindruck hinterlassen", sagte Connie.

***

Es war allerdings der Freitag dieser Woche, der es dann so richtig in sich hatte. Dabei begann er ganz normal und friedlich. Ich kam mit dem Fahrrad zur Arbeit und begegnete nicht einmal Miss van de Rijt. Connie war schon da, deswegen hatte der Drache bereits die Segel gestrichen. Meine Kollegin und ich konnten daher vor dem Beginn des ganz normalen Wahnsinns noch eine entspannte Tasse Tee zusammen trinken. Das würde im Verlauf des Tages kaum möglich sein, das hieß, Tee trinken würden wir, aber ohne die Entspannung dabei.

Bis zehn Uhr hatten wir etwa fünfzig Telefonate bearbeitet, jede Menge Patienten zu den richtigen Ärzten geschickt, Pharmavertreter weitergeleitet und die Post sortiert, die heute bereits früher gekommen war. Ich schielte gerade zur Uhr, um zu eruieren, wie lange es noch bis zur Mittagspause war, da kam Missis Huxtable in die Empfangshalle getrippelt. Connie und ich verstanden uns ohne Worte. Sie nickte, ich eilte zum Teetisch. Weil heute Freitag war, legte ich zwei Kekse auf den Teller und brachte den Tee nach draußen.

„Hallo, Missis Huxtable", begrüßte ich die zierliche Frau, die wie immer ihre Handtasche umklammerte, freundlich.
„Guten Tag", gab Missis Huxtable zurück. „Wissen Sie, ich will ..."
„Sie wollen Ihre Kayla besuchen, ich weiß, aber der Arzt ist bei ihr." Ich schluckte den sich wie immer einstellenden dicken Kloß runter, den ich sofort im Hals hatte, wenn ich mit der armen Frau redete, lächelte vage freundlich und zog mich in die Sicherheit meines Tresens zurück.

Während Missis Huxtable graziös an ihrem Tee nippte, war eine kleine Ansturmpause eingetreten. Ich begleitete eine sehr betagte Dame, die vom Urologen kam und etwas unsicher zu Fuß war, vorsorglich nach draußen zu ihrem Taxi. Dabei mussten wir einen älteren Herrn umrunden, der eben seinen Hund an einer der Bänke festgemacht hatte und sich nun stöhnend aufrichtete. Ich half der Frau um das Hindernis und in den wartenden Wagen und vergewisserte mich, dass sie sich anschnallte, bevor der Fahrer die automatische Tür schloss.

Der Hund, ein wunderhübscher Cockerspaniel, war noch jung, eben aus dem Welpenalter raus. Er sah dermaßen lieb aus, dass ich stehenblieb und dem Tier über die Fellnase strich. „Du bist aber ein Süßer. Musst du jetzt warten? Dann hoffen wir, dass es nicht zu lange dauert, was?"
Der Hund winselte und drängte sich gegen meine Hand.
Ich würde den Besitzer fragen, zu welchem Termin er musste. Danach konnte ich einschätzen, ob der Wuffi mehr als eine Schüssel Wasser nötig hatte. Sein Herrchen war bereits hinter der Tür verschwunden. Ich ging ihm schnellen Schrittes hinterher, weil ich so ein komisches Gefühl hatte, und sagte: „Guten Tag, wo wollen Sie ...", da fasste sich der ältere Herr plötzlich an die Brust und ging einen Herzschlag später auch schon ächzend zu Boden.

„Hoppla!" Ich machte einen Satz und konnte gerade noch dafür sorgen, dass er halbwegs kontrolliert fiel und nicht mit dem Kopf auf den Steinfliesen aufschlug. Der Mann war kreidebleich und kaum noch ansprechbar. Er hatte die rechte Hand in Brusthöhe in seine Jacke gekrallt und versuchte, sie wegzureißen, als wäre das Kleidungsstück zu eng. Die Augen waren weit aufgerissen. Er atmete pfeifend.
Ich vermutete einen Herzinfarkt, blendete alle anderen Leute drum herum aus, brüllte: „Notfallteam" in Connies Richtung und ließ den Mann sanft zu Boden gleiten. Dann begann ich sofort mit den Erstehilfemaßnahmen, die mir eingebläut worden waren: Oberkörper erhöht lagern, enge Sachen in Brusthöhe beseitigen, ruhig bleiben. Herzdruckmassage. Aber all das half nichts. Als das Notfallteam keine vier Minuten später den Empfangssaal stürmte, war der Mann mausetot und ich ein überrumpeltes Häufchen Elend. Ich hatte ihm nicht helfen können.
Auch die Ärzte, die sich intensiv um eine Reanimation bemühten, blieben damit erfolglos.

Währenddessen war ich aufgestanden und beobachtete die Szene, als wäre sie irgendwie aus einem fremden Film hier reingeschnitten worden. Dann ging mein

Blick nach draußen, wo der Cockerspaniel noch immer treu an der Bank lag und auf sein Herrchen wartete. Der junge Hund schaute zur Tür und ich glaubte, ihn wimmern zu hören. Ob er wusste, was geschehen war? Das arme Tier. Jetzt fingen bei mir endgültig die Tränen an zu laufen. Jemand musste den Hund sofort abholen.
Da stand Connie hinter mir und zog mich ins Büro.
„Der Hund", schluchzte ich und wollte mich losmachen.
„Erst du", gab sie zurück, schubste mich auf eine Schreibtischkante, kochte mir einen Tee mit Unmengen an Honig und tätschelte meine Wange, bevor sie wieder nach draußen an ihren Tresen ging. „Mach eine Pause."
Ich griff nach der Tasse und schniefte.
„Hier ist die Karte. Kannst du mal nachsehen, was wir über den Mann hier im System haben?", hörte ich jemanden fragen.
Connies Antwort ließ nicht lange auf sich warten. „Randy Wester, Baujahr 1949, verwitwet, keine Kinder. Wohnt im Willow Way und hatte 2017 schon einen schweren Herzinfarkt. Ist, äh, war bei Doktor Whitman in Behandlung. Himmelherrgottsakrajesus." Sie bekreuzigte sich.
„Und eben kam er noch munter zur Tür rein. Wie kann denn so was sein? Was geht denn so dermaßen schnell?"

Ich schniefte, nahm meine Tasse Tee in beide Hände und schlich wieder nach draußen.
„Wenn der Mann schon mal einen Infarkt hatte, dann vermute ich eine Herzruptur. Er hatte große Schmerzen in der Brust und für einen weiteren Infarkt ging mir das alles fast zu schnell", sagte ich leise und der Arzt am Tresen, den ich nur flüchtig kannte, nickte.
„Ja, das könnte passen. Schauen wir mal." Er schnappte sich den Klemmblock und eilte davon.
„Will ich genau wissen, was eine Ruptur ist?", fragte Connie.
Ich schüttelte traurig den Kopf und nippte an meinem Tee.
Die sterblichen Überreste von Randy Wester hatte man inzwischen abgedeckt. Die Leute in der Halle machten einen Bogen um den Bereich, sprachen leise und

bekreuzigten sich.

Die Einzige, der das Chaos in der Empfangshalle nichts auszumachen schien, war Missis Huxtable. Sie lebte in ihrer eigenen Welt, in der sie alles, was nicht auf ihrem täglichen Weg lag, ausblendete. Also saß sie am Tisch und biss ungerührt in einen Keks.
Während ich meine Teetasse zwischen den Händen drehte, betrachtete ich sie, ohne sie wirklich zu sehen. Dann hörte ich den Hund draußen jaulen, was mich wieder ins Hier und Jetzt holte. Ich sah Missis Huxtable, dann den Hund, dann wieder die Frau und hatte eine Idee.
„Hast du schon das Taxi für Missis Huxtable gerufen?", fragte ich zögernd und stellte meine Tasse mit einem harten Klonk auf dem Tresen ab.
„Sie wollte keins", gab Connie zurück. „Sie sagte, dass sie zu Fuß geht."
Das passte mir gut. „Randy war ein kinderloser Witwer, ja?"
Connie sah mich an, als hätte ich nicht mehr alle Tassen im Schrank. „Äh – ja?"
Ich nickte. „Alles klar. Ich glaube, ich brauche ein bisschen frische Luft."
Dann ging ich los, aber nicht zur Tür, sondern zu Missis Huxtable, und vermied jeden Blick zu Randy Wester (wer auch immer hab ihn selig) unter seiner Plane. Ich fixierte die kleine Frau. „Wenn Sie später gehen", sagte ich freundlich, „dann vergessen Sie bitte Ihren Hund nicht, ja?"
„Was?" Missis Huxtable sah mich verwirrt an, dann folgten ihre Augen meinem Finger, der nach draußen zeigte. „Aber ... ich habe keinen Hund."
„Doch", sagte ich fest. „Sie hatten mal einen und jetzt haben Sie wieder einen. Dieser Hund da draußen ist plötzlich ganz alleine auf der Welt. Sein Herrchen liegt tot hinter mir. Der Hund hat niemanden mehr. Und wenn Sie ihn nicht mitnehmen, dann ist er verloren und landet im Tierheim. Oder sonst wo. Dort stirbt er, so wie sein Herrchen. Hören Sie, Missis Huxtable, dieser Hund braucht ein Zuhause und jemanden, der sich um ihn kümmert. Er braucht – Sie." Ich legte so viel Überzeugung in meine Stimme, dass sie gar nicht auf den Gedanken kommen konnte, diesen armen Spaniel da draußen, der jetzt traurig seinen Kopf zwischen die Pfoten legte, sich selbst zu überlassen. Denn auch Missis Huxtable brauchte jemanden, der sich um sie kümmerte.

Missis Huxtable versuchte, während sie aufstand, ihre Tasse auf den Unterteller zu stellen, aber weil ihre Finger arg zitterten, gelang das nicht. Die Tasse kippte um. Der letzte Rest vom Tee ergoss sich über den Tisch. Zeitgleich rutschte die Handtasche auf den Boden.
„Ach herrje, mein Tee. Meine Tasche." Sie sah gar nicht hin. Weder auf die Tasse, noch auf ihre Tasche. Ihr Blick war auf den Hund gerichtet.
„Lassen Sie den Tee. Ich mache das weg", sagte ich leise, hob die Tasche auf und hielt sie Missis Huxtable hin. Sie nahm die Tasche zögernd an sich und warf einen Blick zu dem abgedeckten Randy Wester hinüber. Ein flüchtiges Grauen huschte über ihre zarten Gesichtszüge und ich hatte für einen ganz kurzen Moment das Gefühl, dass sich der Schleier um ihren Geist lichtete. Sie erinnerte sich an Verlust und Zurückbleiben. Dann straffte sich ihr Körper.
„Sie haben recht. Jeder braucht ein Zuhause." Mit diesen Worten trippelte sie, die Handtasche an sich gepresst, nach draußen und näherte sich dem Hund. Sie hockte sich hin und streichelte seinen Kopf. Ich wartete etwas atemlos, weil ich jetzt selbst ein bisschen Angst vor meiner eigenen Courage hatte. Konnte ja durchaus sein, dass der Hund wild und gemeingefährlich auf die arme Frau reagierte. Vielleicht hatte ich vorhin einfach Glück gehabt. Aber es passierte nichts. Missis Huxtable machte den Hund von der Bank los und dann gingen die beiden einträchtig nebeneinander einer gemeinsamen Zukunft entgegen.

„Du bist genial", sagte Connie atemlos. Sie war neben mich getreten und klopfte mir auf die Schulter. Wir sahen der Frau und dem Cockerspaniel hinterher, bis sie aus unserem Blickfeld verschwunden waren. „Du. Bist. Genial. Hoffentlich kommt niemand, der den Hund wiederhaben will. Aber wenn der Mann Witwer war und keine Kinder hatte, dürfte das nicht passieren. Oder? – Ich bin gespannt, ob sie den Hund das nächste Mal wieder mitbringt, wenn sie herkommt." Aber das tat Missis Huxtable nicht. Genau genommen tat sie gar nichts, so viel kann ich verraten. Sie kam einfach nicht mehr wieder.

Nachdem die sterblichen Überreste dessen, was zu Lebzeiten Randy Wester gewesen war, aus der Eingangshalle getragen worden waren, legte sich nach und nach die größte Aufregung. Zumindest bei den Patienten, die nicht dabei gewesen waren, als der alte Herr das Zeitliche gesegnet hatte. Und hier herrschte immer wieder reges Kommen und Gehen.

Connie und ich wurden allerdings nicht so schnell damit fertig. Wir hatten noch eine Weile daran zu knabbern. Sie wollte am Ende doch noch wissen, was eine Ruptur war, unterbrach mich aber ziemlich schnell wieder in meinen Erläuterungen.

„Ja. Okay. Stopp! Mehr will ich nicht wissen. Schlimm genug, dass es sowas gibt. Da muss ich mir die Sache nicht auch noch bildlich vorstellen können. Brrr." Sie schüttelte sich, ich zuckte mit den Schultern. „Du hast gefragt, Connie."

Sie: „Ja. Aber das war ein Fehler. Ich bin Mutter von drei Kindern. Ich kann es mir nicht leisten durchzudrehen. Mein Herz darf nicht kaputtreißen, bevor die Kids alle aus dem Haus sind."

Wenn sie zu diesem Zeitpunkt schon gewusst hätte, was ihr am späteren Nachmittag noch bevorstand, hätte sie spätestens jetzt einen Schreikrampf bekommen.

Ich übrigens auch.

***

Bevor das Chaos dann mit Schrecken über uns hereinbrach, hatte ein junger Mann draußen längere Zeit auf der Bank gesessen, an welcher zuvor der Hund angebunden gewesen war. Er war mir etwa zwei Stunden nach Randy Westers Ableben das erste Mal aufgefallen. Ich hatte mehrfach gesehen, dass er sich Schweiß von der Stirn wischte, und schon überlegt, nach draußen zu gehen und nachzufragen, ob bei ihm alles in Ordnung war. Es hatte bis vor wenigen Minuten reger Besucherverkehr an unserem Tresen geherrscht, deswegen kam ich immer wieder davon ab. Dieses Versäumnis war ein Fehler gewesen.

Die Uhr zeigte bereits kurz nach fünf. Hugh hatte gerade noch am Tresen gelehnt und mit uns geschwatzt. Er war quasi schon im Feierabend und plante das Abendessen mit seiner Tochter. Weil er grillen wollte, versuchte er, Connie zu überzeugen, dass sie mit ihren Kindern zum Essen zu ihm kam. „Lohnt ja sonst nicht, für mich und Beth den Grill anzuschmeißen."
Connie sah ihn schief von der Seite an. „Das weiß man doch vorher. Wie kannst du ihr etwas versprechen, was du nicht vorhast, auch zu halten?"
Hugh beguckte sich seinen Daumennagel. „Na ja, ich hatte heute Morgen mit deinem Sohn so ganz locker über Grillfleisch gesprochen und - was soll ich sagen." Er zuckte mit den Schultern und grinste breit. „Ich will mich jetzt nicht unglaubwürdig machen."
Connie verdrehte die Augen. „Na wunderbar. Du hast dir also schon Verstärkung geholt und wenn ich jetzt nicht zusage, dann habe ich zu Hause nachher Stress und Hungerstreik. Also von mir aus – hol eben Grillzeug und ich sehe zu, dass ich wenigstens noch einen Salat zusammenschnipple, damit uns die Proteine nicht aus den Ohren fliegen."

Hugh grinste und zwinkerte mir zu. „Eine Frau, ein Wort, oder?"
Ich lachte und hob den Daumen.
Der grünäugige Hüne tippte sich mit der Fahrradpumpe an den Kopf und stieß sich vom Tresen ab. „Dann bis später." Er griff sich beim Gehen an die rechte Hosentasche, sagte: „Ach, verdammt", und legte die Luftpumpe seines neuen Fahrrads wieder auf den Tresen.

„Meine Geldbörse liegt noch im Spind." Damit machte er sich schnellen Schrittes zurück auf seine Station.

„Er ist süß", sagte ich und grinste anzüglich.
Connie warf mir einen schiefen Blick zu und donnerte ihren Tacker auf Dokumente, die sie abheften wollte. „Lass es." Ich fühlte mich nicht wirklich angesprochen, offenbar aber der Tacker. Er quittierte spontan den Dienst.
„Mist." Connie schüttelte den Klammeraffen, als würde das irgendwas nützen, und suchte in den Schreibtischschubladen nach Munition. Dann sah sie zur Uhr.
„Hm. Kannst du mal bitte im großen Schrank nachsehen? Könnte sein, dass dort noch ein paar Packungen Klammern liegen. Ich mache eben vorne zu."
Das hieß, der Feierabend lag in greifbarer Nähe. Die Tür wurde dann immer so verriegelt, dass diese nur von innen per Knopfdruck geöffnet werden konnte. Die Notaufnahme hatte einen eigenen Eingang auf der anderen Seite des Gebäudes.
„Klar." Ich klickte noch den entsprechenden Button an, der dafür sorgte, dass Rechner Nummer eins auch Feierabend machen konnte, und ging ins Büro zum Schrank mit den Materialien, um Tackerfutter zu suchen. Damit war ich außer Sichtweite.

Connie war durch die menschenleere Eingangshalle zur Tür gegangen. Auf diesen Moment musste der Mann draußen gewartet haben. Bevor sie den Hebel hatte betätigen können, war er in die Halle geschlüpft.
„Los, her mit dem Stoff, aber dalli, du blöde Kuh. Wo ist der Schrank?", hörte ich jemanden brüllen und meine Kollegin erschrocken schreien.
„B-bitte. Was soll d-das? Was wollen Sie?"
„Der Schrank mit dem Zeug, mit den Medikamenten. Wo ist das Ding?"
Ich lugte um die Ecke und zuckte zurück. Scheiße. Da stand der magere Typ von der Bank draußen und hielt meiner Kollegin eine Knarre an die Stirn. Er sah ziemlich abgewrackt, krank und vor allem verzweifelt aus. Schweiß stand ihm auf der Stirn. Sucht, Entzug und Verzweiflung waren eine ungute Kombination.
„He! Du da. Komm raus." Verdammt, er hatte mich gesehen. Mein Herz fing an

zu rasen. Ich ging langsam um die Ecke und tat so, als müsste ich mich an der Wand abstützen. Dabei betätigte ich einen der vorhandenen Notfallknöpfe, und zwar den, der sich direkt unter dem Lichtschalter befand. Dabei betete ich inständig, dass jetzt kein lautstarkes Sirenengeheul einsetzte und der Typ uns hier zur Strafe gleich auf der Stelle abknallte wie Schießbudenchips..

Connie liefen Tränen über die Wangen. „Bitte, ich habe drei Kinder und mein Exmann ist ein Arschloch, was sich ..."
„Halts Maul!", und zu mir: „Hier rüber. Flossen hoch." Er sah nicht nur wenig frisch aus, sondern so, als wäre er dem Tod eben noch von der Schippe gesprungen. Seine Gesichtsfarbe unterschied sich nicht sehr von der Randy Westers heute Vormittag. Der einzige Unterschied zu diesem war, dass der Kerl vor mir offensichtlich noch atmete, wenn auch nur knapp. Allerdings zitterte er und schwitzte wie ein Rasensprinkler. Ich tippte auf kalten Drogenentzug und das machte die Sache nicht besser, sondern wirklich gefährlich. Menschen auf Entzug konnten tickende Bomben sein, die jeden Moment irgendwem um die Ohren flogen. In diesem Fall bedauerlicherweise uns.

Ich schlich mit erhobenen Armen hinter dem Tresen hervor und blieb stehen. Dabei vermied ich jeden Blick zu meiner schluchzenden Kollegin und überlegte fieberhaft. Wir mussten etwas tun. Irgendwas. Ich wollte nicht am Freitagnachmittag von einem unzurechnungsfähigen Junkie abgeknallt werden. Connie auch nicht. Sie hatte ihre Kinder und wollte leben. Ich hatte noch keine Kinder, aber leben wollte ich trotzdem. Ich musste Lennard sagen, dass ich ihn liebte, die Sonne auf der Haut spüren und mir noch mal ganz in Ruhe Matzes Video vom White-Line-Trail ansehen. Zweimal hintereinander. Unbedingt.

„Hören Sie", sagte ich daher beruhigend (und fragte mich, woher zum Teufel ich diese Ruhe nahm), „wir helfen Ihnen, aber könnten Sie bitte die Waffe runternehmen, bevor was passiert?"
„Schnauze, du Schlampe!", brüllte der Kerl. „Weißt du, wo der Schrank mit dem Zeug ist? Mach auf und 'n bisschen dalli, ja?" Er schoss in eine der Grünpflanzen

und aufgrund der Tatsache, dass es danach grüne Blattteile regnete, konnten wir definitiv davon ausgehen, dass die Knarre scharf geladen war. Und sie befand sich in der Hand eines unzurechnungsfähigen Junkies mit akutem Entzugssyndrom. Das war doppelt schrecklich.
Connie quiekte und biss sich in die Hand.
Ich schnappte nach Luft. Blut rauschte mir in den Ohren. Meine Stimme war mindestens zwei Oktaven höher als sonst. „Connie? Wo finde ich hier am schnellsten irgendein Zeug zum Weghauen? Methadon? Ibuprofen? Fentanyl? Heroin? Oxycodon? Diazepam? Barbiturate? Amphetamin? Oder wenigstens Methadon?" Ich würde auch Fliegenpilze nehmen, wenn nichts anderes ging, oder Bilsenkraut, Engelstrompeten, Stechapfel, Tollkirsche. Was auch immer. Hauptsache, es knallte im Kopf.

Der Mann schubste Connie in meine Richtung. Ich stand neben dem Tresen, meine Hüfte berührte das kalte Möbelstück.
Aus dem Augenwinkel sah ich links von mir in einem der Gänge eine Bewegung. Ich sah nicht rüber, aber ich hoffte, dass uns jemand helfen würde.
„Hören Sie, wir ..."
Von Ferne näherten sich Sirenen.
„Schlampe!!", brüllte der Typ. „Du hast die Bullen gerufen." Er schoss ohne Vorwarnung.
Ich schrie und warf mich zur Seite, aber entweder war er ein miserabler Schütze oder er hatte mit Absicht daneben geschossen. Das Projektil schlug zwei Meter weiter weg seitlich in den Tresen ein. „Ihr Schlampen", brüllte der Kerl nochmal und schlug Connie mit der Waffe gegen die Wange. „Zeig mir jetzt, wo der Schrank ist, du dämliche Kuh."
„H-hier sind m-m-mehrere Schränke", weinte Connie. Blut lief über ihre Wange. „Ich kenn ... michnichmit ... so was aus. Ich muss ... fragen."
Der ausgemergelte Mann zerrte sie zum Tresen und nahm dabei auch mich ins Visier.
Ich holte tief Luft und sagte ganz laut, um meinen donnernden Herzschlag zu übertönen: „Ich bringe dich in die Notaufnahme. Die können bestimmt helfen."

Connie entfernte sich vorsichtig von dem Mann zum Tresen hin. Ihre Augen waren vor Schreck und Angst riesengroß. Blut tropfte von dem langen Kratzer auf ihrer Wange. „Ich k-k-könnte d-dort auch anrufen. Die haben immer Bereitschaft. Das Telefon liegt gleich ..."
„Bist du bescheuert? Denkst du, ich bin blöd? Scheiße!" Es knallte und unser Tresen splitterte. Connie kreischte und ließ sich in die Hocke fallen. Dabei legte sie sich die Arme um den Kopf.
„Okay, los jetzt, du blöde Kuh!". Der Typ machte einen Satz zu mir hin. Er wollte nach mir greifen. Seine schweißnasse Hand senkte sich in mein Haar.

Da flog von der Seite ein Geschoss heran und knallte dem Junkie zielgenau an die Schläfe. Das Geschoss explodierte. Geldscheine und Münzen flatterten durch die Gegend und das verwirrte unseren Angreifer so sehr, dass wir eine Chance bekamen.

Hugh sprintete mit archaischem Gebrüll wie ein wilder Stier heran. Connie sprang bei seinem Anblick mit neuem Mut hoch und griff in ihrer Verzweiflung nach Hughs Luftpumpe. Mit einem wilden Schrei zog sie dem Bewaffneten das Ding über die Rübe. Leider war der Kerl aber doch noch nicht ganz und gar hinüber. Er machte eine Seitbewegung und zog den Kopf weg, deswegen verfehlte sie ihn knapp. Die Luftpumpe traf Ohr und Schulter.
Der Mann fluchte. Ein Schuss löste sich. Ich nutzte die Chance, rammte dem Kerl meinen Ellenbogen in die Seite und den Fuß mit den medizinischen Schluppen vor das rechte Kniegelenk. In diesem Fall wären Schuhe mit einem schönen, spitzen Absatz besser gewesen. Aber man musste nehmen, was man hatte.

Da hechtete Hugh mit ausgestreckten Fäusten gegen ihn und riss unseren Angreifer von den Füßen. Dieser sah sich nun plötzlich drei Gegnern gegenüber, von denen zumindest einer ernst zu nehmen war. Er taumelte und fiel. Es gab einen Ruck an meinen Haaren, von denen sich das eine oder andere löste. Deswegen trat ich gleich noch einmal nach. Hugh landete auf dem Bauch, unser Peiniger knickte zusammen und fiel auf Hugh drauf. Ich taumelte, konnte mich aber an der Wand abstützen, drehte mich um und sah, wie der Kerl mit Hugh rangelte und versuchte, die Knarre in Position zu bringen. Es knallte wieder. Eine Bodenfliese zersprang. Connie brüllte und warf sich auf den Mann. Ich holte parallel aus und trat dem Kerl gegen das Handgelenk, wobei die Waffe in hohem Bogen wegflog und irgendwo auf den Boden krachte. Dabei löste sich noch ein Schuss. Ich hätte mir nie träumen lassen, wie widerlich so was klang. Hugh, der bäuchlings unter den beiden anderen lag, strampelte wie ein Irrer und versuchte, sich umzudrehen. Er hatte ein Handgelenk des Junkies greifen können und hielt dieses eisern fest. Connie saß rittlings und schreiend auf unserem Angreifer und umklammerte mit beiden Händen dessen Ohren.

Ich raste zur Tür und löste den Sicherungshebel.

Die Polizei stürmte in die Halle.

Der Mann schrie: „Knallt mich ab, na los, erschießt mich."
Connie fauchte: „Nein. Gebt mir seine Knarre und ich erledige das. Ich mach den Kerl fertig. - Du blödes Schwein." Sie ließ die Ohren los und schlug auf den Rücken des liegenden Kerls ein, als wäre er ein Schnitzel. „Reicht es nicht, dass mein Exmann ein Arschloch ist? Jetzt hast du Stückchen Scheiße fast meine drei Kinder zu Halbwaisen gemacht. Das kotzt mich an, du Dreckskerl. Alles kotzt mich an. Du am meisten. Dieser ganze Dreckmist reicht mir langsam, Himmelherrgott noch mal. Kann ich bitte mal wieder Glück haben?"
Als die Polizei sie von dem geschwächten, sich nur noch mit halber Kraft verteidigenden Junkie herunterholte, schluchzte sie herzerweichend.
Dann wurde der Junkie festgenommen.

Hugh konnte aufstehen. Er sah zwar völlig zerfleddert aus und schnappte ächzend nach Luft, aber das Erste, was er tat, war, die Arme auszubreiten und Connie an sich zu ziehen. „Connie. Geht es dir gut?" Meine Kollegin sackte in seinen Armen zusammen.
„Ich hab das Arschloch geliebt", heulte sie. „Weißt du das? Meinen Exmann?

Den ollen Hahn?"
Hugh nickte.
Sie heulte noch lauter. „Gut. Ja, gut, dass du das weißt. Ich hab ihn so sehr geliebt und dann hat mich das Arschloch verlassen. Ich bin kaputt für Beziehungen. Total kaputt. Weißt du das auch?" Connie zog schluchzend den Rotz hoch und wischte sich über die Nase. Sie verschmierte Blut auf ihrer Wange. „Und jetzt wollte mich dieses zugedröhnte Arschloch hier erschießen. Das ist nicht fair. Oder?"
Hugh schüttelte den Kopf.
„Ich bin ein guter Mensch", weinte Connie, „und ich will leben. Ich will sehen, wie die Kinder aufwachsen." Dann warf sie sich in Hughs Arme, zog seinen Kopf zu sich runter und legte all ihre Verzweiflung in einen Kuss.

Die Polizisten hatten dem Mann, der uns eben noch bedroht hatte und sich jetzt kaum noch aufrecht halten konnte, inzwischen Handschellen angelegt. Sie führten ihn nach draußen.
Ich musste Rede und Antwort stehen (im Sitzen, denn stehen konnte ich nicht – meine Knie schlackerten wie Grashalme im Wind) und die Situation schildern. Inzwischen wimmelte es in der Empfangshalle von Leuten. Ich hatte gar nicht gewusst, dass am Freitagnachmittag noch so viele Menschen hier im Haus waren. Jemand reichte mir eine Flasche Wasser, ich bekam außerdem von irgendwo ein nasses Tuch, eine Rolle Traubenzucker und ein Pfefferminzbonbon, was ich misstrauisch betrachtete. Woher kam das denn?

Connie und Hugh waren plötzlich verschwunden.
„Ihre Kollegin hat geblutet. Streifschuss. Wird das schon versorgt?"
„Ja, bestimmt. Wir sind ja hier vor Ort." Ich nickte, schniefte und hoffte zumindest, dass Hugh auch Connies Wunde und nicht nur ihre hyperventilierende Libido versorgte. Ich hatte mehrere Ideen, wo die beiden waren und was sie dort trieben. Wenn man dem Tod in Form einer Pistolenmündung ins Gesicht gesehen hatte, konnte alles Mögliche passieren. Vorerst musste ich hier die Stellung halten und trotz meines desolaten Zustandes

alle auftauchenden Fragen beantworten.
Als Connie und Hugh wenig später zurückkamen, hielten sie einen Sicherheitsabstand von zwei Metern. Während Hugh von der Polizei vernommen wurde, betrachtete ich meine Kollegin. Sie hatte immer noch Blut auf der Wange.
„Wo wart ihr? Was habt ihr gemacht?", fragte ich mit dem Gefühl, das Adrenalin, was durch meinen Körper pulsierte, würde mich leuchten lassen wie eine überreife Tomate.
Connie sah mich seltsam gefasst und feierlich an. „Ich habe das Einzige gemacht, was man in so einem Fall tun sollte: Ich habe das Leben gefeiert."
Sie hatte ihren Pullover verkehrt herum an und trug das Schild vorn draußen. Jeder, der sie sah, würde wissen, dass der Pulli von GAP war und empfohlen wurde, das gute Stück nur bei dreißig Grad zu waschen. Ich wollte ihr das sagen, aber da war sie schon dabei, eine Flasche Wasser an sich zu reißen, zu trinken und dann wie eine Walküre auf den nächsten Polizisten zuzusteuern. „He. Sie da, Officer. Ich will eine Aussage machen. Dieses Dreckschwein wollte eine amerikanische Mutter killen, um an irgendwelchen Stoff zu kommen. Der gehört hinter Schloss und Riegel. Für immer."

***

Ich hatte Jim angerufen, um ihm zu sagen, dass ich heute leider nicht in seinem Diner arbeiten konnte. Vor mir wäre kein Teller sicher gewesen. Der Buschfunk hatte aber längst getrommelt. Mein Vermieter wusste schon Bescheid, war in heller Aufregung und froh, dass es mir gut ging und er nun Informationen aus erster Hand bekam. Die lokalen sozialen Medien quollen über vor Spekulationen und Dramatisierungen. Es war von einer Schwerverletzten die Rede. Ich hatte keine Ahnung, was mir entgangen war, aber hinsichtlich des Kratzers auf Connies Wange würde ich behaupten, dass es sich hier eher um ein kosmetisches Problem auf Zeit handelte. Vielleicht war die getroffene Palme gemeint. Die würde ich mir morgen in Ruhe mal ansehen. Um Connies Leben machte ich mir jedenfalls keine Gedanken.

Jim war auf alle Fälle fürchterlich entsetzt und nachdem ich mir zigmal anhören musste, wie schrecklich leid es ihm tat, dass ich „als Gast in unserem schönen freien Land" so einer Tortur ausgesetzt worden war, weil hier „jeder Verrückte an eine Knarre kam" und „die Gesetze so lasch wie alte Pommes" waren, musste ich ihn matt, aber konsequent unterbrechen.
„Jim, auch in Deutschland werden Apotheken überfallen, weil Junkies nach Geld oder irgendwelchen Betäubungsmitteln suchen. Auch alte Omas werden betrogen, illegale Autorennen über den Ku'damm gemacht und wenn du eine Knarre brauchst, dann bekommst du die auch. Du musst nur die richtigen Typen ausfindig machen. Ehrlich."
Jim hatte Verständnis dafür, dass ich eine Auszeit brauchte. Er meinte, die Kunden müssten eben warten und sollten froh sein, dass ich nicht tot war, sie heute überhaupt etwas zu Essen bekamen und dass Sedona nicht weltweite Schlagzeilen ganz anderer Art gemacht hatte.

Meinen Eltern erzählte ich vorerst nichts. Das hob ich mir lieber für ein längeres Gespräch mit meiner Mutter auf und danach war mir jetzt nicht. Ich würde sie nur sinnlos ängstigen, musste die Erlebnisse dieses Tages erstmal selbst verarbeiten und fuhr daher mit Hugh und Connie, meinen beiden Leidensgenossen, die am besten nachvollziehen konnten, was ich fühlte, zu

meiner Kollegin nach Hause. Dort herzte und küsste Connie ihre Kinder und Bethany, als wären es diese vier Menschenleben gewesen, die der Junkie bedroht hatte. Danach bestellten wir genug Pizza für eine Kompanie, setzten uns auf die Terrasse und begossen das Leben in der Abendsonne. Zu diesem Zweck zerrte meine Kollegin aus dem schrecklich geheimen Geheimversteck in ihrem Bettkasten die letzte Kiste mit sechs Flaschen des guten Weins hervor, den ihr Exmann immer getrunken hatte.
„Ich glaube, es gibt keine bessere Gelegenheit, diesen Dreihundertdollarwein aus dem Napa Valley zu vernichten", sagte sie feierlich und kachelte zwei Flaschen davon mit Nachdruck auf den Tisch. „Der Wein hat jede Menge kalifornische Sonne intus und die brauchen wir jetzt auch." Wir konnten ihr nur zustimmen. Wenig später klirrten die Gläser. Ich muss zu meiner Schande gestehen, dass wir den Wein nicht mal richtig atmen ließen, sondern gleich jeder einen großen Schluck runterstürzten.

Wir schafften nicht alle, aber drei der sechs Flaschen, und sangen am Ende gemeinsam „For he's a Jolly good Fellow", um klar zu machen, dass wir zweiten Geburtstag feierten. Ich schlief bei Connie auf einer riesigen Couch bis in den späten Vormittag hinein und hatte am anderen Morgen erstaunlicherweise keinen Kater. Ein Dreihundertdollarwein war offensichtlich gut bekömmlich.

Ich stellte erst beim Aufwachen fest, dass der Akku meines Prepaid-Handys leer war.

***

Daher sah ich erst viel später zu Hause, also damit meine ich natürlich bei Lennard zu Hause, dass sowohl Ajei als auch ihr Bruder mehrfach versucht hatten, mich anzurufen. Von Lennard waren zudem drei Nachrichten eingegangen.
Um neunzehn Uhr siebenunddreißig: „Alles in Ordnung bei dir? Was war los in der Klinik?"
Um zwanzig Uhr dreiundzwanzig: „Bitte melde dich mal. Geht es dir gut?"
Heute um sieben Uhr und dreiundvierzig: „Leila, bitte melde dich, wenn du das liest. Was ist bei dir los??"
Ich schrieb ihm zurück. „Alles gut. Habe bei Connie übernachtet und versucht, mit ihr und Hugh die Sache in teurem kalifornischen Wein zu ertränken."
Die Antwort kam prompt. „Und? Hat das geklappt? Bist du noch bei mir?"
Ich: „Ja. Bis nächsten Samstag, wenn das für dich okay ist. Dann reisen die Jungs wieder ab."
Er: „Kein Problem."
Dann schrieb ich Ajei, dass mit mir alles in Ordnung war, und bat sie, Ooljee Grüße auszurichten.

Eine weitere Nachricht erreichte mich über Facebook. Von „Gio Woodpacker".
„Hallo! Geht es dir gut? Hab eben gelesen, was gestern in der Klinik abging, nachdem ich weg war. Wahnsinn. Schade, dass ich den Kerl verpasst habe. Der hätte meine Orthese kennengelernt. Brauchst du jemanden zum Reden? Dann melde dich. G."
Ich schrieb ihm zurück, dass ich soweit in Ordnung und kalifornischer Wein offensichtlich ein gutes Allheilmittel war.
Er: „Kalifornischer Wein ist das Mindeste, was Amerika dir schuldet. Da geht noch mehr. Such dir was aus. Wohin soll ich dich bringen, damit du eine schöne Erinnerung bekommst?"
Ich: „Montezumas Castle?"
Er: „Schlecht für mich. Da komme ich mit dem Knöchel nicht hoch. Was hältst du für den Anfang von einem Brunch morgen Vormittag im Kaffeepott? Du solltest unbedingt die Beagles und die Donuts dort probieren. Die sind wie

Medizin und lassen dich jedes Trauma vergessen. Und wenn du magst, dann nehme ich dich gern mal mit, wenn ich Kunden besuche. Ich muss die Tage nach Prescott, wahrscheinlich am nächsten Wochenende. Bock drauf mitzukommen und den Watson Lake zu besuchen?"

Vom Watson Lake hatte ich noch nie etwas gehört. Ich gab den Namen bei Google ein. Die Antwort war zuerst reichlich verwirrend. Ich konnte mir nicht vorstellen, dass Giordan mit mir auf die Schnelle nach Kanada fahren wollte, um mir das Tor zum Yukon River zu zeigen. Ich grenzte meine Suche etwas ein. Aha. Der durch einen Staudamm als eines von zwei Wasserreservoirs künstlich angelegte See in der Nähe von Prescott hieß auch Watson Lake.
Ich antwortete Giordan: „Für den Anfang klingt das gar nicht schlecht. Einzelheiten beim Brunch morgen um elf? Freu mich drauf."
Er: „Die Freude ist auf meiner Seite. Soll ich dich abholen?"
Ich dachte: ‚Auf gar keinen Fall', weil Giordan nicht wissen musste, wo ich derzeit wohnte, und schrieb: „Nein. Bei mir herrscht Bruderchaos. Ich komme mit dem Rad hin."
Er: „Ihr seid seltsam, ihr Krauts. Warum willst du dich mit einem Rad quälen, wenn du Auto fahren könntest?"
Ich: „Ihr seid seltsam, ihr Amerikaner, weil ihr jeden Meter mit dem Auto fahren müsst, obwohl Mutter Natur in eurer unmittelbaren Nachbarschaft ihr Zelt aufgeschlagen hat."
Giordan gab dazu keinen Kommentar mehr ab.

Wow. Damit hatte ich ein Date mit Giordan Donovan, dem Bruder der verschwundenen Haley. Ich war gespannt, ob ich nach dem Treffen klüger sein würde, und ging unter die Dusche. Jim und der Job im Diner warteten. Heute würde ich nicht schwänzen und meine Miete abarbeiten.

***

Die Sache mit dem Junkie hatte Connie, Hugh und mich auf eine Art zusammengeschweißt, wie es nur der gemeinsame Blick in die Mündung einer geladenen Knarre vermochte. Todesangst schafft Verbindungen fürs Leben, ich schwöre. Meine Kollegin und ich fielen uns wortlos in die Arme, als wir am Montagmorgen zeitgleich den Klinikeingang erreichten. Connie kam vom Parkplatz, ich hatte mein Rad angeschlossen. Selbst der Drachen von der Nachtwache, Miss van de Rijt, überließ uns nach einem knappen Gruß wortlos die Position hinter dem Tresen und entschwand, obwohl wir drei Minuten zu spät kamen.

Der Tag verging im Schweinsgalopp und brachte in etwa so viele Auf und Abs, wie mein Frühstück gestern mit Giordan ergeben hatte. Der „Kaffeepott" war nicht nur massig voll gewesen, es hatten auch Freunde von meinem Begleiter dort gesessen, die es sich nicht nehmen ließen, für uns zusammenzurücken und uns an ihren Tisch zu winken. Ein Unter-vier-Augen-Gespräch war so nicht möglich gewesen, ruckzuck hatte man uns in jede Menge lockeren Smalltalk verwickelt. Es wurden News ausgetauscht und Frotzeleien verteilt. Reichlich unmöglich fand ich allerdings, dass einer seiner Kumpels Giordan allen Ernstes darauf angesprochen hatte, ob es was „Neues von seiner Schwester" gäbe. Mir war fast der Löffel, mit dem ich gerade eine Schüssel Erdbeerquark verputzte, aus der Hand gefallen. Mein Blick hüpfte zwischen Giordan, der neben mir saß, und seinem Gegenüber hin und her. Giordan war minimal zusammengezuckt und hatte gemurmelt: „Halt's Maul, Pit". Aber der Typ namens Pit setzte tatsächlich noch einen drauf. „Alter, mach dir keinen Kopf. Irgendwann kommt sie nach Hause gekrochen, glaub mir. Zur Hochzeit kriegt ihr bestimmt 'ne Einladung."
Aber hallo! Wie pietätlos war das denn? Mir klappte die Kinnlade runter. Giordan hatte die Fäuste geballt und nochmal laut: „Das reicht, Pit. Halt jetzt das Maul. Ich meine es ernst", gesagt, woraufhin Pit sich nach hinten lehnte und beschwichtigend die Hände hob. „Okay, okay, Gio. Alles gut. Ich wollt doch nur mal fragen."

Da fehlten mir die Worte. Das war echt abartig. Wie konnte man eine so traurige Sache ins Lächerliche ziehen? Ich hatte Pit einen mörderischen Blick zugeworfen und Giordan tröstend über den Arm gestrichen. Der nahm daraufhin meine Hand und drückte sie. Ich lächelte ihn an, aber das Lächeln verging mir gleich wieder, als ich in seine Augen sah. Sein Blick war undurchdringlich finster und so fremd, als würde hinter seinen Augen etwas lauern, was sich von Zorn ernährte und auf den richtigen Moment wartete. Der Augenblick war gleich wieder vorbei, Giordan hatte plötzlich gelächelt und noch einmal meine Hand gedrückt. Aber mir war ein Schauer über den Rücken gelaufen und klar geworden, dass hinter seiner flapsigen Art Wut brodelte, wenn nicht gar Hass, und davon eine Menge. Ich hatte schnell meine Hand zurückgenommen und fragte mich seitdem immer wieder, ob Giordan zu jeder Zeit in der Lage war, sich zu beherrschen, oder ob die Wut manchmal ihn kontrollierte.
Und ich fragte mich dann weiter, zu was er fähig war, wenn die Wut das Ruder übernahm.

***

Bis zum nächsten und damit meinem ersten freien Wochenende musste natürlich zuvor noch die Woche absolviert werden. Langeweile kam dabei nicht auf, im Klinikum war eine Menge los. Natürlich konnten wir nicht salopp zum Tagesgeschäft übergehen. Ich ertappte mich und Connie immer wieder, wie unsere Blicke das Einschussloch im Fußboden der Empfangshalle suchten. Er stand greifbar hier im Raum, der letzte Freitag und seine schrecklichen Szenarien. Dafür sorgten auch die Leute, die uns immer wieder versicherten, was für ein Glück wir gehabt hätten und was doch damals bei dem und dem in dort und dort viel Schlimmeres geschehen war. Vielen Dank! Alles, was ich brauchte, waren noch mehr perfide Ideen, die kranke Hirne sich ausdachten, um illegal an Geld oder Drogen zu kommen. Sich vorzustellen, was uns unter Umständen alles hätte passieren können, war fast noch schlimmer als die Überfall-Sache an sich. Meine Phantasie drehte munter einen Splattermovie nach dem anderen. In allen wurde mehr Blut vergossen, als ich im Leib hatte, und ich war bald drauf und dran, selber nach dem Medikamentenschrank zu suchen, um mir ein Beruhigungsmittel einzuwerfen. Connie ging es nicht anders. Ihre gewohnte Munterkeit hatte heute Urlaub. In meiner Mittagspause untersuchte ich dann endlich die Palme, die einen Schuss abbekommen hatte. Ihre Überlebenschancen standen gut. Das zerfetzte Blatt wurde fachmännisch von mir amputiert, danach sah man zumindest der Pflanze den Schrecken nicht mehr an.

Ich war versucht, Connie zu fragen, wie die Dinge nach dem Freitag und der Lebensfreudefeier zwischen ihr und Hugh standen, aber klug genug, um nicht zu fragen. Die beiden versuchten, so zu tun, als wäre alles wie immer, aber ich hatte eine gewisse Spannung zwischen ihnen gespürt, als Hugh vorhin bei uns war. Die Leichtigkeit, mit der sie sonst miteinander umgingen, wirkte heute etwas aufgesetzt. Das konnte alles Mögliche bedeuten.
Aber eins stand fest: Wir waren alle drei froh, als der Tag rum war und wir in den Feierabend starteten. Ich für meinen Teil hatte Sehnsucht nach der Sonne, die draußen an einem perfekten Frühlingshimmel lachte, und freute mich auf meine Radfahrt in die Little Lane, beseelt von dem Wunsch, mir jegliche Spannung und allen Frust am Oak Creek aus dem Leib zu laufen und die Wärme zu genießen. Und genau das tat ich. Nachdem ich vom Fahrrad gesprungen war und das gute Stück unter dem Carport verstaut hatte, joggte ich am Fluss entlang und ließ meine Seele frei. Ich war gute anderthalb Stunden unterwegs und wieder versöhnt mit meinem Leben, als ich zurückkam.

Dann gönnte ich mir eine ausgiebige Erfrischung unter Lennards Dusche, spülte das letzte bisschen Spannung weg und zog mir dann den Sitzsack in die Abendsonne an die offenen Türen zum Balkon. Dort ließ ich mich nieder, seufzte genüsslich, setzte Kopfhörer auf und startete meine Lieblingsmusik, während ich mir vom Abendsonnenlicht und leichtem Wind das Haar trocknen ließ. Die Tatsache, dass ich einschlief, sprach Bände. Normalerweise passiert das tagsüber nicht. Ich vermied das Schlafen am Tag auch, weil die Erfahrung gezeigt hatte, dass ich danach meist den Rest des Tages irgendwie verdämmert herumlief. Doch als ich an diesem Abend aus dem Schlaf schreckte, war für Benommenheit

keine Zeit.
Ich brauchte alle meine sieben Sinne, und das sofort. Mein Warnsystem schlug Alarm.
Ich war nicht mehr allein im Haus.

Erschrocken setzte ich mich hin, und sah mich um.
Lennard lehnte an der offenen Tür zu seinem Schlafzimmer. Sein Blick war weich und liebevoll, aber ungewohnt besorgt. „Hallo, Baby, ich wollte dich nicht erschrecken. Sorry."
„Du hast mir nicht gesagt, dass du heute kommst. Dann wäre ich doch ... Du hast gesagt, du bist vier Wochen fort. Warum bist du hier?", fragte ich verwirrt und zog mir schnell das vormals als Turban verwendete Handtuch von den Schultern. Verdammt. Ich war überhaupt nicht salonfähig, zwar sauber und duftig, aber im Schlabberlook, ungekämmt und somit optisch leider gar keine Konkurrenz zu einer erfolgreichen und perfekt gestylten Schauspielerin.
„Das ... hat sich gerade erledigt." Lennard kam ins Zimmer und stellte seine schwarze Reisetasche neben dem Schreibtisch ab. Dann kam er zu mir und hockte sich neben mich. „Wie geht es dir?" Sein Blick scannte mich so intensiv, als würde er nach fehlenden Kleinteilen aus einem Lego-Baukasten suchen.
Ich versuchte unauffällig, mir das zerstrubbelte Haar halbwegs zu entwirren. „Ja. Ja, alles soweit okay. War ein furchtbarer Schreck, aber ich lebe ja noch. Und die Palme auch." Halbherziges Lächeln.
Er: „Gut. Gut, ja, das ist gut. Auch für ... welche Palme?" Er schien verwirrt. Für einen Moment hatte ich das Gefühl, dass Lennard mich am liebsten an sich gerissen und ganz fest gedrückt hätte. Aber er holte nur tief Luft, strich mir sanft über die Wange und schaute dann nach draußen. „Gefällt dir der Blick?"
Mein Herz klopfte schnell. Ich sah nur ihn an und nickte. „Ja. Ich liebe diesen Blick. Der Sonnenuntergang ist hier fast so schön wie vom Mesa."
Lennard lachte leise und deutete zur Tür. „Und wenn du willst, dann kannst du aus den Flurfenstern den Sonnenaufgang über dem Fluss sehen. Alles da."
Ich sah ihn einfach nur weiter an, völlig geflasht, weil er plötzlich zum Angreifen nah war. „Ja. Es ist ... alles da. Wie spät ist es?"

Die Sonne war weg. Ich fröstelte.

„Es ist kurz nach halb sieben." Lennard stand auf, zog mich mitsamt Sitzsack nach hinten und schloss die Türen. Draußen würde es bald dunkel sein. Er knipste eine versteckte LED-Leiste an. Mildes Dämmerlicht verlieh allen Ecken weiche Kanten.
„So was hatte ich in Binz auch", sagte ich leise und lächelte bei der Erinnerung.
„Ich weiß." Lennard lächelte zurück, setzte sich auf den Teppich und lehnte sich mit dem Rücken gegen sein Bett. „Komm hier rüber zu mir, Leela."
Ich zog schnell meinen Sitzsack neben ihn und genoss es, dass wir uns so nah waren.
Lennard legte einen Arm um mich und zog meinen Kopf an seinen Hals. „Als ich gelesen habe, dass dieser Typ bei euch rumgeballert hat, da hab ich versucht, dich anzurufen, und du bist nicht ans Telefon gegangen." Die Muskeln seines Armes um meiner Schulter spannten sich, er zog mich dichter.
Ich hob überrascht den Kopf. „Bist du deswegen heute gekommen? Hast du dir Sorgen gemacht?"
Er drückte meinen Kopf zurück, so dass ich ihn nicht mehr ansehen konnte. „Ja. Natürlich."
Ich lachte glücklich, schlüpfte mit der Hand unter sein Shirt und wollte ihn küssen.
Er hielt meine Hand fest und sagte leise: „Stopp. DAS ist nicht der Grund, weswegen ich hier bin, Baby, sondern weil mir klar geworden ist, dass ich dir eine Erklärung schulde."
Oh. Schade. Ich nahm ernüchtert meine Hand weg. „Reden wir jetzt über Heather?"
Lennard sah mich an. „Ja. Wir reden jetzt über Heather."
Okay. „Ich frage, du antwortest?"
Er nickte. „Ja, aber ich sage dir gleich, dass ich nicht alle deine Fragen beantworten werde."
War klar. „Gut. Erste Frage: Liebst du sie?"
Lennard holte tief Luft und stöhnte.

Ich zuckte mit den Schultern. „Du hast nicht gesagt, dass dir meine Fragen gefallen müssen."
Er holte noch mal tief Luft. „Gib mir einen Augenblick Zeit, ja? Ich überlege, wie ich dir das am besten erkläre. Liebe ich sie? Ich mag sie und ich habe zumindest gedacht, ich wäre in sie verliebt. Bis ich dich in Jims Diner gesehen habe. Und dann kam diese beschissene Situation in der Nacht vor meinem Geburtstag. Heather ist extra zu mir gekommen. Und sie ... hat sich ... Mühe gegeben. Aber ich war nicht richtig bei der Sache, weil ich immerzu an dich denken musste. Dann düdelte mein Handy kurz nach Mitternacht. Ich wusste genau, dass die Nachricht von dir war. Und ich hab mich in meinem ganzen Leben noch nie so mies gefühlt. Ehrlich. Da sind zwei Frauen, die mir etwas bedeuten. Die eine ist da und macht mit mir rum und bei der anderen will ich sein. Wenn ich aber bei der anderen bin, habe ich ein schlechtes Gewissen. Es ist zum Verrücktwerden. Wie soll ich so funktionieren?"
Ich gab ihm keine Antwort darauf, weil ich das auch nicht wusste. Also fragte ich noch einmal: „Lennard: Liebst du sie? Ja oder nein? Das ist alles, was wirklich zählt."
Seine Antwort kam zögernd. „Ach, Baby, das ist scheiße kompliziert. Ich dachte, ich wäre verliebt und könnte sie irgendwann lieben. Und dann kommst du und bringst alles durcheinander. Und ich kann nicht einfach Schluss mit ihr machen, weil ich Verantwortung für sie habe. Es ist anders als mit dir. Da gibt es ... einen dunklen Punkt in der Vergangenheit. Ich kenne Heather schon lange, aber wir hatten keinen Kontakt mehr, seit ich nach Deutschland gegangen bin. Als wir, du und ich, uns in Berlin gesehen haben, da hat mich das Gefühl für dich umgehauen. Wir haben uns angesehen und - zack. Alles wie früher. Ich habe nicht nachgedacht und mich einfach in die Sache reingestürzt. Dann stellte sich raus, dass du verlobt bist, und mir ist klar geworden, dass mein Leben sowieso nicht in deine Strukturen passt und dass du mit dem Arzt wahrscheinlich besser dran bist, weil du was Normales willst. Es hat mich trotzdem fertig gemacht, mir vorzustellen, dass du heiratest. Kurz danach ist mir Heather wieder über den Weg gelaufen. Wir haben uns bei einer Party getroffen, zu der mich Ajei mitgeschleppt hat, weil sie gemerkt hat, dass ich ziemlich fertig war. Heather hat

sich ins Zeug gelegt und mir klargemacht, dass ich ihr was schuldig bin für ... diese Sache von früher. Eine ganz miese Geschichte. Ich dachte mir: ‚Scheiß egal. Warum nicht? Könnte klappen.' Okay, sie hat ein paar Probleme, aber damit komme ich klar. Sie sieht gut aus und ist erfolgreich. Sie lebt das gleiche Chaos wie ich. Ich schulde ihr was. Passt. Und dann kommst du und setzt dich zwischen mich und die Frau, die unbedingt heiraten will, weil sie denkt, dass ... ach egal."

Ich (verdutzt): „Also liebst du sie nicht. Du magst sie und sie hat an dein Verantwortungsgefühl appelliert, weil du ihr etwas schuldig bist. Das ist ... wie ‚lebenslänglich'. Was hast du verbrochen, um ‚lebenslänglich' zu bekommen? Das ist doch keine Basis. Will sie sich rächen? Was sieht sie in dir? Einen Büßer? Einen Mistkerl? Das klingt für mich alles komisch."
Lennard gähnte. „Kann ich verstehen, aber - nein. Sie will sich nicht rächen. Sie liebt mich und hat mich zu ihrem persönlichen Ritter erhoben, was noch viel schlimmer ist. Sie ist ein bisschen kaputt und es hilft ihr, mit mir zusammen zu sein. Sie vertraut mir. Und ich habe bei ihr was gutzumachen, was ich niemals ganz wieder gutmachen kann. Außerdem ist meine Schwester Heathers beste Freundin. Ajei fühlte sich genauso verpflichtet wie ich. Sie hat Heather damals bei uns aufgenommen, als sie komplett am Boden war. Und ich bin mit schuld daran, dass es so gekommen ist. Ich war nicht fair zu ihr. Wenn ich sage, dass ich jung und dumm war, dann trifft das zwar hundertprozentig zu, aber das macht die Sache nicht besser."
Ich runzelte die Stirn. „Schlimm? Du warst vierzehn, als du hier weggegangen bist. Was kannst du da verbrochen haben?"
Lennard lachte unterdrückt. „Baby, du kanntest mich mit vierzehn nicht. Ich hatte gerade begriffen, was Mädchen so interessant macht, und wollte möglichst viel davon haben. Ich bin ... ziemlich gewissenlos an die Sache rangegangen."
Ich überlegte kurz. „Und das ist es jetzt? Ich habe dich kennengelernt, als du achtzehn warst. Und da hattest du keinen besseren Ruf."
Er: „Mit achtzehn hatte ich mich aber unter Kontrolle, Baby, mit vierzehn nicht. Da war ich meinem Schwanz völlig ausgeliefert und ich fand das nicht mal

schlimm, sondern normal. Mir war klar geworden, dass ich gut bei Mädchen ankam und was das für einen angenehmen Nebeneffekt hatte. Liebe spielte dabei absolut keine Rolle. Du kannst dir nicht vorstellen, wie Pubertät für Jungs ist. Man denkt nur an Sex und Mädchen. Da ist kein Platz für irgendwas anderes. Und mein Vorteil war, dass ich die schicken Mädchen abbekommen habe, das zählt für Jungs in dem Alter immens. Da bist du der Held. Heather war heiß, angesagt und ein bisschen älter als ich. Das machte die Sache noch viel interessanter. Ich musste eine Weile baggern, bevor sie mich rangelassen hat. Aber dann ging es ab zwischen uns beiden. Sie wusste voll Bescheid. Und wenn ich dir darüber die ganze Wahrheit sagen könnte, Baby, dann würdest du mir hier ins Zimmer kotzen. Da bin ich mir sicher. Ehrlich, wenn es einen Menschen gibt, dem ich ihre ganze beschissene Wahrheit erzählen möchte, dann bist du das. Wie gesagt, wenn ich könnte. Aber ich kann nicht. Ich habe Heather mein Wort gegeben und das wird immer was zählen."
Ich überlegte wieder. „Okay. Du warst ein Mistkerl und ein pubertärer Idiot, da sind wir uns halbwegs einig. Aber wo ist denn jetzt der Punkt, der dich schuldig macht und dazu bringt, dein Leben zu verpfänden, indem du ihr versprichst, sie zu heiraten, obwohl es mich gibt?"

Lennard atmete tief durch. „Das, was du jetzt hörst, ist wirklich mies. Ich weiß nicht, ob du danach noch mit mir sprechen willst."
Ich zuckte mit den Schultern. „Das wirst du jetzt riskieren müssen."
Sein Griff um meine Schulter wurde fester. „Okay. Kommen wir zum dunkelsten Punkt meiner Vergangenheit. Meine Kumpels und ich wussten, dass Heather freizügig war, aber in mich war sie verliebt, und das ist der Punkt, an dem ich kotzen könnte. Meine Gedanken reichten nämlich nur bis zum Flachlegen. Wir waren ein paar Wochen zusammen und sie hat mir was von großer Liebe erzählt. Und das hat sie ernst gemeint. Ich wusste gar nicht, wovon sie redete. Meine Kumpels haben gesabbert, wenn ich mit ihr auftauchte, und ich fühlte mich wie der King. Und dann war da diese beschissene Party, bei der ich mehr Alkohol konsumiert habe, als gut war, und sie dazu gebracht habe, bei einem Dreier mitzumachen. Sie hat mitgemacht, aber ... sie hats für mich gemacht, weil sie

wahrscheinlich glaubte, dass ich sonst Schluss mache. Aber als ich gesehen habe, wie meine beiden besten Freunde ... na ja, da war ich schlagartig nüchtern und mit der Sache für mich irgendwie durch. Ich habe sie dann drei Monate lang irgendwie hingehalten. Sie hat geheult und mich angerufen und mich mit Nachrichten zugetextet, bis ich ihr vom Flughafen eine SMS geschickt habe, dass ich auf dem Weg nach Deutschland bin. Das hat ihr den Boden unter den Füßen weggerissen. Ich wusste nicht, in welcher Hölle sie lebte, weil ich ihr nie zugehört habe. Sie wollte Liebe und ich habe sie meinen Kumpels zum Fraß vorgeworfen. Toll, oder? Ich habe ihr nicht ein einziges Mal richtig zugehört, weil mir das Testosteron aus den Ohren kam. Am Ende landete Heather bei Ajei und meiner Mutter. Als meine Schwester mir gesagt hat, was passiert ist, da wusste ich, dass ich mit schuld dran war. Zum Glück ist meine Mutter der einzige Mensch, den ich kenne, der wirklich Durchblick hat und das Richtige macht, ohne zu urteilen. Das hat Heather gerettet, denke ich."

Wir schwiegen beide. Ich runzelte die Stirn und suchte in seinen Worten nach meiner Antwort. Er hatte mir nun alles Mögliche erzählt, aber trotzdem nichts, womit ich verstehen konnte, was konkret ihn an diese Frau band, so dass er sich nicht gestattete, mich zu lieben.

Lennard spürte, dass ich nicht zufrieden war mit seiner Erklärung. „Scheiße, Baby, ich kann dir nicht alles sagen, weil es nicht meine Wahrheit ist, sondern ihre. Außer mir weiß nur meine Mutter Bescheid. Und Ajei, obwohl die damals auch total sauer auf mich war, als ich plötzlich mit Dad nach Deutschland gehen wollte. Sie hat totale Panik geschoben und zwei Monate nicht mehr mit mir geredet, als ich weg war. Ich glaube, das ist auch ein Grund, warum sie sich dann so an Heather gehalten hat, um meine Lücke zu füllen. Vermutlich haben die beiden sich gesucht und gefunden und dann wie verrückt auf mich gewettert. Ajei hat geahnt, dass Heather ein Grund gewesen ist, warum ich gegangen bin. Am Ende wusste sie, dass das stimmt. Und die ganze andere Scheiße wusste sie auch. Da hat sie dann doch mal mit mir gesprochen, um mir das alles an den Kopf zu brüllen, und noch einen Monat lang jeden Kontakt verweigert."

Er hatte viel gesagt, aber wieder nichts Konkretes. Ich kniff die Augen zusammen. „Lennard, WAS zur Hölle ist denn nun wirklich mit ihr passiert?"

Lennard schwieg so lange, dass ich noch mal fragen wollte, aber dann fing er doch selber an. „Heather wollte sich das Leben nehmen, als ich nach Deutschland gegangen war. Sie ist im Urlaub von einer Klippe gesprungen, aber dann ist ihre Mutter gestorben, die sie rausgefischt hat, und nicht sie. Überanstrengung, sagt man. Herz kaputt. Sie hat nicht viele Menschen, die sie liebt, Baby. Und ihre Liebe ist nicht so sonnig wie deine. Ihre Liebe ist wie Dynamit im Fundament. Sie ist die Magmakammer unter dem Yellowstone und ich bin das Ventil, was immer wieder Druck rausnimmt. Sie will, dass ich ihr gehöre, weil die Liebe zu mir ihr Anker in die Normalität ist. Ich habe ihr einmal den Boden unter den Füßen weggezogen, ohne nachzudenken. Ein zweites Mal hat sie nicht verdient, weil sie schon das erste Mal nicht verdient hatte. Und bevor du mir damit kommst - mit ein paar Hokuspokus-Reisen in die Vergangenheit ist es hier nicht getan. Die Vergangenheit, die Heather in diesem Leben durchgemacht hat, ist nicht so leicht zu ändern. Sie hat Narben, von denen du in deinem schlimmsten Alptraum keine Ahnung haben möchtest."

Ich spürte den Abgrund hinter seinen Worten und die bittere Wahrheit und rückte von ihm weg, um ihn perplex anzusehen. „Du bist ... aus Mitleid mit ihr zusammen? Das ist krank, Lennard. Das ist krank und unfair. Sie will Liebe, aber in erster Linie braucht sie Hilfe."
Jetzt war es Lennard, der mit den Schultern zuckte. „Andere Leute haben richtig miese Gründe, um mit irgendwem zusammenzusein. Ich habe dir gesagt, dass dir meine Antworten nicht gefallen werden. Ich baue nicht auf Mitleid, sondern auf die Zeit. Vielleicht ist das krank, aber ich bleibe mit Heddy zusammen, bis sie mich satt hat. Das wird irgendwann passieren. Sie ist Schauspielerin. Sie macht permanent mit irgendwem rum. Und irgendwann will sie von einem mehr und dann serviert sie mich ab. Oder einer ist Psychologe und kuriert sie."

Er hatte einen opulenten Knall. Ehrlich. Perplex fragte ich: „Und dann? Was ist dann mit dir?"
Er: „Nichts. Ich bleibe ich. Ich mache Musik. Das ist das, was ich wollte."
Ich nickte sarkastisch und verschränkte die Arme vor der Brust. „Klar. Du machst Musik, weil du das immer wolltest. Und was ist mit mir?"
Er zog mich mitsamt Sitzsack wieder zu sich. „Du? Du bist eine schöne Idee. Ein Traum. Du bist der Gedanke, was wäre, wenn ich jemand anders hätte sein können. Du bist Liebe und Normalität, aber da ich dir die Beständigkeit nicht geben kann, die du brauchst, bleibt es eben eine Idee. Am Ende wäre das Elend. Wir würden nicht nur uns verlieren, sondern auch einen Teil unserer Träume und Idealvorstellungen."
Ich (kopfschüttelnd): „Aber das wirst du nie wirklich wissen, wenn du es nicht probierst."
Er (leise): „Siehst du? Dann bleibt mir wenigstens der Traum."
Ich: „Du hast mit mir geschlafen. Hast du kein schlechtes Gewissen deswegen?"
Er (ruhig): „Das ist der Punkt. Du hättest ein schlechtes Gewissen, Baby, weil Sex mit jemand anderem in deine Vorstellung von einer perfekten Beziehung nicht hineinpasst. Ich habe es nicht, weil Heather und ich niemals eine perfekte Beziehung haben werden. Außerdem habe ich ja früher auch mit dir geschlafen. Du bist also nicht fremd. Heather würde mir recht geben."
Wenn er das wirklich glaubte, war er ein Idiot. „Frag sie, ob sie das auch so sieht."
Er: „Ich bin mir sicher."
Ich: „Frag sie. Vielleicht sieht sie das ja doch ganz anders."
Er (resignierend): „Vielleicht. - Haben wir jetzt genug geredet? Ich bin völlig erledigt und muss schlafen. Willst du auf dem Sitzsack pennen oder im Gästezimmer? Du kannst auch mit in mein Bett kommen, wenn du willst. Es ist groß genug. Wir können eine Besucherlücke lassen."
Ich: „Ich glaube, ich will jetzt nicht in dein Bett."
Er: „Okay. Kein Problem."

Lennard schlief im Bett, ich grübelte wach auf meinem Sack vor der (nun wieder offenen) Balkontür, guckte in den Sternenhimmel und fand keine Ruhe. Ich kam einfach nicht damit klar, dass ein Mensch in der Lage sein sollte, aus einem Gefühl von Verantwortung oder Pflicht heraus sich an jemanden zu binden und sich damit das Leben zu versauen, weil er sich selbst die Chance versagte, glücklich zu werden. Das war Bullshit, seelischer, emotionaler und geistiger Bullshit. Das machte mich wütend. Heather brauchte einen vernünftigen Therapeuten, bevor sie einen Verlobten an sich band.
Außerdem hatte er irgendetwas gesagt, wo bei mir im Hinterkopf eine Alarmglocke schrillte. Ein Gedanke formte sich wie Nebel über einer Wiese, aber er entzog sich immer wieder meinem geistigen Zugriff und schlüpfte durch die Windungen meines Geistes. Ich gab auf, gähnte und starrte nach draußen in den wunderschönen Sternenhimmel. Wenn ich fliegen könnte, würde ich jetzt dort hinaus schweben und ...

„Ich kann nicht schlafen, wenn du da drüben bleibst", sagte Lennard leise. Er war offensichtlich doch noch wach. „Komm zu mir ins Bett. Lass uns wenigstens zusammen hier liegen. Bitte."
Er hatte noch nie ‚Bitte' gesagt.
Und ich hatte noch nie gezögert.
Am Ende schlüpfte ich doch zu ihm unter die Decke.
„Mach dir aber keine Illusionen", stellte ich klar.
„Nein. Aber so ist es trotzdem besser", flüsterte Lennard und zog mich heran.
Aber es war nicht besser. Nein. Im Gegenteil. Die Idee war schlecht. Wir lagen viel zu eng zusammen, mein Rücken schmiegte sich an seinen Bauch. Das war schön. Schlecht war, dass es sich gut an fühlte, viel zu gut und viel zu vertraut und viel zu sehr für immer.
Und es war trotzdem nicht genug.
Ich fand noch lange keine Ruhe.
Aber Lennard, der seinen Arm fest um mich geschlungen hatte, war jetzt tatsächlich eingeschlafen.

***

Als ich am nächsten Morgen aufstand, weil ich zur Arbeit musste, versuchte ich, so leise wie ein Mäuschen zu sein. Lennard wachte trotzdem auf.
„Es ist schön, dass du hier bist", sagte er leise, als ich durch sein Schlafzimmer schlich.
„Das solltest du nicht einmal denken", gab ich zurück.
„Ich kann denken, was ich will", knurrte er düster. Die Tatsache, dass die Dinge zwischen uns so kompliziert waren, schmeckte ihm genauso wenig wie mir, aber ich hatte uns diese Suppe nicht eingebrockt.
Also ignorierte ich konsequent, dass ich seinen Wünschen sofort auf halbem Weg entgegenkommen würde, wenn er jetzt klar sagte, was er wollte. Ich beeilte mich, fertig zu werden, um nicht über Gebühr lange einer gewissen Versuchung ausgesetzt zu sein, und radelte in die Klinik, während meine Gedanken, ungestillte Lust und eine geballte Ladung Sehnsucht in der Little Lane zurückblieben.

Lennard würde fort sein, wenn ich zurückkam. Und ich würde ab dem nächsten Freitag wieder im Hexenhaus wohnen, da Matzes Urlaub zu Ende ging. Für Samstagabend hatte Lennard mich eingeladen. Er wollte seinen und Ajeis Geburtstag nachfeiern.
„Kleine Runde. Nur engste Freunde."

Ich war unangenehm gespannt, wer dazu alles zählte.

***

In der Empfangshalle der Klinik war die Stimmung auch in den nächsten Tagen noch nicht ganz so heiter wie sonst. Wir schauten immer wieder argwöhnisch nach draußen zum Vorplatz und zuckten bei jedem fremden Geräusch zusammen. Das Telefon stand kaum still.
„Hier, Süße, ist für dich." Connie grinste nur halb so anzüglich wie sonst und reichte mir den Hörer. Es war kurz vor Mittag.
Ich nahm Connie das Telefon ab. „Ja? Hier ist Leila."
Giordan: „Hi Leela! Du musst mir echt mal deine Handynummer geben. Das haben wir am Sonntag wieder vergeigt."
Ich lachte höflich und schrieb mir seine Nummer zeitgleich auf die Unterlage ab. „Hi Giordan. Ich schreibe mir gerade deine Nummer auf und speichere sie nachher gleich ein, okay? Dann schicke ich dir vom Handy eine Nachricht."
Er: „Cool. Mach das. Weswegen ich anrufe: Willst du am Samstag mit nach Prescott? Da siehst du was von Land und Leuten und bist mit dem heißesten Junggesellen von Sedona unterwegs. Prescott ist klein, aber nett, der Watson Lake durchaus sehenswert. Ich lade dich zum Essen ein. Also: Was sagst du?"
Da musste ich gar nicht lange überlegen, schließlich hatte ich für Samstag schon eine Abendeinladung in die Little Lane. Und die bekam definitiv den Zuschlag. „Das wird leider nichts, Giordan. Am Samstag fliegt mein Bruder zurück nach Hause und abends bin ich eingeladen. Sorry. Das hatte ich vergessen. Aber vielleicht fährst du ja später dort noch mal hin? Dann würde ich wirklich sehr gern mitkommen und mit dir den Watson Lake anschauen."
Ich fragte mich, ob er jetzt wieder so komisch guckte wie am letzten Sonntag. Aber Giordan klang nur ein bisschen enttäuscht. „Kein Thema. Wann ich das nächste Mal in diese Richtung fahre, kann ich dir erst sagen, wenn ich den Termin am Samstag hinter mir hab. Falls uns der Kunde den Auftrag gibt, wovon ich ausgehe, muss ich sicher nochmal hin. Ich sag dir Bescheid. Aber wir können uns ja auch vorher mal abends zu einem Tennismatch treffen."
Ich lachte. „Klar. Mit deinem Fuß. Du wirfst mir die Orthese rüber oder was?"
Giordan lachte. „Nein. Ich suche dir einen richtig guten Matchpartner aus und schaue dir beim Schwitzen zu. Deal?"

***

Der Abschied von Matze war mit gemischten Gefühlen verbunden und die hatten absolut nichts damit zu tun, dass er nach Hause fuhr und ich deswegen Wehmut schob. Nein. Ich war vor allem traurig darüber, dass ich zurück ins Hexenhäuschen musste. Ich meine, ich mochte Jims Häuschen. Ich fühlte mich nicht mehr fremd in Sedona, ich hatte nette Leute kennengelernt und kannte mich inzwischen ganz gut aus hier. Ich liebte die Felsen. Ich liebte die Wärme. Ich liebte die Weite.
Und ich liebte das Haus in der Little Lane, weil ich mich dort so heimisch fühlte.

Meine Sachen hatte ich schon am Donnerstag gepackt und zurück ins Hexenhäuschen verfrachtet, damit ich am Freitag direkt von der Arbeit dorthin fahren konnte und den Abend für Matze frei hatte. Für den Eigentümer hinterließ ich das Haus in der Little Lane aufgeräumt, mit perfekt angeordneten Tassen im Schrank, ohne Staub, ohne Fußspuren und ohne Lippenstift-Schrift am Spiegel, aber mit viel Wehmut im Herzen. Ich würde zwar schon morgen wieder hier sein, dann aber nur als Gast. Das fühlte sich schon bei dem Gedanken komisch an.

Es wurde ein sehr gemütlicher Abend mit Matze und Fiete. Die englischen Mädchen waren schon in Richtung New York abgeflogen, wo sie zum Urlaubsabschluss das Wochenende verbringen wollten. Somit waren wir nur zu dritt. Aber da sich das Leuchten in den Augen meines Bruders noch vertieft hatte, war Deanna trotzdem noch hier. Lag vielleicht auch nicht zuletzt daran, dass Matze im handytechnischen Dauerkontakt mit ihr stand und die ganze Zeit lächelte und erzählte, wo die Mädchen gerade waren und was sie dort machten.
„Dich hat es ganz schön erwischt, was?", fragte ich später, als Fiete schon im Bett lag.
„Ja", sagte mein Bruder und strahlte mich an. „Hat es. Total. Deanna ist der Oberhammer. Die lasse ich nie mehr los. Ich liebe sie. Das ist die Frau, die ich heirate."
Wir sahen uns an. Er meinte jedes Wort ernst. Und ich glaubte ihm. Sein Blick hatte eine Reife gewonnen, die man nur erreichte, wenn der Knoten im Herzen

platzte und den geheimen Raum in der Mitte öffnete, der für die große Liebe reserviert war.

Egal, ob man acht, achtzehn oder achtundachtzig war: Wenn man einen Menschen traf, der die eigene Seele zum Glühen und das Herz zum Überfließen brachte, dann wusste man das.
Da gab es keinen Zweifel, nur absolute Sicherheit.
Das war Liebe.

***

Ich verbrachte den Samstag damit, mein Häuschen wieder in einen wohnlichen und aufgeräumten Zustand zu versetzen. Außerdem machte ich Kartoffelsalat für die Party am Abend. Es hatte einiges an Mühe erfordert, in einem amerikanischen Supermarkt die richtigen Zutaten zu finden. Aber am Ende schmeckte der Kartoffelsalat beinahe genauso gut, wie Lennard es wahrscheinlich erwartete, wenn er noch den meiner Mutter in Erinnerung hatte.

Ajei holte mich ab, damit ich die Schüssel nicht auf dem Fahrrad bugsieren musste, und damit begann der schräge Teil des Tages. Schräg, weil Lennards Schwester nicht alleine war, sondern in Begleitung eines Mannes, welchen sie mir als Daniel vorstellte. Sie schien relativ vertraut mit ihm zu sein, denn sein Arm lag über ihrer Sitzlehne. In welcher Beziehung sie zu ihm stand, verriet Ajei nicht und ich fragte auch nicht nach. Sie war mir gegenüber aufgeschlossen, fragte mich nett und interessiert, wie es in der Klinik lief und ob ich immer noch für Jim arbeitete. Ich antwortete ihr genauso höflich und hatte trotzdem den Eindruck, dass Ajei bei aller Freundlichkeit nicht ganz so begeistert darüber war, dass Lennard mich bei der Party hatte dabeihaben wollen. Aber das war ein reines Bauchgefühl. Vielleicht täuschte ich mich auch und ihre versteckte Missstimmung hatte gar nichts mit mir, sondern mit Hausstaubmilben, Hormonen oder einer seltenen Sternenkonstellation zu tun. Vielleicht. Vielleicht auch nicht. Sie verhielt sich jedenfalls absolut liebenswürdig, strahlte aber eine gewisse Spannung aus. Ihre Schwingungen verunsicherten mich, so dass ich mich gehemmt fühlte.

Bei Lennard hatten sich mit uns dann etwa fünfzehn Leute eingefunden, Ooljee und Arthur eingeschlossen. Eine gewisse Schauspielerin konnte ich zu meiner Erleichterung nicht entdecken, woraufhin Einiges an Spannung wieder von mir abfiel. Der Kartoffelsalat kam gut an, Ajeis Begleiter nicht, zumindest nicht bei Ben. Als im Verlauf des Abends immer deutlicher wurde, dass Ajei und Daniel, die eng nebeneinandersaßen, ein vertrautes Verhältnis hatten, wurden seine Augen schmaler und schmaler.
Lennard stand am Grill. Wie immer klopfte mein Herz ein kleines bisschen

schneller, als wir uns ansahen. Wir wechselten einen kurzen, sehr intensiven Blick und eine flüchtige Umarmung. Dann stellte mich Lennard als „eine alte Freundin“ vor. Für einen kurzen Moment überlegte ich, ob ich mein Gesicht auf Falten überprüfen sollte. Alte Freundin. Also bitte.

Ich setzte mich neben Ooljee, so dass ich Lennard und seinen Grill hinter mir hatte. Ich wollte meinen „alten Freund“ im Moment nicht ansehen, weil ich Angst hatte, dass jeder hier merkte, wie ich zu ihm stand. Augen können bekanntlich nicht lügen.

Aber die netten Leute, die hier zusammensaßen, lenkten mich bald ab. Als wir uns nach dem Essen um die Feuerstelle gruppierten, setzte ich mich neben Ben.

„Na?“, fragte ich ihn vorsichtig. „Wie läuft es bei euch, also der Band?“

Ben zuckte mit den Schultern. „Das ist heute einer der ganz wenigen Samstage bis Oktober, den wir frei haben. Wahnsinn, oder? Ansonsten ist immer ein Gig. Läuft im Moment. Zumindest musikalisch.“ Er warf einen Scheit auf das Feuer.

„Einer unserer wenigen freien Samstage und dann haben wir auch nichts Besseres zu tun, als wieder zusammenzuhocken. Spricht nicht für viel soziale Kompetenz. Kann sich jemand noch an seine Familie erinnern?“ Laetizia Suarez streckte sich und gähnte. Sie war die Schlagzeugerin der Band und eine wahnsinnig beeindruckende Erscheinung mit Rastalocken bis zum Hintern, Piercings, die für drei gereicht hätten, und Tattoos, so weit man sehen konnte. Und man konnte weit sehen. Laetizia schien nicht viel für Stoff übrig zu haben. Sie erinnerte mich an eine kämpferische Amazone. Es hätte mich nicht gewundert, wenn sie spontan einen Bogen gezückt und der nächsten Mücke ein Auge ausgeschossen hätte.

„Musik ist eine Familie. Und außerdem liebst du uns alle“, sagte Nino De Santis. Er war New Yorker, Bassist der RedRoxX und ein Spaßvogel, wie sich im Laufe des Abends herausstellte.

„Wenn du willst, adoptiere ich dich.“ Lennard hatte eine Gitarre geholt, schlug ein paar Akkorde an und als Laetizia dann anfing zu singen, blieb mir der Mund offen stehen. Ihre Stimme war eine unerwartete Mischung aus dunklem Honig, Rauch und Thymian. Hammer.

Wir saßen am Feuer, so wie früher zu Hause hinter der „Bella Vista". Lieder flossen dahin. Das brennende Holz knisterte. Es war ein herrlicher Abend, den nur einer nicht genießen konnte. Und das war Ben, der neben mir saß. Er vibrierte wie ein Zahnarztbohrer. Sein Blick wich kaum von Ajei und ihrem Begleiter. Lennards Schwester hatte allerdings keinen Blick mehr für ihn. Ihre Drohung letztens war keine leere gewesen. Ben litt, das war zu merken.

Ooljee setzte sich neben mich und sagte leise: „Ich will nachher los. Lass uns also jetzt sprechen. Bleibt es dabei? Wir können am nächsten Samstag nach Supai fahren."
Durch meinen Körper ging ein freudiger Stromschlag. Auf in den Canyon. Ich nickte. „Toll, dass es klappt. Ich bin dabei. Gerne. Ich ... freue mich. Wow."
Ooljee nickte. „Gut, Kind. Ich hole dich morgens um fünf ab. Hast du Wanderschuhe mit?"
Ich hob den Daumen. „Ja. Im Gepäck."
„Du wirst sie brauchen."
„Gebongt. Was brauche ich noch?"
Sie lächelte und zwinkerte mir zu. „All deine sieben Sinne. Für den Rest sorge ich."
Mir ging das Herz auf. Ich fühlte mich leicht und frei. Das war immer so, wenn Ooljee lächelte. Ihr Lächeln war wie reiner Energieregen.

Dann schwiegen wir und lauschten Lennard, Laetizia und Ben und dem Klang der Gitarre bei Nacht. Das war total schön. Ich lehnte mich zurück, mit jeder Zelle im Hier und Jetzt. Das Feuer knisterte leise. Der Himmel war ein einziges Sternenmeer, mein Herz ein Ozean, die Luft voller Harmonie und mildem Rauch. Lied folgte auf Lied, wir sangen mit, wenn wir die Texte kannten. Die Musik ließ alles verschmelzen. Wir hatten Töne im Herzen, Feuer im Gesicht und Klänge auf den Zungen.

Als Nächstes stimmte Lennard ein neues Lied an, ein deutsches Lied, und die

Melodie traf mich aus heiterem Nachthimmel mitten ins Herz. Niemand hier kannte das Lied, nur ich. Nur ich und er. Wir. Wir kannten es, denn wir hatten es geschrieben. Er sah mir tief in die Augen und sang: „Rose aus Sand, in meiner Hand, ..."

Ich saß da wie erstarrt. Mein Herz klopfte laut bis zum Hals. Wir blickten uns an, er und ich, und sofort spürte ich wieder diese tiefe Verbindung zwischen uns, so mächtig und stark wie eine Pipeline im Ozean. Die Welt rückte in den Hintergrund. Dies war unser Lied. Wir hatten es zusammen ausgedacht, damals, vor langer Zeit, in einem früheren Leben auf der anderen Seite der Welt. Er kannte es noch. Jeder Ton saß. Jedes Wort war ein Treffer.

„... in meiner Hand war die Rose aus Sand, die mit dem Wind in der Weite verschwand."

Ich kämpfte gegen die starken Gefühle in mir, schluckte, musste den Blick von ihm abwenden. Die Menschen um uns herum schunkelten. Sie redeten, lachten, klopften den Takt und genossen all das, was eine lockere, gemütliche Runde so ausmachte. Nicht einmal Ajei und ihre hochsensiblen Sensoren reagierten auf uns. Sie hatte wahrscheinlich auch genug mit sich und ihren Gefühlen zu tun. Nur mir war die Luft plötzlich zu dünn. Ich wäre am liebsten in Tränen ausgebrochen. Dieses Lied verband Lennard und mich mehr als alles sonst, aber er gehörte jetzt eben nicht mehr zu mir. Da war es schwer zu ertragen. Ich musste weg.

„Sorry", raunte ich Ooljee zu, als ich über die Bank kletterte. Sie nickte nur, sagte nichts. Ihr Blick war stoisch und wissend wie immer.

Ich ging ins Haus, um einen normalen Schritt bemüht, und lehnte mich drinnen für einen Moment an die kühle Wand. Die Dunkelheit wog schwer. Sie verschluckte mich, engte mich ein und verstärkte das Gefühl der plötzlichen Einsamkeit immens. Ich brauchte Raum, freien Blick in das Universum, huschte die Treppe hinauf und betrat mein Lieblingszimmer mit dem großen Fenster nach Westen und dem Blick in die Weite. Ich trat an die offene Tür, atmete tief durch, spürte Demut in mir, als ich den letzten hellen Streifen am Horizont und den herrlichen Sternenhimmel sah, und wartete, dass mein Herz wieder weit

wurde. Roter Feuerschein zuckte. Die Gitarre schwieg. Laetizia sang jetzt ohne Begleitung ein Duett mit Ben.
Und ich stand hier oben und suchte die Einheit mit dem großen Ganzen.

„Bleib heute Nacht hier, Leela", sagte Lennard leise. Er sprach deutsch. Ich hatte ihn nicht kommen gehört, aber gespürt, dass er sich näherte.
„Das geht nicht", gab ich zurück und lehnte mich trotzdem gegen ihn, weil es einfach natürlich war, dass ich das tat, weil es schön war, ihn zu spüren und weil ich jetzt Halt brauchte. Und weil die Einsamkeit dann erträglicher war. Und weil ich ihn liebte. Und überhaupt.
Er malte mit dem Finger eine Linie von meinem Hals über meine Schulter bis hinunter zur Taille, wo sich seine Hand hinlegte. Dann drehte er mich langsam zu sich hin.
„Bleib hier", sagte er noch einmal.
„Warum?" Ich hob den Kopf.
Sein Gesicht war ganz dicht über meinem. Wir sahen uns an.
„Weil ich es will", sagte er leise. „Und weil du das auch willst."
„Danach geht es nicht", flüsterte ich und hob das Kinn ein ganz kleines bisschen an. Nur für den Fall.
„Doch. Das ist alles, wonach es geht", gab Lennard zurück und senkte seinen Kopf, so dass sich unsere Lippen fast berührten.
„Wir dürfen ... Nein. Ich darf. DU darfst das nicht." Mein Herz galoppierte ihm entgegen.
„Ich will aber." Seine Lippen streiften meine ganz sanft. Seine Arme legten sich um mich.
Ich schüttelte den Kopf und stemmte meine Hände gegen seine Brust. „Nein. Du bist verlobt."
Er atmete tief ein und aus. Seine Stimme klang rau. „Das ist mir jetzt gerade scheiß egal." Dann nahm er meine Hände von seiner Brust, verschränkte unsere Finger und legte seine Arme um meine Taille, so dass ich gefesselt in seine Richtung kippte.
„Das sollte es aber nicht." Ich seufzte und gab auf. Seine Lippen legten sich ganz

sanft auf meine. Alles in mir kribbelte. Teufel, war das himmlisch.

„Lennard?“ Ajeis Stimme irgendwo unten unterbrach uns jäh. Sie klang verunsichert, aufgeregt, sogar leicht panisch.
Ich zuckte zurück.
Lennards Blick wurde finster wie ein Gewitterabend. Er sagte nichts, sah mich nur an.
„Lennard?“, rief Ajei noch einmal. Sie blieb unten, weil sie wahrscheinlich genau wusste, dass ihr Bruder nicht allein hier oben war. Schwesterintuition vermutlich. „Kommst du bitte raus? Du hast einen ... Überraschungsgast.“
Draußen unter dem Balkon wurde es unruhiger zwischen den anderen Gästen. Funken flogen. Jemand hatte Holz nachgelegt.
Eine rauchig-melodische Stimme sagte: „Guten Abend.“
„Lennard?“ Ajeis Stimme klang jetzt leicht panisch. „Heather ist hier. Kommst du?“

„Verdammt.“ Lennards Griff um meine Taille wurde fester, bevor er mich von sich schob.
„Verdammt“, sagte er noch einmal. „Verdammt.“
Seine Verlobte. War. Hier. Und sie hatte uns nur durch ihre Anwesenheit sofort in die Schranken verwiesen. Ich gab ihm recht. Das kam der Verdammnis tatsächlich nahe. Und ich wusste jetzt auch, warum Ajei vorhin so seltsam verhalten gewesen war. Sie hatte geahnt oder sogar gewusst, dass Heather kam. Sie hatte es geahnt und sie hatte mir nichts gesagt.
Und jetzt war Heather hier. Nun, sie hatte das Recht, bei ihm zu sein. Ich nicht. Ich war nur eine alte Freundin von früher. Sie war seine Verlobte. Sein Hier und Jetzt.
Ich fühlte mich wie das überflüssigste fünfte Rad am Wagen, was es jemals gegeben hatte.

Ich hatte nicht mal das Recht, in diesem Zimmer zu sein. Es war Lennards Schlafzimmer, nicht meins. Trotzdem ging ich nicht hinaus, als er fort war. Ich

setzte mich auf den Boden und lehnte mich an den Türrahmen. Mein Blick tauchte erneut auf der Suche nach Ruhe und Frieden in die Weiten des Sternenhimmels. Beides hatte ich nötig, weil ich total aufgewühlt und mein Herz die reinste Mördergrube war. Jetzt, in diesem Moment, hasste ich die fremde Frau, obwohl ich dazu kein Recht und schon gar keinen Grund hatte, selbst wenn sie den Mann, den ich liebte, mit einem unbekannten, aber deswegen nicht weniger irrwitzigen Versprechen an sich knüpperte. Ich hatte kein Recht, sie zu hassen, weil es seine Entscheidung gewesen war, ihr irgendetwas zu schwören. Heather war nicht unfair zu mir gewesen. Sie kannte mich nicht einmal. Es war Lennard, auf den ich wütend sein musste. Wie hatte er einer anderen Frau versprechen können, sie nicht zu verlassen, wenn er wusste, dass er mich liebte? Dieser Idiot.
Schuldig oder nicht, ich hatte keine Lust, Lennards Zukünftiger gegenüberzusitzen und den Tauben beim Turteln zuzusehen. Also blieb mir nur der Weg zurück ins Hexenhäuschen, selbst wenn ich diesen zu Fuß würde antreten müssen.

Ich huschte schnell in die Küche, um Jims Schüssel und meine Tasche zu holen. Dann wollte ich über den Weg am Oak Creek zur Straße flüchten. Leider wurde mir das verwehrt. Als ich durch die Eingangstür schlüpfte, hörte ich Stimmen und wurde Zeuge einer weiteren, äußerst unschönen Szene. Ich war offensichtlich nicht die Einzige, die an diesem Abend ihre Diskrepanzen mit dem Universum hatte.

Ben und Ajei standen hinter dem Carport in einer (wie ich vermutete, durch Ben erzwungenen) Unterhaltung.
„... nicht verstehen. Warum kommst du mit diesem Kerl hierher?"
Ajei hatte die Arme verschränkt, als wäre ihr kalt. Ihre Stimme war sanft, sie klang ein bisschen müde. „Das geht dich nichts an, Ben. Er geht dich nichts an. Ich gehe dich nichts an. "
„Ajei, warum sagst du sowas? Du weißt doch genau, was du für mich bist."
Lennards Schwester lachte. „Was bin ich denn für dich? Deine Schwester? Deine

Mutter? Deine Egopolitur?"
„So ein Quatsch. Du bist alles für mich. Alles." Ben versuchte, nach ihr zu greifen, doch Ajei wehrte ihn ab.
„Dafür ist es zu spät, Ben. Ich habe monatelang gewartet, dass du endlich sagst, was du willst. Ich habe tatsächlich geglaubt, dass da mehr zwischen uns ist. So eine Art ... Seelenverwandtschaft. Liebe." Ajei lachte bitter. „Na, ich habe es jedenfalls gehofft, aber von dir kam nichts. Du hast mich einfach nur hingehalten. Immer wieder. Es gibt tausende von Frauen, die dich anhimmeln. Ich habe mich gefragt, was du davon haben könntest, mich so zu behandeln. Und irgendwann ist mir das klar geworden. Bei mir konntest du das jederzeit live abrufen. Bewunderung, ohne dich zu verpflichten. Das wars. Hast du das genossen?"
„Was? Wovon redest du da?" Ben wirkte völlig entgeistert.
Ajei trat einen Schritt zurück und wandte sich halb ab. „Du brauchst das wahrscheinlich. Wer weiß, mit wie vielen Frauen du noch heiße Nachrichten tauschst. Ich habe letztens ein Bild von dir und deiner Kollegin gesehen. Ihr wart beide auf dem roten Teppich bei irgendeiner blöden Show. Du hast deinen Arm um ihre Schultern gelegt. Ben Elliott in Bestform. Ihr habt gut zusammen ausgesehen. Glücklich. Wie ein verliebtes Pärchen."
Ben stöhnte. „Shit. Das ist nicht so, wie du glaubst. Ehrlich. Das war gestellt. Ich habe nichts mit dieser Frau, ich schwöre. Es sind diese Aasgeier von der Presse. Die machen aus jeder kleinen Silbe ein ganzes Buch. Bitte." Er wollte wieder nach Ajei greifen, aber sie war schneller.
„Lass gut sein. Ich dachte mir schon, dass du sowas sagst." Sie ging an ihm vorbei und griff nach der Klinke zur Tür im Carport.
„Verdammt, Ajei. Du kannst mir das glauben. Ich hatte nichts mit ihr." Ben wirkte ehrlich verzweifelt.
Ajei blieb stehen, drehte sich um und nickte. „Ja. Ich glaube dir das sogar, aber das macht es nicht besser. Und weißt du, warum? Ich habe eine Weile gebraucht, um dahinterzukommen. Jetzt weiß ich es: Du bist ein Feigling, Ben. Du hast Angst davor, jemanden zu lieben. Du willst anhimmeln, ohne Gefahr zu laufen, dich zu verletzen. Und jetzt hast du die Konsequenz. Das Objekt deiner Begierde

hat keine Lust mehr auf dein Spiel. Die Frau, die du suchst, findest du nur in einer eurer Kirchen. Du brauchst eine Heilige zum Anbeten. Aber das bin ich nicht. Ich brauche einen Mann zum Anfassen. Und das bist du nicht."
Jetzt wirkte Ben aufgebracht. „Ich bin kein Feigling, Ajei. Du weißt das."
Ajei zog die Lippen kraus. „Eben. Ich weiß das. Du BIST feige. Weil du Angst hast, dass es schief geht, gibst du dein Herz lieber gar nicht erst heraus. Du willst auf Nummer sicher gehen, aber damit gewinnst du nicht die Liebe einer Frau auf Dauer. Damit bekommst du nicht mal einen Blumentopf. Du bekommst gar nichts. Du willst anbeten und auf Händen tragen, aber kein Risiko eingehen. Das zeigt einfach nur, wie unreif du bist und wie wenig du vom Lieben verstehst. Ich brauche einen mutigen Mann, der sich nicht davor fürchtet, mich zu lieben, und dem kein Risiko dafür zu hoch ist, auch wenn es keine Garantie auf die Ewigkeit gibt. Und ich werde nicht aufhören, danach zu suchen. Vielleicht habe ich den Mann schon gefunden. Ich probiere es jedenfalls aus. – Und jetzt gehe ich nach Hause."
„Nein, Ajei. Du wirst mit diesem Kerl nirgendwohin gehen." Ben war eindeutig verzweifelt. Er griff nach ihrem Arm.
Ajeis Augen wurden schmal. „Oh. Willst du mich davon abhalten? Nur zu. Zeig mir die hässliche Seite von Ben Elliott, dann fällt es mir noch leichter, den Mann zu vergessen, der mir geschrieben hat, dass ich die Sonne seines Lebens bin. Dann knipse ich dir nämlich das Licht aus, mein ‚Sonnenschein', und du stehst im Schatten, das schwöre ich."

Ich konnte nicht umhin, aus dem Verborgenen heraus Ajei Respekt zu zollen. Sie wirkte so elfenhaft lieb und sanftmütig, dass man glatt ihr indianisches Tomahawkherz vergaß. Aber einen Spitznamen wie „Miss Kamikaze" bekam man eben nicht geschenkt. Den musste man sich erarbeiten. Ben hatte Ajeis Geduld auf alle Fälle unterschätzt und seine Angebetete zu lange hingehalten. Tja, wer zu spät kam, den bestrafte wer auch immer.

Ich wartete, dass Ben Ajei folgte, aber das passierte nicht. Er setzte sich auf die untere der beiden Stufen, die zur Terrasse führten und ließ den Kopf hängen.

Ich stand im Schatten, wartete eine Minute und noch eine. Die Haustür hatte ich hinter mir zugezogen, so dass auch dieser Weg versperrt war. Als mein Telefon klingelte, erschraken Ben und ich synchron. Es dauerte einen Moment, bis ich es endlich geschafft hatte, das Klingeln abzuschalten, ohne das Gespräch anzunehmen. Es war Suse. Ich würde sie später zurückrufen.

„Wer zur Hölle ...? Ach, du bist das, Leela." Ben war herumgefahren, halb aufgestanden und ließ sich nun erschöpft wieder zurücksinken. „Vermutlich hast du alles gehört und weißt jetzt auch, dass ich ein Idiot bin. Oder ein Versager, ein Feigling, ein Blödmann – was auch immer. Such dir was aus."
Ich ging zögernd zu ihm hin und setzte mich neben ihn auf die Stufe. „Kann ich ... dir irgendwie helfen?"
Er sah mich vielsagend an. „Du? Mir? Das glaube ich irgendwie nicht."
Wir lachten beide etwas verlegen.
„Ist nicht immer einfach, was?", murmelte ich.
„Schade. Wäre besser", stimmte er mir zu.
„Deswegen sitzen wir hier draußen im Dunkeln, oder?" Mein Blick suchte den Sternenhimmel zwischen den Bäumen, die den Oak Creek säumten.
Er: „Ja, wahrscheinlich."
Ich: „Wir könnten wieder ans Feuer gehen und so tun, als wäre nichts."
Er: „Wir können es auch lassen. Besser, ich besaufe mich irgendwo alleine."
„Nicht gut. Dann hast du morgen einen Brummschädel. Wir könnten uns ein paar kluge Sprüche an den Kopf werfen", schlug ich stattdessen vor.
Ben schnaubte. „Sowas wie: ‚Jedes Ende ist ein neuer Anfang'?"
Ich grinste schwach in die Dunkelheit. „Ja. Der ist so mies, dass es mir gleich noch schlechter geht."
Ben nickte. „Wie wäre es damit, dass wir uns die Wahrheit an den Kopf knallen? Es gibt kaum was Deprimierenderes. Ich bin eine verdammte Flasche, ein beschissenes Weichei. Sie hat absolut recht. Jedes Wort ist wahr. Ich bin verrückt nach ihr und renne ihr seit einer Ewigkeit hinterher und mache nichts klar, weil ich eine scheiß Angst habe. So. Und jetzt lies mal Zeitung, dann glaubst du nicht mehr, dass ich ich bin, weil Belliott angeblich ein mieser Aufreißer ist."

Dazu fiel mir nichts ein, weil er recht hatte.
Wir beide waren das Elend auf vier Füßen. Aber es kam noch schlimmer.

Die Tür ging auf. Licht flutete in die Nacht.
„Ben, Darling, bist du hier draußen? Willst du nicht kommen und mir hallo sagen?" Ihre Stimme war so sexy wie die blonde Lockenmähne. Sie stand im Rampenlicht. Der Deckenstrahler im Flur verlieh ihr die Korona einer griechischen Göttin, obwohl sie in ihren engen Ledersachen eher aussah wie ein Hells Angel auf geheimer Mission.
„Hallo Heather, wie gehts? Du siehst gut aus." Ben stand auf und ging zur Tür. Ich stand ebenfalls auf, zögernd. „Hi!"
„Mit wem bist du hier draußen, Ben?" Heather schaltete das Terrassenlicht ein. Wir sahen uns an. Ihr Blick taxierte mich etwa eine Millisekunde lang. „Hi." Sie lächelte ein perfektioniertes Bühnenlächeln, in welchem ich einen Hauch von Triumph erkannte. Dann wurde ich unter „ungefährlich, uninteressant und unwichtig" abgelegt und wie ein potenziell störendes Bakterium aus dem sichtbaren Universum verbannt.
„Hast du Streit mit Ajei? Brauchst du Trost?", sagte Heather mitleidig zu Ben und zog ihn mit sich in den Flur. Die Tür fiel mit leisem Nachdruck ins Schloss. Damit waren die Fronten klar.

Ich stand da mit meiner Schüssel in der Hand und war mir über zwei Dinge im Klaren: Wenn diese Frau Schwächen hatte (und das musste sie), dann kaschierte sie diese perfekt. Und, Schauspielerin hin oder her, sie hatte ganz genau gewusst, wer ich war. Aber irgendwas an ihr hatte mich noch mehr gestört als die Tatsache, dass sie versucht hatte, mich zur Amöbe zu degradieren. Da war ein Missklang in ihrem Erscheinungsbild gewesen, eine falsche Nuance, eine Diskrepanz. Irgendwas stimmte nicht mit Heather O'Farrell.

***

Um zweiundzwanzig Uhr siebzehn kam eine Nachricht von Lennard: „Wo bist du?"

Ich war längst zu Hause. Ooljee hatte mich auf dem Heimweg aufgesammelt. Sie musste geahnt haben, dass ich zu Fuß gegangen war. Ich konnte kaum zehn Minuten gegangen sein, als sie neben mir hielt und mich mitnahm. Deswegen lag ich schon längst im Hexenhaus unten auf der Couch, las irgendein nichtssagendes Buch und antwortete nur, damit er sich keine Sorgen machte. „Zu Hause. Alles gut." Aber natürlich war nichts gut.

Um ein Uhr zweiunddreißig versuchte er, mich anzurufen, aber da schlief ich schon.
Um ein Uhr vierunddreißig kam eine weitere Nachricht. „Es tut mir leid, Baby." Das Handy lag noch unten in der Küche. Ich glaube, ich hatte im Halbschlaf mitbekommen, dass es klingelte. Die Nachricht las ich erst am nächsten Morgen, aber ich schrieb nicht zurück. Mit den paar nichtssagenden Worten hatte er sich keine weitere Antwort verdient.

***

Ich schrieb Lennard auch in den nächsten Tagen nicht.
Ich rief ihn nicht an.
Ich wartete auch nicht darauf, dass er sich meldete.

In mir hatte sich eine gewisse Taubheit ausgebreitet, die ich argwöhnisch beobachtete, aber gewähren ließ, da sie möglicherweise auftretende Herzschmerzen wirkungsvoll verhinderte. Es war Lennard, der eine Entscheidung treffen musste. Ich hatte absolut keine Lust, mit seiner Verlobten in irgendeinen wie auch immer gearteten Konkurrenzkampf zu treten. Das entsprach nicht meiner Art. Am Ende würden wir alle verlieren. Und wenn es nur unsere Würde war.

Und wenn sich Lennard für Heather entschied, dann war es so. Ich würde diesen Fakt, wenn auch ungern, akzeptieren müssen. Mein Leben ging weiter.
Auch ohne ihn.
Ich nahm mir fest vor, die restlichen Monate meines Aufenthaltes hier zu genießen und einfach all das zu unternehmen, was ich wollte. Das Land und die Weiten Arizonas verdienten alle Aufmerksamkeit, die ich bieten konnte.

Also freute ich mich auf Ooljee, fieberte dem Indianerdorf, dem Canyon und vor allem den sagenhaften blauen Wassern entgegen. Der zweite Grund unserer Fahrt, die Visionen von Haley, verursachte allerdings gemischte Gefühle in meinem Bauch. Die Landschaft war das Eine. Mich mit meinen seltsamen Visionen aus der nächtlichen Wüste auseinanderzusetzen, konnte möglicherweise weniger beflügelnd werden.

Es war noch dunkel, als mich Ooljee abholte. Sie fuhr pünktlich um fünf Uhr morgens mit dem klapprigen Jeep bei mir vor. Ich war trotz Nachtschwärze und früher Stunde schon marschklar und wartete mit griffbereitem Gepäck hinter der Tür.
Die alte Indianerin begrüßte mich mit einem freundlichen Nicken.
„Bereit?“

„Klar." Ich hob den Daumen und stellte meinen Rucksack vorn in den Fußraum. Da war genug Platz. Ich hatte neben Wanderschuhen, Wasser und dem bisschen Zeug, was ich für das Wochenende brauchte, auch geschnittenes Obst, Brote und eine Kanne Cappuccino dabei.

Die Reise bis zum Parkplatz am Hualapai Hilltop dauerte fast dreieinhalb Stunden. Ich genoss die Fahrt im beginnenden Tageslicht, während sich die Nacht um uns auflöste. Als die Sonne aufgegangen war, hatten wir das Obst schon aufgegessen und den Cappuccino geleert.

Wir redeten nicht über das, was wir vorhatten. Ooljee erzählte mir über ihr Leben zwischen Tradition und Moderne.
„Habt ihr früher immer in Supai gelebt? Sind die Zwillinge dort geboren?", wollte ich wissen.
„Ich bin in Supai geboren und habe meine Kindheit dort verbracht", gab Ooljee zurück. „Gabriel hatte einen Job in Sedona, als wir zusammen waren. Deswegen bin ich damals mit ihm hierhergekommen. Ajei und Lennard sind zwar in Sedona geboren, aber sie waren als Kinder in Supai, wann immer wir konnten. Es ist ein zweites Zuhause für sie."
„Es muss herrlich sein, hier zu leben. Das ist die Freiheit im Westen", seufzte ich sehnsüchtig, als ich die zwar karge, aber so eindrucksvolle Weite mit ihren Felsen und zerklüfteten Steilwänden und die schüchternen Grasbüschel sah, die sich am Boden duckten.
„Frei oder gefangen bist du nur in dir selbst, Kind. Schau in den Himmel und du siehst keine Grenzen mehr", sagte Ooljee schlicht. Und sie hatte recht.

Als wir den Parkplatz am Hualapai Hilltop erreichten, war es kurz nach halb neun. Ein paar Autos standen schon da. Während Ooljee mit den beiden Indianern sprach, die das Objekt bewirtschafteten, zog ich meine Wanderschuhe an und nahm die beeindruckende Gegend um den erhabenen Aussichtspunkt in mich auf. Der Grand Canyon wird nicht umsonst eines der größten Naturwunder unseres Planeten genannt. Er ist definitiv einer der beeindruckendsten Plätze der Welt. Man muss ihn sehen, um seine Anziehungskraft zu verstehen. Kein Foto wird ihm je gerecht.

Wir wanderten mehr als zwei Stunden in den Canyon hinein. Für mich waren es acht Kilometer purer Lebensfreude in anbetungswürdiger Natur. Jahrmillionen an Weltgeschichte umgaben mich und blickten stoisch auf mich herab. Der Grand Canyon war aus dem Stein gewaschen worden, als die Wiege der Menschheit noch nicht einmal ansatzweise schaukelte. Angesichts des beeindruckenden Blicks in die Geschichte des Planeten wurden mir recht krass die eigene Winzigkeit und auch die Endlichkeit eines Menschenlebens bewusst. Ich fühlte mich verletzlich, unwichtig und klein, aber vollkommen eins mit dem Universum.

Als ich den Havasu Creek das erste Mal sah, fing mein Herz aufgeregt an zu klopfen. Er war tatsächlich so blau wie in meiner Vorstellung. Wir überquerten den Fluss mittels einer einfachen Holzbrücke, auf der ich stehenblieb, um in das klare Wasser hineinzusehen.
Ooljee lehnte sich neben mir auf das Geländer. Gemeinsam schauten wir dem Fluss eine Weile beim Fließen zu. Es war so herrlich, Zeit zu haben.

***

Nach weiteren knapp vier Kilometern erreichten wir (ich erschöpfter als Ooljee) Supai, ein langgestrecktes Dorf mit abgezäunten Tierweiden und verstreuten Hütten, teilweise eher Baracken, umgeben von hohen Steilwänden. Ich fand es unheimlich aufregend, nun wirklich hier zu sein, weil ich früher so oft davon geträumt hatte. Wie anders sich das nun anfühlte. Binz war so weit weg von hier. Früher hatte ich Supai natürlich immer in Verbindung mit Lennard gesehen. Aber der war nicht hier, aber dafür Ooljee, und ich war ihr jetzt schon dankbar, dass sie mir dieses herrliche Stück Erde zeigte, egal, wie erschöpft ich war.

Unser erstes Ziel in Supai entpuppte sich als die Hütte von Ooljees Familie.

„Hier hat mein Vater bis zuletzt gewohnt", sagte sie, als wir das kleine, eingeschossige Haus betraten. Ein Wohnraum mit Küche, ein spartanisches Badezimmer, drei Schlafräume. Sie zeigte auf eine Sitzbank. „Du kannst dein Zeug hier lassen. Nimm nur Wasser mit."
Ich stellte meinen Rucksack neben der Eingangstür ab und sah mich um. Die Einrichtung war insgesamt praktisch und einfach. Es gab nur wenig Schnickschnack und Dekoration, lediglich ein großes Bild zierte die fensterlose Wand über der Sitzbank und das zeigte einen alten, hochgewachsenen Indianer mit scharfem Blick.
„Mein Vater, Nagi Tanka Cheveyo", gab Ooljee, deren Blick meinem gefolgt war, bekannt. „Er war bis zum Schluss ein geachteter und kluger Mann."
Ich trat näher heran und suchte nach Ähnlichkeiten mit Lennard. Hm. Wenn man sich viel Mühe gab, konnte man die Haltung vergleichen, den Blick, die stoische Ruhe, die der Mann ausstrahlte.
„Lennard hat viel mehr von Gabriel als von mir." In Ooljees Stimme konnte ich ein leises Amüsement erkennen.
„Ist er viel hier?", fragte ich.
„Nicht mehr. Er ist immer hier, wenn er hier sein kann. Nebenan." Ooljee zeigte auf die Wand. „Er hat einen eigenen Eingang."

***

Am frühen Nachmittag machten wir uns wieder auf den Weg. Wir verließen Supai in nördlicher Richtung und wanderten über einen gut ausgetretenen Pfad in den Havasu Canyon hinein. Der blaue Fluss war die ganze Zeit unser Begleiter und Wegweiser. Zuerst kamen wir an den Fifty Foot Falls vorbei. Ich war schon hier völlig aus dem Häuschen. Die Farben überwältigten mich: das Rot der Felsen, das Grün der Bäume, das Himmelsblau im leuchtenden Wasser. Es war so schön hier, dass ich einfach einen Augenblick verweilen musste. Der Havasu Fall, an welchem wir etwas später vorbei wanderten, entzückte auf seine ganz eigene Art. Er war höher, von etwas weiter oberhalb sah er mit dem stürzenden Schaum so aus, als würde man Sahne in blauen Tee gießen. Aber wir waren noch nicht am Ziel. Gemeinsam mit Ooljee durchquerte ich den schattigen Carbonate-Canyon, wo die Steilwände enger zusammenrückten und die Sonne den Boden nicht mehr erreichte, bis wir schließlich am Campground anlangten, wo Zelte standen und Leute, die hier schlafen wollten, ihr Gepäck sortierten. Ich wusste, dass man sich für einen Übernachtungsplatz an diesem Ort Monate im Voraus anmelden musste.

Wir blieben hier nicht. Unser Ziel lag noch etwas weiter weg, etwa zwei Kilometer den Fluss entlang oberhalb des Mooney Falls.
Ooljee führte mich über Holzleitern zu einer Felsnische über dem Steilhang, von welchem der Wasserfall in die Tiefe donnerte.
„Setz dich", sagte sie und deutete neben sich. Ich ließ mich neben ihr auf den Boden fallen und zog die Wasserflasche aus dem Rucksack. Während ich trank, ließ ich den Ausblick von unserem erhöhten Sitz aus auf mich wirken.
„Es ist traumhaft hier", stellte ich dann verzückt fest. „Man könnte denken, die Welt ist noch in Ordnung." Aber das war die Welt leider nicht, weil Lennard sich an sein seltsames Versprechen gebunden hielt.
Ooljee lächelte ganz leicht in sich hinein, als hätte sie meine Gedanken gehört.
„Hier war sein Lieblingsplatz."
„Lennards?", fragte ich überrascht.
„Nein." Ooljee schüttelte den Kopf und packte eine kleine Trommel aus. „Das war der Lieblingsplatz von Nagi Tanka Cheveyo, meinem Vater. Wir sind hier, um Kontakt zu ihm aufzunehmen."

Oha. Es war so weit.

Ooljee hatte mir unterwegs geraten, dass ich mir schon im Vorfeld Gedanken über die konkrete Formulierung meines Anliegens machen sollte, da klare Aussagen in der Geisterwelt die einzigen waren, die auch halbwegs klare Antworten brachten.
Nun gab es allerdings mehrere Probleme, auf die ich gern eine Antwort gehabt hätte. Da wäre die Frage, warum mich der Puma mit dem verschwundenen

Mädchen zusammengebracht hatte, worauf sich unweigerlich die Fragen anschlossen, ob es sich tatsächlich um Haley handelte und wohin sie verschwunden war, beziehungsweise ob sie noch lebte, was ich stark bezweifelte. Und letztlich war natürlich auch interessant, wie sich der Wolf ins Gesamtbild einfügte, den ich mit Lennard assoziieren konnte und der sich jeweils schützend vor das rothaarige Mädchen stellte, welches sich für mich dann gar nicht mehr ins Bild einfügen ließ.

Ich hatte mich entschieden, meine Reise in die indianische Geisterwelt unter Ooljee Trommelhilfe und der Frage anzutreten, was Haley mir zu sagen versuchte. Der Puma hatte mich in meinen Träumen zu ihr geführt. Dafür musste es einen Grund geben. Ich brauchte mehr Informationen, vor allem, wie ich Haley finden konnte oder was sie bewegte, was sie ruhelos machte. Wenn ich sie fand, würden sich die anderen Fragen gegebenenfalls gleich mit beantworten. Vielleicht auch nicht, aber dann war ich hoffentlich trotzdem klüger.

Ooljee machte nicht viele Worte. Wir hatten unterwegs genug Zeit gehabt, unsere Vorgehensweise zu besprechen. Sie setzte sich etwas entfernt von mir hin und nickte mir zu.
Sie war bereit. Jetzt musste nur noch ich soweit sein.

Ich betrachtete die herrliche Natur, die mir zu Füßen lag und mich im Hier und Jetzt verankerte. Dann setzte ich mich bequem hin, ermahnte mich, die Müdigkeit und Erschöpfung zu vergessen. Ich holte ein paar Mal ganz tief Luft und lockerte die Muskeln. Ich stellte mir vor, wie sich ein Bannkreis um mich bildete, eine durchsichtige Kugel aus Energie, die mich vor Bösem schützte. Dann atmete ich noch einmal tief durch und nickte Ooljee zu.
Ich war bereit.
Die alte Indianerin begann zu trommeln.

Ich schloss die Augen und stellte mir Nagi Tanka Cheveyo vor, den ich vorhin auf dem Bild in Ooljees Hütte gesehen hatte. Dann brachte ich ihren Vater mit der vagen Erinnerung zusammen, die ich von einer Traumreise vor acht Jahren noch hatte. Ein hagerer Mann, ernst, scharfe Gesichtszüge. Er war tot. Ich rief ihn bei seinem Namen und machte mich auf den imaginären Weg.

Die Trommelklänge begleiteten mich, während ich mich auf eine Reise in das Unterbewusste begab. Ich hatte mich darauf eingestellt, dass die Transformation unter diesen Umständen nicht so leicht sein würde. Der Klang der Trommel und das lärmende Wasser waren ungewohnt. Der Wind, die Sonne, die anderen Klänge der Natur konnten ... verwirrend sein und ... mich vielleicht ... daran hindern, in den ... Zustand zu gelangen, der ...

***

Es war verblüffend einfach. Ich musste mir nichts vorstellen, nicht weit gehen, keine Hürden überwinden. Ich war einfach da, in mir selbst. Die Trommel vibrierte dumpf und eintönig. Vor meinem inneren Auge formte sich ein Abbild der Umgebung, in der ich saß. Weiter vorn stürzte der Mooney Fall mit Getöse in die Tiefe. Die geduckten Bäume, die schroffen Felsen, das Wasser, die Gischt, es war alles gleich. Und doch komplett verschieden. Allgegenwärtiger dünner Nebel hüllte das Land, das Wasser und mich selbst in seinen milchigen Schein. Die Farben waren blass. Der Nebel leuchtete grell. Er dämpfte die Trommelschläge. Sie kamen aus einer anderen Welt.

Ich stand auf. Über Wasserrauschen und Trommelklängen hob sich der zarte Ton einer Flöte. Hinter mir ahnte ich das dumpfe Tapsen weicher Pfoten. Der Berglöwe stand keine drei Schritte entfernt. Er sah mich an und kam näher. Er hob sich scharf von der Umgebung ab. Ich sah das Spiel seiner Muskeln unter dem rötlich-braunen, wie poliert glänzenden Fell. Das Tier war gute zwei Meter lang und kräftig.
Er ging mit dem typisch federnden Katzengang an mir vorbei, blieb kurz stehen, fixierte mich und gab ein Knurren von sich. Ich wusste, dass ich ihm folgen sollte.

Wir stiegen den steilen Weg über die hölzernen Leitern hinab. Das heißt, ich stieg, der Puma sprang teilweise von einem Steinvorsprung zum nächsten oder hangelte sich von Leiterstufe zu Leiterstufe. Er war schneller unten als ich.

Schließlich standen wir am Fuß des Canyons, wo das Wasser des Mooney Falls über viele Meter in die Tiefe stürzte und sich in einem blauen See sammelte. Der Puma trat in das Wasser und löste sich in Nebel auf. Dafür stand nun ein alter Indianer neben mir.
Wir sahen uns an. Das Gesicht des Mannes war scharf und kantig wie die Felsen des Canyons, den er so sehr geliebt, dass er ihn nie verlassen hatte. Trotz seines Alters erkannte ich auch ein bisschen etwas von Lennard in den stolzen Zügen wieder.
„Du bist gekommen", sagte der alte Indianer mit rauer Stimme.
„Du hast mich gerufen", gab ich leise zurück.
Er nickte. „Ja. Ich habe dich gerufen. Du weißt, warum."
„Nein. Erst dachte ich, er braucht mich, aber das war falsch", war meine schlichte Antwort.

„Du bist hier, weil du kommen wolltest. Aber gerufen wurdest du, weil du der Schlüssel bist."
Er schwieg und blickte auf den kleinen See.
Ich schwieg auch. Hier galten seine Regeln. Deswegen wartete ich respektvoll.
Irgendwann fuhr er fort: „Menschen machen Fehler. Und so habe auch ich einen Fehler gemacht. Ich habe den Ehrgeiz des Wolfs geweckt, seine Instinkte geschärft, seinen Verstand herausgefordert, aber nicht genug darauf hingewiesen, dass ein Mann nur so stark ist wie das Herz in seiner Brust. Es braucht beides, um wirklich groß zu werden: einen freien, ungebändigten Fluss der inneren Kraft aus der Mitte und einen starken Willen."

Er sah mich an und legte die rechte Hand auf sein Herz. Sein Blick war wach und klar. „Der Wolf ist groß geworden. Er ist stark, doch lässt er die Macht der großen Mutter nur so weit durch sich fließen, wie er sie kontrollieren kann. Er will diesen Fluss beherrschen und wird so nie erfahren, zu was er wirklich fähig ist. Der Wolf hat viel erreicht und ist doch immer noch auf der Suche nach sich selbst, weil er die Quelle zum großen Ganzen, zum Ursprung verschlossen hält."
Der alte Indianer klopfte sich auf die Brust. „Hier drin ist die Antwort. Die Antwort ist verriegelt." Dann legte er zwei Finger seiner rechten Hand auf die kleine Kuhle oberhalb meines Busens. „Und hier drin liegt der Schlüssel." Dann drehte er sich um. „Sieh hin."

Das Wasser des Sees zitterte. Wolken huschten über die Oberfläche, bis diese plötzlich still und glatt war. Am anderen Ufer spiegelten sich zwei Gestalten darin. Es war Lennard mit ungefähr dreizehn Jahren, hoch aufgeschossen, schlank und mit blitzenden Augen. Sein Oberkörper war nackt und schmutzig. Er trug abgeschnittene Jeans und hatte einen Bogen in der Hand. In seinem Gürtel steckte ein Messer. Vor ihm ragte die etwas jüngere Version des Indianers auf, der jetzt hier an meiner Seite stand.
Seine Stimme hallte über den See bis zu uns.
„Ein Mädchen wird deinen Weg kreuzen, mit Haaren in der Farbe von Kastanien im Sonnenuntergang und mit Augen wie ein Waldsee im Sommer. Kannst du ihr nicht widerstehen, dann wirst du auf ewig nur träumen, kleiner Wolf."
Der Junge lachte laut. „Ein Mädchen?? Pah! Das ist kein Problem. Mädchen sind

sowieso alle doof. Ich werde nicht nur träumen, das schwöre ich dir, Nagi Tanka. Ich WERDE groß."

„Zur Freude vieler Blondinen hat er sich immer daran gehalten", sagte ich leise. Das konnte ich mir einfach nicht verkneifen.
Der alte Indianer nickte und fast hätte ich angenommen, dass sich hinter dem kurzen Schnauben, was ich hörte, ein Lachen versteckte. „Er folgt seinem Weg, doch er wird im Kreis gehen, wenn er die Kraft in seiner Mitte nicht befreit. Er wird suchen und suchen und suchen und niemals finden. Nie ankommen." Er sah mich an und klopfte sich erneut auf die Brust. „Hilf ihm. Geh deinen Weg, folge deiner inneren Stimme und mach genau das, was dir als richtig erscheint. Du bist der Schlüssel."

Ich war etwas perplex, nickte aber. Über das Gesicht des alten Indianers glitt ein zufriedenes Leuchten. Ich schloss kurz die Augen und überlegte, was ich mir vorgenommen hatte, ihn zu fragen. Eine korrekte Formulierung war sehr wichtig.
„Nagi Tanka, du hast mir das Mädchen auf dem weißen Pferd gezeigt. Ich weiß jetzt, wer sie ist. Sie heißt Haley Donovan und sie ist vor mehr als zehn Jahren verschwunden. Ich glaube, dass etwas Schlimmes mit ihr passiert ist. Ich möchte ..."
In diesem Moment bedeutete mir der Indianer mit einer kurzen Geste, dass ich schweigen sollte. Er blickte alarmiert über das blaue Wasser.

Der Nebel geriet in Bewegung. Es wurde spürbar kälter. Die Farben verblassten in Sekundenschnelle zu Schattierungen aus Grau und Weiß. Die Oberfläche des Sees erstarrte. Mein Atem kondensierte. Der Wasserfall gefror und eine unnatürliche Stille legte sich über alles und jeden.

Der Blick des alten Indianers wurde noch schärfer. Der ehemals blaue See lag jetzt unter einer Eiskruste. Mir war nicht kalt, aber sehr unbehaglich, und dieses Gefühl verstärkte sich, bis ich vor Angst schlotterte und kaum noch atmen konnte. Nagi Tanka legte mir eine Hand auf die Schulter. Wärme strömte von dort in meinen Körper, so dass ich mich wieder sicherer und behütet fühlte.

Der Nebel über dem See fing an zu brodeln. Er verdichtete sich, bildete ineinander verlaufende, wirbelnde Formen, bis er schließlich die Gestalt eines Pferdes bekam, eines weißen Pferdes mit einer Reiterin auf dem Rücken. Unter den Hufen der Schimmelstute knirschte das Eis. Dampf stieg von ihrem Fell auf. Die schwarzen Augen des Mädchens bohrten sich in meine. Von den Augen abgesehen sah sie aus wie auf dem Foto in Ooljees Stall.
Ich machte intuitiv einen Schritt nach hinten und versteckte mich halb hinter dem Indianer, von dem ich sicher wusste, dass er mir nichts Böses wollte.

Ihre Stimme kam wie knisterndes Eiswasser aus dem Herzen eines Gletschers. „Unmensch", zischte sie. „Scheusal. Monster." Nebelhände griffen nach mir. Ich fiel der Länge nach hin, rutschte auf die Knie, mein Gesicht war über dem Eis des Sees, was jetzt durchsichtig wurde. Ich sah ...

... in das Innere eines Hauses. Ich befand mich im Flur eines Obergeschosses, vor mir stand ein blonder Junge, vielleicht fünfzehn oder sechzehn Jahre alt. Er hatte schulterlange blonde Locken und kam mir sehr bekannt vor. Der Junge schrie mich an, doch alles blieb still. Ich konnte ihn nicht hören. In mir war eine so unendlich monströse, grauenhafte Wut, dass ich schwankte. Ich spürte ein fremdes Herz rasen, hatte das Gefühl, einen zu engen Anzug zu tragen, der mich fesselte. Ich war nicht ich. Ich war sie. Haley. Es war ihre Wut, ihre Ohnmacht, ihre stummen Schreie. Es waren ihre Gefühle. Sie hatte mich mitgenommen in ihre Erinnerung. Ich hielt den Atem an und tastete ihre fremde Präsenz.

Der kleine Flur war ein Treppenabsatz mit mehreren geschlossenen Türen. Die Treppe hinter Haley führte ins Untergeschoss. Der Junge stand vor ihr. Er schien verzweifelt. Er brüllte sie an und schüttelte immer wieder den Kopf. Sie diskutierten. Ich hörte dumpfe Worte, ohne den Sinn zu erfassen. Ich spürte, wie Haleys Wut sich wandelte. Hass stieg wie eine ätzende Wolke in ihr auf. Darunter lag eine wilde Entschlossenheit. Der Junge schien das zu spüren. Er steigerte sich noch mehr in seine Rage. Sein Gesicht verzog sich zu einer wilden Grimasse. Er ballte die Fäuste.
Ich fixierte seine Lippen, um von ihnen abzulesen, zu verstehen, was er schrie.

„... verdient. ... Schuld ... Mutters Tod. ... tust ... alles kaputt. ... ... nichts mehr ... hasse sie ... dich auch."
„Nein", schrie es in mir drin. „Unmensch. Monster. Er. Scheusal. Schuld. Schuld. Schuld. Er."
Der Junge griff nach mir. Er war größer als ich, doch ich schlug seine Hände weg. Ich sah wilde Wut in seinen Augen, Wut, die nur von nackter, verzweifelter Angst geboren wurde. Das war eine gefährliche Kombination. Ich drehte mich um und wollte weglaufen.

Da. Ein Schlag gegen meinen Rücken. Der Junge versuchte, mich festzuhalten. Ich fuhr herum, holte aus, wollte nach ihm treten und dann ... verlor ich den Boden unter den Füßen. Ich sah in seine weit aufgerissenen Augen. Ich kippte nach hinten ins Nichts. Hinter mir klaffte die Treppe wie ein Abgrund im Boden. Ich krachte auf den Rücken, überschlug mich, rollte weiter, immer schneller. Schmerzen. Knirschen. Krachen. Schmerzen. Schmerzen. Schmerzen.

Ich prallte auf den harten Boden. Die Schmerzen ließen nach. Alles wurde taub, als würde das Leben aus mir heraussickern wie Schmelzwasser durch Kiesel und Sand. Kalt. Gefühllos. Fern. Die Besinnung schwand, aber ich zwang mich, die Augen zu einem Schlitz zu öffnen.

Der Junge stand oben an der Treppe, stumm, Mund und Augen weit aufgerissen. Um ihn herum zog sich die Dunkelheit zusammen. Sie verdichtete sich, als hätte sie ein Eigenleben, sie pulsierte und waberte, dehnte sich aus und dann ... verschlang sie alles.

Unmensch.
... Monster ...
... ... Scheusal ... ...

Ich wurde von einem unbändigen Willen nach vorn gezogen, kam ins Straucheln, krachte auf den vereisten See und riss den Kopf hoch. Die Reiterin kam näher. Ihre Stimme dröhnte in meinem Kopf.
„Unmensch. Monster. Scheusal."

Aus den schwarzen Augen sprachen blanker Hass, Wut, Verzweiflung. Und Trauer. Wieder griffen ihre Nebelarme nach mir. Ich wollte rückwärts kriechen, doch ich konnte nicht.
Ich schluchzte. „Was willst du von mir?“
„Unmensch. Monster. Scheusal“, wiederholte sie in einem fort. „Strafe. Rache. Tod.“

Eisige Klauen packten mich, doch bevor ich schreien konnte, packte mich jemand am Hosenbund. Es war der alte Indianer. Er rief Worte in der Sprache seiner Väter, machtvolle Worte, die sich wie Flammen in den Nebel schnitten und diesen zerfetzten. Ich kam taumelnd auf die Beine. Die Augen des Indianers bohrten sich in meine. „Tu, was richtig ist.“

Die Schimmelstute stieg auf die Hinterbeine. Das Eis krachte.
„Strafe. Rache. Tod“, fauchte die Reiterin und bohrte dem Pferd die Füße in die Seiten. Cocowhite Lady setzte zum Sprung an. Die Reiterin streckte ihre Hand nach mir aus.

Da packte mich der alte Indianer am Hosenbund und am Shirt. Er warf mich mit einem mächtigen Schubs hinter sich. Ich taumelte nach hinten, dann nach vorn, schrie ... und ... sah plötzlich ein Bild. Mein Bild. Es zeigte mich auf den Klippen vor Porto Cristo. Ich lächelte glücklich in die Kamera und aus meinen Augen leuchtete pure Liebe. Im nächsten Moment streckte mir mein Bild die Hände entgegen, packte mich und zog mich in grelles Licht.

Dann stürzte ich nach vorn und niemand hielt mich auf.

***

Zumindest im ersten Moment. Im zweiten Augenblick packte mich jemand fest am Hosenbund. Die Wärme der Sonne kam zurück und mit ihr das Licht, das Rauschen des Wasserfalls und all die Geräusche und Gerüche, welche die Welt an diesem wunderschönen Ort zu bieten hatte.
Die Trommel schwieg.

Ich war zurück im Hier und Jetzt, aber zu meinem Entsetzen kniete ich haarscharf am Abgrund der Mooney Falls. Mein panischer Blick sackte mehrere Etagen in die Tiefe. Ich japste, krabbelte zurück und kam wankend auf die Beine. Ooljee blieb hocken. Sie sah mich an. „Was ist passiert? Wo wolltest du hin? Baden gehen?"
„Zurück", flüsterte ich und machte zwei Schritte nach hinten, bis ich die Felswand im Rücken spürte. Dort ließ ich mich auf den Boden sinken und starrte den Wasserfall an, der mit Getöse in die Tiefe stürzte. „Ich wollte zurück."
Ooljee setzte sich neben mich und legte ihre Hand auf meinen Arm. Ich spürte ein Kribbeln, wo sie mich berührte, und wurde sofort ruhiger. „Du bist zurück. Alles ist gut. Ich nehme an, dass du ihn gefunden hast?"
Ich griff nach ihrer Hand und verschlang meine Finger mit ihren, um mich fest im Jetzt zu verankern. „Ja. Nein. Dein Vater hat mich gefunden. Er ist der Berglöwe. Er hat über Lennard gesprochen. Aber dann kamen Haley und ihr Pferd, Coco. Haley ist wütend, sehr, sehr wütend auf ... ihren Bruder, glaube ich. Aber das andere Mädchen und den Wolf oder Lennard konnte ich nicht sehen. Die sind nicht aufgetaucht. Nur als Nagi Tanka mir von Lennard erzählt hat, also davon, dass er ihm etwas versprochen hat. Das war wie ein Film."
Ooljee drückte meine Hand. „Kind, da wo du warst, kannst du nur die Toten treffen. Die Lebenden sind auf der anderen Seite des Nebels."

Ich starrte sie mit weit aufgerissenen Augen an und nickte langsam. Damit hatte sie mir durch die Blume bestätigt, was ich schon längst geahnt hatte: Haley Donovan weilte nicht mehr unter den Lebenden. Ooljee hatte diesen Schluss sicher schon vor langer Zeit gezogen. Und so, wie ich das eben Gesehene interpretieren musste, gab es zwischen Haley und ihrem Bruder, also Giordan,

Ungereimtheiten, ein finsteres Geheimnis, was auch immer. Sie waren nicht im Guten auseinandergegangen. Doch ich durfte nicht vorschnell urteilen, denn die Vision konnte alles Mögliche bedeuten. Aber wenn ich Giordans Blick vom vorletzten Wochenende in diesen Zusammenhang brachte, ergaben sich jede Menge entsetzliche Möglichkeiten.

Ich sah Ooljee an. Sie war aufgestanden. „Es war nur eine Geistreise, nicht wahr? Das heißt, das, was ich gesehen habe, hat zwar eine Bedeutung, aber es muss korrekt interpretiert werden. Letztlich hat sich das mein Unterbewusstsein zurechtgestrickt. Die Message steckt im Detail. Oder?"
Ooljee schwieg einen Augenblick. Dann sagte sie: „Ja, im Prinzip schon. Aber die Präsenz von Nagi Tanka ist auch in deiner Vision autark. Er ist gestorben, nicht aber sein Spirit, weil Spirit Energie ist und Energie Schwingung ist, die nicht sterben kann. Am Ende des Lebens gibt der Sterbende lediglich Mutter Erde zurück, was er sich geborgt hat. Der Spirit geht zurück ins große Ganze, zu welchem er gehört und von dem er nie wirklich getrennt war. - Willst Du über das reden, was du erlebt hast?"
Ich nickte. „Ja. Aber nicht jetzt. Später." Zuerst musste ich das Erlebte in Ruhe überdenken. Ich fragte mich vor allem, ob und wie ich mit Giordan darüber reden sollte. Hinsichtlich Lennards Verstrickung in die ganze Sache war ich leider immer noch nicht schlauer.
„Nur eins: Was hat Lennard damit zu tun?", fragte ich Ooljee daher aus einem Impuls heraus. „Nagi Tanka hat gesagt, dass der Wolf immer im Kreis gehen wird, wenn er die Kraft in seiner Mitte nicht befreit, dass er ewig suchen und niemals finden wird."
Ooljee sah mich ernst an. Ihr Gesicht blieb verschlossen. „Und hat er auch gesagt, warum er dich gerufen hat?"
Das Wasser des Havasu Creek stürzte donnernd in die Tiefe. Wind zauste meine Haare. Ich schluckte und nickte. „Er hat gesagt, dass ich der Schlüssel bin. Wie meint er das?"
Da fing die alte Indianerin an zu lächeln. „Ich habe deine Vision nicht gesehen, von daher kann ich nur spekulieren. Aber wenn er gesagt hat, er meint, dass du

der Schlüssel bist, dann denke ich, dass du für eine Entscheidung stehst. Er wünscht sich, dass du zur richtigen Zeit das Richtige tun wirst, weil du die richtigen Schlüsse ziehst. Der Wolf heult den Mond an und der Mond erhellt die Nacht, vergiss das nicht."

Ooljee spielte auf meinen Namen an. Sie wusste, dass mein Name für „Nacht" stand. Ooljees Lächeln machte mir Mut. Sie war eben eine Kraftspenderin. Ich ging zu ihr und umarmte sie.

***

Unmensch. Monster. Scheusal. Strafe. Rache.

Haley war mit ziemlicher Sicherheit tot, gefallen, in einen Abgrund gestürzt, verloren in der Dunkelheit. Kannte ich damit jetzt den größten Teil der Wahrheit? Oder war die Vision eine verschlüsselte Metapher, die mehr Geheimnis machte, als sie verriet? Fakt war: Vor Haleys Verschwinden musste etwas vorgefallen sein, etwas Grausiges, etwas Drastisches, etwas, was sie völlig verstört hatte. Und Giordan wusste davon. Nur wie konnte ich ihn dazu bringen, mir zu erzählen, was das war? Er schien für das Thema nicht besonders zugänglich zu sein.

Und:
Wie passte das rothaarige Mädchen aus den früheren Visionen in das Bild?
Was hatte das alles mit Lennard zu tun?

Außerdem drängte sich ein weiterer Gedanke in meine Überlegungen: Woher kannte der alte Indianer das Bild von mir auf der Klippe, mit dessen Hilfe er mich aus der Vision zurückgeschickt hatte, als es gefährlich wurde?

***

Ich schenkte meiner Umgebung auf dem Rückweg nur wenig Aufmerksamkeit, weil ich die meiste Zeit über das Erlebte nachdachte. Den Weg zurück nach Supai schwieg ich größtenteils. Und da Ooljee ein Mensch war, mit dem Schweigen nicht unangenehm wurde, konnte ich ungestört meinen Gedanken nachhängen, die um Haley, Giordan, den alten Indianer und natürlich Lennard kreisten.

Erst, als wir später am Abend vor der Hütte im Dorf saßen und unser mitgebrachtes Essen verzehrten, sprach ich über das Erlebte.
„Danke, dass ich mit dir hier sein darf. Es ist wunderschön hier“, begann ich. „Und danke, dass du mir geholfen hast, den Geist des Schamanen zu treffen. Das war wichtig für mich.“
„Es war auch wichtig für ihn“, sagte Ooljee. „Sonst hätte er dich nicht gerufen.“
Ich seufzte und biss nachdenklich in mein Brot. „Leider weiß ich aber immer noch nicht genau, was ich tun soll. Hast du vielleicht irgendeine Ahnung, was sich dein Vater vorgestellt hat? Und - wie hat er mich überhaupt finden können? Wir haben uns doch nie zuvor gesehen.“
Ooljee lächelte. „Nagi Tanka war ein sehr weiser Mann“, gab sie zurück. „Er hat immer Wege gefunden, um seine Ziele zu erreichen. Die Geisterwelt und die Wege dorthin waren ihm so vertraut wie diese Hütte hier und die Pfade durch den Canyon. Er war ein großer Schamane. Alle, die ihn kannten, hatten Ehrfurcht vor seinem Wissen und seiner Intuition. Nagi Tanka war ein Mensch mit tiefstem Respekt vor der Natur und allen Aspekten, dem Bewussten und dem Unbewussten. Er hätte niemals etwas ohne Sinn in der Geisterwelt unternommen. Es gibt also gute Gründe, warum er dich gesucht und gerufen hat. Und ich bin sicher, du kennst die Antwort. Du findest sie hier.“ Sie legte sich eine Hand auf den Solarplexus.

„Okay.“ Ich dachte nach. „Es geht ihm eigentlich um Lennard. Oder nicht?“
Ooljee gab mir keine Antwort. Sie goss uns beiden Tee ein.
Ich antwortete mir daher selber. „Es KANN nur um Lennard gehen. Er ist sein Enkel. Nagi Tanka will ihm helfen, weil er einen Fehler gemacht hat. Das war

zumindest das, was er in der Vision zu mir gesagt hat. Und wahrscheinlich hat er mich gerufen, weil ich Lennard ... na ja, ich liebe ihn." Es war etwas seltsam, mit Ooljee in dieser Art über ihren Sohn zu sprechen. „Und – ich weiß nicht, wie ich das sagen soll - ich wusste irgendwie immer, dass Lennard zu mir gehört. Schon damals in Binz. Aber was soll ich machen? Jetzt hat er Heather. Nagi Tanka meinte, dass der Wolf niemals zu seiner wirklichen Macht findet, wenn er die Kraft in seiner Mitte nicht befreit. Aber was soll das bedeuten? Was wird er ewig suchen und niemals finden?"

Ooljee hatte die Teetasse in beiden Händen und nippte. Dabei sah sie mich einfach nur an.
„Meint dein Vater ... vielleicht ... wahre Liebe?", flüsterte ich. „Das kann ich mir nicht vorstellen. Passt irgendwie nicht zu einem Indianerschamanen. Liebe und so."
Ooljee lachte und zuckte mit den Schultern. „Auch mein Vater hatte eine Frau, nämlich meine Mutter. Und er hat sie geliebt, bis sie starb. Ich habe das als Kind gespürt. Nagi Tanka wusste immer, dass Stärke wichtig ist, ein wacher Verstand Großes bewirken kann, aber Liebe die größte Macht der Welt ist. Wer liebt, lebt. Wer liebt, ist mit dem Herzen bei allem, was er tut. Wer liebt, kann Schönheit und Sinn in allen Dingen entdecken. Wer liebt, verbindet seine Seele mit der Quelle des Lebensflusses. Wer liebt, kennt das Geheimnis des Seins und spürt, dass seine Seele Teil des großen Ganzen ist. Wer liebt, hat seinen Sinn gefunden."

Zwischen uns flackerte eine Kerze. Unsere Gesichter lagen im Halbdunkel.

„Ich verstehe, was du meinst und was Nagi Tanka sich wünscht." Ich verstand es wirklich, aber dabei gab es ein großes Problem. „Niemand darf zum Lieben gezwungen werden. Du hast mir selbst gesagt, dass ein Mensch seine Entscheidungen allein für sich treffen muss. Ich kann keinen Druck auf Lennard ausüben. Den macht er sich schon selbst genug. Er hat Heather ein Versprechen gegeben und das wird er nicht brechen, auch wenn er sie vielleicht nicht wirklich liebt. Ich kann ihm nichts vorschreiben und noch weniger kann ich seine

Entscheidungen treffen oder ihn zu irgendwas zwingen. Ich kann nur da sein, wenn er mich braucht."
Ooljee nickte. „Das ist viel."
Ich lächelte etwas unsicher. „Meinst du? Aber irgendwas ist da noch. Ich weiß, dass ich irgendwas übersehe. Nagi Tanka hat von einem Schlüssel gesprochen, aber genau der fehlt mir, nämlich der Schlüssel, mit dem ich verstehe, wonach ich suchen soll. Ist es vielleicht das, was sie verbindet?"
„Du meinst, was Haley mit Lennard verbindet?", hakte Ooljee nach.
Ich nickte. „Ja. Genau. Aber da habe ich nicht die geringste Ahnung."
Ooljee trank noch einen Schluck Tee. „Es muss aber einen Bindepunkt geben, das steht fest. Oder nicht?"
„Ja. Natürlich. Dabei geht es um Liebe und Versprechen", resümierte ich. „Lennard mag Heather. Er fühlt sich ihr gegenüber verantwortlich, aber er liebt sie nicht so, wie er mich liebt. Kann er es lernen? Vielleicht hat sich Nagi Tanka getäuscht und Heather ist doch die Richtige. Es könnte sein, dass sie Lennard dazu bringen kann, sein Herz zu öffnen und über sich hinauszuwachsen." Schon als ich es sagte, klang das falsch.
Ooljee überlegte einen Augenblick lang, dann schüttelte sie den Kopf. „Ich glaube, dann hätte sie ihr Ziel längst erreicht."

Okay, ich gebe zu, dass ich das gern hörte.

Sie sagte: „Ich meine aber nicht nur den Bindepunkt zwischen Heather und Lennard. Denk nach. Du bist auf dem richtigen Weg, Kind", stand auf und räumte ihre Tasse in die Spüle.
Ich kniff die Augen zusammen. „Du könntest mir mehr sagen, oder? Du weißt, wo die Verbindung ist und wie das alles zusammenhängt."
„Ja", sagte Ooljee, „das weiß ich. Aber auch ich habe ein Versprechen abgegeben. Du musst also deine Schlüsse selbst ziehen und das ist auch gut so, denn sonst könnten es die falschen sein. Und dann triffst du vielleicht nicht die richtigen Entscheidungen." Ooljee ging zur Tür. „Sei dir sicher, dass Unvoreingenommenheit und Unwissenheit oft sehr wichtig sind, damit man

nicht auf dem Holzweg landet. – Ich werde noch eine Freundin besuchen gehen. Ich bin nicht lange weg."

Als sie die Tür öffnete, fiel ein Schlüssel von seinem Haken an der Wand. Die Indianerin bückte sich. Sie schien zu überlegen. Dann hielt sie mir den Schlüssel hin. „Ich habe vorhin gesehen, dass drüben bei Lennard ein Fenster offen ist. Könntest du das bitte schließen? Es soll tatsächlich Regen geben." Sie legte den Schlüssel mit Nachdruck vor mir auf den Tisch, nickte mir zu und verließ das Haus.

***

Ich starrte minutenlang auf den Schlüssel, ohne diesen zu berühren.
Ich stand auf.
Ich räumte das Geschirr vom Tisch in die Spüle.
Ich spülte alles ab, was schnell ging. Es war nicht viel.
Ich trocknete ab und räumte die Sachen in den Schrank. Ging schnell.

Ooljee war noch nicht zurück.

Der Schlüssel lag im Kerzenschein auf dem Tisch.

Ich trat an den Tisch.
Ich blickte auf den Schlüssel und berührte ihn mit einem Finger.

Ich wusste, warum ich mich so schwer damit tat, ihn zu nehmen. Der Grund war, dass ich nicht in Lennards allerheiligste Privatsphäre vordringen wollte, weil ich nicht wusste, ob ihm das recht war. Ich konnte ihn nicht fragen und hatte, im Gegenteil, das ungute Gefühl, dass er ‚Nein' sagen würde, wenn ich das könnte.
Supai war sein Rückzugsort, seine Zuflucht, wenn er sich vor der Welt verstecken wollte. Supai war ihm wichtig. Hier lebte seine Seele. Hier war er frei und nur er selbst.

Aber würde Ooljee mich darum bitten, nach nebenan zu gehen, wenn sie wüsste, dass es ihrem Verhältnis zu Lennard schaden könnte? Die Antwort war: Nein. Und Ja. Sie würde mich bitten, wenn ihre Gründe, die dafür sprachen, mehr Gewicht hätten als die Option, dass Lennard möglicherweise verärgert wäre.

Ich betrachtete den Schlüssel, dann sah ich zur Tür und war mir jetzt ganz und gar sicher, dass Ooljee wollte, dass ich nach drüben ging. Sie war eine kluge Frau. Ich konnte mir nicht vorstellen, dass sie etwas ohne Absicht oder Sinn sagte beziehungsweise tat.

Also nahm ich den Schlüssel vom Tisch. Er lag schwer in meiner Hand. Ich schlüpfte durch die Tür nach draußen in die Dunkelheit, bewaffnet mit meinem netztechnisch nutzlosen Handy, aber einer umso nützlicheren Taschenlampe desselben.

Ein paar Herzschläge später stand ich vor der Tür zu Lennards Hausteil. Der Schlüssel drehte sich ganz leicht im Schloss. Ich holte tief Luft, dann stieß ich die Tür auf. Ich machte kein Licht, ließ nur meine Handylampe an. Der Raum war spartanisch als Wohnküche eingerichtet und nur mit dem notwendigsten Interieur versehen. Ich fühlte mich wie ein Eindringling und wollte die kurze Mission daher so schnell wie möglich hinter mich bringen. Also ging ich direkt zu dem großen Fenster im Wohnraum und überprüfte dieses. Das Fenster war zu. Hinter der nächsten Tür, die ich öffnete, lag das Badezimmer, welches gar kein Fenster hatte. Damit blieb nur noch eine geschlossene Tür, hinter der sich vermutlich Lennards Schlafzimmer verbarg.

Ein kleiner Windhauch wehte mir entgegen, als ich die Tür öffnete. Ich ließ das Licht meiner Handylampe in den Raum leuchten, welcher klein und ebenfalls sehr sparsam möbliert war. Das breite Bett stand in der Ecke und reichte bis einen Schritt vor die Tür, die gerade so aufging, ohne gegen den Bettrahmen zu knallen. Vor dem Bett lag ein kleiner, pelziger Läufer. Ich strich sanft über Lennards Kissen, als ich zum Fenster ging, um dieses zu schließen.

Dann drehte ich mich um. Ein schmaler Schrank stand neben der Tür, an der Wand hinter dem Fußende des Bettes eine Holztruhe. Darüber hing ein großes Bild. Ich ließ den Lichtstrahl nach oben über das Bild gleiten und schnappte vor Verblüffung nach Luft, als ich sah, was dort hing.

Wenn ich es in meinem Herzen nicht sowieso wüsste, dann wäre mir spätestens jetzt bewusst geworden, dass Lennard mich genauso liebte, wie ich ihn liebte. Warum sonst hätte er sich das Bild von mir auf der Klippe in Porto Cristo hier hinhängen sollen? Das Bild war fast lebensgroß.

Hier war sein Zuhause. Hier wohnte seine Seele. Wenn er hier war und seine Augen aufschlug, dann war das erste, was er sah, mein vor Glück strahlendes Gesicht.

Ich liebte ihn.
Er liebte mich.

Dort an der Wand war der Beweis.

Was um alles in der Welt sollte ich nur tun?

***

Ich musste herausfinden, was Haleys Geschichte und Giordan mit Lennard verband. Es war grässlich, dass alle Beteiligten, an denen mein Herz hing, Bescheid wussten und ich im Dunkeln tappen musste, weil niemand sprechen durfte. Die Sache lag wie ein dreifach gesicherter Tresor mitten in meinem Lebensweg. Vielleicht war es das, was Nagi Tanka meinte: Vielleicht öffnete die Auflösung des Geheimnisses sowohl Lennards Herz als auch eine neue Tür in meinem Leben. Vielleicht war sogar beides das Gleiche.

Aber es gab noch jemanden, der mehr wusste, als ich bisher erfahren hatte. Und das war Giordan Donovan. Er war derzeit die vielversprechendste Adresse für mehr Informationen. Ich musste es nur geschickt anstellen.

Ich verabredete mich daher für eine Woche später mit Giordan zu einer Fahrt nach Prescott und einem Spaziergang um den Watson Lake.

***

Giordan Donovan fuhr am Samstag so pünktlich wie eine Satellitenuhr in seinem feudalen Cadillac Escalade um neun Uhr an Jims Hexenhaus vor.
Connie hatte mich vorgewarnt, als ich ihr von meinem Date erzählte. „Sei vorsichtig, Süße. Giordan fährt einen Protzschlitten, wie sein Vater. Und er hat im Zweifelsfall ein zusätzliches Paar Hände, also behalte ihn immer im Auge. Ansonsten kannst du sicher sein, dass er zumindest Stil hat und dich nicht in irgendeine Absteige schleppt. Er legt Wert auf Standesgemäßes. Also, wenn er dich flachlegen will, dann nimmt er dich mit zu sich nach Hause oder er bucht mindestens fünf Sterne. Ach so und um verbale Tretminen zu vermeiden: Über seine Familie redet er nicht gerne, äh, eigentlich überhaupt nicht."

Ich hatte nicht vor, mich flachlegen zu lassen, und mein Outfit entsprechend dezent gewählt, aber gerade hinsichtlich der Familiensache musste ich Connies Warnung in den Wind schlagen. Gerade darüber hoffte ich schließlich, mehr zu erfahren.

Giordan war sportlich und schick gekleidet.
„Hallo, Leela", begrüßte er mich. Er öffnete mir gentlemanlike die Autotür und warf sie wieder zu, als ich saß. Im Auto duftete es nach Kaffee.
„Caffè Latte, oder?", fragte er und deutete auf die Mittelkonsole und griff gleichzeitig nach hinten, um eine Papiertüte hervorzuholen. „Donuts, wenn du was Süßes magst."
„Danke", sagte ich lächelnd, obwohl er mit dem Latte meilenweit daneben lag. Ich trank gar keinen Kaffee, nur selten mal Cappuccino, dagegen mochte ich Malzplörre mit Kaffeesahne oder Tee. Aber es wäre gemein, ihm das zu sagen. Er hatte es nett gemeint. Ich würde mir den Milchkaffee schon hinterhelfen und hoffen, dass das Koffein bis zur Schlafenszeit wieder aus mir raus war. Sonst würde ich heute Nacht kein Auge zubekommen.

„Wir müssen noch mal zu mir nach Hause", sagte Giordan, als er den Motor anließ. Ich dachte sofort an Connies Warnung hinsichtlich der Flachlegerei und nahm mir schnell einen Donut, um etwas in den Händen zu halten, was ich im

Bedarfsfall auf sein teures Sporthemd werfen konnte. Hoffentlich hatte er keine komischen Allüren.
Meine Bedenken waren aber grundlos.
„Ich habe heute Morgen ein Musterbuch vergessen. Bin nämlich schon in Flagstaff gewesen", erklärte Giordan, gähnte, nahm sich auch einen Donut und biss hinein.
„Habt ihr eigentlich immer schon in Sedona gewohnt?", fragte ich, um etwas zu sagen.
Kurze Pause. Dann: „Wie man das nimmt. Meine Mutter war Irin, Dad ist hier aufgewachsen."

Die Donovans besaßen ein großes Gelände in der Mormon Hill Road, was neben dem Wohnhaus auch das Betriebsgebäude, eine Lagerhalle und weiter hinten auch einen Pferdestall beinhaltete. Wow. Haley hatte es hier ganz sicher materiell gut gehabt. Armut wäre zumindest kein Fluchtgrund gewesen. Aber dass sie abgehauen war, glaubte ich sowieso nicht mehr.

An der Einfahrt zum Gelände befand sich rechts eine Lagerhalle, wo man an der Straßenseite mit großen Lettern über die hier ansässige Firma namens „Donovan Möbel- und Bautischlerei - einer für alles" informiert wurde. Auf dem kleinen Platz stand unter einem hölzernen Mustervorbau mit verschiedenen Balkenarten eine altertümliche, mit Intarsien reich verschnörkelte und vor allem überdimensional große Kastenbank (wahrscheinlich für Riesen) mit Lehne, Armstützen und allem Pipapo vor einem Tisch mit zwei Stühlen.
Wir rollten daran vorbei in den Innenhof, wo sich rechts hinter einem Doppelcarport das luxuriöse Wohnhaus mit breiter, halbrunder Treppe befand. Direkt davor hielten wir an.

Zwei Pitbulls lagen schläfrig in der Sonne. Nur einer stand auf, um Giordan halbherzig entgegenzulaufen, der „Platz, Gromit!" rief. Vermutlich hieß Pitbull Nummer zwei dann Wallace. In der Ferne wieherte ein Pferd. Sehen konnte ich niemanden, aber ein paar Autos standen auf dem Mitarbeiterparkplatz und aus der Halle drang das Kreischen von Sägen.

Giordan brauchte nicht lange, bis er zurückkam, die Mustermappe auf die Mittelbank warf und den Motor startete. „Ich hätte dir gern das Haus gezeigt, aber ich bin jetzt etwas in Zeitdruck und bis Prescott sind es knappe anderthalb Stunden." Er fuhr mit quietschenden Reifen aus der Einfahrt und gab Gas. Keine hundert Meter weiter schoss eine schwarze Katze von rechts aus einer Einfahrt quer über die Straße. Giordan fluchte, bremste und bekreuzigte sich oberflächlich. „Dämliche Hexe!"
Ich schnappte nach Luft wegen der Vollbremsung, grinste aber zeitgleich wegen der Bekreuzigerei. „Bist du etwa abergläubisch?" (Wenn ja - was würde er machen, wenn ich ihm dann erzählte, dass ich gelegentlich auf Geistreisen ging?)
Das Haus hinter der Einfahrt, aus der die Katze gekommen war, sah überhaupt nicht aus wie ein Hexenhaus, eher im Gegenteil. Hier hatte sich offensichtlich jemand den Katalog „American Dream Homes" kommen lassen und lustig gepuzzelt. Herausgekommen war ein zweistöckiger Zuckertortenpalast, den auch Walt Disney nicht kitschiger gemacht hätte.
„Ach du lieber Himmel! Wer wohnt denn da? Ist das Barbies Schloss?", fragte ich und kicherte.
Giordans Gesicht verfinsterte sich. „Barbie? Nein. Da wohnt eine Hexe."
„Dann muss das eine getarnte Hexe sein. Ich glaube doch eher an Barbie. Oder Cinderella", gab ich zurück und grinste immer noch.
Giordan lachte nicht. Sein Gesicht wirkte sehr abweisend. „Cinderella? Du hast ja keine Ahnung."

Oha. Mit den Nachbarn von gegenüber gab es wohl Probleme. Das war schlecht für die Schwingung in der Straße. Wahrscheinlich reagierte Barbie allergisch auf Sägegeräusche.
„Wie geht es dem Fuß?", fragte ich, um ihn wieder auf andere Gedanken zu bringen. Das gelang mir. Giordan entspannte sich sofort und zwinkerte mir zu.
„Dem Alten geht es nicht schnell genug, der Arzt ist aber zufrieden. Noch ein bisschen Physiotherapie und dann bin ich bald wieder ganz der Alte."

Ich nickte. „Du bist aber schon wieder im Dienst, oder? Übertreib es nicht. Du musst das Gelenk schonen."
Er klopfte beifällig auf das Lenkrad. „Automatik sei Dank bin ich trotz dieses komischen Skywalkers am Fuß recht flexibel. Wir sind selbständige Unternehmer. Ich kann nicht lange krank sein."

Ich setzte mich bequem und etwas seitlich hin, damit ich ihn besser anschauen konnte. „Skywalker? Du meinst Air Walker, oder? - Erzähl mir was über dich. Wer ist Giordan Woodpacker Donovan."
Giordan grinste mich an, dann gähnte er. „Sorry. Spät ins Bett und früh raus. Nicht mein Ding. Also spät ins Bett schon, wenn du verstehst, was ich meine." Er zwinkerte mir zu. „Über mich gibt es nicht viel Interessantes zu erzählen. Ich bin der jüngste Möbeltischler in einer Reihe aus Tischlern. Mein Opa war Möbeltischler, Dad ist Bautischler und außerdem Politiker. – Schau mal, da bin ich zur Schule gegangen."
Wir fuhren an der Sedona Red Rock High School vorbei.
‚Nicht nur du', dachte ich. ‚Auch Lennard und Ajei. Und deine Schwester: Haley.' Konnte ich jetzt schon damit anfangen? Ich wagte einen Vorstoß. Nichts Schlimmes, nur eine ganz harmlose Frage. „Okay, dann erzähl mir was Uninteressantes. Wie warst du als Kind? Hast du Geschwister? Deinen Dad habe ich ja schon mal gesehen, aber was macht der Rest deiner Familie? Sind alle in der Holzbranche? Im Büro oder ..."
Giordans Antwort kam kurz und scharf. „Ich rede nicht über meine Familie."
„Oh. Okay. Habt ihr Probleme? Ich meine, du arbeitest mit deinem Dad zusammen und ..."

Ich hatte mit einer Reaktion gerechnet, aber nicht mit einer derart drastischen. Ich erschrak zu Tode, als Giordan mit seinem SUV eine Vollbremsung hinlegte und auf den Seitenstreifen der 89A schlitterte, wo der Wagen schlingerte, sich fing und stehenblieb.
Er brüllte: „ICH REDE NICHT ÜBER MEINE FAMILIE!"
Ich war vor Schreck gegen die Tür geprallt. „O-okay. Sorry. Ich wollte nicht ..."

Unter dem Blick, den er mir zuwarf, erstarrte ich innerlich vor Schreck. Es war der gleiche finstere, grausame Blick, der mich letztens im Kaffeepott so erschüttert hatte. Seine Stimme hätte gut in Jims Diner gepasst, wenn er dort einen auf Ringgeist hätte machen wollen. „Was zur Hölle hat Connie dir über mich erzählt?"

Ich muss gestehen, ich bekam es mit der Angst zu tun. Giordan erinnerte mich in diesem Moment an ein sehr großes Raubtier in einem sehr kleinen Käfig.

Raus. Ich musste hier sofort raus.

Ich rüttelte an der Tür, aber die Zentralverriegelung öffnete sich nicht. Jetzt bekam ich Panik. „Lass mich aussteigen. Sofort." Obwohl wir irgendwo mitten in der Pampa standen, hatte ich keinen Bedarf mehr, auch nur eine Sekunde weiter mit Giordan in diesem Wagen zu verbringen. „Mach auf, Giordan. Sofort."

Der Mann neben mir starrte zur anderen Seite aus dem Fenster, während seine Hände das Lenkrad umklammerten wie Stahlkrampen. Die Knöchel hatten sich weiß verfärbt. Er atmete zweimal tief durch, schüttelte sich, als hätte er in eine Zitrone gebissen, und wandte sich dann wieder mir zu.

Ich rappelte weiter wie eine Irre an der Zentralverriegelung. „Lass mich raus, lass mich raus, lass mich sofort raus."

„Hör mal, Leela, es tut mir leid. Ich habe ..."

„Mach. Sofort. Die. Tür. Auf.", schrie ich mit Nachdruck.

Giordan schloss die Augen und schüttelte sich. Als er mich dann ansah, war sein Blick wieder völlig normal. Er wirkte erschrocken.

„Tür auf", bellte ich noch einmal und jetzt reagierte er.

Die Zentralverriegelung klickte. Keine Sekunde später sprang ich aus dem Wagen und griff nach meiner Handtasche, deren Henkel sich irgendwo verfangen hatte. Ich zerrte daran.

Giordan ließ sein Lenkrad los und hob die Hände. „Bitte, Leela, bleib hier. Mein Wort, dass ich dir nichts tue", sagte er beschwörend. „Das könnte ich nie. Ich bin kein gewalttätiger Mensch, ich habe da einfach nur ... ein paar persönliche Probleme. Blöde Geschichte von früher."

Es war mir gelungen, meine Tasche loszumachen. Ich ging rückwärts und behielt ihn im Auge. Mein Herz trommelte wie ein Presslufthammer. „Lass gut sein. Ich gehe zu Fuß zurück."
Er stieg auf der anderen Seite aus und kam mir hinterher. „Das brauchst du nicht. Bitte. Lass uns weiterfahren. Ich tue dir nichts und auch sonst keinem. – Hör mal, es gibt da einfach ein paar Dinge in meiner Vergangenheit, die ich vergessen möchte. Das Problem ist nur, dass die Leute hier die Sache nicht vergessen können und mich immer wieder daran erinnern, dass ich ein odd fellow bin. Das nervt einfach. Da reagiere ich allergisch drauf. Ich hatte gehofft, dass wenigstens du mich einfach mal so sehen kannst, wie ich bin, weil du nicht von hier bist. Aber das war ein Trugschluss, oder? Die Geschichte ist längst angekommen. Connie hat dich gut gebrieft." Er klang so resigniert, dass ich tatsächlich stoppte und ihn anstarrte.

Ich hatte keine Ahnung, wie es war, wenn jemand aus heiterem Himmel ein Schicksalsschlag wie das Verschwinden eines Familienmitglieds ereilte, und darüber war ich auch sehr froh. Konnte sein, dass Giordan recht hatte. Wer den Schaden hatte, der brauchte für den Spott (oder in diesem Fall die nie endende gruselige Tratscherei) nicht zu sorgen. Das kam ganz von allein. Da war was dran. Konnte man es ihm verdenken, dass er nicht reden wollte und so heftig auf ein sensibles Thema reagierte? Nein. Konnte man nicht. Seine Mutter war tot, die Schwester verschollen oder auch tot, wie ich vermutete. Er und sein Vater versuchten wahrscheinlich, trotz des ganzen Dramas ein halbwegs normales Leben zu führen, ohne dass es sie komplett zerstörte. Sie hatten ein Unternehmen. Da hingen Arbeitsplätze dran, vielleicht sogar Existenzen. Man sollte sie in Ruhe lassen.

Konnte ich ihm eine Chance geben? Ich musste, wenn ich mehr über Haley erfahren wollte. Aber meine inneren Alarmglocken schrillten. Wie es aussah, war meine Neugier (unter welcher Intention auch immer) nicht ungefährlich. Ich musste auf der Hut sein, durfte ihn nicht reizen.
Giordan beobachtete mich. Er sah, dass ich mit mir rang, und versuchte

vorsichtig ein ermutigendes Lächeln.
Ich traf eine Entscheidung. Ich würde wieder einsteigen und mit ihm nach Prescott fahren. Wir waren irgendwo im Nirgendwo und die Option, einen Fremden anzuhalten, der mich mitnahm, war noch gefährlicher, als Giordans Knacks in der Seele zu tolerieren und seine Regeln zu respektieren. (Außerdem konnte zumindest Connie den Officers Bescheid geben, in wessen protzigen Cadillac Escalade ich zuletzt gestiegen war, wenn ich doch verschwand. Sie war schließlich zumindest in das Unternehmen eingeweiht.)

„Ich stehe nicht so drauf, angebrüllt zu werden", sagte ich zögernd.
Giordan lächelte. „Wer steht da schon drauf, außer Masochisten?" Er hob zwei Finger. „Ich schwöre, ich brülle nicht mehr wie ein Ochse, wenn du intime Fragen zu meinem Leben lässt."
„Das engt den Gesprächsradius ziemlich ein", stellte ich mürrisch fest. „Das Wetter gibt leider nicht so viel her."
„Okay. Dann lass zumindest Fragen zu meiner Familie. Wir könnten zusammen Countrysongs hören", grinste er mich an und machte per Knopfdruck das Radio an. „Kannst gern mitsingen, wenn du magst." Er nickte mit dem Kopf, dass ich wieder einsteigen sollte. „He, komm schon. Ich habe mich auf den Tag mit dir gefreut. Ehrlich. Und wenn du den Watson Lake nicht gesehen hast, dann hast du definitiv was verpasst im Leben. Außerdem lade ich dich zum Essen ein. Ich kenne einen hervorragenden Mexikaner in Prescott. Du wirst nie wieder was bei Jim im Diner essen können, wenn du dort die Enchilada probiert hast."
„Klingt nach einem Angebot", murmelte ich.
„Leela, ich fahre sowieso nicht ohne dich weiter", sagte Giordan eindringlich. „Ich kann dich hier nicht einfach so stehen lassen. Was, wenn dir was passiert? Die Sache mit dem Junkie reicht doch fürs Erste, oder? Das war Adrenalin genug für dich. Oder brauchst du den Kick? Wenn ich dich jetzt einfach hierlasse und dich irgendein Trottel über den Haufen fährt oder noch schlimmer, wenn du einfach verschwindest", wieder zog ein kaum wahrnehmbarer Schatten über sein Gesicht, „dann bin ich endgültig dran."

Endgültig?

Neben uns donnerte ein riesiger Truck vorbei, der Staub, Sand und meine Haare aufwirbelte. Der Fahrer hupte langgezogen. Ich zog den Kopf ein und stieg wieder in den SUV.
„Okay. Überredet."
„Na also."

***

Es wurde tatsächlich noch ein sehr schöner Tag. Giordan war den Rest der Fahrt aufgeräumt, freundlich und witzig. Ich beobachtete ihn eine ganze Weile recht argwöhnisch und blieb das latent auch den Rest der Zeit, aber mein Begleiter gab sich nun wirklich große Mühe, mich gut zu unterhalten. Er wies mich unterwegs auf interessante Ausblicke hin und erzählte witzige Anekdoten von Begebenheiten im Rahmen seines Berufslebens als Möbeltischler. Er brachte mich zum Lachen. Er war charmant und absolut unterhaltsam.

Während Giordan dann in Prescott seinen Termin wahrnahm, bummelte ich durch die Stadt. Prescott ist ein kleines Städtchen, was am Fuß des Mingus Mountain liegt. Es gefiel mir sehr gut. Ich kaufte mir ein Eis und schlenderte durch die Whiskey Row in der Altstadt, wo mich Giordan eine Stunde später wieder einsammelte.

Der Watson Lake lag nur ein paar Meilen außerhalb von Prescott und entschädigte mich tatsächlich für Giordans komisches Benehmen auf der Herfahrt. Es handelte sich bei dem See um einen von zwei künstlichen Stauseen in den Granite Dells mit ihren seltsam klumpigen Granitblöcken. Es war eine bizarre Kombination aus kantiger Landschaft und herrlichem Wasser, in welchem das Baden leider verboten war. Ich machte ein paar Fotos. Giordan bestand auf einem Selfie zur Dokumentation unserer Unternehmung. Das Bild sah toll aus. Der blaue Himmel spiegelte sich im Wasser und ich strahlte wie der

Sonnenschein selbst. Natürliche Schönheit war für mich der allerbeste Herzensöffner und hier war es schön. Definitiv. Die Natur ist einfach der beste Maler überhaupt, das konnte man hier wieder sehen.

Zum Essen lud mich Giordan dann in ein kleines mexikanisches Restaurant ein. Wir saßen in einem schattigen Hinterhof, der sehr gemütlich war. Nachdem wir unsere Bestellungen aufgegeben hatten, lehnte sich mein Begleiter zurück und grinste mich an.
„Okay, jetzt bin ich mal dran zu fragen. Was macht ein deutsches Mädchen in Arizona?"
Ich pustete mir eine Haarsträhne aus der Stirn und sah ihn offen an. Giordan wirkte gelöst, die Wanderung am Watson Lake hatte trotz Geschwindigkeitseinschränkungen durch die Orthese einen entspannten Einfluss auf ihn gehabt.
„Ach, irgendwie hat mich die Gegend hier schon immer fasziniert. Ich hab als Kind immer gerne Cowboyfilme gesehen und Indianer gespielt und mir vorgestellt, dass ich früher mal irgendwo im Westen gelebt habe. Und was ist westlicher als der mittlere Westen?"
Giordan lachte. „Okay. Und was ist mit Leela, wenn sie nicht gerade Indianer spielt und den mittleren Westen unsicher macht? Womit verdienst du dein Geld in Deutschland?"
Ich zog die Schultern ein und machte eine vage Handbewegung. „Böses Thema. Das mit dem Geldverdienen dauert wohl noch ein bisschen. Ich bin gelernte OP-Schwester, studiere jetzt Medizin und bin eigentlich mittendrin, hab mir jetzt aber ein Urlaubssemester mit Praktikum gegönnt. War irgendwie notwendig. Hatte gerade das volle Programm: Beziehung beendet, neue Wohnung bezogen und so weiter."

Giordan zwinkerte mir zu. „Beziehung beendet? Klingt gut. Das heißt, mir steigt niemand aufs Dach, wenn ich dir sage, dass ich dich gern wieder treffen möchte?"
Ich grinste verlegen. „Nein. Da gibt es keinen Dachsteiger."

Er hob den Daumen. „Okay. Das ist ein Wort. Und was für eine Ärztin willst du werden?"
Ich hatte mich noch nicht entschieden, aber jetzt gab es eigentlich nur eine Antwort, die in die richtige Richtung führen würde. „Mal sehen. Wahrscheinlich Psychologin."
Volltreffer. Giordan verzog sein Gesicht verächtlich. „Seelenklempner? Das lass lieber sein. Mach was Vernünftiges. Ich habe noch keinen Seelenklempner kennengelernt, der was taugte. Meine Mutter ... ach vergiss es."
Ich wagte einen Vorstoß. „Dann hat deine Mutter vielleicht nicht den richtigen Seelenklempner gehabt."
Giordan winkte ab. „Den gibt es nicht. Sie hat viele ausprobiert. Keiner hat ihr geholfen. Aber das ist egal. Umgebracht hat sie jemand anderes. Egal. Es ist egal. Das ist alles egal." Er steckte einen Finger in seinen Kragen und zerrte daran herum, bevor er den obersten Knopf öffnete und tief Luft holte. „Egal", sagte er dann noch einmal.
„Du solltest mit jemandem darüber reden", sagte ich sanft.
„Reden bringt sie auch nicht zurück. Reden bringt niemanden zurück. Weg ist weg", gab er zurück und wischte sich Schweiß von der Stirn. „Sag du mir nicht, was ich machen soll."

Der Kellner brachte die Getränke und der Moment war vorbei.

Wir prosteten uns zu. Ich versuchte noch einen Vorstoß. „Es ist aber auch wichtig, dass ein Mensch, der Probleme hat, bereit ist, diese Probleme zu lösen. Er muss es wollen, sonst kann der beste Psychologe der Welt nichts ausrichten."
Giordans Augen verengten sich. „Das ist jetzt der Moment, wo wir das Gespräch abbrechen und über etwas ganz anderes reden."
„Okay." Ich hob die Hände, zuckte mit den Schultern und ließ mir meine Enttäuschung nicht anmerken.

Er schaute mich scharf an, beugte sich dann nach vorn und legte die Arme mit gefalteten Händen vor sich auf den Tisch. „Wenn Connie nicht getratscht hat,

woher weißt du dann über mich Bescheid? Wer hat dir gesteckt, was die Donovans für mitleiderregende Kreaturen sind?"
„Niemand hat mir irgendwas ‚gesteckt' und von ‚bemitleidenswert' war noch weniger die Rede", machte ich ihm entrüstet klar. „Kein Mensch hat mit irgendwelchen Informationen über dich hausiert. Du tust Connie wirklich unrecht." Jetzt beugte ich mich nach vorn und stützte die Arme auf. „Aber ich habe ein Pferd gesehen. Es heißt Cocowhite Lady. In ihrer Box hängt ein Bild von ... Ha ... von früher. For Haley from Heddy with love. Ich habe nachgefragt und bei dem Nachnamen Donovan eins und eins zusammengezogen. So ist das und nicht anders. Deswegen weiß ich Bescheid." Von meinen visionären Träumen sagte ich kein Wort.
Das saß. Giordan atmete tief durch. „Aha. Heddy. Dann ist alles klar. Die beiden Indianerinnen. Logisch. Dort hatte sie sich mit dem Pferd verkrochen." Er lachte verächtlich.
Da platzte es aus mir raus. „Sie? Meinst du damit Heddy? Wer ist Heddy?"

Er lehnte sich nach hinten und hatte sofort die imaginären Jalousien heruntergelassen. „Niemand. Heddy ist absolut niemand mehr. – Soll ich dir mal was sagen, Leela? Tatsächlich weißt du gar nichts. Und das ist auch am besten so." Er kam wieder nach vorn und verschränkte die Arme auf der Tischplatte. „Ich bin kein Psychodoc, aber ich sage dir, dass es manchmal am besten ist, wenn man sich nicht um die alten Geschichten kümmert. Man sollte Gras drüber wachsen lassen. Das macht man auf dem Friedhof auch und alles ist okay. – Vielen Dank. Ich hätte gern noch eine Cola."

Der Kellner hatte unser Essen gebracht. Wir wünschten uns einen guten Appetit, aber ich konnte meine Enchiladas einfach nicht genießen. Für mich schmeckten sie nach Friedhofserde. Immer wieder musste ich an die Vision denken, in welcher Haley die Treppe heruntergestürzt war, als sie mit ihm, also seinem jüngeren Ich, gestritten hatte, und wie viel Wahres an dieser Vision gewesen sein mochte. Vielleicht hatte Haley mir in meiner letzten Reise nach Unterbewusstseinshausen eine Erinnerung gezeigt. Vielleicht brauchte es keine

Interpretation dieser Situation.

Konnte es sein, dass ... Giordan selbst ... beim Verschwinden seiner Schwester nicht unbeteiligt war? Konnte es sein, dass er ... am Ende sogar ... wusste, wo sich Haley befand?
Das war ein erschreckender Gedanke, der mich nicht mehr losließ.

***

Am Sonntag in der Woche darauf beschloss ich nach einem lustigen Mädelsabend am Samstag, fröhlich und aufgeräumt, nachmittags am Oak Creek eine Runde joggen zu gehen, und fuhr zu diesem Zweck mit dem Rad bis zu Lennards Haus. Wir hatten seit dem Grillabend vor einigen Wochen keinen Kontakt mehr gehabt. Das war gut so. Ich vermisste ihn, aber eine Dreieckssituation mit mir und Heather als Konkurrentinnen war definitiv nichts für mich. Wir befanden uns in einer abwartenden Pattsituation, wie es schien. Vielleicht war aber auch vorerst alles vorbei. Ich versuchte, mich damit abzufinden. Das fühlte sich zwar dumpf und klumpig an, aber die Tatsache, dass sich Giordan mehrfach gemeldet und mir immer wieder nette Komplimente gemacht hatte, half. Einmal waren wir zusammen zum Essen gegangen. Das war letzten Mittwoch gewesen und wir verbrachten einen wirklich netten Abend. Wir schrieben uns seitdem regelmäßig. Unsere Nachrichten waren zwar nach wie vor eher freundschaftliches Geplänkel, aber Giordan ließ immer wieder durchblicken, dass er sich durchaus mehr vorstellen konnte. Er wollte sich wieder mit mir treffen.

Seine Aufmerksamkeit tat in jedem Fall meinem Ego gut. Ob ich ihm allerdings irgendwann mehr als Freundschaft anbieten konnte, stand auf einem anderen Blatt Papier. Mein Bauch reagierte darauf eher ablehnend, auch wenn ich Lust hatte, mich wieder mit Giordan zu treffen. Es war kompliziert. Auch in diesem Fall stand eine Frau zwischen Mann und mir, auch wenn es in diesem Fall keine Verlobte, sondern eine verschwundene Schwester war. Aber das machte die Sache nicht weniger schwerwiegend. Eher im Gegenteil.

Lennard schien auch heute nicht zu Hause zu sein. Das war mir recht, aber ich dachte mir, dass er (und wenn es nur aus alter Freundschaft war) bestimmt nichts dagegen hatte, wenn ich meinen Drahtesel hier parkte. Ich verbarg das gute (und vor allem geborgte) Stück daher halbwegs blicksicher hinter einem Strauch auf dem hinteren Teil seines Grundstücks und machte mich in einem lockeren Trab auf den Weg. Das Wetter war herrlich und die Hitze im Schatten der Bäume erträglich. Während des Laufens dachte ich immer wieder über

Giordan und die Vorkommnisse in der Vergangenheit seiner Familie nach. Ich musste zugeben, dass ich ihn an sich sehr nett und amüsant fand. Wenn diese seltsame Seite nicht wäre, dass Giordan bei jedem Vorstoß in Richtung persönlicher Themen sofort die Persönlichkeit zu wechseln und auf Psychopath zu machen schien, wäre er wahrscheinlich auf mehr als einem Gebiet für mich interessant. Aber den Zustand seiner Psyche hielt ich für bedenklich. Er hatte einiges aufzuarbeiten und ich fragte mich immer wieder, wie viel er tatsächlich über das Verschwinden seiner Schwester wusste. Ich musste ihm gegenüber vorsichtig sein, aber ich mochte ihn. Er war nicht in seinem Wesen böse, er war unausgeglichen, seelisch verletzt. Etwas quälte ihn tief in seiner Psyche. Mein Bauch sagte mir, dass seine unausgeglichene Art oder besser seine Verhaltensauffälligkeiten durch eine vernünftige Aufarbeitungstherapie durchaus behandelt werden könnten. Fühlte ich mich dazu berufen? Keine Ahnung. Vielleicht. Der fröhliche Teil seines Wesens gefiel mir. Ich mochte Giordan tatsächlich. Aber würde das immer noch so sein, wenn ich irgendwann die Wahrheit kannte?
Ich musste immer wieder an die finstere Vision mit Haley denken. Konnte sie tatsächlich eine Treppe hinuntergestürzt sein? Hatte Giordan dabei nachgeholfen? Worüber hatten sie gestritten? Gab es eine Möglichkeit, den Wahrheitsgehalt meiner Vision zu überprüfen?

Ich war gerade knapp eine halbe Stunde gelaufen, da klingelte mein Telefon. Der Anrufer hatte allerdings, ehe ich es geschafft hatte, das Ding aus meiner Bauchtasche zu kramen, schon wieder aufgelegt. Ich staunte nicht schlecht und bekam einen kleinen Adrenalinstoß, als ich die Nummer erkannte. Lennard. Ich rief ihn zurück.

Bevor ich mich richtig melden konnte, fragte er ohne Umschweife und mit wenig Freundlichkeit, dafür einiger Schärfe in der Stimme: „Ich stehe bei dir vor der Tür. Wo bist du?"
„Joggen", gab ich verdutzt zurück und wunderte mich über seinen Ton. „Wieso bist du ..."

Er ließ mich gar nicht erst ausreden. „Wo? Wir müssen reden. Jetzt."
Auch wenn ich überhaupt keine Ahnung hatte, warum, hätte ich schwören können, dass er stinksauer auf mich war. „Am Oak Creek. Ich bin in Richtung ..."
„Okay. Dann fahre ich zu mir nach Hause. Komm dorthin."
Dann legte er einfach auf. Er wartete kein „Ja" oder „Nein" ab und wollte auch nicht wissen, ob mir das jetzt gerade passte.
Ich starrte verwirrt auf mein Telefon und fragte mich, welche Laus dem Mann zur Hölle nochmal über die Leber gelaufen war. Beim Laufen wurde ich regelrecht sauer und überlegte, ob ich unter diesen Umständen tatsächlich zu ihm reingehen wollte. Er konnte mich nicht einfach herumkommandieren, wie es ihm in den Kram passte.

Aber ich hatte keine Wahl, wenn ich nicht bis zum Hexenhäuschen laufen wollte. Als ich, komplett durchgeschwitzt und ziemlich außer Atem, bei Lennards Haus ankam, war er schon hier. Sowohl die Gartentür zum Flussufer als auch die hintere Eingangstür zum Haus standen offen. Lennard selbst war nicht zu sehen.

Irgendwas stimmte hier ganz gewaltig nicht.
Ich sah auf mein Fahrrad und überlegte. Wegfahren? Hierbleiben?
Die morbide Neugier siegte.
Also betrat ich den Flur und rief: „Hallo? Lennard? Wo bist du?"
Die Antwort war laut und knapp. „Oben."
Ich klappte die Haustür zu und stieg mit einem unbehaglichen Gefühl die Treppe hinauf. Die Tür zum Schlafzimmer war nur angelehnt, das Schlafzimmer selbst leer, aber im angrenzenden Badezimmer polterte es. Dort musste Lennard sein. Ich nutzte die Gelegenheit, trat auf den Balkon und genoss den sonnigen Ausblick in die Weite.

Die Tür zum Badezimmer wurde aufgerissen. Ich fuhr herum. Lennard erschien dort wie ein personifizierter Racheengel in knapp sitzender Jogginghose. Mehr trug er nicht am Leib. Seine Haare waren nass. Er sah wütend aus und noch einiges mehr. Seine Augen sprühten quasi Funken. Er wirkte insgesamt

unausgeglichen und ... irgendwie ... gefährlich. Aber mein Herz, dieser kontraproduktive Verräter, klopfte trotzdem freudig und aufgeregt.
„Hallo Lennard", sagte ich und bemühte mich um einen reserviert-neutralen Ton. „Wieso hast du mich denn ange ..."
„Was soll das?", kam die scharfe Gegenfrage. Lennard hatte sein Handy gezückt, kam ohne Umschweife zu mir rüber und hielt mir das Ding unter die Nase. Und während die Sonne warm meinen Nacken streichelte, bekam ich frontal eine kalte Dusche. Auf dem Display leuchtete ein Twitter-Bild. Giordan hatte es hochgeladen. Es handelte sich um das Selfie, welches uns beide vor dem Watson Lake zeigte. Das Foto war toll geworden. Und das lag zuallererst am phänomenalen Hintergrund. Als Zweites strahlten Giordan und ich im Vordergrund um die Wette. Unsere Köpfe waren nah zusammen, damit wir beide aufs Bild passten, aber ansonsten sah ich nichts, was Lennards unterirdische Laune erklären konnte.

„Was soll was? Was meinst du denn?", gab ich daher etwas ungehalten zurück.
Er (scharf): „Du warst mit Giordan Donovan unterwegs."
Ich zuckte ungeduldig mit den Schultern. „Ja. Und?"
Er: „Ganz schlechte Wahl", und schmiss das Handy aufs Bett.
Ich (verblüfft): „Um mir das zu sagen, musste ich hier antreten wie ein entlaufener Hund? Deswegen", ich zeigte auf das Handy, „bist du heute gekommen?" Ich verschränkte in Abwehrhaltung die Arme vor der Brust.
„Lass die Finger von dem Kerl", sagte Lennard.
Ich glaubte, mich verhört zu haben, und kniff ungläubig die Augen zusammen.
„Bitte - was?"
„Lass die Finger von dem Kerl", wiederholte er leise, dafür aber mit scharfer Stimme.
Wie anmaßend war das denn? Ich konnte es nicht fassen.
Wir starrten uns an. Zwischen uns baute sich in Windeseile ein Energiefeld auf, was es an Spannung mit einem Hochsicherheitszaun aufnehmen konnte. Die Ladung war allerdings negativ. Fühlte sich mies an.
„Er ist ein gemeingefährlicher Idiot", ließ sich Lennard dann zu einer knappen

Erklärung herab.
„Aha." Es gab keinen Grund für mich, auf solch einen Bockmist weiter einzugehen, auch wenn mir durchaus klar war, dass Giordan Probleme hatte. Ihn einen gemeingefährlichen Idioten zu titulieren, hielt ich dann aber doch für reichlich übertrieben. Zum Glück hatte jeder Mensch das Recht auf seine eigene Meinung. Aber eine andere Sache musste ich dringend klarstellen.
„Du hast mir nichts zu sagen, Lennard. Gar nichts."
Lennards Augen verengten sich. „Nicht? Meinst du das ernst?"
Ich kniff die Augen ebenfalls hinzu. „Nein. Ich MEINE das nicht, es IST so. Du hast mir überhaupt nichts zu sagen, weil wir beide kein Paar sind. Du bist mir keine Rechenschaft über dein Tun schuldig und ich bin dir zu nichts verpflichtet, und schon gar nicht zu einer Erklärung, mit wem ich ausgehe. Du bist derjenige von uns beiden, der verlobt ist. Vergessen? Ich kann machen, was ich will. Du verbietest mir gar nichts."

Wir standen im schönsten Sonnenlicht da wie zwei Ringboxer und waren das erste Mal, seitdem wir uns kannten, auf verschiedenen Seiten. Das fühlte sich furchtbar an.
„Verdammt. Was ist zwischen dir und diesem Kerl gelaufen, Leela?", flüsterte Lennard und brach damit das ungemütliche Schweigen.
„Das geht dich nichts an, verstanden?", flüsterte ich zurück.
Lennards Augen verengten sich noch mehr. Er kam einen weiteren Schritt auf mich zu. „Leela! WAS ist zwischen euch gelaufen?" Dieses Mal war seine Stimme noch leiser und derart spannungsgeladen, dass sich meine Nackenhärchen aufstellten.
Ich blieb standhaft und streckte den Rücken durch. „Was verstehst du an ‚das geht dich nichts an' nicht, Lennard?" Von ihm ging dermaßen viel Energie aus, dass ich mich in meiner verschwitzten Haut äußerst unwohl fühlte.
„Hast du mit dem Kerl geschlafen?", brüllte er so plötzlich und so laut, so dass ich zusammenzuckte und einen Satz nach hinten machte.
„Es reicht", sagte ich, jetzt auch so wütend, dass meine Stimme vibrierte. „Ich muss mich auf gar keinen Fall von dir anbrüllen lassen. Du spinnst wohl." Damit

drehte ich mich um und wollte den Raum, Lennard, das Haus, den Planeten, alles verlassen.

Lennard packte meinen Arm und riss mich zurück. Sein Kiefer war schmerzhaft zusammengepresst. So hatte ich ihn erst ein einziges Mal erlebt, und das war vor gefühlt tausend Jahren in Binz gewesen, als er mit irgendwelchen inneren Dämonen kämpfte. Schien so, als hätten sich diese heute zu einer zweiten Runde entschlossen. Es war außerdem, von einem Abend abgesehen, als sich seine Wut gegen einen lebensmüden Handballer richtete, der mein ‚Nein' falsch interpretierte, sonst nie vorgekommen, dass er so sehr die Beherrschung verlor, um grob zu werden. Ich hatte ihn - im Gegenteil - immer um seine eiserne Selbstkontrolle beneidet. Aber Nagi Tanka hielt das für seine Schwäche, für ein Hemmnis. Vielleicht war was dran.
„Du gehst zu weit, Lennard", sagte ich, in Anlehnung an Nagi Tanka um Ruhe und Besonnenheit bemüht, und warf einen Laserblick auf seine Finger, die mein Handgelenk umklammerten. „Lass mich los. Sofort."
Seine Stimme war heiser. „Hast du mit diesem Dreckskerl geschlafen, Leela?"
Ich hatte keine Angst vor ihm, sein Verhalten enttäuschte und ernüchterte mich allerdings maßlos. „Selbst wenn ich mit ihm geschlafen hätte, was ginge dich das an, Lennard? Ich bin frei, du nicht. Ich kann machen, was ich will. Du nicht. Ich bin absolut niemandem verpflichtet. Du schon. Und jetzt – lass mich los. Sofort. Du tust mir weh."

Ich spürte, wie die Dämonen in ihm tobten. Sie waren kurz davor, die Herrschaft zu übernehmen und alle Länder des Westens rigoros zu überrollen. Und ... sie gewannen. Lennard riss mich an sich, seine Finger gruben sich in meine Oberarme. Ich spürte, dass er zitterte.
„Hast du mit Giordan Donovan geschlafen?" Er hielt mich im stählernen Krampengriff.
„Selbst wenn – was würde dich das angehen?", flüsterte ich zurück und zappelte.
„Alles, verdammt", knurrte er und küsste mich. Seine Finger gruben sich in

meine Arme, fuhren weiter über meinen Rücken, meine Taille, bohrten sich in meinen Hintern, krallten sich schließlich in mein Haar und hielten meinen Kopf fest. Er atmete schwer. „Alles."

Ich versuchte, mich loszumachen und mein Gesicht wegzudrehen. „Lennard - lass das. Hör auf. Das ist hässlich."
Er hörte nicht auf. Im Gegenteil. Er unterwanderte mein Shirt und drückte mich mit einem Arm so fest an sich, dass ich kaum noch Luft bekam.
„Was soll das?", rief ich und wand mich in seinem Griff. „Ich bin verschwitzt und ..." Seine Lippen auf meinen verhinderten jedes weitere Wort.
„Hast du mit diesem Dreckskerl geschlafen?", keuchte er irgendwann zwischen zwei Küssen, während ich sinnlos gegen ihn rangelte. Was verstand er nicht? Seine Platte hatte offensichtlich einen Sprung. Das Verständniszentrum im Hirn musste völlig lahmgelegt sein.
Ich versuchte weiter, mich aus dem Klammergriff zu lösen. „Hör auf. Was hast du gegen Giordan? - Finger weg. Ich bin total verschwitzt und ich ... will das jetzt nicht. Nicht so. Ich ..."

Lennard fluchte und zog mich zum Badezimmer. Ich fluchte auch, bekam aber meine Hand nicht los und musste ihm hinterhertaumeln. Irgendwie hatte er es geschafft, den Verschluss meiner Bauchtasche zu lösen. Sie fiel auf den Boden, bevor er mich in die Duschecke schob. Wasser prasselte im sanften Regenwaldmodus und im ersten Moment auch recht kalt auf uns beide herunter. Ich quiekte erschrocken, was allerdings auch nicht viel dazu beitrug, dass Lennard zur Besinnung kam. Er hielt mich fest, fluchte in einem fort, riss an meinen Sachen, während seine Hände in Zickzackbahnen über meinen Körper fuhren. Ich wurde mit dem Rücken an die kalten Fliesen gepresst. Das Wasser durchweichte uns von oben nach unten.

Da trat ich innerlich einen Schritt zurück und betrachtete die Situation ernüchtert von außen. Ich war wie eine gefühllose Puppe. Seine Küsse erregten mich nicht. Seine Hände auf meinem Körper setzten mich nicht in Brand wie sonst. Seine

Nähe, die mich immer verzauberte, war jetzt fast unerträglich. Er fühlte sich für mich an wie ein Fremder.

Kalte Wut machte sich in mir breit. Lennard war gerade dabei, alles zu zerstören, was ihn für mich so besonders gemacht hatte, seit ich ihn zum ersten Mal traf. Das konnte ich nicht zulassen. Ich musste etwas machen. Irgendwas. Zurückschlagen. Ihm weh tun.

Jeder Mensch hat eine finstere Seite, das Dunkle in sich. Jeder. Auch ich. Und während Lennard wie ein Rasender versuchte, sich meinen Körper zu nehmen, als wäre dieser ein Gebrauchsgegenstand, der ihm allein gehörte, wappnete sich meine Seele dafür, die dunkle Seite von Leila Brühl zu entfesseln. Die Wut verlieh mir immense Kraft. Ich holte tief Luft, um zu schreien und dem Mann, den ich liebte wie keinen sonst auf der Welt, der mich so tief berührte, wie niemand vor ihm, Worte an den Kopf zu schleudern, die ich nimmermehr würde zurücknehmen können. Niemals. Diese Worte würden alles zerstören.

Ich fauchte: „Du mieses ...", aber da hörte ich plötzlich ein Geräusch, was mich zutiefst erschütterte. Es war ein Schluchzer. Ich schwieg verdutzt und nahm zuerst an, dass ich mich unter dem Wasserfall verhört hatte, aber dem war nicht so. Lennard zitterte, als würden seine inneren Dämonen ihn zerfetzen. Er drückte sich an mich. Seine Hände hielten meinen Kopf fest, seine Lippen saugten an meinen, als wäre er ein Ertrinkender und ich das letzte bisschen Luft. Die Dusche spülte alle verräterischen Spuren weg, aber mir war klar, dass er weinte.

Und da traf mich die Erkenntnis wie ein Donnerschlag. Ich begriff, wie zerrissen er war, wie elend er sich fühlte. Er hasste sich, weil er die Kontrolle und damit die Beherrschung verloren hatte. Er hasste sich, weil er nicht in der Lage war, die Situation so zu klären, dass alle Beteiligten ohne Schmerzen daraus hervorgehen konnten. Er hasste sich, weil er mich wollte. Er hasste sich, weil seinem Verlangen nachzugeben bedeuten würde, jemand anderem Schmerz zufügen zu müssen. Er hasste sich, weil er sich nach mir sehnte. Er hasste sich, weil er wusste, was er mir bedeutete. Er hasste sich, weil ich ihm so viel bedeutete. Er hasste sich, weil ihm klar war, dass er mich aufgeben musste. Er hasste sich, weil er nicht verlieren wollte, was er in uns gefunden hatte. Er hasste sich, weil er mich genauso liebte wie ich ihn und weil er dabei war, unsere Liebe zu verraten. Er hasste sich für die Lüge, die zu leben er sich aufgezwungen hatte.

Sein Selbsthass entfesselte die Dämonen.

Und all der Druck, unter dem er seit eineinhalb Monaten ohne Aussicht auf Erlösung stand, entlud sich hier und jetzt.

Sein Leid war ein Katalysator, der mich von einem Augenblick zum anderen transformierte. Mein Herz ging weit auf und spülte mit allem Licht, was dort herausströmte, meine Wut weg wie die mittlerweile warme Regendusche von oben den Schweiß von meinem Körper wusch. Ich schlang die Arme um Lennards Taille und öffnete mich seinem Schmerz. Ich wehrte mich nicht mehr. Ich ließ zu, dass er mich hochhob, ins Schlafzimmer zurückbrachte und sich dort, klatschnass und triefend, mit mir auf sein Bett fallen ließ. Er wurde ruhiger. Ich beobachtete ihn voller Mitgefühl, streichelte ihn, überließ ihm meinen Körper, ließ zu, dass er mich küsste, mich auszog, sich nahm, was immer er von mir brauchte, und seine Zerrissenheit wie einen Gewittersturm entfesselte, der auf dem Ozean Wellen bis dreißig Meter auftürmen konnte.

Danach lag er schwer atmend und noch immer zitternd auf mir, sein Gesicht in meinem nassen Haar vergraben, einen Arm um mich gewickelt. Ich schlang meine Arme um ihn, spürte seinen dumpfen Herzschlag und litt mit ihm, mit mir, mit uns. Dabei streichelte ich liebevoll seinen Rücken und hoffte, ihn damit etwas zu erden, das Gefühlschaos, was in ihm tobte und ihn so viel Kraft kostete, ein bisschen abzumildern. Und mir wurde bewusst, dass ich hier und jetzt reagieren musste, damit die überstarken Gefühle, welche diese Situation so kompliziert und kräftezehrend gestalteten, uns nicht am Ende zerstörten.

Der alte Indianer hatte recht gehabt. Der Schlüssel lag bei mir.

Ich musste eine Entscheidung treffen.

Ich musste konsequent sein.

Ich musste es beenden.

Jetzt.

***

Ich wartete noch ein paar Minuten, zögerte das Unvermeidbare hinaus, genoss seine Nähe, sein Gewicht auf mir, seinen Atem an meinem Ohr, seine Wärme auf meiner Haut, die Verbundenheit zwischen uns.
Dann versuchte ich, Lennard sanft, aber bestimmt von mir zu schieben. Er hob den Kopf und sah mich an. In seinen Augen stand der gleiche Schmerz, der in meinem Inneren blühte wie eine überdimensionale Brandwunde. Er ahnte, was nun kam. Es war eine logische Konsequenz.
„Ich gehe jetzt", flüsterte ich.
Er schloss die Augen, ließ sich auf den Rücken fallen und flüsterte: „Es tut mir leid, Leela. Verzeih mir. Es tut mir leid, scheiße, und wie mir das leidtut. Ich wollte das nicht. Nicht so. Niemals."
„Ich weiß", sagte ich leise. Dann stand ich auf, ging unter die noch immer laufende Dusche und wusch alle Spuren weg. Schließlich schaltete ich das Wasser aus und suchte meine Sachen zusammen. Dass diese nass waren, machte mir nichts aus. Ich hatte mir auch nicht die Mühe gemacht, mich abzutrocknen.

Lennard blieb die ganze Zeit liegen und beobachtete stumm, fast teilnahmslos, wie ich mich anzog, meine Bauchtasche umlegte und auf meinem Handy die Uhrzeit checkte. Als ich mit alldem fertig war, nahm ich meine nassen Turnschuhe in die Hand und sah ihn an.
„Mach's gut", sagte ich dann leise.

Er kam mir auf der Treppe hinterher und wirkte völlig erledigt.
„Baby, bitte, bleib hier. Wir können das jetzt ... nicht so ... zwischen uns lassen."
Er lehnte an der Wand, als müsste er sich Kraft aus der Erde borgen.
Ich zwang mich, ihn anzuschauen, und nickte. „Ja, da gebe ich dir recht. Wir können das nicht so zwischen uns lassen. Wir müssen das beenden, sonst bringt es uns um."
Er schloss die Augen, schluckte und nickte müde. „Ich will es nicht beenden und ich will nicht, dass du gehst."
Mein Herz tat weh. Ich drängte einmal mehr die Tränen zurück und erinnerte mich daran, dass einer von uns beiden stark bleiben musste, weil alles andere

ungesund war. Diese Stärke würde jetzt ich beweisen müssen. Und auch wenn alles in mir danach drängte, zu ihm zu laufen, mich in seine Arme zu werfen und den Schmerz mit all meiner Liebe aus unseren Seelen zu wischen, blieb ich, wo ich war. „Es ist, wie es ist, Lennard. Du wirst sie nicht verlassen, weil du es nicht kannst. Ich muss das respektieren, auch wenn ich es vielleicht nie verstehen werde. Aber ich kann mich nicht mit dem zufriedengeben, was du mir jetzt gibst. Ich liebe dich", sein Gesicht verzog sich schmerzhaft, „und ich kann dir das sagen. Einfach so, weil mich niemand hindert, nicht mal ein schlechtes Gewissen. Du kannst das nicht und das zerreißt dich, eben weil ... du mich auch liebst. Das weiß ich. Und deswegen gehe ich jetzt."

Es musste ihn seine letzte Kraft kosten zu sagen: „Bitte halt dich trotzdem von Giordan Donovan fern, Baby. Bitte. Es gibt Gründe dafür."

Ich ließ seine Bitte unkommentiert. Als ich die Haustür hinter mir zugezogen hatte, hörte ich ihn drinnen brüllen wie einen tödlich getroffenen Stier. Ich verstand nicht, was er fluchte, aber das musste ich auch nicht. Etwas krachte im Haus ganz fürchterlich. Ich floh.

***

Ich hätte nie gedacht, dass ein Herz so schmerzen konnte. Tränenblind radelte ich zurück in mein Hexenhaus und blendete die Welt aus.

***

Es ging mir auch am nächsten Tag nicht besser. Der Herzschmerz hatte sich Gesellschaft geholt und jede Menge anderer Wehwehchen eingeladen. Ich fühlte mich schrecklich, fiebrig, unwohl, schlapp, hatte wahnsinnige Halsschmerzen und das Gefühl, mir würden Hühnereier am Hals wachsen. Zum Glück wusste ich, dass es sich hier um Lymphknoten handelte, sonst wäre ich vor Schreck wohl gestorben oder hätte zumindest geglaubt, an der Beulenpest zu leiden. Ich tastete nämlich so einen Lymphknoten auch unter der linken Achsel.

Ich fuhr frühmorgens in die Klinik, aber nicht zum Arbeiten, sondern weil ich einen Arzt brauchte. Unterwegs wäre ich fast vom Fahrrad gefallen, so schwach fühlte ich mich. Ich kam weit vor Dienstbeginn in der Klinik an und die Tatsache, dass selbst Miss van de Rijt keinen bescheuerten Kommentar zu meiner Person abließ, gab mir den Rest. Die sonst so kalte Frau zeigte sich sogar besorgt und rief einen Pfleger, der mich stationär aufnahm.

Nachdem mich später ein Arzt untersucht, mir Blut abgezapft und ich in ein Röhrchen gepieselt hatte, stand die Diagnose ziemlich schnell fest. Ich hatte klassisches Pfeiffersches Drüsenfieber.
Die nächsten drei Wochen blieb ich dann im Krankenhaus und hätte auch im Nachhinein nichts dagegen, diese Zeit komplett aus meinem Leben zu streichen.

***

Nach zwei Wochen ging es mir endlich ein bisschen besser, womit ich meine Mutter aber noch nicht wirklich beruhigen konnte. Sie war drauf und dran, ihren für September geplanten Amerika-Urlaub nach vorn zu verschieben und jetzt schon nach Sedona zu fliegen. Es bedurfte eines zähen Dementis meinerseits, um sie davon abzubringen, ihre Pension zu Beginn der Frühlingssaison im Stich zu lassen. Ich konnte sie letztlich beruhigen, denn auch wenn ich eigentlich aussah wie der Tod auf Latschen, konnte ein bisschen Schminke an der richtigen Stelle durchaus so was wie Genesung suggerieren. Die Anwesenheit meiner Mutter hätte den Heilungsverlauf auch nicht beschleunigt und von ihrem geplanten Erholungsurlaub hätten meine Eltern dann kaum etwas gehabt.

Connie kam jeden Tag mehrmals bei mir vorbei, sie war ja sowieso vor Ort. Sie war sehr besorgt und sagte, dass sie mich vermisste. Sie heiterte mich mit kleinen alltäglichen Geschichten aus ihrem ganz normalen Familienwahnsinn auf. Ich freute mich immer, wenn sie kam.

Giordan schickte mir täglich ausgesuchte Witze und machte mir tausend Vorschläge, was wir unternehmen könnten, wenn ich erst wieder gesund war. Er schickte mir Bilder von herrlichen Plätzen und berichtete irgendwann triumphierend, dass seine Orthese endlich ausgedient hatte. „Wollen wir das Ding in den Canyon werfen?", fragte er. „Oder von Montezumas Castle?"

Ooljee suchte und fand mich, nachdem sie mich aufgrund eines „seltsamen Gefühls" mehrfach angerufen und nicht erreicht und bei Connie nachgefragte hatte. Sie brachte mir einen Saft mit, den sie selbst gebraut hatte. Ich trank den Saft und der half ein bisschen, aber erst als Ajei mich in der dritten Woche besuchen kam und mir noch ein Fläschchen mitbrachte, konnte ich tatsächlich sagen, dass es mir besser ging. Gut, ich hatte immer noch einen üblen Geschmack im Mund, war schwach wie ein Säugling, litt unter Stimmungsschwankungen und Hautausschlag, aber – he – sonst war alles wieder im grünen Bereich.

Lennard hatte mehrmals versucht, mich anzurufen. Ich rief nicht zurück. Ich wollte standhaft bleiben. Schließlich schrieb er mir.
„Geht es dir gut? Melde dich. Bitte. Kann ich dich besuchen?"
Ich überlegte hin und her und wieder zurück. Ich kämpfte mit mir. Wieder und wieder. Dann antwortete ich: „Es geht mir besser. Ich werde es überleben. Mach dir keine Sorgen. Ich möchte dich nicht sehen. Bitte melde dich nur wieder, wenn du mir etwas Neues mitzuteilen hast."

Ich wusste, dass er ganz genau wusste, was ich darunter verstand.

***

Nach meiner Genesung kehrte ich am Pfingstmontag ins Hexenhäuschen zurück, immer noch so schwach wie ein Baby. Ooljee hatte mich abgeholt und mich hierhergebracht. Sie ließ mir noch zwei Flaschen ihres Heilsaftes und konkrete Tipps da, was ich in den nächsten Tagen essen sollte, um schnell wieder zu Kräften zu kommen. Ein paar Früchte und Kräuter hatte sie mir mitgebracht. Dazu einen seltsam rauchig schmeckenden Tee. Ich war ihr dankbar.

Connie schrieb mir, dass ich mich melden sollte, wenn ich was brauchte. „Es ist sehr langweilig hier ohne dich. Werd schnell gesund!!!!"

Auch Ajei hatte mir angeboten zu helfen, wenn ich Hilfe brauchen sollte.

Giordan schickte mir weiterhin Witze und muntere Sprüche.

Von Lennard hörte ich nichts mehr.

***

In meiner ersten Nacht zu Hause fuhr ich schweißgebadet aus dem Schlaf hoch und fragte mich, wo ich war. Ich vermisste für einen Augenblick das Flurlicht, was im Krankenhaus immer unter der Zimmertür durchgesickert war. Dann wusste ich wieder, wo ich war, starrte in die Dunkelheit und lauschte dem dumpfen schweren Schlag meines Herzens. In den vergangenen Wochen war es mir so schlecht gegangen, dass ich mit meiner Genesung zu tun gehabt und kaum an Lennard und das letzte Mal mit ihm gedacht hatte. Jetzt hatte ich allerdings von ihm geträumt und die Tatsache, dass ich nasse Wangen hatte, verriet mir mehr, als ich mir jetzt eingestehen wollte.

Jetzt war es Nacht und die Stille, die Einsamkeit um mich herum ließen mich schrumpfen wie eine getrocknete Weintraube. Ich hatte Sehnsucht nach ihm. Ich vermisste seine Nähe, seine Zärtlichkeiten und die Möglichkeiten, die ich mir zumindest immer erträumen konnte, bevor ich den endgültigen Cut hatte vollziehen müssen.

Mein Herz war so schwer, dass ich mich fragte, ob es eine Möglichkeit gab, das arme Ding leichter zu machen. Vielleicht konnte es helfen, Lennard zu sagen, dass ich nicht böse auf ihn war, dass ich ihn verstand. Das könnte einiges an Last von unseren Seelen nehmen und konnte durchaus auf spiritueller Ebene funktionieren. Die Möglichkeiten eines wachen Spirits sind nahezu unbegrenzt. So viel hatte ich inzwischen begriffen. Doch hatte ich auch schon genug Ahnung von der Sache, um so eine Geistreise in Angriff zu nehmen?

Ich dachte nach. Die Toten besuchte der Schamane in der Unterwelt, die überbewussten Aspekte eines Menschen in der oberen Welt. Vielleicht sollte ich versuchen, in der Meditation die Gegenwart nicht zu verlassen. Es konnte nichts passieren. Traum und Seelenreise unterschieden sich nur durch Absicht, Fokus und gezielt eingesetzte Energie. Das hatte Ooljee mir ganz nebenbei erzählt, als wir im Canyon gewandert waren. Sie war eine Lehrmeisterin der Wissenschaft des Spirits für mich geworden, das wurde mir in dieser Nacht klar. Ich lächelte unter Tränen und fühlte mich getröstet. Hatte sie gespürt, dass es mir schlecht ging?

Im nächsten Moment stieg eine Idee aus den Erinnerungen. Zugegeben, es war eine ziemlich irre Idee, aber es war eine Idee, die zumindest niemandem schadete. Darauf hatte Ooljee mich immer wieder hingewiesen: Schade niemandem, auch nicht dir selbst! Und wenn die Idee nicht klappte und am Ende nur eine irre Idee bleiben würde, dann würde niemand davon erfahren. Es war so, dass Ooljee mir schon mehrfach von Energiestrudeln im Umkreis von Sedona erzählt hatte, den sogenannten Vortexes. Wenn es mir gelang, diese anzuzapfen und mir dort Energie zu holen, dann müsste mir einiges gelingen, was sonst unmöglich erschien. Ich wollte uns beiden, Lennard und mir, eine Erinnerung voller Wärme und Leidenschaft kreieren. Eine Erinnerung, die würdig war, die letzte und abschließende zu sein, denn das Letzte, woran wir uns beide erinnerten, durfte kein Meer aus Tränen sein.

Und dann kam mir noch eine ganz andere Idee. Ich würde eine kleine Reise machen. Eine Liebe, die durch so viele Zeiten gegangen war, hatte einfach etwas Besseres verdient.

Bei diesen Gedanken wurde mein Herz leichter, weiter und froh.

Ich schlief sieben traumlose Stunden durch.

***

Da ich nur noch zwei Tage Schonfrist hatte, bevor mein Praktikum weiterging, musste ich das Vorhaben gleich am nächsten Tag in die Tat umsetzen. Das beschloss ich, als ich um kurz nach sieben Uhr morgens die Augen öffnete. Der tiefe Schlaf hatte mich erfrischt. Ich fühlte mich viel, viel besser und die Vorfreude auf mein Tagesziel erfüllte mich mit Kraft und kribbelnder Energie.

Nachdem ich geduscht und mir die Zähne geputzt hatte, nahm ich etwas von Ooljees Saft und rief bei ihr an. Sie fragte mich, ob es mir besser ginge. Ich bejahte und erzählte ihr, dass ich Energie tanken müsste. In diesem Zusammenhang fragte ich, ob ich spontan in ihrem Haus in Supai übernachten durfte. Wenn sie irgendetwas von meinem Vorhaben ahnte, dann schien sie es zu billigen. Sie hatte mir ihren Schlüssel ohne weitere Fragen zugesichert.

Ich mietete mir also ein kleines Auto, holte Ooljees Schlüssel und startete gen Nordwesten. Die Wanderung durch den Canyon war hart, weil ich trotz des Hochgefühls, was die Energie der Weite und mein Vorhaben in mir auslösten, gegen die Schwäche der durchlebten Erkrankung angehen musste. Ich war froh, dass ich mehr als die empfohlenen zwei Liter Wasser mitgenommen hatte, denn als ich am Nachmittag nach der Wanderung vom Hualapai Hilltop in Supai bei Ooljees Haus ankam, waren drei von vier Flaschen leer.

Ich legte meine Sachen ab, aß etwas und machte mich dann, als ich mich ausgeruht hatte, auf den Weg zu den Havasu Falls. Ich wollte dieses Mal nur die Gegend genießen. Mein eigentliches Ziel hatte ich längst erreicht. Ich wartete auf den Abend und genoss den Rest des Tages das Gefühl, frei und an einem der schönsten Orte des Planeten zu sein sowie ganz eigenständig über meine Zeit bestimmen zu können.

***

Die letzten Strahlen der Abendsonne, die in den Canyon reichten, genoss ich vor Ooljees Haus. Das Licht hatte den Canyon sattgestreichelt und sich davongestohlen, als ich meinen Rucksack nahm, die Tür abschloss und mich auf den Weg machte. Der Weg war nicht lang. Der Weg war sogar sehr kurz. Genau genommen ging ich nur einmal halb um das Haus herum zum anderen Eingang. Ich stieg die beiden Stufen zu Lennards zweitem Leben hinauf und schloss die Tür auf. Ich zögerte keinen Moment, schlüpfte in Lennards Wohnung und schloss die Tür hinter mir. Es war dunkel hier drin. Ich ließ die Energie des Raumes auf mich wirken, spürte Lennard mit jeder Faser meines Körpers. Mein Herz ging auf. Ich fühlte mich geborgen und lebendig.

Mit wenigen Schritten erreichte ich die Tür zu seinem Schlafzimmer und öffnete sie.
Ich machte kein Licht an, als ich eintrat. Der kleine Raum lag im Abenddunkel, ich konnte nur schemenhafte Konturen erkennen. Die kurze Distanz zum Bett hinüber war schnell überbrückt. Ich setzte mich hin und zog den Reißverschluss meines Rucksacks auf, holte die Kerze, das Feuerzeug und die Räucherstäbchen nebst Halter heraus.
Dann machte ich das Fenster weit auf, lauschte nach draußen in die von Naturgeräuschen erfüllte Stille und ließ die kühle Abendluft ein. Für einige Minuten saß ich so da und sammelte meine Kräfte. Es war kurz vor Mitternacht. Lennard hatte heute Abend ein Konzert in Austin, Texas, gegeben. Ich hatte das gegoogelt. Austin war Bens Heimatstadt, das hatte ich irgendwann aufgeschnappt. Dieses Konzert sollte inzwischen vorbei sein. Vielleicht hatte Lennard mit den Leuten aus seiner Band im Hotel noch was getrunken. Vielleicht auch nicht. Es spielte keine Rolle. Wichtig war für mich eigentlich nur, dass er schlief. Das konnte ich zwar nicht wissen, aber ich ging davon aus, dass er nach einem Konzert müde sein musste und gegen Mitternacht schlafen würde.

Aus einem Impuls heraus beschloss ich, dass jetzt der richtige Augenblick gekommen war.
Ich machte das Fenster zu, zündete Kerze und Räucherstäbchen an. Das milde gelbe Licht erfüllte den Raum und war mir nach der Dunkelheit für einen Moment lang fast zu grell. Ich schlüpfte in Lennards Bett, legte mich ganz gerade

hin und deckte mich zu. Leela auf dem Plakat gegenüber strahlte mich an. Ihr Blick wirkte im Kerzenlicht geheimnisvoll und sprühend, ihr Lächeln war absolut umwerfend. Einen solchen Blick schenkte eine Frau nur dem Mann, den sie liebte. Ich lächelte zurück und wünschte mir, dass mein Vorhaben klappte.

Dann startete ich auf meinem Handy eine monotone Trommelmusik und konzentrierte mich. Ich stellte mir das Universum vor, dann, wie sich durch all die Galaxien und Nebel unser blauer Planet abzeichnete. Ich zoomte mich näher und näher heran. Ich sah Wolken, darunter Kontinente und Ozeane. Ich fand Amerika und ließ mich fallen. Ich stellte mir Menschen vor und die ureigene Energie, das persönliche Schwingungsmuster jedes einzelnen Menschen, einzigartig wie ein energetischer Fingerabdruck. Ich sah ein weltumspannendes engmaschiges Netz aus leuchtenden Fäden. Ich stellte mir vor, wie ich als kleines Energiefünkchen durch die riesige Matrix raste und nach einer ganz bestimmten Schwingung suchte.
Ich sauste durch die prickelnden, zischenden Energiestränge, ich suchte und sendete und ...

***

... ging auf Empfang. Ich glitt durch die leuchtenden Energieadern, bis ich eine fand, die mehr leuchtete als die anderen, heller war und auf meine Schwingung reagierte. Ich griff danach, hielt mich fest, ließ mich führen und all meine Liebe in den hellen Strang hineinfließen, bis Blitze von diesem zuckten. Und dann ...

... war er da. Er lag hier neben mir in seinem Schlafzimmer in Supai. Lennard. Seine Augen waren geschlossen. Er schlief, aber über seine Lider ging ein Flattern.

Ich küsste ihn sanft auf die Lippen. Er öffnete die Augen, sah das Poster an der Wand im Kerzenschein, fuhr hoch und nahm wahr, dass ich neben ihm lag. Er ließ sich zurückfallen und lächelte.
„Baby", flüsterte er voller Liebe.
Ich küsste ihn wieder.

Er schlang seine Arme um mich und zog mich eng an sich heran. „Baby, es tut mir so leid", flüsterte er zwischen zwei Küssen. „Du kannst dir nicht vorstellen, wie sehr ich dich vermisse. Lass mich dich ..."
Ich legte ihm einen Finger auf die Lippen. „Pst. Nicht sprechen. Nur fühlen. Genießen. Lieben. Mein Traum, meine Regeln. "
Er schwieg. Seine Augen leuchteten.

Und dann öffnete ich mein Herz und ließ all die Liebe, die ich für ihn hatte, fließen, uns einhüllen, uns mitreißen, uns durchströmen. Ich hielt kein Stück von mir zurück. Ich breitete meine Seele vor ihm aus, gab ihm alles und nahm nichts.

Er griff nach mir, ich wich ihm aus. Er wollte sich widersetzen, mich zwingen, ihm die Kontrolle zu überlassen, die Rollen zu tauschen, damit er mich in seinen Bann ziehen konnte. Ich ließ es nicht zu. Mein Traum, meine Regeln. Mein Herz gab den Ton an, meine Lippen den Takt vor, meine Hände sangen die Melodie.

Er kämpfte, ich siegte. Irgendwann ergab er sich und ließ sich fallen. Ich liebte ihn mit aller Zärtlichkeit und Wildheit, die ich in mir fand, schenkte mich ihm, gab mich hin und ließ ihn nicht einen Moment aus meinem Bann.

Mein Traum, meine Regeln.

Dann kam der kleine Tod und die Nacht zersprang in Milliarden Splitter mit allen Schattierungen von Samt und Schwarz.

Ich hörte ihn keuchen, meinen Namen flüstern, ich spürte den Schweiß auf seiner Haut, seine Hände, die sich in mein Haar krallten.
„Leb wohl, mein Liebster", flüsterte ich und ließ das leuchtende Energieband los, was uns über die Ferne miteinander verbunden hatte.
Er war fort.

Unsere Liebe nicht. Sie würde ewig leben.

***

Ich lag im Bett. Mein übervolles Herz klopfte zum Zerspringen. „Ich liebe dich und ich wünsche dir alles Glück der Welt. Bleib stark", flüsterte ich meinem Traum hinterher. Dann blies ich die Kerze aus und schlief auf der Stelle ein.

***

Knapp tausendachthundert Kilometer weiter südöstlich lag Lennard keuchend in einem Hotelbett. Draußen quirlte das Nachtleben einer Studentenstadt, in seinem Inneren verdämmerte der Nachhall eines Erdbebens.
Lennard hatte die Fäuste geballt. Sein Herz ging wie ein Presslufthammer. Er öffnete die Augen und starrte in die diffuse Dunkelheit. Er schwitzte, aber das war nicht der einzige Grund, warum er sofort unter die Dusche musste. Der andere Grund war für einen Mann eigentlich nur in der Pubertät erklärbar. Es war heiß im Raum, weil Lennard die Klimaanlage ausgeschaltet hatte. Er hasste die künstliche Kühle und vor allem die Geräusche. Das Fenster war wegen des Lärms draußen zu, weswegen man die Hitze drinnen kaum ertragen konnte. Aber all das war nicht der Grund, warum Lennard eine diffuse Angst quälte.

Gemeinsam mit ihm waren die Dämonen erwacht, die ihn seit einiger Zeit quälten. Sie brachten Zweifel und das dumpfe Gefühl, die Kontrolle zu verlieren. Und Schmerzen. Lennard krümmte sich zusammen und konzentrierte sich lieber auf den unglaublichen Traum, den er eben gehabt hatte und von dem er sicher war, dass es sich nicht um einen solchen handelte.

„Du bist unglaublich, Baby", flüsterte er und hätte fast gelacht. „Wie hast du das angestellt?"
Dann setzten wieder die Schmerzen ein, die ihn seit Tagen immer wieder plagten, und er fragte sich, ob sich jetzt Lügendämonen mit spitzen Zähnen in seine Eingeweide fraßen. Und plötzlich bekam er die irrationale Angst, dass er niemals die Gelegenheit bekommen würde, das Richtige zu sagen. Oder zu tun.

***

„Als wenn die Leute nichts Besseres zu tun haben, als sich um meine Angelegenheiten zu kümmern. Das ist das Hinterletzte. Ehrlich. Und dann auch noch meine Kinder in ihren Tratsch mit reinzuziehen! Ich würde denen am liebsten meinen Anwalt auf den Hals hetzen. Der hat schon dem A ... meinem Exmann klargemacht, dass man so nicht mit mir umgeht."
Connie war ernsthaft sauer. Ihr Sohn Daniel war gestern in der Schule mit einem Klassenkameraden aneinandergeraten, der im Laufe des sich entwickelnden hitzigen Streites heraustrompetete, dass es kein Wunder war, dass Daniels Vater die Familie verlassen hatte. Daniel sei nämlich „thick as a brick" und seine Mutter sowieso eine Betrügerin, weil sie Daniels Vater „schon immer betrogen hatte mit dem Kollegen". Daraufhin war Daniel völlig ausgerastet und hatte dem Beleidiger eine blutige Nase verpasst.
Connie war von der Schule angerufen worden und prompt losgerast. Ich hatte den Donnerstagnachmittag allein gewuppt.

Heute war Freitag. Connie und ich schielten abwechselnd zur Uhr. Es war kurz vor Feierabend und wir beide waren aus bekannten Gründen (ich, weil ich noch mit den Pfeiffer'schen Nachwehen kämpfte, Connie, weil sie in der letzten Nacht vor lauter Ärger kaum geschlafen hatte) überreif für das Wochenende und voll mit Plänen für den Rest des Tages. Die Hitze draußen lockte mich schon seit Stunden in die Sonne. Ich hatte mir einen hübschen Mini-Wickelrock zugelegt, der heute das erste Mal zum Einsatz gekommen war, und freute mich auf die Heimfahrt mit dem Rad im Sommerfeeling.

Als das Telefon klingelte, rollten wir daher beide mit den Augen. Wer wollte jetzt noch was? Meine Kollegin nahm ab und meldete sich, reichte mir den Hörer aber gleich weiter.
„Ist für dich."
„Für mich?" Ich nahm den Hörer. „Hallo?"
„Hallo Leela. Du bist auf deinem Handy nicht erreichbar, deswegen rufe ich hier an. Ich muss unser Treffen heute leider absagen." Das war Giordan. Wir hatten zusammen essen gehen wollen. Jetzt klang seine Stimme deutlich beunruhigt.

„Mein Vater hatte einen leichten Herzinfarkt. Er ist in der Klinik in Phoenix. Ich muss ihn dort abholen und werde ihn dann nicht alleine lassen."
„He, das ist kein Problem. Wir verschieben das. Kümmere dich um deinen Vater." Beinahe hätte ich noch gesagt: „Er ist alles, was du von deiner Familie noch hast." Der Grund seiner Absage tat mir leid, die Absage selbst nicht ganz so sehr. Ich war eigentlich ganz froh, weil ich ziemlich kaputt von den beiden zurückliegenden Arbeitstagen und meiner Fahrt nach Supai war. Ich würde dann heute einfach chillen und früh schlafen gehen.
„Danke. Ich rufe dich an, okay?"
„Okay. Und alles Gute für deinen Vater."
„Danke."

Connie sah mich fragend an. „Was ist mit dem alten Donovan?"
„Er hatte einen leichten Herzinfarkt", gab ich beunruhigt zurück und ging ins Büro, um mein Handy zu untersuchen. „Hoffentlich kommt er bald wieder auf die Beine. An Schicksalsschlägen hatte die Familie ja nun wirklich genug."
Connie seufzte. „Ja, da hast du recht."

Ich fand mein Handy in der Handtasche. Es war aus. Akku alle. Also kramte ich nach dem Ladekabel. Nebenbei erzählte ich Connie von dem Mann, der Giordan vor ein paar Wochen dann auch noch so dumm von der Seite angemacht hatte.
„Mal ehrlich", ich ging nach vorn, suchte eine Steckdose und steckte den Stecker meines Ladekabels ein. „Da ist die Mutter tot und die Schwester vermisst und dann meint der Kerl tatsächlich, Giordan sollte abwarten, weil sie ihn zur Hochzeit bestimmt noch einlädt. So nach dem Motto: ‚Wenn du heiratest, ist alles wieder gut.' Das ist doch fies, oder was?" Ich verband das Ladekabel mit dem Handy und wartete auf das Akkuzeichen, um es wieder einzuschalten.

„Der Typ hat sicher nicht Haley gemeint", gab Connie zurück, die dabei war, die beiden Rechner runterzufahren. „Wahrscheinlich meinte er die jüngere Schwester. Die ist ..."

Da klingelte wieder das Telefon. Connie nahm ab und hielt mir augenrollend den Hörer hin. „Ich reich weiter. – Ist schon wieder für dich."
Ich nahm ihr, noch ganz perplex von ihrer letzten Aussage, das Telefon ab.
„Hallo?"
„Leela?"
„Ja?"
„Oh. Ein Glück, dass ich dich erreiche." Ajei hörte sich völlig verzweifelt an. „Du musst mir helfen. Bitte. Ich erreiche sonst niemanden. Mum nicht. Lennard nicht."
„Okay. Was kann ich denn für dich tun?"
Ajei schluchzte plötzlich. „Ben ist von meinem Hausdach auf den Balkon gefallen. Ich weiß nicht, wie das passiert ist. Er hat sich irgendwas getan, aber er will nicht, dass ich irgendeinen Notdienst rufe. Er hat Schmerzen. Sein Handydisplay ist kaputt. Ich komme nicht zu ihm. Der Hausmeister ... Ach, Scheiße. Ich weiß nicht, was ich machen soll. Bitte. Du musst Lennard wecken. Er soll mich sofort anrufen und zurückfahren. Ich weiß einfach nicht, was ich machen soll, verdammt noch mal. Wir müssen zu ihm."
Soweit ich wusste, wohnte Ajei in der dritten Etage. Mein Herz stockte. Ich war völlig geschockt. „Ben ist vom ... Dach gefallen und liegt jetzt auf deinem Balkon?"
Connie neben mir riss erschrocken die Augen auf.
„Nein." Ajei schrie fast. „Das ist es ja. Er ist auf dem Nachbarbalkon. Ich komme nicht an ihn ran. Und er sagt, er kann nicht aufstehen. Sein Bein macht nicht mit. Und er hat Kopfschmerzen. Außerdem will er nicht, dass ich die Feuerwehr rufe. Oder sonstwen. Er will, dass Lennard kommt."

***

Ich hatte Lennard (abgesehen von meinem Klartraum vor ein paar Nächten) vier Wochen lang nicht gesehen. Und jetzt raste ich mit Connie zu ihm hin, um ihn aus dem Bett zu holen, weil seine Schwester Panik schob, da Lennards Gitarrist offensichtlich versucht hatte, fliegen zu lernen, und auf dem falschen Bein gelandet war.

Unterwegs telefonierte ich mit Ajei, um ihr das Gefühl zu geben, nicht allein zu sein. „Ich bin auf dem Weg zu Lennard. Warum um alles in der Welt ist Ben denn auf dein Dach geklettert? Was hat er da gewollt? Und ist er immer noch ansprechbar?"
„Ja. Wenn er nicht gerade vor Schmerzen stöhnt, dann spricht er mit mir. Ich habe keine Ahnung, wie er auf die blöde Idee gekommen ist, auf mein Dach zu klettern. Er ist heute mit Lennard in Phoenix gelandet, hat mich nach der Arbeit abgefangen und wollte reden. Ich nicht. Ich habe ihn nicht ins Haus gelassen und gesagt, dass er verschwinden soll. Und jetzt tut mir das alles so leid."
„Sag ihm, dass Lennard kommt. Ich hoffe, ich kriege ihn schnell wach."
Ben wollte also einfach nur mit ihr reden und hatte sich nicht abwimmeln lassen. Er war auf das Hausdach geklettert. Mal ehrlich, wenn die ganze Sache nicht so furchtbar idiotisch und vor allem gefährlich gewesen wäre, dann hätte ich das wirklich süß, heroisch und total einfallsreich gefunden.

Connie ließ mich an der Straße raus und meinte, sie würde ein paar Minuten warten, bis ich meine Mission erfüllt hatte, und mich dann nach Hause bringen.

Ich rannte durch Lennards Garten nach hinten, klingelte und klopfte. Mein Herz pochte.
Es dauerte drei Minuten, dann riss Lennard die Tür auf. Er trug nur Shorts. Sein Gesicht war müde und finster, bis er mich sah. Dann wurde seine Miene hell und er sagte ganz weich: „Baby, hast du genug vom Träumen?"
Er machte einen Schritt auf mich zu und streckte die Arme aus. Ich durfte ihn keine Sekunde lang über den wahren Grund meines Kommens im Unklaren lassen. Also ging ich nicht auf seine Anspielung ein und sagte in nüchternem Stakkato: „Du musst sofort Ajei anrufen. Sie hat mich kontaktiert, weil sie dich nicht erreichen konnte. Es ist etwas passiert. Ben ist von ihrem Dach gefallen und liegt jetzt bei Ajei auf dem Nachbarbalkon. Sie kommt nicht an ihn ran, aber er ist verletzt. Er spricht, kann aber nicht aufstehen. Es ist irgendwas mit seinem Bein.

Du musst nach Phoenix fahren. Sein Handydisplay ist auch kaputt. Er kann nicht telefonieren, weil er nichts sieht."
„Hä – was? Ben?" Lennard guckte erst verwirrt, dann erschrocken, dann drehte er ab, um sein Handy zu suchen. Das gute Stück hing an einem Ladekabel in der Stube. Er musste es erst einschalten. Ich hörte ihn fluchen. Offensichtlich war heute Tag des leeren Akkus.

Ich war nicht eingetreten und wartete nur noch darauf, dass Lennard mich wieder ansah, damit ich mich mit einem knappen Gruß verabschieden konnte.
„Ajei?" Lennard kam wieder in den Flur und sah sich suchend um. Ich hörte Ajei bis nach draußen weinen. Sie war völlig aufgelöst. „Wir fahren sofort los." Er schmiss das Handy auf die Couch und rannte die Treppe nach oben.
Wir? Das war sicher ein Witz.

Keine Minute später stand er mit Jogginghose und Shirt wieder unten und zog sich die Schuhe an. Dabei fluchte er: „Ich fasse es nicht. Ben ist vom Dach geflogen. Bei Ajei zu Hause. Warum, verdammt noch mal, macht er so einen Scheiß!? Wie kann man so dämlich sein?"
Lennard war wütend.
Ich versuchte, ihn mit Ruhe ein bisschen runterzufahren. „Er wollte halt mit ihr reden. Sie hat ihn nicht reingelassen. Es war ihm aber wichtig, mit ihr zu reden, und deswegen ..."
Lennard winkte ab. „Nein. Er wollte nicht ‚einfach nur mit ihr reden', Leela. Er wollte meiner Schwester beweisen, dass er kein Feigling ist, weil er meint, dass sie das von ihm denkt."
Ich schnaubte. „Indem Ben ihr aufs Dach steigt? Das ist in erster Linie völlig idiotisch."
Er nickte. „Allerdings. Was die Sache nämlich noch viel idiotischer macht, ist, dass Ben tatsächlich wahnsinnige Höhenangst hat. Er muss jedes Mal irgendein Beruhigungsmittel nehmen, bevor er ins Flugzeug steigt, und demnach völlig bekloppt sein, ausgerechnet so einen Scheiß zu versuchen, um meine Schwester zu beeindrucken."

„Oh!", machte ich. „Na ja, ich hoffe, es kommt alles in Ordnung. Ich werde dann mal ..."
Lennard drückte mir seinen Autoschlüssel in die Hand. „Du fährst."
Ich guckte verdattert auf den Schlüssel. „Ich fahre? Wieso? Was soll ich dabei?"
Lennard war schon draußen. „Du fährst. Ich bin seit heute Morgen um vier Uhr unterwegs und hatte vorher dreieinhalb Stunden Schlaf, Baby. Ich bin total am Ende. Reicht, dass Ben Scheiße gebaut hat. Da muss ich nicht auch noch auf der Interstate Kreisel spielen. - Komm schon. Wir haben keine Zeit zum Trödeln."

Ich hupte Connie im Vorüberfahren zu und winkte zum Abschied. Sie guckte verwirrt und hob die Schultern, aber die Situation konnte ich jetzt nicht klären. Ich brauchte meine volle Aufmerksamkeit zum Fahren. Die ersten paar Kilometer fuhr ich auf Lennards Handzeichen, da er mit seiner Schwester telefonierte, während diese auf ihrem Balkon stand und mit Ben Kontakt hielt. Als er auflegte, schüttelte er den Kopf und stöhnte.
„Manchmal frage ich mich, was ich verbrochen habe, um immer wieder in so einen Wahnsinn zu geraten. Und ich frage mich, was mit meiner Schwester los ist. Sie wollte ernsthaft diesen Typen, diesen Daniel, der letztens mit bei mir auf der Party war, holen, damit er Ben zu ihr rüberzerrt. Dabei hat Ben schon damals völlig freigedreht. Und jetzt hat er gesagt, wenn sie mit dem Kerl ankommt, dann hievt er sich über die Brüstung und versucht, einbeinig an der Regenrinne runterzuklettern."
Ich verdrehte die Augen. „Vielleicht solltet ihr doch einfach den Notdienst rufen. Er kann ja nicht ewig da rumliegen. Was, wenn er sich am Kopf verletzt hat?" Ich war deswegen schon die ganze Zeit sehr beunruhigt.
Lennard schüttelte den Kopf. „Er sagt, sein Kopf ist soweit in Ordnung, nur das Bein ist wahrscheinlich gebrochen. Er kann es nicht bewegen, weil es höllisch weh tut und geschwollen ist. Er hat es knacken gehört, als er aufgeprallt ist. Wenn die Feuerwehr und die Polizei anrücken, dann wird die Sache so teuer, dass wir ein Jahr lang jeden Tag ein Konzert mit den RedRoxX geben müssen, damit Ben diesen beschissenen Einsatz bezahlen kann."

Ach du Heimatland. Ich konnte nur hoffen, dass Bens Fernanamnese tatsächlich richtig und sein Kopf in Ordnung war. Die Angst verlieh mir Flügel. Ich fuhr sehr schnell.

***

Zwei Stunden später ...

„Wenn ich zurückkomme, dann reden wir beide, das schwöre ich", brachte Ben gerade noch zwischen den Zähnen hervor, während er, gestützt auf mich und Lennard, mit schmerzverzerrtem Gesicht in Richtung Eingangstür hüpfte.
„Wehe, du bist nicht hier."
Ajei sagte nichts. Sie hatte ihr undurchdringliches Indianergesicht aufgesetzt.

Rekapitulierend hatte Ben stundenlang auf Ajei gewartet und war ihr von der Arbeit bis nach Hause gefolgt, aber Lennards Schwester war vehement dagegen gewesen, mit ihm zu sprechen. Er hatte sie angerufen, mit dem Resultat, dass sie ihr Telefon ausschaltete. Ben war daraufhin total verzweifelt, wollte aber nicht das Handtuch werfen und noch weniger seinen Status als best friend ever kampflos aufgeben. Ajeis Dachgeschosswohnung hatte einen Balkon, das Dach des Hauses war relativ flach. So war Ben auf die aberwitzige Idee gekommen, über eine Dachluke auf dem First in Richtung von Ajeis Balkon zu rutschen und sich dort abrollen zu lassen. Von unten war allerdings nicht zu sehen gewesen, dass der Balkon für zwei Wohnungen gedacht und daher in der Mitte durch eine gemauerte Wand geteilt war. Ben landete auf der falschen Seite. Zu seinem Pech befanden sich die Wohnungsinhaber auf einer längeren Europareise und wurden erst in zweieinhalb Wochen zurückerwartet. Mit dem Hausmeister hatte Ajei Stress, da sie sich nicht so für ihn interessierte wie er sich für sie. Und weil der Kerl kleinlich und nachtragend war, wartete er schon lange auf eine günstige Gelegenheit, um ihr zu zeigen, wer am längeren Hebel saß.

Ich hatte mit knapp unter zwei Stunden wahrscheinlich einen neuen Zeitrekord von Sedona nach Phoenix aufgestellt. Lennard war die Hälfte der Zeit mit Ajei oder Ben an Ajeis Festnetztelefon verbunden gewesen und hatte seiner Schwester verschiedene Instruktionen gegeben. In der Zwischenzeit lagen eine Leiter und ein Seil bereit, und Ben hatte etwas zu trinken bekommen. Als ich die örtlichen Gegebenheiten sah, bekam ich weiche Knie, denn mir wurde klar, dass Ben trotz Beinverletzung und kaputtem Handy verdammt viel Glück gehabt hatte, nicht auf der angeschrägten Trennmauer gelandet, abgeprallt und in der Folge drei Stockwerke tief gefallen zu sein.

Lennard hatte ihn schließlich mit Leiter und Seil auf Ajeis Wohnungsseite bugsieren können. Ich sah mir zuerst seine Augen genau an. Seine Pupillen waren gleich groß und reagierten völlig normal auf Licht. An seinem Schädel war eine heftige Beule, aber keine Stufe im Knochen. „Das sieht erstmal gut aus, aber vielleicht ist es besser, eine Computertomographie durchführen zu lassen." Das wäre das normale Prozedere nach so einem Sturz. „Und mit dem Bein musst du sowieso zum Röntgen ins Krankenhaus. Das ist gebrochen. Das muss richtig beurteilt und dann adäquat behandelt werden."

Wir bugsierten den Verletzten in den Audi, was nicht ohne Schmerzensschreie abging. Dann fuhren Lennard und Ben, der vorher die genannten Drohungen ausgesprochen hatte, zum Krankenhaus. Eine völlig aufgelöste Ajei und ich blieben zurück.

„Ich weiß nicht, was der Kerl sich denkt. Die werden ihn doch sowieso im Krankenhaus behalten", sagte Ajei völlig aufgelöst, während wir alle Spuren der Rettungsaktion beseitigten. „Außerdem will ich immer noch nicht mit ihm reden."

Sie bestellte Essen bei einem Pizzaservice, obwohl wir keinen Hunger hatten.

„Die können ihn nur dabehalten, wenn er das will", gab ich zu bedenken und bezweifelte, dass sich Ben von den Ärzten in einem Bett halten ließ. Dafür würden sie ihn sedieren und fesseln müssen. Er war auf ein Dach geklettert, um mit der Frau zu sprechen, die er liebte. Da würde ihn ein gebrochenes Bein nicht davon abhalten, wieder hierherzukommen.

„Er wird nicht dortbleiben wollen", fuhr Ajei etwas beunruhigt fort.

„Nein", gab ich ihr recht und sah sie mitleidig an. Die Konfrontation würde also kommen.

„Was soll ich ihm denn sagen?" Sie schaute verwirrt aus.

Ich zuckte mit den Schultern. „Gar nichts. Lass ihn doch anfangen. Er wollte schließlich mit dir reden."

Sie rieb sich über die Nasenwurzel. „Er hat mir so weh getan. Ich hatte mir vorgenommen, in der nächsten Zeit jeden Kontakt mit ihm zu meiden. Ich habe ihn mehrmals weggeschickt. Und dann ist er hier aufs Dach geklettert."
Ich lachte zittrig. „Ja. Dann ist er dir aufs Dach gestiegen."
Sie sah mich an und sagte ruhig: „Er hätte bei diesem Unsinn abstürzen können."
Trotz der äußerlichen Ruhe konnte ich in ihren Augen sehen, wie sehr die Vorstellung sie erschreckte, und nickte. „Ja. Er hätte durchaus abstürzen und ... sich schrecklich verletzen können." Alle anderen Optionen wollte ich nicht einmal denken.

Sie schüttelte den Kopf und malträtierte gleichzeitig ein Sofakissen. „Er ist komplett verrückt."
Ich musste ihr widersprechen. „Nein. Er ist komplett verzweifelt. Und wenn er verrückt ist, dann in jedem Fall nach dir."
Sie starrte mich mit weit aufgerissenen Augen an und flüsterte: „Leela? Er hätte heute wirklich sterben können. Das kann er mir doch nicht antun."
Ich ging zu ihr hin und nahm sie in die Arme. Da klammerte sie sich an mir fest und fing an zu weinen.

***

Als Lennard drei Stunden später bei ihr anrief, war es mitten in der Nacht. Ajei hatte sich wieder beruhigt und halbwegs zu ihrem üblichen stoischen indianischen Gemütskostüm zurückgefunden.
Er sagte: „Wir haben jetzt dreieinhalb Stunden in dieser Klinik verbracht, wo es in der Notaufnahme nur einen Snackautomaten mit widerlichem Zeug gab. Die Cafeteria war auf einem anderen Stern. Bin in fünfzehn Minuten da, todmüde und am Verhungern. Solche Aktionen machen mich fix und fertig."
Sie fragte: „Ist Ben bei dir?"
„Ja. Leider", war die Antwort. „Und er ist beschissen drauf."
Dann legte er auf und wir hatten noch vierzehn Minuten Zeit, um zu überlegen, ob wir bei der bestehenden Aussicht, dass ein hungriger sowie ein wütender und verletzter Mann im Anflug waren, einfach nach Alaska flüchten sollten. Etwas zum Essen stand in der Küche und würde sie vom Verfolgen abhalten. Aber wir blieben hier und warteten.

„Beschissen drauf", sagte Ajei und ich hörte einen Hauch von Trotz in ihrer Stimme. „Der hat keinen Grund, beschissen drauf zu sein. Hunger ist okay. Aber Beschissen-drauf-sein nicht. Ich habe Ben weder gebeten, hierherzukommen, noch, auf dieses blöde Dach zu klettern. Er sollte mich in Ruhe lassen und weggehen."
„Er liebt dich", sagte ich sanft.
Sie blickte über die Balkonbrüstung in den Himmel und nippte an ihrem Tee. „Dann hätte er aktiv werden müssen, als er eine Chance hatte und ich seine Zurückhaltung noch niedlich und irgendwie bewundernswert fand. Aber alles hat ein Maß."
„Wirst du mit ihm reden?"
Sie seufzte. „Komme ich drum herum?"
In Anbetracht der Tatsache, dass Lennard eben unten auf dem Parkplatz vorgefahren war und die beiden Männer gleich einen gipstechnischen Hindernisparkour im Treppenhaus absolvieren würden, war die Frage obligatorisch.

Schließlich standen wir allesamt in Ajeis quadratischem Flur, Ben auf Krücken mit Gipsbein, Lennard und Ajei mit verschränkten Armen auf verschiedenen Seiten und ich wie ein Schiedsrichter in der Mitte der Arena in Habachtstellung, um kurzfristig negative Energien zu transformieren, bevor ein Krieg ausbrach.

Ben sah, abgesehen von seinem Gips, der ihn lähmte, insgesamt ziemlich ramponiert aus. Er hatte eine Schramme auf der linken Wange und Schürfwunden an den Händen. Außerdem wies sein Outfit eine gewisse Unvollständigkeit auf. Er trug nur eine Unterhose. Seine Jeans hatte er über der Schulter hängen.

Er brach das Schweigen nach einer Minute des kurzen Luftholens. Der einbeinige Treppenmarathon forderte seinen Tribut.
„Um eins klarzustellen, Ajei, ich bin nicht feige“, sagte er dann mit Nachdruck.
Ajei zuckte mit den Schultern und schwieg.
„Ich liebe dich“, sagte er dann. „Du musst nicht bockig sein.“
Ajei zuckte wieder mit den Schultern. „Zu spät. Und ich bin nicht bockig.“
„Doch.“ Ben schüttelte den Kopf. „Quatsch. Nein. Es ist überhaupt nicht zu spät, auch wenn du bockig bist. Ich liebe dich nicht nur, ich bin verrückt nach dir.“
Ajei zuckte wieder mit den Schultern. „Zu spät.“
Ben hüpfte näher zu ihr heran.
Ajei hob den Kopf und streckte die Arme vor. „Bleib weg.“
„Du liebst mich auch“, sagte Ben ruhig.
„Das war vielleicht mal“, sagte Ajei.
Lennard sah mich an und verdrehte die Augen. Ich musste mir ein Grinsen verkneifen.
„Nein“, sagte Ben, aber ich meinte, einen Hauch Unsicherheit in seiner Stimme zu hören.
„Doch“, sagte Ajei und drückte sich von der Wand ab, an der sie gelehnt hatte. „Vorbei. Du hast zu lange gewartet. Und wenn du meinst, dass eine so sinnlose Aktion, bei der du dich hättest umbringen können, meine Meinung ändert, dann hast du dich getäuscht. Im Gegenteil. Ich bin wütend. Das Ganze war extrem

leichtsinnig und völlig unnötig."

Ben warf Lennard einen verzweifelten Blick zu. Lennard zuckte mit den Schultern und rückte näher zu mir. Vielleicht wollte er mich als Schild benutzen, wenn es brenzlig wurde.
„Du kannst ihn wieder mitnehmen und ins Krankenhaus bringen, Bruderherz. Da gehört er nämlich hin. Jemand sollte unbedingt nochmal seinen Kopf untersuchen. Damit stimmt was nicht", sagte Ajei nachdrücklich und wollte den Raum verlassen.
Ich bibberte innerlich und dachte: ‚Jetzt, Ben, jetzt. Wenn du sie jetzt gehen lässt, dann hast du endgültig verloren.'
Es klapperte, als eine von Bens Krücken zu Boden fiel.
„Wir gehen beide nirgendwohin. Du nicht. Ich nicht", sagte Ben. Er hatte Ajeis Hand gegriffen und zog sie langsam zu sich heran. „Ich liebe dich und ich weiß, dass du mich auch liebst. Fakt. Erinnerst du dich, dass du mich mal gefragt hast, was mein größter Wunsch ist? Ich habe dir damals geantwortet, dass ich mir wünsche, dass du glücklich wirst. Und das hast du völlig falsch verstanden."
Ajei versuchte, ihre Hand wegzuziehen. „Nein. Ich habe das komplett richtig verstanden, denn der Abend, an dem du mir das geschrieben hast, wurde ein paar Tage später in der Zeitung ausgeführt. Wenn ich mich richtig erinnere, war ein Foto von dir dabei. Du warst nicht allein drauf."

Ben lachte deprimiert. „Ja, ich weiß, dass wir beide über diesen Abend gestolpert sind. Du bist stinkwütend auf mich, auch wenn ich dir erklärt habe, dass mit der Frau nichts war. Und das stimmt auch. Seit ich dich kenne, lebe ich wie ein verdammter Eunuch. Aber ich will mich deswegen nicht beschweren. An diesem Elend bin ich schuld, weil ich ein Riesenfeigling bin. Ich hätte dir schon lange, aber ganz sicher spätestens an diesem besagten Abend die ganze und richtige Antwort geben müssen. Ich hätte dir antworten müssen, dass das, was ich mir am meisten wünsche, ist, dass du glücklich wirst, Ajei, aber nicht mit irgendwem oder irgendwo, weil ich mir am allermeisten wünsche, dass du mit mir glücklich wirst. Und das ist die Wahrheit. Ich liebe dich, seit ich dich zum ersten Mal gesehen habe. Du hast mich umgehauen. Ich habe dich gesehen und zack – das war's. Seitdem bin ich immer bei dir. Nur bei dir. Jeder Gedanke gehört dir. Ich habe noch nie jemanden so sehr geliebt wie dich und ich werde nie mehr jemanden so lieben wie dich. Du bist alles, was ich mir wünsche. Alles. So. Jetzt weißt du das und nun mach damit, was du willst." Das klang zwar endgültig, aber er ließ sie nicht los.

Sie sahen sich an. Dann blickte Ajei auf ihre und Bens verschlungenen Finger, legte die rechte Hand obendrauf und seufzte. „Tja, Ben Elliot, so hast du über ein Jahr unseres Lebens verschwendet und gezweifelt, während ich mir die ganze Zeit gewünscht habe, dass du nur ein einziges Mal den Mut aufbringst, wie ein Mann in die Zukunft zu schauen."
Im nächsten Moment fiel auch die zweite Krücke klappernd zu Boden. Ben fasste Lennards Schwester um die Taille und zog sie zu sich heran. Sie wehrte sich nicht mehr.
Ben wollte Ajei einen Kuss auf die Lippen drücken, hielt dann aber plötzlich inne und drehte seinen Kopf zu Lennard. „Sorry, Alter", sagte er rau. „Ich weiß, dass in der Band alle Frauen und Familien und so weiter tabu sind. Aber deine Schwester ist für mich das Wichtigste auf der Welt. Du kannst mich kicken, weil ich mit ihr rummache. Ist mir egal. Ich hab noch nie was so sehr gewollt wie sie."
Und dann war es Ajei, die seinen Kopf packte und seine Lippen wieder auf ihre zog. Der folgende Kuss war so wild und gefühlvoll, dass ich mir sicher war, irgendwo im Universum ging gerade ein Stern auf, groß und hell.

Herrgott, war das süß. Ich hatte Tränen in den Augen, aber gleichzeitig das Gefühl, dass wir ziemlich schnell von hier verschwinden sollten. Die beiden brauchten jetzt keine anderen Menschen, sondern dringend jede Menge Zweisamkeit. Sie mussten nach der langen Zeit des platonischen Schmachtens sehr, sehr ausgehungert sein. Ich konnte nachfühlen, wie das war.
Lennard hatte wohl die gleichen Gedanken. Er legte den Arm um meine Taille, zog mich zur Tür und flüsterte: „Mission erfüllt. Wir sind raus. Komm."

***

Ajei und Ben hatten wahrscheinlich nur am Rand registriert, dass wir gegangen waren. Das Letzte, was ich sah, war, wie sie sich küssten, während Ben mit seinem Shirt rangelte und Ajei ihre Finger hinten über seiner nackten Taille verschränkte.
„Das hat ja auch echt lange gedauert. Dachte schon, der Idiot kriegt das nie mehr auf die Reihe", fasste Lennard treffend zusammen, als er die Tür von Ajeis Wohnung hinter uns zuzog.
„Und? Hat sie deinen Segen?", fragte ich neugierig.
„Meinen Segen? Darauf hat Ajei noch nie was gegeben. Sie macht sowieso nur das, was sie will. Und von mir lässt sie sich gleich gar nichts sagen."
Wir gingen die Treppe hinunter.
„Sie wirkt immer so sanft und verletzlich", dachte ich laut. „Habe bisher selten die Miss Kamikaze gesehen, die du früher mal beschrieben hast."
Lennard lachte hinter mir. „Sanft und verletzlich? Ja. Klar. Sie ist quasi ein Lamm. Mit Stahlwolle und Eisen in den Knochen. Wenn ich wirklich ein Wolf wäre, dann würden mir die Zähne rausfallen, wenn ich auf die blöde Idee käme, meiner Schwester an die Kehle zu gehen."
Ich kicherte. „Zum Glück musst du das nicht."
„Und wenn, dann müsste ich jetzt auch noch an Ben vorbei", knurrte Lennard. „Na ja, bis Sonntag hat er Schonfrist. Und ich brauche jetzt einen Gitarrenstuhl, auf den er mit seinem Gipsbein klettern kann. Sonst müssen wir die nächsten Konzerte absagen, was beschissen wäre. By the way – ich kann ihn nicht mal anrufen, weil sein Handy kaputt ist."
„Ich glaube, du brauchst keinen von beiden anrufen", gab ich ihm recht und lachte. „Sie werden nicht rangehen. Du könntest höchstens den Pizzaservice vorbeischicken, damit sie nicht verhungern. Die werden garantiert das Essen vergessen." Dann fiel mir ein, dass wir vorhin schon Pizza bestellt hatten. „Vergiss es. Sie werden überleben. Luft und Liebe und so."
„Luft, Liebe und Pizza und ich habe immer noch Hunger", murmelte Lennard erschöpft. Der Blick, mit dem er mich ansah, wirkte allerdings nicht ausgehungert, sondern eher verletzlich.
Ich konnte mir denken, was ihm zu schaffen machte, und ging daher nicht weiter

darauf ein. Zwischen uns war seit unserem letzten richtigen Treffen einiges passiert und noch viel mehr unausgesprochen geblieben. Wenn es nach mir ging, dann würde das auch so bleiben. Mit gemischten Gefühlen folgte ich ihm in ein Lokal seiner Wahl.

Aber ich sollte nicht drumrum kommen.
„Baby, wegen der Sache letztens", fing Lennard sofort und unverblümt an, nachdem wir uns in eine versteckte Nische gequetscht und bestellt hatten.
Ich schüttelte den Kopf. „Bitte, lass uns nicht darüber reden. Ich hab das auch so verstanden."
Lennard schüttelte den Kopf. „Nein. Wir müssen darüber reden."
„Müssen wir nicht", widersprach ich heftig. „Da gibt es nichts zu sagen. Alles geklärt." Und das stimmte. Ich hatte die Wogen in Supai geglättet.
„Da ist gar nichts geklärt. Auch wenn du nicht willst, ICH muss drüber reden. Ich habe die Beherrschung verloren und bin wie ein Tier über dich hergefallen. Dafür gibt es keine Entschuldigung."
Himmel, warum konnte er nicht einfach respektieren, dass ich nicht darüber reden wollte? Wir sollten das vergessen und jetzt nur freundschaftlich miteinander umgehen. Da brauchte man keinen tieferen Sinn zu hinterfragen. Sicher war das schwer, weil halt mehr zwischen uns schwang als nur Kumpelei, aber wir waren doch erwachsen. Das sollten wir hinbekommen. Wir hatten uns im Griff, also zumindest ich.

Lennard sah mich so zerknirscht und lieb an, dass alle guten Vorsätze spontan wie Heliumballons davonflogen. Da ich ihn am liebsten ganz fest in meine Arme genommen hätte, verschränkte ich diese lieber vor meiner Brust und lehnte mich zurück. „Okay. Dann hast du die Beherrschung verloren. Das passiert den meisten Leuten mal und ..."
Er fiel mir ins Wort. „Ein Mann sollte sich im Griff haben."
Ich zog eine Grimasse. „Ja. Toll. Und was nun? Willst du dich dein Leben lang dafür schämen? Soll ich dir die Absolution geben? Dich bestrafen? Einen Psychologen auf dich hetzen? Einen Anwalt? Was hättest du gern?"

Mein Gegenüber kniff die Augen zusammen. „Es gibt keinen Grund, sarkastisch zu werden, Leela. Ich habe mich benommen wie ein Berserker und möchte dir sagen, dass mir das leidtut. Es war beschissen. Sowas kommt garantiert nicht wieder vor."
Er griff nach meiner Hand. Ich schluckte, zog meine Hand weg und nahm dem Kellner, der uns gerade die Getränke brachte, mein Glas ab, ehe er es hinstellen konnte. „Ja. Gut. Entschuldigung angenommen. Du hast versprochen, dass das nicht wieder vorkommt. Alles klar. Ich schlage dich zum Ritter, aber leg dich nicht mit Windmühlen an. – Können wir jetzt über was anderes reden?" Dann trank ich das Glas in einem Zug halb leer.

Lennard lehnte sich zurück. Er war nicht zufrieden mit dem Gesprächsverlauf, aber er respektierte für den Moment meinen Wunsch und wechselte das Thema. Bis das Essen kam, unterhielten wir uns ganz unverfänglich über Konzerte, Ärzte, Ben und Ajei und das Wetter.
Nach dem Essen wurde die Konversation aber wieder um einiges brisanter, denn als Lennard sein Essen verputzt und den Teller weggeschoben hatte, lehnte er sich vor und nahm mich in seinen Klammerblick. Er machte nun zwar einen satten, aber keinen richtig zufriedenen Eindruck. Ich war sofort auf der Hut. Was kam jetzt?

„Da ist noch was. Das Thema gefällt dir vielleicht besser. Ich hatte letztens einen interessanten Traum", sagte er. „Dieser Traum war unheimlich intensiv, regelrecht authentisch." Sein Blick war jetzt auch unheimlich intensiv. So intensiv, dass ich rote Ohren bekam.
„Oha. Was ... hast du denn geträumt?" Ich befürchtete, dass der thematische Weg, den wir jetzt einschlugen, erneut in eine sehr heikle Richtung ging. Er führte sozusagen direkt an den Rand eines rauchenden Vulkans, dem zeitnah ein Ausbruch vorhergesagt worden war.
Lennard lehnte sich entspannt zurück und genoss meine Verlegenheit. „Ich habe von dir geträumt, Baby, aber das hast du dir sicher gedacht, oder? Wir waren allein an einem Ort, an dem ich dich nicht mal ... im Traum ... vermutet hätte."

„Ach ja? Nicht?“, fragte ich und tat gänzlich unwissend und wenig interessiert. „Wo war ich denn? Auf dem Weg zum Popocatepetl?“ Ich kam gedanklich nicht von der Idee eines feuerspuckenden Berges weg, an dessen Rand wir tanzten. Lennard grinste. „Nein. Du warst an einem ganz privaten Ort, der mir gehört. Er liegt mitten im Nirgendwo und ich habe mich gefragt, wie du es geschafft hast, dort hinzukommen. Woher du den Schlüssel hattest, das weiß ich inzwischen. Ich habe mit meiner Mutter gesprochen.“ Sein brennender Blick setzte meine arg strapazierten Nerven so sehr unter Strom, dass sie nur noch hilflos flattern konnten. Ich lächelte vage und nippte verlegen an einem längst leeren Glas. Ich konnte mich gar nicht erinnern, es ausgetrunken zu haben.
„Möchtest du noch was?“, fragte der Herr meiner vibrierenden Nerven belustigt.
„Nein, danke. Alles gut“, gab ich zurück und stellte das Glas mit Nachdruck hin.

Lennard beugte sich über den Tisch, griff nach meiner Hand und verschränkte seine Finger mit meinen. „Wir waren ganz alleine dort. Und du hast Sachen mit mir gemacht, von denen die meisten Männer sich nicht mal trauen zu träumen.“
Ich räusperte mich und lachte gekünstelt. „Tja, du hast ja schon gesagt, dass es ein Traum war. Vielleicht bist du in der Pubertät. Da kann man schon mal wild phantasieren. Gerade nachts.“
Er sah mich nur an und zog die rechte Braue hoch, während sein Daumen hypnotisch über meinen Handballen strich. Das Energiefeld zwischen uns hätte locker ausgereicht, um eine mittlere Kleinstadt für vierundzwanzig Stunden mit Strom zu versorgen.
„Phantasieren? Auf jeden Fall. Das war der absolute Hammer, Baby“, flüsterte Lennard und grinste. „Du hast tolle Dinge mit deinem Mund angestellt und ...“
„Lennard!!“, keuchte ich panisch. „Sei still!“ Mein Herz klopfte bis zum Hals. Aber er ließ es sich nicht nehmen, mir ganz genau zu erzählen, was ich in dieser Nacht alles mit ihm angestellt hatte. Auf sein Gedächtnis war definitiv Verlass. Er hatte nichts vergessen.
Ich machte immerzu „Pscht“, meine freie Hand krallte sich in die Tischplatte, aber er hörte nicht auf. Am Ende klang seine Stimme etwas heiser und meine Ohren waren längst nicht mehr alles, was rot und heiß war.

Lennard holte tief Luft und drückte meine Hand, bevor er sie losließ. „Und soll ich dir mal was sagen? Ich glaube, ich hätte dir das gar nicht erzählen müssen. Du kannst dich bestimmt selber ganz gut daran erinnern. Wir haben nämlich genau das Gleiche geträumt. Und deswegen bin ich dir jetzt doppelt was schuldig." Im gleichen Augenblick stand er auf, zog seine Geldbörse heraus und schmiss ein paar Scheine auf den Tisch.
Ich saß da wie paralysiert, mein Körper war eine Fackel. Ich brannte derart lichterloh, dass ich nicht aufstehen konnte, weil ich Angst hatte, dass meine Beine versagten. Lennard grinste, packte meine Hand und zog mich mit sich zu seinem Auto.

Wir fuhren aus der Stadt heraus und sagten kein Wort. Lennard hielt wieder meine Hand fest, unsere Finger waren miteinander verschmolzen. Wir tauschten Blicke, an denen sich nasse Wäsche spontan entzündet hätte. Jede Zelle meines Körpers kribbelte und prickelte.
Wir sprachen wenig. Es fielen nur ein paar belanglose Sätze. Viel interessanter war all das, was ungesagt blieb.

Auf der Interstate war nicht viel los. Irgendwann, wir waren kaum aus der Metropolregion von Phoenix heraus, gab Lennard auf. Er sagte: „Verdammt", und lenkte den Wagen kurz entschlossen in einem spontanen Manöver auf die Ausfahrt New River, fuhr von der Autobahn herunter und bog auf die nächste dunkle Straße nach links ab. Dort setzte er den Warnblinker und ließ seinen Wagen am Randstreifen ausrollen. Wir sahen uns an, während er die Handbremse antippte und sich vom Gurt befreite. Dann beugte er sich zu mir, legte eine Hand hinter meinen Kopf und zog mich zu sich rüber. Verdammt. Enthaltsamkeit zu üben, kostete viel mehr Kraft als das Nachgeben. Ich verlor, seufzte, schloss meine Augen, und wehrte mich nicht. Küssen konnten zumindest eine milde Linderung sein, wenn man das Gefühl hatte, innerlich zu verbrennen. Aber wirklich nur eine Linderung, nicht mehr. Denn die Küsse, so intensiv und wild sie auch waren, reichten bei Weitem nicht aus, um das tiefe und elementare Bedürfnis nach Nähe zu stillen. Verdammt. Wir waren beide unendlich frustriert, konnten aber nicht mit der Knutscherei aufhören, obwohl die Situation dadurch kaum besser wurde. Die äußeren Umstände erlaubten nur wildes Gefummel. Ich hätte vor Frustration schreien können.

Lennard riss seine Lippen von meinem Mund und sah mich an. Sein Blick brannte.
„Zu mir oder zu dir?"
Ich brauchte einen Moment, um den Sinn seiner Worte zu erfassen. „K-keine Ahnung?" Dann dämmerte mir, was er meinte. „Moment. Nein. Weder noch."
„Spinnst du?", fragte er und küsste mich wieder. „Es heißt nicht, ob, sondern wo." Seine Hand, die auf meiner Hüfte lag, glitt unter den Stoff des Wickelrocks, den ich anhatte, und streichelte sich an der nackten Haut in Richtung Südpol. „Brauchst du Beweise?"
Ich schnappte nach Luft, kniff die Beine zusammen und packte seinen Arm. „Lennard! Ich glaub, DU spinnst. Hör auf damit!"
Seine Lippen waren ganz nah an meinen. Er lächelte. „Das meinst du nicht ernst." Leider lag er damit richtig. Er grub die Finger seiner freien Hand in meine Haare und zog mich so dicht heran, dass unsere Münder sich berührten. Dann murmelte er: „Ich will dich, Leela, ich kann das auch nicht ändern."

Er musste Hypnotiseur sein. Wie sollte ich mir sonst erklären, dass mein letzter Rest Willenskraft dahinschmolz wie ein Tropfen Vanilleeis auf sommerheißem Asphalt? Ich war ein hoffnungsloser Fall, weil ich es so sehr genoss, wenn er mich berührte. Um ihm zu widerstehen, durfte ich ihn niemals, unter keinen Umständen so nah an mich heranlassen. Ich brauchte einen Kosmonautenanzug mit Keuschheitsgürtel. In der Intimität setzte Lennard meine Körperpolizei ohne Gegenwehr schachmatt. Ich kapitulierte, ohne eine bewusste Entscheidung getroffen zu haben.
„Na bitte, geht doch", flüsterte er zufrieden und eroberte sich schon im nächsten Augenblick vertrautes Terrain zurück.

Ich schmiss alle meine guten Vorsätze in die Wüste, womit es die Vorsätze hier

nicht weit hatten. Die Wüste umgab uns sowieso. Aber es war jemand anderes, der das drohende Schäferstündchen recht wirkungsvoll verhinderte.
Von hinten näherte sich Blaulicht.
Lennard stöhnte: „Nein. Verdammt", und ließ seufzend von mir ab.
Ich kippte meinen Kopf gegen die Kopfstütze, schloss die Augen und lauschte auf mein wild klopfendes Herz, was den Takt zum Beben des restlichen Körpers lieferte.

Der Wagen hielt hinter uns und tauchte die Finsternis in Flackerschein. Türen klappten.
Lennard murmelte irgendwas, einen Fluch wahrscheinlich, und ließ die Scheibe runter. Zwei bis an die Zähne bewaffnete Officer tauchten neben unseren Fenstern auf. Einer leuchtete mit einer Taschenlampe in das Auto hinein.
„Ist alles in Ordnung, Ma'am? Geht es Ihnen gut?"
Nein. Was bitte sollte in Ordnung sein, wenn man innerlich brannte wie eine explodierte Ölraffinerie? Ich lehnte mich nach vorn und blinzelte in die Taschenlampe.
„Aber ja, Officer. Es ist alles gut. Wirklich, bestens." Ich rang mir ein gequältes Lächeln ab.
Der Blick des Polizisten wanderte intensiv zwischen den Sitzen hin und her. Wahrscheinlich wollte er sichergehen, dass ich hier nicht mit Waffengewalt festgehalten und zu irgendwas genötigt wurde. War ja irgendwie auch sehr verantwortungsbewusst von ihm.
„Können Sie sich ausweisen?", wollte er seelenruhig wissen.
„Ja. Klar." Ich reichte meinen Ausweis rüber, Lennard kramte seinen auch hervor.
„Aus Deutschland?" Der ältere der beiden Polizisten sah mich über den Rand seiner Brille an.
„Berlin, ja." Ich nickte und lächelte immer noch.
„Nicht schlecht. Nach Europa will meine Frau schon lange. Am liebsten nach Paris zum Eiffelturm."
„O ja. Paris ist wirklich sehr schön", bestätigte ich.

Die beiden Polizisten untersuchten Lennards Ausweis genauer als meinen.
„Haben Sie etwas getrunken?"
Lennard wirkte leicht sauer. „Ja. Literweise stilles Wasser. – Hören Sie, wir wollen nur nach Hause und ins Bett, wenn Sie verstehen, was ich meine."
Der ältere der beiden Männer leuchtete mir noch einmal ins Gesicht. „Ich glaube, ich verstehe. – Es ist wirklich alles in Ordnung mit Ihnen, Miss, ja?"
Ich nickte freundlich. „Ja. Es ist wirklich alles in Ordnung."
„Und Sie schaffen die Dame sicher nach Hause, junger Mann?"
„Indianerehrenwort", sagte Lennard.
Die beiden Polizisten tippten sich an die Mütze.
„Na dann ..."

Sie warteten, bis Lennard den Motor gestartet und gewendet hatte und zurück in Richtung Interstate gefahren war.
Wir schwiegen. Lennard wirkte reichlich unzufrieden und warf mir einen gefrusteten Blick zu. „Mieses Timing. Mal wieder."
Ich musste lachen.
Er sah mich an, dann lachte er auch.
„Zu mir oder zu dir?", fragte er schließlich.
Ich seufzte. Das kleine Intermezzo mit der Polizei hatte meinen Kopf wieder geklärt, so dass ich mich zum Glück auf meine selbst auferlegte Lennard-Enthaltsamkeit besinnen konnte.
„Du zu dir, ich zu mir."
Er sah mich an. Das schmeckte ihm nicht. Tja, mir auch nicht, aber was sollte ich machen?
„Baby, ernsthaft? Ich bin ab Sonntag wieder für vier Wochen unterwegs."
Ich zuckte mit den Schultern. „Was soll ich sagen? Ich bin ab dem 22. September ganz und gar weg. Da geht mein Flieger zurück nach good old Germany." Wenn mich nicht alles täuschte, wurde der Griff um das Lenkrad fester.
Einen Herzschlag später schnappte sich Lennard meine Hand wieder. „Warum dann sinnlos Zeit verschwenden?"

„Sinnlos?"
Schulterzucken. „Ja. Sinnlos. Wir könnten beide danach besser schlafen. Du willst. Ich will."
Ich konterte: „Ich darf. Du nicht."
Manchmal wünschte ich mir, indianische Flüche übersetzen zu können.

***

Als Lennard in finsterer Nacht in der Einfahrt vor meinem Hexenhäuschen parkte, versuchte er einen letzten Vorstoß. „Baby", er streichelte meine Wange. „Bist du sicher, dass ich nicht mit reinkommen soll?" Seine Stimme war so weich wie ein handgewaschener Angorapullover.
Ich kramte nach meinem Schlüssel und blieb konsequent. „Ich bin mir sicher, dass ich keinen Mann mit in meine Wohnung nehme, der mit mir ins Bett will, aber mit einer anderen Frau verlobt ist." Ich sah ihn an. Seine Augen waren im matten Armaturenlicht nur durch ihren Glanz auszumachen. „Wenn ich mit einem Mann schlafen gehe, dann will ich auch neben ihm aufwachen. Und das ohne schlechtes Gewissen. Also gute Nacht und vielen Dank fürs Essen."
Dann langte ich nach dem Türgriff und stieg aus.
Lennard war auch ausgestiegen. Er kam um das Auto herum. „Du kannst mir aber schon noch vernünftig gute Nacht sagen."

Ich rückte meinen rechten Flipflop zurecht, der mir beim Aussteigen vom Fuß gerutscht war, und zupfte an meinem Wickelrock. „Vernünftig? Was meinst du mit ‚vernünftig'?"
„Ganz einfach."
Lennard packte mich und drückte mich sanft gegen seinen Wagen. Er küsste mich und hob mich, bevor ich protestieren konnte, hoch, als wäre ich ein Sack Federn. Im nächsten Moment saß ich auf dem Dach des Autos und hatte dabei gleich beide Schuhe verloren. Dann gab mir Lennard einen sachten kleinen Schubs, so dass ich nach hinten kippte.
Dabei lachte er leise. „Schau nach oben, Baby. In Arizona kannst du den

schönsten Sternenhimmel auf der ganzen Welt sehen. Das habe ich dir schon in Binz gesagt. Genieß ihn."

Und dann ... (Herr im Himmel und Wickelrock sei Dank) ... gab er mir ... den allerteuflischsten Abschiedskuss, ... den ... die Welt ... je ... erlebt hatte. Gesehen hatte sie hoffentlich nichts.
Ich keuchte: „Um Gottes willen ... Lennard. Bist du ... komplett ... irre?"
„Vielleicht. Ja." Er lachte leise und ließ seiner Phantasie freien Lauf. Sein Mund raubte mir den Atem, seine Zunge den Verstand. Sein Geschick machte mich blind für die Nacht und taub für ihre Geräusche, und alles, was ich spürte, konzentrierte sich genau dort, wo Lennard es wollte.

Ich war erst total paralysiert, dann völlig losgelöst und am Ende ein einziges Feuerwerk, und als er mich irgendwann von seinem Autodach herunterzog, zitterte ich und konnte kaum stehen. Also nahm er mich auf die Arme und trug mich durch den Garten zur Terrasse, wo er meinen pulsierenden Körper sanft auf der Hängeschaukel ablegte.
„Ich befürchte, dein Schlüssel liegt irgendwo neben meinem Wagen. Ich suche ihn und komme gleich wieder, Baby." Er gab mir einen unschuldigen Kuss auf die Wange und ging. Nach ein paar Minuten wurde das Licht im Hexenhäuschen angeschaltet. Ich hatte währenddessen einfach nur dagelegen und verzaubert in den mit Milliarden Sternen übersäten Nachthimmel gestarrt. In meinem Kopf gab es nur Platz für einen einzigen Gedanken: Das war das mit Abstand Unmöglichste, was ich je gemacht hatte. Und es war der absolute Hammer gewesen.

Lennard trat durch die Glastür auf die Veranda. Er setzte sich neben mich und nahm meine Beine auf den Schoß. Seine Finger beschrieben hypnotische Kreise auf meinen Schenkeln und arbeiteten sich schon wieder langsam in Richtung der Hoppla-jetzt-ist-aber-Schluss-Zone vor.
„Deine Tasche und der Schlüssel liegen drin. Ich habe die Haustür vorn abgeschlossen. Und – nur pro forma – wie sieht es aus? Kann ich mit

reinkommen oder muss ich wirklich fahren?“ Er massierte meine Zehen. Ich stöhnte zufrieden. Mein Körper, der alte Verräter, spielte ihm völlig in die Hände. Ich holte Luft, hob die Arme und brachte doch keinen Ton heraus. Ja? Nein?
Mir fehlte schlicht die Willenskraft, um ihn wegzuschicken.
Lennard lachte, hob sanft meine Beine von seinem Schoß und stand auf. „Okay“, sagte er. „Keine Antwort ist auch eine. Ich bin dann mal weg. Wir sind jetzt halbwegs quitt. Aber du solltest dringend reingehen und alles abschließen. Dein Blick ist die blanke Verführung.“ Er strich mir sanft über die Wange, dann beugte er sich vor und strich mit seinen Lippen über meine. „So schafft man Erinnerungen, Baby. Jetzt kann ich nie wieder in mein Auto steigen, ohne an dich zu denken.“

Dann war er weg.

***

Die verflixte, neu geschaffene Erinnerung sorgte dafür, dass ich in dieser Nacht nicht besonders gut schlief. Ich griff immer wieder zur Seite und suchte Lennard. Aber ich war ja allein, ich dumme Nuss, ich. Um kurz nach sechs Uhr morgens lud ich, noch immer völlig geflasht, als Whats-App-Status das Bild des morgenblauen Himmels mit einer einzelnen Wolke hoch und schrieb darunter: „Irgendwie himmlisch. Abschiedsküsse können unheimlich aufregend sein.“

Eine halbe Stunde später hatten die Statusmeldung bereits dreiundzwanzig Leute gesehen, die alle in Deutschland lebten, wo es jetzt Mittag war.
Suse schrieb: „Wieso? Musste er ins Büro? ‚Kommt‘ er später?“ *lachsmiley*
Von meiner Mutter kam: „Wer hat wen geküsst? Hier ist auch herrliches Wetter. Liebe Grüße und schönen Tag, Maus.“
Tilli wollte wissen: „Wann rufst du mich an, um mir schmutzige Einzelheiten zu erzählen?“
(Wenn sie wüsste, wie recht sie hatte.)

Einen Kommentar bekam ich aus der näheren Umgebung.

Ein ganz bestimmter junger Mann war offensichtlich auch schon (oder schon wieder oder immer noch) wach. Er schrieb: „Darf das als Kompliment gewertet werden?“

Ich: „*Verschämter Smiley* Unter Umständen ... Guten Morgen. Gut geschlafen?“

Er: „Nein.“

Ich: „Oh. Warum nicht?“

Er: „Weil Abschiedsküsse unheimlich aufregend sein können.“

Ich: „Und verboten. So kann das nicht weitergehen. Wir müssen das beenden.“

Er: „Du hast recht. So kann das nicht weitergehen. Ich muss das beenden.“

Das klang endgültig und konsequent. O je. Oder nicht?

***

Erstaunlicherweise war mein Herz nicht ins Bodenlose gesackt. Vielleicht hatte sich das bedauernswerte Ding inzwischen an Kummer aus dieser Richtung gewöhnt und war entsprechend abgehärtet. Keine Ahnung. Vielleicht war es aber auch einfach so, dass ich Lennard nicht glauben konnte, dass er „das" beendete. Nicht nach dieser Nacht. Nicht nach der Art und Weise, wie er sich von mir verabschiedet hatte. Sein teuflischer Abschiedskuss hallte in mir nach wie ein endloses Echo. Ich brauchte bloß daran zu denken, da spielte mein gesamtes Innenleben verrückt. Er liebte mich. Er wollte mich. Wie sollte er damit einfach so aufhören? Das machte man nicht mit einem Fingerschnippen. Entlieben war nämlich nicht so einfach wie Gurken schnippeln und schwerer, als den Mittelpunkt des Universums zu bestimmen. Und deswegen war ich ehrlich gesagt weniger traurig, sondern eher gespannt, wie lange er durchhalten würde, und ziemlich sicher, dass seine Nachricht vom vergangenen Sonntag nicht das Letzte war, was ich von ihm gehört hatte. Ich war unvergesslich für ihn. Ganz sicher.

Außerdem sorgte auch Connie dafür, dass ich die nächste Woche nicht völlig deprimiert aus der Wäsche guckte. Sie spickte mich nämlich ganz nebenbei mit einer Information, mit welcher sich einige ganz wichtige Punkte in meinem imaginären Viel-zu-viele-offene-Fragen-Katalog abhaken ließen. Okay, eigentlich war es Hugh.

Connie kam am Mittwoch zur Arbeit und war ziemlich in Rage.
„Frag bloß nicht, was gestern Abend bei mir los war", begann sie sofort und ohne Umwege, während sie ihre Handtasche auf den Schreibtisch im Büro knallte und ihre Schuhe von den Füßen strampelte.
„Dann frage ich nicht", sagte ich und setzte Teewasser auf. „Oder doch, weil deine Anweisung ja danach schreit, dass ich frage. Also: Was war gestern Abend bei dir los? Magst du Tee?"
Sie schlüpfte in ihre Slipper, stellte sich vor den Spiegel und richtete die Haare. „Ja. Tee. Gerne. Stell dir vor, Dotty und Bethany waren spurlos verschwunden. Ich habe die beiden eine Dreiviertelstunde, also gefühlt tausend Jahre lang,

alleine gesucht, bis Hugh bei mir ankam. Dann haben wir sie gefunden."
Ich machte uns einen Verbenen-Tee. „Hugh ist eben der Mann für jede Lebenslage. Da du relativ entspannt bist, gehe ich davon aus, dass die beiden Ausreißer heil geblieben sind."
Connie stemmte die Hände in die Hüften. „Sie waren bei den neuen Nachbarn am Ende der Straße. Die haben einen kleinen Hund. Kannst du dir vorstellen, was ich durchgemacht habe? Eher nicht. Du hast ja noch keine Kinder."
Ich zuckte mit den Schultern. „Das stimmt. Aber ich habe mal meinen kleinen Bruder gesucht. In Berlin-Mitte. Ich sollte ihn vom Schwimmen abholen. Ich kam zwanzig Minuten zu spät, weil ich die U-Bahn verpasst hatte. Matze war weg. Ich dachte, ich muss sterben."
Connie riss die Augen auf. „Und?"
Ich goss Teewasser auf und reichte meiner Kollegin ihre Tasse. „Mein Vater hatte ihn abgeholt, weil er früher Feierabend machen konnte. Ich war diejenige, die Stress bekam, weil meine Eltern sich dann wegen mir Sorgen machen mussten. Und weil ich zu spät gekommen war. Dabei hatte meine Freundin Suse schuld, weil sie mich überredet hat, nach der Schule bei ihr ‚Dirty Dancing' anzugucken. Zum siebten Mal."
Connie schüttelte den Kopf. „Frevel! Man kann den Film nicht einfach zwischendurch anhalten. Man muss auch beim zehnten Mal noch genau wissen, ob Johnny am Ende wiederkommt, um den letzten Tanz der Saison mit Baby zu tanzen."
Ich hob den Daumen. „Genau. Aber das wollten meine Eltern nicht hören. Sie meinten, ich wäre unzuverlässig."
Connie kicherte und pustete über ihren Tee.
Wir gingen nach vorn zum Tresen, da die ersten Patienten eintrafen.

Irgendwann am Vormittag kam Giordan. Er brachte seinen Vater zum Termin mit dem Kardiologen im Haus. Der alte Donovan war recht blass um die spitze Nase. Er wirkte eingefallen und müde. Die Sache, dass eins seiner Organe nicht so parierte, wie er es von seinen Angestellten und zuvorderst von sich selbst (selbstredend inklusive der Innereien) erwartete, setzte ihm offensichtlich sehr zu. Er grüßte nur knapp und grummelig, was wir gewöhnt waren, und stakte davon wie eine Giraffe mit Gicht. Giordan zwinkerte mir zu und machte ein Wir-telefonieren-Zeichen. Ich winkte ihm hinterher.

„Ist er was für dich?", fragte Connie neugierig. „Irgendwie bist du komisch in der Hinsicht. Ich habe bei dir immer mal den Eindruck, dass du vergeben bist, aber dann wieder nicht. Also. Läuft da was mit dir und Giordan? Oder läuft woanders was? In der Little Lane zum Beispiel? Hast du vielleicht wen kennengelernt, ohne dass ich das gemerkt habe?"
Ich lachte. „Das ist mein Geheimnis. - Wie hast du denn den Rest des Abends gestern verbracht, hm? Dass ihr die Kids wiedergefunden habt, war sicher ein guter Anlass, um das Leben zu feiern. Oder hast du Hugh zur Strafe für Bethany ohne Abendessen nach Hause geschickt?"
Connie streckte mir die Zunge raus. Sie war rot geworden.
Na also. Volltreffer.

„Die Dreiviertelstunde, in welcher ich die Mädchen gesucht habe, war schlimmer als die Scheidung vom Arsch ... von meinem Exmann. Ehrlich. Du kannst dir nicht vorstellen, was einem für furchtbare Gedanken durch den Kopf gehen", sagte sie dann leise. „Ich war völlig am Ende. Ich hatte so eine grauenhafte Angst." Sie sah mich an. „Und dann, als ich sie gefunden hatte, ist das komplett umgeschlagen, weißt du? Ich war so wütend, ich hätte sie am liebsten windelweich geprügelt. Alle beide. Eine nach der anderen. Ich war so ..." Sie zeigte mir die geballten Fäuste. „So wütend. Mir so eine Angst zu machen ..." Sie sah zur Tür, ohne wirklich etwas zu sehen, und holte tief Luft. „Gut, dass Hugh bei mir war. Er hat so eine ruhige Art. Damit fährt er mich immer runter."
Ich seufzte, strich ihr kurz über die Wange und fragte leise: „Ist es nicht immer gut, wenn Hugh bei dir ist? Denk mal drüber nach."
Sie winkte ab. „Hör auf mit der Kuppelei. Wir sind beide Eltern und Leidensgenossen."
Ich nickte feierlich. „Genau. Und ihr feiert seit Neuestem sogar zusammen das Leben, wann immer sich eine passende Gelegenheit bietet. Wie gute Freunde."

Connie verzog finster ihre Brauen. „Genau so, Frau Kollegin. Und nicht anders."

Bis eben war es total ruhig am Empfang gewesen, in der nächsten Stunde stapelten sich dann die Patienten, so dass wir kaum zum Luftholen kamen. Giordan tauchte gegen Mittag wieder auf, um die Gichtgiraffe, quatsch, seinen Vater abzuholen, aber der war nach der Herzkatheteruntersuchung noch im Überwachungsraum. Also kam Giordan zu uns, um sich einen Kaffee aus dem Automaten in der Halle zu ziehen. Vermutlich wollte er nur nette Gesellschaft haben, denn die Wartezimmer der Fachärzte verfügten an sich über eigene Automaten. Er hätte sich gern auf ein kurzes Schwätzchen an den Tresen gestellt, das merkte ich ihm an, aber die Schlange hier war lang. Ich zuckte daher nur mit den Schultern, deutete auf den Ansturm und lächelte ihm zu.
Er zwinkerte zurück, zückte sein Handy und schrieb eine Nachricht. Da kurz darauf mein Telefon vibrierte, war diese offensichtlich an mich adressiert gewesen. Ich konnte mich im Moment allerdings nicht darum kümmern.

Hugh wiederum kam zu einem passenderen Zeitpunkt kurz nach Mittag. „Hi, Leela. Alles klar?" Er war eben ein bäriger Sonnenschein. Dann wandte er sich an Connie. „Geht es dir gut?"
Sie hatte lediglich ein knappes Nicken für ihn übrig. „Hm."
Hugh hatte sich einen Salat mitgebracht, stellte die Schale in unser Büro und fragte: „Kann ich mir bei euch einen Tee machen?"
Meine Kollegin brummelte wieder nur: „Hm", und das immer noch, ohne ihn anzusehen.
Ich sah ihm mit kritischem Blick hinterher und flüsterte Connie zu: „Er hat abgenommen, oder?" Sie reagierte nicht. Also beobachtete ich wieder Hugh, der mit dem Wasserkocher hantierte, und verschränkte die Arme. „Definitiv. Er hat abgenommen."
„Acht Kilo", knurrte Connie und haute in die Tasten.
„Steht ihm gut", nickte ich beifällig.
„Findest du also?", fauchte meine Kollegin, das Puppengesicht wütend verzogen.

„Ja", gab ich irritiert zurück.
„Wollt ihr auch Tee?", fragte Hugh freundlich.
Ich nickte. „Ja. Gerne. Verbene, bitte. Ich hole mir den hierher."
Meine Kollegin bellte: „Nein."

Ich verdrehte die Augen. „Connie, bitte. Was soll denn das? Trink einen Tee mit Hugh und mach Pause. Ich halte hier die Stellung."
Connie erstarrte mit den Fingern auf der Tastatur. „Hör auf mit deiner Kuppelei", fauchte sie mich an.
Ich zuckte erschrocken zurück. „Sorry. Ich wollte dir nicht zu nahe treten. Es tut mir leid."
Sie sah mich an, die Augen weit aufgerissen.
„Ist alles in Ordnung?", fragte ich erschrocken. „Connie, was ist los mit dir?"
Im Büro blubberte der Wasserkocher.
„Ich habe Angst, Leela", flüsterte sie. „Ich will nie wieder so verletzt werden. Nie wieder. Und was ist, wenn das schiefgeht? Dann verliere ich meinen allerbesten Freund. Ich hätte nie mit ihm ... das Leben feiern dürfen."
Sie schluckte und konnte Hugh, der jetzt im Türrahmen lehnte, nicht sehen. Aber ich. Sein Gesicht war ernst und still.
„Connie", sagte er leise. „Ich bin der Mensch, der dich nie verletzen könnte. Ich werde immer das sein, was du willst: dein bester Freund. Dein Kumpel. Dein Handwerker. Für immer. Oder auch mehr, wenn du willst. Und wenn nicht, dann nicht. Du brauchst doch vor mir keine Angst zu haben. Du wirst mich nie verlieren. So nicht oder so."

Connies Kopf sank herunter. Ihre Schultern zuckten. Hugh und ich sahen uns an. Das Telefon klingelte. Ich nickte ihm zu, nahm den Hörer ab und meldete mich. Hugh umfasste Connies Schulter, zog sie trotz ihres stummen Protestes mit sich ins Büro und schloss leise die Tür. Das war eigentlich untersagt, aber in diesem Fall war eine Ausnahme sicher in Ordnung.

Ich verband den Anrufer mit der Urologie und widmete mich dem Pärchen,

welches eben in der Eingangshalle erschienen war. Hinter mir im Büro trompetete Connie laut wie ein mittelgroßer Elefant. Dann riss sie die Tür auf und brachte mir meinen Tee.
„Die Tür muss immer offenbleiben", rügte sie mich barsch. „Anweisung von oben."
„Verstanden", gab ich zurück und verdrehte die Augen.
„Entschuldige", sagte sie im nächsten Moment total zerknirscht. „Ich weiß auch nicht, was im Moment mit mir los ist."
„Kein Problem." Ich war erleichtert, dass sie nicht sauer mit mir war. „Ist auch alles im Moment ein bisschen viel."
„Man könnte sagen, dass mir immer noch die Sache mit dem Junkie vor acht Wochen in den Knochen sitzt. Da bin ich irgendwie noch nicht drüber weg. Ist wie eine Nahtoderfahrung gewesen. Ich muss immerzu an ... diesen Tag denken. Und das mit den Kids hat mir dann wohl den letzten Nerv geraubt", versuchte sie, ihre Überreaktion zu verteidigen. „Dabei ist das doch nun wirklich Pillepalle. Sie sind ja wieder da. Und ich kann nur immer wieder denken: ‚Oh Gott, wenn ihnen was passiert wäre.' Dabei sind sie ja gar nicht weg. - Ich stell mir das nur so schrecklich vor, wenn man nie weiß, was passiert ist. So wie bei Giordan und seiner Schwe ..."
„Genau", fiel ich ihr so heftig ins Wort, dass sie erschrocken zusammenzuckte. Aber mir war jetzt gerade wieder etwas eingefallen, was ich sie in den letzten Tagen hatte fragen wollen. „Du hast am letzten Freitag, bevor ich so schnell losmusste, gesagt, dass Haley nicht die Schwester war, bei deren Rettung die Mutter gestorben ist. Habe ich das richtig verstanden?"
„Ja, das hast du richtig verstanden. Das war Heddy, glaube ich." Connie nickte.

„Haley?", fragte Hugh, der im Türrahmen stand und den Deckel seiner Salatbox verschloss. „Meinst du Haley Donovan? Nein, Haley ist die ältere Schwester, die, die verschwunden ist. Das mit der Rettung und dem Tod ihrer Mutter war etwas mehr als ein halbes Jahr vorher. Ihre kleine Schwester ist im Urlaub als Mutprobe von einer Klippe gesprungen und dabei fast ertrunken. Die Mutter hat es zwar noch geschafft, sie wieder rauszuziehen, aber die Anstrengung war zuviel.

Herzversagen. Ich kannte Eireen Donovan. Total hübsche Lady. Schade drum."
„Du standest wohl schon immer auf alte Frauen", knurrte Connie und lehnte sich mit verschränkten Armen gegen die Schreibtischkante des Empfangstresens.

Hugh verzog das Gesicht. „Connie. Ehrlich. Nun ist mal wieder gut." Dann wandte er sich wieder an mich. „Eireen starb jedenfalls auf Hawaii bei der Rettung ihrer jüngsten Tochter. Und das war nicht Haley, sondern Heddy. Ich kannte sie, weil sie in meine Klassenstufe ging. Außerdem war es kaum ...", er wurde tatsächlich rot bis unter die Haarwurzeln, „... möglich, Heddy zu übersehen. Sie hatte genauso tolle rote Haare wie Eireen. Alle Jungs waren damals wie irre hinter ihr her, also hinter Heddy", er warf Connie einen warnenden Blick zu, „NICHT hinter ihrer Mutter. Heddy war frühreif und sexy. Ganz heißes Eisen, aber auch ein bisschen crazy." Er machte eine Kreiselbewegung vor der Stirn. Dann wandte er sich an meine Kollegin. „Weißt du wirklich nicht, wer das ist? Du kennst sie bestimmt. Sie war bei den Cheerleadern."

Natürlich. Hübsch, beliebt und auch noch Cheerleaderin. Immer her mit den Klischees.

„Wenn die Schnepfe in deine Klassenstufe ging, kann ich sie nicht kennen", keifte Connie, die heute wirklich unausstehlich war. Aber dann sagte sie. „Heddy wie heady?"
Hugh nickte und grinste. „Ja, sie war heiß und unwahrscheinlich nervig. Aber den Spitznamen hat sie schon von zu Hause mitgebracht, wahrscheinlich als Ableitung von ihrem richtigen Namen. Sie heißt Heather. Und du kennst sie ganz sicher."
Connie drehte sich weg. „Ich kann wirklich nicht jedes Gesicht aus deiner Klassenstufe kennen, du Depp."
„Wow! Ist die Schule denn so groß?" Ja, Sedona war eine Kleinstadt, aber ich heute ganz offensichtlich schwer von Begriff.
Hugh lachte verdrossen. „Nein. Aber was Connie damit dezent andeuten

möchte, ist, dass sie im Gegensatz zu mir Jungspund ein furchtbar altes Weib ist", sagte er kopfschüttelnd und fügte dann hinzu: „Connie, du bist sechs Jahre älter als ich, nicht sechzig. Wo ist, verdammt noch mal, dein Problem?" Er hörte sich zum ersten Mal ziemlich gereizt an. „Wenn diese sechs Jahre für irgendwen problematisch sein sollten, dann für mich. Oder nicht?"
Er sah mich an. Ich zuckte mit den Schultern und nickte.
Hugh seufzte. „Und mir wären auch zehn Jahre egal." Dann winkte er ab und ging.

Ein Blick in Connies versteinertes Gesicht sagte mir, dass ich die Thematik jetzt besser nicht weiter kommentieren sollte.
Aber Connie machte von allein weiter. „Ich bin schwanger, Leela."
Okay. Damit hatte sie mich überrumpelt. Ich riss Augen und Mund auf und sagte: „Äh ... Oh ... Was? Das ist ja ... hu."
Connie setzte sich hin und schniefte. „Ich habe überhaupt nicht nachgedacht, dass sowas passieren könnte. Ehrlich nicht." Sie sah mich um Verständnis heischend an. „Die Situation war so bizarr. Ich hatte Todesangst und dann kam das Leben plötzlich zurück wie ein Tsunami und hat mich einfach weggespült. Und jetzt - verdammt." Ihr Kopf kippte nach vorn auf die verschränkten Arme. Sie weinte.
Ich fand meine Stimme wieder. „Und dann hast du das Leben gefeiert mit einem Mann, den du magst, und das Leben hat zurückgewunken", sagte ich vorsichtig. „Du hast eigentlich nichts Falsches gemacht."
„Doch. Ich bin alt genug, um zu wissen, dass Sex ohne Verhütung schwanger machen kann. Aber meine Familienplanung ist abgeschlossen", gab Connie schniefend zurück und guckte verheult aus der Wäsche. „Ich weiß nicht, wie ich das machen soll. Das passt einfach nicht. Ich kann mir kein weiteres Kind leisten. Ich muss das wegmachen lassen. Keinen Mann zu Hause, aber ein viertes Kind. Wie soll das gehen?"
Ich sah, dass Leute auf den Eingang vorn zukamen, ließ mich aber trotzdem auf meinen Stuhl sinken. „Vielleicht solltest du trotzdem vorher mit Hugh sprechen. Er hat es nicht verdient, dass du ihn außen vor lässt. Er ist jemand, der

Verantwortung übernimmt."
Connie winkte ab und sah mich bitter an. „Ich weiß. Und du weißt genau, was er sagen würde."
Ja. Wusste ich.
Sie seufzte und kramte nach einem Taschentuch. „Aber deswegen kann ich doch nicht meine Zukunft über den Haufen werfen. Ich habe auch keine Lust, mich zu rechtfertigen."
„Du wirst das Richtige tun", sagte ich daher sanft und strich ihr über den Rücken.
„Als wüsstest du Küken, was das Richtige ist", seufzte sie und sah mich an. „Du hast doch noch gar keine Probleme."
Tja, wenn sie wüsste.

„Und Hugh ist ein Dussel", knurrte sie dann und klickte auf ihrem Bildschirm herum. Sie gab etwas ein. Nebenbei sprach sie weiter. „Natürlich kenne ich Heddy. Jeder hier kennt Heddy. Wird schließlich nicht jedes hübsche Kind aus Sedona Schauspielerin."
Ich starrte sie mit offenem Mund an. „Meinst du ... Heddy ist jetzt ... Schauspielerin? Wie Heather O'Farrell?"
Connie nickte. „Heddy ist Heather O'Farrell, aber sie heißt eigentlich Donovan. Ihre Mutter war Irin. Die hieß O'Farrell, bevor sie geheiratet hat. Heather fand das wohl als Künstlernamen passender. Vielleicht will sie auch mit ihren Leuten nichts mehr zu tun haben. Das sagt zumindest der Buschfunk. Wenn sie denn überhaupt mal hier ist, dann hängt sie mit einem Musiker ab. Und den kennst DU offensichtlich." Ihre Hände flogen über die Tastatur. Sie blickte konzentriert auf den Monitor. „Genau. Da ist sie. Tadaa!" Sie schob schwungvoll ihren Stuhl zurück und machte Platz, damit ich sehen konnte.
„Heilige Scheiße", murmelte ich, starrte düster auf den Monitor und blickte in Heathers Akte.
Im nächsten Moment blieb mir für einen Augenblick das Herz stehen.

Giordans jüngste Schwester hieß tatsächlich Heather Donovan. Sie war am

04.11.1989 geboren. Ihre Krankenakte umfasste mehrere Einträge. Sturz vom Pferd. Sturz von der Leiter. Fahrradsturz. Kontrolle nach einem Ertrinkungstrauma Ende Juli 2004. Sie hatte öfter als ihre Schwester hier in die Klinik kommen müssen, zuletzt im Oktober des gleichen Jahres, also 2004, zur Durchführung einer Interruption. Sie war damals im dritten Monat schwanger gewesen und hatte sich gegen das Kind entschieden.

Ich glaubte nicht an Zufälle.

***

Der Himmel war weit und voller Sterne, mein Herz jedoch so schwer wie ein Bleigürtel. Ich lag auf meiner Verandaschaukel, schubste mich immer wieder sachte an und starrte in der Hoffnung nach oben, dass von dort eine kluge Message käme. Nostradamus sagt ... Baba Wanga rät ... Dan Katchongva empfiehlt ... Heute prophezeit für Sie ...

Aber niemand kam und gab mir irgendeinen plausiblen Interpretationsalgorithmus in die Hand, mit dem ich mir erklären konnte, womit ich das verdient hatte. Ich drehte mein Smartphone in den Händen um und um und um und hatte absolut keine Ahnung, wie ich mit den Informationen umgehen sollte, die mich heute so überrollt hatten.

Auf dem Display meines Telefons stand „heady = berauschend, starrsinnig, aufregend, unbesonnen, ungestüm“. So viel zur Übersetzung. Es passte perfekt.

Giordan hatte heute Vormittag geschrieben: „Lust auf ein Treffen am Samstagabend?“
Er wartete sicher immer noch auf eine Antwort. Oder auch nicht. Keine Ahnung.
Ich schrieb ihm nicht.
Keine Lust.
Ich hatte auf gar nichts Lust.
Was hätte ich ihm schreiben sollen? „Grüß deine Schwester schön von mir. Ach so, ich schlafe übrigens gelegentlich mit ihrem zukünftigen Mann. Ist nicht schlimm, oder?“
Ich schrieb ihm nicht, wie gesagt.
Ich lag einfach hier und grübelte vor mich hin.

Zumindest wusste ich jetzt, was mich an Heathers Erscheinung gestört hatte. Das Unechte. Sie war keine richtige Blondine, sondern eigentlich rothaarig. Ich hatte auf den Seiten der Highschool Sedona ein Bild von ihr gefunden, was sie früher zeigte. Ihr Teint war hell wie der aller Rothaarigen. Sie benutzte ganz sicher eine Sonnenbank, um die Haut dunkler zu färben. Ihre grünen Katzenaugen wirkten unter den roten Locken allerdings noch viel irisierender und vor allem passender als unter der blondgefärbten Mähne.

Heather musste im zweiten Monat schwanger gewesen, als Lennard sich vom Acker gemacht hatte. Aber das war noch nicht einmal das größte Problem an der Sache. Sie hatte das ungeborene Kind irgendwann nach dem schrecklichen Hawaii-Urlaub später abgetrieben. Auch das war irgendwie verständlich. Sie war psychisch labil, gerade dem Tod von der Schippe gesprungen, hatte ihre Mutter verloren und war schlappe fünfzehn Jahre alt. Wer konnte ihr das verdenken?

Leider gab es auf die ganze Misere noch einen fetten Miesbonus obendrauf. Denn Heather hatte nicht nur ihr Kind abgetrieben, sondern dabei einen irreparablen Schaden davongetragen. Bei der Durchführung des Routineeingriffs waren Komplikationen aufgetreten. Die Dehnung des Gebärmutterhalses bei der Ausschabung hatte zu kleineren Verletzungen geführt. Hier waren Bakterien eingedrungen. Das hatte Entzündungen zur Folge, die sich bis in die Gebärmutter ausdehnten und dort für Vernarbungen und Verklebungen sorgten. Man nannte es das Asherman-Syndrom. Heather war irgendwann wieder genesen, aber ihr Uterus nicht. Sie würde niemals eigene Kinder haben können.

Lennard wusste das alles, auch dass Heather im Gegensatz zur landläufigen Meinung mit ihrem Klippensprung keine Mutprobe absolvieren, sondern sich das Leben nehmen wollte. Und die Summe all dessen war der Grund, warum er sie nicht verlassen würde. Selbst wenn und gerade auch weil er mich liebte. Das war eine selbst auferlegte Strafe dafür, dass er sich ohne einen weiteren Gedanken verdünnisiert und sie mit ihrem Elend allein gelassen hatte. Ich verstand seine Beweggründe zwar prinzipiell, wäre aber trotzdem froh gewesen, wenn er mir die Wahrheit gesagt hätte.

Jetzt konnte ich auch verstehen, warum Heather von ihm und seiner Familie das Versprechen verlangt hatte, über diese Sache strikt zu schweigen. Sie war eine

Person, die im öffentlichen Leben stand, und gerade im Begriff, Karriere zu machen. Die Presse suchte viel zu gern nach Flecken auf den weißen Westen von Newcomern und hatte schon ganz andere Kaliber in der Luft zerfetzt. Klar, dass Heather auf solche Negativpresse keine Lust hatte. Sie wollte erfolgreich sein, ihr Siegeszug auf der Mattscheibe hatte gerade begonnen. Da konnte eine gut gesetzte Kampagne von Abtreibungsgegnern auf dem Feldzug massiven Schaden anrichten.
Auch ich würde über ihr Geheimnis selbstverständlich schweigen, das stand fest, egal, ob ich sie mochte oder nicht. Sie hatte schon genug leiden müssen. Ich betrachtete wieder ihr Bild. Sie war damals sechzehn, nicht mehr unschuldig und unheimlich hübsch gewesen. Heute war sie blond, erfolgreich und immer noch sehr hübsch. Aber, was soll ich sagen? Obwohl sie mir unendlich leidtat, mochte ich sie immer noch nicht.

Seit unserem letzten Treffen hatte ich nichts mehr von Lennard gehört. Und auch ich hatte mich nicht wieder bei ihm gemeldet. Jetzt würde ich das auch nicht mehr tun. Mir blieb nur eins. Ich hatte es schon mal durchgezogen und nun würde ich das eben wieder machen. Ich würde alle meine schönen Erinnerungen an Lennard in ferne Ecken meiner Erinnerung verbannen und darauf hoffen, dass die Zukunft für mich noch irgendwen anderes Tolles bereithielt.

So war das eine tragische Geschichte für uns alle. Lennard bestrafte sich, weil er abgehauen war und weil er Heather nicht hatte helfen können. Heather wollte sich das Leben nehmen, aber gestorben war ihre Mutter. Was für eine Last, was für ein Leid. Vermutlich empfand sie ihre Unfruchtbarkeit als berechtigte Strafe.

Nur ich lag hier und fragte mich, was ICH verbrochen hatte, um eine Strafe solchen Ausmaßes zu verdienen!? Ich konnte doch gar nichts dafür.
Niemand antwortete.
Das Leben war manchmal einfach nicht fair.

***

Der zurückliegende Sonntag war für Anfang Juni selbst hier in der Wüste ein heißer Tag gewesen, wobei die Nacht wenig Abkühlung versprach. Ich hatte daher am Abend die Klimaanlage in meinem Hexenhäuschen eingeschaltet und beschlossen, drinnen ein bisschen aufzuräumen und alle Klamotten, die für die kalten Tage am Anfang meiner Reise gewesen waren, in den Koffer zu packen. Ich würde diese bis zu meiner Abreise im September garantiert nicht mehr brauchen.

Die Uhr zeigte bereits kurz vor halb zwölf Uhr nachts. Draußen war alles still und ich ziemlich müde. Ich beschloss, ins Bett zu gehen, und überlegte gerade noch, ob die Regelung der Unbrauchbarkeit an Sommertagen auch für einen ganz bestimmten Männerpullover galt.
„Einpacken. Und dann ab in die Heia", sagte ich fest, faltete das Kleidungsstück und legte es nach ganz unten in den Koffer.
In diesem Moment klingelte es.

Ich sah auf die Uhr, dann auf mein Handy. Keine Info. Wer wollte mir bitte schön um diese Zeit noch einen Besuch abstatten? Möglicherweise war es unklug, ohne entsprechende Vorsichtsmaßnahmen aufzumachen. Vielleicht sollte ich gar nicht erst zur Tür gehen und einfach so tun, als würde ich schon schlafen.
Da klingelte es wieder. Zweimal. Dreimal. Okay, der Fall schien dringend zu sein.
„Moment. Ich komme", rief ich und überlegte auf der Leiter nach unten, welches Verteidigungsgerät ich auf dem Weg noch zu packen bekommen würde. Vorsicht war bekanntlich die Schutzpatronin aller Nachteulen. Ich entschied mich für einen Kleiderbügel, den ich im Flur vom Haken riss, und öffnete die Tür.

Vor mir stand ein unbekannter Mann. Ich riss den Kleiderbügel hoch und brüllte in bester Selbstverteidigungskurs-für-Frauen-in-20-Stunden-hast-du-das-drauf-Manier: „Gihaaab."

„He, Lady, halblang." Der Mann wich zurück. „Ich bin nur Taxifahrer." Okay. Das mochte soweit stimmen. Ich hörte einen Motor brummen. Die Schnauze des Wagens war zu sehen. Konnte möglicherweise ein Taxi sein. Den Kleiderbügel nahm ich trotzdem nicht runter und sagte mit fester Stimme: „Ich habe kein Taxi bestellt. Gute Nacht."
Der Fahrer hob die Hände. „Ja. Ist klar. Aber Lady, ich hab da Ihren Mann im Auto und der wollte hierher. Und da ist er nun. Ich will nur mein Geld." Er zeigte mit dem Daumen nach hinten. „Aber wenn ich Sie wäre, dann würde ich den Notarzt rufen. Ich glaube, Ihr Mann ist sterbenskrank. Ich hätte ihn vom Flughafen gleich in die Klinik gefahren, aber da wollte er nicht hin, sondern unbedingt erst hierher. Nicht klug, wenn Sie mich fragen, nicht klug."
Ich, den Kleiderbügel wie eine Knarre in der Hand, starrte den Kerl mit offenem Mund an. „Mein Mann? Was reden Sie da? Ich habe keinen ..." Aber dann wusste ich Bescheid. Ich wusste es einfach. Deswegen schob ich den Taxifahrer beiseite und rannte den kurzen Weg zur Straße.

Lennard hatte sich gerade aus dem Taxi gequält. Er lehnte gekrümmt an der Wagenseite und versuchte zu lächeln, als er mich sah.
„Hi Baby, es ging mir schon besser, aber ich muss dringend mit dir reden. Ich ... Scheiße." Er kippte stöhnend gegen das Auto. Da hatten der Taxifahrer und ich schon zugegriffen.
„Haus. Couch. Stube", brüllte ich und zitterte am ganzen Körper.

***

Wir schleppten Lennard ins Haus und legten ihn auf der Couch ab. Er wirkte grau. Seine Haut war kaltschweißig. Ich tastete ihn fieberhaft nach Stichkanälen, Säbelhieben, Blutkrusten, Einschusslöchern und Bombenkratern ab.
„Was hast du? Wer hat dich ...? Was ist passiert? - He, Sie!", brüllte ich den Taxifahrer an, „Sie haben doch dings ... Funk oder so. Rufen Sie den Notarzt, nein die Klinik direkt. Sofort!" Ich diktierte ihm die Nummer unserer Notfallstelle und hockte mich dann neben die Couch.

„Lennard? Rede mit mir. Was ist los?“ Ich versuchte, ruhig zu bleiben, aber das gelang mir nicht besonders gut. Angst schnürte mir den Hals zu. Ich wusste instinktiv, dass es ihm elend ging. Da er keine äußeren Verletzungen hatte, musste er krank sein, richtig schlimm krank. Und manchmal kam es bei so akuten Geschichten auf Minuten an, wirklich. Jugend schützte nur bis zu einem gewissen Grad vor schlimmen Krankheitsverläufen.

Ich fühlte mit zitternden Händen Lennards Puls, als dieser seine Augen öffnete.

„Baby, es geht mir total scheiße, aber ich bin froh, dich zu sehen. Ich glaube, ich krepiere, aber ich wollte dir vorher sagen, ...“

Ich bellte: „Du krepierst ganz sicher nicht und du sagst mir jetzt, was los ist. Wo hast du Schmerzen? Wie lange? Was für Schmerzen sind das? Stechend? In Wellen? Kommen die immer wieder? Seit wann geht das so?“, und war schon dabei, ihn abzutasten.

Er sah mich an. Sein Blick wirkte leicht gläsern. „Ich liebe dich, Baby. Du bist die Welt für mich, hörst du? Ich kann nicht mal mehr in mein Auto steigen, ohne dass ich einen Ständer kriege. Ich liebe dich, Baby. Ich kann Heather nicht heiraten, weil ich dich liebe. Verstehst du das?“ Dann stöhnte er vor Schmerzen.

Ich hatte den wunden Punkt erwischt.

„Scheiße!“, fluchte ich voller Angst.

„Was?“, flüsterte Lennard verwirrt.

Ich drückte den Punkt noch einmal. Dann ließ ich langsam los. Und Lennard schrie. Sein Schmerz war meiner und ich spürte, wie mir die Tränen kamen.

Der Taxifahrer stand hinter mir. Er hielt ein Handy in der Hand. „Die Klinik fragt ...“

Ich riss ihm das Telefon weg. „Hallo? Hören Sie? Wer ist dran? Pete? Oh, Pete, Gott sei Dank.“ Pete war Hughs Kollege, ein schwarzer Hüne und einer der zuverlässigsten Rettungssanitäter, den die Welt zu bieten hatte. Wenn ich das Wort ‚personifizierte Ruhe‘ als menschliches Bild darstellen müsste, dann würde Pete da stehen. Er hatte die Figur von Popeye mit Schokoglasur und den Blick vom Dalai-Lama. Und jetzt war er mein Rettungsanker. „Pete - schick sofort einen Wagen zu mir in die Alhambra Road. Ihr müsst zum Seiteneingang

kommen, da ist das Gartenhaus. Und macht den OP klar. Ich habe hier hundertpro einen entzündeten Blinddarm. Vielleicht schon geplatzt. Bitte. Ihr müsst euch beeilen, ja? Er hat unheimliche Schmerzen."
„Leela? Bist du das?", fragte Pete ruhig, dann hörte ich, wie er im Hintergrund schon Anweisungen gab. „Wer ist er, also der Patient?", fragte er dann wieder ins Telefon.
Ich schniefte. „Es ist Lennard Steinberg, der Musiker. Wohnt in der Little Lane. Er liegt auf meiner Couch und ist kurz vor dem Wegtreten. Hat Schmerzmittel intus."
Pete fragte nicht, warum der Verlobte einer aufstrebenden Jung-Schauspielerin namens Heather Donovan/O'Farrell sich zum Quälen ausgerechnet auf meine Couch legte.
„Sieben Minuten, Leela. Behalte die Nerven." Dann legte er auf.

Ich gab dem Taxifahrer Handy und Geld und stürzte zurück zu Lennard, der sich stöhnend zusammenkrümmte. Ich strich ihm über die Stirn und versuchte, mir nicht anmerken zu lassen, dass ich vor Angst und Anspannung zitterte wie Götterspeise auf dem Stahlträger einer Eisenbahnbrücke bei Durchfahrt eines ICE mit mehr als dreihundert Sachen.
Um meinen aufgewühlten Zustand etwas im Zaum und Lennard wach zu halten, plapperte ich wie ein Wasserfall. „Der Notarzt kommt gleich. Halte durch, ja. Was hast du dir nur dabei gedacht? Du hättest längst zum Arzt gehen müssen. Du hast doch nicht erst seit gestern Schmerzen. Was hast du genommen? Das wollen die in der Klinik sicher wissen. Und wie lange geht das schon so?"
„Seit ich dich kenne. Seitdem liebe ich dich", sagte er und lächelte schwach. „Vom ersten Moment an. Du hast mich schon damals komplett umgehauen. Ich musste dir das unbedingt sagen, bevor ich krepiere. Ich liebe dich."
Das letzte Häutchen über der dünnen Haut meines Nervenkostüms riss exakt jetzt. Ich fing an zu heulen. „Das weiß ich doch. Ich weiß, dass du mich liebst. Dafür musst du aber nicht krepieren. Du hättest zum Arzt gehen müssen, verdammt noch mal. Gleich zu Anfang, als das anfing, weh zu tun." Ich holte

zitternd Luft. „Ich habe dich gefragt, was du dagegen genommen hast und wie lange du schon Schmerzen hast?“
Er schloss die Augen. „Seit ein paar Wochen immer wieder. Gestern Abend wurde es erst besser, nach dem Konzert dann richtig schlimm.“ Er nannte mir ein gängiges Schmerzmittel. „Aber das hilft nicht mehr. Hab schon vier Tabletten genommen oder so.“ Er schien wegzudämmern.
„Lennard?“, rief ich und schüttelte ihn leicht. Er musste bei Bewusstsein bleiben.
„Scheiße, das tut so weh“, ächzte er. „Ich hätte ins Krankenhaus fahren sollen, ich wollte auch hin, aber ich musste vorher zu dir. Ich denke immer nur an dich. Ich will nicht, dass du gehst.“

Er hatte das Konzert am Vorabend mit einer Blinddarmentzündung unter Schmerzmitteln absolviert und war jetzt zu mir gekommen, anstatt direkt am Auftrittsort ein Krankenhaus aufzusuchen. Ich konnte seinen Leichtsinn kaum in Worte fassen.
„Wie bist du hierher gekommen? Du warst doch in Vegas, oder? Ihr habt als Vorband gespielt.“ Es war nicht so, dass ich seine Tourdaten auswendig konnte. Oder doch. Es war so.
„Hubschrauber“, sagte er matt. Ich sackte zusammen. Er hatte eine Menge Geld dafür bezahlt, sein Leben aufs Spiel zu setzen, nur um mir zu sagen, dass er mich liebte. Das war unheimlich süß, aber sowas von dämlich, dass ich ihn am liebsten geschüttelt hätte.

Ich hatte grauenhafte Angst. Es ist das eine, im Krankenhaus unbekannte Patienten zu behandeln, ihre Angehörigen zu beruhigen und Zuversicht zu verströmen, wenn man nicht selbst emotional involviert ist. Deswegen dürfen Ärzte im Normalfall keine Angehörigen, Freunde oder Bekannte operieren. Man ist einfach nicht mit kühlem Kopf bei der Sache, wenn das Herz involviert ist und in rauen Mengen Sorge mit Adrenalin durch die Blutbahnen spült.

Ich war noch nie so froh gewesen, die Sirene eines Krankenwagens zu hören. Ich hatte keine Fingernägel, keine Kraft und keine Nerven mehr. Meine Tür stand schon sperrangelweit offen, da war der Wagen davor noch nicht einmal zum Stehen gekommen. Pete stürmte mit seinen beiden Kollegen sowie einer Trage an mir vorbei und nahm mir so im Vorübergehen die Verantwortung ab. Ich sackte zusammen und stand, während die Sanitäter Lennard untersuchten, still schluchzend und händeringend daneben. Jetzt, wo jemand anderes für das weitere Vorgehen verantwortlich war, konnte ich mich ganz getrost in ein Wrack verwandeln.

Pete, der neben ruhig auch ein sehr erfahrender Paramedic war, bestätigte meine vorläufige Diagnose mit einem Nicken. „Blinddarm, vermute ich auch. Hast du die Nummer seiner Krankenversicherung? Wir nehmen ihn mit. Ich hab schon Bescheid gegeben, aber vermutlich müssen wir ihn nach Phoenix fliegen. Sieht schlecht aus, wir haben den einen OP schon voll mit 'nem Leiterunfall, Noah hat sich gestern krank gemeldet, so dass wir auch keinen weiteren Assi haben, weil Abby frei hat. Sie will heute noch nach Phoenix und fliegt von dort morgen in der Frühe nach Florida. Ihre Nichte heiratet oder so was."
Auf ein knappes Nicken hin hoben die beiden Sanitäter den stöhnenden Lennard auf die Trage und machten sich mit ihm auf den Weg zum Rettungswagen. Er rief nach mir.
„Ich komme mit", sagte ich hastig, schnappte Handy, Tasche und Lennards Rucksack und krachte die Tür hinter mir zu. Zum Abschließen hatte ich keine Zeit mehr. Es war mir egal, ob jemand mein Hexenhaus in der Zwischenzeit ausräumte. Alles, worauf es mir ankam, lag jetzt in diesem Rettungswagen.

***

„Bitte, ich kann das mit übernehmen. Ich bin OP-Schwester", sagte ich verzweifelt und den Tränen nahe. Nachdem die Frage nach der Krankenversicherung geklärt war, hatte man Lennard in die Radiologie gebracht und eine Computertomographie durchgeführt. Der Blinddarm war tatsächlich entzündet und bereits geplatzt. Da ließ eine Bauchfellentzündung nicht lange auf sich warten.
Der zweite verfügbare Chirurg sah mich nur müde an.

„Alles, was ich noch weniger brauchen kann als ein Loch im Kopf, ist eine hysterische Frau im Saal. Da Sie auch keine Berechtigung haben, in Amerika als OP-Schwester zu arbeiten, würden wir uns sowieso strafbar machen. Mal davon ganz abgesehen habe ich noch nie mit Ihnen am Tisch gestanden und Sie sind offensichtlich am Ende mit ihren Nerven. Also vergessen Sie das ganz schnell. - Pete: Was ist mit Abby?"
Pete erzählte die Geschichte mit der Nichtenhochzeit ein zweites Mal. Er sah in mein verzweifeltes Gesicht. „Ich rufe sie aber an und frage."
Ich folgte Pete wie ein Schatten und als er Abigail Foster tatsächlich erreichte, riss ich ihm das Telefon aus der Hand.
„Abby? Hier ist Leila vom Empfang. Sie kennen mich nur flüchtig. Ich bin die, die immer neben Connie sitzt. - Ja. - Hören Sie - mein Freund hat einen geplatzten Blinddarm. Er muss sofort operiert werden. - Was? Nein. - Sie sind die Einzige, die verhindern kann, dass man ihn jetzt nach Phoenix verfrachtet. - Ja, ich weiß. - Ja. - Bitte, Sie fliegen doch erst morgen früh. Lassen Sie ihre Familie vorfahren. Bitte. Ich schwöre Ihnen, ich fahre Sie heute Nacht noch nach Phoenix rüber, aber machen Sie bitte diese OP noch. Bitte." Dann fing ich an zu heulen. Pete nahm mir das Telefon wieder ab und reichte mir ein Päckchen Taschentücher.

„Okay, Abby. - Ja. Ist sie. - Völlig am Ende. - Was? - Alles klar. - Ja. - Ja."
Er sah mich an. „Sie hat dich grade adoptiert und kommt. Sie bringt Taschentücher mit."
Ich heulte noch ein bisschen mehr, dieses Mal vor Rührung.
Pete klopfte mir auf die Schulter. „Du musst sie heute Nacht aber wirklich noch nach Phoenix bringen, hat sie gesagt. Und du sollst dich vorher beruhigen. Sie will heil dort ankommen."
Ich nickte heftig. „Das mache ich. Ich schwöre. Ich fahre sie hin." Dafür brauchte ich einen Wagen, aber ich wusste schon, wo ich den herbekam.
Bevor ich das Auto organisierte, besuchte ich ein letztes Mal Lennard. Man hatte ihn schon sediert. Er lag ruhig im Bett und schlief.
„Alles wird gut", sagte ich, schniefte und gab ihm einen Kuss auf die bleichen

Lippen. Ich spürte, dass er zitterte und sich zwingen wollte, wach zu werden. „Pscht. Bleib ruhig. Die OP dauert nicht lange. Sie nehmen dir den Blinddarm raus. Wenn du wieder aufwachst, dann bin ich da. Dann kannst du mir alles sagen, was du willst. Ich schwöre dir, dass ich bei dir bleibe."

Aber das konnte ich natürlich nicht. Lennard wurde in den Vorbereitungsraum zum OP geschoben, wo ich nicht mit hineindurfte. Das wollte ich auch gar nicht. Ich musste mich um später kümmern und raste nach draußen, um die ankommende OP-Schwester abzufangen und ihren Mann, der sowieso schon knurrig war, weil ich seinen knapp bemessenen Nachtschlaf und die gut strukturierten Reisepläne durcheinandergebracht hatte, auch noch zu überzeugen, mich zu Lennard zu fahren. Ich würde mir dessen Auto borgen, ohne ihn fragen zu können, ob das in Ordnung ging. Aber ich war mir sicher, dass Lennard unter diesen Umständen nichts dagegen hatte, wenn ich es ungefragt benutzte.

***

Als ich den Audi auf dem Klinikparkplatz geparkt hatte, versuchte ich, Ajei anzurufen, und schickte ihr eine Nachricht, da sie nicht ans Telefon ging. Ich hatte auf dem Weg erst überlegt, zur Thunder Mountain Ranch zu fahren und Ooljee persönlich zu informieren, da ich sie telefonisch ebenfalls nicht erreichte. Aber sie würde sicherlich längst schlafen und der Höllenhund das Gelände bewachen. Damit fiel ein nächtlicher Besuch auf der Ranch aus. Es reichte, dass Lennard im Krankenhaus lag. Also schickte ich Ooljee jetzt ebenfalls eine Nachricht und versicherte ihr, dass ich mich melden würde, sobald ich mehr wüsste.

Bei meinem Eintreffen in der Klinik war es ein Uhr morgens, die Operation noch immer im Gange. Das Krankenhaus schien, von der Notaufnahme abgesehen, wo ein paar Leute saßen, wie ausgestorben, aus dem OP kam niemand heraus, niemand ging rein. Ich lief wie ein eingesperrtes Tier durch die nächtlich-ruhigen

Gänge, versuchte, mich zu beruhigen, und hatte absolut noch keine Ahnung, wie ich morgen in der Frühe um acht Uhr mit der Arbeit beginnen sollte. Ich würde nach der vierstündigen Nachtfahrt, die ich noch vor mir hatte, ein Zombie sein. Aber das war Zukunftsmusik. Erst einmal musste Lennard die Operation überstanden haben. Das war überhaupt das Wichtigste und der Gedanke, an welchem ich mit schöner Regelmäßigkeit endete, während ich schließlich in einer Ecke der OP-Schleuse auf dem Fußboden zusammensackte und, den Kopf auf den Knien, halbwegs vor mich hindämmerte.

Ich erwachte jäh, als der Chirurg mit dem Anästhesisten im Schlepptau aus dem Operationssaal kam und über meinen rechten Fuß stolperte. Jetzt sah er mich mit einer Mischung aus Erschöpfung und Erstaunen an.
„Sie schon wieder. Sie haben wirklich Ausdauer, junge Dame."
Ich rappelte mich auf, so schnell wie ich in meiner Benommenheit konnte. „Wie geht es ihm? Kann ich zu ihm?"

Wir hatten schon viel zu viel Zeit vertan.

Der Arzt sah mich mit gerunzelter Stirn an. „Nein, können Sie nicht. Ihr junger Mann hat ein bisschen zu lange gewartet. Wir hatten zwar insgesamt einen komplikationslosen Eingriff, aber einen geplatzten Blinddarm mit ordentlicher Peritonitis. Da war jede Menge Flüssigkeit im Bauch und im Becken. Der Blinddarm ist raus. Wir haben den Mann mit Antibiotika vollgepumpt. Er wird zur Überwachung auf die Intensivstation verlegt. Es braucht ein paar Tage, bis er wieder auf die Beine kommt. Guten Morgen." Er nickte mir zu, gähnte und ging.

Abby, die OP-Schwester, schmuggelte mich in den Aufwachraum, so dass ich Lennard wenigstens ganz kurz sehen konnte. Die Zeit reichte für einen Kuss und die Chance, dass ich das erste Flattern seiner Augenlider sehen konnte. Er war noch sehr benommen.
„Schlaf dich aus, mein Schatz. Ich komme wieder", flüsterte ich und strich ihm die Haare aus der Stirn.

Seine Hände zuckten. Er murmelte etwas vor sich hin und bewegte sich unruhig. „Pscht, schlaf“, sagte ich und küsste ihn nochmal. Dann schickte ich Mutter und Schwester eine Nachricht, die Ajei und Ooljee hoffentlich beruhigte, und eilte los, um Abby nach Phoenix zu fahren.

***

Als ich dann wieder in der Klinik eintraf, war es heller Morgen. Ich hatte in der letzten Nacht natürlich kein Auge zugemacht (von einer kurzen Pause auf dem Rückweg nach Sedona abgesehen, die ich hatte machen müssen, weil mir die Augen zufielen) und war entsprechend fix und fertig. Ich wankte zum Empfang, von wo aus Connie mich umgehend in einen Ruheraum schickte, der in erster Linie für wackelbeinige Patienten nach Blutspenden reserviert war. Ich sackte auf der Pritsche zusammen und schlief vier Stunden lang wie ein Stein.

***

Ich wachte auch nicht aus eigenem Antrieb auf. Connie beugte sich über mich. „Hallo Schlafmütze", sagte sie gutmütig. „Nach dem, was hier alles bei mir durchsickert, ist es ja echt interessant, wie du deine Nächte verbringst. Und vor allem – mit wem!" Sie rollte mit den Augen und streichelte meine Wange. „Du bist in jedem Fall Klinikgespräch. Alle fragen sich, wieso ein gewisser Musiker aus diesem County ausgerechnet in deinem Wohnzimmer liegt, obwohl er doch verlobt ist. Die Sache interessiert mich übrigens auch brennend und ich habe das Privileg auf eine Antwort, dass das klar ist. Seine Mutter ist die Pferdeflüsterin, oder? Die Indianerin, die bei Arthur auf der Thunder Mountain Ranch lebt, oder?" Sie winkte ab. „Egal. Das erzählst du mir alles nachher ausführlich. Jetzt musst du aufstehen. Das Zimmer wird gebraucht. Außerdem hat die Intensivstation angerufen. Dein ‚Spezialpatient' macht dort einen Riesenrabatz. Sie wollen den Kerl loswerden und verlegen ihn auf die Normale, damit er Besuch bekommen kann. Er will dich unbedingt sehen." Sie zwinkerte mir zu. Dann beugte sie sich über mich und flüsterte: „Geh vorher noch mal ins Bad und mach dich schick. Du siehst aus wie eine Leiche. Wenn du so zu ihm gehst, dann denkt er, dein Geist kommt."

Ich winkte ab und schwang die Beine mit allem Elan, den ich finden konnte (was nicht viel war), von dem Klinikbett. Dann drängte sich eine ganz bestimmte Erinnerung mit Macht durch meinen müden Geist. ‚Er liebt mich' war dieser, mein erster klarer Gedanke. ‚Er liebt mich' war auch mein zweiter Gedanke, gefolgt von ‚Gott sei Dank, er lebt noch' zum Dritten. Er war trotz elender Schmerzen zu mir gekommen, um mir zu sagen, dass er mich liebte. Und diese Tatsache machte, dass ich mich trotz aller Müdigkeit und der höllischen Nacht, die mir in den Knochen steckte, leicht und wie auf Wolken fühlte und sich das letzte bisschen Benommenheit verflüchtigte wie ein Wassertropfen auf heißem Saharaboden.

Zwanzig Minuten später betrat ich etwas erfrischt, gekämmt und mit dem Equipment, was ich in meiner Handtasche gefunden hatte, halbwegs wiederhergestellt, Lennards Einzelzimmer. Ich öffnete leise und vorsichtig die Tür und schlüpfte in den Raum. Er lag wach im Bett. Wir sahen uns an, beide blass und übernächtigt, aber mit leuchtenden Augen.
„Hi Baby." Lennard klopfte matt auf das Bett neben sich. „Komm her. - Ich kann mich nicht mehr an viel von gestern Nacht erinnern. Aber ich habe dir gesagt, dass ich dich liebe, oder?"
Ich nickte nur und kämpfte mit plötzlichen Tränen. Die Erinnerung, wie schlecht es ihm gegangen war, bescherte mir jetzt überwältigende Nachwehen purer Angst.
Er nickte auch. „Okay. Das ist gut. Habe ich dir auch gesagt, dass ich nicht mehr ohne dich leben will, Baby?"
Ich schüttelte den Kopf und ging langsam zu ihm hin.
„Ich will ..."
Ich war bei seinem Bett angekommen und legte ihm einen Finger auf die Lippen und bemühte mich, meine Stimme halbwegs fest klingen zu lassen. „Jetzt will ich. Und zwar was sagen. Habe ich dir gesagt, wie leichtsinnig und dumm das war, was du gestern gemacht hast? Wenn du nicht ohne mich leben willst, warum setzt du dein Leben dann aufs Spiel? Glaubst du, ICH will ohne dich leben?" Ich schluchzte. „Lieber heirate Heather, als dass du wegen eines geplatzten Blinddarms six feet under gebuddelt werden musst."
Er nahm meine Hand von seinem Mund und hielt sie fest. Dann sah er mich voller Zärtlichkeit an. „Baby, ich wollte doch nicht sterben. Es war mir einfach nur wichtig, dass du weißt, dass ich dich liebe. Ich hab viel zu lange rumgeeiert.

Das ist uns beiden nicht gut bekommen. Und gleich danach wollte ich ins Krankenhaus, ich schwöre. Der Taxifahrer sollte warten. Das habe ich ihm doch gesagt.“ Er zuckte mit den Schultern und versuchte sich an einem bleichen Lächeln. „Hat ja auch alles gut geklappt, oder?“
Ich riss die Augen auf. „Gut geklappt?? Du spinnst ja wohl. Du siehst furchtbar aus.“

Lennard zog mich am Arm auf sein Bett. Ich kippte leicht vornüber.
„Aua.“ Er verzog schmerzerfüllt das Gesicht, ließ mich aber nicht los. „Auch wenn du mich offensichtlich umbringen willst – ich bin trotzdem froh, dass du da bist, Baby.“
Ich sortierte mich vorsichtig an seine Seite. Er hatte noch einen Tropf im Arm und ... Ich guckte zur anderen Bettseite. Aha. Ja. Genau. Ich musste grinsen. Lennards Gesicht verfinsterte sich. „Déjà-vu. Ich habe schon wieder einen Schlauch in meinem Schwanz. Irgendwie kommt das an irgendeinem Punkt unserer Beziehung immer. Lach nicht.“
Jetzt musste ich tatsächlich lachen und das tat richtig gut. „Irgendwann in unserer Beziehung?“
Er nickte. „Ja. Irgendwann. Aber das haben wir dann ja jetzt hinter uns. Wir können also nach vorne schauen.“ Seine Gesichtszüge wurden neben bleich nun auch weich. „Ich liebe dich, Baby“, sagte er ganz ernst. „Ich kann Heather nicht heiraten. Ich kann auch nicht warten, bis sie mich irgendwann satthat. Ich will mit dir zusammen sein, denn nur, wenn du da bist, dann geht es mir gut. Dann bin ich vollständig. Wenn du nicht da bist, dann fehlt mir ein Stück. Dann ist alles irgendwie blöd und ich vermisse dich. Du bist alles.“

Ich sah ihn an, verschränkte meine Finger mit seinen, brachte kein Wort raus und hätte einfach nur heulen können vor Glück.
Er küsste meine Hand. „Am besten gehst du nie wieder weg. Wir bleiben zusammen. Für immer.“
„Wirst du mit Heather sprechen? Willst du ihr das ... auch so sagen?“, fragte ich im Flüsterton, weil ich meiner Stimme nicht traute.

Lennard guckte ziemlich perplex. „Was soll die Frage? Natürlich werde ich ihr das sagen. Ich werde ihr sagen, dass ich für sie da sein kann und dass ich ihr Glück wünsche und alles, aber dass ich sie nicht so liebe wie dich. Das geht nicht. Weil ich nur dich so lieben kann. Das muss ich ihr sagen. Alles andere wäre nicht fair. Euch beiden gegenüber nicht."

Ich lehnte mich ganz vorsichtig an ihn an und schlang die Arme um seinen Hals. Dann presste ich meinen Kopf gegen seinen und spürte, wie unsere Herzschläge zu einem wurden.
„Ich liebe dich auch. Unendlich", flüsterte ich in das Kissen. „Das weißt du. Das hast du immer gewusst."
„Ja", sagte er leise. „Aber das heißt nicht, dass ich es nicht gerne immer mal wieder höre. Also was ist jetzt? Für immer wir zwei?"
Ich rieb meine Wange an seiner und blinzelte. Freudentränen waren eine komische Sache. „Für immer klingt prinzipiell wunderbar, aber ich muss Ende September zurück nach Deutschland. Sonst fängt mich der Geheimdienst, weil mein Visum abgelaufen ist. Ich habe gehört, ihr Amerikaner seid da ziemlich fix." Ich küsste ihn auf die bleichen Lippen und setzte mich wieder aufrecht hin, weil ich mir dringend die Nase putzen musste.
„Das ist ein kleines Problem, aber eben nur ein kleines", sagte Lennard und lächelte. „Dafür gibt es eine ganz einfache Lösung."
Ich sah ihn fragend an, das Taschentuch an der Nase.
Er lächelte immer noch. „Wir heiraten."
Ich riss die Augen auf und ließ das Taschentuch sinken. „Bitte was?"
Lennard zuckte mit den Schultern. „Ist ganz einfach. Wir machen einen Termin in Vegas und heiraten. Das geht am schnellsten, dauert nur ein paar Wochen. Dann bekommst du eine Green Card und brauchst kein Visum mehr. Check. Und fertig. Du kannst nach Sedona kommen, wann immer du willst. Wir fliegen hin und her."
„Heiraten? Ich? Dich?" Ich war fertig.
Lennard grinste. „Ja. Wir können das mit einer Probezeit verbinden, wenn du jetzt überfordert bist. Sollten wir uns nach einem Jahr nicht mehr lieben, dann

lassen wir uns scheiden und tun so, als wäre das nie passiert."
Ich war halb entsetzt, halb euphorisch. „Eine Ehe ist doch kein Zeitungsabo."
Lennard zuckte mit den Schultern. „Hast du eine bessere Lösung? Ich liebe dich. Ich will mit dir zusammen sein. Ich habe mich gerade an den Gedanken gewöhnt zu heiraten. Also? Was ist?"
Ich schluckte. „Sagst du ... das Heather auch?"
Lennard schloss müde die Augen. „Baby, was ist denn los mit dir?" Er sah mich wieder an. „Natürlich werde ich das Heather sagen. Ich lasse mir keine Hintertür und ich meine das absolut ernst. Ich habe nächtelang darüber nachgedacht. Also: Willst du mich heiraten?"
Ich sah ihn an und mir fielen lauter bekloppte Sachen ein, wie: ‚Drum prüfe, wer sich ewig bindet', ‚Früh gefreit, schnell bereut' oder ‚Für die erste Antwort gibt es keine zweite Chance' und lauter so ein Zeugs, aber nur eine einzige Antwort, für die ich alle Bedenken sonst wohin warf. „Ja", flüsterte ich.
Lennard lächelte. „Ja?", fragte er leise.
„Ja." Ich nickte, warf mich (vorsichtig) in seine Arme und sagte nochmal: „Ja, ja, ja." Dann küsste ich ihn heftig und für eineinhalb Minuten war es still im Raum.

Schließlich packte mich Lennard an den Oberarmen und schob mich rigoros von sich weg.
„Stopp!", sagte er leicht gepresst.
Ich war etwas benommen. „Warum? Was ist?"
Er: „Baby, schon vergessen? Ich bin nicht fit und ich habe einen Schlauch da unten. Das ist schrecklich. Du kannst mich jetzt nicht so küssen. Das Ding schert sich nicht um den Schlauch. Es reagiert trotzdem. Am besten ..."
Ich ahnte, was jetzt kam, stand auf und sagte fest: „Nein. Der Schlauch muss vorerst bleiben, wo er ist. Und du schläfst dich jetzt aus. Ich komme später wieder her."
„Okay", sagte er matt. „Schlafen ist keine schlechte Idee. Bin noch weit weg von topfit. Aber ich bin froh, dass wir jetzt alles geklärt haben."

Ich hätte ihm jetzt sagen können, dass ihm das Schlimmste noch bevorstand, bevor wirklich alles geklärt war, aber er sah gerade so müde und verletzlich aus, dass ich mir jeden weiteren Kommentar verkniff. Also küsste ich ihn nur sanft auf den Mund und strich ihm über die Wange. „Ja. Schlaf jetzt." Er hatte die Augen schon geschlossen und lächelte.

Dann schlüpfte ich aus dem Raum und ging zum Empfang, wo ich auf Ooljee traf, die unter ihrer üblichen ausgeglichenen Miene doch einiges an Sorge erkennen ließ. Ich setzte sie daher schnell über Lennards Gesundheitszustand und die durchgeführte Operation mit all der Nachsorge in Kenntnis und beschrieb ihr, wo sein Zimmer war.
„Er wird bestimmt schlafen", sagte ich und fiel ihr in die Arme. Ich konnte nicht anders. Ich musste müde und übernächtigt sein, fühlte mich aber so wach und klar und heiter, als hätte ich in einem Zen-Kloster nach dem Sinn des Lebens gesucht und wäre schon nach zwei Tagen fündig geworden. Über unsere spontanen Hochzeitspläne sagte ich Ooljee nichts. Das würde ich vorerst für mich behalten. Ich konnte das nämlich selbst noch gar nicht glauben. Vielleicht kämpfte Lennard mit den Nachwirkungen der Narkose und war noch in leichtem Delir. Sollte er selbst die Katze aus dem Sack lassen.

Ooljees Augen verengten sich. Sie schob mich ein Stück von sich weg und sah mich mit diesem bestimmten, leicht unscharf wirkenden Blick an, bei dem ich immer das Gefühl hatte, er könnte sich durch sämtliche Zwiebelschalen meines Wesens bis in das Innerste bohren. Konnte er wahrscheinlich auch, dieser Blick. Zu meinem Glück schien Ooljee das, was sie sah, sehr zu gefallen. Ihr Gesicht hellte sich auf. Sie entspannte sich sichtlich, nickte, zog mich wieder fest in die Arme. Sie sagte: „Mein Kind", drückte mich und ging den Weg, den ich ihr gewiesen hatte.

„Die Frau hat eine unheimliche Ausstrahlung. Also damit meine ich jetzt nicht wahnsinnig im Sinne von wahnsinnig, sondern intensiv", sagte Connie und guckte Ooljee hinterher. „Man weiß nicht, ob man Angst haben oder auf die Knie fallen soll. Ob sie zaubern kann?" Dann wandte sie sich an mich und schüttelte leicht den Kopf. „Egal. Jetzt kommen wir zu dir und den tausend Fragen, die ich habe. Erstens: Was hat der Rocker in deinem Wohnzimmer gemacht? Zweitens: Woher kennt ihr euch? Drittens: Was sagt seine Freundin dazu?"

Ich, müde, fertig, überschäumend, zückte mein Handy und suchte ein ganz bestimmtes Bild heraus, was ich Connie unter die Nase hielt. Das Bild war vor über neun Jahren an Lennards Geburtstag entstanden. Tilli hatte es damals gemacht. Es war ein bisschen grobkörnig, aber sehr gelungen. Zwischen Lennard und mir sprühte eine Energie, die greifbar war. Ich hatte die Arme um seinen Hals geschlungen und Heu im Haar. Seine Hände umfassten meine Taille. Buntes Licht strahlte uns an.

„Ach Gott, wie süß", staunte Connie. Sie warf mir einen leuchtenden Blick zu. „Seid ihr das?"
Ich nickte mit vor Aufregung roten Wangen. Dann bekam sie das Selfie von Lennard und mir aus Porto Cristo zu sehen.
„Das gibt es nicht. Unser Rocker ist deine Jugendliebe?", fragte sie und vergrößerte das Bild, bis nur unsere Gesichter das Display ausfüllten.
„Ich habe wahrscheinlich nie aufgehört, ihn zu lieben", seufzte ich. Mein Herz platzte fast vor Glück.
„Das sieht man", gab Connie mit verklärtem Blick zurück. „Und mir wolltest du weismachen, du seiest wegen der schönen Gegend in die Red Rocks gekommen. Dabei waren eigentlich die RedRoxX schuld. Wird er es Heather sagen?"
„Ja", sagte ich in tiefster Überzeugung. „Das wird er."
Sie schien skeptisch. „Wann?"
Ich zuckte mit den Schultern. „K-keine Ahnung? Wenn sie ... ihn besucht?"
Connie holte tief Luft. „Ich muss dich warnen." Ihre Stimme klang ernst. „Pass auf dich auf, Leela. Die Donovans sind nicht dafür bekannt, dass sie Gefangene machen."

***

Als ich Lennard am nächsten Tag besuchte, saß er wach und munter im Bett und telefonierte.
„... müssen wir absagen und hintendran hängen. Ist jetzt nicht zu ändern. Die haben mir den Bauch aufgeschnitten und gesagt, dass das vier bis sechs Wochen dauern kann, bis ich vom Arzt das Okay kriege weiterzumachen."
„..."
Er lächelte mich an und streckte den freien Arm aus. Ich setzte mich neben ihm auf das Bett und kuschelte mich an seine Seite. Lennard zog mich an sich. Seine Finger glitten unter mein Shirt und begannen, hypnotische Streichelkreise zu ziehen. Am liebsten hätte ich geschnurrt.
Nebenbei führte er sein Gespräch fort. „Die lassen mich frühestens übermorgen wieder hier raus."
„..."
„Nein, frühestens. Der Arzt hat gesagt, er konnte die OP nicht mit drei kleinen Löchern machen wie im besten Fall. Er musste mich aufschneiden und durchspülen."
„..."
„Hör mal, ich bin vorhin gerade zum ersten Mal wieder aufgestanden und durfte pinkeln gehen. Dabei musste mich jemand festhalten. Ich kriege heute nur Suppe. Also vergiss es."
„..."
„Ja, mach das. Danke. Ich geb mir Mühe."
„..."
„Okay. Bis dann." Lennard lachte und legte auf.

Ich betrachtete ihn, während er sein Handy salopp auf den Beistelltisch warf. Er sah etwas besser aus. Seine Augen leuchteten noch nicht so intensiv wie sonst, aber immerhin genug, um erkennen zu lassen, dass er sich freute.
„Baby", sagte er weich und gab mir einen Kuss. „Ich liebe dich."
Ich strich ihm über die Wange, lächelte und sagte nichts.
Er wusste genau, warum ich nichts sagte. „Mach dir keine Sorgen, wir kriegen das hin. Ich habe Heather angerufen und ihr gesagt, dass wir reden müssen. Ich

kläre das. Entspann dich, okay?“
Ich konnte mich aber nicht entspannen. So lange, wie Heather nicht ganz und gar Bescheid wusste, würde sich der Knoten in meinem Bauch nicht auflösen. Fakt.
Ich seufzte nur und ließ meinen Kopf an Lennards Hals sinken.

„Ich muss dir was beichten“, sagte ich, denn das musste ich wirklich.
„Oha“, gab Lennard zurück. „Wir sind noch nicht mal verheiratet und schon gehts los.“
Ich hob den Kopf. „Mach dich nicht lustig.“
Lennard grinste. „Doch.“
Ich: „Es geht um dein Auto.“
Da versteifte er sich alarmiert. „Was ist mit meinem Auto?“
„Ich bin damit gefahren, weil ich die OP-Schwester nach Phoenix bringen musste, damit sie dich nicht dorthin verlegen“, sagte ich vorsichtig.
Er schob mich ein Stück von sich weg. „Okay. Und was ist passiert?“
„Nichts“, sagte ich und grinste fröhlich. „Es steht hinten auf dem Klinikparkplatz.“
Lennard stöhnte und kniff mich leicht in die Seite. „Sei froh, dass ich so schwach bin wie eine halb ersoffene Ratte.“
„Sonst?“, fragte ich gespannt.
Er grinste breit. Ich verdrehte die Augen.

„Hast du schon mit deinen Eltern gesprochen?“, wollte er wissen.
„Worüber?“, fragte ich unschuldig.
„Du brauchst deine Geburtsurkunde“, sagte Lennard ruhig und verschränkte seine Hand mit meiner. „Ich habe das ernst gemeint. Ohne Geburtsurkunde kannst du nicht heiraten.“
„Dein Großvater hat dich vor Frauen wie mir gewarnt“, gab ich zu bedenken.
„Mein Großvater hat sich getäuscht“, sagte Lennard fest.
Ich hätte ihm antworten können, dass sein Großvater tatsächlich selbst zu dieser Erkenntnis gekommen war, aber das konnte ruhig mein kleines Geheimnis bleiben. „Und außerdem muss ich dir widersprechen.“ In dieser Hinsicht hatte

ich meine Hausaufgaben gemacht. „Google sagt, dass man in Las Vegas nur einen Reisepass braucht. Und den habe ich dabei. Damit können wir uns eine Marriage License ausstellen lassen. Das entsprechende Büro in Las Vegas hat zwischen acht und null Uhr immer offen. Vielleicht gibt es da auch mehrere. Keine Ahnung. Mit der License könnten wir ... dann ... jedenfalls ... Also, was ich meine, ist, dass wir spontan wären, wenn wir das wirklich wollen."
Er zog eine Braue hoch und sah mir amüsiert in die Augen. „Wenn? Wirklich? - Du traust dich ja nicht mal, das Wort auszusprechen. Klingt, als hättest du dich zwar auf die Schnelle gut informiert, bist aber nicht sicher, ob du tatsächlich so spontan sein kannst. Oder willst. Wo bleibt deine Spontaneität?"

Ich seufzte und zog die Schultern hoch. „Ich liebe dich, das weißt du."
Er nickte. „Und jetzt kommt trotzdem das Aber?"
Ich kuschelte mich an seinen Hals. „Nein, eigentlich gibt es kein Aber. Ich will nur ... sicher sein, dass du vorher alles geklärt hast. Ich kann mich einfach nicht richtig freuen, so lange sie nicht Bescheid weiß. Und was ist, wenn sie komplett durchdreht und du am Ende doch einen ..."
„Nein, ich werde keinen Rückzieher machen", sagte Lennard mit Nachdruck. „Es ging mir jetzt monatelang beschissen, weil ich versucht habe, mein Leben so zu leben, dass es jemand anderem gefällt. Du siehst ja, wohin mich das gebracht hat." Er tippte auf die weißen Laken. „Ich liebe dich. Und wenn du willst, dann heiraten wir und alles ist gut. Kein Problem. Wenn nicht, dann nicht."
„Bei dir klingt das so einfach", sagte ich und seufzte.
„Weil es einfach ist", gab er zurück.
Ich wollte gerade resignierend „Küss mich" sagen, da tat er genau das. Wir verstanden uns eben ohne Worte.
„Mach dir keine Sorgen", flüsterte er dann, „alles wird gut, okay?"
Das hoffte ich wirklich sehr.

***

Mitten im schönsten Knutschen klopfte es an der Tür, die auch gleich darauf aufging. Ich wollte (wie ein Angsthase) sofort erschrocken aufspringen und mich im Badezimmer verstecken. Ich hatte einen Wahnsinnshorror davor, dass Heather gleich im Raum stehen und bestenfalls nur mit ihrer Handtasche auf mich losgehen würde. Himmel, hoffentlich war das alles bald vorbei.

Lennard hielt mich fest und sagte ganz ruhig: „Bleib hier, Baby. Wir müssen uns vor niemandem verstecken."
‚Doch', hätte ich am liebsten gejammert. ‚Müssen wir. Was, wenn diese unglaublich schöne Schauspielerin nicht lange fackelt und hier gleich Sülze aus mir macht? Oder wenn du feststellst, dass sie eigentlich die viel bessere Partie ist? Dann bin ich gleich doppelt im Eimer.'

Aber es waren Ajei und Ben, die uns erwischten. Sie strahlten beide wie die Sonne und waren gekommen, um sich (trotz der Glückseligkeit im liebesgefluteten A+B-Universum) zu versichern, dass ihr Bruder, Freund und Frontman wieder stabil unter den Lebenden weilte. Ben ging noch immer an Unterarmgehstützen. Er hantierte etwas ungeübt mit Krücken und Klinke, um die Tür zu schließen, als Ajei schon wie eine Katze hereinschlüpfte und mich prompt in Lennards Arm liegen sah. Da zuckte sie zurück und war für einen Augenblick wie erstarrt. Auf ihrem Gesicht lieferten sich Traurigkeit und Entzücken einen interessanten Kampf. Dann hatte Ben den Kampf gegen die Tür gewonnen und diese zudrücken können.
„Oh – hi Leela. Das sieht ja ... gemütlich aus bei euch beiden. Hi Lennard!" Ben grinste uns an, dann warf er Ajei einen unschlüssigen Blick zu. Sie guckte rasch zu ihm rüber, lächelte kurz und kam dann auf mich zu.

„Das mit euch beiden ist jetzt offiziell, nehme ich an. Ich weiß nicht, wie Heddy das aufnehmen wird, aber ihr seid ein wunderschönes Paar, auch wenn mein Bruder aussieht wie irgendwas Plattgefahrenes neben der Straße." Sie seufzte und drückte mich. „Bitte sei mir nicht böse, Leela. Ich war manchmal komisch zu dir, ich weiß. Glaub mir, ich mag dich. Aber Heddy ist meine Freundin, so dass

ich ständig hin- und hergerissen bin. Ich weiß, was sie durchgemacht hat, und deswegen möchte ich sie einfach vor allem weiterem Elend beschützen. Aber vor allem will ich, dass mein Bruder glücklich ist."
„Na, das ist doch mal ein Wort", kam es von Lennard. „Das erste vernünftige Wort übrigens, seitdem du hier drin bist. – Ich dachte, dass sie mit dir und ihren Krankenschwesteraufgaben, oder sollte ich besser ‚Doktorspielen' sagen, genug zu tun hat und aufhört, sich wegen mir Gedanken zu machen." Die letzten Worte waren an Ben gerichtet, der gerade um das Bett herumhopste, „Hi, Alter", schnaufte und sich auf die Kante plumpsen ließ. Dann lehnte er die Krücken gegen den Beistelltisch und lachte.
„Deine Schwester macht sich Gedanken, um was sie will. Lass sie. – Aber du hast es wohl einfach nicht ertragen, dass ich alleine lädiert bin, oder? Ein Gitarrist mit Gipsbein ist nicht genug. Nein, wir brauchen noch einen Sänger, der im Bett auf die Bühne gerollt wird. Mann, Alter. Du machst Sachen."

Ajei kümmerte sich nicht um das Gerede der beiden Männer. Sie flüsterte mir zu: „Ich dachte, Lennard wäre der Richtige für Heather und er könnte ihr helfen, heil zu werden. Aber dann kamst du und du kannst dir nicht vorstellen, wie schrecklich es für mich war zu sehen, dass mein Bruder mit dir so viel besser harmoniert als mit ihr, obwohl Heddy ihn so braucht. Und du bringst SEIN Herz zum Leuchten. Zwischen euch beiden knistert und kribbelt es so, dass man richtig mitfiebert." Dann kam sie mit ihrem Mund ganz dicht an mein Ohr: „Ich habe Angst, Leela, ehrlich. Heddy ist labil. Mir gruselt davor, wie sie das aufnehmen wird."

Ich umarmte Ajei und murmelte: „Ich verstehe dich. Ich habe auch ein blödes Gefühl deswegen. Aber ich liebe ihn. Über alles. Und er liebt mich. Das kann man doch nicht einfach abstellen. Selbst nach neun Jahren nicht. Wir haben es versucht, aber wir schauen uns nur an und ... Peng. Was sollen wir denn machen? Er würde ihr doch sowieso nie ganz gehören. Das kann sie doch auch nicht wollen. Sie will doch keinen Mann, der eine andere Frau liebt, oder?"
Sie lächelte trotz ihrer gequälten Miene und warf Bens Rücken einen liebevollen

Blick zu. „Tja, ich weiß, wie es dir geht. Wenn man jemanden liebt, dann gelten ganz andere Gesetze. - Warten wir es ab. Es kommt, wie es kommt. Wir müssen einfach das Beste für sie hoffen."
Wir drückten uns noch einmal kurz, dann setzte sich Ajei dahin, wo ich gerade noch gesessen hatte: auf Lennards Bett.

Ich verabschiedete mich. Ich konnte leider nicht bleiben und musste zurück zum Empfang. Meine Pause war zu Ende.

***

Das miese Gefühl drohenden Unheils begleitete mich den ganzen restlichen Tag und die Nacht hindurch, die ich in Lennards Haus verbrachte, um ihm näher zu sein. (Okay, vielleicht auch, um morgens den herrlichen Ausblick und die Regenwalddusche zu genießen.) Ich war, abgesehen von einem kurzen Abstecher ins Hexenhäuschen zum Duschen und Umziehen, bis spät am Abend bei Lennard in der Klinik geblieben. Dieser Besuch war gleichermaßen erhebend und unbefriedigend gewesen und hatte damit geendet, dass ich ihm aus dem ersten Teil von Karl Mays erstem Winnetou-Buch vorlas, weil mir sein Vorschlag, eine Autobiographie von Aerosmith, einfach zu anstrengend war. Ich war der Meinung, ein Halbindianer musste die Geschichte des Apachenhäuptlings und seines weißen Blutsbruders unbedingt kennen. Lennard fand das nicht. Er klimperte auf seiner Gitarre herum und maulte frustriert, weil er in keinster Weise so konnte und durfte, wie er wollte. Und weil ich nach der letzten Nacht unheimlich müde war, gab ich schließlich entnervt auf.

„Du bist unausstehlich", sagte ich streng und gähnte. „Schlaf ein bisschen und entspann dich. Damit trägst du in jedem Fall mehr zum Heilungsverlauf bei, als wenn du nur maulst und nörgelst."
„Wenn du einfach mal zu mir ins Bett kommen würdest, Baby, dann würde das wahrscheinlich zum Heilungsverlauf am meisten beitragen", gab er finster zurück.
„Nein." Ich schaltete den E-Book-Reader auf meinem Handy aus gähnte noch mal, warf ihm eine Kusshand zu und schnappte meine Jacke. „Bis morgen, mein Liebling."

***

Obwohl ich wusste, dass es unweigerlich irgendwann zeitnah passieren würde, war ich nicht im Geringsten auf die Situation vorbereitet, als Heather nächsten Tag tatsächlich am frühen Nachmittag in der Klinik auftauchte. Sie hatte sich mit einem luftigen Tuch und einer Sonnenbrille gut getarnt. Gibt es Zufälle? Ich behaupte: Nein. Es war nämlich Giordan, der sie erkannte. Er stand ausgerechnet

in diesem Moment nach seinem Abschlussbesuch beim Orthopäden vor unserem Tresen.
„Wie geht es dem Senior?", hatte Connie gefragt und war tatsächlich kurz aus ihrer derzeit aus bekannten Gründen bestehenden Trübsinnigkeit aufgetaucht.
„Ich weiß nicht so richtig." Giordan zuckte mit den Schultern. „Der Arzt ist an sich zufrieden mit dem Ergebnis der Herzkatheteruntersuchung. Die haben Dad zwei Stents verpasst. Alles soweit gut." Er schnaubte und warf der Frau, die in schnellem Schritt mit klappernden Pumps durch die Eingangshalle schepperte, einen flüchtigen Blick zu. „Aber der Alte hängt durch. Die Luft ist raus. Dass die Pumpe einen weghat, macht ihn kirre. Er kann das nicht kontrollieren. Ich glaube, er hat das erste Mal Angst davor, dass er wirklich sterben ..."
Dann erstarrte er und richtete sich auf, als hätte er ein Lineal verschluckt. Sein Gesicht war kalkweiß.
„Hallo Heddy", sagte er tonlos und die Frau, die schon fast im Gang zu den Fahrstühlen verschwunden war, stoppte, als hätte sie der Traktorstrahl aus Darth Vaders Raumschiff eingefangen.
Ich bekam sofort Schnappatmung und ließ mich auf meinen Stuhl plumpsen, von wo aus ich unter Connies erstauntem Blick nur noch vorsichtig über den Empfangstresen lugte. Ich wusste nicht, wie ich reagieren würde, sollte, konnte, falls Heather mich erkannte. Mir stand absolut nicht der Sinn nach Schlammcatchen und Spontan-Wrestling oder Augenauskratzen. Ich war dafür einfach nicht passend angezogen.

Giordan stieß sich vom Tresen ab und machte ein paar Schritte auf Heather zu, die langsam ihre Sonnenbrille absetzte. Das konnte ich sehen, weil ich ganz vorsichtig über den Tresen spähte.
„Sieh an", sagte Heather sarkastisch, „mir bleibt auch nichts erspart. Wen haben wir denn da? Den Stammhalter des Schweinestalls Donovan, den Mann ohne Rückgrat, die Marionette des Patriarchen. – Welche Bezeichnung wäre dir am liebsten? Und – by the way – es ist keine Freude für mich, dich zu sehen."
Sie standen sich gegenüber wie zwei Cowboys vor dem Duell. Und Heather hatte eben den verbalen ersten Schuss abgegeben.

„Ich bin dein Bruder, Heddy", sagte Giordan. Seine Stimme klang heiser. „Schade, dass du dich nicht mehr daran erinnerst, dass du eine Familie hast."
„Familie?" Heather lachte affektiert. „Entschuldige, wie nennst du dieses Rattennest? Wer bitte willst du sein? Ein Teil meiner ... Familie? Sorry, nein, ich habe keine Familie." Sie machte einen Schritt auf ihn zu. „Das Einzige, was ich habe, wenn ich an Familie denke, ist ein ganz schlechter Nachgeschmack von", sie legte einen Finger ans Kinn, „lass mich überlegen - ach ja - Gülle und der Geruch von Schweinen in der Nase."
Giordan wich nicht zurück. „Dem alten Herrn geht es schlecht, Heddy. Vielleicht stirbt er bald. Ich denke, dass es vielleicht auch für dich von Vorteil ist, wenn du vorher ..."
Heather hob die Hand. Connie und ich sogen beide scharf die Luft ein. Wir dachten unisono, dass sie ihn schlagen wollte. Aber sie strich sich nur eine Strähne aus dem Gesicht.
„Hör auf zu denken, Gio. Das war noch nie deine Stärke, du Blödmann. Ich hab vor langer Zeit gelernt, alleine für mich einzustehen. Ich brauche euch nicht und ... deinen Vater am allerwenigsten. Ich habe mich aus eurer Suhle hervorgewühlt wie ein Phoenix aus stinkender Asche und werde nie wieder dorthin zurückkommen." Sie trat noch einen Schritt näher an ihren Bruder heran und flüsterte so laut, dass wir es hören konnten: „Und wenn das alte Schwein krepiert ist, dann sag mir Bescheid, wo du ihn verscharrt hast, damit ich auf seinem Grab tanzen kann." Dann lächelte sie süß, stülpte sich die Sonnenbrille wieder auf die Nase und ging festen Schrittes von dannen.

Connie wechselte einen erschrockenen Blick mit mir. Ich stand langsam auf, sah Heather nach und hatte einen riesigen Knoten im Bauch, der von Sekunde zu Sekunde fester wurde. Ob sie ahnte, was sie bei Lennard erwartete?

Giordan stand da wie vom Donner gerührt, die Fäuste geballt. Dann schüttelte er sich wie ein nasser Hund und verließ die Eingangshalle ohne ein weiteres Wort oder einen Blick in unsere Richtung.

Ich wechselte nun meinerseits einen irritierten Blick mit Connie, die sich dann um einen Patienten kümmerte, welcher sich eben an unserem Tresen eingefunden hatte. Da ich nicht unmittelbar gebraucht wurde, sackte ich erneut kraftlos auf dem Stuhl zusammen, raffte mich aber unter dem verdatterten Blick des fremden Mannes wieder auf, murmelte etwas von Tee und Durst und Hitze und verkrümelte mich ins Büro, als wäre das eine Festung, die mich vor Heather und Konsorten beschützen konnte. Während ich mich mit den alltäglichen, hoch komplizierten Verrichtungen beruhigte, die das Teekochen erforderte, kreiselten meine Gedanken unablässig um das, was sich jetzt in Lennards Zimmer abspielen würde. Er hatte vermutlich schon gestern Abend gewusst, dass die Konfrontation heute bevorstand. Das erklärte mir im Nachhinein auch seine äußerst angespannte Stimmungslage.
„Hättest mir ruhig was sagen können, du Depp“, knurrte ich ein Teesieb an und ballerte das arme Ding in Connies Tasse. „Ich wäre schon nicht tot umgefallen. Du musst nicht denken, dass ich eine Mimose wäre.“ Dann bereitete ich die zweite Tasse vor, während das Wasser sprudelte. Ich sah auf die Uhr. In einer halben Stunde konnte ich Feierabend machen und ich würde auch keine Sekunde länger bleiben, falls Heather dann noch hier war. Vielleicht umging ich so eine direkte Konfrontation mit meiner Konkurrentin. Ja, ich weiß, dass so ein Verhalten feige war. Aber gut, okay, dann outete ich mich eben als Feigling. Bitte schön. Na und? Ich hatte wirklich Schiss, wenn ich mir vorstellte, Heather hier zu begegnen, und legte absolut keinen Wert auf Informationen aus erster Hand. Wenn ich nur an die Szenerie dachte, die sich möglicherweise eben in Lennards Zimmer abspielte, dann musste ich aufpassen, dass mein Magen nicht auf Springbrunnen schaltete, ehrlich. Ich fühlte mich mega mies. Hinsichtlich von Lennards Verhalten hegte ich keine Zweifel. Ich war mir sicher, dass er die Beziehung zu Heather justament beendete. Aber hinsichtlich ihrer Reaktion legte mein inneres Kino die aberwitzigsten Filmrollen ein.

Heather würde eine Voodoopuppe mit meinem Namen erschaffen und mich mit heißen Nadeln zu Tode pieken.
Heather würde sich mit Lennard in die Luft sprengen.

Heather würde mich im Ofen des Knusperhäuschens braun rösten.
Heather würde Lennard zwingen, sie zu heiraten, indem sie sein Auto mit einem Stahlschwamm bedrohte.
Heather würde mich vierteilen und an Kampfhunde verfüttern, die sie extra noch anschaffen musste.
Heather würde Lennard betäuben, entführen, für immer und ewig an einem geheimen Ort verstecken und ihn nie wieder rauslassen.
Heather würde Außerirdische beauftragen, mich von der Welt zu lotsen.
Heather würde ...

Verdammt, meine überschäumende Phantasie kannte einfach keine Grenzen. Aber echt mal, ein Mensch mit Heddys labilem Vergangenheitsprofil war nun mal eine tickende Zeitbombe.

Oder nicht?

***

Meine inständige Bitte, nicht mit Heather konfrontiert zu werden, ging leider nicht in Erfüllung. Obwohl ich hastig alles zusammenraffte und mich vier Minuten vor dem Ende meiner offiziellen Arbeitszeit in den Feierabend empfohlen hatte, sah ich mich Heather exakt dann gegenüber, als ich mich aufrichtete, nachdem ich mein Fahrrad abgeschlossen hatte.
Wir starrten uns an und irgendein aktiver Teil meines Hirns überlegte fieberhaft, wie das nochmal mit dieser imaginären Schutzkugel funktionierte, die Ooljee mir geraten hatte aufzubauen, wenn ich auf Geistreisen in Gefahr geriet. Half das hier? Ich konnte es nur hoffen. Aber ich bekam nicht mal genug Konzentration zusammen, um mir auch nur eine minikleine Kaugummiblase vorzustellen.

Heather nahm die Sonnenbrille ab. Sie hatte, im Gegensatz zu ihrem hoheitsvollen Auftritt zwei Stunden zuvor, komplett die Rolle gewechselt. Und sie sah entsetzlich aus. Ihr Gesicht war kreidebleich. Ihr Atem ging flach. Die wundervollen grünen Augen, sonst strahlender Quell purer Selbstsicherheit, wirkten matt und verquollen. Sie hatte geweint. Und sie tat es immer noch. Die stummen Tränen, die wie kleine Bäche über ihr Gesicht kullerten, sorgten dafür, dass ich mich so klein und mies fühlte wie eine verlorene Kanalratte.
„Du also“, flüsterte sie und musterte mich müde von oben bis unten. „Du also. Und was hast du, was ich nicht habe?“
‚Seine Liebe‘, hätte ich antworten können, wenn ich in der Lage gewesen wäre zu sprechen. War ich aber nicht. Ich schnappte nur nach Luft und blieb stumm.
„Du bist so ... normal. So stinklangweilig und hässlich.“
Stopp. Das ging zu weit. „Jetzt gehst du aber zu weit“, krächzte ich und drückte wenigstens den Rücken durch. Ich wollte aufrecht sterben.
Sie schenkte mir einen verächtlichen Blick. Ihre Tränen versiegten. „Zu weit?“, fragte sie nachdenklich und lachte plötzlich, was ganz, ganz furchtbar klang. „Du dummes kleines Mädchen. Du hast doch überhaupt keine Ahnung, wie weit ich gehen kann, wenn ich muss. Aber das wirst du noch erfahren.“
Dann setzte sie graziös ihre Sonnenbrille wieder auf, drehte sich um und schwebte anmutig davon.

***

Heathers unterschwellige Drohung hatte mich gezielter in die Knie gezwungen als eine offene Kampfansage. Ich vergaß, mein Fahrrad wieder anzuschließen, und floh zurück in die Klinik, weil ich mich dringend vergewissern musste, dass Lennard noch am Leben war. Auf seine körperliche Verfassung konnte man derzeit schließlich pfeifen. Kampfsport hin oder her, ich wusste gar nicht, ob er das noch so intensiv betrieb wie früher, aber selbst wenn – einen vereiterten Blinddarm mit anschließender Bauch-OP steckte kein Mensch einfach so in die Tasche wie zwei Pfefferminzbonbons. Lennard war derzeit, mit Verlaub gesagt, nicht mal eine Gefahr für ein neugeborenes Lämmchen. Höchstens, wenn er drauf fiel. Ich hoffte inständig, dass es seitens Heddys nicht zu körperlichen Übergriffen gekommen war. Er war, abgesehen von einem halbherzigen Hieb mit dem Infusionsständer, kaum in der Lage gewesen, sich zu verteidigen.

Connie packte im Büro gerade ihre Sachen zusammen und staunte nicht schlecht, als sie mich vorbeirennen sah. „Wolltest du nicht los?", rief sie mir hinterher. „Oh – Scheiße. Hat dich die kleine Heddy zu fassen ...?"
Den Rest konnte ich nicht mehr hören, weil ich schon weitergelaufen war.

Bei Lennard angekommen, nahm ich mir nicht mal die Zeit zu verschnaufen. Ich riss die Tür auf und stürmte den Raum wie die Vorhut einer feindlichen Armada. Lennard fiel vor Schreck fast aus dem Bett.
„Ist alles klar mit dir? Geht es dir gut?", keuchte ich und sah ihm hektisch in beide Augen. Die Pupillen waren gleich groß. Ich tastete seinen Kopf ab. „Hat sie dir ...?"
Lennard packte mich bei den Oberarmen. „Leela, jetzt beruhige dich. Ich lebe noch."
Ich ließ mich auf die Bettkante plumpsen und begutachtete meinen Quasi-Verlobten prüfend. Er sah ebenfalls schrecklich aus. Und mit schrecklich meine ich: schrecklich. Er war extrem blass und guckte sehr traurig und verletzt, eben so wie ein Mann, der gerade eine Blinddarm-OP hinter sich und zu guter Letzt wegen mir mit seiner Freundin Schluss gemacht hatte.
„Armer Hase", sagte ich leise. „War es so schlimm?"

Lennard gab einen kleinen Schnaufer von sich. „Schlimm?“ Er schüttelte mit dem Kopf. „Ach wo. Es war nicht schlimm.“ Er sah mich an und schnitt eine Grimasse. „Es war absolut grauenhaft. Ehrlich gesagt, war es das Schlimmste, was ich jemals gemacht habe.“
Er hob die Arme. Ich ließ mich hineinsinken und murmelte wieder: „Armer Hase“, weil mir einfach nichts Besseres einfiel, was ich sagen könnte. Den Spruch, wie grässlich Heather eben ausgesehen hatte, verkniff ich mir.
„Wird sie das irgendwie schaffen?“, fragte ich stattdessen und drückte mich instinktiv noch enger an Lennard. „Hat sie jemanden, der ihr hilft?“
„Ich ... hoffe es“, gab er zurück. „Sie muss. Es bleibt ihr nichts anderes übrig. Ich habe Ajei gebeten, Heather anzurufen. Vielleicht hilft das.“

Wir lagen eine ganze Weile schweigend da.
„Weiß sie eigentlich, wo ich wohne?“, fragte ich zögernd, weil sich der Klumpen in meinem Bauch immer mehr verfestigte. Ihre letzten Worte hatten sich schon irgendwie nach Drohung angehört, wenn ich jetzt darüber nachdachte sogar noch viel mehr.
Lennard erstarrte. Dann zuckte er mit den Schultern. „Kann sein, dass ich ... das irgendwann mal erwähnt habe. Warum?“
Ich seufzte. „Keine Ahnung. Ich habe nur so ein schrecklich blödes Gefühl.“ Ich hob den Kopf und sah ihn an. „Kann ich bei dir zu Hause schlafen?“ Obwohl, würde sie mich dort nicht noch viel eher vermuten?
Er lächelte, wenn auch ein bisschen gequält. „Natürlich kannst du bei mir schlafen. Du kannst auch ganz und gar zu mir kommen?“
Mein Herz fing an zu pochen. „Ganz und gar zu dir? Wie meinst du das?“
Er gab mir einen Kuss auf die Nase. „Was glaubst du denn? Pack dein Zeug und bring es zu mir. Ist doch sowieso praktischer. Ich bin normalerweise viel unterwegs und dann muss ich dich nicht erst irgendwo suchen, wenn ich nach Hause komme.“
Mein Herz pochte nicht mehr. Es hüpfte und reckte dabei immer wieder jubelnd die Faust gen Himmel. „Nach Hause? In die Little Lane?“
Er nickte, einen Funken amüsiert. „Ja, Leela, zu mir nach Hause in die Little

Lane."
„A-aber, ich bin gerne dort", sagte ich atemlos.
Lennard nickte wieder. „Ich weiß. Und das macht die Sache noch einfacher." Er strich mit dem Daumen sanft über meine Wange. „Weißt du eigentlich, wie sehr ich dich liebe, Baby? Es ist wirklich abstrus, aber seit ich endlich den Mumm hatte, mir einzugestehen, dass ich dich liebe, macht alles Sinn. Fühlt sich an, als wären Puzzlesteine in die richtigen Ecken gerückt. Du bist so was wie mein persönlicher Mittelpunkt des Universums. Mir war nie klar, wie sehr ich nach dir gesucht habe, seit ich damals gegangen bin. Ich will, dass du bei mir bist. Also komm zu mir. Wir gehören sowieso zusammen."

Der kleine Begeisterungsschrei, der von mir gekommen war, hatte sich einfach nicht verhindern lassen. Nach ein paar innigen Minuten der Stille lösten wir uns voneinander.
Ich holte tief Luft, weil ich beim Küssen vergessen hatte zu atmen. „Ich werde jetzt gehen", flüsterte ich und strich dabei sanft mit dem Finger über die dunklen Schatten unter seinen Augen. „Ich komme nachher wieder. Schlaf erstmal."
Lennard sah mich an und nickte. Er war fix und fertig. Kein Wunder. Der hoffentlich beginnende Heilungsprozess und das emotional aufwühlende Gespräch mit Heather mussten ihn immens ermüdet haben. Er schlief wahrscheinlich schon, als ich die Zimmertür leise hinter mir zuzog. Draußen musste ich erst einmal tief Luft holen, die Augen schließen und mir klarzumachen, dass die Zweifelei und das ewige Hin und Her jetzt tatsächlich vorbei waren.
Er hatte es getan. Er hatte tatsächlich Schluss gemacht mit Heather, weil er mich liebte. Mich. Nicht sie. Lennard und Leila. Leila und Lennard. Zum Zweiten. Und dieses Mal für immer, wenn es nach mir ging.

Wir hatten die letzte Hürde genommen.
Mein Herz war übergroß.
Alles fühlte sich leicht an.
In mir pulsierte genug Kraft, um die Welt aus den Angeln zu heben.

Meine Seele trällerte.
Ich war ü-ber-glück-lich.

Das heißt, ich wäre überglücklich, wenn es da nicht noch Heather gäbe, die jetzt todtraurig sein musste. Meine Freud' war ihr Leid. Sie war der Stachel im Doppelherz L + L, der Moll-Ton in meiner Liebessinfonie, der Kratzer auf dem Lack unseres Honeymoon-Gefährts.

Und während ich zum Ausgang und meinem Fahrrad lief, formte sich ein Gedanke in meinem Kopf: Ich musste Heather helfen. Sie sollte glücklich werden, denn sonst wäre der Beginn meines Lebens mit Lennard immer mit einem kleinen schalen Gefühl verbunden, so als hätte sie den Preis für mein Glück bezahlen müssen.

Was blieb da?

Ich würde Lennard niemals für sie aufgeben, aber ich konnte das Mindeste tun, was eventuell in meinen Möglichkeiten stand. Ich würde versuchen, Haley für sie zu finden, damit Heather wenigstens diesen losen Faden in ihrem Leben verknüpfen und etwas heiler werden konnte.

Ich musste es zumindest versuchen.

***

Ich ging wie auf Wolken, während ich zum Auto eilte und in meinem Kopf mögliche Pläne schmiedete. Zuallererst brauchte ich das Armband der verschwundenen Haley. Ich musste es zurückholen, damit ich den Versuch, Kontakt zu ihr aufzunehmen, in Angriff nehmen konnte. Vielleicht würde mir Ooljee sogar helfen, wenn ich ihr von meinem Plan erzählte. Das wäre in jedem Fall besser. Sie hatte einfach viel, viel mehr Erfahrung auf dem Gebiet der Geistreisen und kannte da ein paar Fahrpläne. Außerdem verfügte sie über gute Kontakte, wenn man das so sagen konnte.

Leider hatte ich Pech. Die Thunder Mountain Ranch war zumindest von ihren Menschen verlassen, die Besitzer waren ausgeflogen. Nur der geifernde Höllenhund tobte sich auf dem Grundstück aus. Damit machte er erfolgreich jeden weiteren Gedanken meinerseits zunichte, die Ranch über den Haupteingang zu betreten.
Ich rief Ooljee an. Sie ging nicht an ihr Handy und für einen Moment war ich verunsichert. Ohne Lennards Mutter konnte die Sache gefährlich für mich werden. Es wäre sicher klüger zu warten. Aber Heather ging es konkret jetzt schlecht, also brauchte sie auch konkret JETZT Hilfe. Je länger ich darüber nachdachte, was sie wohl gerade machte, desto flauer wurde mir im Bauch. Verdammt, ich konnte nicht auf Ooljee warten. Also verschaffte ich mir Zugang zum Stall über die hintere Koppel und ging davon aus, dass das Tor zum Gebäude auf der Hofseite verschlossen war. Ich konnte mir nichts anderes vorstellen, sonst würde der riesige Hund wilde Sau unter den Pferden spielen. Schwer vorstellbar, dass Ooljee in der Hinsicht nachlässig war.

Ich behielt recht. Das Tor stand lediglich zur Koppel hin offen, damit die Pferde in den Schatten und Wasser trinken gehen konnten, wenn ihnen der Sinn danach stand. Also kletterte ich über den Zaun und hetzte unter dem misstrauischen Blick der Pferde in das Stallgebäude. Cocowhite Lady befand sich in ihrer Box, als hätte sie dort auf mich gewartet.
„Scht", machte ich wenig professionell. „Ganz ruhig, meine Gute. Ich brauche das Armband von Haley, wirklich, nur das Armband."

Ich quetschte mich an der Boxenwand entlang. Coco schnaubte und schnupperte an meinem Hals. Für einen Moment blieb ich stehen und lehnte meine Wange an den Kopf der Stute.
„Drück mir die Daumen, dass alles gut geht", sagte ich leise. „Vielleicht kann Haley von dort helfen, wo sie ist." Ich strich sachte über die weichen Nüstern. Coco schnaubte.
Dann nahm ich das Kettchen vom Nagel unter dem Bild. Es fühlte sich kalt an. Ich steckte es in meine Hosentasche, holte tief Luft und warf einen Blick auf das Bild. Haley, auf ewig in ihrer Siegerpose erstarrt, lächelte schüchtern in die Kamera.
„Hilf mir, dann hilft es ihr", flüsterte ich und tippte mit dem Finger gegen ihre Bildhand.

Dann fuhr ich in mein Hexenhäuschen und war zugegeben etwas auf der Hut, weil ich nicht wusste, ob Heather dort auf mich lauerte, um mir den Hals umzudrehen. Aber in der Alhambra Road schien alles im grünen Bereich zu sein. Ich sah mich gründlich um und lauschte. Das Haus war leer.

Ich nahm mir ein Glas Wasser und setzte mich draußen in die Sonne. Nachdenklich betrachtete ich das Kettchen in meiner Hand. Wie sollte ich jetzt vorgehen? Einfach im Internet eine Trommelmusik suchen und starten? Ich war jetzt doch ein bisschen unsicher. Haley hatte sich zu keinem Zeitpunkt als friedlicher Geist wie Lennards Opa gezeigt. Sie konnte nicht loslassen, weil sie getrieben war von Wut und Hass. Das hatten mir die Visionen deutlich gezeigt. Ich musste mich schützen, damit sie mich nicht überrannte. Aber wie?
Vielleicht sollte ich zu Lennard nach Hause fahren, wo ich mich sicher und geborgen fühlte. Er hatte nichts davon gesagt, dass Heather über einen eigenen Schlüssel zu seinen Räumlichkeiten verfügte. Den Ersatzschlüssel konnte ich vorerst an mich nehmen, für den Fall, dass sie wusste, wo der lag. Ich nutzte ihn im Moment sowieso andauernd. Aber was, wenn Heather doch einen Schlüssel hatte? Allein schon dieser Gedanke sorgte dafür, dass ich die Idee verwarf.
Ich sollte besser hierbleiben und den Versuch von hier starten. Im großen Haus

drüben war zumindest Monica, die mich eventuell schreien hörte, wenn irgendwas nicht stimmte.

Ich blickte hinüber, wo das Dach von Jims Haus hinter den flachen Bäumen hervorragte. Würden die beiden mich hören? Von drüben drangen selten Geräusche bis zu mir vor. In diesem Moment läutete die Klingel, und zwar bei mir an der Tür. Das kam so unerwartet, dass ich zusammenzuckte , als wäre ein Ufo in den Garten geknallt. Ich erwartete keinen Besuch. Und schon gar nicht jetzt, um ... Blick auf die Uhr ... kurz nach sechs. Trotzdem sprang ich auf, steckte das Kettchen wieder in die Tasche und rief: „Komme schon."

Vor der Tür stand ein Fahrradkurier. Er sah mich über den Rand seiner Brille an. „Sind Sie Leela Bruhl und ist das hier ...", er las mit gerunzelter Stirn den Zettel auf der Walmart-Tüte, worin sich, den Maßen nach, ein Päckchen befand, „... Jims Gartenhaus in der Alhambra Road?" Er sah sich um.
„Ja", sagte ich erstaunt. „Ich bin Leila und das hier ist Jims Gartenhaus. - Ich habe aber gar nichts bestellt. Was soll das sein?"
„Keine Ahnung. Ist nicht meine Aufgabe, die Sendungen zu durchsuchen." Der Kurier hielt mir das kleine Apparätchen hin, auf welchem ich mit einem Plastikstift meinen Namen als Empfangsbestätigung kritzeln musste.
„Bye." Dabei schwang er seine Tasche auf den Rücken, sich selbst quasi zeitgleich auf das Rad und sauste davon.

Ich blieb verdutzt zurück, die zugetackerte Tüte in der Hand. Das Päckchen war leicht. Während ich ins Haus zurückging und die Tür schloss, riss ich die Tüte auf ... und erstarrte beim Anblick des an sich harmlos anmutenden Inhalts. Ich wusste ganz genau, wo ich dieses weiße Geschenkpäckchen schon einmal gesehen hatte. Bei Lennard. Es hatte in seinem Schlafzimmer gestanden. Im Regal neben der Tür. Ganz oben. Jetzt fehlte die Schleife. Aber das machte die Sache nicht besser. Ganz im Gegenteil.
Was ich damals nämlich nicht hatte sehen können, war die in zierlicher Mädchenschrift auf dem Deckel verewigte Mitteilung: „PRIVAT!!!

Geheimsache!!! Nur zum Verwahren. H."

Mein Herz fing an zu rasen. Ich holte das Päckchen langsam heraus und stieß mit dem Fuß den Hauseingang zu. Die Tüte fiel zu Boden, die Tür hinter mir ins Schloss. Ich starrte die schleifenlose Box ablehnend an und ahnte, dass damit alles andere als eine frohe Botschaft in mein Hexenhäuschen gekommen war. Woher die Box kam, war klar, und von wem sie stammte auch, als hätte mir die Senderin das Ding selbst in die Hand gedrückt.
Heather war in Lennards Haus gewesen.

Ich hielt die Box weit von mir weg, spürte, wie mich Gänsehaut in Wellen überlief. Die Absenderin wollte mir kein Geschenk machen, ganz sicher nicht. Warum sollte sie auch? Ich hatte ihr den Partner ausgespannt und ihre rosarote Zukunft in Trümmer gelegt. Einem Impuls folgend rannte ich durch das Häuschen, schmiss den weißen Karton auf die Terrasse und knallte die Tür zu. Dann stand ich hinter der Scheibe und schüttelte mich wie ein Hund.
„Oh Gott, was ist da drin?", flüsterte ich und umschlang meinen Oberkörper mit den Armen.
Der Deckel der Box war abgeflogen. Nichts passierte. Kein Knall. Kein Peng. Kein seltsames Pulver. Nichts.

Wie unter Trance ging ich, mich immer wieder hektisch umsehend, rückwärts, bis ich im Flur bei der Plastiktüte ankam. Ich hob sie mit spitzen Fingern auf und spähte hinein. Mein Herz beschleunigte. In der Tüte lag ein gefalteter Zettel. Minutenlang starrte ich das karierte Blatt Papier an. Dann nahm ich es heraus.

***

„Lennard hat ~~mich~~ mir ~~verspr~~ geschworen, dass er mir ~~nicht~~ niemals weh tun wird. NIEMALS. Er hat gelogen. Er ist ein Schwein, genauso ein Schwein wie all die anderen Männer, die ich kenne.
Aber DU BIST SCHULD. Schuldig. Niemand nimmt mir etwas ungestraft weg. Niemand.
Alle werden büßen, du wirst schon sehen. Auch du.
Für das, was jetzt passiert, hast DU die Verantwortung. Nur DU. Ich hasse dich. Und deswegen werfe ich dir mein Leben vor die Füße, du Miststück, obwohl du das nicht verdienst. Niemand verdient mich.

Schade, dass ich nicht dabei sein werde, wenn du begreifst, dass du ~~noch~~ niemals mit ihm glücklich werden kannst. Oh nein, das wirst du nicht. Niemals. Nicht, wenn du ~~die Bilder~~ den Film gesehen hast. Dann weißt du, dass du schuldig bist. Und du wirst den Film sehen. Du musst. Genieß ihn. Und dann mach damit, was du willst.
Hast du den Mut dazu? Ich glaube nicht. Du bist nichts. Du bist niemand. Du bist feige.
Scheiß auf dein Mitleid. Schieb es dir in den Hintern.

Ich hasse sie alle. Ich hasse dich.

Auf Nimmerwiedersehen …

H.

PS: Mach mit der CD, was du willst. Mein Anwalt hat sowieso eine Kopie davon. Ich habe ihm ganz genau gesagt, was er machen soll, wenn mir was passiert.
Sieh dir den Film an. Ich war schon immer eine gute Schauspielerin. Schade, dass ich ~~nicht~~ nie erfahren werde, wie du kotzt."

***

Ich starrte voller Entsetzen auf Heathers eilig dahingewischte Zeilen, dann auf den Karton, der noch immer ganz harmlos dort auf der Terrasse lag.

Hatte ich den Mut dazu? - Nein.
War ich scharf darauf, irgendwas zu begreifen? - Nein.
Wollte ich diesen Film sehen? - NEIN.

Aber ich war auch nicht Nichts und schon gar nicht Niemand. Und schuldig fühlte ich mich auch nicht. Nur mies, weil durch mein Glück Heather unglücklich wurde. Aber ich wünschte ihr dieses Unglück doch nicht. Im Gegenteil. Sie tat mir leid. Ich wünschte ihr eine neue Liebe, aber keinen Mann, der mit ihr zusammenblieb, obwohl er eine andere Frau im Herzen hatte.

Langsam ging ich zur Terrassentür und öffnete sie. Dann holte ich tief Luft und hob den Karton auf. Verkeilt in seinem Inneren steckte eine gebrannte CD. Ich zog das Plastikcover heraus. In der gleichen Schrift wie auf dem karierten Zettel stand hier mit schwarzem Permanent-Marker nur eins. Ein Datum. 17.07.2004. Mir lief ein kalter Schauer über den Nacken. Ich schluckte.

Ich überlegte eine Minute. Noch eine. Dann klappte ich meinen Laptop auf, fuhr ihn hoch und steckte schließlich die CD ins Laufwerk.
Das System forderte mich auf, eine Aktion für das weitere Vorgehen anzugeben.
Ich klickte auf die Option: ‚Film abspielen'.
Mein Herz schlug bis zum Hals.

***

Die junge Heather schaute in die Kamera. Sie musste etwa fünfzehn Jahre alt sein, aber ihre Augen sprachen eine deutlich andere, eine ältere Sprache. Sie lächelte. Es war kein fröhliches Lächeln und verlieh ihrem puppenhaft niedlichem Gesicht etwas Sardonisches. Heathers Haare waren damals noch nicht blond, sondern von einem tiefen Rot, was gut mit ihren grünen Katzenaugen harmonierte.

„Okay", sagte sie. „Hallo Kamera. Ich habe dich für einen wichtigen Job besorgt, also untersteh dich, nicht zu funktionieren. Dann schmeiße ich dich gegen die Wand. Ich will das nämlich NIE WIEDER machen müssen, ist das klar? Wenn der Plan funktioniert, dann habe ich das Schwein in der Tasche und kann machen, was ich will. So. Test." Ich hörte sie laut die Nase hochziehen, während die Kamera in dem geräumigen Zimmer herumgeschwenkt wurde. Ein Himmelbett dominierte den Raum neben Rosa, Glitzer und Plüsch und einem riesigen Fenster mit Doppeltüren zum Balkon. „Das ist mein Kabuff. Cool, oder? Tja, ich bin Daddys Liebling. Die süße Prinzessin. Wie sagt er immer so schön, der Arsch? Ganz die Mama." Sie lachte, aber auch das klang mehr als nur ein bisschen ironisch. Es klang höhnisch. Wütend. Bösartig. Verzweifelt.

Das Bild wackelte immens, bis es wieder klar wurde. Heather hatte die Kamera auf einen Schrank gestellt, wie ich vermutete, da sie nun von unten nach oben seitlich neben das Objektiv blickte. Dort befand sich sicherlich das kleine Sichtfenster. Sie testete den Ein- und Ausschalter. „Funktioniert. Und das muss es auch. Unbedingt." Sie warf eine Kusshand in die Kamera. „Vergiss das nicht, Kamera. Du bist mein Lebensretter. Meine Versicherung. Und wenn ich das im Kasten habe, dann bin ich hier weg und das Schwein muss für mich bluten. Für immer und ewig. Sonst fliegt er auf und sein scheiß Schickimickileben geht ganz beschissen zu Ende."

Cut. Ein und aus. Holpernder Übergang. Es war jetzt Abend. Die Kamera zeigte einundzwanzig Uhr siebenundfünfzig an und war auf das Himmelbett gerichtet. Heather hatte es so eingestellt, dass die Zeit unten im Bild mit angezeigt wurde.

Ich saß wie festgetackert auf dem Stuhl und starrte auf den Bildschirm. Mir war ganz, ganz schlecht. „Bitte nicht", flüsterte ich. „Was machst du da mit mir?"

Hast du den Mut dazu? Ich glaube nicht.

Im Zimmer war ausreichend Licht. Heather hatte mehrere Lampen an. Sie lag mit einem Buch in ihrem Himmelbett. Ich konnte noch sehen, wie sie blitzschnell etwas nach hinten zwischen Wand und Matratze steckte. Das musste die Fernbedienung der Kamera gewesen sein.

Die Zimmertür ging auf. Jemand kam herein und machte die Tür wieder zu.

Mein Mund wurde trocken. Ich atmete ganz flach.

Heather saß erstarrt im Bett. „Daddy? Bitte geh wieder raus." Ihre Stimme war um Oktaven höher. Der alte Donovan, damals noch einige Jahre jünger und nicht vom Herzinfarkt gezeichnet wie zu diesen Zeiten, lachte. Er schaltete das Deckenlicht aus und näherte sich dem Bett. „Darf ich dir nicht ‚gute Nacht' sagen kommen? Wir müssen zusammenhalten, Prinzessin, das weißt du doch."
Heather zog die Decke bis ans Kinn. „Ich bin nicht deine Prinzessin. Geh wieder raus."
Der damals noch etwas dynamischere Donovan setzte sich auf das Bett des Mädchens und wickelte eine ihrer Haarsträhnen um seinen Finger.
Er sagte sehr ruhig: „Du bist genauso schön wie deine Mutter. Sei nicht genauso dumm. Daraus kann man Kapital schlagen, wenn man clever ist."

Ich zitterte wie Espenlaub, war wie gelähmt und wollte den Rechner zuklappen.

Und du wirst den Film sehen. Du musst. Genieß ihn.

Heather schüttelte seine Hand heftig ab. „Lass das. Ich will das nicht."

Der Mann flüsterte: „Tja, Prinzessin, dann hättest du deine Mutter nicht die Klippe runterschmeißen dürfen."
Heather kreischte: „Ich habe Mama nicht die Klippe runtergeschubst. Und sie war nicht dumm."
Er packte ihr Handgelenk. „Dass du gesprungen bist, war fast dasselbe. Du hättest dir denken können, dass sie dir hinterher springt, die blöde Kuh. Du und deine Mutter. Ihr wart schon immer eine Soße. Aber der Grund liegt ja auf der Hand. "
„Daddy! Lass das!", kreischte Heather, als ihr der Vater ins Haar griff und die Bettdecke wegzog.
„Daddy?", lachte er hämisch. „Daddy! Dass du dich nicht schämst."

Sieh dir den Film an. Ich war schon immer eine gute Schauspielerin. Schade, dass ich ~~nicht~~ nie erfahren werde, wie du kotzt.

Sie hatte mich richtig eingeschätzt. Was dann kam, war so grässlich, dass ich tatsächlich kotzte. Mitten in den Raum.

Alle werden büßen, du wirst schon sehen. Auch du. Ich hasse sie alle. Ich hasse dich.

Als der Mann das Zimmer verließ, hatte ich einen Weinkrampf und wimmerte in einer Tour: „Ohgottohgottohgott", während mir der Rotz aus der Nase lief. Niemand durfte so etwas gegen den Willen eines anderen tun und am allerwenigsten durfte sich ein Vater seiner Tochter mit Gewalt aufzwingen. Niemals. Das war so widerlich, grausam, menschenverachtend und gemein, dass sich mein naturgemäß sonniges Gemütsgestell an diesem klarblauen Sommerabend in einen Schrotthaufen verwandelte. Ich hatte das Gefühl, nie wieder an etwas Gutes glauben zu können. Ich fühlte mich besudelt, beschmutzt und genauso missbraucht, wie die arme Heather es vor vierzehn Jahren hatte über sich ergehen lassen müssen. Mehr als einmal. Wahrscheinlich immer wieder. Und niemand war da, der sie beschützte.

Schade, dass ich nicht dabei sein werde, wenn du begreifst, dass du ~~noch~~ niemals mit ihm glücklich werden kannst. Oh nein, das wirst du nicht. Niemals. Nicht, wenn du ~~die Bilder~~ den Film gesehen hast.

Es war perfide und grausam. Heather hatte gezielt und mitten ins Schwarze getroffen. Sie hatte mir ihr Elend in die Seele graviert, indem sie mich in ihre Abgründe hatte sehen lassen. Ich war nicht mehr dieselbe. Sie hatte mir etwas geraubt, eine gewisse Unschuld, den Glauben, dass schreckliche Dinge passieren konnten, aber eben nur theoretisch. Indem sie mich mit den grässlichen Tatsachen ihrer Kindheit und Jugend konfrontierte, ließ sie meinen guten Glauben ebenso mit untergehen wie ihr eigenes Vertrauen in eine höhere Instanz, was ganz sicher damals gestorben war. Niemand hatte ihr geholfen. Niemand war da gewesen. Dann hatte sie ihr Vertrauen in Lennard gesetzt und wieder war sie enttäuscht worden. Ich wusste genau, was sie nun damit bezweckte, mir diesen Film zu schicken. Ich war schuld. Sie bestrafte mich.

Ich starrte durch den Bildschirm in ihre Augen, während sie sich aufrichtete und ihre Bettdecke wegschleuderte. Dabei wimmerte sie: „Ich hasse dich! Ich hasse dich! Ich hasse dich! Du bist ein Monster. Ein Scheusal. Ein Unmensch. Ein Schwein, ein Schwein, ein Schwein. Das ist eklig."
Schließlich sackte sie auf dem Bett zusammen und weinte laut.

Da sprang die Tür mit einem Knall auf. „Hör auf zu jaulen", brüllte jemand.
Heather und ich fuhren gemeinsam erschrocken hoch.
Im Zimmer stand ein blonder Junge, etwas älter als sie, und starrte ihre Nacktheit an.
„Hör auf zu brüllen", fauchte er noch einmal. „Was schreist du denn rum wie abgestochen, du dumme Kuh? Und zieh dir was an. Ist ja voll widerlich."
Heather sprang auf, grapschte nach ihrer Bettdecke und hielt sich diese wie eine Toga vor die Brust. „Dann bleib doch draußen. Ist mein Zimmer. Und warum ich schreie? Weil sich dein Vater, dieses miese Arschloch, schon wieder an mir vergriffen hat. Frag ihn, warum ich nichts anhabe. Weißt du, was er mit mir

macht, während du dir in deinem Zimmer Pornos reinziehst und an dir rumspielst, Gio?" Sie wartete keine Antwort ab und sagte es ihm.

Giordan stand breitbeinig mit verschränkten Armen vor ihr und ließ ihre geschluchzte Tirade scheinbar ungerührt über sich ergehen. Lediglich daran, dass er nervös an seiner Unterlippe kaute, erkannte ich, selbst völlig paralysiert, dass er aufgewühlt war.
„Hör auf!", brüllte er plötzlich und ballte die Fäuste. „Du lügst und lügst. Immer lügst du und denkst dir irgendwelchen Mist aus, den andere ausbaden müssen. Nie weißt du, wann Schl ..."
„Ich lüge nicht", unterbrach ihn Heather heftig. „Er macht das. Immer wieder. Seit Jahren schon. Ich kann es beweisen. Und Mama ..."
„Und wenn schon!? Dann hast du das wahrscheinlich verdient, du Miststück. Lass Mama aus dem Spiel, ja? Wegen dir ist Mama nämlich tot. Nur wegen dir. Und Haley", seine Stimme zitterte, „ist auch weg, weil sie dich nicht mehr ertragen hat. Deinen Anblick. Deine Lügerei."

Heather schwieg erschrocken. Ihre Augen waren weit aufgerissen. „W-was? Was hast du gesagt? Ich ... hätte das verdient? Ich hätte das verdient, dass dieser Schweinehund sich an mir vergreift? Weil ... Mama tot ist? Und Haley ist wegen mir ... weggegangen?"
Giordan schniefte und wischte sich mit dem Ärmel Rotz von der Nase. „Alles nur wegen dir. Du bist schuld, dass Mama tot ist. Du alleine. Wärest du nicht gesprungen, dann würde sie noch leben. Immer muss es nach dir gehen. Immer willst du bestimmen. Seitdem du auf der Welt bist, bestimmst du alle und alles. Jetzt ist mein Leben im Arsch und du bist schuld. Und wenn du nicht aufpasst und weiter hier nur rummotzt und das Maul aufreißt, dann passiert dir dasselbe wie Haley. Dann bist du auch weg und keiner weiß, wohin. Hast du verstanden?"
Er stürmte aus dem Zimmer und knallte die Tür hinter sich zu.

Heather stand stocksteif im Raum. Sie starrte mit riesigen Augen hoch zum

Schrank in die Kamera, die die gesamte Szene emotionslos mitgeschnitten hatte. Ihre Stimme war nur ein Flüstern. „Kann es sein, dass ... Gio ... weiß, wo Haley ist? Ist sie wirklich vor mir weggelaufen? Oder hat ... er sie ... umgebracht?“
Wir starrten uns minutenlang an, die junge Heather und ich, ohne dass sie mich sah mit ihren schreckensstarren Augen. Schließlich kam sie wie in Trance auf mich zu und streckte die Hand aus. „Ich hasse sie alle, den gesamten Rest dieser Familie. Alle“, sagte sie mit Grabesstimme, bevor sie die Kamera ausschaltete.

***

Der Monitor wurde schwarz.
Ich klappte den Laptop zu, sprang heulend auf und rannte ins Bad. Dort zog ich mich mit fliegender Hast aus und stellte mich unter die Dusche, wo ich minutenlang blieb, weinte, schrubbte und doch nicht das Gefühl hatte, jemals wieder sauber zu werden.
In meinem Kopf stapelten sich wirre Gedanken, verschlangen sich mit den schrecklichen Bildern des Films und den Fetzen von Heathers Brief.

Und dann mach damit, was du willst. Hast du den Mut dazu? Ich glaube nicht.

Wozu sollte ich den Mut haben? Es lag doch nicht an mir, den Schweinehund für das bezahlen zu lassen, was er ihr, seiner Tochter, angetan hatte. Sie musste den Mistkerl selbst anzeigen, damit er bestraft werden konnte. Und Giordan war ein zahnloser, hasenherziger Mistkerl, weil er es leugnete und seine Schwester für etwas büßen ließ, was sie nicht getan hatte, damit sein gut betuchtes Leben nicht den Bach runterging, wenn das ihm verbliebene Elternteil in den Knast wanderte.

Hatte er deswegen mit Haley gestritten? Weil sie herausgefunden hatte, was der Vater mit Heather tat? Hatte sie dasselbe erdulden müssen?
War sie deswegen tot?
War Giordan ihr deswegen die Treppe hinunter gefolgt, nachdem sie stürzte? Um sie endgültig umzubringen?
Oder war sie tatsächlich fortgelaufen? Ohne ihr Pferd? Schwer vorstellbar.
Würde ich den Mut aufbringen, ihn zu fragen, ihn mit Heathers grässlicher Wahrheit zu konfrontieren?

Hast du den Mut dazu?

Mein Anwalt hat sowieso eine Kopie davon. Ich habe ihm ganz genau gesagt, was er machen soll, wenn mir was passiert.

Auf Nimmerwiedersehen …

Herr im Himmel! Erst jetzt sickerte die Bedeutung der letzten Worte zu mir durch.
Ich stieß einen Schrei aus und schaltete die Dusche ab. Während ich mich notdürftig abtrocknete, mir in fieberhafter Eile irgendwelche Sachen überwarf, suchte ich nach meinem Handy und rief Lennard an.
„Wo wohnt sie?“, brüllte ich in den Hörer, als er abnahm und sich schläfrig meldete.
„Leela? Alles klar?“
„Wo wohnt sie? Schnell. Sag es mir.“ Ich suchte nach seinem Autoschlüssel.
„Wer?“
„Heather.“
„Warum? Was ist denn ...“
„SAG ES MIR, verdammt. Es geht um Leben und Tod.“
Er sagte es mir.

Ich wusste, warum Heather mir diesen Film geschickt hatte.
Ich wusste, warum sie nie sehen würde, wie ich kotzte.
Ich wusste, was sie vorhatte.
Sie hatte genug von all dem und wollte sich das Leben nehmen.

Hoffentlich kam ich nicht zu spät.

***

Ich hätte es mir denken können. Heathers Haus war das schrecklich kitschige Barbie-Schloss, was sie sich quasi in die Nachbarschaft ihrer verhassten Familie hatte bauen lassen, um den beiden verbliebenen Männern zu zeigen, dass sie die Trümmer ihrer Existenz als Heather Donovan zugunsten von Heather O'Farrell hinter sich gelassen, dass sie es geschafft hatte.
„Ich bin wie der Phönix aus stinkender Asche gestiegen."
Sie hatte es selbst gesagt.
Das Schloss der Phönix-Dame war ein imaginärer Stinkefinger.
Und hoffentlich kein Grab.

Ich bretterte mit quietschenden Reifen in die Einfahrt, würgte den Motor ab und sprang aus dem Wagen. Dann rannte ich zu Heathers kitschigem Haustraum in Weiß und Rosa. Die Garage war verschlossen. Ich konnte nicht sehen, ob sich ein Auto darin befand.
„Sei da, sei wach, sei bitte nicht tot", psalmierte ich in einer Tour vor mich hin und rief wieder Lennard an.
Er ging sofort ran. „Wie geht es ihr? Hast du sie gef ...?"
Ich unterbrach ihn. „Wie komme ich in dieses Haus? Sie hat eine Alarmanlage."
„Sieben, zwei, neun, neun, acht", kam die prompte Antwort. „Soll ich von hier den Notruf wählen?" Lennard blieb ruhig. Das war gut. Es reichte, dass ich völlig außer mir war.
Mit fliegenden Fingern gab ich den Code ein.
Es piepte.
Ich ruckte an der Klinke.
Die Tür ging auf.

„Heather?", rief ich von unten, das Telefon mit Lennard noch am Ohr.
Im Haus war alles still. Totenstill.
„Heather?", rief ich noch einmal mit leichter Panik in der Stimme.
„Stube und Wohnküche hat sie unten. Und das kleine Badezimmer. Schau zuerst dort nach. Einfach geradeaus", riet Lennard.
Aber Heather war oben in ihrem Schlafzimmer. Die Doppeltür stand offen.

Leichter Wind blähte die zarten Gardinen. Sie lag auf dem Rücken, die Arme nach hinten gestreckt, wie eine nachlässig hingeworfene Anziehpuppe.
„Alarmier den Notruf", bellte ich in mein Handy und schleuderte das Ding neben Heather auf das Bett. Dann versuchte ich, ruhig zu bleiben und mich auf das Wesentliche zu besinnen: das Abarbeiten der Maßnahmen beim Auffinden einer bewusstlosen Person. Ich prüfte, ob Heather noch atmete. Das tat sie, aber leider bereits unregelmäßig.
Ihr Atem roch stark nach Alkohol.
Ihr Blutdruck war im Keller.
Ich hob einzeln ihre Augenlider an. Die Pupillen reagierten kaum noch auf Licht. Wenn ich gedacht hätte, ich wäre bereits in Panik, dann wurde ich jetzt eines Besseren belehrt. Ich schüttelte sie leicht und versuchte, sie auf die Seite zu drehen.
Dann schrie ich: „Verdammt, du hast mir diesen Film nicht umsonst gezeigt, oder? Du hast ihn mir gezeigt, weil du wolltest, dass ich dich suche. Du wolltest, dass ich dich finde, verfluchte Scheiße. So. Ich hab dich gesucht. Und ich hab dich gefunden. Also stirb jetzt auch nicht, verdammt noch mal. Das darfst du einfach nicht. Hörst du?"
Heathers Leben war ernsthaft in Gefahr. Ich verfrachtete sie in die stabile Seitenlage. Daraufhin erbrach sie sich auf ihre mit rosafarbenen Magnolienblüten bedeckte Glitzerbettwäsche. Ich hob sie leicht an, damit sie nicht erstickte.
„Los!", bellte ich. „Lass alles raus, hörst du? Alles."
Noch ein Schwall. Ich war nicht die Einzige, die diesen Abend zum Kotzen fand. In der Hinsicht waren Heather und ich nun quitt. Allerdings roch das Erbrochene auf der Bettdecke nicht nur nach Alkohol, sondern auch noch nach Bittermandeln.
Verdammt. Verdammt. Verdammt. Das war nicht gut. Gar nicht gut. Das war sogar katastrophal. Sie war entschlossener, als ich befürchtet hatte. Im Gegenteil. Heather meinte es ernst und wollte auf Nummer sicher gehen. Sie wollte sterben.
Ich zitterte wie Espenlaub, als ich Heather aus der Kotzzone zerrte.
Blausäure.
„Wie viele von den Dingern hast du gegessen?", heulte ich und hoffte, dass es

„nur“ reine Bittermandeln gewesen waren, die sie gegessen hatte. Die Alternative, also gelöste Blausäure, wäre noch wesentlich schlimmer. Dann hatte sie jetzt schon keine Chance mehr. Und mein Seelenheil auch nicht.
Ich packte sie in meiner Verzweiflung unter dem Bauch und hoffte, dass so noch mehr von dem Giftcocktail aus ihrem Magen kippte.
Heather hustete und schnappte nach Luft.
Ich legte sie wieder in die stabile Seitenlage und beobachtete verzweifelt ihr unnatürlich blasses Gesicht.
Dann stockte ihre Atmung.
„Nein. NEIN!“

Ich konnte nicht auf den Rettungsdienst warten. Ich musste sie beatmen, obwohl mir klar war, dass diese Maßnahme bedeuten konnte, dass ich selbst kleine Mengen Blausäure einatmete, die über Heathers Lunge unweigerlich austreten würde. Dadurch konnte ich mich selbst vergiften. Hatte Heather das gewusst? Dann war sie ein Miststück. Aber es spielte keine Rolle. Ich würde alles tun, um zu verhindern, dass sie jetzt und hier starb. Hatte sie das geahnt?

Hast du den Mut dazu? Auf Nimmerwiedersehen …

Wenn sie es nicht ernst meinte, hätte sie dann: „Auf Wiedersehen“ geschrieben? Ich sah mich hektisch um. In der Umgebung ihres Bettes konnte ich keine Gefäße finden, die sie benutzt haben könnte, um sich die Blausäure konzentriert in flüssiger Form einzugeben. Die Bewusstlosigkeit wäre dann in wenigen Sekunden eingetreten. Sie hätte kaum noch Zeit gehabt, Spuren zu beseitigen. Außerdem wäre jede Hilfe, auch ich, für sie zu spät gekommen. So auf Nummer sicher war Heather nicht gegangen. Oder? ODER?
Wenn sie so perfide geplant hätte, würde sie mit diesem Beatmungsversuch uns beide umbringen, ohne einen Finger krumm machen oder für die Tat einstehen zu müssen. Ich wollte darauf bauen, dass ihr Selbstmordversuch ein spontaner Verzweiflungsschrei war. Dann hatte sie ihr Schicksal in meine Hände gelegt, eine Fifty-fifty-Aktion geplant und verdammt hoch gepokert.

Scheiß auf alles. Ich musste sie beatmen. Sonst würde sie sterben.
Ich legte sie auf den Rücken, prüfte, ob ihre Atemwege nach dem Kotzen frei waren und pustete meinen Atem in ihren Mund.

Dann dreißig Mal Druck auf ihr Herz.
Zwei Atemstöße.
Dreißig Mal Druck auf Heathers Herz.
Zwei Atemstöße.
Dreißig ...

Ich schaltete in den Automatikmodus und versuchte, Angst, Entsetzen und Panik zu verdrängen. Dabei betete ich unablässig, dass der Rettungsdienst schnell kam, während mir Schweiß und Tränen über die Wangen liefen.

***

Heather wurde mit Blaulicht ins Krankenhaus gebracht. Ich wünschte mir wie nichts sonst auf der Welt, dass sie überlebte. Und das zum Einen, weil sie den Tod nicht verdiente, und zum Zweiten, weil ich nicht wusste, wie die unmögliche andere Option die Beziehung zwischen Lennard und mir belasten würde.

Während mir wieder einmal der Rettungsdienst die Verantwortung für jemanden, in diesem Fall Heather, abnahm und sich darum bemühte, Leben zu retten, hatte ich mich auf die Suche gemacht und in der Küche die halbvolle Tüte Bittermandeln gefunden. „Als traditionelle Backzutat nur zum Kochen oder Backen zu verwenden. Bittermandeln sind nicht zum Rohverzehr geeignet. Sie enthalten Blausäure."
Wie viele mochte sie davon gegessen haben?
Hoffentlich nicht zu viele.
Hoffentlich waren die meisten Bittermandeln beim Kotzen vorhin oben in ihrem

Bett gelandet.
Hoffentlich überlebte sie.
Hoffentlich.
Sie musste einfach.

Das letzte Sirenengeräusch verklang in der Ferne.
Der Rettungswagenfahrer hatte mich gefragt, ob sie mir einen zweiten Wagen schicken sollten. Die Gefahr der Blausäureinhalation war nicht zu verachten. Aber ich lehnte ab mit dem Versprechen, mich nachher selbst in der Notaufnahme zu melden. Recht war dem Kollegen das nicht, aber er konnte mich schlecht gegen meinen Willen behandeln. Und im Rettungswagen würden sie mit Heather genug zu tun haben. Ich war müde wie ein Bergarbeiter nach der Zwölfstundenschicht. Ich wollte nur noch nach Hause, mich umziehen und dann ins Krankenhaus zu Lennard, damit wir gemeinsam den Kopf hängen lassen und um Heathers Leben bibbern konnten.

Ich hatte getan, was mir möglich gewesen war. Mehr ging wirklich nicht. Ihr Leben lag jetzt nicht mehr in meiner Hand, auch wenn sie mir den schwarzen Peter untergejubelt hatte.

Aber der Abend hielt leider noch weitaus mehr unangenehme Überraschungen für mich bereit. Als ich nämlich in Heathers Schlafzimmer ging, um mein Handy zu holen, hörte ich Schritte unten im Haus.
Ich war gerade dabei, die Doppeltür zum Balkon zu schließen, und überlegte, das schmutzige Bettzeug mitzunehmen, als Giordan in der Tür stand.

„Was machst du denn hier?", fragte er finster. „Und was ist mit Heddy passiert? Wo bringen die sie hin?"
Ich riegelte mit Nachdruck die Tür zu. „Wohin wohl?"
„Ins Leichenschauhaus wohl leider nicht. Dafür bräuchte es kein Blaulicht."
Ich fuhr herum und kniff die Augen zusammen. „Wie bitte? Hoffst du, dass sie sich um die Ecke gebracht hat?"

Giordan verschränkte die Arme und blieb mitten in der Tür stehen. „Hat sie das versucht, ja? Und sich zu dämlich angestellt? War ja klar. Die Drama-Queen. - Boah, wie das hier stinkt."
Mir klappte die Kinnlade runter. „Zu dämlich angestellt? Hast du das eben wirklich gesagt?"
Giordan zuckte mit den Schultern. „Ja? Weil es stimmt? Sie war immer so. Wenn sie nicht im Mittelpunkt stand, dann war der Tag im Arsch. - Und da der Rettungswagen mit Blaulicht losgefahren ist, lebt sie noch. Sonst wäre Ruhe gewesen und man hätte den Bestatter geschickt."
„Ruhe gewesen", echote ich flüsternd und schüttelte fassungslos den Kopf. „Ich fasse es nicht. Du bist ein Schwein, Giordan, ein ganz mieses Schwein. Du hast gewusst, dass dein Vater seine eigene Tochter, deine Schwester, missbraucht, und du hast einfach so getan, als wäre das völlig in Ordnung." Wahrscheinlich standen meine Haare in Flammen, so wütend war ich.
Giordans Augen verengten sich zu Schlitzen. Er schüttelte den Kopf und lachte grimmig. „Ach, hat dir das kleine Miststück sowas erzählt? Sie hätte nicht Schauspielerin, sondern Schriftstellerin werden sollen. Ehrlich, was die sich ausdenkt. Jetzt habe ich Kopfkino. Bääh. Es ist widerlich, sich den alten Herrn mit Heddy vorzustellen. Das hatte er nicht nötig, ehrlich. Er hat Kohle ohne Ende. Frauen sind ihm immer nachgelaufen. Vielleicht hätte meine Schwester das ja gern gehabt, wer weiß? Die ist früher reihum durch alle Betten getanzt wie eine Nutte. Hat alle meine Kumpels angebaggert. - Und du glaubst ihr die Chose auch noch."
Jetzt platzte mir endgültig der Kragen. Ich schrie ihn an: „Chose? Widerlich? Weiß du, was widerlich ist? Du bist widerlich. Deine Schwester hat mir das nicht erzählt. Ich habe es gesehen. Ich MUSSTE es sehen. Damit." Ich pikte mir fast selbst Zeige- und Mittelfinger in die Augen. „Sie hat mir ein verfluchtes Video geschickt. Sie hat euch gefilmt, dich und deinen höchst angesehenen Schweinehund von Vater. Ich musste mir ansehen, was er mit ihr gemacht hat. ANSEHEN." Mir kamen schon wieder die Tränen. „DAS war widerlich."

„Ansehen?" Giordans Stimme klang jetzt plötzlich verstört, kalt und gefährlich.

„Du lügst. Das ... kann nicht sein. Niemals. DAS KANN NICHT SEIN, hörst du? Was hat sie dir da für einen Mist erzählt? Welcher beschissene Film? Wo ist dieser Film?“

In diesem Moment bekam ich Angst. Heather hatte am Ende ihres Videos geschlussfolgert, dass Giordan Haley um die Ecke gebracht haben könnte. Und auch mir waren seine gelegentlichen Stimmungsschwankungen schon unangenehm aufgefallen.
Was, wenn sie recht hatte?
Was, wenn er wirklich ein Mörder war?
Oder zumindest ein verlogener Totschläger?
Dann wäre ich jetzt quasi im Allerwertesten und dort gehörte ich nicht hin.
Ich hätte die Klappe halten und mich in Sicherheit bringen sollen.
Einmal nachdenken, ohne gleich rauszuplatzen. Ein einziges Mal nur.
Mir wurde schwindelig.
Blausäure? Giordan? Es war beides zum Würgen.
Ich musste hier raus.
Monster. Scheusal. Unmensch.
Ich musste sogar schnellstens hier raus, aber Giordan blockierte die Tür.
Er stand zwischen mir und der Freiheit.
Also dachte ich nicht lange nach, riss in meiner Verzweiflung die vollgekotzte Decke vom Bett, stürmte vor und warf sie mit der besudelten Seite in Giordans Richtung.
„Was zur Hölle ...“ Er wich aus.
Ich stürmte an ihm vorbei, die Treppen hinunter. Ich kam sogar noch durch die Tür nach draußen bis zu Lennards Auto. Schwindel. Schwindel. Schwindel. Mein Kopf schwurbelte. Kurz vor dem rettenden Auto blieb ich ... mit dem Fuß ... an einer Kante hängen und ... stolperte, stürzte und prallte ... mit dem ... Kopf gegen den Seitenspiegel.

Das war zuviel. Klappe. Und aus.

***

Ich erwachte mit dröhnendem Schädel.

Mir tat alles weh.

Mein Mund fühlte sich an, als wäre er voller Pappe. Ich hatte höllischen Durst und brauchte dringend was zu trinken. Meine Kehle brannte.

Es war mir definitiv schon mal besser gegangen.

Ich blinzelte und versuchte, meine Umgebung wahrzunehmen.

Da war ein großes Fenster, nein, eine Doppeltür. Von dort schien das Licht einer Straßenlaterne hinein.

Mein Blick glitt durch den halbdunklen Raum. Wo zur Hölle war ich?

Ich richtete mich stöhnend auf, ließ mich aber gleich wieder sinken.

Herrgott, war mir schlecht. Jemand rollte in meinem Kopf ein Nadelkissen herum, die spitzen Enden waren außen.

Ich blinzelte und versuchte wieder, die örtlichen Gegebenheiten zu erfassen.

Aber das hier ... konnte nicht sein. Oder doch?

War ich wach? Träumte ich?

Ich lag in einem Bett und starrte in den gardinenrosa Glitzerhimmel mit Spitzenbesatz über mir. Verdammt ... Ich überlegte angestrengt, wo ich das Ding schon einmal gesehen hatte.

Mein Kopf war neben dem Nadelkissen voller Watte.

Alle werden büßen, du wirst schon sehen. Auch du.

Die Nadeln im Kopf tippten gegen die korrekten Synapsen. Ich fuhr hoch und würgte.

Heather.

Ich war hier. In ihrem Bett. In ebenjenem Himmelbett, was ich das Pech hatte, in ihrem grauenhaften Amateurvideo sehen zu müssen. Mit allem, was darin passiert war.

Dort drüben stand der weiße Schrank. Auf seiner Oberseite waren jede Menge Plüschtiere aufgereiht. Man konnte gut eine Kamera dazwischen verstecken.

„…“

Ich würgte, schluchzte, krabbelte hastig von dem Bett herunter, sank auf den weichen Teppich und krümmte mich dort wie ein Baby zusammen.

Giordan musste mich hergebracht haben. Warum?
Mir wurde noch schlechter. Er wusste, dass ich wusste, dass ...
Ich war eine Gefahr für ihn und seinen Vater.

Verdammt.
Ich musste weg. Sofort. Wie lange mochte ich schon hier sein? Egal, in jedem Fall zu lange. Wie spät war es? Ich tastete hektisch nach meinem Handy. Es war nicht in meinen Taschen. Verdammt. Das Handy lag auch in Heathers Bett, nur leider im Schlafzimmer eines ganz anderen Hauses.
Niemand konnte mich erreichen.
Niemand konnte mich orten.
Niemand wusste, wo ich war. Ich hatte es bis eben ja nicht einmal selbst gewusst.

Verschwunden waren außerdem mein Wohnungsschlüssel und der Schlüssel zu Lennards Wagen. Das Einzige, was ich in meiner Hosentasche fand, war Haleys zartes Armkettchen. Ich zog es heraus und klammerte mich daran fest, als wäre es meine letzte Verbindung zur Welt hinter diesen Mauern, auch wenn die Kette das Eigentum einer Toten war.
Ich zwang mich zum Hinsetzen. Das war nicht gut. Der Schwindel wurde dabei immer schlimmer. Wie sollte ich aufstehen oder laufen können?
Verdammt. Ich musste mich aufraffen. Ich konnte hier nicht bleiben.
Ich bekam Angst: nackte, kalte, grauenhafte Angst um mein Leben.
Was hatte Giordan mit mir vor? Oder sein Vater?
Ich musste fliehen.
Irgendwie.
Jetzt gleich.

***

Ich kam auf die Knie und krauchte zu der gläsernen Doppeltür hin, die so breit war, dass jedes Fenster unnötig wurde. Dort zog ich mich am Türknauf hoch und kam schwerfällig auf die Beine. Hinter der Tür war ein Balkon. Ich schleppte mich nach draußen und sah in den laternenlichtgebadeten, langgestreckten Innenhof des Donovan'schen Anwesens. Gegenüber war die große Werkhalle. Ich befand mich im ersten Stock des Hauses.
Die frische Luft tat mir gut. Ich atmete tief durch, aber entspannen konnte ich mich nicht.

Ein Lichtkegel durchschnitt die Finsternis vor dem Tor und schälte erst die werbende Riesenbank vor der Einfahrt, dann die Seite der Werkhalle aus dem Dunkel. Ein Auto kam in den Hof gebrettert und bremste scharf vor dem Haus. Ich duckte mich. Mist. Die Tür zu Heathers Mädchenzimmer war noch offen. Man würde sehen können, dass ich mich bewegt hatte. So schnell, wie ich konnte, schlich ich zurück in den Raum und drückte die Glastür zu. Dann ließ ich mich zu Boden gleiten und lauschte.

Ich hörte eine knallende Autotür und dann ...
... eilige Schritte.
..., den Unterdruck, der entsteht, wenn eine Tür im Haus geöffnet wird.
..., das Klicken, wenn eine Tür zufällt.
... , dann wieder Schritte.
... Stimmen.
Zwei.
Es waren Männer.
Die Donovans.
Beide.
Der Weg zur Haustür war versperrt.
Mist.

Ich sah mich fieberhaft um. Die klare Luft draußen hatte geholfen, den Kopf etwas freier zu bekommen und mir einen Teil der Benommenheit zu nehmen.

Ich war noch nicht fit, bei weitem nicht, aber zumindest halbwegs bei Sinnen. Also täuschte ich auf dem Bett meinen Körper vor, indem ich ein paar der Plüschtiere vom Schrank unter die Überdecke stopfte. Das Ergebnis konnte sich dafür, dass mir die Angst und ihre Freundin, das fieberhafte Zittern, geblieben waren, leidlich sehen lassen. Die Täuschung würde ausreichen, um für einen Moment lang die Illusion aufrecht zu erhalten, dass dort jemand läge. Ich zum Beispiel. Vielleicht hatte ich damit eine Chance zu entkommen. Ich musste sie nutzen.

Also stellte ich mich neben die Tür, und zwar so, dass derjenige, der hereinkam, mich nicht sofort sah. Bewaffnet war ich mit einem leeren Papierkorb, den ich unter Heathers Schreibtisch gefunden hatte, und Haleys Armband zwischen den Fingern, um einen möglichen Faustschlag etwas unangenehmer zu machen.

Dann wartete ich mit zitternden, gummiweichen Knien.

***

Die Stimmen im Haus, erst dumpf und etwas fern, wurden lauter, als sich unten eine Tür öffnete. Die beiden Männer, allem Anschein nach Donovan Junior und Senior, stritten.

„... noch nie weiter denken können, als dein Schwanz lang ist." Das war der Alte. „Wenn ich nicht jeden Scheiß von dir weggehalten hätte, dann wärst du längst vor die Hunde gegangen, du Weichei. - Und jetzt sieh zu, dass du einmal handelst wie ein richtiger Kerl."
„Ich brauche zumindest keine Kinder zu vergewaltigen und schon gar nicht meine eigene Tochter, du Schwein. Ich machs mit Frauen, wie ein Mann", brüllte Giordan.
Der Alte blieb ungerührt, aber er hob die Stimme. „Du hast bis jetzt noch nicht mal bewiesen, dass du überhaupt den Schwanz hochkriegst, um einen Affen zu zeugen, geschweige denn eine Tochter."
„Wenn das auffliegt, dann kommst du in den Knast. Das ist dir doch klar, oder?" Giordan klang jetzt müde.
„Wie soll es rauskommen, wenn du die CD hast, du Schwachmat? Und selbst wenn ..."

Ich erstarrte. Giordan hatte meinen Schlüssel. Er war im Hexenhäuschen gewesen und hatte die CD geholt. Die war nun also futsch für mich, aber ich konnte nicht sagen, dass ich darüber traurig war. Im Gegenteil. Es war eine Erleichterung für mich zu wissen, dass dieses widerliche Objekt aus meinem unmittelbaren Wohnbereich entfernt worden war.
Aber Giordan, der miese Schuft, war definitiv weiter gegangen als zu weit. Er hatte tatsächlich meinen Schlüssel und damit leider auch den Schlüssel zu Lennards Audi. Ich verfügte also nicht über ein Fluchtfahrzeug. Damit war ich erledigt. Oder nicht?

Der alte Donovan hatte weitergesprochen: „... hast du immer noch keine Ahnung, was los ist. Aber zumindest weißt du ja, wofür DU am Ende hinter Gittern kommst, du Blödmann, oder? Soll ich dir die alte Geschichte noch mal erzählen? Soll ich dir sagen, was du gemacht hast und was ich damals getan habe, um dich zu schützen? Nicht, dass sich das wirklich gelohnt hätte, du bist und bleibst ein elender Schwachkopf, aber ich habe trotzdem meinen Hals für dich riskiert. – Also schön auf dem Teppich bleiben. Hol das blöde Weib jetzt runter."

Giordan waren offenbar die Argumente ausgegangen. Er stampfte die Treppen hinauf. Dann stand er vor Heathers Tür und öffnete diese leise. Ich spannte mich an.
„Warum musstest du deine Nase nur in Dinge stecken, die dich absolut nichts angehen." Seine Flüsterstimme klang jetzt nicht mehr kalt, sondern weinerlich. Wie bei einem Kind.
Er kam langsam in den Raum, das Bett im Visier. Seine Silhouette befand sich schräg vor mir.

‚Ich hab nicht nach den ‚Dingen' gesucht, in die ich meine Nase stecken kann', dachte ich und atmete ganz flach, damit Giordan mich nicht hörte. ‚Diese ‚Dinge' sind von ganz allein zu mir gekommen und ich würde sonst was drum geben, wenn ich nie von Heather oder deinem Vater und von mir aus auch von dir gehört hätte. Das kannst du mir glauben.'
Dieser Film. Dieser schreckliche Film. Der würde mir noch lange im Magen und im Herzen liegen.
„Ich habe Heddy niemals angefasst und ich habe auch nie geahnt, dass der Alte das macht."
„Falsch. Du WOLLTEST es nicht wissen." Das sagte ich leider wirklich, zwar flüsternd, aber hörbar.

Giordan fuhr herum.
Und so standen wir im fahlen Laternenschein vor uns. Ich hatte den metallenen Papierkorb über meinen Kopf gehoben und war bereit zuzuschlagen. Die Glitzersteine im Armband funkelten im Licht wie echte Diamanten.
Wir sahen uns an. Giordans Augen weiteten sich. Er sah grässlich aus, verwirrt,

gebrochen.
„Haley“, flüsterte er und wich zurück. „Geh weg, bitte. Ich wollte dir nie was tun. Niemals.“
Er stolperte zum Bett hinüber.
Ich atmete die angehaltene Luft wieder aus. Er hatte mich im Schatten hinter der Tür nicht erkannt. Ich blickte hoch zu meinen Händen. Das Armband funkelte schwach über den Fingerknöcheln. Haley? Hielt er mich tatsächlich für Haley? Oder noch besser: Für ihren Geist? Dann musste er völlig von der Rolle sein.
Er hatte gesagt, dass er ihr nie hatte etwas tun wollen. Aber was bedeutete das? Hatte er nichts getan? Hatte er doch etwas getan, obwohl er es nicht wollte? Hatte er etwas getan, weil er es tun musste? So, wie jetzt?

Als Giordan nach der Bettdecke griff, spannte ich mich wieder an. Gleich würde der Schwindel auffliegen und dann ...
... ging plötzlich das Licht an. Der Raum wurde hell. Ich blinzelte und als sich meine Pupillen an das Licht gewöhnt hatten, da fiel mein Blick als Erstes auf ein Bild über dem Bett, direkt unter dem rosa Himmel. Es zeigte die Köpfe von Heather und Haley, dicht beieinander. Heather war vielleicht acht Jahre, ihre Schwester entsprechend älter.

„From Heddy for Haley with love ...“

Und plötzlich wusste ich, dass sie da war. Ich spürte die Kälte, den Hass, die Wut.

Monster.
Scheusal.
Unmensch.

Sie war da. Und sie wartete. Sie lauerte.
Meine Nackenhärchen stellten sich auf.

„Worauf wartest du? Du bist so ein jämmerlicher Hornochse, Giordan. Wenn ich es nicht besser wüsste, dann würde ich abstreiten, dass du von mir bist."
Schritte.
Dann stand der alte Donovan im Raum. Und er checkte sofort, dass ich nicht ihm Bett, sondern hinter ihm stand, als hätte er Sensoren im Rücken. Er fuhr herum und starrte mich böse an.
„Na, wen haben wir denn da?"

Giordan hatte die Bettdecke weggerissen und ebenfalls realisiert, dass ich dort nicht mehr lag. Er hob den Kopf. „Leela!?"

Ich sagte nichts.
Ich handelte.
Ich warf den Mülleimer nach dem alten Donovan, der zurückwich. Einen Herzschlag später drängte ich mich an ihm vorbei, durch die Tür in den Flur. Ich kannte diesen Flur. Haley hatte ihn mir gezeigt, damals, in der Vision bei den Mooney Falls. Ich sah die Treppe, die sie hinuntergestürzt war, und machte den verdammten Fehler, dort erschrocken zu stoppen und mich umzudrehen.

Der alte Donovan stand hinter mir, von seiner Krankheit gezeichnet, faltig und verbittert und so abgemagert, dass er fast in seinen losen Sachen verschwand. Aber er stand hier, bereit, mir den Weg abzuschneiden. Und er war böse. In seinen Augen las ich, was er für mein Schicksal hielt.
Giordan stürmte durch die Tür.
Da rannte ich los. Der Alte machte einen Satz wie eine Spinne. Das hatte ich ihm nicht mehr zugetraut. Ich stand schon am Treppenabsatz, da erwischte er meinen Arm. Ich warf mich zurück. Damit hatte er wohl gerechnet, denn genau da ... ließ er los.
„Leela", brüllte Giordan, als ich den Boden unter den Füßen verlor, wie Haley vor vielen Jahren an genau dieser Stelle.

Ich sah in Giordans weit aufgerissene Augen. Ich kippte nach hinten ins Nichts. Hinter mir klaffte die Treppe wie ein Abgrund im Boden. Ich krachte auf den Rücken, ...

... NEIN, das tat ich nicht. Ich bekam eine Stange des Treppengeländers zu fassen. Das bremste meinen Fall, verhinderte, dass ich auf der Treppe aufkam und mich überschlug, so wie Haley. Stehen blieb ich trotzdem nicht. Ich strauchelte, fiel nach hinten aufs Gesäß und rutschte die Treppe hinunter, was schmerzhaft genug war.

Ich *überschlug mich* nicht.

Ich prallte zwar am Ende auch *auf den harten Boden.* Aber *die Schmerzen ließen* nicht *nach wie damals bei Haleys schrecklichem Sturz. Das Leben sickerte* nicht *aus mir heraus wie Schmelzwasser durch Kiesel und Sand. Kalt. Gefühllos. Fern.*

Mir tat trotzdem alles weh, besonders mein Hintern. Ich schnappte nach Luft. Hoffentlich hatte ich mir nicht das Steißbein gebrochen. Aber auch das war derzeit das geringste Problem. Ich kam stöhnend auf die Knie.

Der Junge stand oben an der Treppe, stumm, Mund und Augen weit aufgerissen. Um ihn herum zog sich die Dunkelheit zusammen. Sie verdichtete sich, als hätte sie ein Eigenleben, sie pulsierte und waberte, dehnte sich aus und dann ... erkannte ich in diesem Schatten den alten Donovan, der mit einem tödlich kalten, auf mich gerichteten Blick und einem perfiden Plan die Treppen herunterkam.

Unmensch.
... Monster ...
... ... Scheusal ... ...

Mein Herz klopfte bis zum Hals. Haley war hier. Ich spürte sie. Sie war ganz nah. Ihr Hass hüllte mich ein und richtete sich wie ein Pfeil gegen den alten Mann, der sich an ihrer Schwester vergangen hatte. Auch sie hatte ihn damals kommen sehen, als sie hier unten lag, genauso wie ich ihn jetzt sah. Sie war nicht bei dem Sturz gestorben. Sie hatte hier unten, am Fuße der Treppe gelegen und noch gelebt. Es war ihr Vater, der heruntergekommen war. Nicht Giordan.

„Verschwinde, du winselndes Weichei", bellte der alte Donovan über die Schulter nach oben. „Ich bringe das zu Ende. So wie immer. Du bekommst sowieso nie was auf die Reihe."
„Dad", brüllte Giordan, während ich versuchte, auf die Beine zu kommen. „Lass sie in Ruhe. Wir kriegen das Problem schon irgendwie hin."
„Arschloch", murmelte der alte Mann und funkelte mich böse an. „Du kriegst überhaupt nichts hin. Du kriegst nie irgendwas hin. Und die Schnepfe hier weiß einfach zu viel."

Dann stand er vor mir, streckte die Hände aus und legte sie um meinen Hals.

Ich wollte mich wehren, versuchte, seine Hände von meinem Hals zu lösen. Das gelang nicht. Mir fehlte neben der Kraft jetzt auch noch die Luft. ‚Steh auf. STEH AUF!', schrie ich mich innerlich an. Ich versuchte hochzukommen, aber mein Hintern tat so irrsinnig weh, dass ich wie gelähmt auf den Knien blieb. Dieser ganze beschissene Tag hatte mich alle Energie gekostet. Wirklich alle Kraft. Ich röchelte. Tränen liefen über meine Wangen.
Hilflos umklammerte ich die Handgelenke des alten Mannes, der noch über erstaunlich viel Kraft verfügte.

Unmensch.
... Monster ...
... ... Scheusal ... ...

Haley war da und ihre Wut größer als meine Vorstellungskraft. Der Verschluss des Armbands, was früher ihr gehörte, hatte sich schmerzhaft in meinen Finger gebohrt. Ein Tropfen Blut rann über meine Haut. Er lief kribbelnd über den Rand meiner Handaußenseite und würde bald auf den Fliesen der Eingangshalle zerplatzen.

Ich hörte Giordan noch schreien, obwohl ich kurz davor war, das Bewusstsein zu verlieren. Meinen Körper spürte ich kaum noch. Giordans Schritte polterten dumpf auf der Treppe. Es mussten seine Schritte sein. Oder nicht? Das waren doch Schritte, oder? Was hatte er vor? Wollte er mir helfen? Mir den Rest geben? Ich wusste es nicht. Alle Geräusche verschwammen zu einem nebulösen Hintergrundraunen. In meinem Kopf breitete sich Licht aus, alles wurde ganz leicht, schwerelos. Ich hatte das Gefühl zu schweben, mich aufzulösen.
Ich dachte an Lennard, sah seinen leuchtenden Blick, sein liebevolles Lächeln.

Und dann war da plötzlich eine Stimme. Sie kam aus dem Licht, aus seiner Mitte. Ihr Klang war überall und ich wusste, dass es ihre Stimme war. Haley. Sie war nun ganz klar, nicht krächzend, sondern hell und deutlich, süß und eindringlich. Sie sprach zu mir. „Lass mich durch. Hilf mir, dann helfe ich dir. Bitte. Hilf mir."
Im Hintergrund klang eine Flöte, weich und zart. Sie spielte mein Lieblingslied. Da hörte ich auf, mich zu wehren, ließ die Arme fallen und dachte: „Okay, Haley, dann mach mit mir, was du willst. Los. Nimm ihn dir."

Im nächsten Moment war der Raum erfüllt von einem überirdischen, befreiten Kreischen, bevor ein kalter Wind durch meinen Körper fuhr, den ich plötzlich wieder spürte wie einen schweren, nassen Sack. Ich riss die Augen auf und sah, wie die Luft vibrierte. Sturm breitete sich in mir aus, fuhr nach vorn, aus meinem Leib heraus und in den alten Mann hinein, der im nächsten Augenblick meinen Hals losließ und sich mit beiden Händen ans Herz griff.

„Giordan", ächzte er und sackte vor mir zusammen. „Hilf mir."
Nun waren wir beide auf den Knien. In Augenhöhe.
„Unmensch. Monster. Scheusal", krächzte ich, weil mir der Hals so weh tat von seinem Griff, aber es war nicht meine Stimme. Es war ihre. Es waren ihre Worte. Haleys. Ich legte meine Hände auf seine Brust und flüsterte: „Unmensch. Monster. Scheusal. Mörder! Du hast mich umgebracht. Ich bin Haley."
Unsere Blicke trafen sich und krallten sich ineinander.

Wie ich aussah, konnte ich nur ahnen. Aber der alte Donovan hatte die Augen weit aufgerissen und starrte mich an, als würde er einen Geist sehen. Und das tat er. Er sah den Geist eines Menschen, den er lange nicht gesehen hatte, den Geist seiner Tochter, die er ermordet hatte.
Er ächzte vor Schmerzen, vor allem aber vor Angst. Seine Hände krallten sich in den Stoff des teuren Hemdes, als könnte er die Finger des Todes, die sich in seinen Leib gebohrt und um sein Herz geschlossen hatten, wieder herausreißen. Aber Haley hielt fest. Sie hatte ihn endlich zu fassen bekommen und nun ließ sie ihn nicht mehr los, bis das kranke Herz des alten Donovan endgültig seinen Dienst versagte.
Ich wusste, wen er in meinen Augen erkannte, als das Leben ihn verließ, und er wusste, wer ihn auf der anderen Seite erwartete.
Ich blieb weit offen, ließ sie bei mir bleiben, sah mit meinen Augen durch Haleys die Todesangst in seinem Blick und hielt diesem so lange stand, bis das Leben in seinen Augen erlosch und der alte Donovan zur Seite kippte, wo er still liegen blieb.

Dann sackte auch ich zusammen. Kraftlos, leer und leicht wie eine Feder.

***

„Leela? Leela!“ Jemand rüttelte heftig an mir. „He, wach auf. Bitte.“

Ich öffnete die Augen einen kleinen Spalt. Das war unheimlich schwer, weil meine Lider neuerdings eine Legierung aus Edelstahl zu haben schienen. Giordans entsetztes Gesicht war über mir. Er sah mich mit rot unterlaufenen Augen an und wirkte so, wie ich mich fühlte: erschöpft und ausgequetscht wie eine Zitrone nach einem Intermezzo mit der vollautomatischen Saftpresse. Darüber hinaus aber völlig klar.

Wir sahen uns an und ich betete, dass er wirklich nicht daran interessiert war, mir zu schaden. Ich hätte ihm nichts mehr entgegenzusetzen. Ich war so wehrlos wie ein neugeborenes Kätzchen.
„Was war das eben?“, fragte er völlig außer sich. „Was, verdammt noch mal, ist hier passiert?“
Ich hob leicht den Kopf, der immer noch voller Watte war. Der alte Donovan lag unweit von mir am Fuß der Treppe, seltsam verdreht, und rührte sich nicht mehr. Ich zog hastig meine Füße weg, die sich zu nahe an seinen Beinen befanden, und stemmte mich auf die Arme.
Giordan wurde von einem trockenen Schluchzer geschüttelt. „Er ist tot, Leela. Mein Vater ... ist tot. Er ist ein Schwein. Er war ein mieser Vater. Auch zu mir. Heddy hat nicht gelogen. Der Alte ... hat meine Schwester vergewaltigt, aber jetzt ... ist er tot. Er ist ... Ich bin ... jetzt ... Er ist doch mein Vater. Ich ...Jetzt ... weiß ich gar nicht ...“ Er wandte sich ab und rang um Fassung.
Ich hob meine tonnenschwere, mit einer trocknenden Blutspur gezeichnete und Haleys Armband verflochtene Hand und strich ihm sanft über die Wange. In mir war plötzlich eine tiefe Traurigkeit, doch darunter verbarg sich innige Liebe. Die Liebe einer Schwester zu ihrem Bruder.

„Sie ist hier“, flüsterte ich. „Haley. Sie liebt dich. Sie verzeiht dir. Sie hat ihn geholt, weiß du? Er hat sie ermordet. Dein Vater. Er hat Haley ermordet. Genau hier. Sie ist nie weggelaufen. Sie hat euch nicht verlassen. Sie ist gestorben. Hier, an dieser Stelle. Und du bist nicht schuld an ihrem Tod, sondern er. Sie wusste

zuviel. Genau wie ich. Sie wollte euch nicht verlassen. Dich nicht. Und Heather auch nicht. Vielleicht wollte sie das tun, was Heather schon lange hätte tun sollen: ihn anzeigen. Deswegen musste sie sterben."
Giordan sackte zusammen und weinte wie ein Kind.
Ich rappelte mich auf die Knie und umarmte ihn. Haley umarmte ihn. Ich spürte, wie sich etwas in ihm löste, ihn leichter machte.
Wir saßen minutenlang da und weinten. Irgendwann halfen wir uns gegenseitig wieder auf die wackeligen Beine. Wir stützten uns, hielten uns umschlungen, während wir stumm auf den toten alten Mann heruntersahen. Er war kein guter Mensch gewesen. In mir war ein Hauch von Genugtuung, äußerlich liefen mir kalte Schauer in Wellen über den Rücken. Ich zitterte.
„Gio?"
„Ja?" Er unterdrückte ein Schluchzen.
„Können wir ... woanders hingehen?"
Er nickte, holte zitternd Luft und führte mich aus der Eingangshalle in die gute Stube des Hauses, wo ich auf einer riesigen Couch zusammensackte.
„Geht es?", fragte der nunmehr einzige Donovan des Hauses und rang um Fassung.
Ich nickte vage.
Giordan nickte auch und besann sich auf seine Pflichten als Gastgeber, obwohl ich unfreiwillig hier war, wenn man es genau nahm. Aber darauf brauchte ich jetzt nicht mehr herumzureiten.
„Brauchst du einen Arzt? Soll ich den Rettungsdienst rufen?"
Ich schüttelte den Kopf.
„Soll ich dir ein Glas Wasser holen?"
Ich nickte.
„Okay. Warte hier." Er schlurfte nach draußen.

Warte hier. Das war gut. Ich brauchte definitiv eine Pause und würde vorerst nirgendwohin gehen, das stand fest. Also ließ ich mich in die Couchecke sinken und starrte durch die riesigen Scheiben des halbrunden Erkers nach draußen über die Einfahrt in die Nacht.

Ich hatte überlebt. Ich würde Lennard wiedersehen. Der Gedanke tat gut. Er machte mich leicht und froh.
Ich lauschte in mich hinein und flüsterte: „Haley? Bist du noch da?"
Doch da war nichts. Bei dem Gedanken an Haley breitete sich tiefer Frieden in mir aus. Er kam direkt aus meinem Herzen und überflutete mich wie ein warmer Regenschauer. Ich seufzte erleichtert. Sie hatte ihre Mission erledigt, alle offenen Rechnungen beglichen.
„Wie schön für dich", wisperte ich und betrachtete das Armband an meiner Hand. Dieser kleine Gegenstand war das Bindeglied zwischen Haley und mir gewesen, mit einem alten Indianer als Mittelsmann. Ich sagte leise: „Dank dir, Nagi-Tanka", und ließ die Glitzersteine des Armbands durch meine Finger gleiten.

Draußen fuhr ein Auto vorbei. Das Scheinwerferlicht brachte die Steine zum Glühen. Für einen Augenblick explodierten kleine Glitzerfunken überall im Raum. Winzige Sterne, Grüße aus dem großen Ganzen, dem energetischen Netz des Universums. Sie glühten auf und vergingen. Und plötzlich bekam ich einen Impuls. Es war nur ein winziges Zittern, ein kaum wahrnehmbarer Schein am Rande meiner Wahrnehmung. Ein Hauch. Ein letzter Wink. Aber er reichte.
Dann war Haley fort.

Ich reckte mich vor, hielt den Atem an, starrte nach draußen über die Einfahrt in die Nacht, ließ Puzzleteile an die richtigen Stellen gleiten und ... wusste Bescheid.

***

Giordan hatte mir ein Glas Wasser gebracht.
Ich zog die Beine unter mich, als er den Notdienst anrief und den Tod seines Vaters meldete, darum bat, dass schnell jemand vorbeikam, um die notwendigen Schritte einzuleiten. Für den alten Donovan gab es keine Rettung. Hier nicht. Und auch nicht dort, wo er war.

Nach dem Anruf ließ sich Giordan unweit von mir auf die Couchlandschaft fallen.
„Ich wollte das nicht glauben, weißt du? Das, was Heather damals gesagt hat", flüsterte er. „Ich habe sie gehasst, wegen Mutter. Und ich hatte Angst, dass der Alte mich umbringt. Er war kein guter Vater. Zu mir nicht und für Heather war er es auch nicht. Ich hab das verdrängt. Ich wollte nicht wissen, was er mit ihr gemacht hat. Sie hat recht. Er auch. Ich bin eine Flasche."
Er fing an zu weinen. „Ich bin ein beschissenes Weichei, Leela. Ich hatte Angst, das alles hier zu verlieren. Den ganzen Scheiß, den ich mein Leben nenne. Deswegen habe ich ihr nicht glauben wollen und ihr gedroht. Und da ist noch was. Ich bin meinem Va ... ihm was schuldig. Ich ... hab Haley umgebracht, weißt du? Er hat mich gedeckt und das vertuscht." Er sah mich an, als wollte er die Absolution von mir haben.
Die Befreiung seiner Schuld konnte ich ihm geben, aber noch nicht jetzt. Daher kniff ich nur die Augen zusammen und deutete Giordan an weiterzureden.

„Haley hatte das mit Heather mitbekommen und ist völlig ausgerastet. Sie wollte den Alten anzeigen, eine Riesenwelle machen, Heather verteidigen und so. Aber ich ... hatte Schiss, weil mein ganzes Leben auseinanderbrach. Ich war damals sechzehn und völlig am Boden. Meine Mutter war tot. Ja, sie war ein bisschen gaga, aber ich habe sie geliebt. Sie war wie ein Engel und hat uns immer beschützt, wenn der Alte durchgedreht ist. Und Heather hatte Schuld daran, dass sie tot war. Ich habe sie dafür gehasst. Und dann wollte Haley mir das letzte bisschen Halt wegnehmen. Okay, der Alte war ein fieses Arschloch, aber er war alles, was wir noch hatten. Er und das Zuhause hier. Und wenn er in den Knast gewandert wäre, dann hätten wir das doch auch noch verloren. Wir haben

gestritten. Da oben." Er zeigte vage in Richtung des ersten Stockwerkes. „Ich wollte sie überzeugen, dicht zu halten, und hab gesagt, dass Heather Schuld ist an Mutters Tod. Aber Haley hat mich angesehen, als wäre ich ein Monster."
Er schwieg und kämpfte gegen viele Gefühle, die ihn wegzuspülen drohten. „Sie ist die Treppe runtergefallen. So wie du vorhin." Er sah mich an. „Der Alte hat uns gehört. Er kam, als sie stürzte. Er hat mir gesagt, dass sie tot war, als sie da unten lag. Und dass ich Schuld daran hätte, dass ich der Mörder meiner Schwester wäre. Ich habe mich gehasst. Und ich tue das immer noch. Ich werde mir das nie verzeihen. Ich wollte nie, dass Haley oder Heather was passiert, auch wenn ich mit Heather immer Probleme hatte. Aber meine Mutter hat sie geliebt. Ich glaube, sie hasst mich von da, wo sie ist, auch. Es ist am besten, wenn ich mich auch diese beschissene Treppe runterstürze." Er fing an zu schluchzen.

Er konnte nicht wissen, was ich wusste, was ich gesehen hatte. Er hatte nicht denselben Blick wie ich. Er hatte Ooljee und ihre Fähigkeiten nicht. Und ja, es mochte ihm bisher an einer gewissen Stärke gemangelt haben, aber er hatte immer noch die Chance, in diesem Leben über sich hinauszuwachsen. Jetzt, wo der, der ihn immer kleinhalten wollte, weil er niemanden auf Augenhöhe duldete, nicht mehr da war.

Ich rutschte zu Giordan rüber und legte ihm eine Hand auf die Schulter. „Vergiss es. Das lässt du mal schön bleiben. Okay, du hast eine Menge Bockmist verzapft, aber da ist nichts dabei, was du nicht wiedergutmachen kannst. Es ist nicht zu spät. Und eins kann ich dir versprechen: Du bist nicht Schuld an Haleys Tod, Gio. Ich schwöre dir, dass du es nicht warst. Ehrlich nicht. Dein Vater hat sie umgebracht."
Giordan drehte ruckartig den Kopf. „Was? Erzähl keinen Bullshit, nur weil der Alte tot ist."
Ich wiederholte, was ich gesagt hatte. „Er hat dir das eingeredet, weil er dich damit für immer und zeitlebens in der Hand hatte."
Giordan sah mich entgeistert an. „Woher willst du das wissen? Du warst doch damals gar nicht dabei, Leela. Du bist nur ..."

Ich nickte. „... genau die gleiche Treppe hinuntergefallen wie Haley. Und genau der gleiche Mann kam aus genau den gleichen Gründen hinterher und wollte mir ans Leder. Siehst du?"
Er starrte mich zweifelnd an.
Ich klopfte ihm auf die Schulter. „Ich verspreche dir, wir werden sie finden. Und dann wird man dir vielleicht sogar noch sagen können, woran sie gestorben ist. Vertrau mir."

Giordan zweifelte immer noch. „Ich habe ihm ... geglaubt. Er hat gesagt, sie wäre tot gewesen, weil sie gefallen ist. Er war überzeugend. Ich habe diese Scheiße all die Jahre geglaubt, weil ich es glauben musste. Ich war doch dabei."
Ich raffte mich auf. „Er hat gelogen, das kannst du MIR glauben, Gio."
Er sah mich entgeistert an. „Was soll ich denn jetzt machen?"
Ich zuckte mit den Schultern. „Für den Anfang beten, dass Heather durchkommt. Dann kannst du mit ihr über alles reden und ihr sagen, dass du ihr jetzt glaubst. Ich kann dir nicht sagen, was gut oder schlecht war oder ist. Ich kann dir keine Absolution erteilen. Das liegt absolut nicht in meiner Macht. Aber ihr quält euch beide seit Jahren und das hat euch krank gemacht. Entschuldige dich. Helft euch gegenseitig, dann könnt ihr vielleicht beide irgendwann heil werden und was Gutes starten. Ihr habt jetzt nur noch euch. Versöhnt euch. Für Haley. Für eure Mutter. Sprecht euch aus. Löst die Knoten auf. Setzt die gefangene Energie frei. Übernehmt die Verantwortung für euer Leben. Für das, was war. Für das, was ist. Für das, was sein wird."

Ich würde noch einen weiteren Beitrag leisten können. Doch nicht jetzt. Nicht heute. Aber hier.

Ich ging zu der großen Glastür, die nach draußen auf einen gepflasterten Weg ging, der neben der Einfahrt nach hinten in den großen Hof führte. Hier stand immer noch Giordans Wagen, aber ich traute mir nicht mehr zu, nach diesem Tag irgendein Auto zu führen.

„Rufst du mir ein Taxi?", sagte ich nach hinten in den Raum hinein. „Und gib mir meinen Schlüssel zurück." Nach all dem, was in der letzten Stunde passiert war, hatte ich keine Kraft und auch keine Lust, Giordan Vorhaltungen zu machen, dass er widerrechtlich in meinem Haus gewesen war. Im Prinzip hatte er mir einen Gefallen getan, die CD zu entsorgen.

Er nickte und stand auf, kam zu mir und ging nach draußen zu seinem Wagen. In dem Moment, in welchem er ihn öffnete, tönte aus dem Wageninneren Lennards Stimme. Er sang. Mein Herz hopste hoch bis zum Hals, aber nach einem kurzen Moment der Verwirrung war klar, dass es sich bei dem Gesang um den Klingelton meines Handys handelte.

Ich hechtete vor, schubste Giordan beiseite und riss das Handy, was auf der vermaledeiten CD-Hülle lag, an mich. Es war kurz nach elf Uhr nachts. Lennard hatte schon siebenundzwanzig Mal versucht, mich anzurufen. Er machte sich wahrscheinlich Sorgen.

Aber es war nicht Lennard, der mich anrief. Es war Suse.
„Vierundfünfzig Zentimeter und dreitausendsechshundertsiebenundvierzig Gramm, Lelli. Ich habe nur eine Stunde im Kreißsaal verbracht. Nur EINE STUNDE. Das ist der Hammer, oder? Bin ich gut? Aber ich mache es trotzdem nie wieder. Ehrlich. Ischschwöre. Jus ist auch hier. Ich soll dich grüßen."
Ich fing hemmungslos an zu heulen, weil es so traumhaft schön war, ihre Stimme zu hören. Sie war so voller Euphorie, so lebendig.
„Grüß ihn zurück, Suselein. Zehntausend Grüße und alles, alles, alles Gute. Was ist es geworden?", schluchzte ich und hielt den Hörer zu, damit sie das nicht merkte.
Kurzes Schweigen in der Leitung.
„Das habe ich dir doch schon geschrieben. Oder nicht? Hast du das nicht SOFORT gelesen?" Sie klang völlig konsterniert. „Ich habe dir doch immer wieder gewhatsappt und Zwischenberichte geschickt, weil ich doch den ganzen Nachmittag schon Wehen hatte. Ich hab mich schon gefragt, ob du wieder in der

Pampa steckst, weil du nicht antwortest. Und das, wo du eigentlich bei mir sein solltest. Zumindest in Gedanken. Weil ich am Gebären war und so. Da braucht es die Kraft von allen. Hör mal, Annelie ist jetzt große Schwester. Hammer, oder?"
Klar, das war heute natürlich das Wichtigste auf der ganzen Welt. Zumindest für Suse, die keine Ahnung haben konnte, was für ein Tag hinter mir lag. Und das würde ich ihr ganz bestimmt nicht erzählen. Nicht jetzt. Nicht hier. Nicht heute.

Ich fühlte mich mit einem Mal frank und frei und groß und stark. Das musste die Macht der Freundschaft sein. Pure Energieübertragung. Es gelang meiner lieben Suse doch immer wieder, mich ins Leben zurückzuholen, selbst wenn ein Ozean zwischen uns lag. Ich wischte mir mit einem befreiten Schluchzlachen das tränennasse Gesicht ab.
„Ich liebe dich, Suse", sagte ich. „Und deinen Mann und deine Kinder liebe ich auch. Du hast immer das perfekte Timing. Was ist es denn nun?"
„Was ist was?", fragte Suse entgeistert.
Ich lachte unter Tränen. „Das Es, was vierundfünfzig Zentimeter lang ist und dreitausendsechshundertsiebenundvierzig Gramm wiegt."
„Ach so", sagte Suse und kicherte. „Habe ich das nicht gesagt? Er heißt Adrian."
„Genau", seufzte ich. „Adrian. Den liebe ich auch."

Während ich also vorhin mit dem alten Donovan und Haleys geisterhafter Hilfe um mein Leben kämpfte, hatte Suse ihren kleinen Sohn geboren.

Das Leben war so wunderbar.

***

Ich wollte unbedingt weg hier. Sofort. Giordan hatte mir angeboten, mich später selbst ins Krankenhaus zu bringen, aber ich lehnte ab. Wenn möglich, dann war er noch bleicher als ich. Wir würden beide glatt als Gespenster durchgehen.
Ich bat ihn daher nur um ein weiteres Glas Wasser und darum, mir die Taxinummer zu geben.
Ich fror, wollte zu Lennard, mich in seine Arme werfen, meine Wunden lecken und schlafen und diesen ganzen beschissenen Tag vergessen. Und irgendwann musste ich auch zu Heather. Ich hatte ihr etwas Wichtiges zu sagen.

***

Am Ende hatte ich doch beschlossen, mir den Audi zu holen. Ich wollte den Wagen einfach nicht dort lassen, wo er stand. Das wäre mir irgendwie falsch vorgekommen.
Als ich nach meiner Schleichfahrt im Krankenhaus ankam, war bei Lennard die Hölle los.
Polizei. Zwei Krankenschwestern. Alle diskutierten.
„Leela“, stöhnte Lennard, der angezogen auf dem Bett saß und Krücken neben sich hatte. „Wo zur Hölle warst du? Wir suchen dich seit Stunden.“

Ich schmiss ihm seinen Autoschlüssel zu, drängte mich an den Leuten vorbei, ließ mich hinter ihm auf das Bett fallen und schlang meine Arme um seine Taille.

„Der alte Donovan ist gestorben. Ich habe Giordan ein bisschen beigestanden.“
Und ganz leise, nur für Lennard hörbar, murmelte ich: „Haley hat ihn geholt.“

Dann schlief ich ein.

***

Am Samstag zwei Tage später betrat ich das Krankenhaus durch einen Seiteneingang. Ich wollte nicht zu Lennard. Ich war extrem nervös, weil ich nicht wusste, wie ich mit meiner Aufregung umgehen sollte. Vor dem Zimmer, in welches ich jetzt gehen sollte/wollte/musste, blieb ich stehen und sammelte meine Kräfte. Hinter dieser Tür würde mir im besten Fall Ablehnung, im schlimmsten purer Hass entgegenschlagen.
Aber das spielte keine Rolle. Ich musste hinein und ich musste da durch.
Also holte ich tief Luft, griff nach der Klinke, wartete noch zwei weitere Minuten, in denen sich mein Gesamtzustand nicht besserte und ... öffnete die Tür.

Heather war ungeschminkt, verheult und genauso bleich wie ich. Sie sah ohne ihr tägliches gezieltes Körpertempeltamtamtam ganz anders aus. Jung. Extrem verletzlich. Und genauso zerbrechlich, wie sie war.
Sie sagte nur ein einziges scharfes Wort. „Raus."
Ich holte tief Luft und schloss die Tür hinter mir.
„RAUS!"
„Nein. Du ..."
„Raus. Raus. RAUS!" Jetzt kreischte sie wie ein Kind.
Da musste ich auch laut werden, was mich meine letzte Kraft kostete. „Hör mir zu, Heather. Er ist tot. TOT, verstehst du?"
„Raus. Raus. Raus. Raus. - Was? Was hast du gesagt?" Sie atmete flach. Ihre Augen waren riesengroß in dem puppenhaften Porzellangesicht.
Ich spürte, dass meine weichen Knie nachzugeben drohten, zog mir einen Stuhl heran und betete, dass Ajei, die ich vorhin angerufen hatte, bald hier eintraf.
„Heddy", sagte ich weich. „Dein Vater ist tot. Er wird dir nie wieder weh tun. Das schwöre ich."
Heather, die eben wieder hatte schreien wollen, verschränkte die Arme vor der Brust, schluckte das Gebrüll runter und zog ein betont teilnahmsloses Gesicht.
„Gut. Interessiert mich aber nicht. Das Dreckschwein ist nicht mein Vater."
Ich zuckte fassungslos zusammen.
Sie sah mich an und lachte grell. „Jetzt staunst du, was?" Dann hörte das Lachen

abrupt wieder auf. Sie drehte sich wieder zum Fenster und fügte hinzu: „Mein Vater ist ein Pub-Besitzer in Killarney in Südwestirland, wo meine Mutter herkam. Sie hat das Dreckschwein betrogen, als sie ihre Familie dort besucht hat. Sie wollte Donovan sogar verlassen. Aber die Allüren hat ihr das Dreckschwein schnell ausgetrieben. Sie war eine schwache Frau. Ich hasse sie."
Ich war voller Mitleid für ein gequältes Kind. „Sie hat ihr Leben für dich gegeben."
Heather lachte wieder, was ein bisschen irre klang. „Wie wunderbar, was? Da geht einem das Herz auf. - Soll ich dir was sagen? Meine Mutter war einfach zu feige, um sich umzubringen. Das Dreckschwein wusste, dass ich von einem anderen war. Er hat es mich spüren lassen. Das erste Mal, als ich zwölf Jahre alt war. Davor hat er nur auf mich eingeschlagen, wann immer er konnte, dann hat er mich vergewaltigt. Sie hat mich nicht beschützt. Weggesehen hat sie. Und dann kam der Moment, wo ich die ganze Scheiße bis hierhin", sie fuhr sich mit der Handkante über den Hals, „satt hatte. Ich wollte nicht mehr. Ich bin von der Klippe gesprungen und habe mir noch gedacht, dass ich wenigstens ordentlich sauber bin, wenn sie mich finden, und dass man dem Dreckschwein die Schuld gibt. Ich hatte einen Abschiedsbrief geschrieben. Und dann fischt mich meine Mutter raus und stiehlt mir die Show. Abartig, oder? Und danach war ich dem Dreckschwein endgültig ausgeliefert. Er hatte den Brief gefunden."

Ich nahm den Beutel, der mir neben dem Stuhl aus der Hand gerutscht war, auf und legte ihn auf ihr Bett. Sie blickte stumm darauf. Sie wusste, was der Beutel enthielt.
Ich räusperte mich. „Da hast du es wieder. Du hattest recht damit, dass man Mut braucht, um sich sowas anzusehen. Aber ich finde, dass noch mehr Mut dazu gehört, um sich selbst aus dem Abgrund zu ziehen, wenn man ein Kind ist und das angetan bekommen hat. Du musst sehr stark sein, Heddy." Dann kämpfte ich gegen die Tränen.
Sie sah mich an. In ihren Augen lag eine solche Traurigkeit, dass ich den Kampf verlor.
„Ach fick dich. Ich brauche dein Mitleid nicht", sagte sie hölzern und drehte das

Gesicht weg. „Du hast mir Lennard weggenommen. Ich weiß nicht, wie. Ich will es nicht wissen. Geh. Hau einfach ab. Lass mich in Ruhe."
„Nein", sagte ich matt. „Ich gehe noch nicht. Ich muss dir alles sagen, weil ..."
Sie fuhr herum. „Du musst mir gar nichts sagen. Ich will nichts von dir wissen. Ich hasse dich."
Ich nickte müde. „Ja. Das tust du bestimmt. Mach das, wenn es dir damit besser geht. Aber ich habe dir Lennard nicht weggenommen, weil er dir nie gehört hat. Mir gehört er auch nicht, weil niemand irgendwem gehört. Aber zwischen ihm und mir – das ist Liebe. Wir lieben uns. Schon lange. Wir werden diese Liebe nicht aufgeben. Und solange wir uns lieben, sind wir eins."
Eine Träne rollte ihre Wange hinunter. Das brach mir endgültig das Herz. Mochte sie mich auch hassen, ich konnte es nicht. Sie sah aus wie ein junges Mädchen, wie ein sehr trauriges junges Mädchen, welches die zwei Menschen verloren hatte, die es am meisten liebte. Ich hätte sie wahnsinnig gern in den Arm genommen, aber sie würde wahrscheinlich wieder schreien wie am Spieß. Sie mochte keine Berührungen, und schon gar nicht von mir.
„Er hat mir auch gesagt, dass er mich liebt", sagte sie steif. „Er hat es gesagt und gelogen."
„Nein", sagte ich. „Er lügt nicht. Er liebt dich wie eine Schwester. Er wird immer dein Freund sein, wenn du das willst, immer, das weiß ich. Er wird für dich da sein, wenn du ihn brauchst. Aber er wird dich niemals so lieben, wie er mich liebt." Ich musste ihr das sagen.
„Es ist doch egal. Alle verlassen mich", gab Heather zurück. „Ist normal. Alle, die sagen, dass sie mich lieben, hauen am Ende ab."
„Nein", musste ich ihr erneut wiedersprechen. „Deine Mutter hat am Ende ihr Leben für dich gegeben. Wie sollte ein Mensch noch mehr seine Liebe beweisen? Sie wollte, dass du kämpfst, weil sie das für dich nicht konnte. Und Haley hätte dich auch nie verlassen." Dann musste ich flüstern, weil mir so vor dem, was ich jetzt sagen musste, graute. „Haley hat dich ... nie verlassen. Niemals. Sie war immer da."
Da drehte sich Heather wieder zu mir um. Ihre Augen waren groß und weit. Sie füllten sich mit Tränen. „Sie ist ... tot. Oder?", flüsterte sie.

„Aber sie ... hat dich nie verlassen, Heddy", schluchzte ich. „Ich weiß, wo sie ist."

Da brach Heather O'Farrell, Diva, Sternchen, Vamp, zusammen wie ein Kartenhaus und fing so bitterlich an zu weinen, dass ich auf all ihre seltsamen Anwandlungen pfiff. Ich setzte mich neben sie auf das Bett und nahm sie in den Arm. Und dann war es nicht mehr Heather O'Farrell, sondern Heddy Donovan, die sich in mein Shirt krallte und sich gemeinsam mit mir zusammen die Seele aus dem Leib heulte.

„Dein Bruder ist nicht das Schwein, wofür du ihn hältst", schluchzte ich. „Er ist schwach wie deine Mutter, aber er hat Haley nichts getan. Sie ist gestürzt. Auf der großen Treppe in eurem Haus. Sie hat sich schwer verletzt, vielleicht wäre sie daran sowieso gestorben, aber dann war es dein ... ihr Vater. Er ... hat sie u-u-umgebracht, der alte Donovan."
„Dreckschwein, Dreckschwein, Dreckschwein", wimmerte Heddy. „Ich habe auf sie gewartet. Haley hatte alles rausgefunden, das, was er mit mir machte. Sie hat mir geschworen, dass sie für mich kämpft, dass dieses Dreckschwein bezahlen muss und dass wir immer zusammenbleiben werden, dass sie auf mich aufpasst. Und dann war sie einfach weg und kam nicht wieder. Ich habe gewartet und gewartet und dachte, dass sie am Ende doch abgehauen ist, weil sie sich vor mir geekelt hat. Ich konnte mir nicht vorstellen, dass Gio sie umgebracht hat. Er ist ein Schlaffi. Ich hab mir eingeredet, dass er und der Alte Haley so lange bedroht haben, bis sie weggelaufen ist. Ich ... hab den Film gemacht, als Versicherung, dass mir das Dreckschwein Geld geben muss und mich nie wieder anfasst. Aber Haley kam nicht zurück. Und dann hab ich gedacht, dass Gio vielleicht doch Haley umgebracht hat, weil er das angedeutet hat. Du hast es ja auf dem Film gesehen. Da bin ich mit Coco zu Ajei abgehauen. Ich konnte sie doch nicht bei dem Dreckschwein lassen. Haley hat Coco geliebt."

Sie schluchzte und ich wusste nun auch, wie die Schimmelstute auf Arthurs Farm gekommen war.

„Bring sie nach Hause“, flüsterte ich mit vor Kummer schmerzendem Hals. „Und dann ... besuchen wir Haley. Wir nehmen Ajei mit. Und Giordan.“
Jetzt schluchzte sie noch viel mehr. „Aber nicht Lennard. Nicht Lennard.“
„Nein.“ Ich schüttelte den Kopf. „Lennard nicht.“ Mit Lennard konnte sie erst sprechen, wenn sie über das Schlimmste hinweg war. Das konnte dauern. Aber dann würde er darauf bestehen.

Ich holte tief Luft. „Ich weiß, dass du mich nicht magst, Heather, aber lass mich dir trotzdem einen Rat geben. Bitte. Wegen Haley. Sie hat ... mich ... irgendwie berührt, mit mir gesprochen, auch wenn das verrückt klingt. Sie will, dass du glücklich wirst, ich schwöre. Mach dich frei von dem Dreckschwein, wenn du kannst. Mach dich frei und lebe. Lebe im Sonnenschein, Heddy. Mach es für deine Mutter und für Haley. Lass die beschissenen Schatten hinter dir. Zeig es allen. Kämpfe, zusammen mit deinem Bruder. Lebt für Eireen und Haley, bitte. Sonst sind die beiden umsonst gestorben.“

***

Der folgende Tag war nicht nur ein Sonntag, was ihn schon besonders machte, sondern auch der Tag, an dem Lennard nach Hause entlassen wurde. Es war der Tag, an welchem wir beide das erste Mal offiziell und ganz ohne schlechtes Gewissen, eng aneinandergeschmiegt im Schlafzimmer vor den offenen Balkontüren liegen, uns von der Abendsonne bescheinen lassen konnten und realisierten, dass vor uns die Zukunft lag. Wir hatten die Berge, die uns im Weg standen, beseitigt, auch wenn ihre Schatten noch eine Weile brauchen würden, bis sie sich endgültig im Sonnenlicht auflösten.

Ooljee hatte ihren Sohn mittags abgeholt und nach Hause in die Little Lane gebracht, wo ich mit Ajei, Ben und fertigem Essen vor dem gedeckten Tisch warteten. Okay, der Tisch war ein Provisorium, weil wir diesen oben vor Lennards Bett aufgebaut hatten, was bedeutete, dass wir die Holztruhe dorthin gezerrt und wie einen Tisch gedeckt hatten, aber egal. Gedeckt war gedeckt.

Es herrschte eine lockere, gelöste Stimmung. Ajei und Ben strahlten um die Wette und ließen keine Gelegenheit aus, sich irgendwie anzufassen. Ooljee lächelte still vor sich hin, als hätte sie sowieso immer alles gewusst, und ich wäre trotz aller blauen Flecke, der Schmerzen von geprellten Gliedern und des Horns am Hinterkopf am liebsten geplatzt vor Glück. Denn dieses Glück war jeden einzelnen blauen Fleck wert.

Ooljee verabschiedete sich bald nach dem Essen. „Ihr braucht ein bisschen Ruhe, denke ich."
Ich brachte sie zur Tür, wo sie mich umarmte.
„Was du getan hast, war sehr leichtsinnig", sagte sie.
Ich straffte mich. „Ich wollte das nicht alleine machen. Ich habe dich angerufen, aber nicht erreicht. Dann bin ich zur Ranch gefahren, aber du warst nicht dort. Ich bin über den Koppelzaun geklettert."
Ooljee nickte ernst. „Du hast das Armband geholt."
„Ja", bestätigte ich. „Ich konnte nicht warten. Heather wollte sich umbringen."
Sie klopfte mir auf die Schulter und schenkte mir eines ihrer seltenen Lächeln,

die dafür sorgten, dass man sich so fühlte, als hätte man einen Orden bekommen.
„Du musst noch viel lernen. Und wenn du tiefer in die Mysterien eintauchen willst, dann kann ich dir einiges beibringen, mein Kind."
Mir klappte die Kinnlade runter. „War das ... ein Angebot?"
Ooljee lächelte immer noch. „Nenn es, wie du willst."
Ich schnappte nach Luft. „Aber ich bin keine Indianerin."
Jetzt lachte sie offen. „Was spielt das für eine Rolle?"
„Gar keine", jubelte ich begeistert. „Und ob ich in die mystische Materie eintauchen will. Ganz tief. Ich will alles wissen. Alles. Ich will alles lernen, was du mir beibringen kannst."
„Dann nimm dir ein Leben lang Zeit." Sie zwinkerte mir zu und ging.
Ich blickte ihr nach. Mein Herz wurde so weit wie der Himmel. Das war nach Lennards beiläufigem Heiratsantrag das beste Angebot, was ich jemals bekommen hatte.
Und die größte Wertschätzung.

***

„Was Lennard betrifft – es tut mir leid", sagte Ajei, als sie sich etwas später verabschiedete, und zog mich für ein kurzes Gespräch unter vier Augen beiseite, während Ben sich umständlich ins Auto hangelte. „Es tut mir wirklich leid, dass ich zwischen euch stand. Ich möchte, dass du verstehst, warum ich dir gegenüber nicht offen sein konnte. Du hast ihn nicht gesehen, als er damals aus Europa zurückkam. Er wirkte so traurig wegen dir. Er hat mir damals gesagt, dass du heiraten willst und dass das gut ist, weil du was anderes brauchst als ihn. Aber für mich ist mein Bruder das Beste, was einer Frau passieren kann. Das Allerbeste. Deswegen war ich, ehrlich gesagt, ganz schön sauer auf dich. Und dann dachte ich, dass es mit ihm und Heddy passt, dass sie viel besser für ihn ist. Ich wollte, dass sie beide glücklich werden, weil ich sie beide liebe."
„Ich verstehe", antworteteriesi ich und drückte ihre Hand. Ich verstand sie wirklich.

Sie sah mich prüfend an, als könnte sie mir nicht wirklich glauben. „Aber es passte nicht mit Heddy, weil er dich liebt und nicht sie. Ihr gehört zusammen. Das habe ich gesehen und dann hatte ich Angst, dass genau das passiert, was letztlich passiert ist."
Ich lachte etwas verhalten. „Tja, was passieren soll, das wird am Ende sowieso passieren. Das haben wir nicht in der Hand. Wir können nur damit umgehen und das Beste draus machen."
Sie zog verschmitzt eine Braue hoch. „Das ist wahr. Du bist also nicht böse mit mir?"
Ich sah sie an. „Du bist Lennards Schwester. Er liebt dich und Ooljee. Ihr seid seine Familie. Ich wäre schön blöd, wenn ich einen Keil zwischen euch treibe. Das würde uns alle belasten und zuallererst mir selbst schaden. Oder nicht?"
Ajei sah mich an und lächelte. „Lennard hat recht. Du bist einfach großartig und für ein Bleichgesicht erstaunlich weise." Sie nahm spontan meine Hände. „Heddy hat mir gesagt, dass du bei ihr warst und worüber ihr gesprochen habt. Woher weißt du eigentlich immer, was du sagen musst?"
Ich zuckte verlegen mit den Schultern. „Keine Ahnung. Das ... kommt dann einfach aus mir raus. Ich weiß nicht, wer da spricht. Vielleicht sind es ... die Geister?"
Sie nickte. „Geister. Sicher. So wie bei dem alten Donovan. Oder hat Gio nachgeholfen?"
„Nein!!", sagte ich erschrocken. „Nein. Giordan wollte mir helfen. Er hat seinem Vater nichts getan. Der ist ganz natürlich gestorben. Das Herz."

Gut, das war nicht ganz korrekt. Für die Krankenakte und nach Ansicht der Ärzte war der alte Donovan an den Folgen eines schweren Herzinfarktes gestorben. So stand es auf seinem Totenschein. Nur ich wusste genau, wer den alten Donovan ins Jenseits gestoßen hatte. Ich spürte Haleys geballte Energie noch immer in mir nachhallen, wenn ich mir Mühe gab. Sie hatte ihre Wut und den Hass entfesselt, gegen den Verursacher gerichtet, sich entladen, ihren Frieden gefunden und am Ende den Peiniger bestraft. Giordan hatte damit nichts zu tun.

Ajei lächelte. „Wie auch immer. Was dich betrifft, sind in jedem Fall gute Geister am Werk, Leela. Heddy wird endlich in eine Therapie gehen. Ich bin so froh. Das wird sie weiterbringen."
Ich nickte. „Die Zeit ist reif dafür. Sag ihr, dass sie sich mit Giordan aussprechen soll, denn das wird ihr am meistens helfen."
Ajei nickte. „Mache ich." Sie sah mich prüfend an. „Aber sie hat noch etwas gesagt."
Ich wusste, was nun folgen würde.
„Sie hat gesagt, du willst sie zu Haley bringen."
Wir sahen uns an.
Nun war ich es, die nickte. „Ja. Das werde ich. Sag Heather, wenn sie aus dem Krankenhaus kommt, dann bringe ich sie zu Haley."

Und dann sagte ich Ajei, was Heather außerdem tun sollte.

***

Als Ajei und Ben fort waren, räumte ich die Küche auf. Dann ging ich nach oben und kuschelte mich an Lennard, der etwas erschöpft im Bett lag, dabei allerdings konzentriert vom Handy aus diverse Nachrichten tippte. Er musste sein in den letzten Tagen liegengebliebenes Leben wieder aufnehmen und ausgefallene Termine organisieren.
Mein Blick wanderte von seinem Gesicht nach draußen zu den roten Felsen in der Ferne. Und wieder zurück. Ich seufzte glücklich und als ich das nächste Mal zu Lennard blickte, sah er mich an und lächelte.
„Fühlt sich gut an, was?"
Zusammen zu sein? Zu Hause zu sein? Ja. Alles fühlte sich gut an.
Ich nickte, rutschte etwas höher und küsste ihn. Das konnte ich jetzt zu jeder Tageszeit oder Nachtstunde tun. Ganz ohne schlechtes Gewissen. Er hatte recht - das war ein großartiges Gefühl.
„Ich liebe dich", sagte ich und küsste ihn noch einmal.
Statt einer Antwort strich er sanft mit dem Daumen über meine Wange.
„Du kannst dir nicht vorstellen, was ich mir für Sorgen gemacht habe, als ich dich nicht erreichen konnte, Baby. Ich hatte noch nie in meinem Leben solche Angst um jemanden."
Doch. Ich konnte mir das vorstellen. Ich verschränkte meine Finger mit seinen und drückte einen Kuss auf seinen Handrücken.
„Lass uns nicht mehr darüber reden. Das liegt hinter uns. Für uns scheint jetzt die Sonne und für Heather hoffe ich, dass sie wieder auf die Beine kommt, dass sie wieder gesund wird. Ehrlich. Ich hoffe, ihre Seele hat sich gut genug versteckt und ist nicht irreparabel kaputt."

Lennard schmiss sein Handy ans Fußende des Bettes, legte mir einen Arm um die Schultern und zog mich eng an sich. „Sie wird das schaffen. Sie ist stark."
„Stark genug?", fragte ich skeptisch. Ich wusste, dass er enttäuscht war, weil Heather ihn nicht sehen wollte. Aber er respektierte das, weil es für ihren Heilungsprozess wichtig war, dass sie ihr eigenes Tempo wählte.
Lennard nickte. „Ja. - Und jetzt will ich wissen, wo Haley ist. Bist du sicher, dass du das weißt?"

Ich sagte es ihm. Er sah mich erstaunt an und setzte zur nächsten Frage an. Aber bevor er diese stellen konnte, küsste ich sie ihm von den Lippen und wischte mit diesem Kuss alles, was nicht mit Lennard und Leila zu tun hatte, strikt beiseite.
Der Rest dieses Abends gehörte uns beiden.
Niemandem sonst.
Nur uns, der Liebe und der Abendsonne.

***

Der Samstag in der Woche darauf war etwas wolkenverhangen, aber trotzdem warm, wie es in der roten Wüste im Sommer üblich ist.
Ich fuhr mit dem Fahrrad zu meinem Treffen mit Heather und Ajei und ließ einen knurrigen Lennard in der Little Lane zurück. Es ging ihm wieder sehr gut und er haderte unter anderem damit, dass der Arzt ihm noch ein striktes Verbot erteilt hatte, vor dem nächsten Wochenende auch nur daran zu denken, seine Konzerttournee fortzusetzen. Ich war natürlich auf der Seite des Arztes, und das nicht nur aufgrund der Tatsache, dass eine Blinddarmentzündung mit der entsprechenden Operation ihre Zeit brauchte, um vernünftig auszuheilen. Ich genoss es vor allem, meinen Liebsten immer hier bei mir zu haben, auch wenn ich tagsüber arbeiten musste.

Als ich an unserem Treffpunkt ankam, war Ajei schon da.
Sie hatte den Wagen neben der Werkhalle geparkt. „Gio kommt gleich raus. Ich glaube, er ist ziemlich aufgeregt. Es ... geht ihm nicht so gut."
Nun, das konnte ich mir vorstellen. Giordan Donovan hatte derzeit eine Menge zu verarbeiten und zu organisieren.
Ich lehnte mein Fahrrad an die Wand der Werkhalle und holte tief Luft. Dann drehte ich mich um. Das Haus, in dem so viel Leid geschehen war, sah harmlos, hell und schön aus.
„Hier müsste mal jemand mit einem ganzen Strauß Räucherstäbchen durch, um die Geister von innen rauszutreiben", flüsterte ich und umarmte Ajei.

Dann ging ich festen Schrittes zur Tür und läutete. Ich wollte zumindest mich meinen Geistern sofort stellen, um diese gar nicht erst mit in die Zukunft zuschleppen.
Giordan öffnete mir. Er sah erschöpft aus, hatte dunkle Ringe unter den Augen und abgenommen. Wahrscheinlich hatte er in der gesamten Woche nichts gegessen.
„Hallo Leela", flüsterte er, drehte sich um und schlurfte in die Küche.

Ich schloss kurz die Augen, sammelte mich und betrat die Eingangshalle. Der

alte Donovan war fort. Haley war fort. Eireen war fort. Ich öffnete die große, schwere Doppeltür und ließ die Sonnenwärme ins Haus, damit auch ihre Schatten verschwanden.
Dann atmete ich tief durch und folgte Giordan in die Küche, wo der schwer gezeichnete Mann am Tresen lehnte und an einem Wasserglas nippte.
„Bist du bereit?", fragte ich.
„Nein", knurrte er gereizt und warf mir einen genervten Blick zu. „Ich weiß gar nicht, was das soll. Was willst du sein, hä? Hellseher, oder was?"
Glasklar. Er hatte Angst.
„Ach, Giordan", sagte ich voller Mitgefühl.

Von der Ferne war ein seltsames Geräusch zu hören. Giordan verzog fragend das Gesicht. „Was ist das denn jetzt?"
Hufgetrappel.
„Komm mit raus." Ich nahm ihm sanft das Wasserglas aus der Hand. „Es ist so weit. Sie wird gleich hier sein."

Heather war ungeschminkt, ungestylt und sah in der Folge des kürzlich erlittenen Zusammenbruchs noch schmaler und damit sehr ätherisch, fast durchsichtig aus. Ihre grünen Augen wirkten in dem blassen Gesicht wie Waldwiesen im Abendnebel. Das Blond ihres Haars wurde am Ansatz vom satten Rot des tatsächlichen Haarschopfes abgelöst. Daher erinnerte sie mich an eine zarte Fee, wie eine Erscheinung aus dem Jenseits oder eine der irischen Fairies, als sie mit Cocowhite Lady die Straße heraufgeritten kam.

Giordan kniff die Augen zusammen, als würde ihn das Sonnenlicht blenden. „Was zur Hölle ..." Er drehte sich erschüttert weg. „Sie sieht aus wie Mutter. Verdammt."
Heather sagte kein Wort, als sie uns erreichte. Sie sah mich nicht an. Coco schnaubte, legte die Ohren an und blickte neugierig in den Innenhof des Donovan'schen Anwesens.
„Kommt dir das bekannt vor, altes Mädchen?", fragte Ajei, griff nach der Trense

und strich der Stute über die weichen Nüstern.
Heather rutschte von Cocos Rücken.
In der Ferne wieherte ein Pferd. Cocowhite Lady antwortete und verschönerte den Hof spontan mit ein paar Pferdeäpfeln. Sie war zu Hause. Sie erinnerte sich.

„So", sagte Giordan gereizt. „Nun sind wir alle hier, sogar das Pferd. Und wir würden gern woanders sein. Mach es also nicht so spannend. Ich habe heute noch was vor. Wo müssen wir hin? Brauchen wir das Auto? Ich fahre. Wo ist sie?"
Ich legte ihm beruhigend eine Hand auf den Arm. „Wir brauchen kein Auto, Gio. Wir müssen nicht weg. Haley ist auch nie weggegangen. Sie war immer hier."
Alle sahen mich an.

Ich ging, innerlich zitternd, über die Einfahrt hin zur Seite der Werkhalle und hoffte inständig, dass mir meine überreizte Phantasie keinen Streich gespielt hatte. Hoffentlich lag ich richtig. Hoffentlich.
Vor der Riesenbank blieb ich stehen. „Hier ist sie", sagte ich und zeigte auf das monströse Bauwerk.

Heather (mit übergroßen Augen) und Ajei hatten die Arme umeinander geschlungen, als wollten sie sich im Sturm aneinander festhalten.
Giordan kam langsam zu mir, das Gesicht zweifelnd verzogen. „Bist du sicher? Das ... kann eigentlich nicht sein. Diese Bank habe ich gebaut, also bauen müssen. Vater wollte das. Die ist aus massivem Holz und wahnsinnig schwer. Da kann nichts drin sein."

Ich erstarrte. Verdammt. Sollte ich mich wirklich so getäuscht haben? Nein. NEIN.

Giordan sah mich an. „Aber ... man kann ..."

Er ging zu dem massiven Holzteil und öffnete einen kleinen Verschluss an der Seite. Dort klappte er einen Hebel mit Griff aus. Im gleichen Moment hob sich die schwere Holzbank an. Unter ihr tauchten vier Räder auf. „Ich habe eine Rollkonstruktion eingebaut, weil sie so schwer ist", erklärte Giordan, ruckte an und zog die Bank ein Stückchen von der Stelle.

Wir warteten mit angehaltenem Atem.

Der Platz unter der Bank war als Achteck durchweg gepflastert. Ich trat näher, ging an Giordan und der Bank vorbei und hockte mich hin. Ich betrachtete die grauen Steine. Sie sahen ganz gewöhnlich aus, bis auf ...
„Zieh die Bank ganz runter", sagte ich ruhig und Giordan zog.
Ich stand auf.
Heather und Ajei starrten mich mit weit aufgerissenen Augen an.
Ich winkte sie zu mir. „Kommt her."
Sie kamen. Alle drei.

Was die Bank nun freigegeben hatte, war ein schlicht hingekritzeltes Kreuz neben dem angedeuteten Umriss eines Pferdes und den Worten ‚Verzeih mir, wenn du kannst'.

Nun, sie hatte es nicht gekonnt.

***

Die nächsten Wochen verbrachte ich in einem einzigen Glückstaumel, auch wenn ich immer mal wieder Alpträume hatte, in denen ich die bizarren Erlebnisse des traumatischen Junitages durchlebte. Meist endeten die Träume damit, dass ich Heather nicht retten konnte, manchmal spürte ich, wie mir die Luft wegblieb, weil der alte Donovan mit seinen toten Fingern meinen Hals umklammerte.

Aber dann wachte ich auf und Lennard war da. Er hielt mich fest und sicher und die Wärme seiner Nähe sorgte dafür, dass sich mein Herzschlag schnell wieder beruhigte und die Schatten des Erlebten verflogen.
Glücklicherweise legten sich die Alpträume nach und nach, da ich währenddessen meiner Zukunft entgegenging, und zumindest diese schimmerte in allen Regenbogenfarben. Als Lennard seine Konzerttournee endlich fortsetzen konnte (und musste), telefonierten wir so oft, wie wir Zeit fanden. Immer, wenn es sich irgendwie lohnte, kam Lennard nach Hause in die Little Lane. Es war zwar schade, oft in unterschiedlichen Betten in noch unterschiedlicheren Städten aufzuwachen, aber trotzdem folgte jedes Mal das Herzklopfen der Erkenntnis, dass wir zusammengehörten, egal, wo wir waren. Das machte die Sache erträglich. Waren wir getrennt, dann glühten die Telefone und wenn wir zusammen waren, dann war jeder Augenblick einfach nur pure Lebensfreude.
So fuhren wir an einem seiner wenigen freien Wochenenden nach Supai. Wir wanderten durch den Canyon, badeten in den blauen Wassern, liebten uns an verborgenen Orten und schafften Erinnerungen, die uns immer mehr miteinander verschweißten.

Giordan hatte inzwischen die Beerdigung seines Vaters organisiert. Sie fand unter Ausschluss der Öffentlichkeit in einem ganz kleinen Kreis statt. Genau genommen waren nur zwei Personen anwesend: Giordan, um sich zu verabschieden, und Heather, um sich zu vergewissern, dass der Alte nie wieder zurückkam.
Heather wollte sich danach in ein Sanatorium begeben, um ihre Vergangenheit neu zu schreiben und das Wort Vergebung zu lernen. Ajei hielt uns auf dem

Laufenden. Ich wünschte Heather insgeheim viel Glück und Geduld, aber ich hatte keine Ahnung, wie lange sie brauchen würde, um die angestaute Bitterkeit aufzulösen und neues Vertrauen zu fassen.

Haley war tatsächlich gefunden worden. Ihre Leiche hatte die ganzen Jahre, mehrfach dick in Luftpolsterfolie gewickelt, in ihrem trockenen Grab relativ unbeschadet überstanden. So ließ sich seitens der Gerichtsmedizin rekonstruieren, dass sie eine schwere Schädelverletzung erlitten hatte, die sicher zu ihrem Tod geführt hätte, wenn nicht jemand sie vorher erwürgt hätte. Das Kehlkopf-Zungenbeinskelett war gebrochen, es konnten sogar noch Einblutungen in den Halsweichteilen nachgewiesen werden und - ein Fingerabdruck. Er gehörte zum Daumen des alten Donovan, aber der hatte sich bekanntermaßen der weltlichen Gerichtsbarkeit entziehen müssen. Nur ich und die Menschen, denen ich davon erzählt hatte, wussten, dass da eine Richterin gewesen war, die sich nicht von irdischen Gegebenheiten hatte aufhalten lassen.

Heather schaltete eine rührende Anzeige in der örtlichen Tageszeitung. Sie zeigte ein Bild von Haley, strahlend, freundlich und jung. Die Abschiedsworte von Heather gingen ins Herz.

„Mein Stern. Mein Herz. Licht meiner Kindheit. Das warst du.

Große Schwester, beste Freundin, Trost in der Nacht.

Hab dich gefunden, nur, um dich wieder loszulassen.

Ich vermisse dich unendlich.

Du hast mir gefehlt. Du wirst mir fehlen.

Für immer.

Bis wir uns wiedersehen.

H."

Wie Ajei erzählte, war Heather viel in ihrem alten Zuhause. Sie sprach mit Giordan und besuchte eine intensive Psychotherapie. Sie würde demnächst an einen unbekannten Ort zur Kur fahren, um sich dort intensiv zu erholen und Abstand zu gewinnen. Ich hoffte, dass es ihr im Rahmen dieser Therapie gelingen würde, nach und nach die schwere Last abzustreifen und ihrer Zukunft wieder Licht abzugewinnen.

Das hätte Haley gewollt.

Ich wünschte Heather alles Gute und eine neue, eine ehrliche, eine unbelastete Liebe.

***

Das Leben ging weiter. Für uns alle.
Das Erlebte verblasste und verlor in der Sommerhitze viel von seinem Schrecken. Während sich der Alltag nach und nach einstellte und Lennard im Rahmen der Konzerttournee unterwegs war, verbrachte ich meine Freizeit unter anderem mit Connie, die ihre Entscheidung pro und contra Schwangerschaft häufiger mit mir diskutierte, als der Bäcker morgens in der Backstube seine Kunden nach der Anzahl der Brötchen fragte. Aber je länger sie ihre Entscheidung vor sich herschob, desto klarer wurde mir, dass sie sich eigentlich längst entschieden hatte. Hugh verlor mir gegenüber kein Wort zu dieser Sache, die er offensichtlich wie ein rohes Ei mit Papierschale behandelte, was beim leisesten Anzeichen von Wind in seine Bestandteile zerplatzen würde. Er wurde zumindest zusehends immer schlanker.

Wenn ich nicht mit Connie zusammen war, dann besuchte ich Ooljee, ließ mich von ihr inspirieren und in spirituelle Gespräche verwickeln, die mein Denken veränderten, es erweiterten und mich dazu brachten, die Welt mit ganz neuen, nämlich den inneren Augen zu sehen. Das eröffnete mir komplett andersartige Horizonte und ich war schon gespannt, wie sich dieses Wissen mit den logischen Anforderungen des angestrebten Arztberufes verknüpfen ließ.

Ajei traf ich so oft, wie es ihre und meine Zeit erlaubte. Sie wurde zu einer weiteren spirituellen und unweigerlich auch emotionalen Quelle auf Freundschaftsebene. Darüber war ich sehr glücklich, denn sie war mir näher als viele andere Menschen, da sie das weibliche Pendant zu dem Mann war, den ich so sehr liebte.

Die Zeit flog nur so dahin und ich ließ mich glücklich mitreißen. Aber so lieb, wie ich sie auch alle hatte, ich verriet keinem von meinen Freunden, dass Lennard und ich für Freitag, den 27. Juli 2018, etwas ganz Besonderes planten, nämlich eine Hochzeit unter vier Augen. Wir hatten uns für diesen Tag entschieden, da die RedRoxX abends in Las Vegas ein Konzert im Planet Hollywood spielen würden.

Lennard und ich fuhren schon am Donnerstagnachmittag los in Richtung Sonnenuntergang. Ich war mega aufgeregt. Lennard hatte mich erst überzeugen wollen, nach Vegas zu fliegen, aber ich wollte mit dem Auto fahren, die Weite genießen, Zeit haben und einfach mit ihm allein sein.

***

Wir waren gegen sechzehn Uhr gestartet und erreichten die kunterbunte Lichterstadt in der Mojave-Wüste eine knappe halbe Stunde nach Sonnenuntergang.
Las Vegas leuchtete schon von Weitem und je näher wir kamen, desto heller wurde es. Ich hatte die Korona der Zweimillionenstadt schon vom Hoover-Damm aus sehen können.
„Wow!", entfuhr es mir, als wir über den Las Vegas Strip fuhren.
Hier waren Menschen über Menschen. Die ganze Stadt vibrierte wie ein Bienenschwarm auf Speed und übte eine Art angewiderte Faszination auf mich aus. Sie war bombastisch und furios, aufgetakelt und flimmerschick. Die Hotels überboten sich mit Effekten, Lichtern, Wasserspielen und Glitzer. Das war an sich grandios, aber ich empfand die ganze Chose nach kurzer Zeit eigentlich als zu viel. Zu voll. Zu laut. Zu grell. Zu unecht. Ich war kaum eine halbe Stunde hier und sehnte mich nach der beschaulichen Idylle Sedonas zurück.
„Ach du Schreck, ich bin ein Landei geworden", stellte ich entsetzt fest und sah Lennard mit großen Augen an.
Er warf einen kurzen Seitenblick rüber, fragte: „Zu viel? Zu laut? Zu voll?", und lachte, als ich nickte. „Okay. Hast recht. Bist ein Landei geworden."

Eine Stunde später hatten wir eingecheckt und unser mega geräumiges Hotelzimmer bezogen. Die Innenräume des Gebäudes waren sehr gut schallisoliert. Ich genoss die Stille hier drinnen und blickte stumm auf das Lichtermeer draußen. Im Spiegel des Fensters sah ich, wie Lennard von hinten ganz dicht an mich herantrat, seine Arme um mich und sein Kinn auf meinen Scheitel legte.
„Na, Baby?", fragte er leise und krabbelte mit seinen Fingern unter mein Shirt.
„Hast du Lust auf eine heiße Nacht in Las Vegas?"
Ich drehte mich in seinen Armen um und verschränkte die Hände in seinem Nacken.
„Hmm, das kommt ganz darauf an, wie du das meinst. Wenn das bedeutet, dass wir nach draußen gehen und uns in dieses grässliche Getümmel stürmen, dann ... eher nicht. Aber wenn du meinst, wir könnten einfach die Klimaanlage

ausschalten und schauen, wie heiß es dann ... hier ... im Zimmer wird, dann wäre ich dafür."

„Ich hatte gehofft, dass du das sagst", meinte mein zukünftiger Ehemann grinsend und senkte seine Lippen auf meine.

***

Ich wachte um kurz nach drei Uhr morgens auf und war total hibbelig.
Draußen wurde es langsam hell, aber das Lichtermeer von Vegas hatte eine richtige Nachtfinsternis sowieso verhindert. Lennard schlief neben mir, sein Arm lag über meinem Bauch.
Ich strich sanft mit dem Finger über seine Haut.
Wir würden heute heiraten. Ich konnte das immer noch nicht fassen. Es schien so unwirklich. Heiraten. Wir. Ganz allein. War irgendwie komisch. Die Hochzeit stellte doch eine der großen Eckdaten im Leben dar und viele Menschen feierten zu diesem Zwecke eine Megaparty. Wir würden heute alleine sein und niemand, aber auch wirklich kein einziger von den Menschen, die mir nahestanden, wusste irgendwas darüber, was ich heute vorhatte.
Ich hatte es niemandem erzählt, weil ich es einfach nicht übers Herz gebracht hatte.
Suse wäre nach „Lelli, ohne mich? Ernsthaft? Geht GAR NICHT" die Sprache weggeblieben.
Tilli hätte mir mit einem Redeschwall die Haare zur Mütze geflochten und „Kumpelsau" wäre noch die harmloseste Bezeichnung gewesen, die mir um die Ohren geflogen wäre.
Na ja, zumindest mein Bruder hätte die Info nebenbei hingenommen und ich hätte froh sein können, wenn ein: „He - alles Gute" für mich rausgesprungen wäre. Aber meine Eltern ...
Und meine Großeltern ...
Tante Melli und Onkel Jo ...
Hinz und Kunz ...
Die lagen mir jetzt alle schwer im Magen. Ich hatte regelrechte Gewissensbisse, dass ich diesen wichtigen Tag mit niemandem von ihnen teilte. Klar, meine Eltern konnten das sicher respektieren, das Kind (ich) war schließlich erwachsen und sie wollten, dass ich glücklich war. Aber Mom würde traurig sein. Da war ich mir sicher. Sie hatte früher schon immer gern spekuliert, wie es wohl werden würde, wenn ich heiratete. Und wo. Und vor allem natürlich: wen. Dann haben wir zusammen phantasiert, wie der Tag ablaufen könnte. Und wenn ich früher davon geträumt hatte, eine Braut zu sein, waren da viel Weiß, ein Reifrock, ein

Prinzessinnenkleid und jede Menge Gäste im Spiel gewesen. Eine große Feier mit all den Menschen, die ich in meinem Herzen trug und die mir irgendwas bedeuteten.

Ich ließ Suses Hochzeit vor meinem inneren Auge vorbeiziehen. Die Vorbereitungen, die Spannung, der Stress, aber auch die wahnsinnige Vorfreude. Der Sekt am Morgen mit der Friseuse. Suse in ihrem wunderschönen Kleid und wie ihr Vater sie in den Raum führte. Julius, mit Tränen in den Augen. Der Eröffnungstanz und ... und ... und.
Das würde ich alles nicht haben. Niemand von meiner Familie, meinen Freunden, Verwandten oder Bekannten würde heute bei mir sein, dafür aber einer: der Mann, den ich liebte. Das sollte doch reichen. Aber sicher. Mehr als Lennard hatte ich schließlich nie gewollt.

Ich wischte mir eine Träne aus dem Auge, die sich irgendwie an der Kontrolle vorbeigeschlichen hatte. Aber es kam noch eine nach. Und noch eine. Verflixt. Ich konnte bald gar nicht mehr so schnell wischen, wie sie kullerten. Dabei verkniff ich mir angestrengt jede Lautäußerung. Ich wollte Lennard nicht wecken. Wie sollte ich ihm erklären, dass ...?

„Ich hoffe nicht, dass du jetzt weinst, weil du plötzlich Angst hast. Oder doch?", sagte Lennard. Er drehte sich von mir weg und angelte im Halbdunkel nach seinen Sachen, die irgendwo auf dem Boden lagen. Dann legte er mir ein Päckchen Taschentücher auf die Hände.
„Was ist, Baby? Hast du Angst vor der Zukunft mit mir?"
„Nei-hein." Ich schnaubte wie ein Elefant, holte Luft, sagte noch mal: „Nei-hein", und biss den Kiefer so fest zusammen, dass es schmerzte. Ich ballte sogar die Fäuste und streckte die Arme durch, aber das alles half nicht mehr.
Ich fing hemmungslos an zu schluchzen. Mein ganzer Körper zitterte und bebte.

„He, Leela, ist doch gut, Süße." Lennard wirkte leicht erschrocken. „Hör mal, es ist kein Problem, wenn du das nicht durchziehen willst. Wir können das auch

lassen. Du musst nichts unterschreiben, was du nicht willst. Zweifelst du?"
„Neihein", jammerte ich. „Neihein."
Er lachte leise. „Scheinbar ja doch. He, Baby, wir müssen da nachher nicht hingehen. Mir bedeuten solche Zeremonien sowieso nicht viel. Ich brauche keinen Schein zum Lieben. Ich habe nur gedacht, das würde einiges für uns einfacher machen, weil wir im Moment auf verschiedenen Kontinenten wohnen. Aber es ist nicht wichtig. Nichts ist wichtig, außer das, was du willst. Wenn du dir nicht sicher bist, dann ..."

Nicht wichtig? Mir stockte der Atem. Ich fuhr hoch und schluchzte: „Lennard, wenn ich mir über eine Sache immer sicher war, dann, dass ich dich will. Immer. Hast du daran jemals gezweifelt? An mir? Daran, dass ich dich liebe?"
Lennard sah mich an und strich mir sanft über die Lippen. „Nein, Leela. Noch nie."
„Dann fang nicht grade heute damit an." Ich ließ mich erleichtert wieder auf das Bett fallen und holte zitternd Luft.
„Was ist denn aber dann dein Problem?", fragte er leise.
„Mama, Papa, Suse, Tilli – alle halt", quiekte ich und schon stieg der Wasserpegel wieder an.
Lennard kniff die Augen zusammen. „Deine Eltern? Und Suse? Weil sie nicht hier sind? Du willst nicht alleine heiraten. Ist es das?"
„Nei-hein", heulte ich dumpf an Lennards Brust. „Ja-ha!"
„Ist das wirklich dein ganzes Problem, Leela?", fragte er ernst.
Ich riss den Kopf hoch und starrte ihn mit meinem ganzen verheulten Elend an.
„Ja-ha. Ist es. M-meine Mohom w-wird so traurig seiheiheihein. Uhund Suhuse ahauch." Und schon kullerten die Tränen munter weiter.

„Ach, Baby." Lennard lachte und gab mir einen Kuss. Dann machte er sich von mir los, stand auf, nackt wie er war, und ging zu der großen Fensterfront, durch die das immerwährende Flackerlicht der Casinostadt hereinflutete. Er blickte für einen Augenblick nach draußen, bevor er die blickdichten Vorhänge zuzog, so dass es stockdunkel im Raum wurde.

„Okay. Dann konzentrieren wir uns jetzt mal darauf, was das Allerwichtigste und Besondere ist. Der Grund, warum wir heute hierher gekommen sind. Und das sind wir beide. Du und ich. Zumindest ist es das für mich." Er glitt neben mich ins Bett und zog mich ganz eng an sich heran. „Es geht um uns beide, Leela. Ich bin hier, weil ich dich liebe, weil ich mit dir zusammen sein will, und das nach Möglichkeit für den Rest meines Lebens. Und wie sieht es bei dir aus?"
„Ich will das auch", flüsterte ich und schmiegte mich an seinen warmen Körper.
„Na siehst du", fuhr er fort. „Und deswegen genießen wir diesen Tag jetzt einfach ganz heimlich nur für uns. Dieser Tag gehört dir und mir. Okay?"
„Ja." Ich nickte und schniefte.
„Okay." Ich konnte Lennard nicht sehen, aber ich spürte ihn überall. Er strich mir die Haare aus dem nassen Gesicht und küsste mich innig und liebevoll.
„Dieser Tag heute gehört uns, Leela. Aber wenn dir das so wichtig ist, dann feiern wir einfach mit all den Leuten, die du einladen willst, später nach, okay? Irgendwann. Such dir einen Tag aus. Du kannst die schönste Party organisieren, die du willst. Du bestimmst, wann und wo und wer."
„Ja", flüsterte ich und mein Herz ging auf. „Ja. Nächstes Jahr. Im Frühling, vielleicht im Mai. In Binz. Und ich will, dass alle kommen. Ajei. Ben. Deine Mutter. Tanten, Onkels und Freunde. Suse, Tilli und Connie und Hugh u-und alle, die ich grade vergessen habe. Wir könnten eine freie Trauung machen. Ohne Standesbeamten und so." Die Idee gefiel mir supergut. Es ging mir gleich viel besser. Die Tränen versiegten schlagartig. „Ich mache die Einladungen so fertig, dass alle zu Weihnachten eine bekommen. Was sagst du dazu?"

„Wie du meinst." Lennard versuchte, mich zu küssen.
Ich drehte den Kopf weg und sprach weiter.
„Moment, Moment. Was hältst du davon, wenn wir nach der freien Trauung eine Bootsfahrt machen? Mit allen? Nein, nur mit der Familie. Sonst wird das zu teuer. Oder wir ... Mpflmpf."
Lennard hielt mir die Lippen zu. „Heute, Leela, ist unser Tag. Über den Rest, also den Tag für die anderen, kannst du ab morgen mit mir reden, okay?"

Ich brummelte: „Nwnmnmnn."

Er blieb unerbittlich. „Morgen. Okay? Einfach nicken."

Ich nickte.

„Na bitte." Er ließ los und küsste mich.

Irgendwann schliefen wir tatsächlich wieder ein.

***

Fünf Stunden später war von meinen Tränen nichts mehr zu sehen. Warum auch? Wir hatten ein wunderbares Frühstück ins Hotelzimmer bekommen. Jetzt ließ ich den Mann, auf den ich Jahre hatte warten müssen, nicht mehr von der Angel. Wenn das kein Grund zur Freude war.
Ich saß in der dritten Etage des Hotels und ließ mich aufhübschen. Dort befand sich ein Friseursalon. Hochzeit zu zweit ohne Publikum - egal – ich wollte super aussehen.
Und das tat ich, als ich eine und eine halbe Stunde später in Ajeis wunderhübschem Zipfelkleid vor der Wedding Chapel im Hause auftauchte. Die Friseuse hatte mir die Locken teilweise hochgesteckt und hinten lang gelassen, die Augenbrauen gezupft und mich ganz dezent geschminkt. Das Ergebnis konnte sich mehr als sehen lassen. Ich fühlte mich wunderschön und wenn ich Lennards leuchtenden Augen Glauben schenken konnte (und das konnte ich), dann gefiel ihm sehr, was er sah.

„Baby", sagte er weich. „Du siehst zauberhaft aus."
Neben ihm wartete im Zimmer ein riesiger Strauß langstieliger Rosen auf mich.
„Sie sind wunderschön." Ich schnupperte. „Und sie riechen herrlich. Wo hast du die her?"
Lennard trug weiße Shorts und ein kurzärmliges, kariertes karibikblaues Hemd, was farblich wunderbar zu seinen Augen passte.
„Mein Geheimnis", sagte er lächelnd und deutete auf meine Sachen. „Schickes Kleid."
Ich war froh, dass ich mich damals in Ajeis Laden hatte dazu hinreißen lassen, es zu kaufen. Es war perfekt für den Tag, für den Anlass, für ihn.
Lennard streckte die Arme aus. Ich glitt hinein wie ein Schlüssel, der genau ins Schloss passte.
Er betrachtete mit gerunzelter Stirn mein Gesicht. „Ich weiß gar nicht, ob ich dich küssen kann. Nicht, dass irgendwas am Kunstwerk verwischt." Ich schob sein Gesicht am Kinn nach hinten. „Kunstwerk? Hallo? Ich sehe immer so aus. Aber du darfst mich sowieso nicht küssen, weil wir noch nicht verheiratet sind. Erst, wenn du ‚ja' gesagt hast. Vorher gibt es keinen Kuss mehr."

Lennard verdrehte die Augen. „Geht das jetzt schon los? Wir sind noch nicht mal verheiratet und schon willst du bestimmen."
„Huch!", machte ich geziert. „Dann warte ich lieber noch ein halbes Stündchen, bevor ich die Dämonin in mir entfessle."
Lennard lachte. „Besser ist das, Weib. Vergiss aber nicht, dass ich hier der Musiker von uns beiden bin. Also gebe ich den Ton an." Dann hielt er mir den Arm hin: „Und? Bereit?"
Ich legte meinen Arm in seinen und überlegte. „Wenn wir uns darauf einigen, dass ich die Dirigentin bin, die dem Musiker seinen Einsatz gibt, dann JA. Ich bin bereit. Und du?"
Er küsste meine Hand. „Ich? Ich liebe dich." Dann verschränkte er seine Finger mit meinen und führte mich aus dem Zimmer zur Hochzeitskapelle unserem gemeinsamen Leben entgegen.

***

Darf ich mich vorstellen? Mein Name ist Leila. Leila Steinberg-Brühl. Zumindest seit dem siebenundzwanzigsten Juli des Jahres 2018 gegen elf Uhr, als ich den Mann meines Lebens heiratete. Ganz allein und unter vier Augen, aber mit ganzem Herzen und jeder Menge ehrlicher, ozeantiefer Liebe.

Lennard hatte einen wunderschönen Ring für mich gekauft, den er mir aufsteckte, als er sein schlichtes Eheversprechen gab. Es war ein massiver Goldring mit einem hellblauen Beryll, besser bekannt als Aquamarin. Er war ein kleines bisschen zu weit, so dass ich ihn vorerst am Mittelfinger trug. Ich würde mir den Ring etwas enger machen lassen müssen, aber ich liebte ihn. Er war wunderschön. Alles war wunderschön: die kitschige Wedding Chapel des Hotels, die hagere Frau, die uns traute, die Rosenblütenblätter auf dem Boden, jede einzelne Kerze im Raum, die beiden klingenden Ja-Worte, unser Hochzeitskuss und die herrlichen Bilder, welche der bestellte Fotograf von uns machte.
Am schönsten aber war der Mann, der mich geheiratet hatte, und die überwältigende Tatsache, dass er mich genauso liebte wie ich ihn und dass nun nichts mehr zwischen uns stand.

Der einzige Wermutstropfen an diesem Tag war, dass ich mein Glück nicht sofort mit all den Bildern in die ganze Welt schicken konnte, um alle meine Freunde und Verwandten zu entzücken, weil ja niemand von meiner Verwandlung zu Leila Steinberg wusste. Deswegen hatte ich meinen alten Nachnamen Brühl auch am Namen gelassen. Damit es nach meiner Rückkehr in Deutschland nicht gleich zu Verwirrungen bei Post, Ämtern und Verwandten kommen würde. Den Rest der Welt wollte ich erst informieren, wenn ich zeitgleich Einladungskarten zur Party des Jahres verschicken konnte.

Als ich Hand in Hand mit Lennard unter schmelzenden Klavierklängen aus der Kapelle schritt, platzte ich trotzdem (zu zweit allein hin oder her) fast vor Glück und dem unstillbaren Bedürfnis, dieses Glück mit dem gesamten bewohnten Teil der Galaxis zu teilen und alle, alles und jeden in einen gigantischen Glitzersturm

aus Aurora borealis zu hüllen.
Wir ließen uns jedenfalls nicht aus den Augen, als wir die Wedding Chapel verließen, und fielen uns, kaum dass wir die Kapelle hinter uns gelassen hatten, knutschend in die Arme. Das veranlasste einige Touristen, die zufällig den Gang entlang kamen, zu heftigem Beifallsklatschen und Alles-Gute-Wünschen.
Das nächste Paar wartete schon. Wir machten Platz.
Eine ältere Dame umarmte mich kurz, Lennard etwas länger. Sie erinnerte mich ein ganz klitzekleines bisschen an meine Oma in Berlin, die sicher sonst etwas drum geben würde, jetzt mit mir hier zu sein. Und prompt war da doch wieder eine Träne, die sich wohl im Augenwinkel versteckt und auf den richtigen Moment gewartet hatte. Lennard wischte sie ganz vorsichtig aus meinem Gesicht und zog mich in eine gläserne Nische, von welcher aus wir auf das bunte Gewimmel der übervollen Stadt draußen blicken konnten.
Dann nahm er mein Gesicht in beide Hände und küsste mich. „Das war jetzt hoffentlich eine Freudenträne, oder, Baby?"
Ich nickte vorsichtig, aber zweifelnd.
Er sah mich prüfend an. „Hatten wir nicht gesagt, dass das unser Tag ist? Du bekommst deine Party im nächsten Jahr. Versprochen. Aber heute gehörst du mir alleine, okay?"
Ich nickte wieder ganz gehorsam.
Er nickte auch. „Genau. Was also macht dich jetzt traurig?"
„Nichts." Ich reckte mich hoch und küsste ihn zurück. „Ich habe nur noch keine Ahnung, wovon ich eine Party, wie ich sie mir vorstelle, bezahlen soll. Ich bin Studentin. Mit meinem kleinen Job komme ich grade so klar, ohne zu verhungern. Da muss ich eine Menge sparen. Selbst wenn ich das gleiche Kleid anziehe wie heute, feiern wir wahrscheinlich erst richtig zu unserem zehnjährigen Hochzeitstag. Mal sehen, ob ich dann noch in dieses Kleid passe."
Lennard schüttelte den Kopf und lachte. „Diese Frau ist unglaublich. - Müssen wir das wirklich heute diskutieren?"
„Nein", schnuffelte ich etwas beleidigt. „Natürlich nicht."
„Das ist gut", sagte er, griff nach meiner Hand, verschränkte seine Finger mit meinen und spielte am Aquamarin. „Komm, wir haben ein Date mit dem

Küchenchef."
„Oh. Das klingt gut." Ich hatte plötzlich einen Bärenhunger. „Was hast du bestellt?"
„Überraschung." Lennard zwinkerte mir zu. Wir rannten fast. „Und wegen der Party mach dir mal keine Gedanken. Soweit ich mich erinnere, sind wir jetzt verheiratet. Du musst die Feier also nicht bezahlen, arme Studentin, und schon gar nicht alleine. Ich kann durchaus was beisteuern. So eine Konzerttour wirft ein bisschen was ab. Das bekommen wir schon hin. Auch im nächsten Jahr, und nicht erst, wenn du aus dem Kleid rausgewachsen bist."
Ich schüttelte den Kopf. „Das ist ja schön und gut, aber es wäre mir echt peinlich, wenn du unsere Hochzeitsparty auch noch allein bezahlen musst. Ich will mich beteiligen."
„Vielleicht habe ich Hintergedanken." Mein Ehemann hob süffisant eine Augenbraue, grinste mich an und schwenkte mich herum, bis ich genau in seine Arme segelte. Er hielt mich fest. „Du kannst deinen Teil an den Kosten gerne abarbeiten, wenn dir das lieber ist. Ich weiß auch wie." Er küsste mich, dass mir die Knie weich wurden.
„Hör mal, Casanova", sagte ich entrüstet und stemmte mich gegen seine Brust. „So läuft das nicht. Ich bin erstens verheiratet und zweitens nicht käuflich."
Lennard nickte, ließ mich los und schob mich vorwärts. „Tja, Baby, nachdem wir das geklärt haben, weißt du eins ganz sicher: Ich habe dich nicht wegen deines Geldes geheiratet."

***

Er war so lieb. Ich hatte wirklich den süßesten, besten und phantasiereichsten Mann der Welt abbekommen. Er hatte sich Mühe gegeben, den Tag für mich zu einem Erlebnis zu machen.
Lennard entführte mich zum Essen zum Lake Mead, einem Stausee des Colorado Rivers. Vom Hotel aus waren es knappe vierzig Minuten mit dem Auto bis dorthin. Im Hotelzimmer hatte bereits ein geschlossener Korb mit Essen auf uns gewartet. Und er musste auch noch ein bisschen länger warten, denn irgendwie ... kamen wir davon ab, dass wir ... eigentlich ... gleich los wollten. Aber dann mussten wir uns wirklich beeilen, weil Lennard ein kleines Boot gechartert hatte. Damit wurden wir auf den See hinaus- und dort umhergefahren. Wir saßen an Deck, mal im Schatten, mal in der Sonne, knutschen und schmusten und flüsterten uns tausend kleine Intimitäten zu, die Verliebte und frisch Verheiratete eben so schwatzen. Nebenbei futterten wir all das gute Zeug weg, was sich in dem Korb fand.

Ich schaute mir immer wieder die Bilder an, die der Fotograf heute Vormittag von uns geschossen hatte. Die waren superschön geworden, weil wir beide so glücklich aussahen. Besonders ein Bild hatte es mir angetan. Ich konnte es mir nicht nehmen lassen, dieses mit dem Hinweis „Liebe(s)grüße aus Las Vegas" in meinem Status zu posten, auch wenn man aus der Art und Weise des Bildes mööööglicherweise Rückschlüsse ziehen konnte.
Die Spekulationen ließen nicht lange auf sich warten.

Suse: „Hammerfoto. Tolles Kleid, Lelli. Wo seid ihr? Und WAS macht ihr da? Ihr seht irgendwie feierlich aus. Und voll verliebt. Und außerdem bist du total schlank und ich immer noch eine unförmige Planschkuh. Sehe aus, als würde ich noch mal entbinden. *Heul*Heul*Heul*"

Tilli (Sprachnachricht): „He, Leila. Sieht geil aus, das Foto. Siehste? Wie gut, dass du hingefahren bist. Da haste dir deinen Schnuckiputz wieder zurückgeangelt. *seufz* Ihr wart einfach schon immer das perfekte Paar. Da komm ich mit Kosta wahrscheinlich nie ran. Apropos, wir können leider nicht zu euch kommen.

Müssen unser Treffen aufschieben, bis du wieder hier bist. Ich kriege erst im November frei. Ehrlich mal, wer macht im November Urlaub, hä? Ich. Mathilda vonne Küste. Na ja, freu dich auf deine Zeit als Assi. Da können sie alles mit dir machen. Echt. Telefonieren wir bald?"

Connie schickte mir einen „Daumen hoch", drei nachdenkliche „Smileys" und den eindeutigen Hinweis: „Montag!"

Nach vier Stunden war unsere Bootspartie zu Ende. Ich hatte einen leichten Sonnenbrand auf der Nase.
„Jetzt bist du eine echte Rothaut", sagte Lennard, als er mir auf den Anleger half und gab mir einen Kuss auf die Nasenspitze.
„Aua", gab ich zurück und kramte in der Tasche nach irgendeinem Cremchen, was Abhilfe schaffen konnte. Ich fand meinen Kokosnuss-Lippenbalsam und trug reichlich was davon auf. Er schmolz auf meiner Haut.
„Und jetzt riechst du auch noch zum Anbeißen", meinte Lennard, als wir im Auto saßen und lächelte zu mir rüber.
„Bitte schau nach vorn", gab ich streng zurück. „Ich bin ganz frisch verheiratet und möchte sehr lange was von meiner Ehe haben."

***

Wir schafften es gerade so, zum Soundcheck der RedRoxX wieder im Hotel zu sein und das auch nur, weil Lennard vor der Einfahrt ausgestiegen war. Ich brachte das Auto in die Tiefgarage und ging hoch ins Zimmer, wo ich mich umziehen wollte. Das Kleid war mir für ein Rockkonzert etwas zu overdressed. Wir waren nach dem Soundcheck mit Ajei und Ben zum Essen verabredet und ich schon sehr gespannt, ob Lennard seiner Schwester erzählen würde, wie wir den restlichen Tag verbracht hatten.

Ajei rief mich an, als ich gerade unter der Dusche stand. Deswegen hörte ich das Telefon nicht.

Ich rief sie zurück. Ben und Lennards Schwester hatten ebenfalls hier im Hotel eingecheckt. Ajei fragte mich, ob ich mit ihr im Pool schwimmen gehen wollte. Ich lehnte ab, weil ich kein Fan von Chlorwasser war und absolut keine Lust hatte, noch einmal die Haare zu waschen. Außerdem war meine Frisur noch fast intakt und ich wollte an meinem Hochzeitstag (beziehungsweise in der darauf folgenden Nacht) keinesfalls riechen wie ein Spaßbad. Wir vereinbarten, uns in der Hotelbar zu treffen und gemeinsam rüber zum Konzertsaal zu gehen.

Ich genoss die Zeit, die ich hier mit mir alleine hatte, und betrachtete mich im riesigen Badezimmerspiegel auf der Suche nach möglichen Veränderungen, welche die Zeremonie vom Vormittag eventuell hinterlassen haben könnte. Ich fand keine. Das glückliche Strahlen meiner Augen war seit ein paar Wochen normal und gehörte zu mir, weil ich eben einfach glücklich war. Da blieb für Mascara und Co nicht viel zu tun. Glücklich zu sein bringt die natürliche Schönheit eines Menschen am allerbesten hervor. Ich warf mir eine Kusshand zu, zog kurze Hosen und ein Top an und machte mich auf den Weg nach unten.

Die Hotelbar war futuristisch und relativ ungemütlich. Ich schrieb meiner Schwägerin eine Nachricht und wechselte ins Café Hollywood. Aber auch dort hielt es mich nicht lange, obwohl der nette Kellner hinter dem Tresen sehr angenehm mit mir flirtete. Als Ajei ankam, hatte ich meinen Cappuccino bereits ausgetrunken und war startklar. Wir begrüßten uns herzlich.
„Ben hat eben angerufen“, sagte Ajei. „Sie brauchen noch ein paar Minuten. Der Soundcheck hat länger gedauert, weil irgendwas kaputt war. Wir sollen in einer halben Stunde einfach zum Eingang des Saals kommen. Er nimmt uns dann mit nach hinten.“ Also bummelten wir untergehakt durch die Einkaufsmeile des Hotels, warfen einen kurzen Blick in das Casino und gingen nach draußen an die Poolbar, wo Ajei mich auf einen Drink einlud. Das Wetter hier in Vegas war traumhaft und wie gemalt für meinen Hochzeitstag. Ich würde so gern mit Ajei darüber reden, doch ich musste mich zurückhalten, was mir unheimlich schwerfiel. Aber von seiner heimlichen Hochzeit zu erzählen, war wohl eher Sache des Bruders.

Wir hatten unsere Gläser noch gar nicht ausgetrunken, da klingelte mein Handy. Lennard war dran. Mein Ehemann. Ich konnte nichts dagegen tun, dass ich strahlte wie die Casino-Stadt bei Nacht, als ich ranging. Das passierte einfach so und ganz ohne mein Zutun.
„Wo seid ihr?“, wollte er wissen.
Ich sagte es ihm.
„Okay, dann kommt runter zum Saal. Wir warten hier auf euch. Wir gehen hinten raus.“

Ich legte auf und hob mein Glas. „Auf die Liebe und das Universum.“
Ajei stieß mit mir an. „Und das Leben und den ganzen Rest.“
Wir leerten unsere Gläser und machten uns auf den Weg.

***

Der Gang zum Konzertsaal war mit ein paar Barrieren abgesperrt. „No Entrance“.
Ein Trupp hipper Mädels stand aufgeregt gackernd davor. Sie wedelten mir ihren Handys, übertönten sich gegenseitig beim Quietschen und Labern und beachteten uns nicht.
Wir hielten es genauso, also zumindest hinsichtlich der Beachtung, und schlängelten uns ohne nachzudenken durch die Absperrung.
„He! Guckt mal“, sagte jemand hinter uns. „Geht das?“
„Nicht für jeden“, sagte Ajei, warf ihr Haar wie einen Schleier nach hinten und lächelte lieb zurück. „Nur für uns.“
Ich musste grinsen. Sie war einfach herrlich.

Als wir am Eingang zum Konzertsaal ankamen, stand dort ein junger Mann, dem die Angestelltenkluft des Hotels fast vom Bizeps platzte. Er hatte gegeltes Haar und gehörte offensichtlich zum Club der Körpertempler. Ben unterhielt sich mit ihm und ließ umgehend die Sonne in seinem Gesicht aufgehen, als er Ajei sah. Sie hakte sich ein und küsste ihren Liebsten auf die Wange.

„Deine ersten Groupies kreischen sich oben schon warm“, kicherte sie.
„He, Mann, ist das deine Freundin?“, fragte der andere Typ erstaunt. „Wenn nicht, dann ...“
„Meine Freundin“, bestätigte Ben. „Kein ‚wenn nicht‘, okay?“ Er umschlang Ajeis Taille und ließ keinen Zweifel daran aufkommen, dass diese Frau zu ihm gehörte.
„Hi, Leela“, rief er dann zu mir rüber. „Komm her.“
Ich winkte ihm zu, war ein bisschen zurückgefallen, weil ich eine Nachricht von Suse mit süßen Bildern von Adrian und Annelie bekommen hatte. Ich konterte mit einem Bild des kitschigen Las-Vegas-Eiffelturms bei Nacht und steckte das Handy weg.
„Hi, Ben“, sagte ich, als ich bei der Gruppe ankam, drückte Ben ebenfalls einen Kuss auf die Wange und nickte dem jungen Muskelprotz zu.
„Wow! Du kannst das gut haben. Ihr Musiker, Mann, Mann, Mann. Lasst nichts anbrennen, was? Nur Klassefrauen, und dann gleich zwei. Du könntest mir eine abgeben, falls dir das zu viel wird“, bot der Typ an und zwinkerte mir zu.
„Ach, das schaff ich schon noch“, grinste Ben.
„Die ist auch nicht mehr zu haben. Das ist die Freundin meines Bruders“, konterte Ajei spitz. „Er ist der Sänger von den RedRoxX. Da hast du keine Chance. Also Finger weg.“
Der Mann hob beide Hände. „He, fragen ist erlaubt, oder? Hast du vielleicht neben dem Bruder noch'ne Schwester, Schwester?“
„Nein“, sagte Lennard hinter mir. „Eine Schwester von dem Format reicht.“
„Bitte?“, fragte Ajei entrüstet und drehte sich um. „Was heißt das denn?“
Ben grinste.

„Echt, ihr habt ein Glück, ihr Musiker“, stellte der Ordner fest. „Ich muss auch irgend 'n Instrument lernen. Dann kriegt man die schicken Mädels als Freundinnen.“
„Mach das. Könnte helfen“, nickte Lennard und fügte hinzu: „Aber das hier ist nicht meine Freundin.“ Dann nahm er im Vorübergehen meine Hand, zog mich an der grinsenden Muskelwand vorbei und sagte: „Das ist meine Frau.“

Ich hüpfte hinter ihm her und grinste in mich hinein, weil ich mich gefragt hatte, WIE er es Ajei sagen würde, WENN er es sagen würde. Nun wusste ich es.
Ajei lachte nicht. „Was??“ Sie hatte mir folgen wollen, war abrupt stehengeblieben und schaute so entgeistert drein, als hätte sie ein Ufo beim Start mit der Untertasse am Haaransatz erwischt. „Lennard Steinberg!! Halt! Stopp mal. Was hast du gesagt?“
Lennard zwinkerte mir zu. Er blieb stehen und drehte sich um.
„Was meinst du?“
Sie zeigte mit dem Finger auf ihn. „Du hast gesagt, dass ... Du hast gesagt, Leela ist ... deine Frau? Hast du sie etwa geheiratet? Heute? Einfach so?“
Lennard sah mich an, dann wieder zu Ajei. Er nickte. „Ja. Habe ich. Und?“
Ajei schnappte nach Luft. „Und?? Das ... ist ... GEMEIN!!“
Ben, der (offensichtlich eingeweiht) eben noch breit gegrinst hatte, zuckte zusammen.
Ajei stemmte die Arme in die Hüften und kam auf Lennard zu. Ihre Augen sprühten vor Wut. „Ich fasse es nicht. Du bist der böseste, gemeinste und fieseste Bruder aller Zeiten. Ehrlich. Das kann ich jetzt einfach nicht glauben. Du bist gemein, gemein, gemein.“ Sie fügte noch etwas auf Indianisch hinzu, stampfte mit dem Fuß. Ihre Augen füllten sich mit Tränen.

Ach herrje. Ich wechselte einen Blick mit Lennard. Er zuckte fragend mit den Schultern.

„He, Liebling, nun bleib mal locker. Wo ist denn das Problem?“ Ben versuchte, Ajeis Hand zu nehmen, aber sie riss ihre zurück.
„Lass mich“, fauchte sie, warf ihr Haar nach hinten und stampfte los. „Das verstehst du nicht. Das ist eine Sache zwischen dem Fiesling dort und mir.“
Jetzt wurde Lennard ungehalten. „Ajei, nun krieg dich ein, ja? Wo ist dein Problem? Ich muss dich doch nicht fragen, ob ...“
Ajei stand jetzt vor ihm und pikte Lennard mit dem Finger gegen das Brustbein. „Nein. Das musst du nicht. Aber du hast mir VERSPROCHEN, dass ich das Kleid für deine zukünftige Frau entwerfen darf“, und zu mir: „Er hat es mir

VERSPROCHEN. Das geht jetzt nicht gegen dich.“ Wieder zu ihm: „Das war mir wichtig. Sehr, sehr wichtig. Und jetzt hast du mir das weggenommen. Du heiratest und lässt mich, deine Zwillingsschwester, einfach ... außen vor. Das ist ... FIES. Du BIST der fieseste aller fiesen Brüder. Lädst du uns deswegen heute zum Essen ein? Zu viert? Das soll deine Hochzeit sein? Das war's? Punkt und aus? Ich fasse es nicht. Du bist so was von gemein. Ich habe nur einen einzigen Bruder und jetzt DAS. Hochzeit zu viert. So nebenbei. Kein Kleid von mir. Keine Feier.“ Sie verschränkte wütend die Arme und funkelte Lennard an. „Ich glaube, ich hasse dich gerade.“

Lennard schüttelte ungläubig den Kopf. „Ajei, ich bitte dich. Nun komm mal wieder runter. Es ist doch jedem selber überlassen, wie er das macht.“ Er sah verständnisheischend zu mir rüber. „Wir wollten das so. Oder, Leela?“
Wir? Hm.
„Das kann ich mir nun gleich gar nicht vorstellen.“ Ajei sah mich an. Sie war wirklich traurig. „Wolltest du das tatsächlich so? SO? In Vegas? Zwischen Tür und Angel? Ohne heulende Verwandtschaft? Ohne Party? Ohne ein Kleid, was ich dir auf den Leib designed habe?“
„Aber ... Moment mal!“ Ich kramte hastig mein Handy hervor und entsperrte das Display. Dann hielt ich ihr das Telefon hin. „Aber das Kleid hast du entworfen, Süße. Schau ...“

Lennard nutzte die Gunst der Stunde, um sich aus der Affäre zu ziehen. Er schüttelte den Kopf, gab mir einen Kuss und ging. „Siehst du, Sis? Alles im grünen Bereich. Ich muss noch mal kurz auf der Bühne was checken. Wir sehen uns gleich hinten, Baby, ja?“
Ajei beachtete ihn nicht. Sie nahm mir das Handy aus den Fingern und scrollte sich durch meine Bilder des Tages. Ben sah ihr über die Schulter und nickte anerkennend. „Du siehst wirklich hübsch aus, Leela. “
„Natürlich sieht sie hübsch aus“, stellte Ajei belehrend fest. „Das Kleid habe ich schließlich genau für jemanden wie Leela gemacht.“ Sie sah mich an und jammerte: „Aber es ist trotzdem total mies, dass ihr keine Party macht. Ich habe

nämlich selbst noch ein Kleid, was genau zu so einem Anlass passen würde. Ich finde das mega gemein. Er ist mein einziger Bruder. Ich wollte mindestens Brautjungfer sein."

Mehrstimmiges Gekreische.
Ben sah sich um. „Wo kommen die denn her?"
Die Mädels von oben hatten sich offensichtlich doch entschieden, uns zu folgen.
„Das ist Belliott! Das ist er. In echt." Noch mehr Kreischen. Ach herrje.
Sie kamen auf uns zugelaufen oder besser: auf Ben.
Ajei verdrehte die Augen. „Gewöhnt man sich da dran?"
Ben grinste.
„Heheheheheheeee. Sachte, ja?" Das war der Ordner von vorn. Er stellte sich der heranströmenden Östrogenwelle heroisch entgegen, vermutlich musste er sich dafür nicht mal besonders überwinden.

„Ich stell die Girls mal ruhig." Ben humpelte zurück zum Eingang.
Kreischen.
Ajei verdrehte die Augen. „Warst du auch mal so?"
Ich nickte verlegen. „Mit sechzehn schon, glaube ich. Ich bin bei Justin Timberlake total ausgerastet. Du nicht? Ich wollte ihn heiraten."
Sie zuckte mit den Schultern, schüttelte den Kopf. „Nein. Ich war nicht so."
Ich glaubte ihr nicht. „Quatsch. He, komm. James Blunt?"
Sie schüttelte heftig den Kopf. „Nein? Auf keinen Fall?"
„Komm schon. Irgendwas war da." Ich stieß sie an. „Gibs zu."
Ajei griente. „Nein. Ich war NIE so."
„Ach komm. Das glaube ich jetzt ..."

„Lenniiiiiiie!"
Wir fuhren herum.
Eins der Girls in der Gruppe pubertärer Mädchen, die sich um Ben geschart hatten, musste Lennard erspäht haben, der oben auf der Bühne aufgetaucht war. Er winkte von Weitem.

Ben zuckte mit den Schultern und lachte. „Mädels, der Typ ist viel zu alt und außerdem verheiratet."

„Ben, ich will ein Kind von dir", quietschte die mutigste der drei Grazien.

Jetzt lachte Ben laut. „Sorry, lieber nicht. Meine Freundin killt mich. Und dich dazu."

Die Mädels quiekten wieder.

Ajei riss ihre Augen auf. „Was hat er da gesagt?"

Ich kam aus dem Lachen gar nicht raus.

„Ihr seht, da geht gar nichts", fuhr Ben bedauernd fort, während er auf Handgelenke, Handyhüllen, Konzerttickets und einem Dekolleté seine Unterschrift setzte.

„Aber mein bester Buddy hier, der ..." Ben musste zwar erst auf das Namensschild von Mister Muscle gucken, um zu wissen, wie sein neuer bester Freund hieß, „der Peter, der ist noch zu haben und ganz scharf auf so heiße Puppen, wie ihr das seid. Da geht was. Macht was draus."

Dann hob Ben die Hände und verabschiedete sich. „Okay, Girls. Das war's."

Er trat routiniert den Rückzug an und Buddy Peter sperrte mit breitem und wichtigem Grinsen kraft seiner Muskelmasse hinter ihm den Zutritt zum Saal ab, um dann ganz in seiner neuen Rolle als ‚best buddy' von Belliott aufzugehen und die Mädchentraube zurückzuschieben.

Warum Ben allerdings seinen Stuhl schnappte und mitbrachte, als er auf uns zu humpelte, erschloss sich mir nicht.

Ich wandte mich an Ajei und griff das Thema von vorhin wieder auf. „Also, wegen unserer Hochzeit, wir machen im nächsten Jahr eine große Party, das hat mir Lennard versprochen. Ich soll alles so organisieren, wie ich es will."

Ajei drückte mich. „Das ist ja wohl das Mindeste."

„Aber ihr müsstet dann nach Deutschland kommen", sagte ich. „Andersrum wäre es viel komplizierter. In Deutschland sind mehr Leute, die ich einladen will."

„Ich komme auch zum Mond, wenn mein Bruder heiratet, das ist ja wohl klar. Sag mir den Termin und meine Mutter und ich ..."

„... und Ben", sagte Ben, der den Stuhl mit einem Knallen hinstellte.
Ajei nickte. „... und Ben sind dabei. Auf jeden Fall." Dann umarmte sie mich noch mal und juchzte: „Herzlichen Glückwunsch zur Hochzeit, Leela. Alles, alles Liebe mit meinem Bruder. Werdet glücklich." Sie schwenkte mich herum. „Ach, ich freu mich so." Sie hob einen Achtungsfinger. „Für die Feier brauchst du dann aber ein neues Kleid."
Ich nickte. „Auf jeden Fall. Wir werden eine freie Trauung am Strand machen."
Ajeis Blick verschwamm, als sie mich von oben bis unten taxierte.
„Am Strand ... Hmhm. Da müssen wir was Fließendes nehmen, was schön im Wind flattert und sich gleichzeitig an die Haut schmiegt. Am besten unter der Brust gerafft und vorn etwas kürzer, dafür dann nach hinten ..."

„Ajei?" Ben hüstelte. Er kniete mit seinem gesunden Bein auf dem Stuhl, stützte sich auf die Lehne und hatte ziemlich rote Ohren.
Oha. Da hörte man die berühmte Nachtigall ganz heftig trapsen, würde ich mal sagen und fing unwillkürlich ganz breit an zu lächeln. Ajei machten einen O-Mund.
Ben räusperte sich noch einmal. „Ähm, Ajei, wenn du ... Also wenn du eine große Party feiern willst, dann könntest du, also, dann könnten wir ja auch eine machen, oder? Zusammen?"
Ajei guckte belustigt-irritiert, aber ihre Wangen nahmen ziemlich schnell den gleichen Rotton an wie Bens Ohren. Sie verschränkte die Arme. „Wie meinst du das? Wirst du dreißig?" Zu mir sagte sie: „Komisch. Mit kreischenden Mädchen wird er spielend fertig. Und jetzt?"
Ben grinste verlegen. „Würdest du aufhören, mir das so schwer zu machen? Ich weiß, ich müsste mich jetzt eigentlich hinknien, wenn ich dich das frage, aber ich kann nicht so richtig. Das Bein ... " Er holte tief Luft. „Also, es ist so, ich wollte fragen, ob du ... na ja ..." Er holte tief Luft. „Lennard und Leela sind ja nun ... Also. Hm. Willst du mich ... auch ...?" Er zeigte vage zwischen sich und Ajei hin und her.
Meine wunderhübsche Schwägerin war ein schwarzhaariger Engel. Aber es steckte eben auch Miss Kamikaze in ihr drin, und die war cool, höllisch heiß und

sie hatte einen Stahlkern. Sie überlegte und entschied sich dafür, es dem armen Ben so schwer wie möglich zu machen.
„Was meinst du denn? Was soll ich dich auch wollen? Ich kann dir leider nicht ganz folgen."
Ben schloss die Augen und lachte. „Du machst mich wahnsinnig. Und du weißt es."
„Vielleicht. Trau dich. Und mach es laut und deutlich", gab Ajei schnippisch zurück, zwinkerte mir zu, legte den Kopf schräg und wartete.

„Okay, Ajei. Du hast es so gewollt. Moment. Bleib genau da stehen und warte."
Ben stieg vom Stuhl und humpelte in Richtung Bühne.
Wir sahen ihm hinterher.
„Was jetzt?", fragte ich verdutzt.
Ajei zuckte mit den Schultern und zog gleichzeitig die Brauen hoch. „Keine Ahnung."
Der Weg nahm für Ben etwas Zeit in Anspruch. Er war derzeit nicht der Schnellste.

Auf der Bühne angekommen griff er seine Gitarre, schaltete das Mikro und den Verstärker ein und sagte: „Test." Seine Stimme war wie die Gitarre im ganzen Saal klar und deutlich zu hören.
Die Mädels im Gang hinter der Muskelwelle kreischten wieder.
Lennard kam von hinten auf die Bühne. Ben wechselte ein paar Worte mit ihm. Lennard sah zu uns rüber, wieder zu Ben. Dann grinste er, schnappte sich seine Gitarre und wartete.
„Okay, Ajei", sagte Ben laut über sein Mikro. „Du hast es so gewollt."
Er nickte Lennard zu. Die beiden begannen zu spielen.
Ajei und ich sahen uns an. Wir kannten das Lied. Wahrscheinlich kannte das Lied so ziemlich jeder Mensch auf diesem Planeten. Es dürfte selbst in der Mitte des Outbacks bekannt sein, weil es jeder Spatz vom Dach pfiff. Der Song war von Ed Sheeran. Er hieß „Perfect" und er war perfekt. Ben und Lennard sangen und spielten zweistimmig. Und auch das war perfekt.

Ajeis Gesicht wurde ganz weich und sehnsüchtig. Sie hakte sich bei mir ein. Wir lehnten uns gegeneinander und sangen mit.
Als der Song endete, lächelten wir alle vier.

„Ajei?", sagte Ben durch das Mikro. „Du bist perfekt für mich. Ich liebe dich. Du bist die Eine, die Beste, die Schönste, meine Miss Perfect. Willst du mich heiraten? Oder soll ich das heute Abend beim Konzert in die Welt rausbrüllen? Reicht es dir, wenn ich jetzt schreie, dass ich verrückt nach dir bin? ICH LIEBE DICH." Er hatte tatsächlich gebrüllt. Und er hörte gar nicht mehr auf, als hätte jemand den Staudamm gebrochen und irgendwas in ihm befreit. „Hörst du, Ajei? ICH LIEBE DICH. Wenn du willst, dann schreie ich das heute Abend hier vor allen Leuten. ICH LIEBE DICH. Lennard, darf ich deine Schwester HEIRATEN? ICH LIEBE SIE."

Ajei hielt sich die Ohren zu und lachte.
Lennard nahm Ben das Mikrofon weg. „Sis, kannst du deinen Typen ..." Ben drängte sich vor und brüllte wieder: „ICH LIEBE DICH." Lennard schob ihn weg. „... bitte abschalten, bevor die Techniker uns den Hals rumdrehen?"

„Ja", sagte Ajei laut.
„WAS?", brüllte Ben. „Ich kann dich gar nicht hören. ICH LIEBE DICH. Willst DU MICH eventuell HEIRATEN?"
Ajei schüttelte lachend den Kopf und brüllte: „Ja. Will ich." Dann lief sie los, zur Bühne hin. Wie süß. Ich folgte ihr, allerdings in normalem Schritt.
„Ich liebe dich", rief Ben wieder und blickte ihr entgegen. Als Ajei auf der Bühne war, breitete er die Arme aus. Lennards Schwester flog hinein.

Ein paar Techniker klatschten. Vilmar Janssen, der Keyboarder, und Laetizia, die hammergeile Schlagzeugerin, die wahrscheinlich nur hatten nachsehen wollen, warum Ben so einen Lärm veranstaltete und auf die Bühne gekommen waren, pfiffen grell und johlten.

Während Ben Ajei stürmisch küsste, nahm Lennard mich in die Arme.
„Hallo, Missis Steinberg. Bist du glücklich?“
„Steinberg-Brühl. So viel Zeit muss sein“, korrigierte ich, schmiegte mich an ihn und nickte. „Und ich bin sehr, sehr glücklich.“

Ben und Ajei lösten sich voneinander. Sie atmeten heftig und hatten beide leuchtende Augen. „He, Len“, rief Ben. „Ich heirate. Bist eingeladen. Ihr alle.“
„Okay. Sag Bescheid, wann es losgeht“, grinste Lennard.
Ben brüllte durch den ganzen Saal. „Ich liebe diese Frau. Ich lade euch alle zur Hochzeit ein.“
Wieder Johlen und Klatschen.
„He“, Ben schnappte sich noch mal das Mikrofon und rief in Richtung Eingang: „He, Peter, das hier ist übrigens gar nicht meine Freundin. Das ist meine Verlobte.“ Dann knutschte er Ajei schon wieder.

Peter winkte nur ab. „Ihr habt doch alle einen an der Waffel.“
Ich lachte.
Was für ein Hochzeitstag.

***

Viel zu schnell verging der August.
Mein Praktikum war zu Ende.
Connie und ich heulten an meinem letzten Arbeitstag um die Wette. Es kamen eine Menge Leute vorbei, um sich von mir zu verabschieden. Ich bekam Blumen und Pralinen und jede Menge Handynummern und tausend Versprechen, in Deutschland besucht zu werden. Meine Eltern würden auf Jahre hinaus ausgebucht sein, wenn die Leute ihre Vorhaben alle wahr machten. Aber Versprechen dieser Art hielten sich meistens nicht lange. Man verlor sich aus den Augen und der Gedanke war weg. Von daher war sicher keine Gefahr im Verzug.

Aber Connie wollte ich nicht aus den Augen verlieren. Dafür war sie mir in den Monaten hier einfach zu sehr ans Herz gewachsen.
Ich hatte die mittleren beiden Augustwochen allein am Empfang verbracht, weil Connie mit ihren Eltern, den Kindern und Bethany an den Pazifik verreist war. Daher blieb uns am Ende nur noch eine Woche zusammen hinter dem Tresen.
„Du kommst zu meiner Party, ja? Und Hugh und die Kinder kommen mit. Versprich mir das", hatte ich sie ein ums andere Mal inständig gebettelt und war immer wieder den Tränen nahe.
„Ja, wir kommen", hatte sie versprochen. „Ehrlich. Du musst nur in den Ferien heiraten. Dann kommen wir nach good old Germany und machen mal Urlaub auf deiner Insel. Muss sich ja auch lohnen, die lange Reise."
Wie sie das alles mit ihrer Schwangerschaft vereinen wollte, darüber sprachen wir nicht. Wir sprachen eigentlich gar nicht über ihre Schwangerschaft. Ich wusste nur, dass sie noch schwanger war und dass die Zeit, um daran schlimmstenfalls etwas zu ändern, wenn sie gar nicht wusste, wie sie das wuppen sollte, bald ablief.

Mir tat das Herz weh, als ich am letzten Arbeitstag, einem Freitag, die Klinik verließ.
Alles hatte ein Ende, so hieß es. Das Problem war: Ich wollte überhaupt nicht, dass es zu Ende ging. Genau genommen wollte ich gar nicht mehr fort. Ich fühlte

mich wohl in den Red Rocks.

Klar, ich freute mich auf meine Eltern, die am Samstag, also morgen, in San Francisco landen und in einer Woche hier in Sedona eintreffen würden. Ich freute mich auch, noch Zeit zu haben, die ich mit Lennard verbringen konnte, der passenderweise in der nächsten Woche ein paar Tage frei hatte und alles möglich machte, um bei mir zu sein. Er hatte mir vorgeschlagen, den Arches Nationalpark zu besuchen, aber ich wollte noch einmal nach Supai. Der Canyon hatte es mir angetan. Seine Erhabenheit und Stille, die Ewigkeit, die ich in den schattigen Schluchten fand, waren für mich ein zuverlässiger Quell der absoluten inneren Ruhe geworden.

Wir fuhren hin und verbrachten eine herrliche Zeit zu zweit am schönsten Platz der Welt.

Wie interessant sich doch meine Reise entwickelt hatte. Als trauriges Mädchen auf der Suche nach sich selbst und der Liebe war ich von Deutschland aufgebrochen und als glückliche, verheiratete Frau mit festen Zukunftsoptionen würde ich zurückkommen. Mich demnächst fast neuntausend Kilometer von Lennard zu entfernen, war am allerschlimmsten. Die Tatsache, dass wir verheiratet waren, tröstete mich dabei nur wenig. Was nützte das, wenn wir vorerst nicht zusammen leben konnten?
Ja, ich wusste, dass ich vernünftig bleiben musste und lieber die Frustenergie dafür aufwenden sollte, unsere Zukunft zu planen. Es war wichtig, dass ich mein Studium beendete. Das konnte ich in den USA nicht ohne Weiteres machen oder besser gesagt: Es war an sich aus mehreren Gründen unmöglich und nur einer davon war finanzieller Art. Das Medizinstudium in Amerika hatte zwar weltweit einen exzellenten Ruf, war aber sehr teuer. Ausländische Studenten wurden hier zudem kaum angenommen und wenn doch, dann mussten sie Nachweise erbringen, die ich nicht erbringen konnte, und Prüfungen absolvieren, durch die ich wahrscheinlich mit wehenden Fahnen durchrasselte.

Geduld hieß also die Devise. Und das Motto war: Dranbleiben. Durchhalten. Wird schon. Wir liebten uns. Das war alles, was zählte, auch wenn wir uns in der nächsten Zeit meist nur am Bildschirm sehen würden. Ich brauchte ein Visum zum Einreisen. Das Erteilen der Green Card, die das hinfällig machte, konnte bis zu zwei Jahre dauern, auch wenn ich mit einem Amerikaner verheiratet war. Lennard hatte den Antrag bereits gestellt, aber wie gesagt – das dauerte. Ich musste definitiv zurück. Und erst nach drei Jahren Green Card war es dann überhaupt möglich für mich, dauerhaft in den Staaten zu leben und zu arbeiten. Das Zusammenleben würde also recht kompliziert und aufwendig werden, aber egal. Wir würden das schon schaffen. Durch das Internet konnten wir uns zumindest immer sehen. Das sollte uns helfen, Durststrecken zu überwinden. Und dann musste ich wohl oder übel öfter fliegen, was ich hasste. Ich würde die Zeit nutzen, um ein Fundament für die Zukunft zu schaffen. Wir liebten uns. Deswegen standen die Prognosen trotzdem gut. Ich glaubte fest an meine Ehe.

***

Unsere letzten gemeinsamen Tage in Supai waren traumhaft schön und als meine Eltern in Sedona eintrafen, fanden sie eine entspannte Tochter vor, die Zeit für sie hatte. Mom und Papa zogen in mein Hexenhäuschen, doch ich lud sie auch mehrfach in die Little Lane ein. Wir unternahmen viel zusammen. Ich zeigte ihnen „mein Sedona" und brachte sie sogar bis nach Supai. Ich glaube, meine Mutter hätte nichts dagegen gehabt, wenn wir sie einfach dort gelassen hätten. Sie war im siebten Himmel.

Lennard nahm sich Zeit, wann immer er konnte, und in meinen Geburtstag am 21.09.2018 feierten wir rein. Der Tag davor war ein Donnerstag. Wir trafen uns alle bei Lennard zu Hause.

Ich veranstaltete ein Barbecue und wenn ich nicht immerzu daran hätte denken müssen, wohin ich am übernächsten Tag fliegen würde, hätte es ein richtig gemütlicher Abend werden können.

Meine Eltern wussten inzwischen natürlich auch, dass ich verheiratet war. Das hatte meine Mutter im Prinzip gleich gecheckt, als sie den Ring an meinem Finger sah, also am Tag ihrer Ankunft. Aber sie hatte bis zum darauffolgenden Abend gewartet. Da war Lennard nach Sedona gekommen. Wir hatten in seinem Garten gesessen.

„Nun habt ihr euch also tatsächlich wiedergefunden", stellte meine Mutter fest, als wir gemütlich am Feuer saßen.
Lennard, der seinen Arm auf der Lehne hinter mir liegen hatte und mit meinen Haaren spielte, lachte. „Ich hatte keine Chance. Sie kam hierher und wusste genau, was sie will."
Meine Mutter zwinkerte mir zu. „Sie wusste schon vor neunJahren genau, was sie will."
Lennard gab mir einen Kuss. „Sag ich doch: Ich hatte keine Chance."
Mein Vater bekam nichts mit. Er unterhielt sich in lustig-kauderwelschigem Denglisch intensiv mit Ooljee über das Für und Wider einer Herpesimpfung bei Pferden und ich hatte absolut keine Ahnung, wie er darauf kam und wieso er sich seit Neuestem für Pferde interessierte. (Meine Mutter erzählte mir später, dass sich mein Vater Wochen zuvor einen Herpes-Virus eingefangen hatte und nach homöopathischen Mitteln für den nächsten Ernstfall suchte.)

„Und", hatte meine Mutter dann fortgesetzt und auf meinen Ring gezeigt. „Ist der Ring das, wofür ich ihn halte?"
Ich sah Lennard hilfesuchend an. Jetzt war der Moment gekommen, vor dem ich mich gefürchtet hatte. Er zwinkerte mir zu und räusperte sich. „Tja hör mal, ist es okay, wenn ich euch ein bisschen verspätet frage, ob ich Leila heiraten darf? Ich glaube, das ist ihr wichtig."
„Ihr seid verheiratet. Ich habe es gewusst", posaunte meine Mutter im gleichen Moment und stieß meinem Vater in die Seite. „Habe ich es dir nicht gleich gesagt? Das Bild aus Las Vegas? Sag deinem Schwiegersohn, dass ich es gewusst habe."
Papa war etwas irritiert. Er hatte von dem Gespräch nichts mitbekommen, weil

er immer noch beim Herpes war. „Bestimmt hast du dat. Äh - wat hast du jesacht?"
„Geheiratet hat deine Tochter. In Las Vegas. Denk mal an das Bild, wo die beiden einen Schlafzimmerblick haben."
Jetzt war Ooljee mit ihren wenigen Deutschkenntnissen im Argen. Sie verzog fragend das Gesicht. Lennard übersetzte auf Indianisch. Beide lachten.
„Das geht in Ordnung. Sie gehören zusammen. Haben sie schon immer", sagte Ooljee dann.
„Ja", stimmte meine Mom zu. Dann sah sie mich an und verzog ihr Gesicht ein bisschen traurig. „Ich freue mich auch sehr für euch. Aber ich wäre so gerne dabei gewesen."
Lennard seufzte und wechselte einen Blick mit seiner Mutter, die eines ihrer seltenen Lachen hören ließ. „Das habe ich jetzt schon öfter gehört. Deswegen feiern wir im nächsten Jahr bei euch in Deutschland nach. Leela hat mich schon instruiert, dass sie die Party mit dir plant und ich eigentlich nur dazukommen und mich gut benehmen darf, während sie mich dann allen Verwandten und Bekannten vorstellt."
Meine Mutter strahlte vor Freude und rieb sich die Hände. „Das ist doch mal ein Wort. Da machen wir aber eine zünftige Party, was Schatz?"
Ich hob den Daumen. „Und ob. Mit allem Drum und Dran. Ajei näht mir ein Kleid."
„Super", sagte Mom und fragte: „Ostsee-Bootsfahrt?"
Ich nickte. „Auf jeden Fall. Location?"
Mom überlegte nur kurz. „Zelt im Garten?"
Ich machte eine vage Handbewegung. „Weiß noch nicht. Ich wollte mir da ein paar Sachen angucken."
Lennard lachte. „Bin ich froh, dass ihr das plant und ich nur kommen muss."
Mein Vater winkte ab. „Genau. Lass die Mädels mal machen. Da stellst du dich am besten sowieso nicht zwischen. Wenn die beeden loslegen, hast du als Mann keene Schangse."
Lennard hob zustimmend den Daumen.

Und so ging es weiter, bis Mom mich dann verschmitzt fragte: „Aber schwanger bist du nicht? Oder? Ihr habt nicht deswegen geheiratet?"
„Hä?", sagte mein Vater. „Wer ist schwanger?"
„Niemand", sagte ich und verdrehte die Augen. „Echt, Mom, die Zeiten, wo man heiraten muss, weil die Frau schwanger ist, sind zum Glück lange vorbei."
Lennard reckte sich. „Ist in meinem Job kontraproduktiv. Man ist einfach zu viel unterwegs. Ich bin da nicht bereit für. Wenn man ein Kind in die Welt setzt, hat man Verantwortung und muss sich kümmern. Weiß nicht, ob das was für mich ist. Vielleicht später. Vielleicht nie. Mal sehen."

Mom sah mich etwas erschrocken an, weil ich schon mit sechs Jahren genau gewusst hatte, wie meine vier Kinder heißen sollten. Ich zwinkerte ihr beruhigend zu. Die Kinderfrage würde zwischen mir und Lennard ganz sicher noch zur Sprache kommen. Irgendwann. Später mal. Also allerspätestens nach meinem Studium. Ich rückte mir den Mann schon noch zurecht, bis ihm klar wurde, dass das mit uns für immer war. Er konnte bestimmt hübsche Kinder machen.
Zwei Tage später hob der Flieger mit meinen Eltern und mir ab in Richtung Europa.
Der Weg zum Flughafen war mit Tränen gepflastert.

***

Oktober 2018

Das Semester begann in der zweiten Oktoberwoche bei frühherbstlichem Regenwetter. Ich hatte mir kürzlich eine Wohnung in der Nähe meiner Großeltern angesehen. Suse würde die kleine Bude über dem Carport irgendwann für Jus und seine Foltergeräte brauchen, da sie das Sportzimmer im Haus als Kinderzimmer für Adrian gestalten wollte.
„Nimm dir aber Zeit, Lelli, das muss nicht heute und morgen sein. Mitte nächstes Jahr reicht auch", hatte sie gesagt.
Aber wie das manchmal so war, ging plötzlich genau dann eine Tür auf, wenn man eine brauchte. Meine Großeltern hatten mir einen Tipp gegeben. Ich würde nächsten Monat umziehen. Hinterhof, zwei Zimmer, dritter Stock, relativ ruhig.

Zwischen Wohnungssuche, Abschiedsschmerz und Studienstart fiel mir erst reichlich spät auf, dass meine Periode ausblieb, die ich Anfang November hätte bekommen müssen, spätestens am fünften. Aber sie kam nicht. Am ersten und zweiten Tag schrieb ich das noch den klimatischen Veränderungen und äußeren Umständen zu.

Am dritten Tag nicht mehr.

Am vierten Tag wurde ich ernsthaft unruhig.

Am fünften Tag machte ich einen Schwangerschaftstest. Das Ergebnis zeigte nach knapp einer Minute Wartezeit zwei tiefrosa Streifen. Positiv.
Warum, verdammt noch mal, ließ ich eigentlich keinen Fettnapf auf diesem Planeten aus?

Ich saß alleine auf meinem Bett und heulte.

Ich war schwanger von dem Mann, den ich liebte und von dem ich derzeit viel zu weit weg war. Aber ich konnte dieses Kind nicht bekommen, weil sein Vater nicht bereit war, Vater zu werden, und seine Mutter in einem Studium steckte, was sie, so schnell es ging, beenden wollte, um nicht noch länger in Berlin festzusitzen, als es nötig war.

Nichts passte. Gar nichts. Ich konnte jetzt kein Kind gebrauchen.
Ich sprach dem Schwangerschaftstest alle Kompetenzen ab und machte einen Termin beim Frauenarzt. Der Test hatte nicht gelogen. Nach dem Ultraschall hatte ich es schwarz auf weiß.

Was ich hatte? Dich, du armes kleines dunkles Pünktchen auf dem Schwarz-Weiß-Bild. Du bist ich. Du bist er. Aber ich kann dich nicht bekommen. Ich kann es ihm nicht mal sagen, verstehst du? Ich muss diese Entscheidung ganz alleine treffen. Ich würde dich lieben, kleiner Punkt. Weil du er bist. Und weil du auch ich bist. Aber ich kann nicht. Verzeih mir. Bitte. Ich muss das ganz alleine entscheiden. Ich kann nicht mit ihm über dich reden. Ich habe Angst, dass er mir unterstellt, ich hätte ihn ausgetrickst. Hereingelegt. Aber das habe ich nicht gewollt. Wir haben nur zwei Mal nicht aufgepasst. Das eine Mal, als er so außer sich war, und das zweite Mal an unserem Hochzeitstag. Wir hatten die Kondome vergessen und erst zu spät gemerkt, dass im Bad des Hotelzimmers an sehr diskreter Stelle ein entsprechender Automat stand. Verdammt.
Und das hast du gewusst. Du hast eine Chance genutzt, die du leider nicht bekommst.

Maikind. Frühlingskind. Kleiner Stier. Winziges kleines pochendes Herz.

Ich kann nicht.
Ich kann nicht.
Ich kann dich nicht bekommen.

Es geht nicht.
Es passt nicht.
Ich kann dich nicht bekommen.

Ich würde dich lieben, aber ich kann nicht. Du bist mein kleines Hochzeitsgeheimnis. Ich habe doch nachgerechnet, bevor ich leichtsinnig wurde. Du hättest nicht passieren dürfen.

Du warst damals cleverer als ich.
Ich bin heute stärker als du.
Ich entscheide.
Ganz allein.

Ich würde dich lieben.
Ich würde dich wollen.
Aber ich kann nicht.

Ich bin ganz allein.
Was soll ich machen? Verdammt: WAS?
Ich habe keine Wahl. Ich kann dich nicht bekommen.
Ich telefonierte viel mit Connie in Sedona. Wir lebten in verschiedenen Zeitzonen. Sie war die Einzige, die wusste, wie ich litt. Ich vermisste sie sehr.

***

Dezember 2018

Matze fuhr über Weihnachten und Silvester nach London.
Lennard kam dafür nach Deutschland, zumindest zu Weihnachten. Wir hatten uns ewig nicht gesehen, nur einmal im November. Da war er für ein paar Tage in Berlin gewesen. Nicht, dass wir viel Zeit hätten zusammen verbringen können. Er half mir beim Umzug. Wir übernachteten mit meinen Eltern bei Oma und Opa. Noch Fragen?
Kaum Gelegenheiten. Keine innigen Stunden. Nur fieberhafte Suche nach Nähe. Ich vermisste ihn so sehr, dass ich meinte, körperliche Schmerzen zu haben, und verging fast vor Heimweh in die Little Lane.

Wir konnten das Fest kaum genießen. Lennard ging es genauso schlecht wie mir. Es war einfach von allem zu wenig: zu wenig Zeit, zu wenig Zweisamkeit, zu wenig WIR.
Wir trösteten uns in der Nacht und hielten uns fest, wann immer wir konnten. Wir schworen uns, dass wir das alles irgendwie schafften. Aber es war einfach zu wenig.

Silvester verbrachte ich mit meinen Freunden in Binz. Ich war eine ganz miese Gesellschaft und wenig unterhaltsam. Nicht mal Kosta gelang es, mich aufzuheitern. Und er gab sich große Mühe. Vergeblich.

Ich war ein Trauerkloß. Ich konnte nicht mehr lachen.
Wie auch.
Niemand kannte mein Geheimnis. Nur Connie.
Hallo 2019. Neues Jahr. Ganz neue Herausforderungen. Vor allem für mich. Ich wusste noch nicht, wie ich das alles schaffen sollte.

Um drei viertel eins war ich im Bett und heulte mich in den Schlaf.

***

Mitte Februar 2019

Matze würde in diesem Jahr frühzeitig und als bester Azubi seine Ausbildung zum Banker beenden, hatte aber das Angebot der Bank, ihn einzustellen, abgelehnt. Er wollte ab April den Grundwehrdienst bei der Bundeswehr absolvieren und Kampfschwimmer werden. Okay. Musste man so akzeptieren. Nicht, dass ich es verstand. Aber Matze war volljährig und musste es ja wissen. Er übernachtete an diesem Freitag bei mir. Am Samstag würde Deanna von London nach Berlin fliegen. Er hatte vor, sie vom Flughafen abzuholen und mit ihr das Wochenende in der Stadt zu verbringen. Die beiden schliefen nicht bei unseren Großeltern. Matze hatte für zwei Nächte ein Hotelzimmer gebucht. Sie wollten Berlin unsicher machen und dann nach Binz fahren, wo Deanna mit Matze ihre Ferien verbringen würde. Die Sache zwischen den beiden hatte trotz der Distanz den Urlaub, den Jahreswechsel und die Entfernung überdauert und war eine feste Größe geworden.

Wir verbrachten zusammen einen gemütlichen Geschwisterabend bei Spaghetti und Bier, bzw. in meinem Fall mit Ingwertee, und ich musste feststellen, dass aus meinem kleinen Filou ein junger Mann mit klaren Vorstellungen geworden war. Und das lag nicht nur daran, dass sein üppiger Lockenkopf einem militärisch-korrekten Kurzhaarschnitt gewichen war.
Seine Zukunft war strategisch geplant, sein Herz voll von Deanna.
Beim Frühstück war er so aufgeregt, dass er kaum einen Bissen runterbrachte.
Blick aufs Handy. „Okay. Sie hat eingecheckt und ist schon durch die Kontrolle."
Etwas später wieder Blick aufs Handy. „Jetzt sitzt sie auf ihrem Platz."
Blick zur Uhr. „Jetzt ist sie in der Luft."
Noch etwas später: „Hast du eine Ahnung, wie sehr ich sie immer vermisse?"
Er knipperte schon die Schuhe zu und war damit viel zu früh dran.
„Ja", sagte ich leise lächelnd. „Das habe ich."
„Ich weiß", lachte Matze verlegen. „Wenn das jemand nachvollziehen kann, dann du, oder?"
„Tja ..." Ich zuckte mit den Schultern. „So sind eben Geschwister, oder?"

Wir gingen die Treppe hinunter. Ich wollte meinen Bruder zum Vorderhaus bringen und gleich mal nach der Post sehen. Das hatte ich am Vortag vergessen. Auf dem Weg zur Haustür jodelte Matze: „Sie kommt, sie kommt, sie kommt, sie koooooommt“, und sprang draußen vor Freude über einen Fahrradständer.
„Es ist wirklich süß, wie du dich auf sie freust“, sagte ich etwas verzagt. „Bei euch ist zumindest alles klar. Lennard kommt heute auch und ich bin ... nicht so froh. Ich meine, ich freue mich wahnsinnig, dass er kommt, aber was, wenn er dann ...“
Da musste ich schluchzen.
Mein kleiner Bruder, der mich um einen Kopf überragte, zog mich am offenen Jackenrevers zu sich heran. Er drückte mich vorsichtig und streichelte mir dann etwas unbeholfen über den Bauch, bevor er mich noch mal in den Arm nahm und sacht schaukelte. „He, Schwesterchen, wenn der Kerl immer noch so auf dich steht wie früher, dann wird er sich schon freuen. Er war immer voll cool, der Typ, oder nicht? Wirst sehen. Der checkt das schon.“
Aber genau da war ich mir eben nicht so sicher.
„Ich freu mich auf alle Fälle, dass ich Onkel werde.“ Er drückte mich fest und gab mir einen dicken Schmatz auf jede Wange. „Vielleicht komme ich mit Deanna heute Abend mal vorbei, damit sie deinen Bauch bewundert. Wenn wir das ... einrichten können. Außerdem muss ich meinen Schwager doch auch endlich mal wieder richtig kennenlernen. Ist ja schon peinlich, dass wir uns nie treffen. Also vielleicht bis heute Abend. Mal sehen.“
Na, wenigstens hatte der Bengel den Anstand, rot zu werden.
„Ich bitte darum“, sagte ich und versuchte, ein bisschen Zuversicht auszustrahlen. Innerlich fühlte ich mich nämlich so winzig wie eine Amöbe.
„Oh, jetzt muss ich aber. Meine U-Bahn kommt gleich.“ Matze hatte (zum dreihunderttausendsten Mal) auf seine Uhr geblickt und entsetzt einen Sprung nach hinten gemacht. „Tschüssi, Leila. Vielleicht bis später ...“
Er rannte derart spontan über die Straße, dass ein Taxi welches gerade vorbeifuhr, hupen und heftig bremsen musste. Ich griff mir ans Herz.

***

Lennard kam nicht.
Jetzt hatte ich mich so verrückt gemacht, was er sagen würde, wenn er mich und ... meinen Bauch ... sehen würde, dass ich gar nicht auf die Idee kam, mir vorzustellen, wie ich mich erst verrückt machen würde, wenn er nicht kam. Und er kam nicht. Sein Flieger war um kurz nach neun in Tegel gelandet. Das hatte ich als Erstes überprüft. Jetzt war es kurz vor zwölf Uhr mittags und auch nach Abzug aller Staus, U-Bahnverspätungen, Demonstrationen und Staatsbesuchen mit den obligatorischen Außer-der-Reihe-Straßensperren, die Berlin so zu bieten hatte, war es nicht möglich, inklusive des Auscheckens drei Stunden bis nach Köpenick zu brauchen. Es sei denn, man ging zu Fuß. Aber dann hätte ich ihn auf dem Handy erreicht. Sein Telefon war aus. Ich erreichte ihn nicht, doch ich versuchte es immer und immer wieder.

Ich schickte ihm Nachrichten, bat ihn, sich zu melden.
Ich tingelte stundenlang wie ein eingesperrter Tiger durch meine Wohnung und wusste nicht, was ich machen sollte. Mir war schlecht. Meine ausufernde Phantasie hatte schon sämtliche schrecklichen Möglichkeiten auf den Plan gerufen, die alle passiert sein konnten. Er war beim Aussteigen über das Geländer der Gangway geflogen und mit dem Kopf zuerst unten auf dem Flughafenasphalt gelandet. Er war an einer Fischgräte erstickt. Er hatte sich ins falsche Flugzeug gesetzt und war nun in Kuala Lumpur. Er hatte im Flieger einen Kollaps bekommen. Herzinfarkt. Aneurysma geplatzt. Höhenkoller. Er war verwechselt und von einer rivalisierenden Gang auf offener Straße erschossen worden. Gut, Letzteres konnte ich ausschließen, das hätte sicher längst jemand in den News oder den einschlägigen Medien publik gemacht. Aber wo zum Kuckuck steckte er dann? Mir wurde immer mulmiger.

Dann kam der Anruf von Ajei. Ich starrte ungläubig auf das Display. Bei meiner Schwägerin war es etwa sechs Uhr morgens. Sie musste einen wirklich triftigen Grund haben, um jetzt bei mir anzurufen. Einen triftigen Grund?
„Oh Gott", würgte ich und ließ mich genau dort auf den Boden sinken, wo ich stand. Meine Hände zitterten dermaßen, dass ich zwei Versuche brauchte, um

das Gespräch anzunehmen.
„Ja?“, quiekte ich dann. „Ajei? Was ist los, um Gottes willen? Wo ist Lennard? Es ist ihm was passiert, oder? Lebt er noch? Was ist mit ihm? Sags mir. Sag mir, dass ihm nichts passiert ist.“ Dabei heulte ich hemmungslos. Mein armes Kind würde seinen Vater nie kennenlernen, da war ich mir sicher. Und Lennard war gestorben, bevor ich ihm überhaupt hatte sagen können, dass er Vater werden würde. Er würde nie die Chance haben, mir Vorwürfe zu machen, weil ich das im Alleingang entschieden hatte. Diese Option erschien mir nun, unter diesen Tatsachen, so wenig dafür geeignet, sich Sorgen zu machen, wie nur irgendwas.
„Wieso? Bleib ruhig, Leela“, sagte Ajei müde. „Es ist ihm nichts passiert. Er lebt.“
Die grenzenlose Erleichterung, die mich jetzt durchflutete, hätte gereicht, um die Wüste Gobi in eine blühende Oase zu verwandeln.
„OhGottohGottohGottseiDank“, stöhnte ich. „Herr im Himmel, ich danke dir.“
„Aber gut geht es ihm irgendwie auch nicht“, fügte Ajei dann hinzu.
Sofort war ich wieder in voller Alarmbereitschaft. „Was ist mit ihm?“
„Ich wollte ihn eigentlich nur fragen, wann er konkret wieder hier ist. Wir wollen Bilder machen für die neue Kollektion und meine Fotografin hat gerade ... Ach, das ist doch scheiß egal. Jedenfalls sitzt mein Bruder in einem Hotel in Berlin und denkt darüber nach, sich entweder volllaufen zu lassen oder den nächsten Flieger nach Hause zu nehmen.“
Mir blieb die Luft weg. „W-warum denn das? Ich warte doch hier auf ihn.“
Ajei zögerte. Dann sagte sie: „Na ja, nach seiner Aussage hast du einen anderen Mann zu Hause gehabt. Er hat gesehen, wie du dich von dem Mann verabschiedet hast, und meinte, dass da mehr war als nur gute Freundschaft.“
Ich war für einen Augenblick total geschockt. Dann sickerte die Erkenntnis durch, dass Lennard in dem Taxi gesessen haben musste, was in dem Moment an meinem Haus vorbeifuhr, als Matze sich von mir verabschiedet hatte.
Ich wusste nicht, ob ich lachen, heulen oder wütend werden sollte. „Ach du lieber Himmel. Das hat er ganz richtig gesehen. Ich hatte wirklich einen Mann hier letzte Nacht.“
Das nunmehr eisige Schweigen, was durch die Leitung kam, sprach Bände.
„Ajei?“, fragte ich.

Die Antwort kam sehr zögerlich. „Ja?"
„Hast du je daran gezweifelt, dass ich deinen Bruder liebe?"
Sie seufzte. „Nein, an sich nicht. Noch nie. Aber wenn du das jetzt selbst sagst, dann ..."
Ich ließ sie nicht ausreden. „Der Mann, der heute Nacht bei mir war, heißt Marius, ich nenne ihn Matze. Er ist achtzehn Jahre alt, will unbedingt Kampfschwimmer bei der Bundeswehr werden, liegt jetzt wahrscheinlich schon mit seiner englischen Freundin in einem Hotelbett und macht das, worauf er sich schon die ganze Nacht hier gefreut hat. Er hat keinerlei Interesse an mir, zumindest keins, was über ein rein familiäres hinausgeht. Matze ist mein Bruder, Ajei, und er kann hier bei mir schlafen, wann immer er will."
„Shit", meinte Ajei erleichtert. „Ich habe mir schon so was gedacht, aber Lennard war total durch den Wind. Er meinte außerdem, du bist ... wahrscheinlich schwanger. Er hat es gesehen. Ich habe ihm gesagt, dass du vielleicht nur ein bisschen zugenommen hast, weil du, ... Keine Ahnung. Von wegen Stress im Studium oder so?" Das klang so, als wären Fressattackenanfälle im Studium das Beste, was ich jetzt als Erklärung bieten könnte.
„Nein", sagte ich fest. „Ich habe keine Fressattacken wegen des stressigen Studiums. Ich bin tatsächlich schwanger. Im sechsten Monat, fast im siebten."
Schweigen.
„Ajei? Bist du noch dran?"
Sie schnappte nach Luft. „Aber ... Das verstehe ich nicht. Warum hast du uns denn nichts gesagt? Ist das Kind nicht von ihm? Das denkt Lennard zumindest. Sonst hättest du ihm das doch erzählt. Das behält man doch nicht für sich. Ich finde das seltsam von dir."
Meine Stimme zitterte. „Okay, dann bin ich eben seltsam. Aber das Kind ist natürlich von Lennard. Ich will ihm das andauernd sagen, aber ... ich habs mich einfach ... nicht getraut, weil – er will doch keine Kinder. Ich hab Angst, dass er denkt, ich hab ihn reingelegt oder so was. Aber das ist nicht so. Ich schwöre. Wir haben fast immer aufgepasst und dann ... Was hätte ich ihm denn sagen sollen? Ich weiß es ja auch erst seit November. Ich habe einfach Schiss gehabt, dass er denkt, ich wollte ihn mit einem Kind an mir festketten. Oder sonst was."

Ich erzählte ihr nicht, dass ich das Kind zuerst abtreiben wollte.
Ich erzählte ihr nichts von diesem schrecklichen Psycho-Gespräch.
Ich erzählte ihr nichts von den Nächten, in denen ich kaum geschlafen hatte, weil ich hin und her und her und hin überlegte, was ich um Gottes willen denn bloß machen sollte.
Ich erzählte ihr nichts davon. Gar nichts.
Das hatte ich alles mit mir alleine ausgemacht. Und ich war zu dem Schluss gekommen, dass ich dieses Kind wollte und dass ich es nicht fertig brachte, das kleine Herz, was in mir angefangen hatte zu schlagen, daran zu hindern. Es sollte wachsen, träumen und groß werden.
Ich war unheimlich gespannt, wie es aussehen würde. Wie ich? Wie er? Wie wir beide?
Ich liebte es schon jetzt.
Also hatte ich die eingepackte Tablette, die mir im Krankenhaus gegeben worden war, nach einer halben Stunde, während der ich kilometerweise auf dem Flur der Klinik auf- und abgewandert war, zurück ins Stationszimmer gebracht. Ich legte die Verpackung unter dem betont neutralen Gesicht der diensthabenden Schwester vorsichtig auf den Tisch und sagte (trotzig den Rotz hochziehend): „Ich weiß nicht wie, aber irgendwie schaffe ich das."
Sie hatte genickt und den Daumen gehoben.
All das erzählte ich meiner Schwägerin nicht.

Ajei schwieg etwa drei Sekunden. Dann sagte sie: „Aber du weißt doch, dass er dich liebt, Leela. Wie kannst du sowas von ihm denken? Ich versuche, dich zu verstehen, aber das fällt mir jetzt wirklich schwer. Kann es sein, dass du meinen Bruder gar nicht richtig kennst? Er würde nie so verantwortungslos handeln. Aber ich, das begreife ich jetzt erst richtig, ich werde TANTE!! Das kommt ... unerwartet. Aber es ist großartig." Sie schnappte nach Luft. Ihre Stimmung wandelte sich in einer Sekunde um hundertachtzig Grad. „Wow. Ich werde Tante. Das ist d.. WOW. Wann, Leela? Wann ist es so weit? Ich muss dich unbedingt besuchen."

„Ende April.“ Mir kamen die Tränen vor Erleichterung. Das war wie Aufwachen aus einem Alptraum. Endlich mit jemandem aus Lennards Familie über mein Geheimnis reden zu können, fühlte sich großartig an.
„Ich erzähle das Mum – ich darf ihr das doch erzählen?“ Ajei war völlig aus dem Häuschen, ich erschöpft von dem ganzen Gefühlschaos.
„Ja, klar. Grüß sie bitte ganz lieb von mir. Ich versuche jetzt gleich wieder, Lennard anzurufen. Vielleicht hat er sein Handy noch an. Und grüß auch Ben.“
„Mach ich. Und falls Lennard mich anruft, dann sage ich ihm, was ich weiß, okay? Er wird sich in jedem Fall bei dir melden. Darauf kannst du dich verlassen.“ Dann hatte sie aufgelegt.

Ich blieb einfach sitzen, wo ich war (im Flur auf dem Abtreter) und lauschte meinem dröhnenden Herzschlag. Ich war völlig erledigt und brauchte etwas Zeit, um mich zu fassen, bevor ich die Kraft aufbrachte, zum gefühlt tausendsten Mal am heutigen Tag Lennards Nummer zu wählen.
Ich wollte gerade auf den grünen Hörer tippen, da rief Lennard selbst an. Ich nahm sofort ab und brachte gerade so ein zittriges „J-ja?“ heraus.
„Leela“, sagte Lennard mit rauer Stimme und schwieg.
Ich holte zitternd Luft und suchte nach Worten, weil ich in diesem Moment gleichzeitig panische Angst davor hatte, ihn zu verlieren, und mich andererseits so wahnsinnig nach ihm sehnte, dass es schmerzte. Er war mein Mann, mein bester Freund und der erste Mensch, an den ich mich wenden würde, wenn es Probleme gab. Die Tatsache, dass ich mich gerade jetzt nicht in seine Arme werfen konnte, um Kraft zu schöpfen, verkomplizierte die Situation immens.

Zwei Sekunden lang war Ruhe.
„Lennard?“, flüsterte ich.
Er: „Sag mir, dass ich das völlig falsch sehe. Sag mir, dass es keinen anderen Mann in deinem Leben gibt, und sag mir, dass du nicht von einem Mann, den es nicht gibt, schwanger bist.“
Ich fing an zu heulen und krächzte: „Du siehst das völlig falsch. Es gibt keinen anderen Mann in meinem Leben, von dem ich schwanger bin.“

Verdutztes Schweigen in der Leitung. „Nicht?"
„Nein. Doch."
Ich wollte ihm ganz sachlich und in Ruhe erklären, wie sich die Situation verhielt. Dass ich zwar schwanger war, aber eben von ihm und von niemandem sonst. Aber als ich den Mund aufmachte, da kam nur: „B-bitte, komm einfach her. Ich vermisse dich so. Bitte." Dann heulte ich los und er begriff. Endlich.
„Kann es sein, dass ich ein völliger Idiot bin?"
„Ja. Bist du", sagte ich und schluchzte so sehr, dass selbst der hartgesottenste, absolut speziellste Spezialagent vom brutalsten Geheimdienst der Welt Mitleid gehabt hätte.
Oh, wie ich diese Stimmungsschwankungen in der Schwangerschaft hasste.
Seine Stimme war jetzt ganz sanft. „Scheiße. Bleib, wo du bist, Baby, ich bin in einer halben Stunde da."

***

Ich nutzte diese halbe Stunde, um mich vom Boden hochzuhieven und so weit auf Vordermann zu bringen, wie es nur ging. Die Zeit reichte nicht aus, um den Schaden komplett zu verdecken. Aber es gelang mir zumindest, mich so zu restaurieren, dass ich halbwegs passabel aussah und Lennard nicht vor Schreck die Flucht ergreifen würde. Mein Haar bauschte sich friedlich und die verheulten Augen glänzten (dank kaltem Wasser und Concealer) nur noch ein ganz kleines bisschen verräterisch. Ich wählte eine lange, weite Strickjacke, die ich mir so um den Körper wickeln konnte, dass mein Bäuchlein nicht das Erste sein würde, was Lennard in den Weg sprang, wenn er reinkam.
Aber ich täuschte mich. Mein Bäuchlein war nämlich genau das Erste, was er sehen wollte, als er reinkam. Ich öffnete die Tür, wir sahen uns an. Er trat ein und schloss die Tür hinter sich. Ich hatte die Arme vor der Brust verschränkt, war zwei Schritte zurückgetreten und froh, dass ich die halbe Stunde Zeit gehabt hatte, um mich herzurichten. Lennard sah fertig aus. Wäre er meine beste Freundin und nicht mein Mann, dann hätte ich ihm jetzt meinen Concealer, einen Sekt und eine Schulter zum Ausheulen angeboten. Definitiv.

Wir sahen uns an und all die Liebe, die ich für ihn hatte, explodierte in meiner Brust. Er war hier. Er war heil. Alles war gut.
Lennard lächelte etwas schief, kam auf mich zu, nahm meine Arme weg, mit denen ich die Strickjacke um mich zugehalten hatte, und öffnete das Kleidungsstück.
„Dann habe ich mich also nicht verguckt", stellte er ruhig fest.
„Nein", sagte ich zitternd. „Du hast nur die völlig falschen Schlüsse gezogen."
Er nickte. „Das Kind ist von mir. Wie lange weißt du das schon?"
Bitte was? Ich kniff die Augen zusammen. „Wie lange ich das weiß?" Ich hatte mich in seine Arme werfen wollen, aber nun riss ich ihm die Säume meiner Strickjacke aus den Fingern. „Immer. Ich habe nie daran gezweifelt, dass es von dir ist. Dafür gab es nämlich nie einen Grund. Willst du einen Vaterschaftstest machen? Nur zu. Blamier dich richtig." So ein Blödmann. Ich stampfte aus dem Flur in die Stube. Das heißt, ich wollte es. Er ließ mich nicht so weit kommen, griff nach meinem Arm und zog mich an sich.
„Leela, hör auf zu zicken. Kannst du dir vorstellen, dass mich die Sache ziemlich umhaut? Ich meinte eigentlich, wie lange weißt du schon, dass du schwanger bist. Aber das ist an sich auch egal." Er gab mir einen Kuss, von dem mir Hören und Sehen verging und trug mich ins Schlafzimmer.

***

Viel später lag ich an Lennard gekuschelt in meinem Bett und beobachtete, wie er mit hypnotischen Kreisen meinen nackten Bauch streichelte.
„Ist irgendwie schwer vorstellbar, dass da drin ein Kind ist", flüsterte er.
„Ist ja auch noch klein. Du kannst ruhig laut sprechen, du weckst es nicht auf", sagte ich.
„Wann soll es kommen?", fragte er.
„Ende April", antwortete ich vorsichtig. „Ich würde mich freuen, wenn du ... dabei wärst."
Er holte tief Luft und küsste mich. „Ich versuch es jetzt noch mal von vorn.

Warum hast du mir nicht eher was gesagt?"
Ich kuschelte mich noch enger an ihn. „Es ist im Juli passiert. An unserem Hochzeitstag."
Er nickte und wartete.
„Ich weiß es seit November, aber ich hatte Angst", sagte ich schlicht. „Nein, Angst trifft es nicht ganz. Ich hatte fürchterlichen Schiss, dass du Schluss machst, weil du denkst, ich hätte das mit Absicht gemacht und dich reingelegt. Aber das habe ich nicht. Wirklich nicht. Ich schwöre. Und ... ich wollte es erst abtreiben, a-aber ich konnte das einfach nicht. Ich war sogar schon dort, im Krankenhaus. Ich hatte dieses Psychogespräch hinter mir und diesen ganzen anderen Scheiß und ich hatte überall unterschrieben. Und dann haben die mir dort diese Tablette gegeben und ich wollte sie runterschlucken, aber ... ich konnte nicht." Ich sah ihn unsicher an und schon kullerten wieder Tränen. „Es ist doch unser Kind. Ein Teil von mir und ein Teil von dir. Ich konnte es nicht wegmachen. Aber ich wusste auch nicht, wie ich dir das sagen soll, weil du gar keine Chance hattest, deine Meinung zu sagen. Weil, ich hatte mich ja schon entschieden, dass ich es behalte. (Schluchz.) Und du hast gesagt, dass du keine Kinder willst, weil du so oft nicht da bist. (Schluchz.) Und jetzt werde ich fett und unausstehlich bin ich schon und bald watschle ich wie ein Pinguin und ... (schluchz) das wollte ich dir ersparen. Ich dachte, ..." (Schluchz.)

Lennard hatte mir mit einem Kuss die Rede abgeschnitten. „Baby, manchmal denkst du einfach komisches Zeug. Okay, das bin ich gewöhnt. Aber dass du mir Verantwortungslosigkeit unterstellst, das finde ich nicht fair." Er sah mich ernst an. „Du hast das Kind nicht alleine gemacht. Wir wussten beide, was wir tun, und wir haben es gern gemacht, so weit ich mich erinnere. Damit hat nicht einer alleine die Verantwortung. Ich bin kein gewissenloses Arschloch. Und ich habe durchaus gemerkt, dass irgendwas zwischen uns steht. Wenn du mal in dich gehst, dann weißt du, dass ich dich mehrfach gefragt habe, was los ist. Du warst immer der Meinung, es ist nichts." Er malte mit dem Finger Kreise auf meinem Bauch. „Ich finde allerdings nicht, dass das hier ‚nichts' ist."

Er hatte tatsächlich gefragt. Und ich war ihm ausgewichen, weil ich Angst hatte. Also guckte ich verlegen beiseite und machte nur: „Hmhmhmhmmm."
Lennard hatte offensichtlich meine Gedanken gelesen, denn er nickte.
„Also verurteile mich bitte nicht dafür, dass ich heute Morgen gedacht habe, den Grund zu sehen, warum du mich auf Abstand hältst. Und jetzt? Tja ..." Er fuhr sich durchs Haar. „Es wäre besser gewesen, wenn du gleich mit mir geredet hättest. Ich gebe zu, dass ich grade ziemlich überfordert bin. Ich meine, du hast schon ein paar Monate länger Zeit gehabt, dich dran zu gewöhnen, ein Kind zu bekommen. Also musst du mir jetzt auch etwas Zeit geben." Er legte seine Hand an meine Wange, drehte mein Gesicht in seine Richtung und gab mir einen ganz zarten Kuss. „Und im Hinblick auf deine irrationale Wahnvorstellung – ich würde mich nur aus einem Grund von dir trennen: wenn wir uns nicht mehr lieben. Aber ich liebe dich und die Chance steht fifty-fifty, dass es so bleibt. Und nun bist du schwanger. Gut, das hatte ich nicht geplant, aber jetzt ist es so und ich werde damit klarkommen müssen. Okay?"

Hörst du, kleines Herz? Jetzt weiß er Bescheid. Willkommen in unserem Leben.

Man konnte den Stein plumpsen hören, der von meiner Seele fiel. Ich schluchzte schon wieder, aber dieses Mal zur Abwechslung vor Freude, und zog den Mann, den ich bis zum Mittelpunkt des Universums (und wieder zurück) liebte, zu mir herunter, um ihn zu küssen.
Dann sprang ich aus dem Bett, holte den Mutterpass und die Ultraschallbilder und zeigte Lennard das ganze Zeug. Wir hatten eine Menge aufzuholen, das heißt: er. Ich nicht.
Ich überhäufte ihn mit Informationen. Er musste ein Schwarzweißbild nach dem anderen bewundern. Ich sparte nicht mit Einzelheiten.
„Hier war es noch ganz klein. Schau. Da wusste ich nicht, was ich machen sollte. Gott, was ging es mir mies. Und siehst du hier? Da kann man schon die Nase sehen. Süß, oder?"
Dann kam ich zum spannendsten Moment. Ich kniete mich hin und wedelte mit dem letzten Untersuchungsbild vor Lennards Nase. „Das hier war vor vier

Wochen. Da konnte man sehen, was es wird. Und es wird ... Tadaaaa – ein wmpf ..."
„Stopp", sagte Lennard. Er hatte sich blitzartig aufgerichtet und mir den Mund zugehalten. „Das will ich nicht wissen."
Ich schüttelte fassungslos den Kopf hinter seiner Hand. „Nhnh?"
Lennard schüttelte auch den Kopf. „Nein. Nicht."
Ich schob seine Hand weg und klappte den Mund auf und zu. „Aber ... aber ... ich will dir das sagen. Unbedingt."
Mein Mann grinste diabolisch. „Ja. Ich weiß. Aber du darfst nicht, weil ich es nicht wissen will. Das bleibt dein Geheimnis."
Ich war fassungslos. Da war das Leben endlich wieder schön, ich trotz Gewichtszunahme von sieben Kilo so leicht wie eine Feder und zum ersten Mal seit längerer Zeit wieder entspannt. Und jetzt kam er und sagte so etwas Grausames? Er konnte doch nicht erwarten, dass ich diese sensationelle Enthüllung noch zwei Monate für mich behielt.
Ich schnappte erbost nach Luft. „Du kannst doch nicht erwarten, dass ich das jetzt noch so lange für mich behalte. Zwei Monate? Nein. Das geht nicht."
„Doch." Lennard nickte. „Wenn du ein halbes Jahr darüber schweigen kannst, dass du schwanger bist, dann wird das wohl gehen, dass du noch zwei Monate die Klappe hältst und mir nicht sagst, was es wird."
Ich: „A-aber wir müssen doch Namen aussuchen."
Er: „Können wir. Für einen Jungen und für ein Mädchen."
Ich (genervt): „Aber ich weiß doch, was es wird. Das macht es doch viel einfacher."
Er: „Mir egal. Ich will überrascht werden."
„Das ist eine Strafe", unterstellte ich ihm gnatzig.
„Wie du meinst", gab Lennard zurück. „Komm, Baby, zieh dir was an. Wir gehen shoppen."
Ich kniete halbnackt im Bett und guckte entgeistert aus der wenigen übrigen Wäsche. „Shoppen? Jetzt? Bist du verrückt?"
Lennard stand auf und zog sich an. „Ja. Shoppen. Ich finde mich gerade mit dem Gedanken ab, Vater zu werden. Und für so ein Kind braucht man bestimmt eine

Menge Zeug. Also lass uns was kaufen gehen. Den Kinderwagen zum Beispiel. Den suche ich nämlich aus."

„Ha", rief ich triumphierend und sprang behäbig aus dem Bett. „Dann muss ich dir aber in jedem Fall verraten, was es wird. Wegen der Farbe. Also, es wird ein ..."

„Baby", sagte Lennard und zog ein Pokerface. „Und damit meine ich nicht dich, sondern das Kind in deinem Bauch. Es ist doch nur eins, oder?"

„Ja", gab ich zurück und zog meinen Pulli über den Kopf. „Eins. Und es ist ein ..."

„Ruhe", donnerte Lennard. „Ich will es nicht wissen."

„Du bist gemein", sagte ich finster und verschränkte die Arme. „Wenn ich aber schon genau weiß, was ich für einen Wagen will?"

Lennard zuckte mit den Schultern. „Dann wirst du dich damit abfinden müssen, dass du ab sofort eben nicht mehr nur alleine Entscheidungen triffst. Wenn ich schon Vater werde, dann habe ich auch was zu sagen."

„Aber du weißt ja gar nicht, was ich für einen Wagen will."

Er zog mich in seine Arme. „Wetten, doch? Zu viel Schnickschnack. Zu wenig PS. Lass uns das zusammen machen, Leela. Die schwatzen dir sonst was auf."

***

April 2019

Ich war immer noch Stimmungsschwankungen unterworfen, aber es ging mir die restliche Schwangerschaft hindurch viel, viel besser, nachdem ich niemandem mehr etwas vormachen musste.

Die Tournee der RedRoxX war nun auch mit allen Nachholkonzerten zu Ende. Lennard hatte Zeit zum Schreiben neuer Stücke und war bei mir in Berlin, was mir unheimlich viel Halt gab und uns beiden unendlich guttat, weil wir endlich länger zusammen sein konnten. In unsere kleine Wohnung waren ein Keyboard und eine Gitarre eingezogen, die sich prächtig mit dem Gitterbettchen und dem Kombi-Kinderwagen in Grau und Schwarz mit mattem Goldgestell und entsprechendem Dekorstreifen verstanden.

Lennard war fest entschlossen, bei der Geburt dabei zu sein, und hatte im kritischen Zeitraum die meisten seiner Termine verschieben können. Zwei Termine musste er allerdings wahrnehmen und die waren natürlich in den Staaten. Wir konnten nur hoffen, dass unser Kind nicht gerade dann auf die Welt drängte. Ansonsten lief alles wie am Schnürchen. Ich hatte mich nach dem Wintersemester nicht ins neue Sommersemester eingeschrieben, da ich dieses ja doch nicht vernünftig hätte zu Ende bringen können, und hing nun vorerst im klinischen Abschnitt meines Studiums fest. Es würde noch ein langer Weg bis zum Abschluss werden.

Ajei und Ooljee kamen Mitte April für drei Wochen nach Deutschland. Wir trafen uns in Binz bei meinen Eltern, die dort ein Zimmer für meine amerikanische Familie frei gehalten hatten. Die Geburt unseres Kindes war für Ende April orakelt worden, aber am ersten Maiwochenende, an welchem Lennard einen Gig in Denver hatte, war das Baby noch nicht da. Er fuhr mit sehr gemischten Gefühlen von mir weg, weil er erst vier Tage später zurückfliegen konnte und dann auch noch von Berlin nach Binz kommen musste.

Fast hätte er die Geburt verpasst. Lillian Steinberg kam am Freitag, den 10. Mai um kurz nach drei Uhr morgens auf die Welt. Lennard war erst am Donnerstag spät abends in Binz eingetroffen und direkt von meinen Eltern ins Krankenhaus gebracht worden. Ich war glücklich, ihn zu sehen, froh, dass er es geschafft hatte, hätte aber andererseits gern darauf verzichtet, dass er mich so sah. Jede einzelne der Schwestern, die im Laufe der Nacht dienstlich bei mir vorbeischauten, sah besser aus als ich. Ganz sicher. Sogar die Älteste und die war bestimmt schon sechzig.
Ich war zu diesem Zeitpunkt bereits verschwitzt, lädiert, verbraucht, fix und fertig, mies gelaunt, am Wimmern und insgesamt wohl kaum ein erfreulicher Anblick. Lennard schien das nicht zu stören, auch nicht, dass ich ihm die Hand zerquetschte und zwischen Heulen und Fluchen der Meinung war, dass noch nie jemand solche Schmerzen bei einer Geburt gehabt haben konnte wie ich, und er doch bitte diesen ganzen Scheiß alleine weitermachen sollte. Als unsere Tochter auf der Welt war (weitere Einzelheiten erspare ich mir an dieser Stelle, nur so viel: Ich war mir zu diesem Zeitpunkt noch absolut sicher, dass ich sowas nie, nie, NIE wieder machen würde), wirkte er gefasst, nabelte die Kleine ab, als würde er sowas dauernd machen, und verschwand mit der Kinderärztin im Nachbarzimmer.

Ich brauchte ein bisschen länger, um auf sein Level zu kommen. Vor allem brauchte ich eine Mütze Schlaf. Und die holte ich mir später auch. Nach insgesamt zwei Stunden Schlummer rappelte ich mich im Laufe des Tages allerdings auch schon wieder auf und verließ die Klinik mit meiner kleinen Familie noch am gleichen Abend, völlig taumelig vor Müdigkeit und gleichzeitig vor Stolz und Entzücken platzend. Lillian war perfekt. Und wenn Lennard auch nur den Hauch eines Zweifels gehabt hätte, ob er der Vater des zuckersüßen kleinen Mädchens war oder nicht, dann wäre ein Blick in ihre Augen ausreichend gewesen, um jegliche Bedenken auszuräumen. Sie waren so blau wie das Karibische Meer.
Ich hatte einen Namen gesucht, den Amerikaner und Deutsche gleichermaßen gut aussprechen konnten. Und Ajei war auf der Suche nach einem indianischen

Zweitnamen für unsere Tochter fündig geworden: Jacy, was so viel hieß wie Mond. Ich fand es absolut passend für Honiahaka, den Wolf, und Leila, die Nacht.

Es war eine neue Situation für uns alle und als ich bei meinen Eltern ankam, war ich nach den Strapazen der durchwachten letzten Nacht so müde, dass ich gerade so noch meine Tochter stillen konnte, das Kind dann dankbar meinem Mann und dem völlig entzückten Rest der Familie (also meinen Eltern, Ooljee und Ajei) zum Wickeln und Bestaunen überließ, in mein Bett plumpste und satte fünf Stunden lang schlief.

***

Als ich aufwachte, fiel mein Blick auf Lennard, der in meinem Sitzsack unter den Tapeteneinhörnern im Zauberwald lümmelte und unser Baby auf dem Schoß hatte. Lillian schlief, Lennard beobachtete sie dabei und als sie leise schmatzte, taten mir dir Brüste weh, weil die Milch einschoss.
„He", sagte ich leise.
Lennard lächelte kurz, aber sein Blick war seltsam.
„Was ist los?", fragte ich alarmiert und stützte mich auf.
Er ließ sich Zeit mit der Antwort und überlegte, bevor er tief Luft holte. „Es ist unglaublich", sagte er irgendwann ganz weich und seine Augen glänzten verdächtig. „Ich liebe meine Mutter und meine Schwester. Ich liebe die Musik. Und ich liebe dich, Baby, dich am allermeisten. Du bist mein Zuhause, mein Liebstes, einfach alles."
Mir schossen Tränen in die Augen, dabei war er noch gar nicht fertig.
Er fuhr fort: „Und jetzt kommt es: Ich hätte niemals geglaubt, dass ich noch irgendeinen anderen Menschen so lieben könnte wie dich. Du bist der Mittelpunkt meiner Welt und dann, ...", er strich Lillian zart mit einem Finger über die Wange, „haben die mir gestern Nacht dieses kleine Mädchen in den Arm gelegt. Und jetzt ... Sie ist perfekt. Ein Wunder. Ich liebe sie. Ich weiß nicht mehr, was ich sagen soll." Seine Stimme klang belegt.

Auweia, jetzt lief mir das Herz über.
„Du brauchst auch nichts weiter sagen", flüsterte ich und klopfte neben mich auf das Bett.

Er. Sie. Ich.
Ich. Sie. Er.
Wir.
Alles war gut.

***

Liebe/Lieber ...

Wir haben uns am 27.07.2018 getraut.

Zur offiziellen Nachfeier unserer Hochzeit mit indianischer Zeremonie laden wir Dich/Sie/Euch

für

Samstag, den 20.07.2019

um

14 Uhr

zur Bekräftigung des Ehegelöbnisses ein.

Bei schönem Wetter findet die Veranstaltung unter freiem Himmel am Strand (Zugang 4 von der Seebrücke nach Norden) statt, bei schlechtem Wetter im Restaurant „Athen“ in der Lottumstraße.

Gefeiert wird ab 15:30 Uhr im Restaurant „Athen“.
Bitte teile/t uns bis zum 30.06.2019 mit, ob Du/Ihr kommen kannst/könnt.

Am Tag nach unserer Hochzeitsnachfeier stahlen sich Lennard und ich am frühen Nachmittag zu einer Joggingrunde davon. Wir profitierten immens davon, dass die gesamte Verwandtschaft vor Ort, und unser süßes kleines Mädchen nicht nur wunderbar, sondern bisher auch sehr pflegeleicht war, so dass wir Lillian ganz getrost in der Obhut aller unserer Lieben lassen konnten.

Das Wetter war herrlich, Sonne und Wolken lieferten sich einen fröhlichen Wettstreit.
Wir liefen locker durch den Park der Sinne in Richtung des Schmachter Sees und ließen den gestrigen Tag, der von morgens bis abends ein einziger Traum gewesen war, Revue passieren.

Das Entzücken begann schon am Morgen, als Suse mit mir und Ajei Sekt schlürfte, während die Friseuse meine Haare verzauberte. Also, Suse, Ajei und die Friseuse schlürften richtigen Sekt, ich durfte wegen der Stillerei nur alkoholfreien trinken. Aber auch den hatte Suse extra für mich mitgebracht. Das war lieb. Und so ging es weiter. Immer wieder kam jemand dazu. Um mich herum hatten sich all die Menschen, die ich liebte, in Binz eingefunden. Neben der Familie waren auch Connie und Hugh vor einer Woche hier angekommen. Sie würden drei Wochen bleiben, mit all ihren Kindern. Und dazu gehörte jetzt auch Neuzugang Christabel, knapp zwei Monate älter als Lillian und schon jetzt von allen nur „Crissy" genannt. Sie sah aus, als hätte man aus Bethany und Dotty einfach ein drittes Kind gemixt. Und so hatte der schreckliche Tag des Überfalls im letzten Jahr eine wunderbare Sonnenseite bekommen.
„Mein C-Kind", hatte mir Connie nach Crissys Geburt verraten. „Zwischen Betty und Dinah, Dotty und Daniel." Außerdem erzählte mir meine Ex-Kollegin von Dr. Zack, einem älteren Allgemeinarzt in Sedona, der in den Ruhestand gehen wollte. „Ich weiß das aus erster Hand, weil seine Frau mir davon erzählt hat. Wir quälen uns einmal in der Woche zusammen durch den Yoga-Kurs, weißt du? Also, Fakt ist, du könntest seine Praxis übernehmen. Irgendwann."
„Ja, irgendwann", hatte ich erschrocken gesagt. „Ich brauche Zeit. Sag ihm, er soll drei oder vier Jahre warten. Dann bin ich so weit. Vorher wird das nichts."

Ich war bis jetzt noch nicht einmal im Besitz der ersehnten Green Card.
Connie musterte mich kritisch prüfend. „Ich gehe davon aus, dass du zurückkommst, oder?"
Ich hatte den Daumen gehoben. „Wenn ich weiß, wann ich komme, dann renne ich Dr. Zack die Bude ein. Versprochen. Danke für den Tipp. Halt mir die Adresse warm."
„Ich habe dabei nicht nur an dich gedacht, Süße", war Connies augenzwinkernde Antwort.
Ich hob noch mal den Daumen. „Wenn ich das mache, dann nur mit dir. Das steht fest."
Wir hatten uns umarmt und waren wie zwei Tanzbären im Kreis herumgewalzt.
Hugh hätte ich übrigens kaum erkannt. Der grünäugige Mustervater war in der Zwischenzeit zum Hardcore-Biker mutiert. Er hatte mindestens dreißig Kilo abgenommen, war schlank und sehnig geworden und umrundete die Insel Rügen während seines dreiwöchigen Urlaubs insgesamt mindestens zweimal. Mit einem Rennrad.
Die Art ihrer Beziehung zu Hugh konnte Connie immer noch nicht genau konkretisieren, aber die sieben Sedonaer schienen auch ohne Definition eine glückliche Patchworkfamilie zu sein. Die beiden Jüngsten, Bethany und Dotty, kümmerten sich mit putziger Hingabe um die gemeinsame Schwester. Sie wickelten und fütterten so fachmännisch, dass ich schon überlegte, die kleine Lillian mal für ein paar Stunden abzugeben, aber mein Töchterchen wurde derzeit bereits von der Verwandtschaft mit so viel Aufmerksamkeit bedacht, dass ich sie eigentlich nur noch zum Stillen bekam.
Da Connie und ihre Lieben länger blieben, hatten wir etwas mehr Zeit zusammen. Es gefiel ihnen wunderbar in Binz, besonders die Strandnähe hatte es meinen Freunden aus Sedona angetan. Tja, die Ostsee war tatsächlich etwas, was der mittlere Westen definitiv nicht bieten konnte. Dafür aber vieles anderes. Denn während Connie mit ihrer Familie quasi am Strand ihr Lager bezog, verging ich fast vor Heimweh nach den roten Felsen.

Die Einzige, die nicht hatte kommen können, war Norma. Sie saß irgendwo in Griechenland zum Dreh einer weiteren Kreuzfahrt-Romanze fest. Sie hatte uns ein Video geschickt, in welchem sie aussah wie die braungebrannte Athene persönlich. Hingegen war ihre Mutter, Angela, zur Party gekommen. Sie hatte ihren Freund mitgebracht, einen Maler aus Hamburg, und sich wahnsinnig gefreut, Lennard zu sehen, was darin mündete, dass sie versprach, ihn oder besser uns auf jeden Fall in Sedona zu besuchen.
„Die Stadt muss wunderbar sein. Ich wollte dort schon immer mal hin. Dort gibt es diese berühmten Energiewirbel, die Vortexes", hatte sie gesagt und im Verlauf mit Ooljee mystisch gefachsimpelt.

Ajei dagegen hatte sich selbst übertroffen und mir ein wunderschönes weiß-zartblaues Kleid aus einem fließenden Stoff kreiert, was unter der Brust gerafft, vorn kurz, hinten länger war und raffiniert die letzten Reste meiner Schwangerschaft kaschierte. Dazu trug ich einen schwarzen Slip und ein orangefarbenes Strumpfband. Das sah natürlich niemand, es war aber wichtig, wie mir Ajei erläuterte. Die vier Farben symbolisierten in vielen indianischen Kulturen traditionell die Seiten der Welt, also Schwarz für den Norden, blau für den Süden, orange für den Westen und weiß für den Osten, wohin Lennard und ich während der freien Trauungszeremonie übrigens mit dem Gesicht standen. Das war ebenfalls traditionell, weil dort die Sonne aufging und damit der Beginn eines neuen Lebens symbolisiert werden sollte.

Zum Glück bestand sie nicht auf jeglichen indianischen Bräuchen, denn dann hätte mein Vater noch einen Kaufpreis für mich festsetzen müssen, was mir dann doch sehr doof vorgekommen wäre. Und Jungfrau war ich ziemlich offensichtlich auch nicht mehr, wenn man sich meine zuckersüße Tochter ansah. Wäre aber nach indianischer Gesetzesvorlage eine Grundvoraussetzung gewesen, um mich an den passenden Indianer zu bringen. Auch eine Hochzeitszeremonie, die sich über vierzig Tage hinzog, war ganz sicher weder in Lennards noch in meinem Interesse, nicht zuletzt, weil mein Studium im Oktober wieder startete. Und jetzt würde ich das durchziehen. Keine weiteren

Pausen. Ich hatte schließlich Pläne. Und Ziele. Und Ärzte, die ihre Praxen aufgeben würden.

Die RedRoxX hatten am Strand musikalisch hervorragend improvisiert und unsere Gäste (barfuß in Abendkleidern und Anzügen) damit bestens unterhalten. Über Mom und mich war ein freier Sprecher organisiert worden, der eine wunderbare, lustige und emotionale Rede über das Leben, die Liebe und den Weg unseres Kennenlernens bis hin zu Lillians Geburt gehalten hatte. Es war kein Auge trocken geblieben.

Ooljee brachte noch etwas mehr ihrer indianischen Kultur in die Zeremonie ein, als sie Lennards und meine Hand zusammenführte und uns segnete, was für mich der bewegendste Augenblick am Strand gewesen war.

***

Lennard und ich liefen in gemächlichem Trab zu der alten Weide am Schmachter See. Wir kletterten nicht auf den überhängenden Ast, sondern setzten uns auf den großen darunter, wo er damals die Angel so sträflich leichtsinnig und vor allem wenig gesichert hatte.
Lennard lehnte sich an den Stamm, ich mich an ihn und dann genossen wir einen innigen Moment der Zweisamkeit nach all dem Trubel. Mein Kopf lag auf seiner Schulter, meine Wange an seinem Hals. Er hatte die Arme um mich geschlungen, sein Kinn ruhte auf meinem Scheitel.

„Es ist zwar noch eine Weile hin, aber wenn ich mein Studium fertig habe, möchte ich unbedingt wieder nach Hause“, sagte ich irgendwann leise.
Lennard nickte und drückte mir einen Kuss aufs Haar. „Kann ich verstehen, ich will auch nicht, dass Lili in der Stadt aufwächst. Aber umständlich wird das schon. Ich muss schon zwischen den Staaten und Deutschland hin und her. Dann dauert es noch mal vier Stunden, um von Berlin nach Binz zu kommen. Das sind erschwerte ...“
Ich drehte mich so, dass ich ihn ansehen, und ihm einen Finger auf die Lippen legen konnte. „Ich habe nicht gesagt, dass ich nach Binz ziehen möchte, mein Liebling. Ich will nach Hause. Und zu Hause ist da, wo du bist. Ich möchte nicht allein in Berlin oder in Binz sein. Ich möchte nach Sedona in die Little Lane, nach Hause. Zu dir.“
Lennard zog eine Braue hoch. „Hast du dir das gut überlegt? Deine Eltern werden bestimmt nicht begeistert sein, wenn du immer so weit weg bist.“
Ich küsste ihn. „Wahrscheinlich nicht. Aber man kann es nicht allen recht machen. Wenn ich hier bin, dann sind wir beide unglücklich und haben Stress mit der dauernden Fliegerei. Du verbringst kostbare Freizeit in der Luft, die du mit Lillian und mir verbringen könntest. Außerdem bin ich mir sicher, dass meine Eltern in erster Linie wollen, dass ich glücklich bin. Und wenn ich das nur auf der anderen Seite der Welt sein kann, dann werden sie das respektieren. Ich bin schon ein großes Mädchen. Sie können uns ja jederzeit besuchen.“
„Was immer du willst“, sagte Lennard und zwinkerte mir zu. „Ich möchte auch nur, dass du glücklich bist.“

Ich nickte bestätigend. „Und das ist gut so. Du musst mich auf Händen tragen. Das ist schließlich der Deal. Aber glücklich bin ich eben nur, wenn ich bei dir bin. So sieht es aus."
Lennard lachte.

Die Ruhe tat uns nach der Hektik der letzten Tage mehr als gut.
Ich schnippte ein Blatt der Trauerweide ins Wasser. „Was hast du eigentlich damals gedacht, als wir uns zum ersten Mal hier gesehen haben?"
Der Mann hinter mir lachte wieder. „Willst du das wirklich wissen?"
„Ja. Sonst würde ich ja nicht fragen!?"
Er zwickte mich in die Seite. „Okay, erst dachte ich: ‚Geiler Hintern', und dann bist du mir fast ins Rad gerannt und hast rumgebrüllt. Da dachte ich ‚süß, aber falsche Haarfarbe'. Und als du hier unten eskaliert bist ..."
„Hallo? Ich bin überhaupt nicht eskaliert?"
„Doch. Du bist ins Wasser geflogen und voll eskaliert. Du hattest dieses Grünzeug auf dem Kopf und man konnte deinen BH durch das T-Shirt sehen. Und ich dachte bei mir ‚verdammt, was für eine furchtbare Nervensäge. Wieso hab ich Lust, ausgerechnet die flachzulegen?' - War ziemlich chaotisch, was ich so dachte."
Ich verschränkte die Arme vor der Brust und zog ein beleidigtes Gesicht. „Hm. Furchtbare Nervensäge? Das gleicht den geilen Hintern irgendwie nicht richtig aus. Warst du nicht total fasziniert von meinen Augen oder so?"
Lennard reckte sich und lachte. „Ich fand dich süß, vor allem, wie du mich angestarrt hast. Man konnte deine Gedanken lesen."
„Ach. Jetzt bist du also auch noch Gedankenleser?", fragte ich belustigt. „Was habe ich denn deiner Meinung nach gedacht?"

Lennard blitzte mich an mit seinen unglaublich blauen Augen. Mir stockte der Atem. Es war genauso wie damals. Er konnte mich immer noch hypnotisieren. Absolut spielend. Schließlich stützte er sich auf den Stamm, rutschte ein Stück zurück und beugte sich dann vor, so dass unsere Gesichter ganz nah beisammen waren.

„Du hast mich angesehen, als würdest du am liebsten sofort über mich herfallen und gleich zum Hauptakt kommen. Ohne Vorspiel. Aber dann ist dir klar geworden, wie du aussiehst, weil du ja in den See geklatscht bist, weswegen du knallrot angelaufen bist. Und dann bist du ... eskaliert."

Seine Lippen näherten sich meinen, fast berührten sie sich.
„Das siehst du ... ganz falsch", flüsterte ich und kam ihm um zwei Millimeter entgegen. „Weil, das war nämlich ... ganz anders. Ich hatte alles total im Griff."
„Nein", flüsterte Lennard zurück. „Ich erinnere mich bestens. Genau so hast du geguckt. Du hattest überhaupt nichts im Griff und wolltest mich vernaschen, und das am besten gleich hier."

Ein scharfer Schmerz an meinem Bein lenkte mich ab. Da saß tatsächlich die Mutter aller Pferdebremsen auf meiner Wade. Ich dachte im ersten Augenblick aber, dass es eine Spinne war, und mit Spinnen ... habe ich es ... nicht so. Ich stieß einen Schrei aus und versuchte, sie hektisch fortzuwischen, die vermeintliche Spinne, die sich nun als Pferdebremse enttarnte, als sie wegflog. Aber das sah ich nicht mehr, weil ich nämlich gerade vom Stamm rutschte und ... nein ... ehrlich ... ich schwöre ... in den Schmachter See klatschte. Mitten. In. Die. Entengrütze.

Als ich nach Luft schnappend wieder aufstand, hatte ich nur einen Gedanken: So etwas passierte einem Mädchen doch nicht zweimal im Leben. Oder? Das ging einfach nicht. Auf welcher Wahrscheinlichkeitsliste sollte das stehen? Erde, tu dich auf und verschling mich. Bitte.

Lennard hing auf dem Stamm der Trauerweide, krümmte sich vor Lachen, dass ihm die Tränen über das Gesicht liefen, und die Tatsache, dass er mir eine Hand hinhielt, um mich wieder auf den Stamm zu ziehen, machte die Situation auch nicht besser.

Er sah mich an, hielt inne, fing aber gleich wieder an zu prusten und kringelte sich auf dem Stamm zusammen. „Das gibt es doch nicht. Ernsthaft. Das gibt es

einfach nicht."
Ich stand da, tropfnass, die Füße da unten irgendwo im Modder versunken, Entengrütze überall, und überlegte. War das hier die ausgleichende Gerechtigkeit? Sollte ich jetzt wütend werden? Vielleicht sogar ... eskalieren? Nein. Das war eher eine Gelegenheit, gemeinsam zu lachen. Deswegen gab ich meinem über alles geliebten Mann einen unvermuteten Schubs, woraufhin er zur anderen Seite vom Stamm kippte und ebenfalls ins Wasser flog.

„So", sagte ich zufrieden und rieb mir die Hände. DAS war ausgleichende Gerechtigkeit.
Dann kletterte ich auf den Stamm, setzte mich hin, tropfte, grinste und ließ die Beine baumeln.
„Jetzt sind wir fast quitt, Baby", fasste ich genüsslich zusammen.
Lennard lachte immer noch. Er stand auf, jetzt auch klatschnass und mit Entengrütze überall. Seine Augen leuchteten. Er packte mich bei den Händen, zog mich auf die Füße in den See, verschränkte seine Finger mit meinen und umarmte mich, womit er mir die Arme hinter dem Rücken fesselte.

Dann küsste er mich heiß und innig, legte seine nasse Stirn auf meine und sagte: „Ich hatte immer alles im Griff. Bis du damals hier vor mir in den See geflogen bist. Von dem Moment an wurde mein Leben chaotisch. Mit dir zusammen zu sein, das ist wie ... spazieren gehen auf 'nem Minenfeld. Aber mit verbundenen Augen. Du bist unberechenbar, überempfindlich emotional und nicht zu bändigen. Und soll ich dir was sagen?"
Ich schaute ihn höchst interessiert an und nickte.
Er küsste mich. „Ich kann mir mein Leben ohne dieses Chaos einfach nicht mehr vorstellen. Muss vorher total langweilig gewesen sein. Ich liebe dein Chaos. Ich liebe dich. Du kannst dir überhaupt nicht vorstellen, wie sehr."
„Doch", sagte ich begeistert. „Doch, Lennard. Das kann ich."

Wir tropften.
Wir sanken in den Modder.

Wir küssten uns, als gäbe es kein Morgen.

Ich machte mich schwer atmend von ihm los. „Meinst du, wir haben eine Garantie für immer? Weil wir uns so sehr lieben?"
Lennard gab mir noch einen Kuss und sah mich so intensiv an, als würde er die Antwort auf alle Fragen des Universums in meinen Augen suchen. Dann schüttelte er den Kopf. „Nein, Baby, die haben wir nicht. Eine Garantie für die Ewigkeit gibt es nie. Aber Liebe ist eine verdammt gute Voraussetzung, um es zu versuchen, glaube ich. Ich schwöre dir jedenfalls, dass ich alles dafür geben werde, damit uns das, was wir haben, für immer bleibt."

„Ich auch", sagte ich und hatte das federleichte Gefühl, durch die Zweige der Trauerweide mit ihm in den blauen Himmel zu schweben. „Ich auch."
Wir küssten uns wieder.

Der See plätscherte leise.

Die Mücken tanzten.

Das Leben lag vor uns.
Es war ein Weg mit Höhen und Tiefen und vielen Kurven.
Wir würden diesen Weg Hand in Hand absolvieren, manchmal anderer Meinung sein, zusammen lachen, uns streiten, uns versöhnen, uns vermissen, uns den Rücken stärken, uns zum Teufel wünschen und immer wieder ineinander verlieren.

Alles.

Und es würde Liebe sein, wohin wir auch gingen.

Ende

ROSE AUS SAND

Leila Brühe

Lennard Steinberg

2
STROPHE
18
LD.-VOX.
WÜN-SCHE MIR ZEIT, DIE FRIE-DEN UNS BRINGT WO MAN VON FREI-HEIT UND
Am G Am
RHYTHMUS
21
LIE-BE UNS SINGT, IN MEI-NER HAND WAR DIE RO-SE AUS SAND
G F C
24
DIE MIT DEM WIND IN DER WEI-TE VER-SCHWAND
E E(SUS4) E7
CODA
26
BAND
C

Liebe/r Leila, Lennard, Ooljee, Ajei, Matze, Suse, Tilli, Kosta, Norma, Connie, Hugh ... etc. etc. etc.

Himmel, was habt ihr mich für Nerven gekostet. Ich habe zu wenig geschlafen, war nachts viel zu lange auf, weil ich nicht von euch loskam, habe meine Familie vernachlässigt, war teilweise unausstehlich und chronisch müde, aber ... ich werde euch wahnsinnig vermissen.

Wir sind ein ganzes Stück Weg zusammen gegangen, haben viele Nächte miteinander verbracht, Kontinente überquert und mystische Abenteuer erlebt. Das hat unendlich viel Spaß gemacht. Ich habe mit euch mitgelitten, mitgefiebert, mitgelebt und mitgeliebt. Aber das Leben ist Veränderung. Manchmal trennen sich Wege, damit neue beginnen können. So wie jetzt.

Glaubt mir, es ist sehr mit Wehmut verbunden, euch gehen lassen zu müssen, aber eure Geschichte ist erzählt, auch wenn mir das Herz schwer wird.

Lebt. Liebt. Lernt.

Ich wünsche euch alles, alles Gute. Macht das Beste draus.

Eure Grete

Liebste Leserinnen!

Dieses Buch ist eine neuerliche Liebeserklärung an die Liebe, das Leben und diese herrliche Welt mit ihren Facetten und Schattierungen, insbesondere den mittleren Westen der Vereinigten Staaten von Amerika, dem ich mich so innig verbunden fühle liebe wie meinem wunderbaren deutschen Norden (ich war sicher in einem früheren Leben mal eine Indianerin).

Was wir Frauen brauchen, ist/sind neben Stärke ein Rückgrat aus Stahl, die Geduld eines Psychologen, die Fähigkeiten einer durchtriebenen Kurtisane, ein Herz so groß wie der Atlantische Ozean und (vor allem) Nerven wie Drahtseile. Deswegen gönnt euch immer wieder Auszeiten zum (bspw.) Lesen als Balsam und Energy-Kur für eure Seelen, gerade dann, wenn ihr sonst immer taff, stark und für viele unterschiedliche Herausforderungen bereit sein müsst.

Lebt, liebt, lacht und fiebert mit.

Ich wünsche euch viel Spaß beim Lesen von „Sommersonnenwende 2 – Blitzlichter" und danke allen Menschen, die mich zum Weiterschreiben motiviert haben, indem sie wissen wollten, wie die Geschichte von Leila und Lennard nach dem ersten Teil weitergeht. Sonst hätte ich wahrscheinlich nicht so viele Nächte durchgehalten.

Wenn ihr mir danken wollt, dann schreibt eine kurze Rezi. Damit wäre mir sehr geholfen. Außerdem könnt ihr immer mal wieder stöbern. Sicher gibt es bald neuen Lesestoff aus meinem Universum.

Herzlichst
Eure Grete

Last, but not least ...

Zu danken habe ich:

... der Phantasie, diesem herrlichen, regenbogenfarbenen Glitzerpony, was mich an jeden Punkt des Universums bringen kann. Danke, dass du mich beflügelst.

... Jan, meinem Mann, mit dem ich über so ziemlich alles reden kann und der es im Laufe der Jahre gelernt hat, meine inneren Pferde zu zügeln, wenn sie mit mir durchgehen wollen. Danke für dein Vertrauen und dafür, dass du da bist, auch wenn ich mal nicht so gut verträglich bin (was natürlich nur sehr selten vorkommt, insbesondere, wenn ich mitten in einer Geschichte stecke. ;o))).

... meinen Kindern Nils, Julian und Marileen, von denen ich bisher in diesem Leben am meisten lernen durfte. Danke für jede Lektion und vor allem dafür, dass es euch gibt.

... Susanne, die du mich immer wieder bestärkst, wenn ich daran zweifle, ob ich wirklich gut genug bin. Danke für jede verbale Motivationsspritze.

... Ulrike, der besten und genauesten Hobby-Lektorin der Welt, die in ihrem realen Leben ganz andere „Baustellen" zu sanieren hat und tatsächlich Tipps für ein überzeugend-strahlendes Lächeln geben kann. Wieder einmal danke für deine Begeisterung und für jede Sekunde, die du diesem Projekt gewidmet hast.

... Christian Eickmanns, dem Coverdesigner, der es einmal mehr geschafft hat, meine vagen Vorstellungen in kürzester Zeit umzusetzen und dieser Geschichte ein tolles Erscheinungsbild zu geben. Vielen Dank für Ihre Ideen.

- und euch, meinen lieben Freundinnen, die ihr immer wieder gefragt habt, wann ich fertig bin und die ihr mir das Gefühl gegeben habt, vieles richtig zu machen. Danke euch allen, dass ich mit euch meine Träume leben darf.

Printed in Poland
by Amazon Fulfillment
Poland Sp. z o.o., Wrocław

24023532R00405